W0208614

ACTION

BAND 39

DALTON FURY

AUF ZUM ANGRIFF

Aus dem Amerikanischen von Patrick Baumann

FESTA

Die amerikanische Originalausgabe *Full Assault Mode*
erschien 2014 im Verlag St. Martin's Press.

1. Auflage Mai 2017

Lektorat: Alexander Rösch
Titelbild: Arndt Drechsler

ISBN 978-3-86552-540-6
eBook 978-3-86552-541-3

Für die mehr als 10.000 bewaffneten Leute, die für die nukleare Sicherheit unserer Nation sorgen und die jeden Tag zur Stelle sind, um Angriffe auf Kernkraftanlagen zu verhindern.

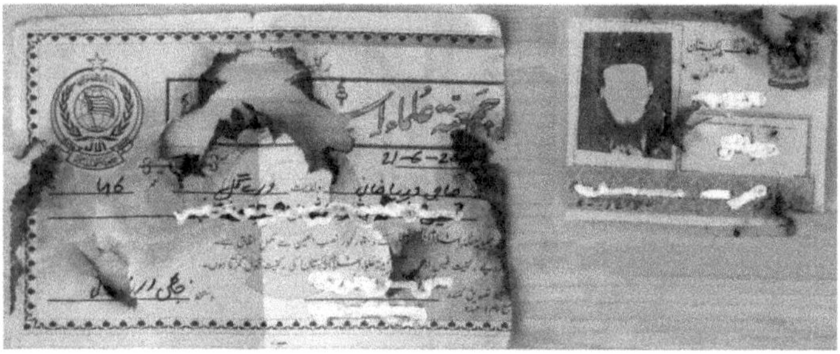

Mitgliedsausweis und Dokument der Jamiat ul-Ulema-i-Pakistan

Vorbemerkung

In einer mondlosen Sommernacht hatten wir gerade die hohe Lehmmauer der Madrasa erklommen. Gemeinsam mit meinem Teamkollegen – Codename Happ – und unserem Air Force Combat Controller checkte ich leise, aber zügig die drei Räume im oberen Stockwerk der islamischen Lehranstalt. Dann hörten wir das verräterische Geräusch von drei außerhalb des Grundstücks schnell nacheinander abgefeuerten Überschallpatronen im Kaliber 5,56 Millimeter.

Jetzt wissen sie, dass wir hier sind.

Ich überlegte, welche Optionen uns blieben. Sollten wir den anderen zur Hilfe eilen oder unsere Position beibehalten? Mit dem Daumen aktivierte ich mein Handmikro.

»Alles klar bei euch da draußen?«

»Roger, alles klar!«, funkte ein anderer Operator von draußen zurück.

Die gesetzlose Grenzstadt Shkin unweit der pakistanischen Grenze galt als vermuteter Aufenthaltsort von Feinden und lag direkt an einer bekannten Fluchtroute der Al-Qaida. Mein Boss, Colonel Gus Murdock, war nicht gerade erpicht darauf gewesen, uns in dieser Nacht grünes Licht für den Zugriff zu geben. Aber er verstand unsere Sorgen und vertraute seinen Leuten vor Ort, wie es alle guten Kommandanten tun. Vor einer halben Stunde hatte er nachgegeben und uns Einsatzerlaubnis erteilt – aber ich glaube, auch er wusste, dass wir eine Möglichkeit gefunden hätten, auch ohne seine Einwilligung zuzuschlagen.

Happ und ich sprangen vom Balkon im ersten Obergeschoss herunter und schlichen uns über den weichen Sand zur offenen Eingangstür. Zusammen durchsuchten wir mehrere Räume, bevor wir feststellten, dass sich im letzten Al-Qaida-Kämpfer aufgehalten haben mussten. Wir durchwühlten ihre Schlafsäcke, stellten die zurückgelassenen Funkgeräte sicher und entdeckten sofort die im Wind wehenden Vorhänge vor den Fenstern, durch die sie geflohen waren. Wir gingen durch die übrigen Räume zurück, jeder auf einer Seite, und traten wieder ins Freie.

Am abgeschlossenen Vordertor hievte Happ das schwere Schloss aus der hölzernen Halterung. Die massive Metalltür schwang auf.

»Eagle, Eagle«, befahl Happ im Hinausgehen. Wir drückten uns an die Außenwand und arbeiteten uns in nördlicher Richtung voran.

Kurz darauf kniete ich über der Leiche eines stämmigen Typen in weißem Gewand. Sanft legte ich zwei Finger seitlich an den Hals auf Höhe des Adamsapfels und prüfte den Puls. Ich musterte den weißen Turban und schaute in seine aufgerissenen Augen. Mit leerem Blick und reglosen Pupillen richteten sie sich auf das Paradies über ihm. Ich streckte die behandschuhte Hand aus und strich vom Turban hinab über seine Lider, um sie zu schließen. Das hatte ich bisher noch nie getan. Eine solche Aktion hinterlässt einen Abdruck auf deiner Seele und lässt dich nie mehr los.

Ich blickte auf. Sein Mörder stand mit der Pistole in der Hand ganz in der Nähe. Beim Eintreffen des Funkspruchs war mir nicht bewusst gewesen, dass es sich beim Operator am anderen Ende um den Schützen handelte. Hätte er nicht aufgepasst, läge er jetzt in einer Blutlache im Sand.

Der Leiter dieser Lehranstalt hat gleich zwei miese Entscheidungen getroffen.

Die erste bestand darin, Al-Qaida-Kämpfern Unterschlupf zu gewähren, die nach Afghanistan gekommen waren, um Soldaten der Koalition zu töten. Die Funksprüche, die wir vor zwei Stunden abgehört hatten, ließen an Deutlichkeit nichts zu wünschen übrig. Uns hätte es allerdings genügt, dem Kerl Handschellen anzulegen und ihn zum Bagram Airfield auszufliegen.

Sein zweiter, ungleich dümmerer Fehler war, dass er nach dem Sprung aus dem Fenster eine halbautomatische 9-Millimeter-Makarov aus dem ledernen Schulterholster gezogen hatte. Unser später Besuch beruhte auf dem abgefangenen Funkspruch, aber erst die gezogene Pistole setzte die Einsatzregeln in Kraft und besiegelte seinen Tod. Das Letzte, was er mitbekommen hatte, bevor er zum Märtyrer wurde, musste das verschwommene Bild eines amerikanischen Delta-Force-Operators mit Kampfanzug und Nachtsichtgerät in etwa zehn Schritten Entfernung gewesen sein.

Ein Duell, das er nicht gewinnen konnte.

Happ kniete vor mir und leerte die linke Brusttasche des Al-Qaida-Helfershelfers aus. Dieser besaß einen Mitgliedsausweis der Partei Jamiat ul-Ulema-i-Pakistan. Im blutverschmierten Pass und den gefalteten Dokumenten prangten Löcher von der dreischüssigen Salve, die wir eben beim Übersteigen der Grundstücksmauer gehört hatten. Die Streuung des Trefferbilds war kaum größer als eine Halbdollarmünze.

Ich sah zum Schützen auf. »Guter Schuss!«

»Bist wohl ein bisschen eingerostet«, zog Happ ihn auf. »Normalerweise passen deine Treffer auf ein Zehncentstück.«

Wir hätten es in dieser Nacht dabei belassen, in unseren rattenverseuchten Quartieren bleiben und uns um unseren eigenen Kram kümmern können. Stattdessen schnappten wir uns die Ausrüstung, knackten mit den Knöcheln und nahmen unser nächstes Ziel ins Visier.

Das war mehr als nur die Wirkung des ›Kommando-Cocktails‹. Diesen Begriff hatte der überaus talentierte Ex-Delta-Kommandant Pete Blaber geprägt, um diese absolut euphorisierende Mischung aus Jagdfieber und dem Nervenkitzel des Tötens zu beschreiben. Nein, es steckte wesentlich mehr dahinter. Es hatte ebenso mit unserer Verantwortung füreinander und für unsere Landsleute zu tun. Und, ja, nach 9/11 machte auch der Drang nach Vergeltung einen gehörigen Teil unserer Motivation aus.

Und das, Leute, bleibt auch weiterhin die zentrale Antriebsfeder für einen gewissen Delta-Force-Major namens Kolt ›Racer‹ Raynor. Nach zwölf Jahren Krieg gegen den Terror, obwohl unsere Nation ihre Einsätze in Afghanistan reduziert und das Hauptaugenmerk stattdessen auf Krisenherde am Horn von Afrika oder in Syrien richtet.

Auch bei seiner dritten Rückkehr im Rahmen dieser Delta-Force-Reihe nach *Tier One Wild – Orden für die Toten* hat Kolt Raynor noch nichts dazugelernt, wenn es darum geht, sich Autoritäten unterzuordnen. Aber, hey – wenn man dem Präsidenten den Arsch gerettet hat, wird man plötzlich zu einem sehr gefragten Mann. Trotzdem hätte er es diesmal besser sein lassen und die Mission abgebrochen.

Aber Raynor ist schon immer stur seinen eigenen Regeln gefolgt. Und wenn ein Kamerad in der Scheiße steckt oder er ein hochrangiges Ziel im Visier hat, verbannt er den *Abbrechen!*-Befehl kurzerhand aus seinem Wortschatz.

In solchen Phasen kennt Kolt Raynor nur *los, los, los.*

Außerdem sind einige *Tier One*-Persönlichkeiten einfach wichtiger als andere, wie sich im Verlauf dieses Romans zeigen wird.

Viele geheime Spezialeinheiten wie die Delta Force, das SEAL Team 6 oder das britische SAS-Regiment 22 können sich während der gesamten Dauer ihres Bestehens vielleicht einen oder zwei unkonventionelle Operators leisten. Sind es mehr, müssen sie damit rechnen, dass ihre Mitglieder wieder in konventionelle Truppen eingegliedert werden und ihr Hauptquartier geschlossen wird, wie es Dick Marcinkos Red Cell oder dem Canadian Airborne Regiment widerfahren ist.

Aber Sie können sicher sein: Diejenigen, die lange genug durchhalten, um ein Ziel nach dem anderen auszuschalten, die genug Haken schlagen und konsequent ihre Gegner bezwingen, haben früher oder später einen Ruf als Actionhelden weg. Das sind die Jungs, die man sich an seiner Seite wünscht, wenn man in einem Versteck hockt oder sich durch ein Gebäude kämpft. Man kann dieses Image nicht erzwingen – es kommt von selbst.

Natürlich kann es auch verdammt Furcht einflößend sein, mit Männern wie Kolt Raynor um die Häuser zu ziehen. Allzu oft endet es damit, dass einem jemand Mullbinden bis zum Knochen in eine blutende Wunde stopft oder einem sogar die Hundemarke abnimmt und den Reißverschluss des Leichensacks zuzieht. Und, ja, manchmal wird einem auch eine weitere nutzlose Medaille an die Brust geheftet.

Warum tun Männer und Frauen so etwas? Warum streben einige amerikanische Männer und Frauen danach, in den Rängen der elitärsten Top-Secret-Organisationen zu dienen, in denen jede einzelne ihrer Handlungen analysiert und jeder Schuss gezählt wird und alle Einsätze einem Ritt auf dem Pulverfass gleichen?

Warum hat ein kleines Team aus Delta-Operators im Oktober 2013 einen hoch riskanten Einsatz am helllichten Tag mitten in der libyschen Hauptstadt Tripolis durchgeführt, um Abu Anas Al-Libi festzunehmen? Klar, dieser Drecksack war ein hochrangiges Al-Qaida-Mitglied und stand im Zusammenhang mit den Bombenanschlägen von 1998 auf US-Botschaften in Tansania und Kenia auf der Fahndungsliste der Vereinigten Staaten. Die auf seinen Kopf ausgesetzte Belohnung betrug mindestens fünf Millionen Dollar. Aber hatte es mit dem bereits erwähnten ›Cocktail‹ zu tun, oder ging es um etwas anderes?

Mehr als je zuvor ist dieses Buch, diese Mission angereichert mit Erfahrungen aus erster Hand, sowohl aus meinem Militärdienst als auch aus dem Beruf, dem ich seit meinem Ausscheiden aus der Unit nachgehe. Es geht um Aktionen, die ich eine kleine Gruppe ungenannter Helden immer wieder habe durchführen sehen – auf verschiedensten Schlachtfeldern und in den Sicherheitszonen dieser Welt, ohne dass sie dabei je an Ruhm und Ehre gedacht haben.

In *Full Assault Mode* bemühe ich mich, dieser Frage nach dem *Warum* nachzugehen, ohne das *Wie* zu vernachlässigen. Diesen Aspekt will ich auf keinen Fall vernachlässigen.

Die Sicherheit der kommerziellen Atomenergie ist ein großes Thema in dieser Ära nach dem 11. September und unserer heutigen Zeit.

Deshalb habe ich bei meinen Recherchen auf zwei vertrauenswürdige Experten für dieses Sachgebiet zurückgegriffen, die für den Schutz von Informationen über Sicherheitsmaßnahmen zuständig waren – diese hochbrisanten, von der Regierung unter Verschluss gehaltenen Einzelheiten über verwundbare Punkte nach dem Atomic Energy Act von 1954. Richard H. und Allen Fulmer sind zwei der Besten auf ihrem Gebiet und ich weiß ihren Enthusiasmus, ihr Wissen und ihren Blick für Details sehr zu schätzen.

Die meisten Autoren werden mir beipflichten, dass man in einer Ära, in der die Technik ständig neue Fortschritte macht, ein Expertenteam hinter den Kulissen braucht, um einen glaubwürdigen Action-Thriller zu schreiben. Leute, die sich mit den spezifischen Einzelheiten der Funktionsweise von Forschungsrobotern auskennen, die wissen, was sich tief in den Eingeweiden eines Kernreaktors befindet oder wie die besten Helikopterpiloten bei einem durch Tsunamis ausgelösten Stromausfall auf Kurs bleiben. Ich bin dieser Handvoll Freunde zutiefst dankbar. Sie haben mir meine Grenzen aufgezeigt und meinen Kompass richtig justiert, damit ich nicht vom Kurs abkomme. Am wichtigsten waren für mich die Erkenntnisse, die mir Chris Evans vermittelt hat. Chris ist ein extrem talentierter und fähiger Schriftsteller, und seine fast unheimliche Gabe, mit sanfter

Hand Kapitel für Kapitel durchzugehen und von Zeit zu Zeit Korrekturen an der Zielrichtung vorzunehmen, hat mir außergewöhnlich weitergeholfen, kam immer rechtzeitig und war mir stets willkommen.

Fans von Racer werden sich erinnern, dass er ein trockener Alkoholiker ist. Bei seinem ersten Auftritt in *Black Site* erlitt er einen Rückfall. Jetzt, da er wieder in der Unit ist und für seinen dritten Auftritt zurückkehrt, werden die meisten Leute mir wohl zustimmen, wenn ich sage, dass es besser für ihn ist, einen gesunden Sicherheitsabstand zu seinem alten Kumpel Jack Daniel's einzuhalten. Aber falls Kolt sich doch wieder an eine Bar setzt – vielleicht weil die berauschende Wirkung des Kommando-Cocktails nachlässt –, gäbe er bestimmt meinem Lektor Marc Resnick von St. Martin's Press und meinem Agenten Scott Miller von der Trident Media Group einen aus. Obwohl Kolt sie vermutlich hin und wieder für SEAL-Team-6-Groupies halten würde, bekäme er doch schnell mit, wie versiert, einsatzbereit und zupackend sie bei ihrer Arbeit in der Verlagsbranche sind. Vor allem zählt der Nervenkitzel einer tollen Entdeckung für sie kaum weniger als die Freude über einen Verkaufserfolg.

Also, auf Rich, Allen, Chris, Marc und Scott! Fünf Weltklassetypen, die auf der Höhe ihres Könnens sind – und glücklicherweise auf meiner Seite des Teams kämpfen. Aber wie üblich verdankt Kolt seine Langlebigkeit nicht nur den Lesern, sondern auch den drei Ladys bei mir zu Hause. Sie geben mir Rückhalt und halten auf neutralem Gebiet nach Anzeichen Ausschau, ob Kolt Raynor sich zu sehr in den Vordergrund drängt oder am Ende gar wirklich glaubt, was die Presse so über ihn schreibt. Ich bin sehr dankbar, dass sie es Kolt ermöglicht haben, genügend Armhebel und hinterhältige Beinfeger abzuwehren, um die dritte Runde zu überstehen.

Ding, ding, ding.

I'm not the killer man, I'm the killer man's son.
But I'll do the killing 'til the killer man comes.

Ronald Reagan,
40. Präsident der Vereinigten Staaten

1

Östliches Afghanistan, Anfang Februar 2013

Eine Batterie gepanzerter Fahrzeuge, allesamt nach Tieren benannt, rollte eine zerfurchte, unbefestigte Straße tief im Taliban-Territorium nahe der pakistanischen Grenze entlang. Die Temperatur pendelte um den Gefrierpunkt, für Anfang Februar gar nicht schlecht, und bis zur Morgendämmerung waren es nur noch zwei Stunden.

Eigentlich ging es um eine ganz simple Mission. Sie sollten zehn Kilometer einer schwer verminten Strecke säubern, die zu einem von den Taliban kontrollierten Dorf führte, dem Schnittpunkt dreier Geheimrouten, über die Kämpfer der Taliban und des Haqqani-Netzwerks nach Afghanistan gelangten. Eine wichtige Mission, die im Fall eines Erfolgs die Frühlingsoffensive der Taliban stark behindern würde.

Die Chance, dass die Abendnachrichten in den USA darüber berichteten, ging trotzdem gegen null. Das hier war kein *Thunder Run* – so hatte man den donnernden Ansturm der M1-Abrams-Panzer und Bradley-Kampffahrzeuge getauft, die 2003 bei der Irak-Invasion durch Bagdad gefegt waren wie ein Hagelsturm aus Stahl. Es ließ sich nicht einmal mit der Fahrt der T-72-Panzer und der gepanzerten BMP-Kampffahrzeuge durch Darayya vergleichen, eine Vorstadt von Damaskus. Nein, hier ging es um quälend langsames Vorrücken, bei dem sich der Fortschritt nur in Metern, manchmal sogar Zentimetern bemessen ließ.

Es war Tag 5 und die Kolonne immer noch einen Kilometer vom Ziel entfernt. An der Spitze des Zugs auf diesem gottverlassenen Ziegenpfad fuhren zwei zehn Tonnen schwere, mit jeweils zwei Männern besetzte Minensuchfahrzeuge vom Typ Husky 2G, an der Frontseite mit vier großen Elektronikkonsolen ausgestattet. Jedes suchte eine Straßenseite ab, wozu sie Niitek-Visor-2500-Bodenradare einsetzten. Sie forschten nach Sprengsätzen. Heute hatten sie bereits drei gefunden, seit Beginn der Mission insgesamt ein Dutzend. Sieben davon verfügten über genug Sprengkraft, um mit Leichtigkeit selbst die schwersten Fahrzeuge der Kolonne zu zerstören. Es galt als großer Erfolg, sie entdeckt zu haben, bevor sie detonieren konnten. Aber wie man so schön sagte: Schon ein einziger übersehener Sprengsatz versaut einem den ganzen Tag.

Der Aktion lag ein groteskes Wettrüsten zugrunde. Hoch entwickelte Elektronik und gepanzerte Fahrzeuge gegen Heimtücke und stetig anwachsende Sprengkraft. Wenn man darüber nachdachte, kam es einem fast kriminell vor, dass man Soldaten diese Straßen einmal in ganz normalen Toyota-Pick-ups hatte befahren lassen. Andererseits musste man im Krieg auf das zurückgreifen, was man gerade zur Verfügung hatte, und 2001 waren Sprengsätze noch kein großes Thema gewesen.

Die Panzerfahrzeuge rollten langsam vorwärts, gefolgt von einer Kolonne sieben minengeschützter Buffalo-Wagen mit einem Nettogewicht von jeweils mehr als 23 Tonnen. Sie sahen nicht nur aus wie knurrende Bestien aus Metall, sie klangen auch so. Aufgrund ihrer schieren Größe und Wucht waren sie in einem Hollywood-Blockbuster sogar als gestaltwandelnde Kampfroboter zum Einsatz gekommen.

Aber so beängstigend sie auch wirkten – ein paar 155-Millimeter-Artilleriegeschosse aus der sowjetischen Afghanistan-Invasion, die man einen halben Meter unter der Erde vergraben hatte, drohten jederzeit zu zünden, zu explodieren und sie in einen Haufen Metall- und Fleischbrocken zu verwandeln. Also schob sich die Kolonne enorm langsam voran. Die Huskies scannten die Erde nach todbringenden Fallen ab, während die Buffalos in sicherer Entfernung folgten. Jeder war mit vier Absteigern besetzt – ein nüchterner Ausdruck für die Soldaten, die im Bedarfsfall die Deckung der schwer gepanzerten, v-förmigen Karosserien der Buffalos verließen und zu Fuß patrouillierten.

40 Klicks entfernt auf dem Jalalabad Airfield hockte Kolt ›Racer‹ Raynor in verkrampfter Haltung auf einer Kiste mit Feldrationen im Aufenthaltsraum seines Bravo Assault Teams. Er verfolgte die Fortschritte der gepanzerten Kolonne auf einem 50-Zoll-Flachbildschirm. Die Liveübertragung wurde von einer Drohne beigesteuert, die in etwa 4500 Metern Höhe über den Fahrzeugen in Warteschleife schwebte. Ein Fenster in der oberen linken Ecke zeigte eine Infrarotaufnahme des Sektors.

Bis dato stellten die Fahrzeugkolonne sowie ein Eseltrio, das sich 100 Meter vor den Huskies an die windabgewandte Seite eines felsigen Hügels drängte, die einzigen nennenswerten Wärmequellen dar. Die Mission war zwar nicht so sexy wie die Verfolgung einer ranghohen Tier-One-Zielperson, aber bestimmte Entwicklungen konnten dafür sorgen, dass Kolt und seine Männer in Marsch gesetzt würden. Heute Nacht hielten sie sich für ein TST bereit – ein *time-sensitive target,* ein zeitabhängiges Ziel.

Um genau zu sein, konzentrierten sie sich auf die Kerle an den Zündknöpfen. Während manche Sprengsätze durch Belastung von Druckplatten von selbst ausgelöst wurden, erforderten andere eine Fernzündung per Knopfdruck. Damit das klappte, durften die Techniker der Terroristen nicht mehr als ein paar Hundert Meter entfernt sein. Verborgen hinter irgendeinem Felsvorsprung, für das bloße Auge unsichtbar.

Kolt hätte die Schützen in den Buffalos kontaktieren und ihnen sagen können, dass sie die verdammten Esel vergessen und stattdessen lieber nach Eseln auf zwei Beinen suchen sollten. Aber der junge Army-Offizier vor Ort konnte es sicher nicht gebrauchen, dass ihm jemand aus der hinteren Reihe ins Ohr quasselte, selbst wenn es sich dabei um Kolt Raynor handelte. Außerdem lehnte Kolt solches Mikromanagement im Einsatz selbst strikt ab.

»Wir sollten da draußen sein, nicht hier«, murmelte er leise. 40 Klicks waren selbst mit dem Heli zu weit für einen sogenannten Schnellzugriff. Kolt blickte sich im Raum um. Er war hier nur zu Gast, also behielt er seine Überlegungen für sich. Ja, er war ihr Kommandant, aber manchmal war es selbst für Kommandanten klüger, einfach zu schweigen. Außerdem wollte er nicht vor den Männern vom Leder ziehen und ihnen vorschreiben, was man besser anders regelte. Er hielt es für wichtig, die subtile Distanz zwischen Befehlshabenden einerseits und Befehlsempfängern andererseits zu wahren. Nach mehr als einem Jahrzehnt hatte jeder im Raum die Schnauze voll von Krieg. Der Drang, sich an Bösewichten abzuarbeiten, hatte schon vor Jahren nachgelassen. Auch an Kolt war diese Entwicklung nicht spurlos vorbeigegangen.

Für den Augenblick arrangierte er sich mit seinem Schicksal. Er ließ den quälend langsamen Vormarsch von ›Thunder Turtle‹ kurzzeitig aus den Augen, um sich im Zelt umzusehen. Alle vier von Kolts Angriffstrupps wohnten in solchen Stoffbehausungen, die früher einmal grün gewesen waren. Jetzt bedeckte sie eine zentimeterdicke Schicht aus braunem Staub, der an allem kleben blieb, selbst im Inneren. Bei all dem Dreck und Gerümpel hätte es sich genauso gut um eine Höhle handeln können.

Die Operators entspannten sich auf quietschenden Army-Klappbetten mit grünen Nylonbezügen, die mit ihren Aluminiumbeinen auf dem Sperrholzboden nie richtig gerade standen. Man hatte Regale aus zentimeterdickem Sperrholz und Kanthölzern mit kleinen, etwa kopfhohen Rückwänden zwischen den Kojen aufgestellt, um so etwas wie Privatsphäre zu schaffen. Aber eigentlich gab es keine, sofern man sich diese anderthalb mal 1,80 Meter großen Flächen nicht gerade als isolierte Zellen vorstellte.

Kolt stand auf und ging zum Eingang des Zelts. Er schob die Hand in die Tasche seiner Crye-Precision-G3-Kampfhose und zog einen halb leeren Beutel Red-Man-Kautabak heraus. *Es wird bald dunkel,* dachte er und schob sich drei Streifen zwischen Wange und Gaumen. Noch ein Tag war ohne konkrete Resultate verstrichen. Für die 30 bärtigen Delta-Operators waren es entschieden zu viele.

In der relativen Abgeschiedenheit und Versteckheit dieses beengten Areals auf dem Jalalabad Airfield konnte man schnell den Eindruck bekommen, auf einer verlassenen Insel gestrandet zu sein. Fast noch schlimmer: Es war keine Änderung in Sicht. Da die Vereinigten Staaten und Afghanistan vor ein paar Jahren ein Sicherheitsabkommen unterzeichnet hatten, wechselte die Kontrolle über militärische Operationen zunehmend auf die afghanischen Streitkräfte über. US-Soldaten und ihre Ausrüstung wurden nach und nach aus dem Kriegsgebiet abgezogen. Aber nicht die Kampfmittelbeseitigungstruppe der Mission Thunder Turtle, und ganz sicher nicht Spezialeinheiten wie die Delta Force. Ob es ihnen gefiel oder nicht, sie mussten bleiben. Solange Al-Qaida eine Bedrohung für die fragile afghanische Regierung oder – in ihren Augen noch wichtiger – die Sicherheit der Vereinigten Staaten darstellte, blieben Operators vor Ort.

Kolt drehte sich um, als er ein Geräusch hörte. Die Bravo-Leute johlten und zeigten auf den Bildschirm. Er kniff die Augen zusammen, um Einzelheiten zu erkennen, und schüttelte den Kopf. Die verschwommenen Wärmesignaturen ließen darauf schließen, dass zwei der Esel es miteinander trieben.

Kolt sah auf die Uhr und stellte fest, dass sie noch ungefähr eine weitere Stunde vor sich hatten. 60 Minuten monotones Herumsitzen und Warten darauf, dass etwas passierte, bevor es dämmerte und Thunder Turtle zur Basis zurückkehrte. So sah sein Leben in J-Bad aus. Stunden und Tage voller Langeweile, sporadisch durchbrochen von kurzfristigen Quickie-Missionen in den gefährlicheren und unbarmherzigeren Regionen Afghanistans. So war es schon seit dem ersten Einsatz nach 9/11. Obwohl das nun bald ein Jahrzehnt so ging und man Osama bin Laden vor zwei Jahren erwischt hatte, änderte sich nicht viel.

Im Afghanistan des 21. Jahrhunderts konnte einem jeder neue Augenblick weitere Adrenalinschübe bescheren, wie schon früher in der Menschheitsgeschichte, als die Legionen von Alexander dem Großen hier einmarschiert waren. Im einen Moment konnten die Soldaten eine Kolonne gepanzerter Fahrzeuge beobachten, die durch die kraterartige Landschaft krochen, im nächsten konnten sie bereits in ein erbittertes Feuergefecht mit wagemutigen Rebellen verwickelt sein. Kolt wusste, dass er einen gewaltigen Vorteil hätte, falls es dazu kam.

Im Zelt versammelten sich an diesem Abend viele erfahrene Leute. Vier der fünf Mitglieder des Bravo-Teams hatten fast zwölf Jahre lang im Rahmen der Operation Enduring Freedom zahlreiche Flüge aus den Staaten nach Afghanistan absolviert. Der jüngste Neuzugang im Team verfügte über immerhin vier Jahre Kampferfahrung. Außerdem hatten sie alle harte Stadtkämpfe im Irak miterlebt und in Ostafrika unter enormem Stress gestanden, wenn sie nicht gerade Taliban-Phantome und Al-Qaida-Kämpfer jagten. Zusammen mit Auszeichnungen für Tapferkeit hatten die meisten Schädel-Hirn-Traumata von Sprengfallen oder mauerbrechenden Detonationen als Andenken mitgenommen. Und die meisten, wenn nicht sogar alle, mussten davon ausgehen, als angehende Kandidaten für eine posttraumatische Belastungsstörung zu gelten.

Im Gegensatz zu Afghanistan war der Irak ein wahres Paradies für einen Operator. Es gab ständig etwas zum In-die-Luft-Sprengen oder jemanden, den man entweder retten oder aus dem Weg räumen konnte. Informationsfetzen aus einem Einsatz erwiesen sich als wertvoller Background für die nächsten Missionen. In den meisten Fällen ergänzten findige Analysten kurz vor der Rückkehr in ihr Schlafquartier einige bis dahin unbekannte Personen auf den Listen an der Wand, die ausländische Kämpfer und Anführer der schiitischen Milizen erfassten. Die meisten wünschten sich Frieden im Irak, aber für manche verschwammen die Grenzen zwischen richtig und falsch, und das Töten war für sie entweder zu einem Sport geworden oder ließ sie nur noch kalt.

Jetzt, in dieser kalten Nacht im späten Winter in Nordost-Afghanistan, saßen alle Teammitglieder bis auf eine Ausnahme untätig herum. Der Einzige, der sich seine Gefahrenzulage verdiente, war Shaft, aber er befand sich rund vier Stunden Fahrt von ihnen entfernt.

Im Gegensatz zum Rest durfte Shaft Jagd auf das attraktive Tier-One-Ziel machen – das Objekt, dem die Aufmerksamkeit der nationalen Kommandobehörden galt.

»Hat Shaft sein letztes Kommunikationsfenster eingehalten?«, fragte Slapshot, der stämmige Troop Sergeant Major.

»Ja, da suchte er immer noch nach Eseln«, antwortete Kolt, wobei er sich kaum vom Bildschirm abwandte. Er neigte den Kopf, platzierte seine Oberlippe zielgenau über der Öffnung der leeren Wasserflasche und spuckte einen Strahl Red-Man-Tabaksaft hinein.

Ohne den Blick von der neuesten *Maxim*-Ausgabe abzuwenden, meldete Digger sich zu Wort: »Na, das sollte im Hindukusch ja nicht so schwer sein.«

»Mann, ich mein die Sorte, die vier Beine hat. Ist 'n weiter Weg durch das Tal«, erwiderte Slapshot. Dann schüttelte er mit gespieltem Ekel den Kopf. »Aber vielleicht wird aus dem Paar da noch 'ne *ménage à trois,* wer weiß?« Er deutete auf den Flachbildschirm.

»Eine *ménage à* was?«, wollte Digger wissen.

»'n flotter Dreier, du Blödmann!«

»Ja, die Anzahl der Beine ist so ziemlich das Einzige, woran man die unterscheiden kann«, brummte der unverändert in sein Magazin versunkene Digger. Dann legte er es auf der Brust ab, um seinem Truppen-Daddy einen verstohlenen Blick zuzuwerfen.

Kolt lachte leise, wobei er darauf achtete, nicht den Eindruck zu erwecken, dass er sich in einen verbalen Schlagabtausch zwischen zwei Assaultern einmischen wollte.

»Glaubst du, Ghafour ist da?«, fragte Slapshot Kolt mit veränderter Stimme. Er sprach von dem 64-jährigen paschtunischen Ältesten Haji Mohammad Ghafour – einem Terroristen, den sie unbedingt erwischen wollten.

»Wer zum Teufel weiß das schon, Slapshot? Schätze, ich sollte besser dran glauben, wenn ich Shaft schon da hinschicke.«

»Ich wette, er ist nicht da. Aber hör lieber auf dein Bauchgefühl, Boss.«

»Wenn du's für unklug gehalten hast, Shaft zu schicken, warum hast du nichts gesagt?«

»Ich kenn dich schon lang genug, Racer. Hätte eh keine Rolle gespielt, was *ich* denke.«

Kolt fiel dazu nichts ein. Er widmete die volle Aufmerksamkeit erneut dem Plasmabildschirm und Thunder Turtle. Er wusste, dass er oft weiter gegangen war als andere. Dadurch geriet er allerdings auch öfter in Schwierigkeiten. Viele Operators verdankten ihren Silver Star oder ihr Purple Heart einer von Kolts impulsiven Kommandoentscheidungen.

Ihm war allerdings bewusst, dass manche seiner Entschlüsse unangenehme Folgen nach sich zogen. Die Namen mehrerer seiner Freunde waren in die Wand eingraviert, die als Gedenkstätte der Einheit diente, und jeder, der durch das ›Rückgrat‹, den zentralen Verbindungsgang der Delta-Basis ging, wurde an sie erinnert. Trotzdem wussten seine Männer, dass er Kugeln quasi magisch anzog und öfter unter

Beschuss geriet als die meisten anderen Kommandanten. Und wenn man nach mehr als zehn Kriegsjahren immer noch in der Delta Force war, gab es zwei Konstanten: Man war entweder geschieden oder bereitete die notwendigen Schritte vor, und wenn man unter Kolt diente, musste man entweder töten oder sterben. Es war und blieb eine Organisation von Freiwilligen, und der Selektionsprozess hörte nie auf.

Da der Krieg in Afghanistan nach zwölf Jahren weiter andauerte und der meistgesuchte Mann der Welt, Al-Qaida-Anführer Osama bin Laden, mittlerweile Fischfutter war, wendeten sich Tier-One-Einheiten wie die Delta Force jetzt anderen Zielen zu. Die neue Nummer eins auf ihrer Liste war der ägyptische Arzt Aiman Al-Zawahiri, oder *Z-man,* wie die Special Operations Forces ihn nannten. Er hatte die Führung von Al-Qaida kurz nach bin Ladens Tod übernommen und lief nach wie vor frei herum. Ghafour, der bis vor Kurzem noch relativ unbekannt gewesen war, verdankte seinen höheren Listenplatz der langjährigen Beziehung zu *Z-man.*

Trotz vieler Informationen wusste niemand, wo sich diese beiden Männer aufhielten. Lange war es die gängige Methode der Special Operations Forces gewesen, frühere Bekannte von Zielpersonen aufzuspüren. Manche bezeichneten diese Targets als ›tief hängende Früchte‹. Man hoffte – und es war oft wirklich kaum mehr als eine Hoffnung –, dass sie etwas über die ranghöheren Gesuchten verraten konnten. Im Laufe der Jahre hatte diese Herangehensweise zu sehr unterschiedlichen Ergebnissen geführt.

Wenn man Ghafour fand, konnte es durchaus bedeuten, dass die Ergreifung Zawahiris nur noch eine Frage der Zeit war. Aber kürzlich aufgetauchte Informationen legten nahe, dass es aus einem ganz anderen Grund außerordentlich wichtig war, Ghafour zu finden. Die CIA betrachtete ihn nicht länger nur als ›tief hängende Frucht‹.

Fast ein Jahr lang hatte man die Fundgrube aus Computerdaten, Festplatten, USB-Laufwerken und handgeschriebenen Dokumenten auf Arabisch gesichtet, die das SEAL Team 6 in bin Ladens Versteck in Abbottabad, Pakistan, sichergestellt hatte, bis man schließlich auf entsprechende Hinweise zu Ghafour stieß. Versteckt in Osamas umfangreicher Pornosammlung entdeckte ein an Schlaflosigkeit leidender Analyst verschlüsselte Pläne, die Ghafour mit geplanten Attacken auf kommerziell betriebene Kernkraftwerke in Verbindung brachten. Zwei dieser Kraftwerke befanden sich in Europa, drei andere wurden im Rahmen einer kruden Verschlüsselung lediglich durch die Buchstaben X, Y und Z bezeichnet. In einem waren der Analyst und Kolt sich 100-prozentig einig: X, Y und Z befanden sich mit an Sicherheit grenzender Wahrscheinlichkeit auf dem Gebiet der USA.

Das genügte, um sich der Aufmerksamkeit des Präsidenten sicher zu sein, ebenso wie der jedes Staatschefs der amerikanischen Alliierten. Und weil der kürzliche internationale Aufschrei über den Einsatz von Saringas gegen die eigene Bevölkerung durch das syrische Schurkenregime gezeigt hatte, dass die ›Koalition der Willigen‹ nur begrenzt bereit war, bei solchen internationalen Vorfällen einzuschreiten, konnte der Präsident sich nicht erlauben, bei einem potenziellen Angriff auf amerikanischem Boden Schwäche zu zeigen. Während viele Informationen, die man in dieser Nacht in Abbottabad gefunden hatte, mit dem Rest der Welt geteilt wurden, befürworteten alle Organisationen und Behörden, in deren Zuständigkeit Aspekte der nationalen Sicherheit fielen, dass die *MTSAK*-Akten – kurioserweise in der Aussprache sehr eng an *empty sack* angelehnt – streng geheim bleiben sollten.

Um ganz ehrlich zu sein: Kolt hatte der Bürgerkrieg in Syrien zunächst ebenso wenig gejuckt wie Haji Ghafour. Bis man feststellte, dass sein Heimatland dadurch bedroht wurde. Andernfalls hätte er Shaft nie gebeten, bei einer

Einzelgängermission im pakistanischen Ödland seinen Hals zu riskieren.

»Vielleicht sollten wir uns die Esel da schnappen und sie ausquetschen«, schlug Kolt vor. Er sah zu, wie die Tiere ihr nachmittägliches Schäferstündchen beendeten und einen Pfad einschlugen, der den der gepanzerten Kolonne kreuzen würde. »Haben Sie diese Tiere richtig sehen können?«, wollte Kolt von Slapshot wissen. Sein Kollege hatte einen Knopf im Ohr, mit dem er die Funksprüche von Thunder Turtle mitverfolgte.

»Ja, Racer«, bestätigte Slapshot. »Bloß drei stinknormale Esel. Keiner hat ihnen was umgeschnallt, und wenn sie so viel Sprengstoff geschluckt hätten, könnten sie sich wohl kaum so bewegen.«

»Schätze, nicht«, gab Kolt zurück. Trotzdem hatte er ein ungutes Gefühl dabei, wie die Esel von ihrem Treffpunkt zwischen den Felsen zur Straße hinunterwanderten. Die noch 50 Meter entfernten Huskies drosselten das Tempo, wurden aber nur unmerklich langsamer.

Der Buffalo an der Spitze fuhr an den rechten Straßenrand. Zweifellos hatte der Bordschütze darum gebeten. Er wollte wahrscheinlich einen Schuss auf die Tiere abfeuern, um sie zu verscheuchen. Da entstand abrupt eine wirbelnde, weiße Wolke auf dem Bildschirm und hüllte die gesamte Kolonne ein.

»Fuck!«, schrie Kolt. Er packte die Wasserflasche so fest, dass sie aufplatzte und ihm der Tabaksaft über die Finger lief. Nachdem die Wolke sich verzogen hatte, sah man den Buffalo mit der Nase nach unten in einem volle fünf Meter breiten Krater stecken.

»Verflucht, das hat wehgetan«, rief Digger. Er schob sich so dicht an den Bildschirm heran, dass er fast mit der Nase dagegenstieß. »Der Buffalo scheint noch heil zu sein. Ich meine, er hat zwar das rechte Vorderrad verloren, aber der Rumpf wirkt unbeschädigt. Gibt's Verletzte, Slapshot?«

»Moment. Die versuchen gerade, die Lage in den Griff zu kriegen.«

Slapshot saß vorgebeugt und presste die rechte Hand ans Ohr, während er zuhörte. Eine halbe Minute später blickte er hoch. »Keine Schwerverletzten oder Toten. Der Fahrer hat wahrscheinlich 'nen Knöchelbruch und die anderen wurden ziemlich durchgerüttelt, aber ansonsten sind sie okay.«

Kolt entspannte sich etwas. Etwa 900 Meter hinter dieser Kolonne folgte eine zweite, die aus drei weiteren Buffalos und zwei 29 Tonnen schweren MRVs bestand – das stand für *mine-resistant recovery vehicles,* also minenresistente Bergungsfahrzeuge. Quasi Abschleppwagen auf Steroiden. Beide waren schwer gepanzert und verfügten über einen riesigen Hubarm, der bis zu 30 Tonnen heben konnte. Ferner zählten Abschleppwinden zur Ausstattung. Thunder Turtle mochte keine schnelle Truppe sein, aber sie war bestens vorbereitet.

Die zweite Explosion beendete das Leben der drei Esel.

»Verdammt, die Esel waren mit Sprengstoff beladen. Der Auslöser muss nervös geworden sein und den Knopf zu früh gedrückt haben«, fluchte Slapshot.

Kolt wollte ihm gerade zustimmen, als Schüsse mit Leuchtspurmunition über den Monitor flackerten. Eine Menge Schüsse. Entlang der Kolonne gepanzerter Fahrzeuge erfolgten mehrere kleinere Detonationen. Eine direkt dort, wo ein Buffalo stand. Mehrere Folgeexplosionen im Inneren des Fahrzeugs schlossen sich an und rissen das gepanzerte Ungetüm in Fetzen.

»Die ballern wild rum und schmeißen Granaten«, erkannte Kolt. Damit gab er das Stichwort zum Aufbruch.

»Gott, das sieht aus als wär 'ne Mörsergranate direkt in die Schützenluke reingeflogen!« Slapshot kam aus seiner Koje geklettert.

Kolt rannte bereits zum Ausgang des Zelts. »In zehn Minuten ist Abmarsch!«

2

»Packt euer Zeug!«, befahl Kolt auf dem Weg zum Bereitschaftsraum.

Slapshot hob eine Hand, während die Männer des Bravo-Teams sich in Bewegung setzten. »Ich hab den Flugstatus im Auge behalten. Wir werden uns gedulden müssen. Die bereitstehenden Vögel haben sie vor 'ner Stunde auf eine Unterstützungsmission für die ANF geschickt. Dann geriet noch ein Rettungsflieger unter Beschuss und einer von ihren Black Hawks meldete, dass er nicht mehr wegkommt und am Boden bleiben muss. Die Flugzentrale hat ihnen zwei weitere Black Hawks zur Unterstützung geschickt. Die sagen, dass es mindestens 'ne Stunde dauern wird, bis noch zwei vorbereitet und flugfertig sind.«

Kolt blieb stehen und drehte sich zu Slapshot um. »Ist mir egal, ob die dafür Kleber und Gummiband benutzen, aber ich will, dass sie umgehend einen Black Hawk fertig machen.«

»Ich kümmer mich drum, Boss«, versprach Slapshot. Kolt verließ mit dem Rest des Teams das Zelt.

Er ignorierte die Kälte und stapfte rasch über das Gelände zum Bereitschaftsraum. Er wollte sich gerade über die unausgegorene Planung aufregen, die Thunder Turtle in diese Notlage gebracht hatte, bremste sich aber, um nicht zu sehr in Rage zu geraten. Schuldzuweisungen konnte und würde man später vorbringen. Aber jetzt musste er sich konzentrieren und voll da sein.

Kolt betrat den Raum und ging zu seinem Sperrholzschrank am entgegengesetzten Ende. Die ideale Stelle, um seine Kameraden im Blick zu behalten, während sie sich bereit machten. Falls etwas nicht funktionierte oder jemand Zweifel hatte, bekam er es von hier aus mit. Schnell begann er mit dem Ritual, das seine Muskeln beinahe automatisch durchführten. Es spielte keine Rolle, ob es vor einer Übung war oder einem echten Einsatz wie heute Nacht. Das Anlegen der Ausrüstung erledigte er stets auf die gleiche Weise und mit hoher Konzentration. Vergleichbar mit einem abergläubischen Baseballspieler, der seine Schnürsenkel immer auf die gleiche Art band, dabei vier Spearmint-Kaugummis kaute, mit dem Schläger gegen die Stollen seiner Schuhe klopfte oder die Klettverschlüsse seiner Fanghandschuhe nach jedem Wurf rituell öffnete und schloss. Der große Unterschied zu einem Delta-Operator bestand darin, dass es in diesem Fall um Menschenleben ging, nicht um das Aufhübschen einer Sportstatistik.

Kolt nahm sich einen Augenblick Zeit zur Begutachtung des Equipments. Alles lag noch dort, wo er es nach der letzten Mission deponiert hatte. In der Mitte des Schranks warteten in aufrechter Position Schutzweste und Panzerplatten, schwer und robust wie die Rüstung eines römischen Soldaten. Sie glänzten zwar nicht, wirkten aber trotzdem beeindruckend.

Die Gewehre und das Halligan-Tool lehnten an der Rückwand, erstere mit der Mündung nach oben, die geladenen Magpul-Magazine ordentlich an der Seitenwand gestapelt. Die Glock-23-Gen4 in taktischem Hellbraun lag ungeladen auf der Seite, daneben die mit Vollmantelpatronen bestückten Magazine. Olivgrüne Rauchpatronen, Thermitgranaten, Splittergranaten und Nine-Banger-Blendvarianten stapelten sich in Kartons. Nicht gerade hübsch anzusehen, aber praktisch. Selbst nach so vielen Jahren brachte dieser Anblick Kolt zum Lächeln.

Die beiden Funkgeräte blinkten grün in ihren Ladestationen, was signalisierte, dass die Batterien komplett aufgeladen waren. Für einen Delta-Truppenkommandanten war es der sichere Weg ins Verderben, mit nicht voll funktionsfähigen Funkgeräten loszuziehen. Kolt hielt es für fast genauso schlimm wie eine Waffe ohne Munition. Wenn man nicht mit den Assaultern oder Scharfschützen kommunizieren konnte, wie wollte man da eine Truppe anführen?

Zusätzliche Batterien für alle Geräte, von der Waffenoptik über Nachtsichtgerät und GPS-Orter bis hin zum Peltor-Headset, waren säuberlich mit Klebeband oder anderen Hilfsmitteln am entsprechenden Ausrüstungsgegenstand festgeklettet oder in einer Westentasche verstaut. Sprengladungen für Türen, zwei mit Gummistreifen und eine 84-Zoll-Schneidladung, wurden ordentlich zusammengerollt von einem Gummiband gehalten. Die Zünder lagen auf der entgegengesetzten Seite, solange sie nicht gebraucht wurden. Kolt achtete darauf, die Zünder in Taschen weit genug von den Sprengladungen entfernt zu lagern, um kein unnötiges Risiko einzugehen.

Er hielt inne und starrte ins Leere, während er dem Geraschel des Bravo-Teams lauschte, das seine Ausrüstung zusammensuchte. Kein wildes Rumoren wie bei einer Sportmannschaft. Die Männer arbeiteten ruhig, führten leise und knappe Unterhaltungen. Hollywood hätte mit so einer unspektakulären Szene nichts anfangen können.

In der Gewissheit, dass sonst alles geregelt war, klopfte Kolt auf die linke Schultertasche, um sich zu vergewissern, dass die Packung Red-Man-Tabak noch mindestens zu einem Drittel gefüllt war. Dabei spürte er auch den CAT-Druckverband und hoffte, dass er ihn diesmal nicht brauchte. Er strich mit der Hand am Körper entlang und ertastete in der linken Hosentasche die aus Stoff bestehende Fluchtkarte des umgebenden Gebiets. Außerdem waren dort 300 Dollar in Goldmünzen sowie sein *Blood Chit,* ein Rettungszettel in einem halben Dutzend Sprachen, darunter Arabisch, Persisch, Urdu, Paschtunisch, Russisch und Hindi. Im Zeitalter des Dschihad wusste man nie, was für Leuten man begegnete.

Je nach ihrer Stammeszugehörigkeit, der aktuellen Windrichtung und der Laune des Gottes, zu dem sie beteten, konnte in Sekundenbruchteilen alles vor die Hunde gehen. Aber Gold brachte in der Regel die Augen jedes Gegners zum Funkeln.

Kolt öffnete den Einsatzgürtel aus schwarzem Nylon und stopfte sich das Hemd in die Crye-Combathose, bevor er ihn wieder schloss. Als Nächstes befestigte er die Schlaufe am Ende der elastischen Sicherheitsleine der Gürtelschnalle und schlang das Nylonseil um die Hüfte, ehe er den Schnappverschluss um eine Schlaufe auf der Rückseite einrasten ließ. Falls der Heli abstürzte, eine Notlandung hinlegen musste oder der Pilot abrupte Manöver flog, konnte Kolt sicher sein, nicht über Bord zu gehen, solange er sich angeleint hatte.

Er nahm Bewegung im Vorbau des Zelts wahr. Jemand kam mit Stiefeln an den Füßen hereingerannt. Slapshot trug ein Grinsen im rotbärtigen Gesicht. »Unser Vogel steht bereit! Wir fliegen in sechs Minuten ab!«

»Klingt gut«, freute sich Kolt. Dann fiel ihm der körperliche Zustand von Master Sergeant Jason ›Slapshot‹ Holcomb ein. Es lag jetzt etwa ein Jahr zurück, dass sie einen Durango-SUV geschrottet hatten, während sie mit Hochgeschwindigkeit Daoud Al-Amriki im nördlichen Mexiko verfolgten. Slapshot hatte dabei am meisten abbekommen, sich einen Wangenknochen und den linken Arm gebrochen und außerdem massive innere Verletzungen davongetragen. Danach verbrachte er sechs Monate in einem künstlichen Koma. Niemand war ganz sicher gewesen, ob er durchkam.

»Willst du diesmal aussetzen, Jason?«, fragte Kolt.

»Leck mich, Racer«, konterte Slapshot bissig. »Wenn ich aussetzen wollte, wär ich in Fayetteville geblieben und würd jetzt gerade aus Huske's Hardware House torkeln.«

»Deine Entscheidung, Bruder.«

Kolt nickte zustimmend und kramte weiter in seinen

Sachen. Er wollte zwar nicht ohne seinen Troop Sergeant Major in den Einsatz ziehen, aber Slapshot auch nicht gegen seinen Willen dazu zwingen. Nachdem das geklärt war, nahm Kolt die Sticker, die sein Rufzeichen in Leuchtbuchstaben zeigten, und befestigte sie an den Klettverschlüssen seiner Schultertaschen. Dann bückte er sich, hob die Trageweste an den Schulterpolstern hoch und drehte sie um. Er drückte auf den CamelBak-Wasserbehälter im Ärmel, um zu prüfen, ob er gefüllt war. Nun zog er sich die Weste über den Kopf und zwängte die Arme durch die Löcher. Nachdem er die Fastek-Schnallen an beiden Seiten gefasst und miteinander verbunden hatte, zog er die Enden der Nylon-Schnüre stramm, damit das Kleidungsstück noch enger am Körper anlag. Er fragte sich, ob sich die römischen Zenturionen vor vielen Jahrhunderten ähnlich gefühlt hatten, wenn sie ihre Rüstung anlegten. Vermutlich schon.

Kolt zog die zwei Funkgeräte vom Typ MBITS AN/PRC-148 aus den Ladestationen. Er vergewisserte sich, dass das Gerät, das er in die Funkgerättasche an der linken Seite seiner Weste steckte, auf die niedrigere Frequenz des internen Truppennetzes eingestellt war. Das in der rechten Tasche empfing die Signale aus der oberen Frequenz des Squadron-Kommandos.

»Nach diesem Einsatz schul ich vielleicht auf Astronaut um«, witzelte Slapshot, während er sich in seine Sachen zwängte.

»Astronauten essen Pulvernahrung, Slapshot. Das wär nichts für dich«, gab Digger zu bedenken.

Darüber hatte Kolt noch nie nachgedacht, aber dieses Anlegen der Montur erinnerte tatsächlich ein wenig an die Vorbereitungen von Astronauten vor einem Spaziergang im All, wie man es aus TV-Dokumentationen kannte. Er zog das Mundstück des CamelBak-Wasserbehälters an die Lippen heran und trank einen Schluck. Warmes Wasser strömte ihm in die Kehle. Er wusste, dass manche die Behälter mit

Gatorade oder sogar Red Bull füllten, aber er war altmodisch und zog das gute alte H_2O im Einsatz vor.

»Die beharken sich dort immer noch«, teilte Slapshot mit, der die Schießerei um Thunder Turtle mitverfolgte, während er sich anzog. »RPGs, Mörser und AKs. Und … ach du Scheiße! Jetzt fängt's auch noch an zu schneien.«

Es wurde stiller im Bereitschaftsraum. »Wie stark?«, fragte Kolt. Er war erstaunt, wie schnell Slapshot es anhand des Wärmebilds erkannt hatte. Trotz aller technischen Fortschritte blieb es eine Herausforderung, bei Schneefall zu fliegen. Wenn es zu schlimm wurde, bekam der Vogel keine Flugerlaubnis.

»Nicht besonders, aber es kann eigentlich nur schlimmer werden.«

Kolt fluchte in sich hinein. »Wird ja immer besser.« Er kehrte zum Schrank zurück, holte zwei Mini-Splittergranaten und zwei Nine Banger aus der Kiste und schob diese in die eigens angenähte Tasche über dem v-förmigen ballistischen Tiefschutz. Als er das vor zwölf Jahren zum ersten Mal getan hatte, war ihm dabei ziemlich mulmig zumute gewesen. Aber jetzt verschwendete er keinen Gedanken daran.

Er nahm die braunen Magpul-Magazine mit je 30 Patronen im Kaliber 5,56 Millimeter und stopfte sie in die vier Magazintaschen vor dem Bauch. Dabei waren die Patronen nach unten und nach rechts gerichtet, um ein schnelles Nachladen zu erleichtern. Eins ließ er im Schrank zurück. Er deponierte noch zwei zusätzliche 15-Schuss-Magazine im Kaliber 40 Millimeter für seine Glock in den Taschen für Pistolenmagazine, erneut mit den Kugeln nach unten und rechts gedreht.

»Wie geht's Thunder Turtle?«, fragte er, während er den Peltor-Gehörschutz über die lange braune Mähne schob. Er betätigte den Einschaltknopf an der Rückseite des rechten Kopfhörers und klatschte mehrmals dicht am Ohr, um zu checken, ob der Schutz funktionierte. Das tat er.

»Sie halten die Stellung, haben aber drei Schwerverletzte«, antwortete Slapshot. »Ein Pedro-Flug ist unterwegs, aber die werden keine Landeerlaubnis kriegen, bevor die Landezone sicher ist. Die fangen schon an, davon zu reden, die Verletzten einfach aufzuladen und loszufahren, aber das würde Stunden dauern.«

»Dann müssen wir so schnell wie möglich in die Luft«, erkannte Kolt. Er führte die Peltor-Funkkabel durch die Klettverschlüsse und befestigte den Sprechknopf an einer Stelle im Schulterbereich der Weste, wo er nicht beim Schießen störte.

Der Reißverschluss zum Bereitschaftsraum wurde aufgerissen. »Der Heli ist in drei Minuten fertig!«

Kolt schnappte sich die Glock 23 und bewegte mit drei festen Schlägen mehrmals den Schlitten zurück, um das Schmiermittel gleichmäßig über die Rillen zu verteilen. Dann hob er die Pistole, zielte auf einen zwei Zentimeter breiten Streifen schwarzes Klebeband an der Wand und gab einen trockenen Schuss ab. In einer fließenden Bewegung schob er ein 40-Millimeter-Magazin in die Waffe und versetzte dem Schlitten noch einen Stoß, um die erste Patrone in die Kammer zu befördern. Ein Druck auf den Auswurfknopf ließ das Magazin in seine Handfläche fallen. Nachdem er die Pistole wieder im Halfter verstaut hatte, füllte er mit einer weiteren Patrone auf. Er zog die Waffe erneut und rammte das wieder volle Magazin hinein, bis er das unverwechselbare Klicken beim Einrasten hörte und spürte. Zufrieden versenkte er sie wieder im Halfter.

Kolt streckte die Hand nach dem Helm aus, klopfte auf die blasse amerikanische Flagge, die mit einem Klettverschluss an der rechten Seite befestigt war, und auf das Rufzeichen an der Rückseite. Er drehte den Kopfschutz um und lächelte, als sein Blick auf das Foto von seinem Großvater im Zweiten Weltkrieg fiel, das im Gurtband steckte. Ein beruhigendes Gefühl, dass der eigene Vorfahr einen im Auge behielt. Er drehte den Helm wieder richtig herum und drückte aufs Infrarot-Leuchtband. Es saß ausreichend stramm. Abschließend setzte er sich den Helm über den Peltors auf und zog den Kinnriemen stramm.

Er drückte den Knopf, durch den sich die Nachtsichtbrille vor seine Augen senkte, um sich zu vergewissern, dass sie automatisch aktiviert wurde und sich die Kompassfunktion von selbst einstellte. Zufrieden schob er sie hoch und ließ sie einrasten, entfernte die schwarzen Staubschutzhüllen von beiden Linsen und legte sie auf das Regalbrett im Schrank.

Er hielt inne, atmete tief ein und langsam aus. Alles eine Frage der Konzentration. Solche Details waren enorm wichtig. Wenn man losrannte wie ein kopfloses Huhn, erlitt man auch das gleiche Schicksal. Konzentriert und ruhig nahm Kolt sein HK416-Gewehr und betätigte mit dem Daumen den Umschalthebel für den Feuermodus. Er schob zwei Finger in den Durchladehebel und zog ihn dreimal nach hinten, um auch hier zu checken, dass die Waffe ungeladen war. Er wusste es zwar, tat es aber trotzdem. Man überprüfte seine Waffe immer, wenn man sie einpackte. Immer!

Nun kam das letzte Kaliber-5,56-Magazin dran, wurde fest in den Magazinschacht geschoben und einer leichten Zugprobe ausgesetzt, um zu testen, ob es eingerastet war. Ein letztes Mal zog er den Durchladehebel zurück, ließ den Verschluss nach vorne schnappen und die 5,56-Millimeter-Patrone, eine Hornady TAP 75, in die Kammer gleiten. Ein prüfendes Klopfen mit der rechten Hand auf die Schließhilfe, bevor der Umschalthebel auf die sichere Position wechselte und sich die Abdeckung der Verschlussöffnung schloss.

Kolt hob das Gewehr und schaltete das EO-Tech-Visier ein. Es funktionierte tadellos. Er schaltete es wieder aus. Mit einem finalen Blick durch den Raum entfernte er den Infrarotfilter vom taktischen Licht an der rechten Seite des Systemkastens und drückte den Aktivierungsknopf, um zu sehen, ob die Lampe in Ordnung war, bevor er den Filter wieder anbrachte. Dasselbe tat er mit dem Infrarotlaser und Scheinwerfer an der Oberseite des Systemkastens.

Das Bravo-Team war bereit. Die Männer führten letzte Checks durch, wobei jeder Einzelne von ihnen Waffen und Ausrüstung die volle Aufmerksamkeit widmete. Kolt nickte und zog am Gewehrgurt. Er ließ sich komplett in die Länge ziehen. *Gut!* Auch die Einstellung der ausziehbaren Schulterstütze entsprach seinen Vorstellungen. Er schob den linken Arm durch die Schlaufe und hielt sich das Gewehr vor die Brust, während er den Gurt auf die passende Länge kürzte.

Ein Druck auf die Sprechtaste, um einen Funkcheck mit dem Team zu machen. Alle Funkgeräte funktionierten und waren im Netz. Er drehte den Kanalwählschalter an der Oberseite einen Klick nach rechts und funkte den Air Mission Commander auf *Helo Common* an.

»Baller Zwei-Eins, hier Eins-Eins. Kommen.«

»Hier ist Baller Zwei-Eins«, reagierte der Chief Warrant Officer 4 sofort – Bill Smith, ein alter Freund von Kolt.

»Smitty, was macht der Schnee?«, erkundigte sich Kolt.

»Racer, gäbe es kein noch laufendes Feuergefecht mit Verletzten, würde ich nicht abheben.«

Kolt wusste, dass es schon beinahe ein Blizzard sein musste, wenn Smitty so etwas sagte. Er beschloss, den Bogen nicht zu überspannen.

»Verstanden, Kumpel. Wir fliegen ab, wenn du es sagst. Deine Entscheidung, wie üblich.«

»Roger. Die Seile sind fertig und liegen für Passagiere bereit.«

Kolt zog sich die Quarterback-Armbinde über seinen linken Unterarm, öffnete sie und brachte den GTG *(Grid Target Graph)* zum Vorschein, eine Rasterkarte des Einsatzgebiets. Damit war sein übliches Prozedere nahezu abgeschlossen. Er drehte sich noch einmal zum Schrank um, nahm die etwa sieben mal zehn Zentimeter große, rot-weiß-blaue amerikanische Flagge heraus, die mit einem

Klettverschluss am Sperrholz befestigt war, und brachte sie an der Kontaktstelle im Brustbereich seiner Weste an. Ein alter Brauch, den er von den frühen Delta-Operators übernommen hatte. Kolt und viele seiner Männer fühlten sich verpflichtet, ihrem Beispiel zu folgen.

Schließlich ging er zum Kühlschrank hinüber, nahm einen Energydrink heraus und wandte sich den Männern zu, die ebenfalls Dosen oder Flaschen mit ihrem bevorzugten Getränk in der Hand hielten. »Auf uns und auf die, die so sind wie wir – davon gibt's nur noch verdammt wenige!« Alle tranken und schleuderten ihre Dosen in den Mülleimer in der Ecke.

Kolt schenkte seinen schwarz gekleideten Begleitern einen letzten Blick und ging zum Ausgang. Untypischerweise hielt er kurz inne und wandte sich noch einmal seinen Männern zu.

»Bin ich eigentlich der Einzige, der findet, dass Shaft heute Abend besser dran ist als wir?«

3

Der Black Hawk setzte Kolt und sein Bravo-Team im wirbelnden Schnee auf einem felsigen Hügel etwa 550 Meter westlich von Thunder Turtle ab. Kolt hatte seine Leine schon ausgehakt und war schon aus der Luke, bevor die Ballonreifen des Helis sanft auf dem Boden aufsetzten. In neun von zehn Fällen brachten Hubschrauber einen dorthin, wo man hinwollte. Aber sie waren bei der Landung nichts als große, einfach zu treffende Zielscheiben. In einer Kampfzone ging einem in jeder Sekunde der Arsch auf Grundeis, sobald der Heli sich nicht mehr vom Fleck bewegte.

Über dem niedrigen Bergkamm, der Kolts Position von der Stelle trennte, an der die Taliban ihren Hinterhalt gelegt hatten, gerieten Leuchtspur-Querschläger in Sicht. Ein unheimliches, oranges Glühen zeichnete sich an der Stelle mit dem zerstörten Buffalo ab. Kolt hatte den Piloten angewiesen, sie an der windabgewandten Seite im Schutz des Felsrückens abzusetzen. Er behielt den Grat im Auge und forschte nach dem verräterischen Aufblitzen feindlichen Mündungsfeuers, aber die Taliban schienen all ihre Kraft auf Thunder Turtle konzentriert zu haben.

Nachdem der letzte Assaulter ausgestiegen war, heulten die zwei maßgefertigten General-Electric-T700-Triebwerke des MH-60M Black Hawks der Night Stalker auf. Der Pilot ließ den Hubschrauber sofort abheben. Kolt zog den Kopf ein und schloss den Mund, während Steine und Sand auf ihn niederprasselten. Diese paar Sekunden, wenn einem der tonnenschwere, wirbelnde Tod direkt über dem Kopf schwebte, waren nie angenehm.

»Ich wette, die haben uns nicht kommen sehen«, meinte Slapshot. Er war neben Kolt aufgetaucht und klopfte ihm auf die Schulter, während der durch den abfliegenden Black Hawk verursachte Sturm nachließ und sich mit dem kalten Bergwind vermischte.

Kolt blickte zur Kammlinie hinauf und klappte das Nachtsichtgerät vor die Augen. Die Taliban mussten angenommen haben, dass der Schnee jedes Rettungsteam daran hinderte, Thunder Turtle zu erreichen. Oder sie hatten bewusst geplant, Chaos anzurichten und sich danach ins Dorf zurückzuziehen, bevor die amerikanischen Luftstreitkräfte am Schauplatz des Geschehens eintrafen. So oder so, es war gut.

»Der Heli hat Thunder Turtle gerade unsere Position durchgegeben. Die wissen, dass wir hier sind«, berichtete Slapshot.

»Roger«, sagte Kolt. »Dann lassen wir die Taliban auch mal wissen, dass wir hier sind.«

Kolt, Digger und der Scharfschütze des Teams, Stitch,

machten sich auf den Weg. Sie huschten den Hang hinab bis in einen schmalen Graben, der vor dem Hügelkamm verlief. Bei Tageslicht wäre das ein selbstmörderischer Akt gewesen, aber in der Dunkelheit, wenn der Feind blind war und sich auf einen anderen Punkt konzentrierte, konnte man dieses Risiko getrost in Kauf nehmen. Es war zwar Mist, aber eine ganze Ecke besser, als mit dem Heli mitten im Kampfgebiet zu landen. Das war schon oft versucht worden, und immer hatten viele gute Männer dafür mit ihrem Leben bezahlt.

Trotzdem – wenn die Taliban auch nur einen einzigen Späher in den Hügeln hatten, der nach hinten Ausschau hielt, wurde es für Bravo verdammt brenzlig. Kolt war stürmisch und ein Draufgänger, aber nicht dumm. Die Hälfte des Bravo-Trupps blieb auf dem Hügel und leistete dem Rest Feuerschutz, während die Männer den Hang hinab- und auf der anderen Seite wieder hinaufstiegen.

Slapshot flüsterte in Kolts Kopfhörer: »Racer, Bewegung auf dem Kamm, auf elf Uhr.«

Kolt erstarrte. AK-Schüsse, gemischt mit dem tiefen Wummern eines 40-Millimeter-Granatwerfers aus einem der gepanzerten Fahrzeuge. Währenddessen ballerte ein Bordschütze mit einem verdammt lauten Kaliber-50-Maschinengewehr. Die restlichen Geräusche wurden vom zunehmend stärkeren Wind und dem dadurch aufgewirbelten Schnee verschluckt.

»Scheiße, ich seh nichts mehr.«

Kolt hob vorsichtig den Kopf und lugte nach links oben. Nichts als weiß und die tanzenden Schatten der Flammen vom brennenden Buffalo auf der anderen Seite.

»Und?«, fragte Kolt und brachte das HK416 an der Schulter in eine angenehmere Position. Aus den Augenwinkeln registrierte er, dass auch die anderen beiden Mitglieder des Bravo-Teams, die ihn begleiteten, an Ort und Stelle erstarrt waren. Stitch war gut 1,80 Meter groß und hatte extrem breite

Schultern. Er warf einen langen Mondschatten einige Meter vor dem größeren Digger, der ein leichtes M249-Maschinengewehr mitschleppte, das mit einem Gewicht von zehn Kilo diese Bezeichnung Lügen strafte. Es war mit einer Multi-Cam-Stofftasche ausgestattet, die einen Gurt mit 200 Schuss 5,56-Millimeter-Munition enthielt. Außerdem schleppte er eine ähnlich schwere, schwarze Sanitätertasche mit.

»Ich war mir sicher, 'nen Kopf und 'nen Oberkörper gesehen zu haben. Aber jetzt ist da gar nichts mehr«, funkte Slapshot.

»Kannst du uns mit dem Gewehrlaser die Stelle markieren?« Kolt spähte durch die Nachtsichtbrille. Er wollte, dass Slapshot den Infrarotlaser seiner Waffe einschaltete und diesen schmalen, für das bloße Auge unsichtbaren Strahl auf die feindliche Position richtete.

»Ist markiert. Gesehen?«, fragte Slapshot.

»Ja.«

Kolt scannte weiter den Hügelkamm. Aber falls der Taliban-Späher dort war, musste er sich inzwischen hingelegt haben.

»Scheiße. Also los.« Kolt strengte seine Beine an, um schnell die letzten 60 Meter zum Punkt auf der Kammlinie hochzusteigen, auf den Slapshot seinen Laser gerichtet hatte. Falls dort ein Späher gewesen war, durften sie keine Zeit verlieren.

Gewehrschüsse pfiffen über seinen Kopf hinweg. Er wusste, dass das keine Querschläger von der Schießerei auf der anderen Seite sein konnten.

»Drei Turbane auf dem Kamm, auf zehn Uhr!«, warnte Slapshot, während Digger mit dem M249-Maschinengewehr das Feuer eröffnete. Gurtglieder und ausgeworfene Hülsen der rasch abgefeuerten 5,56-Millimeter-Patronen zischten über Kolt hinweg. Die Kupfergeschosse prasselten auf die Kammlinie nieder, die sich jetzt nur noch knapp acht Meter oberhalb von ihm befand.

Kolt ließ sich auf die Knie fallen und packte eine Splittergranate. Er riss das Klebeband ab, zog den runden Splint, zählte bis zwei und warf sie über die Hügelkuppe zu der Stelle, an der er die Taliban vermutete.

Ein greller Knall ertönte. Steine und Erdbrocken flogen durch die Luft. »Wir gehen rauf«, sprach er in sein Mikro. Er erhob sich in gebückte Haltung und legte die letzten Meter nach oben im Sprint zurück. Dabei hielt er nicht direkt auf die Taliban-Position zu, sondern wich in der Hoffnung nach rechts aus, sie flankieren zu können. 15 Meter weiter erreichte er den Hügelkamm, warf sich auf den Bauch, schob erst das HK416 über den Rand, dann seinen Kopf.

Die Leichen zweier Talibankämpfer lagen ausgestreckt auf den Felsen. Hirnmasse trat aus dem Hinterkopf von einem der Kämpfer aus, während der andere mit dem Gesicht nach oben und leerem Blick in den Himmel starrte. Kolt erwog kurz, durch ein Stechen in die Augen zu überprüfen, ob der andere noch lebte. Aber stattdessen entschied er sich dafür, auf Nummer sicher zu gehen. Er versenkte zwei schallgedämpfte Kugeln in dem Körper, bevor er sich umdrehte, um nach dem dritten Taliban zu suchen. Diesen entdeckte er 30 Meter entfernt, wo er den Hang hinabhastete wie ein verschreckter Affe und sich mit der linken Hand die rechte Schulter hielt. Aus den Winkeln seiner Nachtsichtbrille bekam Kolt mit, wie Digger eine kurze Salve abfeuerte. Alle drei Kugeln trafen den Kämpfer zwischen den Schulterblättern. Er fiel mit dem Gesicht voran zu Boden und bewegte sich nicht mehr. Kolt war beeindruckt – schließlich war Digger in der Truppe vor allem fürs Verarzten und Zusammenflicken zuständig.

»Slapshot, drei Krähen erledigt. Uns geht's gut«, gab Kolt durch, während er die beiden leicht bekleideten, toten Aggressoren in der Nähe musterte. Es erstaunte ihn immer wieder, wie gut sich die Taliban an die eiskalten Temperaturen angepasst hatten – wie sie stets mit derselben dünnen Stoffschicht lebten und kämpften, als ob der Wechsel der Jahreszeiten ihnen überhaupt nichts ausmachte.

»Roger«, gab Slapshot flüsternd zurück.

»Geh auf dem Kamm 100 Meter weiter. Da wirst du Deckung und 'ne gute Sicht auf die Straße und die Schlucht hinter uns haben.«

»Verstanden, Racer, ich gehe weiter«, bestätigte Slapshot.

»Das ist ja der reinste Zirkus da unten!«, meldete Stitch sich über Funk zu Wort, während er die Stützen des Zweibeinstativs unter dem maßgefertigten halbautomatischen Scharfschützengewehr ausklappte und dahinter Stellung bezog.

Kolt sah, was er meinte. Die Straße unter ihnen war vom Feuerschein brennender Wracks erfüllt. Den von der Mörsergranate getroffenen Buffalo hatte es in zwei Hälften gerissen. Der Inhalt des Fahrzeugs verteilte sich in einem Radius von zehn Metern. Die Mannschaft konnte das unmöglich überlebt haben. Kolt wusste, dass die Ursache etwas weit Schlimmeres gewesen sein musste als ein einzelner Mörserschuss. Der Buffalo, der über den Sprengsatz gefahren war, hing mit der Nase nach unten in einem durch die Explosion entstandenen Krater. Aber ein Schütze stand an der Waffe im Geschützturm. Diese Crew schien also in Ordnung zu sein. Auch die restlichen Fahrzeuge wirkten noch intakt und feuerten aus allen Rohren. Leuchtspurgeschosse zischten über ihre Köpfe hinweg.

»Die Typen müssen ja 'nen ganzen Haufen Muni dabei haben«, staunte Kolt. Er war überrascht, dass die Soldaten von Thunder Turtle unverändert eine so hohe Feuerrate aufrechterhielten, obwohl dieser Hinterhalt schon eine ganze Weile dauerte.

»Klingt, als hätten sie anständig Eier in der Hose!« Stitch wirkte beeindruckt von der Zähigkeit und dem Mut der amerikanischen Truppen unter ihnen.

Zwei Mörsergranaten schlugen auf der Straße zwischen einem Buffalo und einem Abschleppfahrzeug ein, verursachten aber nichts als ein paar Lackschäden. Das war das

Schreckliche an Mörserschüssen. Mit etwas Deckung und Distanz wurden sie harmlos, aber wenn man einen direkten Treffer kassierte, war alles vorbei.

Kolt wurde sofort klar, dass sich diese Sache nicht im Vorbeigehen erledigen ließ. Falls die drei Taliban ihn noch nicht davon überzeugt hatten, dann mit Sicherheit das, was er jetzt vor sich sah.

»Slapshot, hier ist Eins-Eins. Geh weiter und bezieh nördlich von uns Position. Ende.«

»Roger. Wechsle die Position«, funkte Slapshot mit sarkastischem Tonfall zurück, als ob er sagen wollte: *Das wird aber auch Zeit.* Kolt nahm es ihm nicht übel, und er wusste, dass er später bei der Nachbesprechung darüber lachen würde. Außerdem wollte Slapshot ebenso wenig wie alle anderen Delta-Operators nicht ständig seinen Kopf riskieren, nur um am Ende fernab des Geschehens auf einer Anhöhe zu hocken und den Späher zu spielen.

»Boss, ich seh ein RPG-Team, das sich auf den Konvoi zubewegt«, meldete Stitch.

»Bist du sicher, Stitch?«, funkte Kolt zurück und erinnerte seinen Scharfschützen dezent daran, dass er Feind und Freund eindeutig voneinander unterscheiden musste, bevor er abdrückte. Master Sergeant Clay ›Stitch‹ Vickery war sicherlich einer der besten Scharfschützen der Einheit, aber Kolt konnte hier kein Friendly Fire gebrauchen.

»Klar identifiziert, Boss. Ich schieße.«

Kolt sah sie nicht, aber er verfügte auch nicht über Stitchs außergewöhnliche Sehschärfe. Warum hatten sie eigentlich nichts vom Joint Operations Center gehört? Anhand der Liveübertragung der 3000 Meter über den Bergen kreisenden Predator-B-Drohne hätte man die feindlichen Kämpfer im JOC in Jalalabad lange vor Stitch erkennen müssen.

»Na dann, los«, gab Kolt zurück. Dabei behielt er das etwa 200 Meter entfernt aufblitzende Mündungsfeuer einer AK im Auge und kümmerte sich um die Herstellung der

Funkverbindung mit dem Kommandanten von Thunder Turtle.

Mit einem satten, dumpfen Knall verließ Stitchs erste Kugel den Lauf des schallgedämpften Scharfschützengewehrs, ein PSG1 von Heckler & Koch im Kaliber 7,62 Millimeter. Danach folgten zwei weitere Schüsse kurz hintereinander.

»Drei sind erledigt«, verkündete Stitch mit ruhiger Stimme.

Kolt schaltete mehrere Frequenzen durch, zählte die Klicks bis zum richtigen Kanal und versuchte erneut, Thunder Turtle zu erreichen.

»Alle Stationen, alle Stationen, Funkcheck. Kommen«, sprach er in sein Mikro.

»Hier ist Thunder Turtle. Wer ist da?«, fragte jemand, ganz offensichtlich ein verängstigter Soldat niederen Rangs.

»Thunder Turtle Actual, hier spricht eine verbündete amerikanische Einheit, Rufzeichen Mike-Eins-Eins, vom Hügelkamm unmittelbar östlich von Ihnen. Wir haben unsere Infrarotlichter aktiviert. Können Sie sich ausweisen?«

»Hier ist Private Ahrens. Unser Kommandant ist tot. Wir müssen von hier weg.«

Kolt drückte die Sprechtaste, hielt dann aber inne und ließ sie wieder los. Den Grund dafür kannte er selbst nicht. Vielleicht nur, weil er sich gedanklich darauf einstellen musste, dass die dauerfeuernde Truppe vor ihm anscheinend weniger Kontrolle über ihre Lage besaß, als er geglaubt hatte. Und das gestaltete die Situation für Kolt und seine Freunde erheblich ungemütlicher.

Er drückte die Sprechtaste ein zweites Mal.

»Okay, Private Ahrens. Wir sind hier, um zu helfen. Hören Sie gut zu. Folgendes brauche ich von Ihnen. *Break*«, sagte Kolt ruhig, ließ den Knopf für eine Sekunde los und drückte ihn erneut, um weiterzusprechen.

»Wir haben die Anhöhe auf dieser Seite gesäubert. Teilen Sie Ihren Truppenführern mit, sie sollen nach unseren Infrarotlichtern Ausschau halten, und vergewissern Sie sich, dass die verstanden haben, dass wir Verbündete sind. Ende.«

»Okay. Ja, Sir. Wir haben Schwerverletzte und uns geht die Munition aus.«

»Verstanden, Partner. Und jetzt bestätigen Sie mir so schnell wie möglich, dass Ihre Leute unsere Lichter sehen. Ende.«

Ein paar Meter von Kolt entfernt wirbelten Schnee und Erde hoch. Einen Sekundenbruchteil später hörte er das Zischen eines Querschlägers. Die Taliban hatten bemerkt, dass sie nicht mehr allein in den Hügeln waren. Aber Kolt machte sich größere Sorgen darüber, dass die Soldaten von Thunder Turtle ihn und seine Männer irrtümlich als Feinde einstuften.

Er betätigte den Taster, um über das interne Truppennetz zu senden.

»An alle: Klingt, als ob der Kommandant von Turtle tot ist. Sein Funker ist am Gerät, aber der ist ziemlich durch den Wind. Die haben uns noch nicht identifiziert, also drängt euch an die Felsen.« Kolt sah eine weitere Mündung aufblitzen und schickte einige Kugeln in die entsprechende Richtung. Am Hämmern und Heulen von Maschinengewehren erkannte Kolt, dass auch Slapshots Gruppe den Kamm erreicht hatte.

»Eins-Eins, hier ist Slapshot. Wir sind auf Position und haben die letzte Meldung empfangen. Heilige Scheiße, hier ist alles voller Feinde!«

»Konzentriert euch auf das Nordende des Kamms«, wies Kolt ihn an. Dann verfolgte er einen Schatten, der durch den Schnee schlich und eine Panzerbüchse zu tragen schien. Er schoss sein Magazin leer und lud nach. Ob er getroffen hatte, wusste er nicht.

»Eins-Mike-Mike, wir empfangen hier eine Menge Talibanstimmen. Die haben beschlossen, sich zurückzuziehen.«

Kolt achtete nicht darauf, dass der Junge sein Rufzeichen falsch wiedergegeben hatte. Der junge Soldat war verständlicherweise aufgeregt. Kolt richtete den Blick auf den entgegengesetzten Hügelkamm und zielte mit seinem HK416 dorthin. Die Taliban waren erbitterte Kämpfer, aber sie besaßen nicht länger die Oberhand. Jeder weitere Moment, den sie hierblieben, erhöhte für sie das Risiko, von der amerikanischen Artillerie und Luftunterstützung unter Beschuss genommen zu werden. Sie hatten getan, wozu sie gekommen waren, und jetzt wollten sie nur noch so schnell wie möglich verschwinden.

Aber sie stiegen trotzdem nicht den Hügel gegenüber von Kolts Beobachtungsposten hoch. Mit dem Nachtsichtgerät scannte er schnell beide Seiten der Talsohle und suchte nach Anzeichen dafür, dass der Feind tatsächlich zurückwich. Nichts. Kolt fragte sich, ob Private Ahrens' Gerede von den Stimmen, die man aufgefangen habe, nicht Blödsinn gewesen war. Aber bevor er das Problem in Ruhe durchdenken konnte, erregte eine Bewegung am unteren Ende des Sichtfelds der Nachtsichtbrille seine Aufmerksamkeit.

»Scheiße! Die kommen zu uns!«, murmelte Kolt zu sich selbst. Er griff nach dem Funkgerät und informierte die anderen. Sofort danach nahm er das andere Gerät und schaltete auf die Frequenz von Thunder Turtle.

»Turtle, Turtle, Feuer einstellen. Feuer einstellen! Spart euch die Munition. Sie hauen ab.«

Im anderen Ohr hörte Kolt gerade noch das Ende einer Frage.

»Du bist unterbrochen worden. Bitte noch mal. Kommen.«

»Boss, was machen wir? Ich zähl mindestens drei Dutzend. Rückzug oder was?«

Es war Slapshot. Wie alle anderen, die auf dieser verschneiten Hügelkette lagen, wartete er darauf, dass Kolt den Befehl erteilte, von der erhöhten Stellung zu verschwinden.

»Bleibt dran«, antwortete Kolt schnell. Das war seine übliche Taktik. Er ließ alles und jeden so lange warten, bis er im Kopf die Optionen abgeklopft und die Risiken abgeschätzt hatte. Er hatte so etwas schon häufiger erlebt, Dutzende Male. Herrgott, jeder einzelne der hellwachen Operators auf dem Hügelkamm kannte das. Fünf gegen drei Dutzend? Niemand von ihnen rannte gern vor einem Kampf davon. So viel wusste Kolt über seine Männer. Aber wie standen ihre Chancen?

»Kolt, die Kampfjets stehen bereit, aber erst will der General auf Green SAT mit dir reden. Er klingt leicht genervt«, teilte ihm Slapshot mit.

Kolt drehte den Knopf am höher getragenen Funkgerät drei Klicks im Uhrzeigersinn und schnappte einen Funkspruch auf, der bereits gesendet wurde. Die Stimme kam ihm bekannt vor. Der kommandierende General des JSOC.

Tolles Timing. Was zum Teufel will der jetzt?

Durch die Nachtsichtbrille erfasste er die Silhouette eines Mannes 30 Meter unterhalb der Kammlinie. Er aktivierte den lindgrünen Infrarotlaser und zielte mit dem unsichtbaren Strahl auf die Brust der Gestalt, ihr Massezentrum. Aber bevor er den 2,2-Kilogramm-Abzug durchziehen konnte, zuckte der Kopf des Mannes zurück und er brach zusammen, während auf dem Nachtsichtgerät weiß dargestelltes Blut zu sehen war, das aus einer Halswunde spritzte.

Nicht schlecht, dachte Kolt. Er suchte jetzt mit dem Visier seines Gewehrs den unteren Sektor des Kamms ab, fahndete nach weiteren Zielen. Bei der ersten Bewegung feuerte er sofort. Der Schneefall machte es zunehmend schwerer, etwas zu erkennen.

Noch mehr Taliban kamen aus ihren Deckungen und rannten weiter den Hang hinauf. Kolt bekam mit, wie drei weitere umfielen.

Er tauschte sein Magazin gegen ein neues aus, bevor er seine Aufmerksamkeit Admiral Mason auf der Frequenz Green SAT zuwandte.

»Ich seh hier ’ne Menge Taliban«, rief Slapshot, offenbar um ihm den Ernst ihrer Lage zu verdeutlichen. Kolt schwieg und aktivierte sein Mikro, um mit dem kommandierenden General zu sprechen.

»Capital Null-Sechs Actual, hier Mike-Eins-Eins. Kommen«, meldete sich Kolt, wobei er darauf achtete, mit fester Stimme zu sprechen und die Nerven unter Kontrolle zu behalten.

»Hier ist Admiral Mason. Holen Sie den kommandierenden Offizier ans Funkgerät. Kommen.« Mason klang deutlich frustriert.

Diese Aufforderung kam Kolt merkwürdig vor. *Was glaubt er denn, mit wem er gerade spricht?*

»Das bin ich. Bin hier ziemlich beschäftigt. Schießen Sie los.« Er war nicht in Stimmung, dem neuen JSOC-Kommandanten eine Lektion in Sachen Funkprotokoll zu erteilen.

»Ich habe Luftunterstützung geschickt. Bringen Sie Ihre Männer 400 Meter nach Süden, in sichere Distanz«, wies Mason ihn an.

Kolt reimte sich den Rest zusammen. *Große Bombe in gefährlicher Nähe.* Nicht nur die Taliban auf der tiefer gelegenen Hügelkuppe drohten pulverisiert zu werden, sondern auch er und seine Leute. Und sehr wahrscheinlich auch die Jungs von Thunder Turtle – besonders wenn die GPS-gelenkte Bombe nicht direkt den Zielpunkt traf, wofür diese Teile berüchtigt waren. Außerdem würden sie dem Feind die erhöhte Position überlassen, wenn sie sich vom Hügelkamm und den sich nähernden Taliban entfernten. Innerhalb weniger Minuten wären sie ihren Feinden ausgeliefert, die während ihres Rückzugs den Talboden mit Feuer eindeckten.

»Wie geht’s weiter, Boss? Wir müssen was tun!«, drängte Slapshot.

»Okay, wir machen es so … Slapshot, setz dich mit dem Kampfjet in Verbindung. Er soll abdrehen und nicht feuern. Wir übernehmen hier. Sie haben den Mond im Rücken. Wir massieren unser Feuer in Richtung Feind.« Kolt ließ die Sprechtaste los, um über den nächsten Schritt nachzudenken.

»Scheiße, Kolt, davon rate ich dringend ab. Willst du das nicht noch mal überdenken?«, fragte Slapshot mit leicht gereizter Stimme.

Tatsächlich war Kolt nicht ganz sicher. Es schien machbar zu sein. Eigentlich eine ganz simple Infanterietaktik. Alle legten sich zwei Armlängen voneinander entfernt nebeneinander und die Gruppe konzentrierte ihre gesamte Feuerkraft auf die Front. Das ließ jedoch potenziell ihre Flanke ungeschützt – und ganz sicher ihre Rückseite. Aber wenn Kolt etwas darüber wusste, wie man abgehärtete Delta-Operators in einem Kriegseinsatz führte – und nur wenige hätten bestritten, dass er darüber mehr wusste als die meisten anderen –, dann dass er seinen Instinkten vertrauen musste. Nur einmal hatte er eine falsche Entscheidung getroffen und das war übel ausgegangen. Er hatte bei dieser Mission Männer verloren und selbst einen hohen Preis dafür gezahlt. Das passierte ihm nicht noch mal.

»Negativ. Wir bleiben hier. Schick den Flieger weg. Bereitet die Splittergranaten vor und schießt nicht, bevor ich den Befehl gebe. Lasst sie denken, wir hätten uns verdrückt. Wir ziehen uns etwa zehn Meter von der Hügelkuppe zurück und dann geben wir ihnen Saures.« Kolt hoffte sehr, dass er nicht so klang, als ob er sich diesen Scheiß spontan ausdachte. Falls er sich zu weit aus dem Fenster lehnte, dürfte er es an den Reaktionen der Männer merken.

Er wartete geduldig auf ihre Antwort. Der Sergeant Major, Slapshot, war der Knackpunkt. Wenn Slapshot seine Entscheidung mittrug, taten es die anderen auch.

»Kolt, du hast sie nicht mehr alle. Aber ich bin zu alt, um jetzt noch wegzurennen. Ich werd den Jet kontaktieren.«

»Bin auch dabei«, bestätigte Digger.

Stitch schloss sich an. »So hässlich Plan A auch ist, wir müssen es durchziehen. Keine Zeit für Plan B.«

Kolt lächelte. Er war stolz auf Slapshot. Stolz auf das ganze Team. Er hoffte von ganzem Herzen, dass er sich nicht übernommen und damit weitere seiner Männer zum Tode verurteilt hatte. Das hätte die Einheit kein zweites Mal toleriert. Und auch er selbst könnte nicht damit leben, wenn zum zweiten Mal das Blut seiner Freunde an seinen Händen klebte.

Viel Zeit blieb Kolt und seinem Team nicht, um sich darüber Sorgen zu machen. Thunder Turtle hatte schon vor Minuten aufgehört zu feuern. Bis auf das Heulen des Winds in den Bergen herrschte eine bedrückende Stille. Na ja, dann gab es da natürlich noch die gedämpften, paschtunisch sprechenden Stimmen, nur einen Handgranatenwurf entfernt.

Die Taliban redeten ungehemmt. Entweder glaubten sie, dass Kolt und seine Männer das Gebiet bereits verlassen hatten, oder es war ihnen schlicht egal. Zunächst klangen ihre Stimmen laut und hektisch. Mehrere Männer stritten sich offenbar, was sie als Nächstes unternehmen sollten, oder fragten sich, wie um alles in der Welt es sein konnte, dass die Koalition noch keine Kampfhubschrauber oder Bomber geschickt hatte. Und dann, wenige Augenblicke später, standen mehr als 20 feindliche Kämpfer hinter den Felsvorsprüngen auf, hängten sich ihre AKs über die schmalen Schultern und marschierten den Hügel hinauf, als ob sie nach Hause wollten, um ihr Morgengebet abzuhalten.

»Ich denke, wir sehen alle dasselbe«, flüsterte Kolt ins Mikro. »Wir machen das ganz einfach wie in der Rangerausbildung. Wartet auf das Kommando, dann verschießt jeder zwei Magazine auf seinen Bereich. Als Nächstes schmeißt ihr eure Granaten. Slapshot, du wirfst lang, ich kurz. Der Rest zielt aufs Zentrum. Sprechtaste drücken, wenn ihr verstanden habt. Kommen.«

Kolt wartete, bis er alle Rückmeldungen erhalten hatte. Da waren sie: eins, zwei, drei, vier.

Die Feinde näherten sich Kolt und seinen Männern und

schienen sie überhaupt nicht zu bemerken. Sie stiegen von Fels zu Fels und setzten vorsichtig einen Fuß vor den anderen, kamen Schritt für Schritt den Hang hinauf.

»Los, los, los!«, rief Kolt.

Die fünf Delta-Operators eröffneten gleichzeitig das Feuer auf die Gruppe feindlicher Kämpfer. Durch ihre Nachtsichtgeräte sahen sie, wie ihre grünen Infrarotlaser sich über die Oberkörper legten. Sie töteten zwei gleichzeitig, dann einen dritten. Manche fielen rückwärts den Hang hinunter und gerieten außer Sicht. Ein paar andere sackten vornüber und blieben mit dem Gesicht nach unten leblos auf den großen Felsen liegen, auf deren sichere Überquerung sie gehofft hatten.

Während Kolt und die anderen nachluden, um ein zweites Magazin in die Gruppe zu entleeren, waren schwache Schreie und Stöhnen von den Feinden zu hören, die vor ihnen und auf dem Hang lagen. Einer der Kämpfer schrie: »*Allahu akbar!*« Ein zweiter folgte seinem Beispiel: »*Allahu akbar! Allahu akbar!*« Kolt konnte nicht anders – er war beeindruckt von ihrer Hingabe und Leidenschaft. Er verschoss das zweite Magazin in die Gruppe und riss den Sicherungsstift aus der nächsten Splittergranate.

»*Allahu akbar* am Arsch, ihr Wichser!«

Kolt horchte auf Stimmen oder andere Anzeichen dafür, dass Feinde den Hinterhalt überlebt hatten, seit er vor etwa einer Minute den Befehl »Feuer einstellen!« erteilt hatte. Das unverwechselbare Schussgeräusch der AKs und das Maschinengewehr des Bordschützen von Thunder Turtle waren nicht länger zu hören.

Nachdem die letzte von einem Operator geworfene Splittergranate zwischen den Felsen, dem Schnee und den niedergemähten Feinden explodiert war, wurde es merkwürdig still auf dem Berg. Das Heulen des Windes bekam einen schaurigen Beiklang. In Kolts Kopf hallten die Schüsse noch nach, doch er hörte keine neuen mehr.

»Racer, hier ist Slapshot. Ich hab gerade von Baller-Zwei-Eins gehört. Die schicken einen Rettungshubschrauber. 20 Minuten.«

Kolt nickte. »Gut. Nimm dein Team und lauf 200 Meter weiter über den Kamm. Ich will nicht, dass sich irgendwelche Taliban zurückschleichen, um auf den Heli zu schießen.«

Kolt hörte über Funk zu, wie Thunder Turtle mit Baller-Zwei-Eins kommunizierte. Vier Tote, weitere vier verletzt. Er nahm eine Bewegung in seinem Rücken wahr. Slapshot. Der dichte Bartwuchs des erfahrenen Kämpfers trat im Umgebungslicht deutlich hervor. Er ließ sich neben Kolt auf den rechten Knieschützer sinken.

»Herzlichen Glückwunsch zum Geburtstag, Sir!«, flüsterte Slapshot. »40 ist verdammt alt.«

»Du musst es ja wissen, Slap«, konterte Kolt schlagfertig.

»An seinem Geburtstag gibt keiner den Löffel ab, aber du bist trotzdem verrückt. Ich war nicht sicher, ob das klappt.«

»Danke für den Vertrauensbeweis. Und nur damit du's weißt, ich war mir selbst nicht sicher.«

Slapshot lachte leise und schüttelte den Kopf. »Hast du den General schon informiert?«

Nein, Kolt hatte sich noch nicht bei Admiral Mason gemeldet. Er wollte es zwar, irgendwie, aber hatte im Moment viel zu viele andere Sachen um die Ohren.

»Was jetzt?«, fragte Digger über Funk und unterbrach Kolts Überlegungen.

Kolt schaute auf die Uhr, dann in den verschneiten Himmel. »Jetzt stehen wir hier für Thunder Turtle Wache, bis es hell wird. Macht euch ein paar warme Gedanken.«

4

»Das dauert bestimmt zwei Tage, bis mein Arsch wieder aufgetaut ist«, brummelte Slapshot und stakste steifbeinig im Aufenthaltsraum der Basis auf und ab. »Das war die kälteste Nacht, die ich seit Jahren erlebt habe!«

Kolt nippte an seinem Kaffee und grinste. Er fragte sich, ob Slapshot immer noch die Nachwirkungen der schweren Verletzungen spürte, die er vor einem Jahr bei der Jagd auf Amriki in Nordmexiko erlitten hatte. Ja, es war verdammt kalt gewesen. Seine Wangen brannten nach wie vor, wahrscheinlich eine leichte Erfrierung. Trotzdem – im Vergleich zu diesen vier armen Teufeln im Buffalo ging es ihm und dem Bravo-Team gut. Steif gefroren, verkühlt, müde, aber wohlauf.

»28 bestätigte Abschüsse«, wiederholte Stitch zum vierten Mal. »28 Taliban-Wichser sind unter der Erde.«

Kolt nickte, ging aber nicht darauf ein. Scharfschützen waren ein seltsamer Menschenschlag. Vielleicht lag es an der Aufmerksamkeit für Details, dass Zahlen in ihrer Welt eine ähnlich große Rolle spielten wie sonst eigentlich nur für Buchhalter.

»Vielleicht kriegen wir dadurch ja 'ne neue Mission«, spekulierte Slapshot ins Blaue hinein. »Gibt's eigentlich Taliban auf Tahiti?«

»In ein, zwei Tagen müssen wir den Hintern hochbekommen und in den pakistanischen Luftraum rüberfliegen«, entgegnete Kolt mit einem Anflug von Nervosität. Er war stolz auf die Arbeit, die sie in der letzten Nacht geleistet hatten. Sie hatten mächtig ausgeteilt und waren heil nach Hause gekommen. Aber Admiral Mason hatte noch keine abschließende Einschätzung zu ihrer Leistung abgegeben. Sicher, 28 getötete Feinde waren ein verdammt gutes Ergebnis. Kolt wusste das. Alle wussten das. Trotzdem blieb noch die Frage, ob seine vermeintliche Gehorsamsverweigerung den neuen kommandierenden General beeindruckt oder eher verärgert hatte.

»Siehst du das nach all den Monaten immer noch so optimistisch? Ich glaube, das hast du schon ein paarmal erwähnt«, murrte Slapshot und rieb sich den Hintern.

Kolt konnte es ihm nicht verübeln. Die Chance, dass sie jemals wieder grünes Licht erhielten, einen Delta-Angriffstrupp über die afghanisch-pakistanische Grenze zu führen, hielt auch er für gering.

»Ich weiß nicht. Ich hab so meine Zweifel, ob der kommandierende General den Startknopf drückt und uns wirklich losschickt«, meinte Digger. Er setzte sich auf und warf Slapshot die *Maxim* zu. »Kannst du haben.«

»Ja, was hat der neue Admiral jetzt für 'ne Quote? Grünes Licht in einem von dreizehn Fällen?«, wollte Slapshot wissen.

»Beim SEAL Team 6 dafür in zwei von zwei Fällen«, steuerte Stitch bei. Damit erinnerte er sie unnötigerweise daran, dass Admirale für die Navy dasselbe waren wie Generals bei der Army. Das hieß: Admiral Mason zog seine überspannten, saufenden, sich ständig prügelnden SEALs der kontrollierter auftretenden Delta Force eindeutig vor.

»Ziemlicher Bullshit«, knurrte Kolt. Dann warnte er sie: »Außerdem, sagt das besser nicht zu laut. Shaft könnte euch hören.«

Shaft, der stellvertretende Kommandant des Bravo-Teams, war Sanitäter der Green Berets gewesen, bevor man ihn für die Delta Force rekrutiert hatte. Obwohl er jetzt ein vollwertiger Delta-Assaulter war, redeten die Leute in der Basis am meisten über sein Geschick mit dem Skalpell. Er hatte es einfach im Blut. Der Medizin galt seine wahre Leidenschaft. Sicher, das stand komplett im Widerspruch zu seinem jetzigen Job als Operator bei der Terrorbekämpfung. Er wurde fürs Töten bezahlt, nicht fürs Heilen. Aber seine Delta-Kumpel konnten sich darüber nicht beklagen.

Shaft stammte aus Boston in Massachusetts. Dort führte an zwei Punkten kein Weg vorbei, selbst wenn man wie er im Back Bay zur Welt gekommen war. Erstens, ein heranwachsender Junge verbrachte den heißen Sommer damit, vor dem ›Green Monster‹, der Stadionmauer im Left Field des Red-Sox-Stadions, dem Fenway Park, Homeruns zu trainieren. Die Baseball-Mannschaft genoss überall in der Stadt Heldenstatus, vergleichbar allenfalls mit dem mythischen Odysseus oder Göttervater Zeus. Aber diese Leidenschaft war größtenteils saisonabhängig.

Zweitens: Sobald die Meisterschaft und die World Series beendet waren, wurden die Baseballschläger und Handschuhe gegen Eishockeyschläger und Pucks eingetauscht. Und falls die Red Sox kein Glück gehabt hatten, füllte sich der TD Garden, die Heimat der Boston Bruins, mit Bierkellnerinnen, Testosteron und Fans, die um die Wette brüllten, bis sie heiser waren und sich auch sonst vollkommen zum Affen machten. Aber aus irgendeinem Grund lief es für die ›Bs‹ im Garden auch dann nicht anders, wenn die Sox eine erfolgreiche Saison gehabt hatten.

Mehrere Mitglieder des Bravo-Teams, die jetzt in ihren Zelten faulenzten, hätten Shaft am liebsten geküsst vor Dankbarkeit dafür, dass er als Junge seine Eishockey-Träume aufgegeben hatte. Anstatt gegnerischen Spielern mit dem Schläger oder durch Crosschecks möglichst viele Schmerzen zuzufügen, nahm bei ihm schon bald der Drang überhand, seine Mitmenschen zu heilen. Im Baseball war er sowieso besser. Und weil er ein schwarzer, wenn auch relativ hellhäutiger Junge war, hatten die Schreihälse im Nordosten der Stadt ihm damals den Spitznamen Shaft gegeben. Nach dem Actionfilm aus den frühen 70ern, in dem es um einen farbigen New Yorker Privatschnüffler ging. Der Name passte und blieb hängen. Und in der Frage, welchen Codenamen man bei der Delta Force bekam, bekam man kein Mitspracherecht.

Als Slapshot sich Anfang 2011 in Syrien bei der Unterstützung der Freien Syrischen Armee eine 7,62-Millimeter-Kugel durch die rechte Hand eingefangen hatte, war es laut den Ärzten allein Shafts schneller Auffassungsgabe und seiner Pflege zu verdanken gewesen, dass es nicht zur Amputation kam. Sicher, der Weltklasse-Pistolenschütze hatte sich oft genug darüber beklagt, in der Folge die Schießhand wechseln zu müssen, aber immerhin hatte er keinen Verlust eines Körperteils zu beklagen.

Nur ein paar Monate später hatte das Team bei einem Schnelleinsatz in Afghanistan einen aufgeflogenen kanadischen Spähtrupp retten müssen. Der Helikopter war bei der Suche nach den Soldaten von einer RPG-Granate getroffen worden. Das hatte zu einer kontrollierten Notlandung geführt und Shaft musste sich an die Arbeit machen.

Die Helikopterpiloten hatten die Wahl zwischen mehreren Landeplätzen gehabt und sich für eine Stelle zwischen ein paar hohen Felsen auf einem Bergrücken entschieden. Ein umherfliegendes Stück von einem Rotorblatt hatte einem Crew Chief das linke Bein sauber oberhalb des Knies abgetrennt. Hätte Shaft es nicht sofort bemerkt, wäre der junge Sergeant innerhalb von einer Minute verblutet.

Aber heute, während die anderen sich von ihrer Schießerei auf einem kalten Berg in Nordafghanistan erholten, waren Shafts medizinische Fähigkeiten rund 200 Kilometer entfernt in einem abgelegenen Dorf tief im Inneren des Goshai-Tals in Pakistan gefragt. Es würde allerdings noch 24 Stunden dauern, bis den Leuten im Dorf aufging, dass sie ihn brauchten.

»Um ehrlich zu sein, ich bin nicht so ganz davon überzeugt, dass der Admiral uns grünes Licht geben sollte«, verkündete Stitch plötzlich. »Ich finde nicht, dass Ghafour das wert ist.«

Nicht besonders überraschend, dass diese Bemerkung von einem der Operators im Zelt kam. Stitch war auch sicher nicht der Einzige, der so dachte. Kolt wusste das, aber ihm war auch klar, dass er besser nicht darauf einging und es einfach als Begleiterscheinung des einzigartigen Selektionsprozesses für Delta-Mitglieder abhakte, der sich oft genug bewährt hatte. Von jedem, egal welchen Dienstgrads, wurde verlangt, dass er mitdachte, sich einbrachte und Außerordentliches leistete. Außerdem wurde von ihnen erwartet, dass sie offen ihre Meinung sagten und dabei selbst ein dickes Fell behielten.

»Das ist nur das nächste HVI, Leute, nicht besser oder schlechter als Hunderte davor. Wir machen weiter, bis unser Einsatz hier vorbei ist, und dann nehmen wir den Flieger zurück in die Staaten und pfeifen uns Zolpidem rein«, sagte Kolt. Er wollte Stitch nicht vor den anderen zurechtweisen, aber seinen Männern zeigen, dass er nicht vorhatte, das Operationstempo zu drosseln, auch wenn dies gefühlt bereits ihr 100. Einsatz in diesem Ödland war.

HVIs, *High-Value Individuals,* lautete beim JSOC die Bezeichnung für die meistgesuchten Personen. In gewisser Weise hatte Stitch recht. Die Delta Force war dafür trainiert, im Schutz der Dunkelheit tief in feindliches Gebiet vorzudringen und die übelsten Gestalten auszuschalten. Aber nicht, um hinterher davon zu erzählen. Im Moment war Stitch nicht besonders erfreut über die Tatsache, dass Haji Mohammad Ghafour an der Spitze der Liste stand. Ohnehin bemerkenswert, denn noch vor wenigen Wochen war der Mann für die CIA und auch für die Aufklärungsabteilung SCIF im Joint Special Operations Command in Fort Bragg, Carolina, ein gänzlich Unbekannter gewesen.

Haji Ghafours Heimat war das tiefe Goshai-Tal, in dem außer ihm noch 800 andere Menschen lebten. Es befand sich im oberen Gebiet der nordwestlichen Grenzprovinz, beinahe 20 Kilometer östlich vom Nordzipfel der berüchtigten

Provinz Konar im benachbarten Afghanistan. Nicht gerade ein beliebtes Reiseziel, das in der aktuellen Ausgabe des *National Geographic* angepriesen wurde.

Es gab dort nur begrenzte Transportmittel. Die Einheimischen ritten auf Eseln oder gingen zu Fuß. Amerikanische Kommandosoldaten konnten dasselbe tun oder das Risiko eingehen, einen Helikopter zu benutzen. Aber das weitläufige, raue Gelände, das den Bergen im Nachbarstaat Afghanistan ähnelte, bot nur wenige ebene Landeplätze, deren Abmessungen einen Wohnzimmerteppich übertrafen. Entsprechend stand man auch der Idee, mit Fallschirmen in das Gebiet einzudringen, eher zurückhaltend gegenüber.

Es dauerte ein paar Tage, bis der taktische Schlachtplan stand. Sicher, Kolt und die Jungs konnten innerhalb von einer halben Stunde aus der Luft angreifen, wenn die Informationen entsprechend gut waren. Aber bei einer Mission, in der es um die Gewinnung dieser Informationen ging, war verdeckte Aufklärung unumgänglich. Man musste deutlich vorsichtiger und mit viel Geduld vorgehen.

Shaft war eindeutig der richtige Mann dafür. Auch seine Hautfarbe war von Vorteil. Im Schutz der Dunkelheit setzte ein Hubschrauber den erfahrenen Operator hoch in den schneebedeckten Bergen ab, ungefähr fünf Kilometer nordwestlich dieses gottverlassenen und vergessenen Dorfes, das die Kartografen mit Drosh beschrifteten.

Kolt verfolgte Shafts Fortschritte vom JOC in Jalalabad aus mit, so gut er konnte, und lauschte seinen Berichten, sobald sie eintrafen. Er war beeindruckt, dass Shaft es geschafft hatte, sich zu Fuß nach Drosh durchzuschlagen und dort einen Brief vorzuzeigen, den Haji Ghafour persönlich vor vier Monaten unterschrieben hatte. Der Brief enthielt hauptsächlich die Bitte um humanitären Beistand für die Dörfer in seinem Tal. Vor einer Woche hatte die CIA einen großen Coup gelandet und ihn abgefangen. Er lieferte Shaft eine solide Tarnung, und alle im JOC, abgesehen von

Admiral Mason, hatten keinen Zweifel an der erfolgreichen Erfüllung seiner Mission.

Da er allein reiste und sich als Arzt einer Nichtregierungsorganisation ausgab, hatte Shaft eine dazu passende Ausrüstung gewählt. Vom Helikopter-Absetzpunkt aus hatte er einen großen Zivilistenrucksack mitgeschleppt, gefüllt mit medizinischem Grundbedarf, dazu ein Bündel Rupien, eine kleine 9-Millimeter-Glock 26, eine Handgranate, eine Miniatur-Digitalkamera, einen Infrarot-Pointer, ein Thuraya-Handy mit einer zusätzlichen Batterie und ein iPad 4.

Jetzt, drei Tage nach Operationsbeginn, hatte Shaft bereits hinreichende Fortschritte zu verbuchen – gerade genug, um alle in Jalalabad in Atem zu halten.

Von der JOC-Zentrale aus war die Belegschaft in der Lage, Shafts genauen Standort über eine Satellitenverbindung zum iPad 4 in seinem Gepäck zu bestimmen. Diese Technologie war dem Blue Force Tracking des konventionellen Militärs ähnlich, aber das GPS-Modul war in ein neues, streng geheimes Programm der US-Regierung eingebettet, das den Namen Raptor X trug. Es beherrschte sowohl GIS-Mapping als auch Multilayer-Anwendungen.

Wäre Google Earth streng geheim und mit Steroiden vollgepumpt, hätte man es Raptor X genannt. Und dieses Logikmodul war voll integriert in Shafts Tablet, wodurch Kolt die Position bis auf zehn Meter genau bestimmen konnte, solange es eingeschaltet war. Das konnte sich als außerordentlich nützlich erweisen, falls ein Notfall eintrat und sie den Mann vor Ort retten mussten. Wenn die Lage für Shaft brenzlig wurde, war sie dennoch nicht hoffnungslos, solange er das Equipment bei sich trug.

Obwohl es ihm nicht gelungen war, Packesel oder Träger zu organisieren, die ihn zum Dorf begleiteten, hatte er sich ein paar bewaffneten Einheimischen angeschlossen, die anboten, ihn zu Haji Ghafour zu eskortieren. Allah konnte zwar jede Krankheit heilen, aber Ärzte waren trotzdem gern gesehene Begleiter.

Kolts Handy klingelte. Der Klingelton war die Titelmelodie des Films *Shaft*.

»Seid alle mal kurz ruhig!«, rief er, griff nach dem Thuraya-Telefon und drückte auf die grüne Taste, um das Gespräch entgegenzunehmen. Das Team drängte sich um ihn.

»Hallo?«

»Wir waren doch heute Abend zu Steak und Hummer verabredet, oder?«, fragte Shaft mit der für ihn typischen Trockenheit und seinem eigentümlichen Sinn für Humor.

Kolt grinste breit. »Ha! Nicht vor morgen Abend, Bruder. Aber schön, zu hören, dass du alles unter Kontrolle hast.« Kolt wusste, dass Shaft nicht gewitzelt hätte, wenn dem nicht so wäre.

»Tja, das restliche Team steht bestimmt schon in der Schlange vor der Essensausgabe.«

Kolt lächelte, nickte zustimmend, ging aber nicht darauf ein. »Status?«

»Meine Freunde und ich haben die Talmündung erreicht«, verkündete Shaft, womit er offiziell bestätigte, dass die Mission den geplanten Verlauf nahm.

Kolt ging davon aus, dass er in einen dieser bunten, überladenen Jenga-Trucks auf der Straße von Chitral nach Dir gestiegen war. Die Fahrt musste ziemlich strapaziös gewesen sein, ihn aber bis zum Eingang des Goshai-Tals geführt haben. Aber von dort aus ließen sich die nächsten zehn Kilometer zu Ghafours Dorf nur zu Fuß bewältigen.

»Jup, wir haben dich geortet. Das ging schnell!«, staunte Kolt und ließ Shaft damit wissen, dass es mit dem Signal seines iPad 4 keine Probleme gab.

»Und, tut dir der Hintern weh?«, fragte er.

»Nee, die öffentlichen Verkehrsmittel sind hier draußen besser als in New York. Man muss nicht mal 'n Ticket kaufen.«

Kolt grinste. »Schön, das zu hören. Schone die Batterie. Wir hören uns dann morgen um 17 Uhr.« Die umstehenden Teammitglieder machten mit ihm die Gettofaust.

»Genießt eure Steaks«, gab Shaft zurück, während Kolt bereits das Telefon vom Ohr nahm und den Anruf beendete.

Fayetteville, North Carolina

Sergeant Cindy ›Hawk‹ Bird wurde so langsam paranoid. Jedenfalls glaubte sie das. Sie war ziemlich sicher, den schwarzen, viertürigen Mercury Grand Marquis jetzt schon dreimal gesehen zu haben, während sie nach der Erledigung einiger Botengänge auf der Militärbasis einen Abstecher nach Fayetteville zum Shopping unternommen hatte. Die Sonne schien an einem ihrer wenigen freien Tage der letzten Monate. Hinter ihr lag eine dreiwöchige, an den Nerven zehrende Dienstreise nach Rockville, Maryland, der Heimat der Nuclear Regulatory Commission. Dort hatte sie Siede- und Druckwasserreaktoren und den Spaltungsprozess begutachtet, um die Kernkomponenten zu identifizieren, die die Delta Force zerstören müsste, falls der Präsident einen Geheimangriff auf das iranische Atomprogramm befahl. Jetzt hoffte sie auf ein langes Wochenende, um es sich mit einem guten Liebesroman vor dem Kamin gemütlich zu machen.

Durch den anhaltenden Konflikt in Syrien waren sie und ein handverlesenes Team aus Angehörigen der Unit ziemlich überarbeitet. Noch schlimmer wurde es durch die Tatsache, dass sie eine militärische Ausbildung als chemische, biologische, radiologische und Nuklearspezialistin erhalten hatte. Die Saringas-Affäre sorgte dafür, dass sie intensiv in die Missionsanalyse einbezogen wurde. Sie beklagte sich nicht – sie wusste, dass der Einheit daran gelegen war, ihre Qualifikationen bei allen Aspekten zu nutzen, die nukleare oder international geächtete Chemiewaffen betrafen. Aber in

Wahrheit sehnte sie sich danach, in Afghanistan die Kriegsanstrengungen zu unterstützen. Sie wusste nicht mal genau, was man dort für sie zu tun hatte. Immerhin gab es keinen nennenswerten operativen oder taktischen Bedarf für jemanden mit ihren Fähigkeiten oder ihrem Aussehen. Aber sie glaubte dennoch, dass sie dabei etwas lernen könnte.

Mit dem Daumen bediente sie ihr Smartphone, während sie einen Gastronomiebereich durchquerte. Sie trat durch den Hauptausgang ins Freie und staunte darüber, wie schön das Wetter mittlerweile war. Falls die Sonne weiterhin so schien, konnte sie sich glatt vorstellen, für eine Stunde am Pool zu relaxen und ihre Provinzbräune loszuwerden. Vorher musste sie allerdings noch ein Pistolenschießtraining auf dem geheimen Delta-Force-Gelände im oberen linken Sektor der weitläufigen 19 Quadratmeilen der Basis Fort Bragg in North Carolina absolvieren.

Kaum etwas störte sie mehr als der deutliche Bräunungsstreifen zwischen ihrem Bizeps und den breiten, muskulösen Schultern. Aber das Sonnenbad musste warten, bis es noch einiges wärmer wurde. Die Sonne schien zwar hell genug, dass sie sich die getönte Costa-Hammerhead-Brille von der Stirn auf die Nase schob, aber im Februar bewegten sich die Temperaturen in Fayetteville für gewöhnlich zwischen eisigen 0,5 und immer noch kalten acht Grad Celsius.

Das Fahrzeug hatte auf dem Parkplatz an der Hauptstraße nach Bragg, wo sie es zuerst bemerkte, sofort verdächtig gewirkt. Spät vormittags an einem Mittwoch herrschte hier wenig Verkehr, weshalb die Abstellflächen kaum genutzt wurden. Die Autos, die man um diese Zeit üblicherweise dort zu sehen bekam, waren betagte Pick-up-Trucks mit dem Fallschirmspringerabzeichen der U. S. Army oder dem rot-weiß-blauen Doppel-A, das anzeigte, dass die Fahrer stolze frühere Mitglieder der berühmten 82. Airborne Division waren. Militärpersonal im Ruhestand, das sich dazu entschieden hatte, im Gebiet um Fayetteville zu bleiben, zeigte gern Flagge. Abgesehen von den Rentnern der bewaffneten Fraktion wurde der Parkplatz vor dem Eintreffen der normalen Mittagskundschaft hauptsächlich von den Ehefrauen der Soldaten frequentiert, die familientaugliche Minivans fuhren. Die Wohlhabenderen unter ihnen machten manchmal auch in einem ausgewachsenen Chevy Tahoe oder einem GMC Yukon die Straßen unsicher.

Sie hatte die Insassen nicht sehen können, weil die Fensterscheiben des Mercury getönt waren, aber das nicht gerade unauffällige Regierungskennzeichen gab ihr zu denken. Beim ersten Mal nahm sie das Fahrzeug nur beiläufig wahr, war mehr damit beschäftigt gewesen, ihre Schlüssel in der vollgestopften Handtasche zu suchen und nachzuschauen, ob ihr Green-Beret-Freund ihr eine SMS wegen des geplanten Mittagessens geschickt hatte. Aber es hatte nur fünf Minuten gedauert, bis sie denselben schwarzen Marquis zum zweiten Mal entdeckte. Auf dem Bragg Boulevard in Richtung Süden fuhr sie langsamer, um ihn vorbeizulassen.

Im Rückspiegel sah Hawk, wie auch der Marquis sein Tempo verringerte und auf der Mittelspur vier oder fünf Wagenlängen hinter ihr blieb. Sie schielte auf den Tacho, um zu kontrollieren, dass sie es nicht übertrieb und einem gelangweilten Polizisten aus Fayetteville eine willkommene Chance bot, ihr einen Strafzettel zu verpassen. Der Zeiger der Tankanzeige näherte sich dem 25-Prozent-Bereich. Deshalb raste sie an einer gelben Ampel vorbei, fuhr quer über zwei Spuren und bog scharf nach rechts zur Citco-Tankstelle an der Shaw Road ab. Ein Schulterblick zum Bragg Boulevard verriet ihr, dass der schwarze Marquis weiter nach Süden fuhr und außer Sicht geriet.

Während sie den Griff der Zapfpistole drückte, um den Tank aufzufüllen, schloss sie den Reißverschluss der rosafarbenen Fleecejacke, um ihren Hals vor der Kälte zu schützen. Ein starker Wind wehte aus dem Osten heran. Nachdem sie das Zapfventil in die Halterung zurückgesteckt hatte, bemerkte sie, dass etwas Wichtiges fehlte.

»Scheiße! Das verdammte Armband!«, rief sie, ohne darauf zu achten, ob es jemand mitbekam. »Troy wird ausflippen!«

Ihr Freund Troy, ein Soldat der 5. Special Forces Group, war ein echter Ausrüstungsfreak und leidenschaftlicher Prepper. Er redete ständig davon, dass die Welt bald unterging, und hielt es für immens wichtig, auf alle Eventualitäten vorbereitet zu sein. Sicher – sie hielt es schon für möglich, dass das eines Tages passierte. Aber sie beschäftigte sich mit dringlicheren und weitaus realeren Herausforderungen – etwa einer besseren Zeit beim Hindernisparcours oder dem Versuch, ihren Mozambique Drill, ein spezielles Pistolenkampfmanöver, unter respektablen acht Sekunden zu halten.

Troy hatte ihr ein Armband aus rosafarbener und lindgrüner Fallschirmleine von Hand gewebt, komplett mit integrierter Notfallpfeife und Zündstein. Cindy war nicht allzu beeindruckt davon, aber die Farben sahen gar nicht übel aus. Deshalb hatte sie Troy geschworen, es immer zu tragen. Sie hatte keine Ahnung, warum oder wann sie das Teil je brauchen sollte. Falls die Welt unterging, kam sie mit einem hübschen Armband bestimmt nicht weit. Aber die gute Absicht zählte.

Hawk wandte sich von der Zapfsäule ab und beschäftigte sich gedanklich mit ihrem Einkaufstrip, als sie über die Motorhaube des Beetle hinweg bemerkte, wie der Marquis erneut langsam vorbeifuhr. Diesmal fuhr er nach Norden, wo Fort Bragg und die Hauptstraße lagen.

Natürlich hatte Hawk das fortgeschrittene Spionageabwehrtraining absolviert. Und sie wusste, dass sie als weibliches Mitglied der Unit automatisch etwas Besonderes war. Aber hier draußen, außerhalb der Basis, reihte sie sich in die Reihe zahlloser heißer Brünetter mit olivfarbener Haut und knackigem Hintern ein. In der normalen Welt war sie einfach nur Cindy Bird, keine Elitesoldatin mit dem Codenamen Hawk.

Trotzdem erinnerte sie sich noch lebhaft daran, wie Major Kolt Raynor ihr im letzten Jahr bei der Fahrt durch die schmalen Straßen Kairos die Feinheiten der Spionageabwehr eingehämmert hatte – ein weiterer Brandherd im Nahen Osten, der ihre Aufmerksamkeit verlangte. Kolts unaufhörliches Dozieren darüber, dass man auf bestimmte Muster achten musste, auf unberechenbare Fahrmanöver, 180-Grad-Wenden oder seltsame Spurwechsel, hatte sie ebenso sehr genervt, wie es lehrreich gewesen war. Und jetzt, da der schwarze Marquis erneut sechs Wagenlängen hinter ihr fuhr, blickte sie gezielt zwischen Straße und Rückspiegel hin und her, rollte im vorschriftsmäßigen Tempo die Skibo Road entlang und wiederholte flüsternd Kolts Ermahnungen.

»Dasselbe Gesicht und Auto zweimal zu sehen ist Zufall. Dreimal, und es ist ein Muster, und Muster sind nie zufällig.«

Sie ärgerte sich über sich selbst, weil sie sich diese Sorgen machte, und schüttelte den Kopf – ebenso sehr, um ihren Verfolgungswahn loszuwerden, wie um den Pony aus den Augen zu bekommen. Es ärgerte sie, dass sie an Kolt dachte, obwohl sie gar nicht im Dienst war.

Reiß dich zusammen, Hawk. Du bist hier nicht in Kairo.

Hawk beobachtete, wie der Marquis langsamer wurde und in nördlicher Richtung von der Skibo Road auf eine Nebenstraße abbog. Am liebsten hätte sie die Sache einfach auf sich beruhen lassen und sich wieder auf die Suche nach ein paar abgefahrenen Pumps gemacht, die selbst Lady Gaga neidisch gemacht hätten – wäre da nicht der hellblaue Ford Focus gewesen, den sie jetzt im Rückspiegel entdeckte. Dieses Auto, in dem zwei aalglatte Typen mit dunklen Sonnenbrillen saßen, schien die Stelle des schwarzen Marquis einzunehmen. Der Focus folgte ihr nach Süden und fuhr fast schon zu dicht auf, als sie die Skibo verließ. Er entfernte sich für eine Weile, als sie Luigis Restaurant an der North McPhersons Church Road passierte, rückte dann aber wieder zu ihr auf. Er klebte ihr förmlich an der Stoßstange, nachdem sie auf die verstopfte zweispurige Morgantown Road abbog und am Carrabas Italian Grill am rechten Straßenrand vorbeikam. Hawk brauste unter dem überfüllten All American Freeway hindurch, dann nördlich auf die Zufahrt zur Cross Creek Mall und im Uhrzeigersinn über die Umlaufstraße der Mall. Beim Abstellen ihres metallic-grauen VW Beetle, Baujahr 2013, auf einem freien Parkplatz vor dem überfüllten Macy's arbeitete ihr sechster Sinn bereits auf Hochtouren.

Was für Arschlöcher!

Hawk wusste, dass es nur zwei sinnvolle Erklärungen für diese Aktion gab. Entweder verfolgte man sie aus unbekannten, zwielichtigen Gründen, oder die Typen waren scharf auf sie. So oder so dachte sie sich: *Das kann doch nicht wahr sein.* Sie schüttelte den Kopf. Sie musste verrückt geworden sein.

Falls das eine dieser Delta-Übungen ist, hätten sie wenigstens damit warten können, bis ich wieder im Dienst bin.

Aber tatsächlich stellten die Männer der Delta Force Hawks Fähigkeit, auf sich selbst aufzupassen oder sogar mal einen Schlag einzustecken, nicht infrage. Nein – nicht nachdem sie vor zwei Jahren das Auswahlverfahren des Pilotprogramms mit Bravour bestanden hatte. Sie bewies damals eine schnelle Auffassungsgabe und hatte sich seitdem in Einsätzen an Brennpunkten wie Libyen bewährt. Ihre Fähigkeiten waren auf die ultimative Probe gestellt worden, als Major Raynor bei einem AFO-Auftrag, der sich von einer Informationsbeschaffungsmission zu einem hastig geplanten Geheimangriff im Herzen Kairos entwickelte, einen wilden Stunt hingelegt hatte.

Ja, man hatte sie auf die Probe gestellt. Sie hatte einen Mann getötet, vielleicht zwei. In ihrer geheimen Personalakte wurde sogar die Verleihung einer Defense Meritorious Service Medal aufgeführt. In der Begründung hieß es, sie habe das Leben eines anderen Soldaten gerettet – Major Kolt Raynor. Ein paar Ewiggestrige waren immer noch nicht davon überzeugt, dass man ihr den Ritterschlag erteilen sollte, sie als Operator einzusetzen, deshalb hatte man das abschließende Urteil noch nicht gefällt. Aber die meisten ihrer männlichen Kollegen fanden nichts an ihr auszusetzen.

Hawk setzte ihre weißen Sportschuhe auf den Asphalt und stieg aus dem Beetle. Aus Gewohnheit checkte sie noch einmal ihre SMS. Sie wünschte, Troy hätte ihr ein Paar pelzgefütterte Lederhandschuhe geschenkt und nicht das Prepper-Armband, das sie in ihrer Wohnung gelassen hatte. Sie schlang die Strickhandtasche über die rechte Schulter und drückte auf den Verriegelungsknopf des Funkschlüssels. Hinter sich hörte sie das beruhigende, doppelte Piepsen und ließ ihre Schlüssel in die Handtasche fallen, zog die Schultern zurück, schüttelte sich den Pony aus den Augen, wickelte sich den langen Schal um den Hals und ging mit entschlossenen Schritten der Wärme und den Verkaufsregalen der Damenabteilung entgegen.

Jalalabad Airfield, Afghanistan

Die Mitglieder des Einsatzkommandos wussten, dass sie nicht viel für Shaft tun konnten, wenn er im Goshai-Tal in der Scheiße steckte. Kolt nahm an, dass Shafts Batterien für ungefähr drei Tage reichten. Er benutzte das Telefon nur ein paar Sekunden am Tag, um Meldung zu machen, damit er noch genug Saft für den letzten Anruf übrig hatte. Im Anschluss an diesen würden Kolt und die anderen in die Helis steigen und losfliegen, um die Person festzunehmen, die der Schlüssel zu Aiman Al-Zawahiri war.

Plötzlich begriff Kolt, warum Admiral Mason ihm offenbar am liebsten an die Gurgel gehen wollte. Im Rahmen der waghalsigen Aktion zur Rettung von Thunder Turtle hatte

Kolt die Operation zu Shafts Rettung vorübergehend vernachlässigt. Sicher, auch andere Operators waren über die Lage unterrichtet und ebenso fähig, ihn herauszuboxen – aber es war Kolts Job gewesen, er trug die Verantwortung. Und als Einzelgänger, der er nun mal war, hatte Kolt es nicht für nötig gehalten, Mason vorab darüber zu informieren.

Fuck.

Wenn die Situation sich in Kolts Abwesenheit verschlimmert hätte, wäre die Kacke wirklich am Dampfen. Ein Anruf außer der Reihe hätte in Jalalabad viel Aufsehen erregt und innerhalb kürzester Zeit dafür gesorgt, dass sich die Rotorblätter der Hubschrauber drehten und eine Rettungsmission für Shaft in Gang gesetzt wurde. Aber diese Hubschrauber hatte Kolt in der letzten Nacht für seinen Einsatz beansprucht.

Beim Gedanken daran, was das möglicherweise für ihn bedeuten konnte, wurde ihm ganz anders. Aber Kolt vertraute darauf, dass Shaft seine Tarnung als Mediziner aufrechterhielt und sich wie ein erfahrener Delta-Operator benahm. Solange er nicht vergaß, dass seine Tarnung nicht nur die Wahrheit, sondern eben auch eine Tarnung war, konnte ihm nichts passieren. Bisher lief alles nach Plan.

Am nächsten Abend wartete Kolt immer noch angespannt auf eine Einladung von Admiral Mason, als sein Thuraya den *Shaft*-Klingelton abspielte. Er schnappte sich einen Stift und einen Block und setzte sich auf einen der Stühle im Bravo-Aufenthaltsraum, der mittlerweile sein zweites Zuhause war. Shaft klang hektisch. Kolt hörte sofort, dass ihm die extreme Kälte schwer zusetzte.

Shaft kam gleich zur Sache. »Jackpot«, rief er – bei der Delta Force das übliche Wort, um zum Ausdruck zu bringen, dass man die gesuchte Person gefunden hatte. »Mit 'nem hübschen Familienfoto noch dazu.«

Kolt kritzelte schnell etwas auf das Papier, hob den Block und zeigte ihn den anderen, die in der Nähe standen. »Hab ich. Sonst alles okay?«

»Nichts Großes. Ich hab ’nen neuen Mitbewohner. Äh, eigentlich mehr so ’ne Art Schatten.«

Kolt konnte Shafts heftiges Zittern geradezu spüren. Er hörte seine Zähne klappern.

»Kompromittiert?« Er spürte mehr, als er es sah, dass die anderen Operators bei dieser Frage noch angespannter wurden. Jeder Einzelne von ihnen zog eine offene Schießerei solchen Nacht-und-Nebel-Aktionen vor.

»Die sagen, dass meine Uhr aussieht wie die Modelle, die amerikanische Kommandosoldaten tragen.«

»Dann sag denen, dass amerikanische Kommandosoldaten immer ’ne Rolex haben.« Kolt versuchte, Shafts Nerven etwas zu beruhigen. Alle schauten ihn an. Sein Lächeln beruhigte sie etwas, aber mit seinen Worten verwirrte er sie.

Da er spürte, wie nervös Shaft war, wollte Kolt ihm etwas Mut machen. »Denk dran, du bist verdammt noch mal der beste Zahnarzt, den diese Leute je zu Gesicht kriegen werden.«

Shaft antwortete nicht, aber diese Bemerkung brachte Kolt noch mehr befremdete Blicke ein.

»Ach, eins noch: Der Wetterfrosch hat Schnee in deinem Einsatzgebiet angekündigt.«

»Nennt man so dieses kalte, weiße Zeug, das hier den ganzen Tag vom Himmel rieselt?«, gab Shaft sarkastisch zurück und zeigte Kolt damit, dass er geistig voll da war. Diese Prognose kam etwas zu spät.

»In Ordnung, Doktor. Wenn der richtige Moment gekommen ist, ruf uns an«, beendete Kolt das Gespräch und erinnerte ihn damit diskret daran, auf seine Tarnung zu vertrauen und sie zu benachrichtigen, sobald Ghafours Aufenthaltsort bekannt war.

Er hoffte, dass es noch in dieser Nacht so weit sein würde.

Die gute Nachricht war, dass Shaft Ghafour gefunden hatte. Obwohl die Experten auch nach vierjähriger Suche auf kein Foto des großen Anführers gestoßen waren, schien es Shaft mit Leichtigkeit gelungen zu sein. Aber nachdem er mehrere Monate unter dem relativ unbefleckten und risikoscheuen neuen kommandierenden General des JSOC gedient hatte, befürchtete Kolt, dass Shafts Aufgabe im Vergleich zu dem Versuch, grünes Licht von Admiral Mason zu bekommen, ein Kinderspiel war.

Kurze Zeit später traf eine E-Mail mit angehängtem Foto ein. In strahlenden Farben und bestechend scharf zeigte es Shaft, der barfuß und im Schneidersitz in einer winzigen Lehmhütte auf dem Boden saß. Vor ihm stand eine Auswahl aus Lammfleisch, Reis, Walnüssen und getrockneten Früchten. Rechts von ihm hatte sich lächelnd ein afghanischer Junge hingestellt, links ein größerer, finster wirkender Herr mit weißem Turban.

Zu Ehren des Besuchers aus dem Westen, dachte Kolt. Shaft hatte offenbar einem der Dorfleute sein Handy gezeigt und ihm erklärt, wie die Kamera funktionierte, denn kurz darauf trafen noch drei weitere Bilder ein. Alle vier zeigten einen lächelnden, von einigen jungen Leuten umgebenen Shaft, während Ghafour bequem und nichts ahnend im Hintergrund saß. Das erste bekannte Foto ihrer Zielperson.

Jackpot! Ein toller Anfang.

Aber selbst wenn er der erste Amerikaner seit Jahren war, der diesen verschlagenen, mysteriösen Älteren zu Gesicht bekommen hatte, waren sie doch noch weit davon entfernt, ihn tatsächlich in die Finger zu kriegen.

Eine weit dringlichere Sorge ergab sich aus Shafts Andeutungen von Problemen. Seinen täglichen kurzen Anrufen mit dem Handy konnte Kolt entnehmen, dass er befürchtete, die Einheimischen könnten ihm auf die Schliche kommen. Sicher, Ghafour und sein Stamm hatten ihn mit offenen Armen willkommen geheißen. Das war einfach ein Teil der regionalen Kultur. Aber der pakistanische Dorfälteste hatte ihm auch einen Mitbewohner zugewiesen, der ständig unauffällig in seiner Nähe blieb. Dieser beobachtete – nein, er *studierte* geradezu – jede Bewegung des Delta-Operators.

Das fünfte und letzte Foto bestätigte Kolts Befürchtungen. Drei Pakistani, die mit AK-47-Gewehren mit ausziehbaren Schulterstützen bewaffnet waren, saßen an einer Wand im Haus. Sie bedrohten Shaft nicht, aber es war kaum zu übersehen, dass sie ihn und alle anderen im Auge behielten. Kolt wusste sofort, dass es Ghafours persönliche Leibwache sein musste. Shaft schickte ihnen fantastisches Material. Jetzt musste er nur noch cool bleiben. Man erwartete nicht von ihm, Ghafour im Alleingang gefangen zu nehmen oder zu töten. Er musste auch nicht in Ghafours Privatsphäre eindringen. Er musste nur eine Gebäudenummer durchgeben, die sie im Raster der Satellitenkarte einem Haus zuordnen konnten.

»Das reicht dem Admiral bestimmt«, sagte Digger. Er blickte über Kolts Schulter auf den Computerbildschirm, auf dem ein winziges, blaues Symbol den genauen Standort von Shafts iPad 4 anzeigte.

»Wir wissen immer noch nicht, welches Haus«, wandte Kolt ein. Die Fotos hatten die Zahl der möglichen Gebäude bereits auf ein Dutzend reduziert, von denen jedes einzelne Haji Ghafours Haus sein konnte. Shaft war es gelungen, direkten Kontakt zu ihrer Zielperson herzustellen. Aber das hier war nicht sein Haus, sonst hätte Shaft es sie auf Umwegen wissen lassen.

»Sieht für mich nach Gebäude Nummer sieben aus, Racer«, orakelte Digger.

»Kann sein. Aber nach den Bildern zu urteilen, die Shaft geschickt hat, und wenn man davon ausgeht, dass er sein iPad 4 dabeihat, könnte das auch einfach nur der Partyraum sein. Ein alter Sack wie Ghafour legt sich doch bestimmt außer Hörweite schlafen.«

Die stets händeringenden und unentschlossenen Entscheider im JOC brauchten von ihnen weitaus mehr als ein bloßes »Er könnte sich auf einem von mehreren Grundstücken aufhalten«, wenn sie Kolt und seinen Jungs grünes Licht für einen grenzüberschreitenden Einsatz aus der Luft geben sollten. Herrgott, sie hätten selbst Osama beinahe nicht erwischt, und bei diesem hatte man die Suche bereits auf ein einzelnes Grundstück eingegrenzt. Im Endeffekt lief es darauf hinaus, dass die Informationen so gut wie perfekt sein mussten, damit ein solcher Einsatz abgenickt wurde.

»Shaft weiß, was er tut«, beruhigte ihn Slapshot. »Er wird uns geben, was wir brauchen. Wartet's ab.«

Kolt hoffte, dass er recht behielt. Der Schlüssel war Shafts Tablet. Für die Dorfbewohner oder für argwöhnische Haqqani sah es harmlos genug aus. Und, was noch wichtiger war, es wirkte nicht militärisch. Damit niemand probierte, es ihm abzunehmen, hatte man Shaft aufgefordert, es ganz offen zu benutzen. Er zeigte den Dorfleuten Listen mit Arzneimitteln, die er zusammenstellte, um diese bei seinem nächsten Besuch mitzubringen. Das war eine Methode, ihnen gleichzeitig zu versichern, dass ihre medizinischen Bedürfnisse bei ihm in besten Händen waren, und sie gleichzeitig an den ständigen Gebrauch dieses merkwürdigen Geräts zu gewöhnen. Auf beiden Seiten der Grenze gab es seit Jahren Gerüchte über Signalquellen zur Zielbestimmung, die man diskret in der Nähe feindlicher Gebäude platziert hatte, um die gelenkten Bomben der USA ins Ziel zu führen.

Kolt wusste, dass Shaft bestimmt eine Menge Fragen dazu beantworten musste. Um seine Tarnung zu stützen, waren auf dem iPad Krankenblätter, anatomische Diagramme und kurze Werbevideos für verschiedene Medikamente gespeichert, die man aus Internet und Fernsehen besorgt hatte. Was die Dorfleute hingegen nicht zu Gesicht bekamen, war die verschlüsselte Satellitenaufnahme in Schwarz-Weiß. Ein vor sehr kurzer Zeit entstandenes Luftbild von Ghafours Dorf. In kräftigem Weiß gehaltene Ziffern waren über jedem der dunklen, schattigen Gebäude verzeichnet. Sobald er den Schlafplatz von Ghafour ermittelt hatte, brauchte Shaft nur noch Kolt anzurufen, ihm eine Zahl zu nennen und dann zur Talmündung aufzubrechen, wo man ihn aus einer geheimen Landezone abholte.

Beim Warten dachte Kolt nervös über Shafts letzten Anruf nach. Er hatte ein ungutes Gefühl bei der Sache. Das Goshai-Tal lag weit entfernt von Jalalabad. Er staunte über Shafts Mut. Nur die besten Delta-Operators wurden für Solomissionen ausgewählt und Kolt konnte sich keinen besseren als Shaft vorstellen. Man musste vollkommen auf seine Fähigkeiten vertrauen und durfte auf keinerlei Hilfe von außen zählen. Ein gewisses Maß an Verschlagenheit war dafür unabdingbar, eine gehörige Portion Gelassenheit und Coolness ein unbedingtes Muss. Und zu guter Letzt brauchte man noch Nerven aus Stahl.

Kolt wusste, dass ihm solche Aufgaben nicht lagen. Aber das spielte keine Rolle, denn Delta-Offiziere wurden ohnehin nicht in Einzeleinsätze geschickt. Das blieb den erfahrensten Sergeants vorbehalten. *Und das ist auch richtig so,* hatte Kolt bis zu diesem Augenblick geglaubt.

5

Isolationszelle Schwarz – Black Ice – unbekannter Ort

Die 1,20 Meter hohe und breite Kiste, in der Cindy ›Hawk‹ Bird steckte, war undicht. Es tropfte von oben herein, und das ständig. Aber wie jeder Navy SEAL fühlte sie sich im Wasser in ihrem Element, also kam sie damit klar. Bei Waterboarding sah es da schon anders aus. Sie hoffte, dass es nicht dazu kam. Allerdings hatte sie sich in ihren 72 Stunden in dieser Kiste ziemlich störrisch verhalten, ebenso wie bei ihren vier Verhören, für die man sie in einem äußerst kalten und modrigen Raum an einen Stuhl gebunden hatte. Sie konnte also nicht sicher sein.

Ein paar ihrer Prellungen rührten sicherlich vom Kampf mit den beiden Gorillas aus dem hellblauen Ford Focus vor dem Macy's her. Andere Verletzungen hatten ihr die Verhörenden zugefügt, auf deren Kappe auch die starken Schmerzen an ihren linken Rippen gingen. Aber was sie in den Wahnsinn trieb, waren nicht die Kiste, das Tropfen, die harte Verhandlungstaktik oder der fürchterliche Gestank ihres eigenen Urins. Nein, all das störte zwar, aber viel schlimmer war eindeutig dieses verdammte Kind, das ständig nach seinem Daddy plärrte.

Hawk versuchte, die Lage ihrer langen, unrasierten Beine in der engen Sperrholzkiste zu verändern. Sie hielt sich beide Ohren zu, um das laute Geschrei nicht länger ertragen zu müssen. Wieder und wieder wurde dasselbe Band abgespielt. Und zwar laut. Die einzige Erleichterung brachten die unregelmäßigen Einschübe mit Musik aus dem Nahen Osten. Hawk erkannte die Lieder, in denen die Liwa'a Abu Fadl Al-Abbas gepriesen wurde, Syriens schiitische, pro-iranische ›internationale Brigade‹. Ungläubige wurden barsch beleidigt, die syrischen Rebellen offen bedroht. Aber hätte sie eine Wahl gehabt, wäre ihr die Musik trotzdem lieber gewesen als das Plärren.

Wenn so das Leben eines Delta-Operators aussah, nach dem sie sich gesehnt hatte, und es das hier war, was die Jungs in der Einheit meinten, wenn sie in der Basis davon sprachen, den Traum zu leben, kamen ihr jetzt durchaus Zweifel. *Wie lange bin ich schon hier? Ist das nur ein Training?*

Tatsächlich lag es erst knapp 48 Stunden zurück, dass man Hawk aufgegriffen hatte. In so einer Kiste verlor man das Zeitgefühl relativ schnell. Man büßte die Fähigkeit ein, klar zu denken. Es wurde zunehmend schwieriger, die Stunden zu zählen. Selbst einfache Berechnungen wurden unmöglich. Noch schwerer fiel es, die Tarnung aufrechtzuerhalten, während man versuchte, nicht knochentief in die eigene Scheiße zu rutschen.

Aber es war ja nicht so, dass man sie nicht gewarnt hätte. Nein, ihre Vorgesetzten bei der Delta Force hatten ihr in aller Deutlichkeit erklärt, dass das Selektionsverfahren niemals aufhörte. Und obwohl sie mittlerweile bei mehreren Gelegenheiten ihren Wert für das Kommando bewiesen hatte, akzeptierte man sie immer noch nicht vollständig.

Es gab ständig Genörgel von älteren, ziemlich erfahrenen Operators. Wer schon seit Jahrzehnten dabei war, ließ sich natürlich nicht so leicht beeindrucken. Die Kerle der alten Schule hatten das Pilotprogramm von Anfang an für eine schlechte Idee gehalten. Sie vertraten die Auffassung, dass Frauen nicht in die Einheit oder auf die Schlachtfelder gehörten. Darüber hinaus standen Frauen, wie sie es sahen, den männlichen Operators bei der Ausübung ihrer Pflicht im Weg.

Aber der Delta-Kommandant, Colonel Jeremy Webber, sah die Sache anders. Aus seiner Sicht hatte Cindy Bird seine schon länger gehegte Vermutung bestätigt, dass qualifizierte Frauen einen wertvollen Beitrag zum Erfolg einer Mission leisteten. Webber war zwar nicht gezielt auf der Suche nach weiblichen Operators. Nein, er fand nicht einmal, dass die Einheit überhaupt in Erwägung ziehen sollte, Frauen zu Operators zu machen. Er mochte ihre optischen Reize, aber nur, sofern sie gleichzeitig für eine Leistungssteigerung sorgten. Keine Hohlköpfe. Sie mussten auf Zack sein. Für Webber zählten allein Resultate.

Hawks Leistung in Libyen beim Sturz des Gaddafi-Regimes vor zwei Jahren hatte ihr Lob eingebracht, ebenso ihre unverzichtbare Hilfe bei der Mission von Major Kolt Raynor und seiner AFO-Zelle in den Straßen von Kairo. Auch die Tatsache, dass ihr Beitrag Gegenstand zahlreicher Gespräche und Debatten innerhalb der Einheit gewesen war, bestätigte Webber letztlich in seinen Vermutungen.

Tatsächlich war Cindy Bird die erste weibliche Insassin der sogenannten Isolationszelle Schwarz. Die Wachen hatten der Kiste den Spitznamen ›Black Ice‹ gegeben. Und, ja – es war Teil des Trainings, ein entscheidender sogar. Allerdings die Art von Training, um die einen wirklich niemand beneidete. Für Black Ice meldete man sich nicht gezielt an; man trug es nicht in seinen Zeitplan ein. Black Ice fand man nicht, sondern man wurde gefunden.

Bei Black Ice gab es keine Pausen. Man konnte nicht aufs Klo gehen, mit seinem Anwalt sprechen oder bei der Familie anrufen. Black Ice war für Delta-Force-Mitglieder ein ebenso großes Geheimnis wie die genauen Anforderungen, die man für die Aufnahme in die Unit erfüllen musste – selbst nach 35 Jahren noch.

Die Absolventen von Black Ice mussten bei ihrer Entlassung eine Verschwiegenheitserklärung unterschreiben – wenn sie dann überhaupt noch einen Stift halten konnten. Über die gemachten Erfahrungen oder auch nur die Existenz des Programms zu sprechen, war ihnen strikt verboten. Und soweit Webber wusste, wurde das Geheimnis nach wie vor gewahrt, nachdem sechs von sieben Operators überlebt und damit mehr oder weniger bestanden hatten.

In Hawks Holzkiste gab es keinerlei Komfort, abgesehen von einer Menge Privatsphäre. Außerhalb der Kiste strahlten vier große, schräg gerichtete Scheinwerfer die harten rechten Winkel der Sperrholzbox an und warfen lange Schatten auf die schmutzigen Wände, von denen der Putz abbröckelte. Aus der Mitte der Kistendecke ragte eine Glühbirne. Nicht dass jemand sie dort angebracht hätte, damit die Häftlinge nachts besser lesen konnten. Das Licht gehörte vielmehr zum Gesamtpaket. Es wurde niemals ausgeschaltet und erzeugte eine exakt 17,6 Zentimeter lange Kontur hinter der Zwei-Liter-Kaffeedose, die eine Handbreit warmes Trinkwasser enthielt. Cindy hatte darüber nachgedacht, die Dose als Klo zu benutzen. Aber da sie ahnte, dass die Wachen darüber nicht erfreut sein würden, und da sie wusste, dass sie ohne Wasser schnell schwächer wurde und in ein Delirium fiel, entschied sie sich stattdessen dafür, es einfach fließen zu lassen.

Zur Ausstattung gehörte auch eine 30 Zentimeter lange Kette, die an einem schweren Ringbolzen an der Decke hing. Wenn sie Hawk die dazugehörigen funkelnden Handschellen anlegten, war die Kette gerade lang genug, um sie in einer unbequemen Position festzuhalten. Irgendwann – sie konnte sich nicht mehr an den genauen Moment erinnern – war Hawks linker Arm von der Schulter bis hinab zu den Fingerspitzen taub geworden. Ihre einzige Möglichkeit, sich etwas Erleichterung zu verschaffen, bestand darin, mit der rechten Hand nach oben zu greifen, um so den Druck der Handschellen am Handgelenk zu lockern.

Eine winzige, etwa 15 Zentimeter breite Glasscheibe am Boden der Kiste gewährte ihr den einzigen Blick nach draußen. Sie diente außerdem als Luke, durch die man ihr die beiden Schüsseln mit lauwarmen Hühnerbrühe gereicht hatte – das einzige Essen seit ihrer Ankunft.

Die meisten Männer waren mental nicht mehr dieselben, falls sie Black Ice lebend verließen. Diese Erfahrung setzte jedem zu. Das konnte Hawk natürlich nicht wissen. Aber wie sie so in ihrer Kiste saß, wurde ihr bewusst, dass man hier auf den Status Mensch reduziert wurde. Black Ice machte keine Unterschiede, wenn es darum ging, jemanden zu brechen. Es hatte nichts mit Religion, Nationalität oder sexueller Orientierung zu tun. Nein, Black Ice war eine Folterkammer, in der strikte Gleichberechtigung herrschte.

Das Projekt war ins Leben gerufen worden, nachdem vor einigen Jahren in Pakistan mehrere Delta-Operators in Gefangenschaft gerieten. Der Mi-17-Helikopter, in dem sie saßen, war von einer Talibanmiliz in den Bergen nordöstlich von Gardez abgeschossen worden. Das Rettungsteam wurde von LTC Josh Timble geleitet. Timble war jahrelang

Kolt Raynors Mentor gewesen. Tatsächlich hatte Raynors Versagen in Pakistan zur Gefangennahme von TJ und den anderen geführt. Damals hatte es Black Ice noch nicht gegeben, sodass TJ diese Erfahrung gefehlt hatte. Aber mit sturer Hartnäckigkeit überzeugte er die Führungsspitze nach seiner Rückkehr, dass es von entscheidender Bedeutung war, Delta-Operators auf eine mögliche Kriegsgefangenschaft vorzubereiten und ihnen das notwendige Durchhaltevermögen zu vermitteln. So verschaffte man sich eine gewisse Absicherung, dass sie solchen Belastungen im Ernstfall standhielten.

Hawk stand kurz vor einem Nervenzusammenbruch. Sie trug einen Disput mit sich selbst aus, was die Bedeutung der Delta Force und ihre eigene Hingabe an die gemeinsame Sache betraf. Sicher, sie hatte mit der Tötung eines Manns aus nächster Nähe in Kairo einen entscheidenden Schritt getan, der sie genau wie jeden männlichen Operator veränderte. Aber sie war kein Operator. Das hatte das Kommando ihr mehrfach deutlich zu verstehen gegeben. Selbst Kolt Raynor hatte sie in dieser Nacht im Kairoer Unterschlupf daran erinnert.

Vielleicht ist diese Delta-Scheiße genauso verrückt, genauso unmenschlich und irre wie diese beschissene Kiste hier. Ist der ganze Scheiß das überhaupt wert?

Jetzt, wo ihr linkes Handgelenk an die Kette der Isolationskiste gefesselt und sie fast zwei Kilo leichter war als im Einkaufszentrum, wo sie versucht hatte, sich in eine enge Size-Six-Jeans zu zwängen, und nachdem ihre eigene getrocknete Scheiße an ihr klebte, fragte sie sich, warum sie überhaupt in die Delta Force eingetreten war. Sie hätte einfach ihren Dienst in der Army ableisten können, wie es normale Menschen taten.

Ich glaube, ich habe einen großen Fehler gemacht.

Jalalabad Airfield, Afghanistan

Ein paar Stunden nach Shafts letztem telefonischen Lagebericht beugte sich Kolt über den großformatigen Schwarz-Weiß-Abzug eines Satellitenfotos auf einem Holztisch. Er hatte die Bequemlichkeit des Bravo-Teamzelts verlassen, war draußen über die Paletten gestiegen, die man in der Regenzeit auslegte, damit die Soldaten nicht in den Matsch treten mussten, und hatte in halb joggender Gangart die etwa 40 Meter gefrorenen Bodens bis zum Ziel zurückgelegt.

Er schlich um einen kleinen Irrgarten aus T-förmigen Betonelementen und mit Sandsäcken gefüllten Hesco-Körben herum, die den Zweck hatten, das Lager vor feindlichen Mörsergranaten abzuschirmen, stieg zwei Stufen hinauf und zog eine der beiden großen Nylonklappen zur Seite, die als Eingang zum Joint Operations Center dienten.

Kolt huschte zum langen Tisch in der Nähe, um sich einen Kaffee zu besorgen. In der silbernen GI-Kanne war nur noch eine halbe Tasse. Das handgeschriebene Schild mit der Aufschrift ›Der Letzte füllt die Kanne nach‹ hinter den halb geöffneten Kartons mit Weihnachtspaketen aus der Heimat ignorierte er kurzerhand.

Kolt balancierte den Styroporbecher in der Hand und achtete darauf, den kläglichen Rest nicht zu verschütten, während er sich über die unebenen Bodenbretter zum improvisierten Planungsbereich im hinteren Teil des Zelts vorarbeitete. Er kam an fünf Tischreihen vorbei, auf denen sich ein halbes Dutzend der aktuellsten Dell-Laptops aneinanderreihten. Alle waren eingeschaltet.

An der gegenüberliegenden Wand zeigten sechs große Plasma-Flachbildschirme das sogenannte *Kill TV* – Liveübertragungen aus den Einsatzgebieten. Irgendwo im östlichen Afghanistan und Westpakistan filmte ein Dutzend bewaffneter Drohnen nichts ahnende Verdächtige, die auf den Bildschirmen zur Größe von Ameisen schrumpften.

Jede ihrer vom Himmel aus erkennbaren Bewegungen wurde über Hunderte von Meilen hinweg zu diesem Hauptquartier übertragen.

Das JOC war der Arbeitsplatz der Stabsoffiziere, die den Löwenanteil des Jobs erledigten. Die Operation lief 24 Stunden am Tag, sieben Tage die Woche. Die Diensthabenden sammelten Zielinformationen, analysierten bergeweise Rohmaterial auf der Suche nach verwertbaren Daten, wägten Risiken ab und überwachten das gesamte Kampfgebiet. Das alles verfolgte nur einen Zweck: die Delta-Operators so schnell und so oft wie möglich raus ins Ödland zu schicken und sie auf Targets anzusetzen. Für diesen Stab in Jalalabad zählte nur eins: die Steigerung der Einsatzgeschwindigkeit.

Sobald man die Zeltklappe öffnete, schlug einem ein charakteristischer Geruch entgegen. Eine Mischung aus Best-Buy-Verkaufsräumen, Bodenbelägen aus Sperrholz und verschwitzten, überarbeiteten Menschen, die ständig gegen den Countdown kämpften und dabei kaum noch die Sonne zu Gesicht bekamen.

Admiral Mason und sein Stab standen in dem engen Bereich um ihn herum und lauschten aufmerksam, umgeben von wackeligen Wänden, an denen riesige Karten der Hauptkampfplätze in Afghanistan und Westpakistan hingen.

»Gebäude zwei, drei, vier, fünf. Möglicherweise auch sieben«, verkündete Kolt selbstsicher. Dabei deutete er nacheinander mit aufgeklapptem Spyderco-Messer auf die entsprechenden Punkte. Admiral Mason und die anderen hingen förmlich an seinen Lippen und starrten ihn konzentriert an, während er sprach.

»Wir brauchen was Besseres«, stellte Mason einmal mehr fest und schüttelte den Kopf. »Ihr Mann muss den Aufenthaltsort exakt bestimmen, ansonsten bin ich nicht autorisiert, grünes Licht für die Mission zu geben. Ich dachte, das sei bekannt. Selbst Ihnen, Major.«

Kolt war sprachlos. Er blinzelte enttäuscht. *Fuck.* Na schön, nicht perfekt, aber machbar. Zuerst sah er Admiral Mason an. Dieser war deutlich größer als die anderen Anwesenden, hatte volles braunes Haar mit grauen Strähnen, das wirkte, als ob es nie gekämmt werden musste. Dann richtete er den Blick auf die anderen um den Tisch, die Planer der Task Force, den Command Sergeant Major des JSOC und den Air Mission Commander der Helikopterstaffel.

Zum ersten Mal seit Wochen hielten sich Kolt und Mason gleichzeitig im selben Raum auf. Tatsächlich hielt Mason schon seit Monaten Abstand von Kolt. Selbst dem nachlässigsten Beobachter entging nicht, dass der Admiral nicht gerade Kolts größter Fan war. Die meisten in der Einheit wussten es spätestens, seit der Admiral die Nachbesprechung der Thunder-Turtle-Mission ausfallen ließ.

Kolt hatte eigentlich nichts gegen den Admiral. Na ja, abgesehen von der Tatsache, dass er Absolvent der Naval Academy war. Das bekam jeder hier im Zelt zwangsläufig mit, da er den Ring des Abschlussjahrgangs 1982 so trug, dass er auffiel wie ein Dallas-Cowboys-Super-Bowl-Ring an einem Neugeborenen. Aber noch mehr als der kitschige Ring ging Kolt die brandneue, stets frisch gebügelte Multi-Cam-Tarnuniform auf die Nerven, die der Admiral trug.

Ein Midshipman konnte die Beförderung zum Admiral vergessen, wenn er während seiner Anfangsjahre die Hosenbeine nicht richtig in die Stiefel steckte oder die Ärmel nicht komplett herunterrollte und ordentlich am Handgelenk zuknöpfte. Die einfachste Methode, sich eine Beförderung zu versauen, waren Verstöße gegen die militärischen Bekleidungsvorschriften. Kolt fragte sich oft, ob das der Grund dafür war, dass nur sehr wenige frühere Delta-Kommandanten je die Führung des Joint Special Operations Command übernommen hatten.

Mason hatte während der letzten vier Jahre einen Schreibtischjob im Pentagon ausgeübt. Ein Zwei-Sterne-Posten, der erforderte, dass er jeden Tag eine strahlend weiße, geschniegelte Uniform trug. Sowohl der Posten als auch die Uniform hatten perfekt zu ihm gepasst. Eine der wenigen Positionen übrigens, die es mit sich brachten, über sämtliche JSOC-Operationen unterrichtet zu werden. Und damit auch über die Top-Secret-Missionen der Delta Force. Was natürlich hieß, dass er auch über Kolt Raynors zahlreiche Eskapaden im Lauf der Jahre Bescheid wusste.

Admiral Mason kannte alle Details über Raynors Fehlentscheidung in Pakistan, durch die vor einigen Jahren mehrere seiner Teamkollegen umgekommen oder in Gefangenschaft geraten waren. Er wusste von der zwielichtigen, nicht sanktionierten Rettungsmission, bei der es um die Lokalisierung und Rettung seiner Delta-Kameraden aus einem Geheimgefängnis in Pakistan gegangen war, einschließlich seines besten Freundes Lieutenant Colonel Josh Timble.

Als die Entführer der Boeing 767-400 versucht hatten, von einem Flughafen in Neu-Delhi zu starten, war Mason als Führungsoffizier Berater des National Security Council gewesen. Nach Sichtung des Berichts, der detailliert schilderte, wie Kolt Raynor mit drei anderen Delta-Operators auf dem breiten Rumpf des bereits auf die Startbahn rollenden Flugzeugs gelandet war, die Dachluke aufgesprengt, ein halbes Dutzend pakistanischer Lashkar-e-Taiba-Terroristen getötet und mehr als 140 Geiseln gerettet hatte, war Mason eins klar gewesen: Dieser Army-Major musste sich dringend einem Drogentest und einer umfassenden psychologischen Untersuchung unterziehen.

Erst vor sechs Monaten hatte Mason der Delegation des Präsidenten bei einem Geheimbesuch auf dem Delta-Force-Gelände in Fort Bragg, North Carolina, angehört, als das Staatsoberhaupt der Einheit für die Ausschaltung des in Amerika geborenen Terroristen Daoud Al-Amriki dankte. Von allen Erfolgen der Delta Force war diese Mission seit Beginn des Antiterrorkampfs nach 9/11 die persönlichste gewesen. Kolt und Josh Timble hatten in einer weiteren inoffiziellen Operation, diesmal auf amerikanischem Boden, den Abschuss des Helikopters Marine One kurz vor der Andrews Air Force Base verhindert, als der Präsident von einer Reise nach Übersee zurückkehrte. Der Präsident hatte der ganzen Einheit gedankt, obwohl alle wussten, dass nur Kolt und sein Kumpel TJ daran beteiligt gewesen waren. Und Josh Timble war nicht mehr nach Hause zurückgekehrt.

Ja, Mason wusste alles über diesen verfluchten Kolt Raynor. Und es gab nichts, was er an diesem eigenwilligen Delta-Offizier mochte. Auch jetzt fühlte er sich alles andere als wohl in Kolts Gegenwart. Sicher, Mason wusste, dass Kolt dazu neigte, Nägel mit Köpfen zu machen. Aber Kolts wilde Vergangenheit erschwerte es deutlich, die Mission abzusegnen, für die der Delta-Major gerade um Zustimmung warb. Für grenzüberschreitende Kommandos, die nach Pakistan eindrangen, war die Genehmigung des Präsidenten unabdingbar. Und obwohl die meisten Stabsmitglieder in Jalalabad wussten, dass der Präsident die Kompetenzen in diesem Fall vorübergehend an Mason abgetreten hatte, tat er weiterhin so, als ob er für Entscheidungen dieser Größenordnung auf Zustimmung von oben warten musste.

Tatsächlich hätte Admiral Mason auch dem Delta-Plan, Shaft in das Goshai-Tal zu schicken, niemals zugestimmt. Allerdings rangen ihm die drängenden Nachfragen aus Washington zum aktuellen Status der Fahndung nach Haji Mohammad Ghafour irgendwann ein Okay ab.

Kolt führte eine kurze Atemübung durch – 15 Sekunden einatmen, 15 Sekunden Luft anhalten, 15 ausatmen, 15 halten –, bevor er es wagte, erneut den Mund zu öffnen. Er beschrieb mit der Messerspitze einen vagen Kreis. »Admiral, diese fünf Gebäude liegen in einem Bereich, der etwa so groß ist wie ein Footballfeld. Wir können auf beiden Seiten landen und alle säubern, während wir zum Zentrum vorrücken.« Er wollte noch hinzufügen, dass dieses Gelände kaum größer war als damals bei Osama, verkniff es sich aber.

Als habe er Kolts beschwichtigende Bemerkung gar nicht gehört, zupfte Admiral Mason nervös am Gürtel herum. Er machte sich nicht einmal die Mühe, Kolt namentlich anzusprechen. »Wenn wir nicht mehr Klarheit über Ghafours genauen Aufenthaltsort haben, müssen wir auf eine andere Gelegenheit warten.«

Kolt hatte geahnt, dass der Admiral nach einer Ausrede suchen würde, um die Mission nicht abzunicken.

»Außerdem«, fuhr Mason fort, »können die Helis dort nicht so lange warten. Denen wird der Treibstoff ausgehen, bevor Sie die fünf Gebäude gesäubert haben.«

Das verrät dir bestimmt deine umfangreiche praktische Kampferfahrung.

Sämtliche Augen richteten sich auf Kolt. Jeder wusste, dass er das Kommando über das Einsatzteam führte. Und sie wussten, dass Shaft sein Mann war. Für ihn stand hier am meisten auf dem Spiel. Keiner seiner Kollegen am Tisch wagte es, etwas zu sagen, weil sie den Zorn des Admirals fürchteten. Kolt war das bewusst. Er hielt es für das Klügste, sich strikt an die Fakten zu halten und keine persönliche Vendetta mit Admiral Mason daraus zu machen.

Er schluckte hörbar. Als habe er das Zögern in der Stimme des Admirals nicht wahrgenommen, sagte er: »Sir, die Risiken sind uns durchaus bewusst. Sie haben sie neulich selbst abgesegnet. Falls wir Ghafour nicht finden, bevor die Helis abfliegen müssen, verlassen wir das Gebiet und suchen weiter nach ihm.«

»Sie nehmen sich aktuell ziemlich viele Freiheiten bei der Nutzung der Helis heraus«, konterte Mason und machte keinen Hehl aus seinem Ärger über Kolts Stegreifmission zur Rettung von Thunder Turtle.

So leicht ließ Kolt sich nicht ködern. »Es ist ein akzeptables Risiko und ich erachte es als sinnvoll. Die Helis können …«

»Ich will nicht, dass die Hubschrauber ein zweites Mal

in diese Gegend fliegen müssen«, bellte Mason und tippte mit langen, schmalen Fingern auf das Goshai-Tal auf der Karte. »Zweimal ist bereits ein Muster. Damit säßen sie quasi auf dem Präsentierteller für feindliche Raketen oder mannschaftsbediente Maschinengewehre.«

Kolt atmete tief durch. »Noch einmal, Sir. Der Plan sieht vor, mit Ghafour im Schlepptau das Tal zu verlassen.« Spontan beschloss er, etwas dicker aufzutragen. Er musterte nacheinander die Männer am Tisch, nahm mit jedem von ihnen kurz Blickkontakt auf. »Darüber sind wir uns neulich noch alle einig gewesen.«

Eine unangenehme Stille breitete sich aus. Kolt spürte, wie ihm die Kontrolle entglitt, und ging zum Angriff über, indem er den Air Mission Commander anschaute. Es war der Pilot für Spezialmissionen, der sie in Thunder Turtles Operationsgebiet abgesetzt hatte, der Hubschrauberpilot Bill Smith, sein alter Freund. »Smitty, kannst du uns da reinbringen oder nicht?«

Smitty war ein Profi und nicht leicht einzuschüchtern. »Bin ziemlich sicher, dass es klappt«, antwortete er zuversichtlich. »Jedenfalls beim ersten Mal.«

Kolt konzentrierte sich auf den Admiral und versuchte ihm die Bedenken zu nehmen, indem er seine Zweifel und Einwände mit Fakten konterkarierte.

»Sir, einer unserer Delta-Operators hält sich allein im Goshai-Tal auf. Er vermutet, dass seine Tarnung möglicherweise aufgeflogen ist. Dass wir in diesem Dreckloch von einem Dorf Ghafours Aufenthaltsort auf fünf mögliche Gebäude eingrenzen konnten, werte ich bereits als großen Erfolg.«

Es war deutlich zu erkennen, dass Admiral Mason wenig Lust auf eine Diskussion mit dem Delta-Truppenkommandanten verspürte. Aber der Kommandant der Delta Force, Colonel Webber, war mit dem Unit Command Sergeant Major in die Staaten zurückgekehrt, um den Vorsitz über den Kommandantenausschuss für das Auswahl- und Prüfungsverfahren der Deltas zu übernehmen. Wenn man der Einheit beitreten wollte, musste man zuerst an diesen beiden Männern vorbei. Webber würde in ein paar Tagen wieder hier sein. Bis dahin war jedoch längst eine Entscheidung über diese Mission gefallen – so oder so.

Mason wusste, dass Kolt in dieser Umgebung, die sich wie Tag und Nacht von den Fluren des Pentagons unterschied, mehr Einfluss hatte als er. Der Delta-Offizier beschäftigte sich schon seit vielen Jahren mit dieser Art taktischer Planung, schon lange vor 9/11. Mason war außerdem klar, dass er selbst über so gut wie keine Kampferfahrung verfügte und nie einem Spezialkommando angehört hatte.

Umgekehrt wusste Kolt, dass Kerle wie Mason in der Regel jedes unnötige Risiko scheuten. Ihre persönliche Unentschlossenheit und das Unbehagen, das sie angesichts riskanter Kommandotaktiken verspürten, hatten zahlreichen vielversprechenden Missionen bereits vor dem Start den Wind aus den Segeln genommen. Mason führte erst seit etwa fünf Monaten das Kommando über das JSOC, aber bei den Spezialeinheiten und den Army Rangers haftete ihm das Image als menschlicher Bremsklotz bereits nach dieser kurzen Zeit an.

Kolt dagegen liebte die Herausforderung, hasste jedoch Kerle mit diesen Charakterzügen. Oft erreichte man sein Ziel bei ihnen nicht durch Vorlagen offensichtlicher und handfester Fakten, sondern indem man ihrem Ego schmeichelte.

Admiral Mason wechselte abrupt seine Taktik, indem er kurzerhand das Thema wechselte.

»Wir kommen zu spät zur Lagebesprechung um 20 Uhr. Nach dem Anruf morgen Abend beschäftigen wir uns noch einmal mit dieser Angelegenheit. Ihr Mann ist doch bereit, das Tal auf dem gleichen Weg zu verlassen, auf dem er reingekommen ist, oder, Major Raynor?« Damit wandte er sich zur Zeltklappe um und verließ das improvisierte Besprechungszimmer. Auf diese Weise gab er allen Anwesenden deutlich zu verstehen, wer hier das Sagen hatte.

Was für ein Klugscheißer, ärgerte sich Kolt. *Der glaubt wohl, Shaft tut das alles nur zum Spaß.*

6

Beinahe 24 Stunden später begann Kolt sich ernsthaft Sorgen zu machen. Shaft hatte das heutige Kommunikationsfenster verpasst. Noch besorgniserregender für Kolt und seine Freunde war, dass sich das iPad früher am Tag in nordöstlicher Richtung durch das Goshai-Tal bewegt hatte. Das blaue Symbol hatte für einige Kilometer an der Ostseite des Flusses aufgeblinkt, war dann für etwa einen halben Kilometer auf die Westseite gewechselt und schließlich für zwölf Kilometer zurück nach Osten, bevor es für den Großteil des Tages in einem kleineren Dorf verharrte.

Als sich die Gruppe erneut in Admiral Masons Büro traf, war Shafts Rückmeldung bereits seit drei Stunden überfällig. Sie drängten sich um die Karte, die Kolt mitgebracht hatte.

»Gibt's was Neues, Major?«, wollte Admiral Mason wissen.

Kolt schüttelte den Kopf. »Er hat heute keine Meldung gemacht, Sir. Ich bin nicht sicher, was los ist.« Er versuchte, sich die Verunsicherung nicht anmerken zu lassen. »Raptor X empfängt ein starkes Signal, aber es hat sich etwa 22 Kilometer quer durchs Tal bewegt.«

»Hmmm«, brummte Mason. »Meinen Sie, er hat mit dem Rückzug begonnen und ist dabei, das Tal zu verlassen?«

Das meint der doch hoffentlich nicht ernst.

»Ausgeschlossen, Sir. Seine Rückzugsroute sollte ihn nach Westen führen, nicht nach Osten. Und er hätte vorher angerufen. Sein Akku reicht noch für mindestens 24 Stunden. Da muss etwas Unerwartetes passiert sein.«

Admiral Mason strich über die Karte, als ob er angestrengt nachdachte. Kolt folgte der Bewegung des Fingers, sah aber, dass er sich nicht einmal annähernd in der Nähe des Tals befand.

Mason richtete den Blick in die Runde. »Tja, geben Sie uns sofort Bescheid, wenn Sie was Neues hören. Ich vermute, die Sache hat sich erledigt.«

Kolt spürte, wie ihm die Kontrolle entglitt. Er wollte Ghafour unbedingt kriegen. Ghafour war eine Schlüsselfigur für potenzielle Anschläge auf amerikanischem Boden. Außerdem bot es seit Tora Bora die beste Gelegenheit für die Task Force, *Z-man* zu erwischen. Alle drehten sich um und verließen ohne ein weiteres Wort das Zelt. Kolt blieb zurück und starrte gedankenverloren auf die Karte.

Das Leben in Jalalabad schleppte sich weiter dahin, während Shaft sein Leben bei einer Solomission in Pakistan aufs Spiel setzte. Das machte Kolt zu schaffen, aber er musste für die Truppe gute Miene zum bösen Spiel machen. Wenn er nervös wurde, färbte es zwangsläufig auf sie ab. Die meisten Operators gingen nach dem Frühstück ins Fitnessstudio. Sie warteten darauf, dass es etwas wärmer wurde, um am Nachmittag Übungen auf den Schießständen in der Nähe der Zelte zu machen.

Kolt stand unter Hochspannung, seit Shaft ins Einsatzgebiet aufgebrochen war. Er verbrachte den ganzen Tag im Joint Operations Center, wo er entweder in Raptor X das blaue Symbol anstarrte, das die aktuelle Position von Shafts Tablet markierte, oder die Live-Videos von den Predator-B- und MQ-9-Drohnen auf zwei der sechs Plasmabildschirme, die sich an einer der Zeltwände aufreihten. Immerhin war er erleichtert, dass sich das iPad 4 wieder in Ghafours Dorf befand, an einem Punkt genau zwischen den Gebäuden zwei und drei.

Kolt registrierte eine Menge Aktivität in der Siedlung. Für einen Freitag war das nichts Ungewöhnliches. Die Einheimischen kümmerten sich um ihr Vieh und hackten die spindeldürren Zweige, die sie als Brennholz verwendeten. Sie bewegten sich meist zwischen zwei Gruppen von Hütten hin und her oder besuchten die Moschee. Kolt hielt das Fehlen feindlicher Aktivitäten für eine Folge der Kälte und des Schnees.

Niemand wusste genau, wo Shaft steckte, aber Kolt hoffte, eine Spur des Delta-Operators zu finden, wenn er sich nur ausreichend darauf konzentrierte. Er wagte es nicht, den Bildschirm auch nur eine Sekunde aus den Augen zu lassen, und bat sogar die Bildanalysten, ihn mit heißem Kaffee und Spucknäpfen für seinen Kautabak zu versorgen.

Und er starrte die Uhr an. Das tat er immer öfter, je näher der Stundenzeiger an die 17 rückte – die Zeit, zu der sich Shafts tägliches Kommunikationsfenster öffnete. Nervös checkte er ein Dutzend Mal die Ladeanzeige des Thuraya-Handys, das stumm vor ihm auf dem Tisch lag. *Klingel schon, du dämliches Mistding!*

Als der *Shaft*-Klingelton endlich ertönte, war Kolt eingedöst. Er schreckte auf und stieß beim Griff nach dem Telefon prompt einen Spucknapf um.

»Das ist er«, rief er den Analysten zu, die herbeigerannt kamen.

»Shaft.« Kolt sprach als Erster. »Alles okay?«

»Meine letzte Batterie ist fast leer«, antwortete Shaft schnell, aber leise. »Ich musste mich um ’ne schwangere Frau kümmern, das hat mich aufgehalten.«

Kolt sackte vor lauter Erleichterung in sich zusammen. »Alles kl…«

»Hör zu«, unterbrach Shaft. »Die Zielperson schläft in Gebäude fünf. Da er müde ist, befindet er sich jetzt dort. Hier gibt’s eine Menge Leute mit Gewehren. Ich werd die Landezone für den Helikopter mit meinem Infrarot-Pointer markieren.« Shaft sprach ruhig und überlegt, war aber offensichtlich in Eile. »Wie lange dauert's, bis ihr hier sein könnt?«

»Wir arbeiten gerade dran, die Startgenehmigung zu bekommen.« Kolt wurde schmerzlich bewusst, wie lächerlich das für Shaft klingen musste. »Ich frag sofort nach dem Auflegen noch mal nach.«

»Was?« Kolts Antwort schien ihn zu schockieren. »Sag nicht, dass ich den ganzen Weg hierhergekommen bin, um …« Die Verbindung brach ab.

»Scheiße!« Kolt blickte auf die LED-Anzeige des Telefons und schob es zurück ans Ohr.

»Shaft?« Nichts.

»Hallo, hallo?« Schweigen.

»Wir kommen, Shaft. Wir kommen«, versprach Kolt, als sei die Leitung gar nicht tot. Er starrte beunruhigt auf das blaue Symbol auf dem Display.

Das Führungspersonal brauchte eine Viertelstunde, um sich im Schlafbereich des Admirals zu versammeln. Kolt wanderte unruhig auf und ab und hielt Ausschau nach etwas, auf das er einschlagen könnte. Die Gelassenheit der anderen machte ihn schier wahnsinnig. Er widerstand dem Drang, sie daran zu erinnern, dass da draußen ein Delta-Operator seinen Arsch riskierte, während sie hier die Steaks-und-Garnelen-Nacht im Speisezelt genossen.

Es waren noch nicht alle eingetroffen, aber Kolt konnte keine Sekunde länger warten. Die Nachzügler mussten sich eben selbst informieren.

Er beugte sich über das große Satellitenfoto. Da er sein Messer im JOC gelassen hatte, nahm er einen Druckbleistift und blickte Admiral Mason an. Bevor er anfing zu sprechen, fiel ihm der Rest Steaksoße an Masons Uniform und dessen Unterlippe auf.

»Admiral, Shaft hat sein heutiges Kommunikationsfenster um ein paar Stunden verpasst«, begann er nach kurzem

Zögern. »Aber er hat es dann doch noch geschafft. Scheint, als hätte er ein paar Schwierigkeiten mit einer schwangeren Frau gehabt. Bin nicht sicher, was genau dahintersteckt.« Kolt merkte, dass diese Erklärungen Admiral Mason ziemlich kaltließen.

Er deutete mit dem Radiergummi des Stifts auf das Satellitenbild. »Ghafour ist heute Nacht in Gebäude fünf. Ich bitte um die Genehmigung, sofort aufzubrechen.«

Das brachte ihm die Aufmerksamkeit aller Anwesenden ein. Alle Blicke wanderten von Kolt zum Admiral.

»Wie kann er so sicher sein, dass es von allen Häusern da draußen ausgerechnet dieses ist?«, fragte Mason in herablassendem Tonfall.

Kolts Blut begann langsam zu kochen, und es hatte nichts mit dem Heizkörper zu tun, der im Quartier des Admirals für unangenehme Hitze sorgte. »Dafür ist er ja da, Sir. Er hatte die Aufgabe, herauszufinden, wo sich die gesuchte Zielperson aufhält, und uns die Gebäudenummer zu übermitteln. Das hat er getan. Jetzt wird es Zeit, endlich zu handeln.«

»Holen Sie ihn noch mal ans Telefon«, befahl Mason. »Er muss mir das erst bestätigen, bevor ich mein Okay gebe. Wir gehen hier bereits an die Grenzen. Ich muss ganz sicher sein, bevor wir Pakistan betreten.«

Jetzt riss Kolts Geduldsfaden. »Das geht nicht, Sir! Seine Handybatterie hat den Geist aufgegeben, während wir miteinander gesprochen haben. Das ist unsere Gelegenheit, hier und jetzt.«

»Mir ist nicht wohl dabei, dass wir so wenig in der Hand haben, Major.«

Kolt wusste, dass ihm der Mund weit offen stand, aber er konnte einfach nicht glauben, was er da hörte. »Sir, meinen Sie das ernst? Sie haben einen Delta-Operator, der in Gefahr ist und seinen Teil der Abmachung erfüllt hat. Er hat die Zielperson erfolgreich lokalisiert und uns gesagt, wo sie heute übernachtet. Er hat bestätigt, dass der Gesuchte in dieser Nacht in Gebäude fünf schläft.« Kolt hielt inne, um seine Worte sacken zu lassen und abzuschätzen, wie weit er bei Admiral Mason gehen konnte, bevor dieser endgültig explodierte.

Mason sah Kolt fest in die Augen. »Major, ich habe Sie verstanden, aber die Informationen sind nicht verlässlich genug.«

»Sir, sie sind wahrscheinlich verlässlicher als alles, was man beim Bin-Laden-Einsatz hatte. Aus den Dateien aus Abbottabad geht klar hervor, dass Ghafour eine größere Bedrohung für unser Heimatland darstellt, als bin Laden es seit 9/11 je gewesen ist.« Kolt versuchte, den Admiral zur Vernunft zu bringen und ihn sachte daran zu erinnern, was auf dem Spiel stand.

»Spekulationen!«, stieß Mason aus.

»Sir, es ist unsere Pflicht, diese Mission durchzuführen. Wenn Haji Mohammad Ghafour vor vier Tagen wichtig genug war, um Shaft auf eine Solomission zu schicken, wie kann es dann sein, dass diese Zielperson jetzt nicht länger wichtig ist?« Kolt überlegte kurz, ob er sich zu sehr im Ton vergriffen hatte. Er atmete tief durch und brach den Blickkontakt mit dem Admiral ab. Es war besser, es nicht weiter auf die Spitze zu treiben.

In diesem Moment hätte man eine Stecknadel fallen hören können. Kolt blickte sich im Zimmer um und merkte, dass seine leidenschaftliche Entgegnung die anderen erschreckt hatte. Den meisten Versammelten gefiel seine Aggressivität und sie zweifelten nicht an seinen guten Absichten. Aber das änderte nichts daran, dass er gegenüber dem Admiral einen schockierenden Tonfall angeschlagen hatte. Nur einen ließ das Ganze kalt: den Mann, der das Kommando über die Kampfhubschrauber hatte. CW4 Bill Smith meldete sich zu Wort.

»Admiral Mason, Sir«, sagte Smitty. Er sprach im typischen gesetzten und emotionslosen Tonfall eines Piloten.

»Die Hubschrauber sind alle 100-prozentig einsatzbereit. Wir sind darauf vorbereitet, und gewillt, diese Mission heute Nacht durchzuführen.«

Admiral Mason starrte Smitty für fast zehn unangenehme Sekunden an. Man konnte sehen, dass er in sich den Mut suchte, die Truppe zu entsenden. Oder zumindest den Mumm, jeden in diesem verdammten Raum vor ein Militärgericht zu stellen. Er wandte sich dem Command Sergeant Major des JSOC zu, Sergeant Major Castor. Castor hatte sich bis zu diesem Zeitpunkt zurückgehalten. Er wusste, wann er sich einmischen musste und wann es besser war, einen untergeordneten Kommandanten wie Kolt sprechen zu lassen. Castor hatte vor Jahren mit Kolt in der Einheit gedient, bevor er unter großem Einsatz zum JSOC aufgestiegen war.

»Sergeant Major?«, fragte Admiral Mason jetzt, während er sich dem älteren und erfahreneren Unteroffizier des Kommandos zuwandte.

»Ich empfehle, dass wir gehen, Sir«, verkündete Castor in seiner üblichen ruhigen Art.

Kolt konnte seine Freude darüber kaum verhehlen. Smitty und Sergeant Major Castor würden den Admiral schon umstimmen. Der Einsatz fand also doch noch statt. Er spürte, wie sich das Blatt wendete.

Schließlich sprach Admiral Mason: »Verdammt noch mal, Leute!«, bellte er. »Wehe, wenn Ghafour nicht in Gebäude fünf ist.«

Kolt stellte sein Glück ein klein wenig auf die Probe. Er erhob sich und griff instinktiv in seine Cargo-Tasche, um seinen Kautabak herauszuholen.

»Wir kriegen ihn, Sir«, versicherte er, bevor er sich umdrehte, um das Quartier des Admirals zu verlassen. Über die Schulter fügte er noch hinzu: »Smitty, wir sind in fünf Minuten bei den Helis, bereit zum Einladen.« Schnell ging er in Richtung Zeltluke und überließ es den anderen, die letzten Details auszuarbeiten und sich mit dem verärgerten kommandierenden General herumzuschlagen. Außerdem wollte er lieber verschwinden, bevor Mason es sich doch noch anders überlegte.

7

Goshai-Tal, Westpakistan

Wenige Minuten nach zwei Uhr morgens erreichten die beiden MH-47G-Chinook-Helikopter das von hohen Felswänden umgebene Goshai-Tal. Ein scharfer und stetiger Seitenwind zwang die Piloten, die Joysticks fest zu umklammern. Die Teamchefs hielten wachsam durch die offenen Schützenluken nach Felsvorsprüngen sowie Wärmesignaturen feindlicher Kämpfer Ausschau. Solche Faktoren konnten sekundenschnell zum Absturz führen.

Wie in jedem afghanischen Tal spielten die horizontal wirbelnden Schneeflocken den Augen der Piloten hinter den Nachtsichtgeräten Streiche, während sie mit 130 Knoten knapp über dem Boden flogen. Die Sicht reichte nur 100, höchstens 200 Meter weit. Da die Temperatur außerdem bei etwa minus sieben Grad Celsius lag, herrschten so ziemlich die schlechtesten Bedingungen für einen Luftangriff, die man sich vorstellen konnte.

Gesteuert von Air Operators aus dem zweiten Black Battalion des 160. Special Ops Aviation Regiments, schwebten die beiden schwerfälligen Chinooks – Insider nannten sie liebevoll *Dark Horses* – von Nordwesten her tief über die ersten, etwas abseits gelegenen Lehmgebäude hinweg. Dabei wurden sie im Norden und Süden von schneebedeckten, mehr als 4000 Meter hohen Bergkämmen bedrängt. Die Skizzen auf ihren Kniebrettern verrieten, dass es nur einen

Weg ins Tal hinein und wieder hinaus gab. Aber wenn man das mit eigenen Augen sah und nicht aus der Bequemlichkeit eines Planungszelts heraus, drehte es einem unweigerlich den Magen um.

Nachdem sie die letzte Linkskurve in Richtung Dorf geflogen waren, lockerten die Piloten ihren Griff um die Sticks und drosselten das Tempo. Ihr Motto ›pünktlich und genau, plus minus 30 Sekunden‹ wurde einmal mehr auf eine harte Probe gestellt. Smitty, der das Rufzeichen Ghost Zwei-Eins hatte, tat sich unter der Piloten-Nachtsichtbrille schwer, Shafts grünen Infrarotlaser ausfindig zu machen, nachdem die Mission diesmal den Einsatz der wuchtigeren MH-47Gs anstelle der schnittigen MH-60M Black Hawks erforderte.

Die Lokalisierung der korrekten Landezone erwies sich als Problem.

»Kein Signal vom Boden«, teilte Smitty über Funk mit.

Kolt schielte auf den getönten Bildschirm des Subnotebooks auf dem Boden des Hubschraubers. Shafts iPad 4 übermittelte weiterhin ein starkes Signal und befand sich zwischen den Gebäuden zwei und drei.

»Roger, verstanden«, gab er zurück und schaute auf die Uhr. Die Night Stalker machten ihrem Ruf zwar alle Ehre, doch Shaft verspätete sich. In Anbetracht der Umstände kaum verwunderlich. Natürlich hatte er geahnt, dass sie ihn trotz fehlender Einsatzgenehmigung zum Zeitpunkt ihres Telefonats auf keinen Fall im Stich ließen. Vielleicht hatte er aus irgendeinem Grund beschlossen, das Tablet nicht zur Landezone mitzunehmen? Shaft musste doch wissen, dass Kolt ihn nicht hängen ließ … zumindest hoffte er das.

Shafts Adrenalinspiegel schnellte in die Höhe, als er das vertraute Geräusch von Helikopterrotoren in der kalten Nachtluft hörte, angetrieben von Honeywell-Wellenturbinen mit einer Leistung von 3630 kW. Er lächelte, aber er hatte dieses wunderbare Geräusch nicht lange für sich allein.

Sein Zimmergenosse, der pakistanische Mittzwanziger, den man ihm als Aufpasser zugewiesen hatte, schreckte aus dem Schlaf hoch, ohne sich aufzusetzen. Er schien nur mit einem Ohr zu lauschen, während das andere auf dem schäbigen, gelben Kissenbezug liegen blieb.

Shaft wusste sofort, was er tun musste, zögerte jedoch. Der Mann war unbewaffnet. Er ließ bisher noch keine feindliche Absicht erkennen. Aber Shaft wusste, dass sich das in Sekundenschnelle ändern konnte, sobald der junge Mann begriff, dass der Rotorenlärm nicht zu einem routinemäßigen pakistanischen Versorgungsflug über die Bergpässe gehörte. Er hörte auf zu denken und begann zu funktionieren.

Schnell packte er mit der Linken den Rucksack, griff mit der Schießhand in die Vordertasche und stieß auf den vertrauten Griff seiner Glock 26. Ohne die Hand herauszuziehen, rammte er die Pistole mit beiden Händen fest gegen den Mund seines Aufpassers. Er versuchte zu zielen, sah sich aber gezwungen, den korrekten Winkel zum Gesicht des Jüngeren abzuschätzen. Schnell zog er den 1,58-Kilo-Abzug zweimal durch.

Zwei Remington-HTP-Kugeln durchschlugen alles, was ihnen im Weg war, und trafen den Pakistani voll im Gesicht. Eine drang kurz oberhalb der linken Augenhöhle ein. Die andere bohrte sich in die rechte Wange. Beide Geschosse sausten im Schädel hin und her, ohne auf der Rückseite auszutreten. Innerhalb einer Sekunde erschlaffte der Mann. Der Rucksack hatte das Schussgeräusch nicht so stark gedämpft, wie Shaft gehofft hatte. Er hatte es noch nie vorher ausprobiert. Zumindest funktionierte es.

Er riss die ausgefranste Wolldecke weg, die auf dem Toten lag. Dabei kam eine AK-47 mit Klappschaft zum Vorschein. Er packte es, klemmte es sich mit dem Schaft fest unter den rechten Arm und warf mit der linken Hand das gebogene Magazin aus. Nachdem er gecheckt hatte, wie viele Patronen es enthielt, ließ er es im Schacht einrasten und stieß fest dagegen, um den sicheren Halt zu gewährleisten. Shaft drehte die Waffe, entsicherte sie, schob die Linke unter den Systemkasten und fand den Ladegriff. Er riss ihn schwungvoll nach hinten und ließ ihn los, sodass das obere Vollmantelgeschoss im Kaliber 7,62 × 39 Millimeter in die Kammer geschoben wurde. Um keinerlei Risiko einzugehen, zog er den Griff noch einmal knapp zwei Zentimeter zurück, bis er die funkelnde Messinghülse sah. Damit bestand kein Zweifel mehr, dass die Waffe korrekt geladen war.

Shaft klopfte die Taschen des Toten ab und hielt nach Dokumenten Ausschau, die seine Verbindung zu den pakistanischen Taliban, dem Haqqani-Netzwerk oder Hizb-i-Islami belegten. Er ertastete etwas Kleines, Hartes in der vorderen Brusttasche und schob zwei Finger hinein, um es mitzunehmen. Es entpuppte sich als weißer USB-Stick in einer Plastikhülle, den er zusammen mit seiner Glock 26 im Rucksack verstaute. Shaft setzte die Wollmütze auf und wühlte nach dem PVS-14-Nachtsichtmonokular und dem Infrarot-Laserpointer.

»Scheiße!«

Er ertastete winzige Glassplitter. Beim Öffnen der Klappe erkannte er sofort, welchen Schaden er angerichtet hatte. Bevor die beiden 9-Millimeter-Kugeln sich in den Kopf seines Aufpassers gebohrt hatten, mussten sie das iPad durchschlagen haben.

Shaft schloss den Rucksack und zog das Zugband stramm. Er schlang ihn über die rechte Schulter und machte sich mit dem Gewehr in der rechten Hand auf den Weg zur Tür. Die Arzneien, die er den ganzen Weg von Jalalabad hergebracht hatte, ließ er säuberlich gestapelt zurück, nach Typen und Größen geordnet. Er stieß die rostige Tür gerade noch rechtzeitig auf, um die dunkelvioletten Umrisse zweier niedrig fliegender Helikopter vor den schneebedeckten Bergen wahrzunehmen. Sie schossen etwa 200 Meter über die Landezonen hinaus.

»Ich komme zu spät!«, fluchte Shaft leise.

Die Helis vollzogen eine scharfe Linkskurve. Ohne eine Lasermarkierung und mit den zusätzlichen 30 Zentimetern Schnee am Boden, der gefährliche Hindernisse verschwinden ließ, blieb den Piloten keine Wahl. Sie mussten eine zweite Runde fliegen, um Shafts Markierung und die Landezonen zu finden.

Er schleppte sich durch den Schnee, als wate er durch Sirup. Erstaunlich, wie schwer es fiel, in frisch gefallenem Schnee zu rennen. Es schneite bereits, seit sie vor einigen Stunden von der komplizierten Geburt zurückgekehrt waren. Er dachte daran, entweder die AK oder den Rucksack zurückzulassen, überlegte es sich dann aber anders. Der heftige, raue Wind, der ihm entgegenblies, machte jeden einzelnen Schritt zur Qual.

An den Lehmwänden des Schlafquartiers von Ghafour angekommen, spähte er um die Ecke. Während er den exakten Punkt lokalisierte, an dem die Kampfhubschrauber landen mussten, fummelte er am Lasermarker herum, um ihn einzuschalten. Es gab keinen Spielraum für Fehler. Für beide Helis wurde es eng. Es kam auf die Geschwindigkeit und die richtige Stelle an. Shaft wollte, dass die Assaulter direkt neben Ghafours Haus aus den Helis kletterten. Sonst entwischte Ghafour womöglich durch die Hintertür und tauchte in einem anderen der drei Dutzend Gebäude in diesem Areal ab. Falls das passierte, würden sie die ganze Nacht hindurch systematisch nach ihm suchen müssen. Sein zerstörtes iPad hätte er ebenso gut im Dorfbrunnen entsorgen können. Selbst wenn sie Glück hatten und Ghafour entdeckten, bevor er entkam, stand ihnen ein tage- und nächtelanger Marsch mit einem widerspenstigen, gefesselten Mann im Schlepptau bevor, um das Tal zu verlassen.

»Ach du Scheiße!« Shaft ging instinktiv in Deckung. Er warf sich zu Boden wie ein Kind, das Purzelbäume im Schnee macht. Eine raketengetriebene Granate war von einem Dach in der Nähe in den Himmel aufgestiegen und hatte den Heckrotor des langsam fliegenden ersten Helis nur um wenige Meter verfehlt. Der Gefechtskopf schlug in einen knapp 50 Meter entfernten Abhang ein. Eine knappe Angelegenheit. Zu knapp. Hätte Shaft Funkkontakt zu den Piloten gehabt, hätte er den Anflug sofort abbrechen lassen und sich für den Fußmarsch entschieden. Nicht einmal Ghafour war es wert, für ihn einen Hubschrauber voller Teamkameraden zu opfern. Aber es gab keine Möglichkeit, mit den Männern im Helikopter in Kontakt zu treten.

Er beobachtete, wie der erste Heli einen Täuschkörper abwarf und die Fluglage über dem kleinen offenen Areal am südlichen Ende von Ghafours zweistöckigem Haus stabilisierte. Shaft richtete seinen grünen Laser auf die Steuerbordseite und ließ ihn im Zentrum der Landezone aufleuchten. Der Pilot befand sich zwar bereits an der richtigen Stelle, aber er wollte ihm ein Signal zur Bestätigung schicken. Außerdem hielt er es für klug, sie über seine Anwesenheit zu informieren.

Nervös registrierte Shaft, dass der Heli starr auf der Stelle schwebte. Der Pilot musste den verzweifelten Versuch unternehmen, zu landen, ohne dass die Rotorblätter den unebenen Boden oder die angrenzenden Gebäude berührten. Shaft hielt das PVS-14-Nachtsichtgerät vors linke Auge und visierte damit das Heck des ersten Hubschraubers an. Er konnte einen Crew Chief erkennen, der an der Rampe in die Knie gegangen war und nach draußen spähte. Er unterstützte den Piloten, indem er die Rückseite im Auge behielt.

Im Heli mussten die Operators schon auf den Beinen sein und sich an die dünnen Metallwände drücken. Das Standardverfahren sah vor, dass sie zwei lose, aber separate Reihen vor der Rampe bildeten. Sie waren außerstande, irgendetwas zu tun, bevor sie den Helikopter verlassen hatten.

Kolt nahm im hinteren Teil des Hubschraubers eine merkwürdige Erschütterung wahr. Er schloss daraus, dass Smitty mit der Steuerung zu kämpfen hatte und sich verzweifelt bemühte, das Luftfahrzeug inmitten des Schneesturms ruhig zu halten. Der weiche Schnee wurde aufgepeitscht und toste heftig um sie herum. Die Operators spähten durch die runden Seitenluken, um sich zu orientieren. Die Schützen am Ausstieg waren für den Moment ihr einziger Schutz, aber wie Kolt und die anderen Operators bekamen sie nur eine weiße Wand aus Schneegestöber zu Gesicht.

Der Crew Chief am Heck wartete nur noch auf die Aufforderung des Piloten, die Seile auszuwerfen. Dann konnten zwei Delta-Operators zum Rand der Rampe balancieren, nach oben greifen und den Splint ziehen, der die zwei aufgerollten Nylonseile am verstellbaren Stahlträger freigab. Die beiden 18 Meter langen, locker gewickelten Seile rollten sich dann durch die Schwerkraft von selbst bis zum Boden aus.

Aber nun schwebten sie schon seit zwei Minuten auf der Stelle und die Bestätigung war immer noch nicht eingetroffen.

Kolt sah, wie einige der Operators sich hinknieten und dabei an den seitlichen Haltestangen festhielten. Er tat dasselbe. Sie fühlten sich so einfach sicherer, als wenn sie stehen blieben, bis der Hubschrauber aufsetzte. Eine dieser Lektionen, die man als Operator nur auf die harte Tour lernen konnte.

Er drehte sich um und schielte zum Cockpit. *Was dauert denn da so lange, verdammt?* Sie saßen dermaßen auf dem Präsentierteller, dass sie selbst ein miserabler Schütze mit einer Rakete vom Himmel holen konnte.

Auf der anderen Seite erkannte Kolt die verschwommene Silhouette von Admiral Mason. *Nicht zu fassen!* Der Admiral saß immer noch auf dem Hintern, hatte das Headset auf dem Kopf und unterhielt sich anscheinend mit den Piloten. Seine Standardversion der gelb-braunen Körperrüstung und der makellos glatte Kevlarhelm bildeten einen massiven Kontrast zur Ausrüstung der Operators, deren Handwerkszeug verschiedenste Farben und Grade von Abnutzung aufwies.

Kolt war mehr als beunruhigt über die in letzter Minute gestellte Forderung des Admirals, selbst auf die Passagierliste gesetzt zu werden. Aber da er immerhin den Befehl zur Ausführung der Mission bekommen hatte, verwarf er seine Bedenken. Er ging davon aus, dass der Admiral dem Präsidenten unbedingt berichten wollte, persönlich im Einsatzgebiet gewesen zu sein, um sich als besonders zupackender, tatkräftiger Kommandant in Szene zu setzen.

Nachdem einige frühere JSOC-Kommandanten vor einigen Jahren im Irak genau das getan hatten, fühlte er sich vermutlich unter Druck, ihnen nicht nachzustehen. Kolt gefiel das nicht, aber er konnte die Entscheidung nachvollziehen. Nur nicht großartig darüber nachdenken. Die breiten Gänge des Pentagons und das Sperrholzbüro im Zirkuszelt mochten Admiral Masons Domäne sein, dafür fühlte Kolt sich hier draußen im wilden Ödland ganz in seinem Element. Sobald er und seine Männer aus dem verdammten Heli stiegen, ging alles so schnell, dass der Admiral sowieso nichts mehr tun könnte, um sie aufzuhalten.

»Scheiße, was soll das, Smitty?«, rief er, obwohl er wusste, dass das Dröhnen der Triebwerke ihn übertönte. »Wirft der Crew Chief nun endlich die Seile raus oder …?«

Bevor Kolt den Satz zu Ende bringen konnte, ertönte Admiral Masons Stimme im Funknetz.

»Ghost Zwei-Eins, hier ist Capital Null-Sechs. Starker feindlicher Widerstand. Landung abbrechen. Sofortige Rückkehr zur Basis. Ende.«

Der Crew Chief gab mit dem Messer in der Hand das Abbruchsignal, so schnell, als wollte er sich mit dem Teil die Kehle durchschneiden. Kolt wandte sich sofort wieder Admiral Mason zu. Dieser machte mit dem Funk-Headset auf dem Kopf dieselbe Geste wie der Crew Chief.

»Scheiße!«

Kolt wusste, dass die grünen Leuchtspurgeschosse der Feinde, die vor den Seitenfenstern durch den Schnee flogen und vor der Heckrampe aufblitzten, die Leute nervös machten. Aber nach zwölf Jahren im Krieg hatten die Weltklasse-Crews und Piloten des 160. Regiments Nerven aus Stahl, wenn sie solche Einsätze flogen.

Kolt stand weniger als zwei Meter von den Scharnieren der Rampe entfernt. Er dachte kurz darüber nach, einfach nach oben zu greifen und den verdammten Splint zu ziehen, der das aufgerollte Seil an Ort und Stelle hielt. Ein kurzes Ziehen, und die Schwerkraft erledigte den Rest. Nach einer Sekunde würde das Ende des Nylonseils die schneebedeckte Talsohle berühren und sie könnten daran hinabgleiten.

Aber das konnte er unmöglich tun. Das hätte all seine bisherigen Verrücktheiten noch deutlich übertroffen. Wenn der Admiral den Abbruch befahl, mussten sie abbrechen. In einer normalen Situation focht man diese Entscheidung nicht an. Aber hier ging es um Shaft!

Kolt hoffte, dass es seinem Kameraden gelungen war, in der guten Stunde, die die beiden Dark-Horse-Helis für die Strecke zum Zielgebiet gebraucht hatten, die Tarnung aufrechtzuerhalten. Wehe, der Kerl hatte eine Dummheit begangen und versucht, den Helden zu spielen. Kolt wusste nicht mit Gewissheit, ob Shaft sich in Sicherheit befand. Ein auf der Stelle schwebender Hubschrauber, der kurz davorstand, wieder abzufliegen, konnte diese Frage nicht abschließend klären. Ebenso wenig wie ein Telefonat. Der Akku von Shafts Handy war leer.

Kolt ging trotzdem davon aus, dass Shaft in der Lage war, eine Flucht zu Fuß anzutreten, sofern er seine Tarnung als Arzt bewahrt hatte und sich den geänderten Umständen anpasste. Natürlich würde für eine Weile große Unruhe bei den Einheimischen herrschen, wenn die Helis das Gebiet wieder verließen. Aber Shaft hielt sich schließlich offiziell dort auf, um ihnen zu helfen, nicht um sie zu töten.

Er warf rasch einen Blick auf den Monitor des Toughbooks. Die LCD-Anzeige hatte in den Ruhemodus gewechselt, also wischte er mit der Schießhand über das Touchpad, um das Gerät wieder in Bereitschaft zu versetzen.

Wo zum Teufel ist das blaue Symbol?

Kolt verpasste dem magnesiumlegierten Gehäuse des kompakten Laptops einen leichten Schlag in der Hoffnung, dass es sich nur um ein kurzes Stocken handelte und das blaue Symbol wieder aufleuchtete. Nichts. Er begriff sofort, dass das kein Zufall sein konnte. Nein. Die Raptor-X-Ortung hatte während der gesamten Zeit, die Shaft in Pakistan verbracht hatte, zuverlässig funktioniert. Etwas stimmte da unten nicht.

Im Headset bekam Kolt Smittys Reaktion auf Masons Befehl mit.

»Abbruch! Abbruch! Abbruch!« Damit hatte Smitty allen, die im Funknetz mithörten, ob sie nun in Jalalabad, Tampa oder Fort Bragg saßen, das vorzeitige Ende der Mission bestätigt.

Kolt konnte es ihm nicht verübeln. Das Kommando war nun einmal von einem Vorgesetzten gekommen. Vielleicht hätte Smitty Admiral Mason ignorieren können, wenn dieser mehrere Stunden entfernt im JOC gesessen und den Verlauf der Ereignisse lediglich über die Livebilder einer Predator-B-Drohne mitverfolgt hätte. Doch so blieb Kolt keine Chance, die Situation zu regeln und dafür zu sorgen, dass Smitty am Ball blieb. Wenigstens so lange, bis Kolt und seine Delta-Operators auf dem Boden waren.

Denn Mason saß nicht im warmen, sicheren Zirkuszelt und lauschte über Funk. Er steckte mittendrin. Und dadurch war die Gefahr für ihn ebenso groß wie für alle anderen, die in den Helikoptern saßen.

Der finstere Himmel flackerte plötzlich auf wie eine Konzertbühne. Ein riesiger Feuerball glomm nur 30 Meter von ihnen entfernt auf der Vier-Uhr-Position. Instinktiv wandte Kolt das Gesicht ab und schützte sich mit dem Arm vor Trümmern, die mit tückischer Geschwindigkeit durch die Luft flogen.

Kolts Helikopter wurde eine Sekunde lang heftig durchgeschüttelt, bevor die Fluglage sich stabilisierte. Alle Stehenden waren umgefallen, manche über die knienden Einsatzkräfte gestolpert. Raynor sah, dass der zweite Helikopter in Flammen stand und gegen den Uhrzeigersinn rotierte. Das Heck sank erst zu tief ab, bewegte sich dann aber zurück auf die korrekte Höhe, während er in südlicher Richtung durch das Tal fegte und dabei eine riesige Rauchwolke hinter sich herzog.

Kolt blieb keine andere Wahl. Seine Entscheidung stand fest. Die Mission zur Ergreifung Ghafours musste sofort beginnen. Ein Hubschrauber voller Operators war abgeschossen worden, das blaue Symbol von Shafts iPad verschwunden. Und der Admiral hatte ihm die ganze Zeit nur einen Stein nach dem anderen in den Weg gelegt.

Falls Kolt überlebte, handelte ihm das, was er vorhatte, mit Sicherheit den zweiten Rausschmiss aus der Spezialeinheit ein. Oder sogar eine Haftstrafe im Bundesgefängnis Leavenworth. Beides schreckte ihn fast mehr als der Tod. Aber ohne Hilfe kam Shaft dort nicht mehr lebend heraus, und wenn sie Zawahiris Spur verloren, warf sie das um Jahre zurück.

»Das Glück hilft dem Tüchtigen«, flüsterte Kolt.

Er ließ das Headset fallen, stieg über die Beine mehrerer kniender Teamkollegen hinweg und griff nach dem silbernen Splint. Er riss ihn heraus, und das dunkle Nylonseil rauschte dem schneebedeckten Untergrund entgegen. Er wartete nicht mal ab, bis das Infrarotlicht am unteren Ende des Seils signalisierte, dass es den Boden erreicht hatte. Nein, Kolt Raynor packte einfach mit beiden Handschuhen das 30 Meter lange Seil und sprang hinaus in die Dunkelheit der Nacht, bevor es sich vollständig entrollt hatte.

Mit Admiral Mason musste er seinen Alleingang später klären. Ihm blieb sowieso nichts anderes übrig.

8

Isolationszelle Schwarz – Black Ice

Hawk zuckte zusammen, als die 15 Zentimeter breite Glasscheibe am Boden der Kiste aufgeschoben wurde. Sie kannte das übliche Prozedere und hätte ihre Uhr danach stellen können, wenn sie denn eine gehabt hätte. Dieser Besuch kam zu früh. Es war nicht das Frühstück. Egal, denn sie fühlte sich ohnehin viel zu schwach, um noch Widerstand zu leisten. Sie versuchte, die beiden angeschwollenen Augen zu öffnen, während die arabische Musik jäh verstummte. Das linke Lid verweigerte komplett den Dienst.

»Aufgewacht, kleine Lady«, rief der private Sicherheitsmann. »Wirst du uns heute verraten, zu welcher Einheit im Militär du gehörst?«

Sie gab keine Antwort.

»Ich frag dich noch einmal, Bird. Warum verbreitet dein Freund Troy überall in Fayetteville Gerüchte, dass du angeblich zur Delta Force gehörst?«

Bird hatte diese Frage am ersten Tag bereits ein Dutzend Mal ignoriert, und mindestens ein halbes Dutzend Mal am zweiten. Aber soweit sie wusste, hatte sie schon vor langer Zeit die Fähigkeit eingebüßt, sich Zeiten und Zahlen zu merken. Sie war nicht sicher, ob heute Samstag oder Montag war. Lediglich die Begrüßung von diesem Arschloch bestätigte ihr, dass es Vormittag sein musste.

Diesmal wollte sie ihm eine Antwort geben. Tatsächlich hätte sie fast alles getan, um aus der Kiste herauszukommen. Aber nicht, um wieder als Sandsack für diese Cops herzuhalten – nicht dass sie davon ausging, dass es wirklich Cops waren –, sondern um aufstehen und sich vernünftig strecken zu können. Oder zumindest, damit diese unerträglich laute Dschihad-Musik und das markerschütternde Geschrei der Göre verstummten, die nach ihrem Daddy rief.

»Troy ist ein Blödmann«, antwortete sie. »Mein Freund hat keine Ahnung, wovon er da redet.«

Stimmte das wirklich? Sie fragte sich, ob Troy womöglich vor einem seiner Kumpel mit ihrer Einheit geprahlt hatte. Nein, er ahnte nicht, dass sie mehr als eine gewöhnliche 74D war – eine Spezialistin für Chemie, Biologie, Radiologie und Nukleares. Sie hatte kein einziges Mal gegen ihre Geheimhaltungspflicht verstoßen, was ihre wahre Stellung betraf. Troy glaubte, dass sie bei der Unit lediglich Gasmasken reinigte und austeilte.

Andererseits wusste Hawk, dass Troy bei allem, was mit der Delta Force zu tun hatte, einen Ständer bekam – vor allem, nachdem er vor zwei Jahren am Auswahlverfahren teilgenommen hatte und am Bloody Thursday durchgefallen war.

Dem schneid ich die Eier ab.

Sie konnte den Fragensteller nicht sehen, da es in ihrer Kiste stockdunkel war. Selbst wenn sie versuchte, zwischen den Spalten der Sperrholzplatten hindurchzuspähen, sah sie nur das starke, helle Licht der auf die Kiste gerichteten Lampen. Aber sie wusste, dass der Idiot, der gerade redete, einer der zwei Mistkerle war, die sie befragt hatten – und Schläge austeilte, wenn ihnen die Antworten nicht passten.

Ja, dieses Arschloch musste entweder der kleine, untersetzte Typ sein, der ihr vor dem Macy's mit der Faust ins Gesicht gehämmert und die Costa-Sonnenbrille ruiniert hatte. Oder der größere Kahlkopf mit dem Aufwärtshaken gegen den Brustkorb, als er mal wieder keine Antwort auf die ewig gleiche Frage von ihr bekam. Egal wer es war – Hawk hatte sich gerade einen gewaltigen Patzer erlaubt, indem sie nicht nur zugab, dass sie Troy kannte, sondern auch noch ihr genaues Verhältnis zu ihm bestätigt und demonstriert hatte, dass noch ein Rest Widerstandskraft in ihr steckte. Genau auf so einen Ausrutscher hatten ihre Peiniger garantiert gewartet.

»Ach ja?«, fragte der Cop. Er hatte ihren Fehler natürlich bemerkt, glaubte ihr aber kein Wort. Es war der große, kahle Brutalo. Aber er hatte Gesellschaft. Hawk wusste es zwar nicht, aber Webber stand draußen vor der Kiste.

Hawks Tonfall und ihre Antwort überraschten Webber. Nach drei langen Tagen war dies das erste Zeichen, dass sie sich auf etwas einließ. Bisher hatte sie bei den Befragungen nur unwichtiges Zeug gebrabbelt, Übelkeit vorgetäuscht und sich weggeduckt, als ob sie Angst vor weiteren Schlägen hätte.

»Sollen wir mal das Band abspielen? Dein Troy-Boy klingt, als sei er mächtig stolz auf dich.«

»Bullshit!«, protestierte Hawk.

Der Cop lachte abfällig und schaute nach unten, um den Text von den Karten abzulesen, die er in der Hand hielt. Alles war vom Psychologen der Einheit und Colonel Webber akribisch geplant worden. Anfangs sollten die Gefangenen dazu gebracht werden, ihre Verbindung zur Delta Force preiszugeben. Anschließend wandte man sich persönlicheren Themen zu, um sie psychisch zu brechen.

Die Durchschnittsverweildauer in der Kiste betrug derzeit viereinhalb Tage. Zwei der männlichen Operators hatten tatsächlich die volle Zeit durchgehalten, sieben Tage und Nächte, bevor man ihnen eröffnete, dass es sich bloß um eine Übung handelte. Der Gedanke dahinter war simpel: Wer eine Woche Black Ice aushielt, hatte gute Chancen, eine echte Geiselhaft lebend zu überstehen. Hawk lag noch knapp unter dem Durchschnitt.

Der Verhörende spulte seine nächsten Textzeilen ab: »Okay, okay, reden wir mal kurz über was anderes. Was ist mit deinem Dad?«

Mein Dad? Hawk war völlig verblüfft. *Was zum Henker wissen die über meinen Dad?*

»Der war doch auch beim Militär, oder?«

»Haben Sie das ganz allein rausgefunden?«, fragte Bird. Sie zu verprügeln war eine Sache. Aber über ihren Dad zu reden, sollten diese Typen besser sein lassen.

»Dein Dad hat gerne Zeit mit dir allein verbracht, hm?«

Hawk begann am ganzen Leib zu zittern. Sie konnte nicht fassen, was dieses Arschloch sich herausnahm. Selbst wenn es sich um eine Übung handelte, wovon sie noch nicht endgültig überzeugt war – wie um alles in der Welt kam dieser Idiot auf solche Fragen?

»Dein Dad wird auch in einem Einsatzbericht von 2003 erwähnt. Da wirft man ihm Feigheit vor dem Feind bei der Invasion im Irak vor«, schob der Cop noch hinterher, bevor er leise in Richtung Ausgang schlich. Bevor er den Raum verließ, wandte er sich noch einmal um und sprach so laut, dass Cindy Bird es hören musste: »Was für 'ne verdammte Schande für einen Special-Forces-Mann. Muss ziemlich peinlich gewesen sein.«

Colonel Webber gab ihm das Zeichen zum Verschwinden. Er hatte genug gehört. Jetzt war er allein mit Hawk und ihrer Kiste.

»Hier ist Colonel Webber, Sergeant Bird. Zeit, zu gehen.«

Die Stimme kam ihr bekannt vor. Sie war nicht sicher, aber sie glaubte, dass es der Delta-Kommandant sein musste. Trotzdem schwieg sie. Selbst nach drei Tagen in der Hölle – unter Umständen waren es auch vier oder fünf gewesen – hatte sie ihre natürlichen Verteidigungsmechanismen noch nicht eingebüßt. Womöglich stand ein ganz anderer da draußen vor der Kiste. Ohne Gewissheit zu haben, konnte sie nicht riskieren, sich vor Externen zu verplappern. Jedenfalls nicht noch mehr, als sie es bereits getan hatte.

Vielleicht war sie auch nur so angepisst von der Welt, dass sie keine Lust verspürte, irgendwelche Herzlichkeiten auszutauschen. Nein, nicht nur vielleicht. Cindy Bird *war* angepisst. Die Bemerkungen über Troy überschritten schon eine Grenze, aber die über ihren Dad brachten das Fass zum Überlaufen. Tatsächlich kamen ihr die härtesten College-Seminare über Umwelttechnik jetzt wie das Paradies vor, und auch Fort Riley in Kansas schien plötzlich gar kein so schlechter Ort mehr für eine Stationierung zu sein.

Weitere 30 Sekunden herrschte Schweigen. Sie antwortete nicht, was Webber überraschte. Die Delta-Psychologen hingegen weniger. Ihre Prognose hatte gelautet, dass eine Frau wie sie unter Druck einknickte und nach ein paar Tagen in der Kiste nur noch ein Schatten ihrer selbst war. Bereits der massive Schlafentzug genügte, ihre geistige Leistungsfähigkeit auf ein Minimum zu reduzieren. Die paar Tassen Suppe hielten sie zwar am Leben, mehr aber auch nicht. Selbst einer der ersten sieben männlichen Operators war zu diesem Zeitpunkt bereits kollabiert. Sollte es da jemanden wundern, dass eine Frau diese Tortur nicht durchstand? Hawk befand sich den Prognosen zufolge körperlich am absoluten Tiefpunkt.

Aber wenn Hawk ernst gemeint hatte, was sie dem Delta-Force-Psychologen Doc Johnson bei insgesamt sechs Sondierungsgesprächen vor zwei Jahren erzählt hatte, kam jetzt die Gelegenheit, es zu beweisen. Das Frauen-Pilotprogramm war bis in die höchsten Verwaltungsebenen bekannt, wurde aber mit gemischten Gefühlen beurteilt. Manche befürworteten es vorbehaltlos, vor allem die linksliberalen Unterstützer des Präsidenten. Aber die meisten Konservativen lehnten die Initiative strikt ab. Frauen durften keine Positionen bekleiden, in denen sie für den Schutz männlicher Operators im Einsatz zu sorgen hatten. Ende der Diskussion.

Falls sie Black Ice, quasi den krönenden Abschluss aller Übungen, erfolgreich durchstand und weiterhin entschlossen blieb, das Nötige für die Sicherheit ihres Landes zu tun, wusste die Delta Force endgültig, dass man sich auf sie verlassen konnte. Außerdem eröffnete Hawks Erfolg sicherlich anderen Frauen die Chance, in der Einheit zu dienen.

Das hatte Colonel Webber direkt nach Abschluss der Beurteilungsgespräche mit den Delta-Force-Anwärtern den weiten Weg nach Atlanta antreten lassen. Eigentlich wäre er lieber in Afghanistan gewesen, um Kolt Raynor und seine Leute dabei zu unterstützen, die Einsatzgenehmigung des kommandierenden JSOC-Generals zu erhalten, um die Jagd auf *High Value Target* Nummer zwei, Mohammad Ghafour, im Goshai-Tal zu eröffnen.

Doch Webber war Hawks erfolgreiches Abschneiden nicht nur deshalb wichtig, weil er vor Jahren ein Delta-Teamkollege ihres Vaters gewesen war – sondern weil es sich bei dem Pilotprogramm auch um *sein* Baby handelte. Er wünschte ihr den Erfolg nicht nur um ihrer selbst willen, sondern auch als Rechtfertigung, am Programm festzuhalten.

Trotzdem befand sich selbst Webber nicht in der Position, das Prozedere künstlich abzukürzen. Alles musste wie festgelegt ablaufen und der erzielte Erfolg unanfechtbar sein. Deswegen hatte er auch keine Bedenken dagegen vorgebracht, im Rahmen der Black-Ice-Sitzung provozierende Fragen über Birds Tochter und seinen alten Boss Lieutenant Colonel Michael Leland Bird zuzulassen.

LTC Bird – Codename MLB, was für ›Major League Ballplayer‹ stand – galt als Delta-Force-Legende. Alle Eingeweihten wussten das. Doc Johnson hatte darauf bestanden, dass auch MLB nicht aus der Schusslinie genommen werden durfte, wenn er wollte, dass das Pilotprogramm als Erfolg gewertet wurde und nicht der Verdacht aufkam, dass es Frauen mit Samthandschuhen anfasse. Webber gab seine Einwilligung. Es gefiel ihm zwar nicht unbedingt, aber er wusste, dass kein Weg daran vorbeiführte. Die Einschätzung der Delta-Psychologen teilte er trotzdem nicht. Sie kannten nur die Akte von Cindy ›Hawk‹ Bird, er kannte die Frau persönlich.

»Sergeant Bird, ich bin hier, um Sie nach Hause zu bringen«, sagte Webber so aufrichtig, wie er konnte. »Es ist vorbei. Wir haben genug gesehen.«

Ein paar Momente zogen still dahin. Schließlich antwortete Hawk: »Ficken Sie sich doch ins Knie. Ich scheiß auf diesen Ort. Und auf Delta!«

Webber überging die Beleidigung, konnte sich aber ein leichtes Grinsen nicht verkneifen. Er machte ihr keinen Vorwurf für die Heftigkeit des Temperamentsausbruchs. Herrgott, Webber wusste, dass er selbst keine drei Stunden in Black Ice ertragen hätte, ganz zu schweigen von drei Tagen.

Und doch – damit das Pilotprogramm voll akzeptiert wurde, mussten die Rahmenbedingungen des Tests für Hawk beinahe noch strenger sein als bei männlichen Angehörigen der Unit. Selbst wenn es allein dem Zweck diente, die Kritiker des Projekts zum Schweigen zu bringen. Viele von ihnen hatten vehement den Standpunkt vertreten, dass Frauen von Geburt an emotionalen und psychologischen Limitationen unterworfen seien.

Mohammad Ghafours Dorf, Goshai, Pakistan

Kolt packte das Nylonseil so fest er konnte, um sich kontrolliert abzuseilen. Mühsam versuchte er, den Spann der schwarz-braunen Salomon-XA-Pro-Kampfstiefel im Seil zu verhaken, während die Schwerkraft ihn nach unten zog und das eiskalte Wasser von den Rotorblättern auf ihn herabprasselte. Nach drei Metern drang bereits die Reibungshitze durch die Oakley-Einsatzhandschuhe.

Er landete unsanft auf dem Hintern. Das Seil wurde ihm aus den Händen gerissen, als der Heli nach vorn schwebte, das Heck senkte und sich kurz darauf die Nase hob, um nach dem zweiminütigen Schweben auf der Stelle

Geschwindigkeit aufzunehmen. Das Seil hing an ihm herunter wie ein riesiger, im Wind wehender Faden.

Instinktiv rollte Kolt sich aus dem Weg, damit der nachfolgende Operator nicht auf ihm landete. Wenn das passierte, wurde die Situation wirklich heikel.

Doch diesmal folgte ihm niemand.

Kolt ging in die Hocke, während die Geräusche des Hubschraubers in der Ferne verhallten. Feindliches Feuer, grüne Leuchtspurmunition und Dutzende unsichtbare 7,62-Millimeter-Kugeln eskortierten den Heli bei seiner Flucht. Kolt wusste nicht, wo er anfangen sollte. Bei Solomissionen war es nicht vorgesehen, dass man aus einem MH-47G direkt in die Mitte des Zielgebiets absprang. Eine größere Zahl von Begleitern hätte seine Chancen natürlich verbessert. Dann wäre es möglich gewesen, jedes Gebäude systematisch zu säubern und jeden männlichen Erwachsenen zu töten, der im Weg stand, bis sie ihre kostbare Fracht entdeckten.

Die Standardprozedur sah vor, dass die Assaulter die Hauptarbeit leisteten. Kolt hatte immer Wert darauf gelegt, ihnen nicht im Weg zu stehen. Wenn sie ihn brauchten oder sich die Notwendigkeit ergab, vom ursprünglichen Plan abzuweichen, rief man ihn. Sonst waren sie am glücklichsten, wenn der Truppenkommandant mit seiner Waffe einfach irgendwo auf dem Gelände blieb und wartete.

Aber jetzt, wo er in Ghafours verschneitem Hinterhof kauerte, war er nicht nur unsicher, welches Gebäude er gerade vor sich hatte, er hatte außerdem keine Ahnung, wo Shaft steckte. Die Situation war alles andere als normal und verlangte danach, Lösungen zu finden.

Kolt kniete hinter einer Mauerecke eines Lehmziegelhauses und versank mit den Knieschützern im Schnee. Er drückte den winzigen Knopf an seinem NavElite-Handgelenkkompass, was die blaue Indiglo-Anzeige aktivierte. Die Kompassnadel bewegte sich leicht, richtete sich nach Norden aus und verschaffte ihm Orientierung. Er hatte jetzt keine Zeit, sich zu verlaufen, spähte durch seine Nachtsichtbrille, hielt aufmerksam Ausschau nach Bewegung und suchte Shaft, seinen Mann.

Kolt wusste, dass Admiral Mason den Abbruch der Mission nicht aufhalten würde. Auf keinen Fall riskierte er das Leben der Männer an Bord, nur um Kolt zu holen. Vielleicht hatte er nicht mal bemerkt, dass dieser hinten aus dem Helikopter gesprungen war. Für alle Fälle schaltete Kolt sein Funkgerät trotzdem auf die Green-SAT-Kommandofrequenz.

Fast noch mehr Sorgen machte ihm, dass der Admiral womöglich mitbekommen hatte, wie Kolt gezielt am Splint zog, um das Seil zu lösen. Oder wie dieser durchgeknallte Delta-Offizier sein HK416-Sturmgewehr zur Seite schob, um mit beiden Händen nach dem fast senkrecht herabhängenden Seil zu greifen. In diesem Fall hätte er es nicht gewagt, ihn aus den Augen zu lassen. Er wäre Zeuge geworden, wie der verfluchte Major Kolt Raynor von der Rampe in die Kälte und Dunkelheit hinaussprang und im nächsten Moment unter dem Heck des Hubschraubers verschwand.

Aber sosehr Kolt die Vorstellung reizte, ihm bei dieser Gelegenheit ein »Sie können mich mal, Sir!« entgegenzubrüllen, richtete er den Fokus lieber rasch zurück auf seine momentane Lage. Erstens musste er Shaft in Sicherheit bringen und sie zweitens beide sicher aus diesem Tal rausbringen. Und drittens: Er musste Informationen beschaffen, die wahrscheinlich direkt zum Al-Qaida-Anführer Aiman Al-Zawahiri führten und einen bevorstehenden Angriff auf die amerikanische Atomindustrie verhinderten, damit die Nörgler aus den hinteren Reihen des Admiralsstabs seinen Alleingang nicht als einen kompletten Reinfall hinstellten. Kolt hätte sich schon mit den ersten beiden Punkten zufriedengegeben, aber er wollte sie alle abhaken.

Grüne Leuchtspurgeschosse, die von einem Dach in der Ferne abgefeuert wurden, zischten an Kolts braun-schwarzem

Opscor-Ballistikhelm vorbei. Er musste hier weg. Durch den knietiefen Schnee stapfte er zu einer Holztreppe, die zum Eingang des Gebäudes vor ihm führte. Mit der Linken griff er nach oben und schob sich die Nachtsichtbrille vor die Augen. Eine Sekunde später trat er die Tür ein und betrat das Haus, wobei er sich fragte, ob es nicht besser gewesen wäre, zuerst eine Blendgranate zu werfen.

Kolt durchquerte den Flur und hielt im Weitergehen links und rechts nach Bedrohungen Ausschau, bevor er den angrenzenden Raum betrat.

Niemand da. Was jetzt?

Für eine Sekunde blieb er stehen, um sich zu orientieren. Im Mondlicht betrachtete er die kleine GTG-Satellitenkarte am linken Unterarm wie ein Quarterback, der sich auf den nächsten Spielzug vorbereitet. Auf dem Plan des Zielgebiets waren die Gebäude mit Nummern markiert. Ein kleines Passfoto, das Ghafours weißbärtiges Gesicht zeigte, klebte in der rechten, oberen Ecke.

Oft dauerte es 20 bis 30 Minuten, die Zielperson ausfindig zu machen. Selbst für einen ganzen Angriffstrupp wurde der Erfolg zunehmend unwahrscheinlicher, je länger die Uhr tickte. Für die Zeit, die Einzelkämpfer wie Kolt benötigten, existierten keine belastbaren Erfahrungswerte.

Eine Explosion weckte seine Aufmerksamkeit. Er stürzte zum rückwärtigen Balkon im Obergeschoss. Eine Stimme ertönte in seinem Peltor-Funkkopfhörer.

»RPGs auf neun Uhr!«

Das war Smitty, der einen Funkspruch über den Kommandokanal schickte. Im Außenbereich beobachtete Kolt, wie eine weitere Rakete von einem Bergkamm auf den abfliegenden MH-47G abgefeuert wurde, der sich glücklicherweise außer Reichweite befand.

Durch die Nachtsichtbrille nahm er zwei grünliche Strahlenkränze wahr, die durch die statische Aufladung der beiden Rotoren hervorgerufen wurden. Er richtete den Blick nach Norden, auf die Stelle, von der die Rakete vermeintlich gekommen war. Nichts. Sie konnten es sich nicht leisten, auch noch den zweiten Heli zu verlieren. Kolt rechnete nicht damit, dass Admiral Mason Smitty zurückschickte, um ihn und Shaft zu holen. Nein, das wäre dumm. Außerdem wollte er nicht dafür verantwortlich sein, dass der letzte flugtaugliche Hubschrauber vom Himmel geschossen wurde.

Er hatte keine Möglichkeit, Shaft zu kontaktieren, wenn er nicht gerade laut nach ihm rufen wollte. Also musste er einfach hoffen, dass er Glück hatte und früher oder später mit ihm zusammenstieß.

Er verließ den Außenbereich und stieg die Treppe hinunter ins Erdgeschoss. Schnell checkte er das Zimmer. Leer. Kolt lief an Tieren vorbei. Hühner gackerten und flatterten gegen die Wohnzimmerwand. Er blieb vor der offenen Hintertür stehen.

Durch die Nachtsichtbrille scannte Kolt die Umgebung. Er hoffte insgeheim, Shaft zu sehen, wusste aber, dass es ziemlich unwahrscheinlich war. Aber zur Ausrüstung seines Kollegen gehörte ein PVS-14-Monokular. Wenn Kolt den Infrarotlaser an seinem HK416 aktivierte und damit auf die schneebedeckte Erde zwischen den Wohnhäusern aus Lehm und den anderen Gebäuden im Tal zielte, bemerkte Shaft es vielleicht. Eine andere Möglichkeit fiel ihm für den Moment nicht ein.

Bevor er das Gewehr anheben konnte, um den Laser einzuschalten, registrierte er eine Bewegung am äußeren Rand des Gesichtsfelds. Er drehte sich um. Instinktiv hob er das Sturmgewehr auf Brusthöhe und schaltete den Sicherungsknopf auf Feuerposition um. Sein Abzugsfinger war kurz davor, das im Muskelgedächtnis gespeicherte Programm zur Abwehr von Feinden abzuspulen. Aber dann kam ihm etwas merkwürdig vor. Kolt zögerte. Diese schmalen Schultern und diese 1,70 Meter große Gestalt kannte er!

»Shaft?«

»Hey, Mann, nicht schießen!«, bettelte Shaft mit seinem typischen trockenen Humor. Er zitterte am ganzen Leib. »Hast du hier irgendwo Feinde gesehen?«

»Du alter Drecksack!«, gab Kolt zurück und klopfte ihm auf die Schulter. Er freute sich über das Wiedersehen. »Ich hätt dir fast den Arsch weggeballert. Was ist denn passiert? Wir haben dein Signal verloren.«

Shaft war von oben bis unten mit Schnee bedeckt. Er berichtete Kolt, dass er versehentlich sein iPad zerschossen hatte. Danach hatte er den grünen Laserstrahl in die Mitte der Landezone gerichtet, bis der Propellerwind des schwebenden Helis ihn umwarf. Beim Aufstehen war er knapp zehn Meter tief in einen Graben gestürzt. Kaum hatte er sich wieder herausgekämpft, warf ihn die Druckwelle der Explosion der Rakete, die den hinteren Hubschrauber erwischte, zurück in den Graben.

Kolt sah, dass Shafts Kleidung triefnass war. Schnee- und Eisklümpchen spickten seinen dichten dunklen Bart. An der afghanischen Wollmütze klebte ebenfalls Eis. Er glich einem Schneemann.

»Ihr hättet vor der Landung fast 'ne RPG-Granate kassiert«, meinte Shaft zitternd.

»Wir sind nicht gelandet.«

»Was?« Shaft war etwas verwirrt. »Habt ihr euch abgeseilt?«

»Ja.«

»Ich hätte nicht gedacht, dass ihr das schafft.«

»Haben wir auch nicht, Shaft.«

»Was soll das heißen, Racer?«

»Ich bin der Einzige, Bruder. Nur ich bin ausgestiegen.«

»Du und sonst keiner?«, fragte Shaft. »Du bist alleine hier?«

Kolt hatte keine Zeit, Shaft alles zu erklären. Er hoffte, dass sein Kumpel sich weitere Nachfragen verkniff. Sicher reagierte er ziemlich angepisst, wenn er die Einzelheiten von

Admiral Masons Missionsabbruch erfuhr. Besser, sie hoben sich diese Details für die Nachbesprechung auf.

Kolt beließ es deshalb bei einem »Ja, leider«.

»Ach du Scheiße. Dann sind wir erledigt, Boss.«

»Noch nicht ganz. Holen wir die Zielperson und hauen wir aus diesem Tal ab.«

»Abhauen? Und wo sind die Hubschrauber?«

»Admiral Mason hat in meinem Heli gesessen. Ich glaube nicht, dass der umdreht und uns einsammelt. Die haben eh fast keinen Sprit mehr.«

Bevor Shaft antworten konnte, zerfetzte das unverwechselbare Geräusch einer AK-47-Salve die eisige Luft.

Kolt hob den Zeigefinger an die Lippen, um Shaft zu signalisieren, dass er gerade einen Funkspruch empfing. Dann gab er ihm mit der Linken das Zeichen, auf die Knie zu gehen. Er tat dasselbe und ließ seinen rechten Crye-Precision-Schützer in den weichen Schnee sinken.

»Major Raynor, Lagebericht. Kommen!« Es war Admiral Mason, der es offenbar für völlig selbstverständlich hielt, ihn über die Green-SAT-Frequenz erreichen zu können. Aber noch besorgniserregender fand Kolt, dass gerade sein Realname über das Funknetz des JSOC lief und nicht sein offizielles, alphanumerisches Rufzeichen Mike Eins-Eins.

Aber diese Situation war sowieso alles andere als normal.

Er vermutete, dass es an der Wut des kommandierenden Generals über den ignorierten Abbruchbefehl lag. Nein, die wahrscheinlichere Erklärung lautete, dass Mason schlicht keine Ahnung hatte, wie Kolts Rufzeichen lautete. So oder so – in der beschissenen Lage, in der Kolt sich aktuell befand, war er sogar ein wenig erleichtert, die Stimme des Generals zu hören.

Die Triebwerke des MH-47G und das charakteristische Geräusch der wirbelnden Rotorblätter waren verschwunden. Daher nahm er an, dass Smitty und der Rest seines Delta-Angriffstrupps entweder in Richtung Grenze flogen oder, fast schlimmer, irgendwo in der Nähe lauerten und eine Rettungsmission austüftelten.

Scheiß drauf. Es war sowieso zu spät, Mason umzustimmen. Der Admiral würde den Abbruch der Mission nicht widerrufen. Da war Kolt ganz sicher. Außerdem hatte der Vogel gefährlich wenig Treibstoff und griff wahrscheinlich bereits die letzten Reserven an. Selbst wenn Mason ein Umkehren in Erwägung ziehen sollte, um Kolt zu helfen, hätte die Tankanzeige noch ein Wörtchen mitzureden.

Nein, sie kamen auf keinen Fall zurück. Kolt wusste, dass er und Shaft auf sich allein gestellt waren.

Er aktivierte das Funkmikro, um dem Admiral zu antworten. Dabei versuchte er, sich zu verhalten wie bei jeder anderen Mission – trotz des Umstands, dass er beschlossen hatte, sich auf eigene Faust ins Zielgebiet abzuseilen. Es wäre schön gewesen, wenn ein paar seiner Männer nach ihm ans Seil gesprungen und ihm gefolgt wären. Aber es gab keinen Grund, damit zu rechnen. Er hatte innerhalb eines Sekundenbruchteils die Entscheidung gefällt, Shaft zu helfen. Deshalb war ihm weder Zeit geblieben, sich mit Mason darüber zu streiten, noch seinen Männern mitzuteilen, was er vorhatte.

Nachdem einer der Hubschrauber von einer RPG-Granate getroffen worden war und sich aus dem Tal zurückgezogen hatte, konnte er Mason wegen seiner Entscheidung keinen allzu großen Vorwurf machen. Er war einfach Mason. Der risikoscheue kommandierende General des JSOC. Jemand, der Kolts Ansicht nach nicht mal im Heli hätte sitzen sollen. Nein, dachte er, der General wäre am besten in der Operationszentrale in Jalalabad geblieben, um die Entwicklung auf einem Bildschirm mitzuverfolgen, dabei gemütlich Kaffee zu schlürfen und sich darauf vorzubereiten, dem Verteidigungsministerium triumphierend die erfolgreiche Unternehmung zur Gefangennahme von Mohammad Ghafour zu schildern.

Kolt wusste, wie es um ihn stand. Er konnte jetzt nichts anderes tun, als die Mission allein auszuführen. Sein Ding durchzuziehen. Aus einem großzügig mit Scheiße bestrichenen Sandwich ein Fünf-Gänge-Menü in der Gramercy Tavern zu zaubern. Zunächst ging es darum, Shaft herauszuboxen, klar. Aber im Prinzip wusste Kolt, dass ihm das nicht reichte. Ghafour stand auf der Fahndungsliste und lieferte ihnen den Generalschlüssel zu Al-Qaida-Anführer Aiman Al-Zawahiri frei Haus. Jeder westliche Geheimdienst betrachtete Ghafour darüber hinaus auch als Kopf hinter geplanten Angriffen auf zentrale Punkte der amerikanischen Infrastruktur. Die Tatsache, dass der Präsident betont hatte, jede Attacke auf die USA rechtzeitig unterbinden zu wollen, spielte für Kolts Entscheidungsfindung eine wesentliche Rolle.

Er drückte den Sprechknopf und hielt inne. Dann sprach er sehr ruhig, als ob es ein ganz normaler Einsatz wäre. »Hier ist Mike Eins-Eins. Zielperson nicht gefunden. Suchen weiterhin das Gebiet ab. Kommen.«

»Wir müssen von hier verschwinden«, drängte Admiral Mason hörbar gestresst. »Uns geht bald der Treibstoff aus. Schaffen Sie Ihren Mann da raus und kehren Sie sofort zum alternativen Abholpunkt zurück. Kommen.«

Kolt traute seinen Ohren kaum. Nun, eigentlich schon, wenn er die Umstände bedachte. Aber was wurde aus der Mission? Aus der geplanten Gefangennahme eines Gegners, der geschworen hatte, die USA anzugreifen? Was war mit den Anstrengungen, die alle in Jalalabad auf sich genommen hatten, um diesen Einsatz vorzubereiten? Mit dem Risiko, das so viele eingegangen waren, um ins Goshai-Tal zu gelangen?

Sollen wir dem Präsidenten ernsthaft erzählen, dass wir nach Pakistan gegangen sind und es ehrlich versucht, aber leider nichts gefunden haben? ›Tut uns leid, Herr Präsident, aber wir wissen rein gar nichts über Zawahiri oder über die möglichen nuklearen Sabotageakte, die auf die Vereinigten

Staaten verübt werden sollen. Wir sind zwar vor Ort geblieben, nachdem die Helis abgeflogen waren, haben das Tal aber unverrichteter Dinge zu Fuß verlassen, Sir.‹

Nein. Diese Mission würde nicht scheitern. Nicht wenn Kolt ein Wörtchen mitzureden hatte. Niemand würde hier zur alternativen Landezone gehen. Jedenfalls noch nicht. Erst wenn sie hatten, weswegen sie hergekommen waren.

Und zwar alles.

Er löste die linke Hand vom Sprechknopf, der im linken Bereich seiner Crye-Körperpanzerung angebracht war, und griff nach dem Funkgerät an der Kampfweste. Mit einem Klick gegen den Uhrzeigersinn rief er Helo Common auf, die sichere Verbindung zu den Helikopterpiloten und zu Air Mission Commander Smitty.

»Smitty, wie sieht's bei euch mit dem Sprit aus? Könnt ihr mir noch ein paar Minuten verschaffen? Kommen.«

»Sind gerade beim abgestürzten Heli. In zehn Minuten müssen wir weg, sonst herrscht Ebbe im Tank und wir schaffen's nicht zurück nach Afghanistan.«

»Verstanden. Danke, Kumpel. Ende.«

Kolt justierte den Kanalregler zurück auf Green SAT. Er hörte, wie der Admiral lauthals verlangte, dass dieser aufsässige Truppenkommandant sich endlich meldete.

Kolt fiel ihm ins Wort. »Capital Null-Sechs, wir sind zum alten britischen Fort unterwegs – Gebäude sechs. Alle Adler sind vollzählig. Ghafour ist definitiv ins Fort gegangen. Ich brauche fünf Minuten.«

»Negativ, negativ, negativ!« Der Admiral blieb eisern. »Mission abbrechen. Sie werden sofort abziehen. Haben Sie verstanden, Major? Kommen.«

»Sir, wir haben genug Treibstoff. Ich brauche fünf Minuten«, drängte Kolt.

»Major, die Zielperson dürfte schon lange weg sein. Dass er im Fort geblieben ist, halte ich für äußerst unwahrscheinlich.« Jetzt klang der Admiral überraschend gelassen.

Wahrscheinlich lag es daran, dass ihm endlich klar wurde, dass ein ganzer Haufen Leute auf der Kommandofrequenz mithörte – was Kolt noch mehr ärgerte. Es klang jetzt beinahe so, als sei der kommandierende General der Ruhigere und Gelassenere von ihnen beiden.

»Gut, Sir. Bringen Sie die Helis aus dem Tal und nach Afghanistan. Wir werden Ghafour finden und zu Fuß gehen. Ende.«

Kolt klang überzeugend. So überzeugend, dass er fast glaubte, der Admiral werde zustimmen. Wenn Mason ihn und Shaft schon nicht unterstützte, wollte Kolt wenigstens freie Hand haben.

Er brauchte nicht lange auf die Antwort zu warten. »Brechen Sie mit Ihrem Mann sofort auf.« Der Admiral klang noch um einiges schroffer als sonst. »Das ist ein direkter Befehl! Bestätigen!«

Kolt wusste, dass jeder Operator, der noch im Heli saß, das Funkgespräch mit dem Admiral verfolgte. Es wäre dumm, mitten in Pakistan sein Leben zu opfern. Für Osama bin Laden? Vielleicht. Für Aiman Al-Zawahiri? Vielleicht. Für Mohammad Ghafour, den sogar die Analytiker der Delta Force noch vor einigen Wochen als ›tief hängende Frucht‹ eingestuft hatten? Nein.

Und was war mit den Männern im hinteren Hubschrauber, der gerade in Flammen aufgegangen und abgestürzt war? Kolt wusste nicht, ob überhaupt jemand an Bord überlebt hatte. Aber eins stand fest: Seine Crew würde nicht wollen, dass diese Mission unvollendet blieb. Ghafour einzufangen und ihn über diesen Bergpass zur Basis zu schleifen, wog mögliche Opfer nicht auf. Nicht im Geringsten. Auch das Verhindern einer Attacke auf ein Atomkraftwerk in den USA brachte tote Teamkameraden nicht zurück.

Aber noch deutlicher spürte Kolt, dass er diese Mission bis zum Ende durchziehen musste. Es war gut möglich, dass sie bereits das Leben mehrerer Männer gekostet hatte, die bei lebendigem Leib in einem gottverlassenen Tal verbrannt waren. Er war verpflichtet, die Sache bis zum Ende durchzuziehen. Um nichts anderes ging es bei der Delta Force.

Auch wenn ihre Streitmacht aktuell nur noch aus zwei Männern bestand.

9

Einige Kilometer südlich von Kolts momentaner Position fand Smitty einen passenden Landeplatz und setzte mit dem MH-47G neben dem abgestürzten Heli auf. Die Stelle gefiel ihm überhaupt nicht. Er hatte zwar keinen expliziten Landebefehl erhalten, aber er kannte das Spiel. Es war Standardprozedur, die Insassen eines abgeschossenen Hubschraubers zu retten. Der Admiral und Kolt hatten wohl noch ein Wörtchen miteinander zu reden. Einiges davon konnte er über Funk mitverfolgen.

Obwohl es mit den zusätzlichen vier Crewmitgliedern des 160. Regiments und zwei Dutzend anderen Passagieren im Dark Horse sicher ganz schön eng wurde, hätte er doch keinen seiner Mitsoldaten unter feindlichem Beschuss zurückgelassen. Nein, Smitty ging aufs Ganze. Mason würde ihn schon zwingen müssen, Amerikaner in Pakistan zurückzulassen.

»Wir können nicht abziehen. Wir haben immer noch zwei Mann da draußen. Die brauchen noch ein paar Minuten«, meldete sich ein Operator mit dem Codenamen Train über Funk. Train hatte offenbar über den Helo-Common-Kanal Kolts Funkspruch mitgehört.

»Ich weiß, Train«, erwiderte Smitty.

»Negativ, nicht warten, nicht warten«, schaltete Mason sich ein. »Wir kehren zur Basis zurück. Ich wiederhole, wir kehren zur Basis zurück.«

Shaft brauchte nur ein paar Sekunden, um Kolt zu zeigen, wo sich das britische Fort befand. Kolt entdeckte schnell Shafts funkelnden Infrarotlaser an der Ostseite der Befestigungsanlage aus dem 18. Jahrhundert. Die gut dreieinhalb Meter hohen Wände bestanden aus hartem Lehm und einer Kombination aus Weißtannen- und Fichtenholz. Das Gebäude befand sich in etwa 75 Metern Entfernung auf der gegenüberliegenden Seite eines teilweise zugefrorenen Bachlaufs und war mehr oder weniger in den Westhang des Tals hineingebaut. Unter dem Halbmond, der über dem östlichen Bergkamm leuchtete, wirkte es wie ein weihnachtliches Grußkartenmotiv. Aber so hübsch es auch anzusehen war – Kolt fühlte sich nicht in Stimmung für Glühwein und christliches Liedgut.

»Was schlägst du vor, Shaft?« Sie knieten in etwa 30 Zentimeter hohem Neuschnee. »Es muss schnell gehen.«

»Scheiße! Und ob's das muss. Ich erfrier in diesen nassen Klamotten«, versetzte Shaft. »Ich war neulich da drin und hab Schmerztabletten an die Kinder verteilt. Da schlafen mindestens zwei Dutzend Frauen und Kinder.«

»Ich glaub nicht, dass die jetzt noch schlafen«, wandte Kolt ein.

»Nein, aber die Zivilisten sind auch nirgendwo anders hingegangen. Wär doch einleuchtend, wenn Ghafour sich zwischen Frauen und Kindern versteckt.«

»Absolut einleuchtend«, stimmte Kolt zu.

»Womit haben wir's da drin zu tun?«, fragte er dann und hoffte, dass Shaft ihm bestätigte, wovon er ausging, nachdem er eine Woche lang mit den Analysten in Jalalabad zweidimensionales Bildmaterial studiert hatte.

»Mit dem Üblichen eigentlich – grünes Metalltor mit 'nem dicken Stock als Riegel, ein Stockwerk, Räume, die direkt an die Außenmauer angrenzen, großer Brunnen in der Mitte, überall Ziegen- und Hühnerscheiße.«

»Okay. Splittergranaten kommen nicht infrage, zu viele

Kinder. Wie viele Männer im kampffähigen Alter?« Mit der Frage verdeutlichte Kolt, dass sie nur feindliche Kämpfer, aber auf keinen Fall Frauen und Kinder verletzen durften.

»Erledigen wir's auf die einfache Art«, schlug Shaft vor. »Klettern wir!«

»Ich geh vor, du folgst«, entschied Kolt.

Er schob die am Helm montierte Nachtsichtbrille ins Gesicht und ging voraus zur Ostflanke des Forts. Shaft hielt das Monokular vor das nicht-dominante Auge und nahm die unter den Arm geklemmte AK in die rechte Hand. Er hielt etwa zehn Meter Abstand zu Kolt.

Nachdem sie sich etwa 30 Meter weit durch den knietiefen Schnee gekämpft hatten, der den unebenen, zerklüfteten Boden bedeckte, passierten sie die schmale, viereinhalb Meter lange Holzbrücke, die über den vereisten Bach führte. Die Fußabdrücke, die sie hinterließen, machten Kolt Sorgen, aber er konnte es nicht ändern.

Nachdem sie sich zwischen einem niedrigen Zaun aus Ästen und einer dünnen, aber stabilen Lehmmauer durchgezwängt hatten, erreichten sie das Fort. Sie legten eine kurze Pause ein und suchten Deckung. Der Wind hatte den Schnee an die Außenmauern geweht, wodurch diese niedriger wirkten als in Wirklichkeit. Kolt und Shaft drückten sich mit dem Rücken dagegen und vergewisserten sich, dass ihnen niemand gefolgt war.

»Was jetzt?«, fragte Shaft.

»Du hast doch gesagt, wir klettern!« Kolt wandte den Blick vom Teil des Dorfes ab, in dem vorhin die Helikopter für Unruhe gesorgt hatten, und sah Shaft an.

»Ja, schon. Aber es ist viel zu ruhig, wenn du mich fragst.«

»Die haben keine Ahnung, dass wir nur zu zweit sind. Wahrscheinlich glauben die, dass da gerade 100 amerikanische Kommandosoldaten aus den beiden Helis gesprungen sind.«

»Möglich. Allerdings schließen sie nachts das Tor ab.«

»Nichts anderes hab ich erwartet«, meinte Kolt. »Hör zu, hilf mir einfach über die Mauer. Dann werd ich ja sehen, was los ist.«

»Okay«, brummte Shaft in einem Ton, als ob er sagen wollte: *Und was dann?*

»Ich schau mich um«, beantwortete Kolt die unausgesprochene Frage. »Wenn es ruhig bleibt, springen wir beide rein und checken das Gelände gegen den Uhrzeigersinn, bis wir Ghafour finden.«

»Und wenn wir ihn nicht finden?«

»Tja, sobald ich was sehe, das auf Ärger hindeutet, hab ich ja noch mein HK416 mit Schalldämpfer.« Kolt wusste selbst nicht genau, ob sich damit alle Schwierigkeiten aus der Welt schaffen ließen.

»Und?«

»Und dann springen wir rein.«

»Mann, das ist beschissener Selbstmord«, fluchte Shaft und musste sich Mühe geben, weiterhin zu flüstern. »Hör zu, ich weiß, dass du für mich 'nen langen Weg auf dich genommen hast. Aber ist diese Pissnelke das wirklich wert?«

Kolt spürte Shafts Besorgnis. Himmel, er war selbst nicht mehr so versessen darauf, noch länger in diesem gottverlassenen, eiskalten Drecknest festzusitzen. Ohne Verstärkung, ohne Kampfhubschrauber oder bewaffnete Predator-B-Drohnen in der Luft. Niemand würde ihnen einen Vorwurf machen, wenn sie jetzt in Deckung gingen und das Dorf verließen, um in sicherem Abstand eine Landezone zu markieren und einen Heli anzufordern, der sie abholte. Aber dann kehrten seine Gedanken unerklärlicherweise zu seiner ersten Einsatzzeit in Afghanistan zurück, nur wenige Wochen nach 9/11.

»Hier steht 'ne Menge auf dem Spiel, Shaft. Dieses Arschgesicht steht mit *Z-man* in Verbindung und heckt Anschläge direkt vor unserer Haustür aus.«

»Ja, das weiß ich doch alles.« Shaft bibberte unter der

nassen Kleidung. »Aber vergiss diesen Scheiß mit dem Reinspringen.«

»Gut, ich höre«, sagte Kolt. Er war froh, dass Shaft ebenfalls zu beabsichtigen schien, die Mission um jeden Preis abzuschließen.

»Ich helf dir die Mauer rauf, aber dann wartest du 'ne Minute, bis ich am Vordertor bin. Ich werd dagegenhämmern und ein paar Schüsse mit der AK abfeuern. Die werden glauben, dass ich ein Stammesangehöriger bin, der auf 'nen Amerikaner schießt oder so. Und wahrscheinlich kommen dann alle, die 'ne Waffe haben, raus und öffnen das Tor, um nachzusehen, was der Lärm soll.«

»Okay. Ich geb ein rotes Leuchtsignal mit dem Signalstift, wenn ich auf Position bin. Dann kannst du klopfen«, entschied Kolt. »Ich werd dann so viele wie möglich mit dem Schalldämpfer ausschalten, wenn sie sich hinter dem Tor aufstellen. Aber pass auf: Das Tor bietet keine richtige Deckung. Benutz die Wände.«

»Dann gib mir aber einen von deinen Tür-Sprengsätzen. Ich muss durchs Tor kommen, falls du nicht runterkommst, um aufzuschließen.«

»Logisch.«

Nachdem er die 2,13 Meter lange, linear geformte Sprengladung und den M60-Zünder von Kolt entgegengenommen hatte, machte Shaft eine Räuberleiter und schob ihn kräftig nach oben, bis er mit den Fingerspitzen die Oberkante der hohen Mauer zu fassen bekam. Dann stemmte er beide Hände unter Kolts Stiefel und richtete sich so hoch auf, wie er nur konnte, um Kolt möglichst geräuschlos hinaufklettern zu lassen. Nachdem Kolt außer Sicht war, ging er im Uhrzeigersinn um das quadratische Fort herum zum grünen Eingangstor.

Kolt sprang unterdessen auf der anderen Seite hinunter und blieb auf dem Vordach so tief wie möglich geduckt. Zu seiner Linken erlaubte eine aus Rundhölzern und Schnüren gefertigte Leiter den Abstieg. Rechts erstreckte sich das Dach bis zur gegenüberliegenden Ecke. Kolt nahm den Geruch eines Holzofens wahr und sah Rauch aus zweien der drei Schornsteine aufsteigen, die aus dem langen, lehmbedeckten, L-förmigen Vorbau ragten. Er legte sich auf den Bauch, robbte zum Rand und spähte in den Hof hinunter.

Kolt konnte die ebene Oberkante des Metalltors im Mondlicht erkennen, beugte sich nach links und tastete mit der rechten Hand nach den mitgebrachten Miniatur-Signalfeuern. Er zog eins der schwarzen, mit einer Sprungfeder versehenen Teile aus der Tasche und schraubte eine rote Leuchteinheit mit den Dimensionen einer Lippenstifthülse hinein. Danach zielte er über den Hof und das Vordertor und löste den Schlagbolzen aus.

Grell leuchtend schoss die Signalrakete in die Luft und erhellte den von Schneeflocken erfüllten Himmel. Nach etwa 120 Metern prallte sie gegen den Berghang.

Kolt wartete darauf, dass Shaft ein paar Schüsse abfeuerte und gegen das Tor hämmerte.

Pünktlich war das Krachen der AK-47 zu hören. Kolt ging davon aus, dass Shaft der Schütze war, und schaltete den Infrarotlaser samt Scheinwerfer an seiner Heckler-&-Koch-Waffe ein. Er befand sich in der perfekten Position, hatte einen direkten Blick über das Tor und einen klaren taktischen Vorteil gegenüber jedem, der sich im Hof aufhielt. Der hohe Bergkamm schirmte den Mond weitgehend ab, sodass Kolt nicht Gefahr lief, von hinten angeleuchtet und so vom Boden aus leicht bemerkt zu werden. Sekunden später ertönten donnernde Schläge gegen das Tor.

Sein Finger lag am Abzug. Er hatte die Nachtsichtbrille heruntergeklappt und spähte damit knapp über das Gewehr hinweg, damit er Wärmesignaturen erkennen und bei Bedarf schießen konnte. Nichts rührte sich.

Scheiße, was jetzt?

Kolt war verblüfft. Er konnte Shaft nicht anfunken, damit er es noch einmal probierte. Verdammt, wenn sie schon beim ersten Mal nicht darauf hereinfielen, taten sie es beim zweiten Mal erst recht nicht.

Plötzlich schreckte ihn ein Geräusch auf, sechs Meter weiter links. Er wälzte sich herum und bekam mit, wie die Leiter sich bewegte. Jemand stieg aufs Dach. Instinktiv rollte Kolt auf den Rücken, hob das Gewehr vor die Brust und zielte mit dem Infrarotlaser und Scheinwerfer auf das obere Ende des primitiven Tritts.

Scheiße! Ich kann jetzt keine ungebetenen Besucher gebrauchen.

Ein Mann im kampffähigen Alter. So viel konnte Kolt erkennen. Außerdem, dass der Mann kein normaler Dschihadist war. Er trug etwas in der linken Hand – entweder eine Lampe oder sogar eine Pistole. Außerdem kletterte er langsam, als ob er entweder schlecht im Dunkeln sah oder zu gebrechlich oder verletzt war.

Kolt beobachtete den Mann genauer: den großen, hoch in die Stirn geschobenen Turban, die weiße *Dishdasha* und das dunkelbraune Obergewand. Und ein Bart. Lang, weiß und dicht. Er hatte ihn auf dem Foto gesehen, das Shaft am Vortag übermittelt hatte. Er musste es sein.

Scheiße, das ist Ghafour!

Der alte Mann entfernte sich zwei Schritte von der Leiter und drehte sich um. Vorsichtig kauerte er sich hin und schlang die Arme um die Knie, um sich warm zu halten. Offensichtlich hatte er nicht bemerkt, dass hier oben jemand auf ihn wartete.

Langsam erhob sich Kolt in eine geduckte Haltung. Behutsam schob er sein HK auf die linke Seite, um beide Hände freizuhaben, und befestigte das Nachtsichtgerät auf dem Helm. So simpel hatte er den Jackpot noch nie erzielt. Trotzdem musste er so unauffällig wie nur möglich vorgehen, um Ghafour daran zu hindern, zu schreien oder andere auf sich aufmerksam zu machen. Kolt konnte sein Glück kaum fassen.

Er machte drei lange Schritte vorwärts, um Schwung aufzunehmen, und sprang dem Alten entgegen, nahm ihn von hinten in einen festen Würgegriff und klemmte ihm die Halsschlagader ab. Bewusstlos sackte der andere zusammen. So einfach ging das. Keine echte Herausforderung. Und sicher nichts, womit er angeben konnte, wenn man die Unterschiede in Ausbildung und Alter zwischen den beiden Männern in Betracht zog.

Kolt sah, wie etwas aus Ghafours rechter Hand fiel. Die vertraute braun-olive Färbung wurde teilweise durch ihre dicht zusammengedrängten Schatten kaschiert, als der Gegenstand zum Rand des Dachs rollte und weniger als einen halben Meter vor der Leiter liegen blieb. Kolt konnte die eckigen Auswölbungen an dem ovalen Objekt nur undeutlich erkennen. Sein sechster Sinn verriet ihm, dass es sich möglicherweise um eine sowjetische F1-Handgranate aus dem Zweiten Weltkrieg handelte.

Instinktiv rief Kolt: »Granate!«

Er lockerte den Griff um den Hals des Mannes, packte Ghafour um die Hüfte und schleifte ihn von der drohenden Explosion weg, als ob er in einem griechisch-römischen Ringkampf zu einem Armzug ansetzte.

Einen Augenblick später explodierte die Granate und Splitter flogen in alle Richtungen. In einem Umkreis von fünf Metern bohrten sie sich in alles, was im Weg stand.

Kolt bekam eine Menge Bruchstücke ins rechte Bein ab. Es ging alles ganz schnell – das größte Fragment durchschlug die Wade, kleinere Teile drangen in den Kampfstiefel ein und blieben unter der Haut stecken.

Er biss die Zähne zusammen. Ghafours Körper war völlig erschlafft.

Scheiße! Sag nicht, dass der Kerl es schon hinter sich hat.

Kolt spürte Feuchtigkeit an Ghafours Kleidern und legte

ihn auf den Rücken, um die Verletzungen zu untersuchen. Der deutliche Gestank von dehydriertem Urin mischte sich mit dem vertrauten Geruch von Blut. Ghafours Puls ging kräftig. Er musste sich bei Kolts Angriff vor Schreck in die Hose gepinkelt haben. Oberhalb des Ellbogens am rechten Arm fand sich eine stark blutende Wunde, aber der Mann war lediglich bewusstlos.

Kolt nahm sein Spyderco-Messer und schnitt ein langes Stück Stoff aus Ghafours Ärmel. Er wickelte es fest zwischen Wunde und Gelenk, um die Blutung aufzuhalten. Dann schob er die Nachsichtbrille herunter und wandte sich der Leiter zu.

Noch war nichts verloren. Er schleifte Ghafour zum Rand der hohen Außenmauer. Dann senkte er ihn bis auf eine Höhe von etwa 1,20 Metern herab, bevor er seine Hand losließ. Der Bewusstlose landete im Schnee; genau dort, wo Kolt und Shaft eben noch gekniet und über ihren Plan nachgedacht hatten.

Kolt ließ sich von der Mauer fallen und landete auf allen vieren neben Ghafour. Schnell drehte er ihn auf den Rücken und packte den linken Arm, setzte die Stiefel auf den Spann von Ghafours Lederslippern und zog ihn hoch, wodurch die Knie des anderen durchgedrückt wurden. Kolt ging rasch in die Hocke, um die wertvolle Fracht auf seine Schulter zu hieven.

Er hatte den Jackpot geknackt. Jetzt musste er nur noch Shaft finden und aus diesem Tal verschwinden.

Train wollte nicht anmaßend sein. Normalerweise zweifelte er nicht an den Entscheidungen des kommandierenden Generals. Die Jungs hatten solche Dispute immer Colonel Webber überlassen, manchmal sogar Major Raynor. Train war sich noch nicht ganz sicher, was er von Kolt Raynor halten sollte. Er kannte dessen Ruf, nahm aber zum ersten Mal an einer Mission unter Kolts Kommando teil. Trotzdem wollte er sicherstellen, dass alle seine Kollegen im Helikopter den früheren Funkspruch mitbekommen hatten. Er schaltete das Funkgerät auf die interne Truppenfrequenz und drückte die Sprechtaste.

»Alle Stationen, alle Stationen, ich wiederhole. Zwei Adler sind noch im Einsatzgebiet«, bellte er ins Mikrofon.

»Das schaffen wir nicht!«, rief der mithörende Copilot des 47G. »Wenn wir noch länger warten, kommen wir nicht mehr bis zur Tankstelle. Wir sind schon kurz vor dem Minimum.«

Smitty meldete sich zu Wort. »Wir hätten schon vor fünf Minuten abfliegen müssen. Kommen.« Er war so weit gegangen, wie er konnte. Die zusätzlichen 16 Fluggäste führten den Hubschrauber bereits an die Belastungsgrenze. Er wusste, dass er seinen Instrumenten vertrauen konnte, und wollte auf keinen Fall eine Notlandung mit zwei Trupps an Bord mitten in Pakistan riskieren.

Train bemerkte, dass Admiral Mason nur ein paar Meter hinter Smittys Notsitz hektisch an seinem Headset herumfummelte und sich abmühte, es richtig an die Konsole anzuschließen. Er schien ziemlich außer sich zu sein.

»ACHTUNG, ACHTUNG! Hier ist Mike Eins-Eins. Ich weiß nicht, ob ihr mich hören könnt. Die Fracht ist gesichert. Feind im Kampf verwundet. Ich habe auch einen verwundeten Adler. Nicht kritisch. Wir können nicht zu den Helikoptern zurück. Wir werden das Tal wie geplant zu Fuß verlassen. Ende.«

Unter seinem hellbraunen Pilotenhelm mit dem rauchfarbenen Gesichtsschutz lächelte Smitty. Er war froh, dass sie den Mistkerl geschnappt hatten, aber auch darüber, dass er endlich seinen Vogel in die Luft bringen konnte. Zum zweiten Mal mit dem mittlerweile überladenen, millionenschweren Dark Horse ins Goshai-Tal abzutauchen, war machbar, aber der Gedanke, zwei Amerikaner im Einsatzgebiet zurückzulassen, bereitete ihm eine Scheißangst.

Smitty brauchte nicht erst einen Befehl von Admiral Mason, um von hier zu verschwinden. Kolts Funkspruch genügte. Außerdem wusste er, dass sie zurückfliegen und Kolt aus einer geheimen, unmarkierten Landezone abholen würden, sobald sie in Jalalabad aufgetankt und die Verletzten aus dem abgeschossenen Heli abgesetzt hatten. Mit oder ohne Segen des Generals.

Der wuchtige MH-47G-Hubschrauber hatte Mühe, die sechs Ballonreifen aus der Schneewehe zu befreien. Der Pilot drehte die Tanksonde von der Nase weg leicht nach links. Der von den beiden mächtigen Rotorblättern verursachte Whiteout war ähnlich schlimm wie beim abgebrochenen Landemanöver im Zielgebiet. Aber diesmal mussten sie nicht auf Operators warten, die sich abseilen wollten. Sie machten sich schleunigst aus dem Staub, mit 27 Männern an Bord, sichtlich frustriert, aber immerhin noch am Leben.

Der Pilot hob mit der breiten Tanksonde voraus ab und erhöhte die Geschwindigkeit. Vom Sitz in der Mitte musste Smitty sich strecken, um an der Steuerbordseite nach draußen schauen zu können. Er fragte sich, wo genau in diesem verschneiten, zerklüfteten Gelände Shaft und dieser durchgeknallte Kolt gerade sein mochten. Smitty kannte Kolt schon seit Langem, und obwohl er den persönlichen Mut des Delta-Operators bewunderte, ging er davon aus, dass Raynors Tage bei Special Ops gezählt waren.

Und das schon zum zweiten Mal in etwas mehr als vier Jahren.

Cherokee-Kraftwerk, Gaffney, South Carolina

Nuclear Security Officer Timothy Reston hasste seinen Job, seine Vorgesetzten und das Leben im Allgemeinen. Alles, wofür er arbeitete, alles, von dem er träumte und was ihm zustand, hatte man ihm genommen. Und es war nicht mal seine Schuld.

»*Fuuuuuuuuuck!*«, fluchte Timothy und schlug mit der Faust auf die Armlehne seines La-Z-Boy-Sessels. Er ließ das Gamepad in den Schoß fallen und hämmerte mit den Handflächen auf beide Lehnen. *Es war nicht fair!*

Er hatte dem Cherokee-Kraftwerk 16 Jahre seines Lebens geopfert. Bei zahlreichen Gelegenheiten hatte das Managementteam der Energy First Corporation seine Leistungen gewürdigt. An seiner Trophäenwand zu Hause hingen die üblichen Anerkennungsschreiben und billigen Holzrahmen mit Urkunden. Auszeichnungen zum Mitarbeiter des Jahres, Auszeichnungen für exzellente Dienste – alles verziert mit dem grellen, rot-weiß-blauen Energy-First-Logo. Unter dem Dutzend Rahmen stand sein Bücherregal, in dem sich Fachliteratur über Führung und Management stapelte. Alle Autoren versprachen auf dem Klappentext, die Geheimnisse erfolgreicher Führungsstrategien zu enthüllen.

»Fuck, fuck, fuck, fuck, fuck!«

Timothy wusste, dass er nichts falsch gemacht hatte. Er war eben ein Gamer, so wie viele andere Leute auch. Daraus konnte man ihm doch keinen Vorwurf machen. Er lebte allein und verabredete sich gerne online mit Mitspielern aus der ganzen Welt. Er freute sich auf die Marathonsessions mit *Halo* oder *Call of Duty* an den Wochenenden. In diesen Universen war er ein Star. Er sprach es nie offen aus, machte aber genug Andeutungen, damit seine Teammitglieder in der Brotherhood of Raging Dragons ihn für einen Navy SEAL hielten. Timothy gab sich nicht die Mühe, es abzustreiten. Er hätte ebenso gut *wirklich* ein Navy SEAL sein können. Verdammt, er *sollte* einer sein. Er war viel versessener darauf, Amerika zu beschützen, als die meisten Soldaten in der Army. Verzweifelt wünschte er sich, in Übersee Terroristen bekämpfen zu können, im Irak, in Afghanistan oder sogar Somalien oder Syrien.

Seine angestrebte Militärkarriere hatte jedoch ein vorzeitiges Ende gefunden. Dabei fehlte es ihm nicht am Verlangen, dem Feind kräftig in den Arsch zu treten. Es lag eher daran, dass er sich an den meisten Abenden eine große Meat-Monster-Pizza und eine Zwei-Liter-Flasche Coke zum Abendessen gönnte. Das führte dazu, dass er nicht gerade die schlanke, zähe Kampfmaschine war, die Aussicht auf einen der begehrten Plätze bei der Navy hatte.

Aber egal, wie beschissen das wahre Leben lief – online verehrten sie Timothy wie einen Gott. Das hatte ZooKeeper69 ihm erst kürzlich bestätigt. Der Junge betrachtete ihn als Vorbild. Sie kannten sich seit Monaten und hatten sich schnell angefreundet. Bei der nächsten Comic Con in San Diego wollten sie sich sogar ein Hotelzimmer teilen. Das würde toll werden.

»Steel-Ninja, behalt deine linke Flanke im Auge«, tippte Zoo. »Ich geb dir rechts Deckung.«

Timothy sah auf den Monitor und stellte fest, dass er nicht aufgepasst hatte. Er hatte es einfach Zoo überlassen, ihm den Arsch zu retten. Zoo war wirklich cool und staunte über die vielen Geschichten, die Timothy ihm erzählte. Nie bekam er genug davon. Sie chatteten stundenlang, schossen auf Feinde und hatten dabei eine Menge Spaß. Zoo stellte Timothy sogar Fragen über seine ›Tarnung‹ als Mitarbeiter des Kraftwerks. Das gab ihm die willkommene Gelegenheit, ein bisschen Frust abzulassen.

»Du hast den Typen mit dem Raketenwerfer nicht erwischt«, schrieb Zoo und hielt das Spiel an.

Timothy drosch noch ein paarmal mit der Faust auf die Lehne ein und nahm das Gamepad wieder in die Hand. Zum Glück hatte das Bluetooth-Keyboard keinen Schaden genommen.

»Sorry, Zoo, hab 'ne Scheißwut wegen der Arbeit«, tippte er.

»Schon wieder irgendein Bullshit passiert, Steel?«

»Die haben mir die Knarre abgenommen! Ist das zu fassen? Die sind so neidisch auf meine Talente, dass sie mir die Überwachungsschicht weggenommen haben und mich jetzt Mitarbeiterausweise ausstellen lassen!«

Timothy las seine Worte auf dem Bildschirm und glaubte sie selbst. Warum auch nicht? Was er schrieb, war die Wahrheit. Sie waren tatsächlich neidisch auf ihn. Sie wussten, dass er ein Krieger war, und dafür wurde er bestraft. Dieser ganze Schwachsinn mit dem Psychiater, der aufgrund seines schlechten Abschneidens beim MMPI-Persönlichkeitstest und der mangelhaften körperlichen Fitness eine zusätzliche Untersuchung verlangt hatte – das war doch alles Bullshit.

»Das ist doch verrückt. Du hast schließlich mehr Ahnung von Sicherheit als die alle zusammen! Du bist doch derjenige, der mir von den Schwachpunkten im System erzählt hat und von den Verzögerungen beim Schichtwechsel, bei denen keiner die Kameras im Auge behält.«

»Ich weiß!«, rief Timothy. Seine Finger tanzten blitzschnell über die Tastatur. »Ich hab Dutzende von Sicherheitslücken im Kraftwerk aufgedeckt, und das ist nun der Dank. Scheiße, wenn die Anlage im Iran stünde, könnte ich sie im Alleingang lahmlegen.«

»Du und welche Armee?«

»Fick dich, Zoo. Du weißt, dass ich's könnte. Ich kenn ihre Routinen, ihr Timing, die Abläufe, alles! Das ist viel einfacher als dieses verfickte Spiel hier!«

»Okay, dann machen wir's«, schrieb Zoo.

Timothy bekam ein mulmiges Gefühl im Magen. »Was?«

»Da gibt's doch diese große Wasserkraftanlage im Spiel, einen Kilometer weiter. Tun wir einfach so, als wär sie das Atomkraftwerk, und schalten wir sie aus. Du gehst vor und ich geb dir Deckung.«

Timothys Körper entspannte sich. *Ach ja. Das Spiel.* »Fuck, ja. Los geht's!«

10

Sanaa, Jemen

Im hinteren Winkel eines winzigen Internetcafés an der Ecke einer kalten, staubigen Straße in Sanaa saß der 32-jährige Omer Farooq und grinste. Zum dritten Mal in einem Monat hatte er Steel-Ninja dazu gebracht, ihm zu erklären, wie sich die Security in seinem Kernkraftwerk überwinden ließ. Jedes Mal hatte er damit gerechnet, dass der andere sich sträubte. Aber Steel schien das Ganze sichtlich zu gefallen. Er hatte sogar angefangen, gegnerischen Spielern echte Namen von Leuten zu geben, die in seinem Atomkraftwerk arbeiteten.

Farooq lehnte sich zurück und reckte den Hals. Er hatte nicht damit gerechnet, dass sein Beitrag zum Dschihad im Spielen von Ego-Shootern bestand, aber er nahm es hin. Er sehnte sich danach, in die Al-Qaida aufgenommen zu werden. Seine ständigen Gesundheitsprobleme waren etwas, das ihn mit Steel-Ninja verband. Das Ergebnis einer Asthma-Erkrankung in der Kindheit und schlechter Gene, die ihm Großmutter vererbt hatte. Dadurch blieb ihm eine Laufbahn als aktiver Kämpfer verwehrt.

Aber Farooq besaß andere Qualitäten. Qualitäten, die im technologisch fortgeschrittenen 21. Jahrhundert jede terroristische Organisation gebrauchen konnte. Er kannte sich mit Computern aus. So gut, dass die US-Geheimdienste ihn verdächtigten, einer der Hauptautoren der *Drone Papers* zu sein. Unter diesem Label liefen die geheimen Anstrengungen von Al-Qaida, Möglichkeiten zum Abschießen, Sabotieren oder Fernsteuern amerikanischer Drohnen zu finden. Man wollte die technologischen Schwachpunkte eines Waffensystems ausnutzen, das dem Netzwerk der Terroristen enorme Verluste zugefügt hatte. Außerdem spielte er gerne den Troll im Netz.

Es war nicht sonderlich schwer gewesen, Timothy Reston zu finden. Farooq hatte dessen IP-Nummer zurückverfolgt, um herauszufinden, in welcher Region Steel-Ninja surfte. Sobald er wusste, womit der Mann sein Geld verdiente, musste er nur noch seinem amerikanischen Ego schmeicheln. Er gab Timothy das Gefühl, wichtig zu sein, und kaufte ihm seine kindlichen Märchen über imperiale Kriegszüge als Navy SEAL ab. Er lachte über seine Witze und reagierte mitfühlend, wenn der andere über seine Probleme im Job klagte.

Die wahre Herausforderung hatte darin bestanden, an spezifische Informationen zu gelangen. Steel-Ninja erzählte eine Menge Storys, aber immer wenn sie anfingen, über Einzelheiten seiner Arbeit zu reden, über Adressen, die Anzahl der Wachen, Passwörter und Ähnliches, drückte Steel sich vage aus. Der Vorschlag, das Wasserkraftwerk im Spiel anzugreifen, war ein genialer Schachzug gewesen. Schließlich war nichts real, was im Spiel passierte. Farooq beugte sich vor und gab Steel-Ninja Feuerschutz, wie er es versprochen hatte, während dieser sie zum Ziel führte.

Cindy ›Hawk‹ Bird wusste seit ein paar Tagen, dass Major Kolt Raynor wieder in der Stadt war. Gerüchte verbreiteten sich auf der Basis schnell, wenn ein Mitglied der Einheit im Kampf verletzt wurde. Sogar noch schneller, wenn jemand ums Leben kam. Aber Hawk wollte nicht aufdringlich sein. Obwohl sie Racer während ihrer kurzen Zeit in der Einheit recht gut kennengelernt hatte, hielt sie es für besser, sich um ihren eigenen Kram zu kümmern.

Das hatte sie jedenfalls vorgehabt. Und es auch getan, bis zu den letzten drei Minuten und 27 Sekunden des täglichen Aufklärungsbriefings an diesem Morgen. Denn es gab entscheidende Neuigkeiten.

Haji Mohammad Ghafour – der Pakistani mittleren Alters, für den Racer sich im Goshai-Tal einen Granatsplitter eingefangen hatte, um ihn danach über 20 Kilometer weit zu einer schwarzen Landezone zu schleppen, wo ihn ein Hubschrauber abgeholt und nach Afghanistan gebracht hatte –, dieser Ghafour packte aus. Tatsächlich funktionierten die erweiterten Verhörmethoden laut CIA so gut, dass die Analysten bereits anfingen, an den von Ghafour gelieferten Informationen zu zweifeln. Deshalb hatte der Aufklärungsoffizier der Einheit sich bei diesem Briefing stets nur unter Vorbehalt geäußert.

Und nicht nur Ghafour sang wie ein Vogel. Auch der USB-Stick, den Shaft seinem Aufpasser abgenommen hatte – dem Mann, den er vor dreieinhalb Wochen durch seinen Rucksack erschossen hatte, bevor Racer und die Jungs gekommen waren, um ihn rauszuholen –, enthielt einige interessante und aufschlussreiche Dateien.

Aber was Cindy Bird dazu brachte, sich zum Abendessen mit ihrem Green-Beret-Freund Troy zu verspäten, war nicht unbedingt dieses Sammelbecken an neuen Informationen. Nein, Troy musste aus einem anderen Grund warten. Es ging um eine sehr persönliche Angelegenheit, die bei diesem Meeting zur Sprache gekommen war.

Als Hawk mit ihrem metallic-grauen Beetle von der Morrison Bridge Road auf den schmalen Feldweg abbog, fand sie noch, dass Kolt über alles informiert werden musste. Aber beim langsamen Vorbeifahren an den vier langen, schmalen, teilweise verrosteten Hühnerkäfigen weckte der Gestank von Hühnerkot und totem Geflügel bei ihr den Drang, einfach umzudrehen.

Schwaches Licht drang durch die vertikalen Lamellen hinter den beiden Mittelfenstern des Wohnwagens. Sie erinnerte sich daran, wie die anderen Racer wegen seiner Wohnverhältnisse aufgezogen hatten, während sie in Kairo nach den verschwundenen Boden-Luft-Raketen suchten.

Um ehrlich zu sein, hatte sie es für Übertreibungen gehalten. So wohnte doch kein Major der Unit. Aber die Beschreibungen der Jungs trafen den Nagel auf den Kopf, bis hin zu den Betonstützen und der stark verrosteten Anhängerkupplung. Andererseits hatte sie während ihrer kurzen Bekanntschaft ohnehin nie den Eindruck gewonnen, dass Kolt ein charmanter Typ war. Sie ging nicht davon aus, dass er irgendwelche Damen zum Essen in diese Bruchbude einlud. Verheiratet schien er auch nicht zu sein. Damit blieb nach allem, was sie über Special Operators wusste, nur eine Variante übrig.

Cindy schielte aufs Handy. Ob sie ihr Kommen ankündigen sollte? Aber sie hatte Kolts Nummer nicht und wusste nicht mal, ob er ein privates Handy besaß. Natürlich könnte sie den Stabsoffizier anrufen und sich zu seinem Dienstgerät durchstellen lassen.

Insgeheim fühlte Cindy Bird sich wahnsinnig zu Kolt hingezogen. Obwohl sie ihn seit drei Monaten nicht gesehen hatte, ging er ihr nicht aus dem Kopf. Sie hatte angefangen, in ihm nicht mehr nur eine Art großen Bruder zu sehen, sondern eher einen auf raue Weise attraktiven, etwas älteren Mann – wenn man bei 13 oder 14 Jahren Altersunterschied noch von ›etwas‹ reden konnte.

Aber Hawk besuchte Kolt heute Abend nicht, um ihm einen Mitleidsfick anzubieten. One-Night-Stands waren generell nicht ihr Stil. Sonderbare Anziehung oder verrückte Fantasie, die dritte Erklärungsmöglichkeit kam für sie erst gar nicht infrage. Außerdem waren Beziehungen zu anderen Delta-Force-Mitgliedern alles andere als gern gesehen und führten in der Regel zu einer schnellen Versetzung.

Nein, was sie zu Kolts Wohnwagen führte, war nichts Persönliches. Es ging um den gemeinsamen Job. Sie glaubte an Kolt, hatte seine Arbeit aus nächster Nähe miterlebt und wusste, dass er Kopf und Herz am rechten Fleck hatte. Als sie hörte, wie der Aufklärungsoffizier der versammelten Gruppe an diesem Morgen mitteilte, dass man Kolt auf unbestimmte Zeit ›beurlaubt‹ hatte, ahnte sie, dass mehr dahintersteckte als das Zugeständnis, dass er sich zu Hause in Ruhe von seinen Verletzungen erholten durfte.

Gedankenverloren hielt sie neben dem vertrockneten Rasen in der Nähe von Kolts klapprigem, schwarzem Pick-up. Es war zu spät für den Höflichkeitsanruf. Cindy drückte einmal auf die Hupe, überlegte kurz und hupte noch ein zweites Mal. Sie war sicher, dass Kolt ihr Auto erkannte. Es war sicher besser, ein paar Coolness-Punkte zu opfern, als zu riskieren, dass ein mit Medikamenten vollgepumpter, flintenschwingender Kolt ihrem metallic-grauen Beetle eine Ladung Schrot verpasste.

Sie nahm den mit Zellophan abgedeckten Teller mit selbst gebackenen Chocolate Chip Cookies vom Beifahrersitz, stieg aus und setzte die Füße auf den harten, grasbewachsenen Boden.

Er macht sich wohl nicht viel aus Gartenarbeit, dachte sie beim Anblick der vernachlässigten Büsche und Beete. Sie stieg die drei wackligen Aluminiumstufen zur Klingel hinauf.

Das Fliegengitter war geschlossen, aber die Holztür dahinter stand halb offen.

»Bleib, wo du bist!«, rief Kolt aus dem Inneren. »Worum geht's, Kumpel?«

»Äh, Kolt, hier ist Cindy.« *Verdammt, das klang viel zu vertraulich. Vielleicht hätte ich ›Sergeant Bird‹ sagen sollen, oder sogar ›Hawk‹. Alles, nur nicht meinen Vornamen.*

»Okay, also, worum geht's?«

»Na ja, eigentlich um nichts Bestimmtes. Ich dachte mir, ich komm mal vorbei und schau, wie's dir geht.«

»Welches Arschloch hat dich denn dazu überredet? Hast du etwa 'ne Wette verloren?«

Cindy lachte verlegen. Sie hatte fast vergessen, wie schwer man diesen Mann durchschaute.

»Nein, ich hab bloß Kekse gebacken und noch ein paar übrig. Dachte, du könntest die Kalorien gut brauchen.«

»Du backst? Mitten in der Nacht?«

Cindy entschied sich für eine Lüge. »Die erste Ladung war angebrannt, und dann hab ich noch mit Troy 'nen Film geschaut.«

Sie wartete ein paar unbehagliche Sekunden lang, aber es kam keine Antwort.

»Ich weiß, dass es spät ist. Ich komm einfach ein andermal wieder«, sagte sie schließlich, um sich möglichst unverfänglich aus der peinlichen Situation herauszuwinden.

Cindy bückte sich, stellte den Teller mit den Plätzchen auf einem kleinen, rostigen Couchtisch ab und blickte auf.

Sie erschrak, als sie Kolt zu Gesicht bekam. Er stand hinter dem Fliegengitter, ohne Hemd und unrasiert. Wie üblich hingen seine Haare wirr am Kopf und verdeckten das linke Auge. Sie hatte Kolt noch nie mit freiem Oberkörper gesehen, musste aber zugeben, dass er für einen 40-Jährigen ziemlich heiß aussah, wie er da stand und nichts als eine schwarze Mountain-Hardwear-Kletterhose trug. Cindy versuchte, weder die Narben am Brustkorb noch sein breites Lächeln anzustarren. Dabei fielen ihr die Plastikflaschen mit rezeptpflichtigen Medikamenten auf, die hinter ihm auf dem Tresen standen. Mit Sicherheit Schmerzmittel.

Mit dem Blick folgte sie seinem muskulösen rechten Arm von der gut ausdefinierten Schulter über den Bizeps mit der dicken Vene bis zur rauen Hand, die einen ockerfarbenen Fat-Albert-Whiffleballschläger hielt.

Sie beschloss, das Eis zu brechen. »Schicker Gehstock, Major!«, rief sie und verdrehte die Augen. »Was Besseres gab's im Womack-Krankenhaus wohl nicht?«

»Liegt Troy im Kofferraum?«, fragte er und überging ihren lahmen Joke.

»Sehr witzig.«

»Ist das ’n Privatbesuch, oder ist mein Piepser schon wieder kaputt?«

»Bist du immer so ein Arsch?«

»Normalerweise nur dann, wenn ich mit Medikamenten zugedröhnt bin, weil ich wieder ’ne Menge Blut verloren hab.«

»Ich habe von der Mission in Pakistan gehört. Auch, dass es nicht nur dein Blut gewesen ist.« Hawk war nicht sicher, ob sie zu weit ging, wenn sie so offen über geheime Belange der Unit sprach.

»Hör mal, ich hab gerade für den UFC-Kampf auf HBO bezahlt. Schau ihn dir entweder mit an oder lass uns später reden. Okay?«, fragte Kolt.

»Bin dabei. Außerdem werd ich dir die komplizierteren Techniken eh erklären müssen.«

Diese Bemerkung brachte Kolt für eine Sekunde dazu, einen Mundwinkel hochzuziehen und die Stirn zu runzeln. Er öffnete die Tür und schlurfte einen Schritt rückwärts, um sie hereinzulassen.

Cindy nahm die Wohnnische ausgiebig unter die Lupe. »Toll, wie du dich hier eingerichtet hast! Ist das altamerikanischer Stil?«

»Tja, was soll ich sagen?«, erwiderte er. »TJ hatte ’nen schlechten Geschmack, was Inneneinrichtung angeht.«

Cindy nahm auf der abgewetzten Ledercouch Platz. Sie erwischte so ziemlich die einzige Stelle, an der keine Kleider, Magazine oder Waffenputztücher lagen. Wie sollte sie auf die Bemerkung über TJ reagieren? Josh Timbles Tod lag inzwischen sechs oder sieben Monate zurück. Erst vor einer Woche hatte man seinen Namen in die schwarze Granitmauer in der Basis eingraviert. Trotzdem wusste sie: Wenn jemand es sich erlauben konnte, Witze über den verstorbenen TJ zu reißen, dann sein früherer Mitbewohner Kolt. Das war nicht geschmacklos, sondern eben typisch Kolt.

»Sieht aus, als hättest du hier nichts verändert, seit Lieutenant Colonel Timble gegangen ist.« Sie versuchte, sich ihr Unbehagen bei diesem Thema nicht anmerken zu lassen.

»Hab ich auch nicht. War beschäftigt«, gab Kolt zurück im Versuch, den rauen Tonfall seiner letzten Antwort etwas zu entschärfen.

Kolt regelte die Lautstärke mit der Fernbedienung herunter und ging zum Kühlschrank, holte zwei Flaschen Bier heraus, öffnete sie und reichte Hawk eine davon.

»Schickes Armband.« Er musterte das rosa-grüne Etwas an ihrem linken Handgelenk. »Hast du das selbst gemacht?«

Hawk fand, dass die Frage etwas sarkastisch klang, ging aber darüber hinweg.

»Das ist 'n Überlebenskünstler-Armband mit Affenfaustknoten. Hat Troy für mich gemacht. Dreieinhalb Meter Leine, falls ich sie mal brauchen sollte. Ein Zündstein aus Magnesium und 'ne ziemlich laute Pfeife sind ebenfalls mit eingewebt.« Sie drehte ihr Handgelenk, um es ihm zu zeigen. »Neidisch?«

»Absolut!«

Cindy entdeckte einen Schuhkarton voller Medaillen auf dem Couchtisch. Er wurde teilweise durch das ganze Waffenreinigungszeug, die Pistolenmagazine und Halfter sowie einen Karton mit chinesischem Fast Food verdeckt. Sie schob den Karton mit zwei Fingern ein Stück zur Seite. Cindy glaubte, fünf Bronze Stars mit Vs auf den Bändern zu zählen, dazu zwei oder drei Silver Stars. Sie war durchaus beeindruckt, wollte aber nicht neugierig wirken. Außerdem gab es noch ein Distinguished Service Cross, das sie noch nie aus der Nähe gesehen hatte, sowie mindestens ein Dutzend anderer Auszeichnungen. Purple Hearts und Ähnliches.

Sie war noch nicht lange genug bei der Einheit, um zu wissen, wie oder womit er sich diese Ehrungen verdient hatte. Nicht mal, ob sie es überhaupt wissen wollte.

»Warst wohl gerade dabei, deine Blechsammlung zu bewundern?«

»Ja, Webber klebt mir am Arsch deswegen. Ist mal wieder Zeit für 'ne Beförderung. Irgendein Esel aus der Personalabteilung hat ihm gesteckt, dass das Department of the Army seit über vier Jahren kein offizielles Foto von mir geknipst hat. Daher das ganze Zeug.«

»Lieutenant Colonel Kolt Raynor.« Cindy prostete ihm spöttisch zu. »Klingt nett.«

»Klingt wie der Kuss des Todes. Klingt nach dem schnellsten Weg in die Stabsabteilung. Nach ›So einen ranghohen Offizier kann man nicht in den Einsatz schicken‹.« Kolt nahm einen Schluck Bier und beäugte die Plätzchen, die Hawk mitgebracht hatte.

Hawk sah den kräftigen Schluck, den er nahm und fragte sich, wie er als trockener Alkoholiker die Disziplin aufbrachte, nicht die Kontrolle zu verlieren. »Ich schätze, wir müssen alle mal erwachsen werden. Lässt du dir dafür auch die Haare schneiden?«

Ein Kerl wie Kolt war nicht gerade der Lieutenant-Colonel-Typ. Sie wusste auch, dass es ihm nichts ausgemacht hätte, zum Captain zurückgestuft zu werden, solange es bedeutete, dass er länger in einer Delta-Truppe bleiben und an Kampfeinsätzen teilnehmen konnte.

»Ich hab ja noch nicht mal meine Gala-Uniform in die Reinigung gebracht. Eins nach dem anderen.«

Hawk lachte leise.

Sie unterhielten sich noch ein paar Minuten und genossen ihr Bier. Kolt futterte ein paar von den Keksen. Cindy mochte diesen Small Talk und freute sich, dass er ihr Mitbringsel nicht verschmähte. Trotzdem war klar, dass sich das Gespräch über kurz oder lang wieder um die Arbeit drehen würde. Es ging gar nicht anders. Racer musste es erfahren.

»Hör mal, Kolt, ich wollt dich über ein paar Sachen auf dem Laufenden halten, die gerade im Job passieren.« Jetzt war es so weit; sie hatte die kritische Grenze überschritten. Nun gab es kein Zurück mehr. Kolt würde es sofort merken, wenn sie ihm etwas verschwieg.

»Hast du die Berichte über die Leiche verfolgt, die am Westufer von Manhattan angeschwemmt wurde?«

Kolt zuckte nur die Achseln.

»Tja, die Behörden rücken kaum Einzelheiten raus, aber da steckt noch einiges mehr dahinter, als die Öffentlichkeit erfährt.«

»Was denn zum Beispiel?«

»Es sind in Wirklichkeit zwei Leichen. Die andere tauchte weiter nördlich auf, an der Jersey-Seite von Piermont.«

»Da hat wohl einer 'n Bootsunfall gehabt. Na und?« Kolt versuchte gar nicht erst, einen Hehl aus seinem Sarkasmus zu machen.

»Stimmt nicht so ganz. Eigentlich gar nicht, fürchte ich. An einem der Typen hingen 'ne Klappleiter, ein Fünf-Tonnen-Wagenheber und zwei 1,20 Meter lange Holzplanken. Das FBI vermutet dahinter den Versuch, durch eine Regenabflussleitung des Atomkraftwerks am Hudson River einzudringen. Natürlich wollen die Behörden sich nicht genauer zu möglichen Plänen des Terroristen äußern.«

»Interessant. Weiß man was über seine Nationalität?« Kolt nippte am Bier, bevor er weiterfragte. »Gibt's 'ne Verbindung zu Mohammad Ghafour?«

»Möglicherweise.«

Cindy berichtete ihm, dass das JSOC auf dem USB-Stick, den Shaft und Kolt aus dem Einsatzgebiet mitgebracht hatten, auf beunruhigende Informationen gestoßen war. Mehrere Bilder, hauptsächlich Luftaufnahmen von Google Earth und Bing Maps 3D, die Kernkraftwerke in Indian Point, San Onofre und Cherokee zeigten.

Die CIA und das JSOC waren davon überzeugt, dass es sich dabei um die mysteriösen Ziele X, Y und Z handelte, auf die man in den *MTSAK*-Dateien aus bin Ladens

Pornosammlung gestoßen war. Aber die Aufnahmen aus Indian Point stammten nicht aus frei zugänglichen Internetquellen. Und nur das Kraftwerk in Indian Point befand sich in der Nähe der angeschwemmten Leiche am Hudson River. Die Fotos waren offenbar mit einem Zoom-Objektiv vom gegenüberliegenden Flussufer geschossen worden. Einige Großaufnahmen zeigten den Hauptparkplatz des Kraftwerks.

»Hawk, warum zum Teufel hast du mir nichts von dem USB-Laufwerk erzählt?«

»Hätte ich dich etwa anrufen sollen, während du mit Medikamenten zugedröhnt in Ramstein gelegen hast?«, gab Cindy zurück. »Ich kann's mir bildlich vorstellen: ›Ähm, ja, hier ist die Tochter von Major John Doe. Könnten Sie ihm bitte ausrichten, dass Amerika bald angegriffen wird?‹«

»Okay, okay«, rief Kolt und hob beschwichtigend die Hand. »Hast ja recht.«

»Hör zu, Kolt. Webber weiß es. Davon abgesehen weiß ich nur, dass die Analysten gerade die Zahlen in den Dateien auf dem Stick durchgehen, sich noch mal den damit zusammenhängenden Nachrichtenverkehr vorknöpfen und einen genaueren Blick auf die Empty-Sack-Dateien werfen.«

Kolt hörte aufmerksam zu.

»Außerdem war mir klar, dass du völlig durch den Wind bist, weil so viele Teamkollegen im abgeschossenen Heli verletzt worden sind«, fügte Hawk hinzu.

»Schon klar. Weiß ich zu schätzen. Aber kannst du mir 'ne Kopie von dem USB-Stick besorgen?«

»Ich bin nicht sicher, ob ich das schaffe, Kolt. Es hat sich einiges geändert. Du wirst wahrscheinlich selbst in die Aufklärungszentrale gehen müssen.«

»Webber hat mir noch zwei Wochen Erholungsurlaub aufgezwungen. Er meinte, bis dahin will er mich nicht auf dem Gelände sehen.«

Cindy war nicht davon ausgegangen, dass Kolt von sich

aus den ›bezahlten Urlaub‹ erwähnte. Sie hatte bereits Gerüchte aufgeschnappt, dass Kolt sich wahrscheinlich vor dem Militärgericht verantworten musste. Admiral Mason legte ihm Gehorsamsverweigerung und Missachtung eines direkten Befehls im Kampfeinsatz zur Last. Sie war nicht sicher, ob er es mitbekommen hatte, wollte ihm aber auch nicht den UFC-Kampf im Fernsehen versauen. Und obwohl der Gedanke, Kolt darüber zu informieren, sie überhaupt erst hergeführt hatte, verspürte sie nun den dringenden Wunsch, ihm von ihrer Zeit in der *Black Ice*-Holzkiste zu erzählen.

»In zwei Wochen wird die Welt nicht untergehen, Kolt. Außerdem passiert uns nichts, solange Gangsters Squadron Bereitschaft hat.«

»Was du nicht sagst, aber darum geht's nicht. Der Punkt ist, wenn jetzt schon zwei Typen in der Nähe von einem der Kraftwerke auf den Fotos am Flussufer angespült wurden, bedeutet das, dass sie bereits in der Zielaufklärungsphase stecken. Wahrscheinlich kurz vor der Durchführung. Wer weiß?«

»Da sind mir die Hände gebunden, Kolt. Du wirst dir eine Ausrede einfallen lassen müssen, warum du schon vor Ablauf der zwei Wochen zurück zur Unit willst. Lass sie vielleicht erst mal das Foto machen.«

»Roger«, sagte Kolt sofort und griff nach dem Karton mit den Medaillen und Ordensbändern. »Ich hatte sowieso vor, das Foto so bald wie möglich hinter mich zu bringen.«

Er schüttelte den Kopf, als sei ihm gerade ein Licht aufgegangen. »Was hast du vorhin gemeint mit: ›Es hat sich einiges geändert‹?«

Cindy seufzte erleichtert. Sie war froh, dass Kolt die Anspielung bemerkt hatte und ihr eine Gelegenheit gab, Dampf abzulassen.

»Ich werde nach Fort Riley zurückversetzt, Kolt.«

»Blödsinn!«

»Ich mein's ernst.«

»Wieso, ist dir auf dem Schießplatz 'ne Knarre losgegangen oder so?«

»Nee, kein Schießunfall. Die haben mich mitgenommen, Kolt.«

»Was? Wann?«

»Ungefähr zur selben Zeit, als du und Shaft im Goshai-Tal gewesen seid.«

»Im Ernst?« Kolt lachte überrascht auf. »Hättest du nicht dein Fallschirmleinenarmband benutzen können, um zu flüchten?«

»Ich hab's überlebt. Aber um ehrlich zu sein, ich wünschte, ich bekäm 'ne zweite Chance.«

»Was ist passiert?«

»Ich bin durchgedreht, Kolt.«

»Kann doch nicht so schlimm gewesen sein. Du wusstest doch, dass es nur 'ne Übung ist, oder?«

»Das hab ich schon kapiert. Aber nachdem ich drei Tage in meiner Scheiße und Pisse gesessen hatte, bin ich vor denen eingeknickt.«

»Drei Tage – das ist ja heftig.« Kolt war erstaunt, wie lange Hawk durchgehalten hatte. Aber er wusste nichts von Black Ice und war davon ausgegangen, dass sie vom gleichen 24-Stunden-Programm sprach, mit dem man ihn und die anderen im Rahmen der üblichen Trainingseinheiten überrascht hatte.

»Hey, immer voll auf Angriff, oder?« Kolt versuchte, optimistisch rüberzukommen. »Du bist doch auf Linie geblieben?«

»Die haben ein paar ziemlich üble Sachen zu mir gesagt, Kolt. Ich hab dem Druck nicht standgehalten. Colonel Webbers Pilotprogramm ist ruiniert. Nachdem ich aus der Trainingszelle raus bin, haben sie mich erst mal direkt in die Abteilung für chemische, biologische und nukleare Waffen gesteckt. Mein Versetzungsbefehl steht noch aus.«

Cindy drehte sich verlegen zur Seite, als sie Kolts durchdringenden Blick auf sich spürte. Er konnte ihr den Schmerz und die Demütigung ansehen.

»Ach, das ist doch Bullshit, Hawk! Willst du, dass ich mal mit Colonel Webber rede?«

»Nein, Kolt.« Sie stand abrupt auf und ging zur Fliegengittertür. Dass Kolt es anbot, war eine nette Geste, aber damit brachte er Webber sicher nur auf die Palme. »Ich hatte mich eben nicht unter Kontrolle. Mir ist klar, dass Colonel Webber ausschließlich im Interesse der Einheit handelt. Es ist nichts Persönliches.«

»Du wirst uns trotzdem fehlen, Hawk.«

11

Al-Qaida-Unterschlupf, Sanaa, Jemen

»Bist du sicher, Bruder Abdul?«, fragte Nadal. »Wir müssen uns darauf verlassen können, dass du uns nicht in Schwierigkeiten gebracht hast.«

»Ja, ja, ich bin mir sicher.«

Abduls Tonfall weckte bei Nadal den Verdacht, dass eher das Gegenteil zutraf.

»Und warum?«

»Weil es von unserem Freund Timothy kommt … äh, von Patrick Henry, meine ich.«

Nadal knirschte mit den Zähnen. Dieser Tölpel hatte Timothys echten Namen benutzt anstelle des vereinbarten Pseudonyms.

Schweigen machte sich breit. Die Verbindung war so gut, dass Nadal Abdul atmen hören konnte, obwohl dieser sich in den Vereinigten Staaten aufhielt.

»Kennst du dich gut genug mit dem amerikanischen

Postsystem aus? Hast du die Tests durchgeführt wie besprochen?«, erkundigte sich Nadal, ohne weiter auf Abduls Verstoß gegen die Sicherheitsregeln einzugehen.

»Ja.«

»Ich will es noch einmal mit dir durchgehen.« Nadal zählte Schritt für Schritt Abduls Aufgaben auf.

Abdul bestätigte jeden einzelnen Punkt als erledigt. Sulayk Nadal ging die Liste ein zweites Mal durch, denn sein Vertrauen in Abdul war erschüttert. Er hatte ihm die Adresse genannt, an die er das Paket schicken sollte. Diese hatten sie von Timothy Reston erhalten, dem Sicherheitsbeamten des Cherokee-Kraftwerks in South Carolina. Nadal hatte Abdul außerdem die Anweisung gegeben, ein weiteres halbes Dutzend Päckchen auf den Weg zu bringen und als Absender jeweils ein von ihm in drei verschiedenen Postämtern der Stadt eingerichtetes Postfach anzugeben.

»Hast du das auch wirklich erledigt?«, hakte Nadal nach. Es war von entscheidender Bedeutung, dass sie die Voraussetzungen überprüften, unter denen die Pakete an den Absender zurückgingen, damit sie die genauen Abläufe der Kontrollen kannten, bevor sie die Jagdtelefone an Timothys Kraftwerk schickten.

»Ja, ja, Bruder Nadal«, versicherte Abdul. »Es ist alles in Ordnung. Allah hat dafür gesorgt.«

»Ma'a as-salama«, verabschiedete sich Nadal und drückte den roten Auflegen-Knopf.

Er lehnte sich auf dem Stuhl zurück und sprach ein stummes Gebet. Beim Kratzen eines Stuhlbeins über den Boden wandte er sich um. Omer Farooq schob ihn von dem kleinen Tisch weg und stand auf, ging ein paar Schritte zu dem frei stehenden Heizlüfter in der Nähe der Küchennische und drehte den Temperaturregler nach rechts.

»Was machst du da, Farooq?«

»Nur die Ruhe, mein Freund. Wir müssen doch nicht in so einer Kälte arbeiten«, erwiderte Farooq.

»Es ist wichtig, dass die Zimmertemperatur beim Formen des Kunststoffs konstant bleibt«, ermahnte ihn Nadal. »Hast du das nicht im Studium gelernt?«

»Doch, hab ich.«

Sie kannten sich seit Jahren und waren mittlerweile wie Blutsbrüder, allerdings eher Hund und Katze als Angehörige derselben Spezies. Nadal wusste, dass er manchmal schroff rüberkam, aber im Krieg gegen die Ungläubigen kam es auf jedes Detail an. Die Freundschaft kam deshalb immer erst an zweiter Stelle.

Nadal hatte Farooq an der Balutschistan-Universität für Maschinenbau und Technik in der pakistanischen Stadt Quetta kennengelernt. Nadal, ein aus Rumänien stammender Ausländer, war sich dort wie ein Fisch auf dem Trockenen vorgekommen. Farooq, ein geselligerer, temperamentvoller Student, hatte Nadal in seine Clique aufgenommen und sich mit ihm angefreundet. Schon bald gerieten sie heftig aneinander, was nur bestätigte, dass Gegensätze sich anzogen. Nadal war deutlich intelligenter und frömmer als Farooq, der dafür radikaler war und immer davon redete, dass er ein Mudschaheddin werden wollte, um den Islam gegen die Ungläubigen aus dem Westen zu verteidigen.

Nach seinem dritten Studienjahr an der Abteilung für Ingenieurwesen und Naturwissenschaften war Farooq im Abschlusstest durchgefallen und musste die Schule verlassen. Der Vizekanzler der Universität hatte ihm in Anwesenheit mehrerer anderer Studenten eine Standpauke gehalten und Farooq beschuldigt, selbstgefällig und antriebslos zu sein – Eigenschaften, die in der wettbewerbsorientierten, modernen Welt verpönt waren.

Nadal hatte Mitleid mit Farooq gehabt und ihn unter seine Fittiche genommen. Er wusste, dass Farooq alles tun würde, um sein Scheitern vergessen zu machen. Genau die Art von Mann, die Nadal suchte. Außerdem war der andere ein Künstler und sehr geschickt. Als Erstes lernte er, pakistanische Banknoten und Rupien, Arztzulassungen und Heiratsgenehmigungen zu fälschen. Später wagte er sich an Dokumente, die eine größere Herausforderung darstellten, darunter Pässe, Ein- und Ausreisepapiere und Touristenvisa. Im Gegensatz zu den traditionellen Karten und Einladungen konnte man für diese Dokumente eine höhere Bezahlung verlangen, was ihr Einkommen verdreifachte, manchmal sogar vervierfachte.

Sie hätten ihr Leben weiterhin mit solchen Bagatellen verbringen können, wären da nicht die Ereignisse des 2. Mai 2011 in Abbottabad gewesen. Der Schock, die Traurigkeit und Scham, die sie verspürten, als der größte noch lebende islamische Held Osama bin Laden getötet wurde, wich bald einem dauerhaften Zorn.

An diesem Tag hatten Nadal und Farooq geschworen, ihr Wissen in den Dienst des Islams zu stellen und sich dem Dschihad anzuschließen.

»Ich weiß«, sagte Nadal beschwichtigend. »Du bist schon immer ein cleverer Kerl gewesen. Im Ausbildungslager konntest du als Erster mit dem Raketenwerfer umgehen.«

»Das Wichtigste ist, dass man mit dem richtigen Ende auf den Feind zielt«, gab Farooq grinsend zurück.

Nadal gestand es nur ungern ein, aber Farooq war im Umgang mit Waffen schon immer geschickter gewesen und zog dadurch die Aufmerksamkeit der ranghöheren Al-Qaida-Mitglieder auf sich. Mit dem Kennenlernen Haji Mohammad Ghafours erfüllte sich für beide ein lang gehegter Traum. Es war ein wahrhaft glorreicher Tag gewesen, als er ihnen angeboten hatte, die Mission zu übernehmen. Und deshalb strebte Nadal nach Perfektion. Sie bekamen keine zweite Chance, der westlichen Schlange einen Schlag zu versetzen. Zumindest nicht auf diesem Weg.

»Ich weiß, und genauso wichtig ist es, die richtige Adresse zu kennen.« Nadal konnte sich den kleinen Seitenhieb nicht verkneifen.

Farooq verdrehte die Augen. »Schon klar. Vielleicht hast du das vergessen, aber ich habe diese Ziele ausgewählt. Wer erinnert sich denn noch an die tapferen Krieger, die 1998 die amerikanischen Botschaften in Tansania und Kenia angegriffen haben? Oder an die Männer hinter der Bombardierung der *USS Cole* oder dem Attentat auf den Nachtclub in Bali?« Diese Brüder im Dschihad waren nur für kurze Zeit gefeiert worden. Ihre Namen galten als nicht bedeutend genug, um im unnachgiebigen Gefüge der Geschichte Spuren zu hinterlassen. Die Menschen vergaßen schnell.

Nadal machte ein empörtes Gesicht. »Ich bin nicht auf Ruhm aus.«

Farooq schüttelte den Kopf. »Ruhm ist was für die Huren aus Hollywood. Ich spreche von ewiger Ehre. Unsere 19 Brüder, die am 11. September Amerika angegriffen haben, werden überall auf der Welt als strahlendes Beispiel gesehen. Ihre Geschichte wird in allen Moscheen erzählt. Sie sind wahre Märtyrer und Helden des Islams. Die Historie hat ihnen zu großem Ruhm verholfen. Werden ihre Namen nicht in einem Atemzug mit den großen muslimischen Helden wie Saladin genannt?«

Nadal verdrehte erneut die Augen. »Wir sind keine Saladins, mein Freund.«

Farooq lächelte nicht. »Nein, wir sind mehr, denn wir ziehen mit dem Wissen in die Schlacht, dass wir zu Märtyrern werden, und wir nehmen dieses Schicksal voller Stolz an. Wir tragen den Kampf zu unseren Feinden, in ihr Land. Was wir erreichen werden, wird sich messen können mit dem Sieg über die Kreuzritter!«

Nadal wusste, dass es keinen Sinn hatte, Farooq zu widersprechen, wenn er anfing, über Saladin und die Kreuzzüge zu schwadronieren.

»Unser Plan ist ambitioniert, mein Bruder, so viel ist sicher. Aber es ist bestimmt vernünftig … vernünftig zu sein.

Die amerikanischen Kernkraftwerke werden gut bewacht. Wir brauchen mehr als nur ein paar Teppichmesser.«

Farooq deutete auf die Ansammlung von Sprengstoff, Chemikalien und Modellflugzeugen, die auf dem Wohnzimmerteppich ihrer unauffälligen, zweistöckigen Wohnung im nördlichen Jemen verstreut lag.

»Und das haben wir auch.«

Nadal musterte prüfend die demontierten Mikrowellen, Fernsteuerungen, Leinwandstreifen, Kunststoffbinder, Sekundenkleber und andere Utensilien, die dazu dienten, Granaten an den Unterseiten der Flugzeuge zu befestigen. Trotz der vermeintlichen Unordnung sorgsam sortiert, um Präzision zu garantieren und Verwirrung zu vermeiden.

»Diese Modellflugzeuge sind zwar keine ausgewachsenen Passagierjets, aber sie werden uns als fliegende Bomben dienen«, brachte es Nadal auf den Punkt, während er Farooqs Werk bewunderte. »Die werden sie erst entdecken, wenn es schon zu spät ist, solange wir vorsichtig agieren.«

Farooq nickte. »Das hast du schon öfter gesagt, Bruder, aber ich glaube trotzdem, dass die Technik zu kompliziert ist. Zu viele aufwendige Schritte, und bei jedem gibt es mindestens einen Schwachpunkt, auf den wir möglicherweise nicht vorbereitet sind.«

»Details, Farooq, Details.« Nadal streifte die schweren säureresistenten Schutzhandschuhe über und nahm ein Reagenzglas in der Größe einer Zigarre in die Hand. Er zog den Stöpsel heraus und goss den Inhalt in ein Becherglas.

»Aber es können auch zu viele Details werden«, gab Farooq zu bedenken.

Nadal seufzte. »Farooq, du kannst die technische und wissenschaftliche Seite des Ganzen ruhig mir überlassen«, mahnte er, ohne den Blick zu heben. »Bitte, setz die Schutzbrille auf.«

Farooq kam der Aufforderung nach und rückte das elastische Halteband am Hinterkopf zurecht.

»Die Brüder, die bei New York ertrunken sind … ja, ihr Plan war zu komplex«, räumte Nadal ein. »Diese fliegenden Bomben wären für sie sehr nützlich gewesen, *inschallah.*«

Schweigend sah Farooq zu, wie Nadal den Rumpf des Modellfliegers mit schwarzem Isolierband umwickelte. Nadal war sich im Klaren darüber, dass der andere den Einsatz der Flugzeuge insgeheim ablehnte.

»Wenn es dich beruhigt: Wir werden einen Testlauf durchführen«, versicherte Nadal. »Schon ein Viertel des Plastiksprengstoffs, den ich benutze, sollte mehr als ausreichend sein.«

Farooq lächelte. »Ja, das ist eine weise Entscheidung.«

Nadal zupfte an den Fingerenden seiner Handschuhe, zog sie aus und legte sie auf den Tresen, während er aufstand. Ohne die Schutzbrille abzunehmen, ging er in die Küche, wo ein großer Betonklotz auf einem alten, zusammengefalteten Tuch stand, das mit dem aztekischen Kalender bestickt war.

»Wir müssen noch mal über unsere Sicherheitsmaßnahmen sprechen. Das ist äußerst wichtig, um unsere Mission, uns und unsere Werkzeuge zu schützen.«

»Nadal, das sind wir doch schon ein Dutzend Mal durchgegangen.« Nadal stöhnte. »Ich bin nicht begriffsstutzig, Bruder. Ich habe dieselbe Ausbildung wie du gemacht und dir geholfen, das Gerät zu bauen.«

Vier sowjetische Artilleriegranaten im Kaliber 152 Millimeter waren verkehrt herum in den Betonblock eingebettet. Rote Drähte, an den Auslösemechanismen in der Mitte der flachen Unterböden der Granaten befestigt, schlängelten sich an allen vier Seiten des Blocks bis auf halbe Höhe hinunter. Sie führten zu schwarzen Thuraya-Handys, die in den Beton versenkt waren. Nur die oberen Drittel mit den Displays ragten heraus.

»Farooq, nicht so ungeduldig«, bat Nadal, während er die Handys näher inspizierte und sich vergewisserte, dass die roten Lämpchen an ihnen leuchteten. »Unsere Brüder im

Irak und in Afghanistan hatten deswegen schwere Opfer zu beklagen.«

Farooq wusste, dass er von den Lektionen sprach, die ihre Al-Qaida-Mitstreiter im Irak gelernt hatten. Während des Kriegs und der langen Jagd nach Abu Musab Al-Zarqawi entwickelten die US-Spezialkräfte ein meisterhaftes Geschick, die Entscheidungsprozesse der Terroristen zu stören. Zarqawi hatte darauf reagiert, indem er den meist unerwartet auftauchenden Spezialeinheiten Fallen stellte.

Sie hatten ein Standardverfahren für alle Geheimverstecke entlang der Fluchtroute entwickelt, die von Syrien nach Ramadi, dann östlich nach Falludscha und weiter nach Bagdad führte. In jedem Haus war eine Bombe deponiert. Idealerweise wurden die Amerikaner ins Haus gelockt und in die Luft gesprengt. Falls das nicht funktionierte, konnte diese Bombe immerhin Märtyrer aus den Brüdern machen, sobald die Amerikaner den Unterschlupf stürmten.

»Also bitte, Nadal. Ich bin durchaus in der Lage, einen Handyanruf zu erledigen, um die Empfänger an den Bomben zu aktivieren und die Granaten zu zünden.« Farooq machte eine Geste, die den Betonblock und die präparierten Modellflugzeuge einschloss. »Können wir jetzt endlich den Testlauf durchführen?«

Nadal zögerte für einen Moment. Er checkte noch einmal alle Seiten des Betonklotzes und vergewisserte sich, dass alle vier Granaten durch einen einzigen Anruf gezündet wurden und dabei das komplette Gebäude zerstörten. Ein Angriff der lokalen Sicherheitskräfte auf ihr Versteck drohte sie bei der Ausführung ihrer Pläne zwar deutlich zurückzuwerfen, aber dafür ging jeder Beweis für ihre Anwesenheit und die getroffenen Vorbereitungen bei der Explosion in Flammen auf.

Nadal bückte sich und hob das Flugzeug vorsichtig auf, nachdem er vergessen hatte, die Sicherheitshandschuhe wieder überzustreifen, hielt es mit der Rechten fest und griff mit der freien Hand nach der elektrischen Fernsteuerung.

Er brachte den Daumen an die Oberseite der schwarzen Kontrollkonsole und ließ ihn auf dem roten Kippschalter ruhen, der den Spielzeugmotor drahtlos mit Strom versorgte.

Danach drehte er sich zu Farooq um und blickte ihn lächelnd an. So etwas erreichte man nur, indem man aufmerksam auf Details achtete. Sie verfügten jetzt über eine raffinierte Waffe, die schon bald mitten im Herzen des Westens zuschlug, indem sie die Verteidigungsanlagen jedes Kraftwerks in den USA mit Leichtigkeit überwand.

»Bruder Nadal, bei der Macht Allahs, dem Gütigsten und Barmherzigsten. Dieser Test ist der Beginn unserer Reise, in deren Verlauf wir die Herzen der amerikanischen Schweine mit Furcht und Unbehagen erfüllen werden.«

Eine Millisekunde, nachdem er den roten Schalter umgelegt hatte, explodierte das Modellflugzeug in Nadals rechter Hand. Plastikstücke und winzige Aluminiumsplitter flogen in alle Richtungen.

12

Hauptquartier des Joint Special Operations Command, Fort Bragg, North Carolina

Kolt fuhr früh am Morgen vom Delta-Force-Gelände nach Osten durch Fort Bragg zum gesicherten Hauptquartier des Joint Special Operations Command, das an das Pope Army Airfield angrenzte. Er fragte sich, was zum Teufel Admiral Mason von ihm wollte.

Oder besser, was der Kommandant des JSOC mit ihm vorhatte.

Zwei Tage nach Hawks unangekündigtem Besuch war er von Colonel Webber darüber in Kenntnis gesetzt worden, dass der kommandierende General des JSOC mit ihm sprechen wollte. Admiral Mason hatte Major Kolt Raynor persönlich für 9 Uhr in sein Büro bestellt. Jetzt, um 8:52 Uhr an diesem äußerst sonnigen Montagmorgen, machte Kolt sich Sorgen, womöglich zu spät zu kommen.

Er wusste, dass es bei diesem Termin nicht darum ging, ihm eine Medaille an die Brust zu heften oder ihm die Hand für die erfolgreich abgeschlossene Mission vor drei Wochen im Goshai-Tal zu schütteln. Nein. Kolt hatte sich über den Abbruchbefehl hinweggesetzt. Und obwohl der Admiral nicht sicher sein konnte, dass Kolt den Funkspruch gehört hatte, bevor er aus dem schwebenden Helikopter gesprungen war, wusste er doch mit Sicherheit, dass Kolt sich geweigert hatte, den Weg zur alternativen Landezone anzutreten, wo ihn ein Hubschrauber abholen sollte. Wenn er das alles berücksichtigte, schwante ihm nichts Gutes für das bevorstehende Treffen.

Er prüfte im Rückspiegel den Sitz seiner Haare oder zumindest dessen, was davon übrig war. Irgendwie hatte er das Gefühl, dass der kommandierende General sich von dem Kurzhaarschnitt, den er sich extra für den Fototermin zugelegt hatte, nicht beeindrucken ließ. Vor allem wegen des nicht abrasierten Kinnbarts.

Im Stillen verfluchte er die Erbanlagen, die bei ihm zu vorzeitigem Haarausfall führten. Bei allem, was sich auf dem Schlachtfeld abspielte, brachte ihn so leicht nichts aus dem Gleichgewicht, aber seine Eitelkeit ließ ihn innerlich bluten. Der Verfall ließ sich nicht stoppen. Das führten ihm die Haare im Abfluss der Dusche jeden Morgen vor Augen.

Delta-Operators hatten ein bestimmtes Erscheinungsbild. Jedenfalls glaubte Kolt das. Das Bild, das er vor Augen hatte, wenn er sich den idealen Operator vorstellte, war ein schlanker, aber muskulöser Krieger mit dichter wallender Mähne und jener Art von kantiger Attraktivität, um die einen der Großteil der normalen Bevölkerung beneidete. Die Art von Krieger, die sich in früheren Zeiten nur von Fleisch, Nüssen und Getreide ernährt hatte. Die Sorte Mann, die 95 Prozent aller Männer gerne sein wollten. So ein Operator war Kolt vor 9/11 gewesen – und vor den körperlichen Schäden, die er seit Beginn des Kriegs gegen den Terror auf den Schlachtfeldern davongetragen hatte.

Natürlich hätte Kolt auf gezielte Nachfrage behauptet, dass ein Delta-Operator idealerweise wie ein stinknormaler Typ an der nächsten Straßenecke aussah. Jemand, der sich an seine Umgebung anpasste wie ein Chamäleon konnte auf dem Gebiet der Terrorbekämpfung viel mehr erreichen. Wer mit der Masse verschmolz und sich gar nicht erst verstecken musste, ging ein wesentlich geringeres Risiko ein, enttarnt zu werden. Nur hielt er so einen Operator für viel zu unspektakulär.

Sein lichter Haaransatz ging ihm zunehmend auf die Nerven. Das Einzige, was ihn noch mehr störte, war dieser peinliche Rettungsring um die Hüfte. Während seines fünfmonatigen Einsatzes in Afghanistan hatte er versucht, das Problem in den Griff zu bekommen. Aber während der Haarausfall genetisch bedingt war, verdankte er den Hüftspeck zu vielen Frozen-Yoghurt-Bestellungen im nahe gelegenen Southern Pines.

Die grelle Sonne blendete. Kolt kniff die Augen zusammen und steuerte seinen schwarzen 1991er Chevy Silverado durch den schwer bewachten Checkpoint. Er kurbelte die Scheibe herunter, begrüßte die zwei patriotischen Vietnamveteranen, die im Ruhestand stolz ihren Security-Job erfüllten, und zeigte sein ID-Badge vor. Einer der Wachmänner glich den Namen mit der Besucherliste ab, hinterlegte die optische Identifikation in der Datenbank und händigte ihm eine Zugangsberechtigung aus, hob den Schlagbaum und winkte ihn durch.

Im Hauptquartier des Joint Special Operations Command herrschte grundsätzlich reger Betrieb. Wie bei den meisten Einrichtungen, die aus der Not heraus gegründet wurden, verschwendete hier kaum jemand einen Gedanken an Lappalien wie das Bereitstellen von ausreichend Parkplätzen, wie Kolt bald feststellen musste. Nach mehreren Runden erspähte er endlich eine Lücke eine Reihe weiter. Aus reiner Gewohnheit parkte er rückwärts ein, wie er es auch im Einsatz getan hätte.

Er checkte das Diensthandy, verstaute es im Handschuhfach und griff nach dem gelb-braunen Barett. Bei der Delta Force wurden Barette ähnlich selten wie Galauniformen getragen. Es gab nur zwei Anlässe, bei denen jeder Delta-Operator die Kopfbedeckung aus den Tiefen seines Kleiderschranks herauskramen musste. Beide eher selten und nicht sonderlich erfreulich.

Einer davon war der Besuch bei der Führungsspitze des Hauptquartiers. Ein gelb-braunes Barett wies einen Delta-Operator als früheren Ranger aus. Ein grünes ließ jeden wissen, dass er aus den A-Teams der Special Forces hervorgegangen war. Leute aus den Luftlandeeinheiten trugen das kastanienbraune Barett. Diese Mützen waren nicht unbedingt etwas Schlechtes. Sie passten nur nicht so ganz zu Operators mit laxer Einstellung bezüglich Körperpflege und Rasur. Je länger sie auf langem, dichtem Haar getragen wurden, desto höher schienen sie zu sitzen, was dazu führte, dass man irgendwann das Gefühl bekam, eine Art exzentrischen Lady-Gaga-Schlapphut auf dem Kopf zu haben.

Wenn man aber nicht das Haupthaus des JSOC oder das U. S. Army Special Operations Command (USASOC) ein paar Meilen südlich beim Hauptposten besuchte, wurden Barette zu voller Galauniform nur getragen, wenn ein Teamkamerad im Training oder im Kampf ums Leben gekommen war. In diesem Fall, seit dem Einsturz der Twin Towers des World Trade Centers im Jahr 2001 viel zu häufig, umringten die Kameraden den verstorbenen Operator, während er würdevoll und mit allen militärischen Ehren zu Grabe getragen wurde.

Auf den 30 Metern vom Wagen zum fünfstöckigen Kommandogebäude kam Kolt an einigen jungen Soldaten vorbei, die gekonnt salutierten und ihn begrüßten.

»Guten Morgen, Sir!«, riefen sie im Chor.

»Äh, Morgen, Jungs.« Leicht irritiert versuchte er sich an einer vorschriftsmäßigen Erwiderung. Auf dem Gelände der Delta Force wurde nie salutiert, ebenso wenig in den Einsatzbasen in Übersee. Er war völlig aus der Übung.

Kolt ging auf die getönte, doppelt verglaste Tür zu, hielt den Besucherausweis vor den Kartenleser und wartete auf das Geräusch, mit dem das Schloss entriegelt wurde. Hinter dem Eingang bog er sofort nach rechts ab, betrat den Fahrstuhl und drückte die Taste mit der Nummer drei. Während sich die Kabine in Bewegung setzte, überprüfte er, ob seine Taschen alle zugeknöpft waren. Er befand sich immerhin auf dem Gelände des JSOC. Im Gegensatz zur Delta Force wurde hier peinlich genau auf korrekte Uniformierung geachtet – selbst mitten in einer Kampfzone. Eine lächerliche und unpraktische Vorschrift, die Admiral Mason aus dem Pentagon übernommen hatte. Der Fahrstuhl kam langsam zum Stehen. Ein letzter prüfender Blick von Kolt traf seine Stiefel. Hatte er sie ausreichend poliert?

Könnten blanker sein. Beim Wienern bin ich auch aus der Übung.

Die Wände des Trakts, der zu Admiral Masons geheimem Reich führte, waren mit gerahmten Werbepostern der Truppen verziert. Eines der Motive fiel Kolt sofort auf. Der Slogan unter dem Bild lautete: ›Rettungsspringer – weil selbst SEALs, Green Berets und Recon Marines mal in eine Notsituation geraten.‹

Kolt lächelte schwach. *Stimmt, Jungs. Und wir Deltas brauchen euch auch.*

»Hallo Major Raynor, schön, Sie zu sehen«, begrüßte ihn Mary mit einem ehrlichen, breiten Lächeln.

»Hey Mary, wie geht's?«, fragte Kolt. Es war nicht das

erste Mal, dass der kommandierende General des JSOC ihn zu sich zitierte – aber das erste Mal in der Dienstzeit von Admiral Mason. Dass er die Sekretärin des Admirals mit Vornamen ansprach, wertete er als deutliches Zeichen, schon viel zu oft hier gewesen zu sein.

»In der *Newsweek* stand ein wirklich schöner Artikel über die Flugzeugrettung in Indien«, berichtete Mary mit gehobenen Augenbrauen und leicht geneigtem Kopf. »Der US-Botschafter in Indien scheint seit Neuestem zu den größten Fans der Spezialkräfte zu gehören.«

»Wirklich?«, fragte Kolt interessiert. »Hab ich noch nicht gelesen.«

»Tja, geh ruhig schon rein, Kolt. Der Admiral wird gleich da sein«, forderte Mary ihn auf, wobei sie ihn über den Rand ihrer Lesebrille hinweg anschaute und auf die Bürotür zeigte.

Kolt staunte über die museumsähnliche Atmosphäre im Büro des Admirals. An den Wänden hingen Fotos in verschiedenen Größen, dazwischen einige Auszeichnungen und andere Erinnerungsstücke. Eine Aufnahme zeigte ihn mit dem Präsidenten vor dem Weißen Haus. Eine weitere mit dem Verteidigungsminister, entstanden vor dem Tokyo Sky Tree, einem mehr als 600 Meter hohen Turm. Im Hintergrund fuhren Passanten auf dem Fahrrad und in einer Rikscha vorbei. Hinter dem großen Kirschholzschreibtisch erwartete Besucher das auffälligste Exponat: ein überdimensioniertes, mit kitschigem Rahmen versehenes Abschlusszertifikat der Naval Academy. Die darüber angebrachte handgefertigte Lampe in antiker Messingoptik ließ es fast lächerlich erscheinen.

Als der Admiral das Zimmer betrat, schrak Kolt zusammen und drehte sich in Richtung des Vorgesetzten um.

»Guten Morgen, Sir.« Kolt versuchte, einen guten Eindruck zu machen, stand stocksteif da und hielt das Barett in der linken Hand. Er erwartete, dass der Admiral ihm anbot, sich zu setzen.

Der Admiral nickte nur stumm und nippte an seinem Kaffee, während er den Tisch umrundete und Platz nahm.

Mason schien nicht in Stimmung für Höflichkeiten zu sein. Er griff in die obere Schreibtischschublade und zog ein unbeschriftetes braunes Kuvert heraus.

»Sehen Sie sich das ganz genau an, Major.« Mit übertrieben förmlicher Geste reichte er Kolt den Umschlag.

»Ja, Sir!« Kolt fand einen Stapel Blätter darin, etwa 20 an der Zahl, an der linken oberen Ecke zusammengeheftet. Das Deckblatt kam direkt zur Sache. Es handelte sich um ein förmliches Ermittlungsverfahren nach Dienstvorschrift 15-6.

Raynor blätterte die Seiten durch und stieß auf zahlreiche handschriftliche, eidesstattliche Erklärungen von Personen, die am Einsatz in Pakistan vor wenigen Wochen teilgenommen hatten, der zur Gefangennahme von Mohammad Ghafour führte. Eine von Bill ›Smitty‹ Smith, dem Air Mission Commander des 1/160. Special Ops Aviation Regiment. Eine weitere von den Master Sergeants Jason ›Slapshot‹ Holcomb und Peter ›Digger‹ Chambliss.

»Gegen mich wird ermittelt, Sir?«, fragte Kolt etwas überrascht.

»Zu diesem Zeitpunkt noch inoffiziell, Major. Ja.«

»Darf ich nach dem Grund fragen, Sir?«

Mason hielt inne, bevor er antwortete.

»Major, ich habe ein 15-6 initiiert, um die Umstände der Mission im Goshai-Tal zur Gefangennahme von Mohammad Ghafour zu klären.« Mason gab sich Mühe, seine Emotionen zu zügeln, aber es gelang ihm nicht besonders gut.

»Sir, ich habe nur meine Pflicht getan.«

»Ihre Pflicht, Major? Ich glaube, da ging es eher um Ihren Wunsch, das zu tun, worauf Sie gerade Lust hatten, unter klarer Umgehung der Befehlskette.«

Jetzt begriff Kolt. Trotz erfolgreichem Abschluss der Mission war Mason wütend, weil er die Kontrolle über die

Durchführung verloren hatte. »Sir, wir hatten einen Operator mit kompromittierter Tarnung vor Ort, und die Informationen über Ghafours Aufenthaltsort waren verlässlich.« Tatsächlich hatte er den klaren Abbruchbefehl des Admirals ignoriert und sich trotzdem ins Zielgebiet abgeseilt. Zumal er in diesem Moment nicht einmal gewusst hatte, dass Shaft aufgeflogen war. Das erfuhr er erst bei der Nachbesprechung in Jalalabad.

Mason riss der Geduldsfaden. »Schwachsinn, Major! Ihr Mann hätte auf dem gleichen Weg aus dem Tal rausspazieren können, auf dem er reingekommen war, ohne Schwierigkeiten. Sie haben durch Ihre Cowboy-Allüren zwei Helikopter und fast 30 Männer in Gefahr gebracht und meinen Befehl zum Abbruch der Mission missachtet!«

Kolt legte den Umschlag und den Papierstapel auf Masons Tisch, als ihn die Erkenntnis mit voller Wucht traf. Sein Körper fühlte sich wie betäubt an. Ihn beschlich ein merkwürdiges Gefühl von Déjà-vu. Dasselbe hatte er schon mal erlebt. Es fühlte sich genauso an wie damals, als man ihn nach einer Mission aus der Einheit geworfen hatte. Ironischerweise ebenfalls bei einem Einsatz jenseits der pakistanischen Grenze.

»Sir, ja, ich habe mitbekommen, dass Sie einen Abbruch befohlen haben. Ich werde mich jetzt nicht hinstellen und Sie anlügen.«

»Sie verdammter Mistkerl! Hab ich's doch gewusst!« Mason hämmerte mit der Faust auf die Tischplatte und sprang auf.

»Major, ich habe diese Mission bewusst für beendet erklärt, um das Leben der Leute in beiden Helikoptern zu schützen. Ihr Leben, meins und Dutzende anderer.«

Kolt hatte das Gefühl, dass gleich die Wände einstürzten oder eine Meute bewaffneter Militärpolizisten in den Raum stürmte, um ihn abzuführen. Trotzdem musste er innerlich schmunzeln, weil die Frisur des Admirals beim Faustschlag auf den Schreibtisch völlig durcheinandergeraten war. Er beließ es bei einem kurzen »Ja, Sir!« und hatte nicht vor, um Gnade zu winseln.

Kolt war ein Mensch. Kolt war Amerikaner. Natürlich machte es ihm zu schaffen, den Befehl eines Vorgesetzten absichtlich missachtet zu haben. Aber da oben im Heli war es ganz schön hektisch zugegangen. Sie hatten sich in einer komplizierten Situation mit ungewissem Ausgang befunden. Aber genau in solchen Zwangslagen spielte die Delta Force ihre Stärken aus. Sich über den kommandierenden General hinwegzusetzen, der nur wenige Meter entfernt saß, ging trotzdem zu weit. Sogar entschieden zu weit. Im Eifer des Gefechtes hatte Kolt das nur beiläufig wahrgenommen. Hier, im Büro des Admirals, verstand er die gesamte Tragweite seines Handelns.

Er wusste, dass die nackten Fakten keinen Spielraum für Interpretationen ließen, aber er weigerte sich, klein beizugeben. Kolt hatte keinerlei Schuldgefühle, was die Durchführung dieser Mission betraf. Es tat ihm nicht leid, seinen Teamkollegen Shaft gerettet und Mohammad Ghafour gefangen genommen zu haben. Er erwartete dafür keine Medaille. Nicht mal ein Dankeschön. Aber das hier ging zu weit.

Kolts Kampfgeist war geweckt.

»Bei allem Respekt, Sir, Ihr Abbruchbefehl ließ sich nicht mit den festgelegten Einsatzprozeduren vereinbaren.«

Admiral Mason setzte sich wieder in seinen Ledersessel, trank einen Schluck Kaffee und funkelte Raynor wütend an. »Erklären Sie sich.«

»Der *Point of no return* war bereits erreicht, Admiral. Der klar definierte Zeitpunkt, zu dem eine Operation nicht mehr abgebrochen werden kann. Ein Zeitpunkt, der lange vor unserem Abflug von den Strategen in Jalalabad festgelegt wurde. Es gibt ihn bei jeder Mission, so auch bei unserer. Als wir mit den Helikoptern ins Goshai-Tal einflogen, Sir, drei Minuten vor dem Eintreffen im Zielgebiet, konnte der Feind unsere Helikopter bereits hören. Danach gab es kein Zurück mehr.«

»Sie können nicht einfach umbringen, wen Sie wollen, Raynor!«, bellte Mason. Offenbar zog er es vor, das Thema zu wechseln, und wollte sich nicht länger mit den Feinheiten des Abbruchprotokolls auseinandersetzen. Am erfolgreichen Abschluss der Unternehmung bestand jedenfalls kein Zweifel. Kolt und Shaft hatten Ghafour gefangen genommen und waren mit dem Terroristen aus dem alten britischen Fort entkommen. Kolt zog sich eine Beinverletzung zu, erschoss aber im Gegenzug zusammen mit Shaft fünf mit AK-47-Gewehren bewaffnete Männer im kampffähigen Alter.

»Sie sind nicht Amerikas Auftragskiller, Mann«, ätzte Mason.

Kolt wusste, dass es keinen Sinn hatte, sich ein Wortgefecht mit dem Admiral zu liefern. »Sir, wie ich schon sagte, wir schwebten über dem Zielgebiet. Ein Operator war allein am Boden. Wir hatten den Zeitpunkt für einen Abbruch bereits überschritten.«

»Das ist Blödsinn, und das wissen Sie auch, Major! Sie stehen in dem Ruf, dass Sie machen, was Sie wollen, sobald Sie im Einsatzgebiet sind … Befehlskette hin oder her!«

Beide Männer wussten, dass es unabhängig vom 15-6-Ermittlungsverfahren gegen Kolt noch eine geheime Untersuchung geben würde, um die Vorkommnisse der Mission aufzuklären. Kolt war sich außerdem der Tatsache bewusst, dass Admiral Mason berechtigte Angst davor hatte, persönlich für den Verlust eines teuren Special-Forces-Hubschraubers verantwortlich gemacht zu werden, noch dazu in Pakistan. Bereits beim Abschuss bin Ladens durch die SEALs hatte man einen hochmodernen Black Hawk mit Stealth-Technologie in Abbottabad zurücklassen müssen. Jetzt passierte es zum zweiten Mal.

Immerhin gab es zwei tröstliche Aspekte: Der hintere

Dark-Horse-Heli, den beim Anflug eine RPG-Granate getroffen hatte, war erfolgreich notgelandet. Und obwohl einer der Crew Chiefs ein paar kleine Schrapnellverletzungen erlitten hatte und die Operators hinten im Laderaum ein paar gebrochene Knochen und Prellungen davontrugen, kamen alle mit dem Leben davon. Nur der abgeschossene schwarze MH-47G hatte diese Nacht nicht überstanden.

Der zweite Aspekt, der für Entlastung sorgte, war die Tatsache, dass der Stoßtrupp sein Missionsziel erreicht hatte. Sie hatten Mohammad Ghafour gefasst und zum Verhör nach Afghanistan gebracht. Über solche Erfolge freute sich ein Staatsoberhaupt. Kolt musste es nicht gezielt ansprechen. Mason wusste, dass Raynor beim Präsidenten einen Stein im Brett hatte.

Admiral Mason verrenkte den Hals und zupfte nervös am Uniformkragen. »Major, ich führe hier erst seit etwa sechs Monaten das Kommando, aber bereits in dieser kurzen Zeit sind Ihre ständigen Gehorsamsverweigerungen untragbar geworden.«

Kolt stand stocksteif da. Er hielt sein Barett fest umklammert und wappnete sich für das Kommende. Aber es ging viel zu schnell.

»Die Insubordination im letzten Monat im Goshai-Tal bringt das Fass endgültig zum Überlaufen. Ihre wiederholte Weigerung, sich den Regeln und Richtlinien dieser Organisation unterzuordnen, zeigt mir, dass dieses Kommando Ihre Dienste nicht länger benötigt.«

»Meinen Sie das ernst, Sir?«, fragte Kolt, eher spöttisch als geschockt.

»Verdammt ernst, Major!«

»Ist Colonel Webber darüber unterrichtet?«

Mason bemühte sich, die Kaffeetasse vorsichtig abzusetzen, verschüttete aber den halben Inhalt, als er mit der anderen Faust auf den Tisch schlug.

»Verdammt noch mal, Raynor!«, schrie Mason. »Ich bin

hier der kommandierende General, nicht Webber und nicht Sie. Es wird höchste Zeit, dass die Delta Force das begreift. Es wird eine erschöpfende Untersuchung geben. Und jetzt sehen Sie zu, dass Sie aus meinem Büro verschwinden.«

Wenige Momente, nachdem Kolt den Raum verlassen hatte, klingelte das Telefon auf dem Schreibtisch des Admirals. Es war Mary aus dem Vorzimmer.

»Äh, Sir, ich störe Sie nur ungern, aber Sie haben einen wichtigen Anruf auf der sicheren Leitung. Aus Washington ... Ich glaube, der Präsident will Sie sprechen.«

Der Präsident! »Stellen Sie ihn sofort durch!«

Bevor Mary den Knopf drücken konnte, schnappte der Admiral etwas Small Talk auf. Neugierig lauschte er, worüber vor seinem Büro geredet wurde.

»War schön, dich zu sehen, Mary. Grüß deinen alten Herrn und wünsch deiner Tochter von mir viel Spaß bei der Abschlussfeier ... aber sie soll keine Dummheiten machen«, sagte Kolt. »Und danke für die *Newsweek.*«

»Gern, Kolt, ich werd's ihr ausrichten«, flüsterte Mary, während sie ihre Hand halb über den Hörer legte, weil er es offensichtlich nicht mitkriegen sollte.

Verdammt noch mal, gibt es überhaupt jemanden, den dieser Delta-Major nicht kennt?

13

Hauptgebäude des Atomkraftwerks Yellow Creek

Der Bürobote stellte sich zum wiederholten Mal die Frage, warum man ihn aufgefordert hatte, die Post im Hauptgebäude der Yellow-Creek-Anlage ausgerechnet während des Schichtwechsels beim Personal zuzustellen. Sicher, er musste sich auf diese Weise keiner so gründlichen Durchsuchung unterziehen wie die anderen Boten, schon allein deshalb, weil er diese Tour seit mehr als drei Jahren machte und dabei immer denselben grünen Rollwagen benutzte.

Aber es war trotzdem lästig. Die unterbesetzte Security mühte sich damit ab, die Schlange stehenden Angestellten zügig abzufertigen. Zuerst sagte eine weiblich klingende Roboterstimme »Eintreten«, dann ging man in einen Sprengstoffdetektor, stand einige Sekunden lang still und verließ die Kabine beim Kommando »Weitergehen« auf der anderen Seite wieder. Sämtliche persönlichen Gegenstände, die Metall enthielten – Handys, Autoschlüssel und dergleichen –, mussten vorher in durchsichtige Plastikwannen gelegt werden, die auf einem Förderband zur Durchleuchtung fuhren. Das Ganze erinnerte an die Sicherheitskontrolle im Flughafen.

Das Personal ging ein paar Schritte weiter durch den Metalldetektor und holte sich anschließend seine Besitztümer aus den Behältern zurück. 40 bis 50 Personen abzuarbeiten, die sich in zwei Reihen anstellten, dauerte eine ganze Weile, vor allem, da man absolut sicher sein musste, dass keine Schusswaffen, langen Klingen oder Sprengstoff eingeschmuggelt wurden.

Der Postbote war froh, als der erste freie Sicherheitsbeamte zum Behinderteneingang kam und die Glastür entriegelte. Er erkannte Officer Chad Simmons, wie er selbst ein Fan der Atlanta Braves.

»Morgen, Mike«, grüßte Simmons.

»Morgen, Chad. Danke fürs Reinlassen. Montags ist hier immer so viel Betrieb.«

»Du weißt ja, wie's ist. Hört nie auf.« Simmons öffnete die breite Glastür und schaltete den Garrett SuperScanner ein, der an seiner Hüfte baumelte.

Mike war mit dieser Routine nur allzu vertraut. Sobald der andere den stabförmigen Metalldetektor in der Hand hielt und ihm zunickte, schob er den Rollwagen einen Meter weiter, bis das vordere Ende der Reifen die weiße Linie auf dem Boden berührte.

»Na dann los«, sagte Simmons und ging ein Stück zur Seite, um dem breiten Rollwagen Platz zu machen. »Scheint ja 'ne Menge Post zu sein heute.«

»Ich fühl mich wie der Pony-Express«, gab Mike kopfschüttelnd zurück.

Officer Simmons strich mit dem Stab langsam über die Pakete und räumte die obere Schicht weg, um auch die Kartons darunter zu checken.

»Die Braves sind gut drauf in dieser Saison«, meinte Simmons. »Wird bestimmt 'n erfolgreiches Jahr.«

»Das wär toll. Der letzte Titel ist ja schon 'ne Weile her«, pflichtete Mike bei. »Ist mal wieder fällig.«

Als er fertig war, hängte Officer Simmons sich den Metalldetektor an die Hüfte und zeigte ihm zwei kleinere Päckchen und eine Versandröhre.

»Die drei muss ich kurz durchchecken, Mike. Wart noch 'ne Sekunde, ja?«

»Logo, kein Problem.«

Simmons trug die drei Pakete zum Sprengstoffdetektor, ging hinein, wartete ein paar Sekunden und verließ den Scanner nach der Aufforderung. Danach schob er die Pakete aufs Laufband. Er ignorierte das Alarmsignal, als er durch den Metalldetektor trat, da es zu seinem Job gehörte, bewaffnet zu sein, und vergewisserte sich am Monitor des Durchleuchtungsgeräts gemeinsam mit dem dort sitzenden Beamten, dass nichts Verbotenes eingeschmuggelt wurde.

»Was haben wir da?«, fragte er.

»Sieht nach einem Wartungsgerät und zwei Kisten mit Handys aus«, antwortete sein Kollege.

»Ja, hab schon davon gehört, dass sie darüber nachdenken, Handys ins Sicherheitskonzept einzubinden. Vermutlich sind das Mustergeräte für die Chefs.« Simmons nahm die drei Pakete vom Band und ging zurück zum Behinderteneingang und dem Postwagen.

»Die beiden scheinen in Ordnung zu sein. Eins von Sprint und eins von AT&T.« Er legte sie zurück auf den Wagen. »Geh schon mal weiter zur Schlange, Mike. Deinen Wagen kriegst du auf der anderen Seite wieder.«

Im Inneren des Kraftwerks schob Mike den Rollwagen in den Postraum, der sich neben dem Bereitschaftsbüro der Sicherheitsbeamten im Erdgeschoss befand. Er protokollierte jedes einzelne Paket und legte es in einen von mehreren Blechbehältern, die den verschiedenen Abteilungen der Organisationsstruktur des Kraftwerks zugeordnet waren. Es gab einen fürs Management – die hoch bezahlten Primadonnen, die eine maximale Gewinnspanne herauskitzelten. Ein anderer war für die Wartungsabteilung bestimmt, die dafür sorgte, dass die drei Siedewasserreaktoren von General Electric 100 Prozent ihrer Leistung erbrachten und den Strom erzeugten, der ihren zwei Millionen Kunden zu einem fairen Preis von 0,077823 Dollar pro Kilowattstunde berechnet wurde. Eine weitere Box versorgte die Sicherheitsabteilung; die Männer und Frauen, die dafür Sorge trugen, dass niemand Zutritt zu kritischen Bereichen erhielt, ohne zunächst einen Hintergrundcheck durch das FBI, eine psychologische Untersuchung und den Abgleich der Fingerabdrücke mit Datenbanken aktenkundiger Krimineller und Terroristen über sich ergehen zu lassen.

Mike sortierte die Pakete und glich die Namen der Empfänger mit der Tabelle auf dem Bildschirm ab. Danach platzierte er sie in den passenden Behältern, damit die Vertreter der jeweiligen Abteilung sie vor der Mittagspause in Empfang nehmen konnten.

Er nahm sich eine der Sendungen, bei der Officer Simmons' Metalldetektor angeschlagen hatte, und las den Adressaufkleber. Dort stand der Name eines der älteren Männer, der in Unit 2 arbeitete. Er deponierte die Box im

Behälter der Wartungsabteilung, trug es auf dem Blatt ein und klickte auf dem Bildschirm auf das Kästchen neben dem Wort ›zugestellt‹.

Als Nächstes kümmerte er sich um eine rechteckige Verpackung, die mit weißem Papier und durchsichtigem Paketband umwickelt war. Die Adressaufkleber waren sauber getippt und zeigten das schwarz-gelbe Logo des Mobilnetzbetreibers Sprint. An drei Seiten war deutlich der Slogan ›iPhone 5 – Forward Thinking‹ erkennbar.

Es handelte sich um eine übliche Verpackung, aber der Empfänger war nicht im ausgedruckten Log verzeichnet. Das war nicht weiter ungewöhnlich und die Verfahrensweise in einem solchen Fall denkbar simpel. Er wandte sich dem Computer zu, öffnete die Mitarbeiterdatenbank und tippte den Namen ins Suchfeld ein. Das Gesicht eines älteren Herrn tauchte auf dem Bildschirm auf, außerdem sein Beschäftigungsstatus und frühere Positionen.

Hmm. Der Kerl hat die Firma vor ein paar Monaten verlassen. Ist bestimmt in Rente gegangen.

Mike nahm die Box und trug sie zu einem Rollwagen neben der Tür. Dieser trug die Aufschrift ›Zurück an Absender‹.

Als Nächstes nahm er sich eine Versandröhre vor, ungefähr so groß wie eine Thermoskanne. Er drehte sie, um den Empfängernamen zu lesen und die Verpackung zu inspizieren. Auch diese Sendung von AT&T entsprach den üblichen Gepflogenheiten. Alles schien in Ordnung zu sein. Doch erneut war der Name des Empfängers nicht in seinem Protokoll aufgeführt. Mike wiederholte die gleichen simplen Schritte, aber diesmal ergab der Abgleich mit der Mitarbeiterdatenbank keinen Treffer. Er versuchte es noch einmal. Nichts. Es existierten keine Belege, dass dieser Mann je Angestellter des Kraftwerks gewesen war. Kein so alltäglicher Vorfall wie bei dem früheren Mitarbeiter, der noch Post erhielt, nachdem er das Unternehmen verlassen hatte, aber auch nicht komplett außergewöhnlich. Die Schritte waren letztlich dieselben: protokollieren und ab damit in den Retourenbehälter. Die nicht angenommenen Pakete wurden dort bis nächsten Montag aufbewahrt, bevor sie ein Kollege vor der Mittagspause wegbrachte.

Kein Grund zur Sorge. So schnell rutschte nichts durch die strikten Sicherheitsprüfungen.

Als Mike mit dem Protokollieren und Sortieren der Post fertig war, schloss er die Tür hinter sich ab und schob den Rollwagen zum Ausgang. Draußen würde er ihn noch exakt 140 Meter weiterschieben zum Hauptdepot, in dem sich sein Büro befand. Die gleiche Tour würde er noch einmal am Abend machen. Jeweils zweimal am Montag, Mittwoch und Freitag. Er ging davon aus, die ganze Woche kein einziges Paket mehr in den Zurück-an-Absender-Behälter zu legen.

Während Mike den Weg über den frisch betonierten Bürgersteig zurücklegte, der mit gelben Sicherheitsbändern markiert war, die auf unebene Stellen mit Stolpergefahr hinwiesen, erwachten die beiden aussortierten Pakete zum Leben, aktiviert durch einen Startcode aus Übersee.

Im selben Moment begannen die iPhones mit ihrer Jagd.

Falls alles so funktionierte wie von Nadal geplant, übernahmen die Handys innerhalb einer Viertelstunde per Remote-Zugriff die Kontrolle über alle sieben Rechner im angrenzenden Sicherheitszentrum. Nacheinander fuhren sie die Stand-Alone-Geräte herunter und sonderten die beiden PCs aus, die mit dem internen Netzwerk verbunden waren, über das vertrauliche Informationen zwischen den verschiedenen Abteilungen und Posten ausgetauscht wurden.

Nadal interessierte sich weniger für die Kommunikation, sondern vor allem für Unterlagen zu Sicherheitsmaßnahmen, Zielvorgaben, von der Nuclear Regulatory Commission abgesegnete Kontrollverfahren und deren Umsetzung. Zu diesem

Zweck hatte er die Firmware der Handys manipuliert und die Verschlüsselung modifiziert, damit sie beim Empfang eines bestimmten Trigger-Signals aggressiv auf die Jagd gingen, wobei sie Firewalls und fortgeschrittene Sicherheitsfeatures wie Air Gaps überlisten konnten.

Um unentdeckt zu kommunizieren und unidirektionale Gateways zu unterwandern, die den wichtigsten Vorteil echter Air-Gap-Kontrollsysteme ausmachten, hatte Nadal eine Methode ausgetüftelt, bei der das iPhone 5 als Transmitter diente, der drahtlos Daten an ein Empfangsgerät am anderen Ende der Welt schickte. Die Jagdhandys übernahmen dazu die Kontrolle über spezielle Sicherheitssensoren auf den sieben Hauptplatinen im internen Sicherheitsnetz der Firma, aber das war erst die Hälfte des Plans. Nadals bahnbrechender Erfolg basierte darauf, das Weiterleiten der sicherheitsrelevanten Daten an die anonyme Gegenstelle, ein Internetcafé in Übersee, vor dem zur NSA gehörenden, streng geheimen Social Network Analysis Collaboration Knowledge Services, kurz SNACKS, zu verbergen.

Ja, Nadal hatte an der Belutschistan-Universität seine Hausaufgaben erledigt, was fortschrittliche Technik betraf. Air Gaps, bei denen zwei IT-Systeme physikalisch und logisch voneinander entkoppelt wurden, aber dennoch die Übertragung von Nutzdaten zuließen, galten in Hackerkreisen als quasi unknackbar.

Das iPhone 5 war mehr als nur ein aggressiver Jäger. Es glich einem blutrünstigen wilden Tier, in dessen Natur es lag, wahllos zu töten. Aber in diesem Fall tötete es nicht, sondern lauerte auf das passende Kommando. Einen simplen Anruf, der die Jagd auf die Lichtsensoren und Sicherheitsinformationen in Gang setzte.

Delta-Force-Gelände, Fort Bragg

Kolt rieb sich mit den Fingern die Schläfen. Er trug einen militärischen Kurzhaarschnitt – an den Seiten rasiert, auf dem Kopf etwa zwei bis drei Zentimeter lang. Er starrte in die spiegelnde Glasscheibe vor einem 20 x 25 Zentimeter großen Schwarz-Weiß-Foto an der Wand von Colonel Webbers Büro, selbst etwas verblüfft darüber, wie jung er ohne die typische lange Mähne und den grau melierten Kinnbart wirkte.

Das Foto war offensichtlich schon älter, wies knittrige Faltmarken auf und musste unsanft behandelt worden sein, bevor man es in einem Bilderrahmen in Sicherheit gebracht hatte. Es zeigte eine Gruppe grauhaariger Männer in Schlechtwetterkleidung. Sie trugen Gewehre mit abwärtsgerichteten Mündungen vor der Brust. Hinter ihnen, in der wunderschönen Berglandschaft um ein Dorf namens Bujanovac am Fuß der Skistation Vlasic in Bosnien-Herzegowina, kontrastierte eine Mischung aus schneebedeckten Waldkiefern und Schwarzföhren mit den North-Face-Jacken.

Kolt hatte diesen Ort Jahre später selbst kennengelernt, aber diese um 1995 entstandene Aufnahme stammte aus den Anfangstagen der Jagd auf serbische Kriegsverbrecher, denen man in Den Haag den Prozess machte.

Neben Webber, hier noch in den Dreißigern, und einem Junior Captain stand ein größerer Mann mit Vollbart und langen Locken, die unter den Rändern seiner Wollmütze hervorragten. Das musste der damalige Major Michael Leland Bird sein. MLB – ›Major League Ballplayer‹ – gehörte zu den Legenden, deren Namen in die dreieckige, schwarze Marmorplatte eingraviert waren, die sich im Garten der Delta-Basis fand.

Ich frage mich, wie viel Hawk über den verrückten Kram weiß, den ihr Vater im Lauf der Jahre angestellt hat.

Kolt hörte, wie Delta-Kommandant Colonel Webber im Vorzimmer seine Sekretärin grüßte, und wandte sich rasch ab. Er wollte vermeiden, zu großes Interesse an der Vergangenheit des Kommandanten zu zeigen.

»Verdammt noch mal, Junge«, sagte Webber, während er den Schreibtisch umrundete und auf dem kastanienbraunen Sessel mit hoher Rückenlehne Platz nahm. »Sie bauen immer noch denselben Mist wie eh und je, was?«

Kolt war nicht sicher, was er darauf antworten sollte. Er stand in Habachtstellung da, die Arme eng am Körper, und fixierte einen imaginären Punkt an der Wand über dem Kopf seines Vorgesetzten. Für ein paar Sekunden zögerte er, suchte nach einer passenden Erwiderung und versuchte abzuschätzen, wie wütend Webber gerade auf ihn war. Er senkte den Kopf. Ja, auch diesen Fleck auf Webbers Büroteppich kannte der eigensinnige Delta-Major von früheren Besuchen.

»Setzen Sie sich, Major«, erlöste Webber ihn aus seiner unbequemen Haltung.

Kolt griff nach dem Reißverschluss des olivgrünen Overalls und zog ihn ein wenig höher in Richtung Hals. Alle Operators trugen diese Standarduniform wahrscheinlich acht bis zehn Monate im Jahr. Aber Webber hatte seit seiner Ernennung zum Kommandanten vor etwas mehr als zwei Jahren damit aufgehört. Kolt verstand das. In seiner gegenwärtigen Position musste der Colonel eine formellere Uniform anlegen.

Er selbst hielt es für klüger, seinen Reißverschluss nicht zu weit geöffnet zu lassen, sonst fiel noch das dreckige, verschwitzte hellbraune T-Shirt auf. Er hatte gerade die Einsatzfähigkeit seines verletzten Beins auf die Probe gestellt und den langen Hindernisparcours absolviert – danach im Eilschritt die gute Meile zurück zur Basis, weil Webber ihn überraschend zu sich bestellt hatte.

Nun, eigentlich nicht ganz so überraschend.

»Sir, was mein Gespräch mit Admiral Mason heute Morgen angeht …«, bemühte sich Kolt, die Initiative zu ergreifen. Ihm entging nicht, dass Webber seinen frischen und etwas albern wirkenden konventionellen Bürstenschnitt kritisch musterte. »Ich weiß, dass ich in Schwierigkeiten stecke.«

»Sparen Sie sich das, Racer.« Webber brachte ihn mit einer kurzen Geste zum Verstummen. »Sie brauchen mir Ihre Sicht der Dinge nicht zu schildern. Das wurde ja alles schon bei der Nachbesprechung breitgetreten und steht im Protokoll.«

»Ja, Sir.« Kolt bereitete sich auf die Standpauke vor, die nun sicher folgte.

»Hören Sie, Racer, der General ist zweifellos immer noch sauer wegen Ihrer Zirkusnummer im Goshai-Tal, und ich wünschte, es ließe sich mit einer schriftlich festgehaltenen Aussprache aus der Welt schaffen, die dann in Ihre Akte kommt.«

»Ja, Sir.« Kolt bemühte sich, ihn ausreden zu lassen und das Gespräch nicht vorzeitig an sich zu reißen.

»Nach meiner persönlichen Meinung – und ich glaube, das ist auch bei der Nachbesprechung deutlich geworden – müsste er Sie eigentlich für das Distinguished Service Cross vorschlagen.« Webber lächelte. »Das bleibt bitte unter uns. Der General will jedenfalls Ihren Kopf, das haben Sie bestimmt bei dem Gespräch in seinem Büro gemerkt.«

»Ja, Sir. Die Botschaft war klar und deutlich.«

»Tja, jetzt erfahren Sie was, das nicht ganz so klar und deutlich ist. Admiral Mason sitzt im Moment etwas in der Klemme, was Sie betrifft. Er bekam einen persönlichen Anruf vom Präsidenten, kurz nachdem Sie sein Büro verlassen haben.«

»Sir, warum um alles in der Welt sollte der Präsident wegen Goshai wütend auf den General sein? Admiral Mason hatte nichts mit meiner Entscheidung zu tun, mich abzuseilen, und wir haben den Kerl immerhin geschnappt.«

»Ganz ruhig, Racer«, wiegelte Webber rasch ab. »Er wollte

den General nicht rügen, sondern ihm zur Goshai-Mission gratulieren.«

»Das kommt ein bisschen spät, oder? Die Operation ist doch schon 'ne ganze Weile her.« Aber Kolt wusste, dass das nicht ganz stimmte. Den Leuten, die noch im Nahen Osten stationiert waren, musste es zwar so vorkommen, aber die Tatsache, dass Kolt immer noch Fäden von der Explosion der Ananas-Granate im britischen Fort im Unterschenkel hatte, zeigte, dass seitdem gar nicht so viel Zeit vergangen war. Der Abstecher auf den Parcours, gegen den Rat seines Arztes, hatte es ihm eben noch einmal deutlich vor Augen geführt.

Webber fuhr fort: »Tja, die CIA hat gerade die Verschlüsselung einiger Dateien auf dem von euch Jungs mitgebrachten Stick geknackt. Ziemlich fette Beute, und es gibt ein paar einzigartige Querverbindungen zu den Empty-Sack-Dateien.«

»Wirklich?« Kolt beugte sich auf dem Lederstuhl vor, um den Kommandanten anzusehen. »Um was geht's, Sir?«

»Die SIGINT der NSA hat Alarm geschlagen. Die haben Handygespräche und verdächtige Aktivitäten in einem Internetcafé registriert, die andeuten, dass ein Anschlag auf das rumänische Kernkraftwerk Cernavoda bereits in der späten Planungsphase steckt.«

SIGINT, zuständig für elektronische und telefonische Aufklärung, galt als eine der mächtigsten Waffen des Westens im Kampf gegen den Terror. Immerhin musste die Gegenseite irgendwie kommunizieren, um Attacken zu planen, zu koordinieren und auszuführen. Andernfalls erging es ihnen wie bin Laden – sie wurden an den Rand des Geschehens gedrängt und mussten sich unter Einhaltung totaler Funkstille irgendwo verstecken.

»Rumänien. Was hat Al-Qaida denn gegen die? Haben die sich nicht vor ein paar Jahren aus dem Irak zurückgezogen?«

»Ja, aber sie haben den USA und verbündeten Luftstreitkräften erlaubt, Stützpunkte zu errichten, und ihnen Überflugrechte eingeräumt. Außerdem sind sie weiterhin in Afghanistan stationiert und ihr Premierminister hat sich offen dafür ausgesprochen, die dortige Armee auch nach 2014 zu unterstützen.«

»Aber wenn sich das Atomkraftwerk in Rumänien befindet, wieso fliegen die SEALs dann in den Jemen?«, wollte Kolt wissen.

»Es ist uns gelungen, den Unterschlupf der vermuteten Planungszelle einzugrenzen – er muss sich irgendwo in Sanaa befinden. Die CIA glaubt außerdem, dass Verbindungen zu einem Angestellten eines rumänischen Kraftwerks existieren.«

»Ein einsamer Wolf?«

»Fast, aber nicht ganz. Er ist im Moment eher so eine Art passiver Insider. Es wird angenommen, dass er die Terroristenzellen mit Planungsinformationen und Einzelheiten über die Sicherheitslücken des Kraftwerks versorgt.«

»Schön und gut, Sir, aber warum sollten diese ganzen vorläufigen und ungeprüften Informationen den Admiral davon abhalten, mich aus dem Kommando zu werfen?«, fragte Kolt.

»Weil der Präsident sich angeblich nach Ihnen persönlich erkundigt hat und es ihm gefiel, dass Sie an der Goshai-Operation beteiligt waren.« Webber verkniff sich erfolglos ein Grinsen. »Schätze, der Alte hat immer noch das Gefühl, Ihnen was schuldig zu sein, weil Sie Al-Amriki ausgeschaltet haben, bevor er Marine One vom Himmel schießen konnte.«

»Das ist rührend, Sir, aber der Präsident sollte lieber dem Soldatenfriedhof einen Besuch abstatten und sich bei dem bedanken, der ihm wirklich den Arsch gerettet hat.«

Webber verstand die Anspielung sofort. Kolt sprach von Lieutenant Colonel Josh Timbles letzter Ruhestätte auf dem Arlington National Cemetery.

»Wie auch immer, Racer, ich bin nicht sonderlich scharf

drauf, Sie ein zweites Mal zu verlieren. Meine Zeit beim Kommando wird bald abgelaufen sein. Und ich schätze, ich bin es sowohl Ihnen als auch dem nächsten Delta-Kommandanten schuldig, dafür zu sorgen, dass Sie in nächster Zeit aus der Wahrnehmung gewisser Personen verschwinden.«

»Sir, bitte bieten Sie mir nicht an zu bleiben, wenn Sie mich dafür aus dem aktiven Dienst nehmen«, bat Kolt und rutschte nervös auf dem Stuhl herum. »Ich weiß, was es mit einem anstellt, wenn man in die RDI versetzt wird. Dann schmeiß ich lieber ganz hin, wenn's Ihnen nichts ausmacht.«

Natürlich begriff Webber, was er damit meinte. Die Forschungs- und Entwicklungsabteilung RDI – *Research and Development Integration* – trug entscheidend zum Erfolg der Unit bei, denn sie sorgte dafür, dass die Delta Force technisch stets auf der Höhe der Zeit blieb. Sie spürten das Handwerkszeug auf oder entwickelten es selbst, das Kolt Raynor, seinen Kameraden und allen zukünftigen Operators optimale Überlebenschancen bot. Kolt wusste um den Wert ihrer Arbeit und auch, dass schon viele verwundete Operators ein Stockwerk höher gezogen waren, um in der Einheit bleiben zu können. Er hoffte deshalb, dass Webber ihm seine letzte Bemerkung nicht übel nahm.

»Ich denk nicht im Traum dran. Sie wissen doch, dass wir sowieso nie genug einsatzfähige Operators haben. Und selbst wenn ich es wollte, wäre das ziemlich schwierig.« Webber lehnte sich zurück. »Tatsächlich dachte ich an was noch viel Unauffälligeres.«

»Sir?«

»In den Jemen. Mit den SEALs.«

»Bei den Advanced Force Operations, Sir?« Kolt war überrascht. Aus dem Jemen hatte er nichts mehr gehört, seit Gangsters Squadron vor sechs Monaten Amrikis Sammelpunkt eingenommen hatte, und er hatte keinen blassen Schimmer, wieso dort AFO-Aktivitäten vonnöten waren. Er hatte sogar vor dem Frühstück das Tages-Update der Aufklärungsabteilung überflogen. Kein Wort über den Jemen. Bis Webber vor ein paar Augenblicken den Anschlagsplan auf das Kernkraftwerk erwähnt hatte. »Kann ich nicht meine eigenen Leute mitnehmen, Sir?«

»Sie werden die Operation nicht leiten, Major Raynor. Die SEALs haben das Sagen. Außerdem hätte ich das nie im Leben vor Admiral Mason verheimlichen können. Sie sind nur als Verbindungsoffizier da, als unser Kontaktmann, nicht mehr und nicht weniger.«

»Kommen Sie, Sir, ist das Ihr Ernst?« Kolt vergaß für einen Moment, dass Webber ihm damit eigentlich einen Gefallen tat. »Verschaffen Sie mir wenigstens ein paar Entscheidungsbefugnisse, wenn ich mit den Kerlen da drüben bin.«

»Nun, der Kommandant von Team 6 hat ausdrücklich nach Ihnen gefragt, aber wahrscheinlich ist das trotzdem 'ne blöde Idee, Raynor. Da fällt mir ein, ich hab Ihnen ja schon den Zwangsurlaub verordnet. Hätte ich fast vergessen. Teilen Sie den Personal- und Finanzabteilungen mit, dass Sie keinen aktiven Status mehr haben, damit die Ihnen den Operator-Sold und die Gefahrenzulage entsprechend kürzen und Ihre Akte auf den neuesten Stand bringen.«

»Okay, okay, Sir. Schon gut.« Kolt hob beide Hände in einer Geste der Kapitulation, sobald er begriff, dass der Colonel es vollkommen ernst meinte. »Das SEAL Team 6 hat das Sagen, ich bin bloß der Zaungast.«

»Dacht ich's mir doch, dass wir uns verstehen. Sie brechen morgen Nacht zum Strand auf.«

»Sir, wer ist die Zielperson?«

»Auf dem USB-Stick fanden sich zwei Abschiedsvideos von Märtyrern. Ein Typ namens Omer Farooq und ein anderer, so ein Rumäne. Die CIA sagt, er heißt Sulayk Nadal.«

»Farooq Nadal. Klingt wie 'n puerto-ricanisches Weihnachtslied.«

Webber ging auf den Witz nicht ein und musterte Kolt wortlos.

»Was ist mit meiner Truppe, Sir?«, fragte Kolt mit etwas mehr Nachdruck. »Holen Sie sich 'nen Stellvertreter für mich?«

»Nein, Kolt. Mit Ihrer Truppe ist alles okay. Ihre Leute sind nicht in Bereitschaft und der Großteil Ihres Angriffsteams in alle vier Winde verstreut zu irgendwelchen Trainingsmaßnahmen. Die werden nicht mal mitbekommen, dass Sie weg sind. Packen Sie Ihren Scheiß zusammen, erteilen Sie jemandem 'ne Vollmacht und hängen Sie Ihr Testament in den Spind.«

»Mach ich, Sir, und danke!« Kolt stand auf. Er wollte sofort das Büro verlassen, ins Quartier der Squadron gehen und geeignete pakistanische Kleidung für *Low Visibility*-Missionen und seine restliche Ausrüstung zusammensuchen.

»Immer langsam, Major Raynor«, mahnte Webber und erhob sich ebenfalls. »Denken Sie nicht mal dran, diesmal welche von Ihren üblichen Spielchen abzuziehen. Im Jemen führt Team 6 das Kommando. Ich erwarte von Ihnen – und das können Sie als direkten Befehl verstehen –, dass Sie unter keinen Umständen Aufmerksamkeit auf sich lenken. Verstanden?«

»Ja, Sir. Nicht den wilden Krieger spielen. Hab's kapiert!«

»Das ist mein voller Ernst, Major«, fuhr Webber fort. »Ich will, dass Sie während dieser drei Wochen nicht mal ein stumpfes Taschenmesser zücken, denn wenn Sie's doch tun, werden wir beide versetzt.«

»Ja, Sir.« Kolt wusste zu schätzen, dass Colonel Webber für ihn Kopf und Kragen riskierte. »Ich werde nur Dienst nach Vorschrift machen.«

»Na dann, gehen Sie rüber zur Materialausgabe, damit die Sie austragen und Ihnen Schutzausrüstung mitgeben«, wies Webber ihn an. »Und, Racer?«

»Ja, Sir.« Kolt blieb in der Tür stehen.

»Nehmen Sie Ihr Schicksal in die Hand!«

14

Safe House des JSOC, Sanaa, Jemen

»Leute, eins muss ich euch sagen. Ich seh das anders als ihr«, merkte Kolt kopfschüttelnd an. Er starrte auf die große Satellitenkarte der eng bebauten Stadt Sanaa, die rechts neben dem beigen Kühlschrank an der Wand hing und fragte sich, wie es sein konnte, dass sie nicht dieselben Schlussfolgerungen zogen wie er.

»Was hast du für 'n Problem, Kolt?«, wollte Rocco wissen, der Master Chief der SEALs. »Du hast dieselben Informationen wie wir. Der Ort ist nicht schwer zu finden, Mann. Um Mitternacht ist die Sache gelaufen.«

In diesem Punkt war Kolt mit Rocco einer Meinung. Das Versteck von Farooq und Nadal ließ sich tatsächlich leicht finden. Die auf dem Küchentisch ausgebreitete Karte zeigte die Route gelb hervorgehoben. Die SEALs hatten die Strecke mittels eines versteckten, mit FalconView-Software ausgestatteten Toughbooks erfasst.

Nach dem Passieren der saudischen Grenze gelangten sie über eine vierspurige Autobahn nach Sanaa, von den Einheimischen als Amran Road bezeichnet. Danach passierten sie die gewaltigen Tore aus Stahl und Marmor, hinter denen sich die Al-Thawra Sports City befand, ein Areal mit mehreren Sportstätten. Es folgte ein kurviger Abschnitt, der das Team am Fußballstadion vorbeiführte, welches das Zielobjekt vom Highway aus verdeckte, bis sie die nahe gelegene, nach Osten führende Straße erreichten. Nach 200 Metern tauchte dann auf der linken Seite das zweistöckige bräunliche, mit Sonnenflecken überzogene Gebäude auf, in dem Farooq und Nadal ihren Annahmen zufolge die Nacht verbrachten, abgeschirmt von einem rostigen, knapp zwei Meter hohen Metallzaun mit Tor. Das Stadion ließ sich kaum verfehlen. Es gehörte zu den hervorstechendsten Wahrzeichen von Sanaa.

»Ich stelle nicht die Informationen infrage, sondern eure geplante Vorgehensweise für heute Nacht«, machte Kolt deutlich. »Wenn ihr mich fragt, ist eure Missionsanalyse ziemlich daneben.«

»Verdammte Scheiße, wieso das denn?«, wollte Rocco wissen.

Offenkundig teilte der Master Chief Kolts vernichtendes Urteil nicht.

»Na ja, zum einen – und nehmt das bitte nicht persönlich – scheint ihr das Ziel angreifen zu wollen, bevor es nötig oder überhaupt sinnvoll ist, es zu tun.« Er blickte dem erfahrenen, breitschultrigen, durchtrainierten SEAL in die Augen, wobei er versuchte, sich seine Geringschätzung für die kollektive Planung nicht zu deutlich anmerken zu lassen. Eventuell hatte Admiral Mason den SEALs diese Mission ja aufgezwungen, bevor sie hinreichend durchdacht war.

»Bullshit!«, protestierte Rocco.

Kolt zuckte mit den Achseln. »Hör zu, Mann, ich sag nur, dass wir uns hierbei vielleicht an die Empfehlung der Agency halten sollten. Das Zielobjekt läuft uns nicht weg. Aber wir haben die Chance, noch mehr aus der Sache rauszuholen, wenn wir uns gedulden und abwarten, wie die Lage sich entwickelt. Wir sind gerade erst angekommen, verdammt. Wozu die Eile?«

Kolt wusste, dass SEALs immer so tickten. Die mochten es nicht, Däumchen zu drehen, sondern stürzten sich im Gegensatz zur Unit lieber direkt ins Geschehen. Sicher, um 23 Uhr in einer mondlosen Nacht im Herzen von Al-Thawra ordentlich in ein paar Ärsche zu treten und ein paar belastbare neue Informationen zu sichern, klang nicht übel. Aber darum ging es nicht. Bei dieser Operation standen durch die anhaltende Krise in Syrien und die Aktivitäten in Somalia nur eingeschränkte Ressourcen zur Verfügung, und das gab Kolt zu denken.

Man hatte den SEALs nicht genügend ISR-Spione zur Verfügung gestellt. *Intelligence, Surveillance, and Reconnaissance,* kurz ISR, lautete die flotte Bezeichnung für die allwissenden, am Himmel kreisenden Drohnen, die das Ziel 24 Stunden am Tag observierten. Wenn sie das Haus angriffen, ohne zu wissen, ob ihre Zielpersonen Farooq und Nadal, oder auch nur einer von ihnen, tief und fest schliefen, verschwendeten sie unter Umständen eine einmalige Gelegenheit.

»Hör mal, Kolt, wenn die CIA uns eine Vorgehensweise empfiehlt, heißt das noch lange nicht, dass wir uns dran halten müssen«, erklärte Rocco. »Das hier ist unsere Show, und die Basis in Jalalabad rechnet damit, dass die Aktion heute Nacht stattfindet. Außerdem hab ich nicht vor, einen meiner Leute über die Grenze zu schicken und ihn dort 'ne Nadel im Heuhaufen suchen zu lassen.«

Kolt schaute an Rocco vorbei, der auf einem altmodischen Esszimmerstuhl aus Holz saß, und konzentrierte sich auf die beiden anderen SEALs im hinteren Teil des Zimmers. Diese fläzten sich auf dem Sofa, hielten PS3-Controller in den Händen und zockten GTA 5 auf einem kleinen Flachbildschirm. Beide sahen Rocco relativ ähnlich: ein Minimum an Körperfett, dafür ein Maximum an Bartwuchs. Und es steckte deutlich mehr Zerstörungswut in ihnen als in Kolt Raynor, der sich aktuell für mehr Fingerspitzengefühl einsetzte. Anstatt einen Schlüssel zu benutzen, traten sie Türen lieber direkt ein.

»So meinte ich das auch nicht«, widersprach Kolt. »Die CIA ist Nadal von Mekka aus auf den Fersen. Sobald er die saudische Grenze zum Jemen erreicht, könnten wir ihn übernehmen. Ihn verfolgen. Am Ball bleiben, überall, wo er hingeht. Wer weiß? Vielleicht löst er noch ein paar Rätsel für uns.«

»Schon klar, Kolt. Wir springen einfach alle in einen Minivan, brettern damit am Zollposten vorbei, und wenn wir einen Anruf von den Superspionen kriegen, suchen wir uns 'nen toten Winkel, wechseln auf die Überholspur und folgen Nadals Bus bis zu seinem Versteck«, spottete Rocco. »Hast du dir das so in etwa vorgestellt?«

Kolt bemerkte, dass er die rechte Hand zur Faust geballt hatte. Er zwang sich, sie zu entspannen. »Hör zu, ich bin nicht hier, um mich aufzuspielen. Aber während ihr Jungs da draußen eure Beobachtungen durchgeführt habt, waren Scotty und ich mit der Überwachung der Kommunikationsleitungen beschäftigt. Setzen wir doch jemanden auf Nadals Bus an, sobald er die Grenze überquert. Der Angriff geht euch doch nicht durch die Lappen. Verschiebt ihn einfach um 24 Stunden und wartet ab, wie sich's entwickelt. Herrgott, wir wissen, dass Nadal heute Abend nicht im Haus ist. Wer sagt uns, dass Farooq sich dort aufhält?«

Rocco grinste abfällig, drehte sich um und wandte sich seinen Männern auf der Couch zu. Von seinem Platz am Küchentisch aus bekam Kolt mit, dass sie ebenfalls nicht begeistert von dem Vorschlag waren. Beide schüttelten die Köpfe, ohne auch nur den Blick vom Bildschirm zu nehmen.

»Bei allem Respekt, Racer. Aber drauf geschissen«, sagte Rocco so laut, dass alle es hörten. »Wir greifen das Haus heute Nacht wie geplant an, knallen Farooq ab, während er im Bett liegt, und schnappen uns alles an Informationen, was wir kriegen.«

»Ist das dein Ernst?«, fragte Kolt ehrlich schockiert. Die beiden Couch-Potatos signalisierten per Daumen hoch, dass sie Roccos Plan guthießen.

»Und ob. *Ein* totes Terroristenarschloch ist besser als keins«, gab Rocco zurück. »Wir können nicht ewig hier rumlungern.«

Scotty, der junge Funker der Joint Communications Unit, dessen einzige Aufgabe darin bestand, die sichere

Kommunikationsleitung zwischen dem JSOC-Hauptquartier in Fort Bragg und ihrem Unterschlupf an der Ali Abdul Moghri Street aufrechtzuerhalten, knapp eine Viertelmeile südlich des Tahrir-Platzes, rührte sich nicht. Er saß in der Ecke und tat so, als bekäme er gar nichts mit. Kolt ahnte, dass der Junge es nicht darauf anlegte, sich in eine hitzige Auseinandersetzung zwischen Deltas und SEALs einzumischen. Er sollte beide Seiten unterstützen, keinen Keil zwischen sie treiben.

Kolt war sich bewusst, dass er sich ziemlich weit aus dem Fenster lehnte. *Warum kann ich mich nicht damit abfinden? Sollen doch die SEALs entscheiden.*

Webbers direkte Befehle waren eine Sache. Aber eine Operation von dieser Größenordnung und solcher Wichtigkeit für ihr Heimatland zu versauen, das war etwas ganz anderes. Immerhin konnten sie die rumänische Zelle potenziell aufhalten und einen Angriff auf ein amerikanisches Kernkraftwerk verhindern. Kolt ging das Problem streng mathematisch an. Entweder *ein* höchst verärgerter Delta-Kommandant oder *Hunderttausende* Amerikaner, die vor einem nuklearen Anschlag beschützt wurden.

Er sprach etwas lauter, damit alle vier Männer im Raum ihn hörten. »Leute, dieser Farooq ist eine Schlüsselfigur der rumänischen Zelle. So viel wissen wir. Aber diese Mission ist zu wichtig, als dass die Al-Qaida nur ein paar Kerle damit beauftragen würde. Wo sind das Unterstützungspersonal, die Vertrauensmänner, die Boten, Fahrer, Passfälscher, Geldgeber, Logistiker und die Männer fürs Grobe?«

»Okay, Kolt, ich versteh ja, was du meinst.« Damit räumte Rocco immerhin ein, dass er ihn nicht für einen totalen Idioten hielt. »Vielleicht sollten wir die Sache wirklich etwas sacken lassen, zumal Nadal nicht vor Morgen früh an der Grenze aufschlägt. Aber ich kann nicht gutheißen, dass einer von meinen Leuten sich wie ein Mudschaheddin verkleidet und in diesen Bus steigt. Das wär beschissener Selbstmord.«

Kolt freute sich, dass Rocco ein wenig einlenkte. Allerdings verspürte er große Lust, dem Master Chief kräftig in den Arsch zu treten, weil dieser seinen Männern seit drei Tagen erlaubte, immer das gleiche Fahrzeug für ihre Erkundungstouren einzusetzen. Dabei standen draußen auf dem Hof unter Planen versteckt drei verschiedene Modelle mit unterschiedlichen Fabrikaten, Farben, Altern und Bauformen bereit. Ihn nervte so etwas, denn das war schlichte Nachlässigkeit. Die SEALs hatten einfach nur keine Lust, zweimal am Tag den Wagen zu wechseln. In den letzten beiden Tagen hatten sie sogar vergessen, die Nummernschilder auszutauschen. So ein Pfusch führte im Handumdrehen dazu, dass ein Team aufflog, und man merkte es meistens erst, wenn es schon zu spät war.

Kolt und Rocco kannten sich seit Jahren. Sie hatten zusammen mehrere Einsatzzeiten im Irak abgeleistet und sich in Afghanistan häufiger abgewechselt, als sie zählen konnten. Rocco war knallhart, das wusste Kolt. Und jetzt war nicht die richtige Zeit, um ihm und seinen SEALs Vorhaltungen wegen ihrer Arbeitsmethoden zu machen. Außerdem war auch Kolt der Meinung, dass sie das richtige Haus gefunden hatten. Auch der Stab in Jalalabad betonte, dass es sich um das korrekte Ziel handelte.

Die beiden angriffslustigen SEALs auf dem Sofa hatte es grundsätzlich sogar erstaunt, wie leicht es gewesen war, das Gebäude aufzuspüren. Und obwohl Kolt nicht genau wusste, weshalb – etwas daran, dass sie den Unterschlupf der Terroristen ohne zusätzliche Hinweise entdeckt hatten, machte ihm Sorgen.

»Rocco, ich bin von uns allen wahrscheinlich derjenige, der am wenigsten für diese Mission geeignet ist«, meinte Kolt, wobei er die Stimme senkte, sodass ihn nur noch der Anführer der SEALs, der mit ihm am Tisch saß, verstehen konnte. »Aber meine Sprachkenntnisse sind zuverlässig und ich seh nicht mal ansatzweise so durchtrainiert aus wie ihr.

Und in letzter Zeit gehen mir auch die Haare aus, also wär's nur logisch, wenn ich das übernehme.«

Kolt sah, dass dieses Argument seine Wirkung auf Rocco nicht verfehlte. Er wusste selbst, dass seine Leute zu viel Zeit im Fitnessstudio verbracht hatten. Ihre Muskeln waren zwar sehr nützlich, wenn es um offenen Kampf und das Eintreten von Türen ging. Aber in einem überfüllten Bus voller Einheimischer führte es eher zu ihrer Enttarnung oder, noch schlimmer, zum Tod.

»Mann, Racer, ich bin mir da nicht so sicher.« Rocco senkte ebenfalls die Stimme, damit sie bei diesem Gespräch unter sich blieben. »Ich will noch nicht mal dein Leben für diese Scheiße aufs Spiel setzen.«

Kolt spürte Roccos Unbehagen. Er wusste zu schätzen, dass dieser sich um sein Wohlergehen sorgte, aber das musste sich dem größeren Ganzen unterordnen. Alle Operators in diesem Versteck waren für Solomissionen ausgebildet. Alle beherrschten Fremdsprachen – die meisten, darunter Kolt, sogar gleich mehrere. Außerdem war Kolt sich der Tatsache bewusst, dass man den SEALs, obwohl auch sie seit den Vorfällen von 9/11 Krieg führten, seitens des JSOC nur selten abverlangte, ihre Fähigkeiten für geheime Spionageaktionen einzusetzen. Solche AFO-Missionen besaßen für gewöhnlich keine hohe Priorität bei den SEALs, die man eher für hochbrisante, aggressive Angriffsaktionen einsetzte, etwa die Tötung bin Ladens oder somalischer Piraten im Arabischen Meer. Darunter litten ihre James-Bond-Talente natürlich.

»Wir haben nicht viel Zeit, um das auszudiskutieren, Rocco. Ich kann mir den Schädel rasieren, den Bart stehen lassen, jemenitische Kleidung aus dem Schrank holen und schon im Morgengrauen in einem Wadi sein.« Kolt stellte die Sache so simpel wie möglich dar, um Rocco zu überzeugen.

»Verdammte Scheiße, Racer«, flüsterte Rocco. »Redest du etwa davon, noch heute Nacht loszuziehen?« Rocco wusste, dass Kolt bereits vor einigen Jahren an der saudisch-jemenitischen Grenze eingesetzt worden war. Unter anderem deshalb hatte ihn der Kommandant von SEAL Team 6 namentlich für diese Operation angefordert. Aber ihn noch heute Nacht in ein Gebiet einzuschleusen, in dem er und die SEALs sich nicht auskannten, hielt er für riskant.

»Nach unseren Informationen kommt Nadal morgen zurück«, erinnerte Kolt. »Er bestimmt den Zeitplan.«

Cyber Internet Café, Hadda Hotel, Sanaa, Jemen

Farooq war an diesem Morgen spät dran. Das Fußballspiel am Vorabend war wegen eines Unentschiedens nach 90 Minuten in die Verlängerung gegangen. Eigentlich hätte er trotzdem sofort in den Unterschlupf zurückkehren müssen, um genug Schlaf zu bekommen, denn heute galt es, eine wichtige Aufgabe zu erledigen.

Eine Aufgabe, deren immense Bedeutung Nadal gebetsmühlenartig betonte. Er hatte ihm erklärt, wie das Ganze funktionierte und was er im Einzelnen tun musste. Nadal war vor drei Tagen abgereist, um seinen Vater in Mekka zu besuchen.

Farooq hatte gestern prompt vergessen, die ihm aufgetragene Aufgabe zu erledigen. Davon durfte Nadal auf keinen Fall Wind bekommen.

Farooq hatte gestern Abend wirklich aufstehen und gehen wollen. Der Dauerregen bremste das zügige Angriffsspiel seiner Mannschaft zwar aus, aber es hatte der Spannung kaum Abbruch getan. Bis ihm einfiel, wie teuer der Platz in der ersten Reihe gewesen war, direkt an der Mittellinie. Schwer zu bekommen und mit Rupien kaum zu bezahlen. Also blieb er sitzen, zumal er mit Nadals Rückkehr von dessen Ausflug nach Saudi-Arabien nicht vor dem Mittagsgebet am nächsten Tag rechnete. Die beiden Halbzeiten der

Verlängerung noch mitzunehmen, hatte er sich wirklich verdient, fand er. Nadals Auftrag, den Download der Informationen, konnte er immer noch erledigen. Aber erst morgen Vormittag.

Nach der 30-minütigen Nachspielzeit stand es weiterhin null zu null. Die beiden Mannschaften trotteten mit durchnässten, schlammverschmierten Trikots zurück aufs Spielfeld wie aufsässige Krieger. Als sie sich in der Nähe der Mittellinie auf das Elfmeterschießen vorbereiteten, fest entschlossen, ihre Elfmeter zu versenken, wusste Farooq, dass der Ticketkauf sich gelohnt hatte.

Jetzt, ein paar Minuten vor sieben Uhr morgens, stand er unter dem winzigen Vordach, das die verschlossene Tür an einer Ecke der geschäftigen Hadda Street abschirmte. Hungrig, aber zufrieden. Das Spiel war es definitiv wert gewesen. Seine Mannschaft hatte durch einen letzten, dramatisch verwandelten Elfmeter gewonnen. Obwohl er nicht viel Schlaf bekommen und an diesem Morgen noch nichts gegessen hatte, freute er sich, das Café kurz vor der offiziellen Öffnungszeit erreicht zu haben.

Mit Allahs Hilfe wollte er seine Aufgabe erledigen und hinterher im Essbereich eine Schüssel Saltah zu sich nehmen. Allein der Gedanke an dieses Nationalgericht hellte seine Stimmung auf. Eine dunkle Fleischbrühe, *Maraq,* als Grundlage, dazu etwas Bockshornklee und *Sahawiq* – eine Mischung aus Chili, Tomaten, Knoblauch und Kräutern, zu Salsa zerstampft. Vielleicht gönnte er sich noch etwas Reis und Gemüse als Einlage, was nicht nur den Geschmack verbesserte, sondern es auch erleichterte, das Essen mit dem traditionellen Fladenbrot aufzutunken.

Farooq sah durch die Glastür, wie der junge Angestellte die Tür aufschloss. Erleichtert nickte Farooq ihm zu, blieb aber nicht stehen – bezahlen konnte er auch hinterher –, sondern ging direkt in den rückwärtigen Teil des Raums, wo der vor neugierigen Blicken am besten abgeschirmte der

15 Desktop-PCs stand, die im Cyber Internet Café des Hadda Hotels zur öffentlichen Nutzung angeboten wurden. Nun ja, eigentlich war Nummer 15 ganz links am schlechtesten einsehbar, aber das deutlich sichtbare ›Außer Betrieb‹-Schild am Bildschirm zwang ihn, sich mit Nummer 14 zufriedenzugeben.

Er zog den rissigen Plastikstuhl zurück und setzte sich. Nachdem er den Batteriestand seines Handys überprüft hatte, loggte er sich ins Internet ein und faltete einen kleinen Notizzettel auseinander, den er aus der Tasche geholt hatte.

Ohne die Umgebung aus den Augen zu lassen, startete Farooq den Browser. Er las die lange Zahlen-Buchstaben-Kombination ab und tippte sie sorgfältig mit dem rechten Zeigefinger ein. Dann wartete er, bis die Underground-Webseite vollständig geladen war. Die träge Internetverbindung nervte. Doch als sich die Seite nach einigen Sekunden endlich aufgebaut hatte, lächelte er zufrieden und drehte den Monitor sicherheitshalber noch ein Stück zur Seite.

Also war's ja doch kein Problem, das Spiel bis zum Ende anzuschauen.

Farooq griff in die linke Brusttasche seines knielangen, eierschalenweißen Salwar Kamiz und zog einen kleinen, gelben USB-Stick hervor. Er drehte die Schutzkappe ab, steckte ihn in den einzigen freien Anschluss des Computers und klickte das Dialogfenster weg, das ihm bestätigte, dass das Speichermedium korrekt erkannt und einsatzbereit war.

Nun wandte er sich erneut dem Handy zu und tippte die internationale Vorwahl, gefolgt vom zweistelligen Ländercode und der eigentlichen Rufnummer ein. Mit der grünen Anruftaste stellte er die Verbindung her. Nach einigen Sekunden ertönte ein Signalton und quittierte den erfolgreichen Kontakt zu den Jagdhandys im Hauptgebäude des Yellow-Creek-Kernkraftwerks auf der anderen Seite des Atlantiks.

Farooq entspannte sich, extrem erleichtert, dass die Handys im Paket noch über ausreichend Restakku verfügten.

Nadal hatte das Zeitfenster für den Zugriff sorgfältig abgeschätzt, basierend auf Abduls Probeläufen mit den falschen Paketen und zahlreichen Erfahrungen, die er mit dem amerikanischen Postsystem gesammelt hatte. Deshalb pochte er eisern darauf, dass Farooq gestern Morgen das Café aufsuchen sollte. Seiner Meinung nach verfügten die Handys, die in den röhrenförmigen Behältern versteckt waren, dann noch über etwa 50 Prozent ihrer 18- bis 24-stündigen Laufzeit. Zumindest hatte der Verkäufer diesen Wert angegeben. Trotzdem verließ sich Nadal natürlich nicht blind auf die internen Akkus der iPhones. Selbst im günstigsten Fall – wenn das Werbeversprechen stimmte und die Batterien wirklich volle 24 Stunden lang durchhielten – genügte das bei Weitem nicht.

Nein, damit die Sache funktionierte und die Handys ihre Beute im streng abgesicherten Netzwerk vollständig abgreifen konnten – 212 Seiten mit jeder Menge Farbfotos und komplexen Diagrammen –, benötigten die Geräte deutlich mehr Strom. Schließlich mussten sie nicht nur eingeschaltet bleiben, sondern auch den Angriffsvektor versorgen und die brisanten Daten per Mobilfunknetz in Empfang nehmen. Nadals Universitätsstudium hatte ihn mit dem nötigen Wissen versorgt, um die Zusammenhänge zu verstehen. Er wusste, dass er eine spezielle Lithiumzelle mit Grafitschaum benötigte. Diese Akkus versorgten die leistungsstärksten neuen Laptop-Generationen mit Strom. Dabei waren sie gar nicht schwer zu finden. Abdul ließ sich vier davon von Amazon direkt zu seiner Wohnung in North Carolina liefern.

Nun würden sich all die Nächte endlich auszahlen, in denen Nadal gelernt hatte, um seinen Abschluss in Ingenieurwissenschaften zu bekommen, während Farooq zunehmend faul geworden war, seine Pflichten vernachlässigt, Fußball geschaut und sogar Frauen nachgejagt hatte.

Nadal wusste, dass Amerika viel zu träge auf die internationalen Bedrohungen des Cyber-Terrorismus reagierte und sich mehr Sorgen um Abhöraktionen im Inland machte als darum, seine IT-Systeme vor Zugriffen aus dem Ausland zu schützen. Er hatte so lange mit Farooq darüber gesprochen, bis dieser das Gefühl bekam, dass ihm gleich der Kopf platzte. Die großen PC-Hersteller und Händlerketten teilten ihr Know-how über Sicherheitssoftware nur ungern. Es kam ihnen vor allem auf Umsätze an, und solange das Internet die Hoffnungen und Träume von Millionen von Geschäftsleuten weltweit befeuerte, war es eher nachteilig für das Geschäft, mit Gefahren und Bedrohungen hausieren zu gehen. Farooq hatte es Nadal nicht nur einmal, sondern bestimmt hundertfach sagen hören: *Die Hardwarehändler machen heute die gleichen Fehler wie Microsoft vor 25 Jahren.*

Digitale Ausrüstung, die praktisch in der kompletten energiebezogenen Infrastruktur Amerikas eingesetzt wird und unabdingbar für das Management der verschiedensten Ressourcen ist – Kohle, Wind- und Wasserkraft, Kernenergie und Solarpanels –, besitzt eine hohe Anfälligkeit für Cyberattacken. Um sichere Abschaltsysteme vor solchen Gefahren zu schützen, benötigt man eine detaillierte Verteidigungsstrategie, ähnlich wie bei der Vor-Ort-Sicherung durch bewaffnete Wachleute, Zäune und Alarmanlagen. Die Grundlagen sind vergleichbar, die Schwachstellen ebenso. Genau auf diesen Aspekt legte Nadal seit Jahren sein besonderes Augenmerk.

Bei Angriffen aus dem Datennetz geht es allerdings nicht darum, körperliche Angriffe zu verhindern, sondern vielmehr die Jagd nach Daten zu unterbinden. Einige der zentralen Systeme kommunizieren per Netzwerk miteinander und bieten damit potenzielle Angriffsflächen. Über einen USB-Stick oder ein Handy Viren einzuspeisen und diese Systeme zu infizieren, klappt denkbar einfach. Es ist dokumentiert, dass die US-Regierung sich schon seit fast einem Jahrzehnt mit der Gefahr solcher Cyberattacken befasst. Kurz nach dem 11. September 2001 hatte man sie bei möglichen

Störfallszenarien ergänzt und kommerziellen Kraftwerksbetreibern entsprechende Abwehrmaßnahmen auferlegt. Diese offen zugänglichen Informationen hatte Nadal wie ein Kind verschlungen, das sich auf den neuesten Band von Harry Potter stürzte.

Sich vor eine Tastatur am anderen Ende der Welt zu setzen und ein technisches Notfall-System unbemerkt zu überlasten ist jedenfalls deutlich einfacher, als in eine streng bewachte, zur kritischen Infrastruktur zählende Anlage in den USA einzudringen und sie direkt anzugreifen. Deshalb schätzte Farooq das umsichtige und behutsame Vorgehen von Nadal auch sehr. Allerdings fand er, dass er ihren Schläfer Abdul in den Vereinigten Staaten zu sehr kontrollierte und ihm ständig im Nacken saß. Nadal wollte um jeden Preis weitere Fehler vermeiden. Vor allem, nachdem der Unfall mit dem Modellflugzeug, der ihn zwei Finger gekostet hatte, auf sein eigenes Konto ging.

Da er wusste, dass Nadal alle Eventualitäten bedacht hatte und die Übertragung der erfassten Daten auf den gelben USB-Stick reibungslos ablief, verdrängte Farooq kurzerhand, dass er den Download eigentlich schon am gestrigen Morgen hätte anstoßen müssen.

Klasse, alles ganz einfach.

Farooq wartete geduldig das Ende des Transfers ab. Er war sehr zufrieden mit sich. Immerhin beschaffte er gerade ausgesprochen sensible Daten über die Funktionsweise der US-amerikanischen Atomkraftwerke und den Schutz dieser Anlagen. Noch eine Minute, höchstens, dann könnte er noch eine Kleinigkeit essen, in den Unterschlupf zurückkehren und sich ein wohlverdientes Nickerchen gönnen, bevor Bruder Nadal in die Stadt zurückkehrte.

Nadal wird sehr zufrieden sein.

Plötzlich endete der Downloadvorgang. Farooq blinzelte und sprang auf, packte den Computermonitor und schlug kräftig dagegen. Aber das half nicht.

Er schnappte sich das Handy vom Tisch und überprüfte, ob die Verbindung noch bestand. Das war der Fall. Farooq setzte sich wieder, unsicher, was er als Nächstes tun sollte. Er dachte darüber nach, Nadal anzurufen, verwarf diesen Gedanken aber schnell, da er einen Wutausbruch wegen der verspäteten Abholung der Daten befürchtete.

Ja, die Aufgabe, die Nadal ihm anvertraut hatte, war simpel. Er musste sich nur ins Cyber Internet Café setzen, eine Website aufrufen, einen Anruf zu den Jagdhandys im Feindesland tätigen und ein USB-Laufwerk an den Rechner anschließen. Selbst ein Kind hätte das geschafft. Den kniffligen Teil der Operation hatten Nadal und Abdul erledigt. Farooq musste nicht mal mit jemandem in Kontakt treten. Eine simple Aufgabe, schon, aber auch extrem wichtig. Wäre er schon am Vortag ins Café gegangen, wie Nadal es ihm eingeschärft hatte, gäbe es dieses Problem wahrscheinlich gar nicht.

Irgendwas muss passiert sein. In Amerika, nicht hier.

15

SCIF-Rechenzentrum für sensible Informationen, Delta-Force-Gelände, Fort Bragg

In einer Kammer tief in einem unterirdischen Gewölbe saßen die beiden Operators schweigend auf derselben Seite eines langen grauen Tischs. Sie arbeiteten für die SCIF – das Kürzel stand für Secret Compartmented Information Facility, die Top-Secret-Domäne der Informations- und Bildanalysten der Delta Force.

Sie trugen sterile, olivfarbene Fliegeroveralls über schwarzen Laufshorts aus Nylon und hellbraunen T-Shirts. Hellbraune Oakley-Kampfstiefel oder halbhohe Salomon-Wanderschuhe rundeten das ungewöhnliche Outfit ab. Um die Hälse hingen Zugangsausweise. Auf diesen prangten Farbfotos mit sauber geschnittenen Haaren – Bilder, die kurz nach Dienstantritt entstanden waren und große Ähnlichkeit zu Fotos aus College-Jahrbüchern aufwiesen. Aber lediglich der Troop Sergeant Major hatte noch eine vage Ähnlichkeit mit seinem damaligen Konterfei.

MSG Jason Holcomb, in der Delta Force als Slapshot bekannt, wirkte noch am ehesten wie ein Militärangehöriger, da er sich erst vor drei Tagen den dichten roten Bart abrasiert hatte. Wie bei Kolt Raynor stand auch bei ihm eine Beförderung an. Slapshot galt als sicherer Kandidat, was angesichts der hervorragenden Leistungsbilanz beim Einsatz an Krisenherden überall auf der Welt niemanden verwunderte. Bei dem zu diesem Anlass fälligen Foto handelte es sich um eine lästige Formalie, die man selbst Delta-Operators abverlangte. Trotzdem empfanden die meisten sie als lästig, weil es Monate dauerte, sich einen neuen Bart stehen zu lassen, der ihnen beim Einsatz in Afghanistan einzigartige Vorteile verschaffte. Dieser inflexiblen, von der U.S. Army in Friedenszeiten aufgestellten Regelung hatte selbst der lange Krieg gegen den Terror noch nicht den Garaus gemacht.

Der Jüngere saß direkt neben Slapshot. Mit seinen 28 Jahren war MSG Peter ›Digger‹ Chambliss sechs Jahre jünger als sein Kollege. Einer der jüngsten Master Sergeants der Truppe und derjenige, der vor etwa einem Jahr bei einer haarsträubenden Aktion auf dem Rumpf einer entführten 767 in Indien die Einstiegsluke aufgesprengt hatte. Er saß starr wie eine Statue, blinzelte nicht einmal. Sein Ausweisfoto wurde ihm nicht mal annähernd gerecht, da sein Gesicht mittlerweile von einem braunen Vollbart und langen dunkelbraunen Haaren, wie sie kalifornische Surfer trugen, verdeckt wurde.

Anders als Slapshot nahm es Digger mit den Bekleidungsvorschriften nicht ganz so genau. Wie bei den Operators üblich, hatte er den oberen Teil seines Overalls abgestreift und sich die Ärmel um die Taille geknotet. Da er früher ein erfolgreicher Triathlet gewesen war, konnte sein hellbraunes T-Shirt die schlanken Muskeln am 1,80 Meter großen, fast fettfreien Körper nur schwer verbergen. Die Titanprothese, die seinen Unterschenkel ersetzte – das Resultat einer Sprengfallenexplosion im Irak vor einigen Jahren – blieb hingegen unter dem Overall verborgen.

Es war offensichtlich, dass es sich bei dem JSOC-Juristen, der vor ihnen stand, um einen Außenseiter handelte. Er wirkte komplett deplatziert. Lieutenant Colonel Seymour Spencer hatte den geheimen Delta-Bereich noch nie zuvor betreten. Es überraschte ihn nicht, dass ihn stets jemand begleitete, selbst beim Gang zur Toilette. Heute war es der grauhaarige, altgediente Command Sergeant Major. Dieser stand etwas abseits, hielt sich aber unübersehbar in seiner Nähe.

Tatsächlich waren die gesamten Spezialkräfte für LTC Spencer relatives Neuland. Man hatte ihn engagiert, um den immensen Arbeitsaufwand zu bewältigen, den die vielen Kriegsjahre hervorgerufen hatten. Spencer brachte sämtliche Soft Skills eines klassischen Schreibtischtäters mit. Er besaß ein Doppelkinn, einen aufgeblähten Bauch, der die Strapazierfähigkeit der beiden unteren Knöpfe des Uniformoberteils auf die Probe stellte, sowie eine Drahtgestellbrille, die auf einer Nase mit zwei nicht zueinander passenden Nasenlöchern thronte. Seymour Spencer war das lebende Beispiel eines Menschen, der fehl am Platz war, ohne es zu merken.

Spencer hatte seine Aufgabe an diesem Morgen für relativ einfach gehalten. Schließlich trat er als direkter Vertreter von Admiral Mason in Erscheinung. Tatsächlich war Spencers Besuch auf geäußerte Zweifel an den eidesstattlichen Erklärungen der beiden Operators zurückzuführen, die zu den erforderlichen schriftlichen Dokumenten des Verfahrens laut Dienstvorschrift 15-6 gehörten. Mason hatte Spencer geschickt, um die Sache auf die Reihe zu bringen. Sicherlich würden Slapshot und Digger ihm den Respekt erweisen, der ihm laut Rangabzeichen an seinem Kragen zustand. Jemand hätte Spencer im Vorfeld vor dem Betreten der Delta-Basis wohl besser über einige Besonderheiten aufklären sollen.

Von Anfang an trat der von Haarausfall geplagte, dickliche Army-Anwalt sehr förmlich auf. Er schob sich die Brille höher auf den Nasenrücken, beugte sich über den Tisch und blickte Digger über die Gläser hinweg an. Nach einer effekthascherischen Pause verlagerte er die Aufmerksamkeit auf Slapshot. Die Arme hatte er ausgestreckt, die Hände lagen auf zwei Schriftstücken. Er schob die Blätter etwa 30 Zentimeter weit über den Tisch, bis sie vor den zwei Delta-Operators lagen.

Mit all dem klischeehaften Sarkasmus, den man von einem nicht zu den Special Forces gehörenden Stabsoffizier erwartete, begann Spencer schließlich zu sprechen. »Also, es sieht so aus, als ob die zwei Erklärungen, die Sie abgegeben haben und in denen es um einen Major Kolt Raynor geht, in deutlichem Widerspruch zu dem stehen, was wir für die Wahrheit halten.«

Slapshot und Digger blickten auf ihre schriftlich festgehaltenen Aussagen. Sie nahmen sich ein paar Sekunden Zeit, um sie zu überfliegen und sich zu vergewissern, dass darin alles korrekt wiedergegeben war. Slapshot bedachte Digger mit einem kurzen Seitenblick. Dieser nickte.

»Nein, Sir!«, antwortete Slapshot. »Scheint alles in Ordnung zu sein.«

»Meine Herren, ich glaube, es liegt da ein kleines Missverständnis vor.« Lächelnd hob Spencer die Arme. Dabei wölbte sich sein Bauch einige Zentimeter über den Rand der Tischplatte. »Hören Sie, Sie sind beide ausgezeichnete Soldaten, die der Army viel zu bieten haben. Das ist mir bewusst.« Sein Tonfall klang ein wenig flehend. »Admiral Mason hat mich hergeschickt, um Ihnen eine Chance zu geben, Ihre Ausführungen zu korrigieren.«

Nach einem kurzen Moment fuhr er fort: »Sergeant Holcomb, berichten Sie uns, was letzten Monat wirklich in diesem Helikopter im Goshai-Tal passiert ist. Und Sie, Sergeant Chambliss, was letztes Jahr in der entführten Boeing 767 passiert ist.«

Slapshot nahm eine aufrechtere Haltung ein. Digger sah Spencer in die Augen. Die Adern am Hals des erfahrenen Operators traten hervor wie dicke Kletterseile. Slapshot griff nach den beiden schriftlichen Aussagen und hielt sie Spencer hin, damit dieser sie entgegennahm. »Sir, wollen Sie damit etwa andeuten, wir hätten uns das alles bloß ausgedacht?«

»Nein, nein, nein.« Spencer schüttelte langsam und nicht sonderlich überzeugend den Kopf und schob sich erneut die Brille höher auf die Nase. »Ich sage nur, dass das, was Sie geschrieben haben, und das, was unserer Meinung nach wirklich bei diesen zwei Missionen geschehen ist, nicht recht zusammenpasst. Wir wissen, dass Sie beide keine Schuld trifft an Major Raynors Befehlsverweigerung und seinem egozentrischen Handeln. Ich gebe Ihnen als Soldaten eine Möglichkeit, Ihre Karriere zu retten.« Spencer schob ihnen die Dokumente noch einmal hin. »Alles, was Sie tun müssen, ist, Ihre eidesstattlichen Erklärungen umzuformulieren, und schon ist alles in bester Ordnung.«

Digger platzte der Kragen, was für den schweigsamen jungen Operator eher untypisch war. »Das ist doch absoluter Bullshit!«, schimpfte er, hämmerte beide Fäuste wuchtig auf die Tischplatte und stand auf. Sein Stuhl kippte um und Spencer wich zwei Schritte zurück.

Mit grimmigem Blick herrschte Digger den Army-Anwalt an: »Was zum Teufel fällt Ihnen eigentlich ein, Mann? Sie müssen ja Eier aus Stahl haben, wenn Sie hier reinkommen und uns offen der Lüge bezichtigen.«

Der Sergeant Major trat einen Schritt vor. »Beruhigen Sie sich, Digger, der Colonel erledigt nur seinen Job.«

Spencer war erschrocken, aber er blieb standhaft, weil er das Gefühl hatte, im Sergeant Major einen Verbündeten zu haben. »Wir wissen, was da draußen passiert ist, Sergeant Chambliss«, entgegnete er voller Überzeugung, obwohl er dabei wie ein weinerlicher Teenager klang. »Sie müssen nichts vertuschen, um Major Raynor in Schutz zu nehmen.«

Diesem Satz folgten einige Sekunden unangenehmen Schweigens. Der Schaden war längst angerichtet. Der temporäre JSOC-Anwalt hatte denkbar falsche Worte gewählt. »Das hier ist Ihre letzte Chance!«, drohte er in einem Anflug von Hysterie.

Slapshot sprang auf und hob den Tisch auf einer Seite an. Die zwei eidesstattlichen Erklärungen und die Kugelschreiber flogen durch die Luft, während der Tisch mit der Platte zuerst auf den Boden knallte. Hastig sprang der Anwalt zur Wand und drehte sich zur Seite, als wolle er seine lebenswichtigen Organe schützen. Nackte Angst stand ihm in den Augen. Als hätten sie sich abgesprochen, näherten sich Slapshot und Digger von beiden Seiten. Instinktiv hob der untersetzte Mann die Hände, um sein Gesicht abzuschirmen, und riss sich dabei die Brille herunter. Offenbar rechnete er damit, dass die Operators ihn verprügeln wollten.

»NEIN! NEIN! BITTE NICHT!«, schrie Lieutenant Colonel Spencer und bedachte den Sergeant Major mit einem hilfesuchenden Blick.

Slapshot verkündete seelenruhig: »Glauben Sie, uns interessiert Ihr saublödes Ermittlungsverfahren? Glauben Sie, es kümmert uns 'nen Scheiß, warum Sie gekommen sind? Sie haben ja keine Ahnung, mit wem Sie sich anlegen.«

Im Versuch, die Situation zu entschärfen, sprang der Sergeant Major vor Slapshot und Digger und schob ihnen die mächtigen Hände auf die Brust, um sie von Dummheiten abzuhalten. »Das reicht jetzt. Slapshot. Schluss!«

Slapshot ignorierte die Aufforderung.

»Wir sind schon seit langer Zeit Racers Teamkollegen. Er

hat sich unsere Loyalität dutzendfach verdient. Ich erwarte nicht, dass Sie das nachvollziehen können. Aber kommen Sie nie wieder hierher und verlangen von uns, dass wir einen Kameraden anschwärzen.«

Er wandte sich dem Sergeant Major zu. »Sir, wenn Sie nichts dagegen haben – Digger und ich müssen jetzt zum Jiu-Jitsu.«

Ohne ein weiteres Wort machten sich Slapshot und Digger auf den Weg zum Ausgang.

Lieutenant Colonel Spencer war kaum weniger überrascht als der Sergeant Major, dass er sich nicht in die Hose geschissen hatte.

Sie verließen den Komplex durch den Hauptausgang und näherten sich Spencers schwarzem Crown Vic mit Regierungskennzeichen. An der Art und Weise, wie Spencer den Umschlag mit der Aufschrift ›Geheimsache‹ unter den rechten Arm klemmte und sich umständlich das schwarze Barett auf den Kopf setzte, ließ sich deutlich erkennen, dass er vollkommen geschockt war. Er hatte sich nicht mal die Mühe gemacht, Colonel Webber auf dem Weg nach draußen einen Höflichkeitsbesuch abzustatten. Dem Sergeant Major war das nur recht.

Er konnte Spencer die nackte Erleichterung ansehen, mit heiler Haut aus der Sache herausgekommen zu sein. Die Delta-Force-Basis war definitiv Neuland für ihn. Ein Ort, an dem man Außenstehenden den Schneid abkaufte und so manches hingenommen wurde, was man in einem konventionellen Militärumfeld niemals akzeptiert hätte. Ein Ort, an dem für jeden dieselben Regeln galten und sich der Unterschied zwischen einem Offizier und seinen Untergebenen höchstens an den monatlichen Soldabrechnungen ablesen ließ.

Während Spencer mit dem Autoschlüssel hantierte, versuchte der Sergeant Major abzuschätzen, was nach Slapshots und Diggers ungewöhnlichem Wutausbruch als Nächstes kam.

»Nun, Sir, schön, dass Sie hier gewesen sind. Nehmen Sie sich die Angelegenheit nicht so zu Herzen. Diese Kerle sind noch ein bisschen überdreht von der langen Zeit im Einsatz. Die führen diesen Krieg schon etliche Jahre.«

Spencer ließ sich auf den Fahrersitz sinken und legte den Umschlag auf den Beifahrersitz. Er steckte den Schlüssel ins Zündschloss und stellte fest: »Sergeant Major, diese beiden Soldaten waren angriffslustig und vollkommen aufsässig.«

Im Versuch, zu retten, was zu retten war, beugte der Sergeant Major sich hinunter, bis er fast auf Augenhöhe mit dem verstörten Anwalt war. »Sir, die sind etwas zu weit gegangen, das gebe ich zu. Aber es gibt hier nur wenige Offiziere, denen von den Assaultern so viel Respekt entgegengebracht wird.«

»Etwas zu weit gegangen?«, wiederholte Spencer und hob fassungslos die Augenbrauen.

»Sir, Major Raynor ist ein wenig exzentrisch und manchmal extrem, keine Frage«, erwiderte der Sergeant Major. »Aber die Jungs erkennen einen großartigen Offizier, wenn sie ihn sehen. Solche Charaktere gibt es in der Army heute nur noch selten.«

Spencer saß da und starrte vor sich hin. In seinen 16 Dienstjahren hatte er noch nie etwas erlebt wie das, was gerade in der SCIF vorgefallen war. Seine linke Hand umklammerte das Lenkrad so fest wie ein Schraubstock, während er mit der rechten den Motor anließ. »Darum geht es hier also in Wirklichkeit, Sergeant Major?«

Der Angesprochene trat einen Schritt zurück, um die Fahrertür zu schließen, und antwortete: »Ja, Sir. Nach fast zwölf Jahren Krieg ist es das Einzige, was bei diesen Männern zählt.«

Spencer manövrierte aus der Parklücke, ignorierte das zackige Salutieren des Sergeant Majors und fuhr in Richtung Haupttor. Er machte sich nicht die Mühe, den Gruß der winkenden Sicherheitsleute zu erwidern, und bremste nicht mal, um seinen Besucherausweis abzugeben. Ihm schwirrte der Kopf. Er war völlig durcheinander. Hoffentlich schaffte er es unfallfrei zurück zum JSOC-Hauptquartier.

In der Nähe der saudisch-jemenitischen Grenze

Mit Sandalen an den Füßen und in einen hellblauen, verblassten und abgetragenen Thawb gehüllt blickte Kolt den Rücklichtern des Land Cruisers mit den SEALs hinterher, der in der Ferne verschwand. Vor ihnen lag eine vierstündige Fahrt zurück zum Unterschlupf am Tahrir-Platz. Der Thawb, das traditionelle Kleidungsstück jemenitischer Männer, hatte drei Knöpfe zwischen dem kragenlosen Halsstück und dem Bauch. Die weiten, langen Ärmel reichten Kolt bis ans Handgelenk. Im linken Brustbereich war eine kleine Tasche eingenäht. Manche bezeichneten dieses Gewand abfällig als Männerkleid. Es reichte etwa bis zur Mitte zwischen Knien und Fußknöcheln.

Kolt konnte sich mit dieser Verkleidung gut arrangieren, zumal er wusste, dass sie entscheidend für seine Tarnung war. In einem dunkelbraunen Flechtseil um die Taille steckte mittig und senkrecht ein Jambia – ein kurzer Dolch, den die Jemeniten von ihrem 14. Lebensjahr bis zum Tod trugen.

Er wickelte sich die rot-weiße Kufiya um den Kopf. Es war nicht so kalt, wie Kolt befürchtet hatte, aber über den rasierten Kopf verlor er entscheidend Körperwärme, daher diente das Tuch nicht allein zur Tarnung. Wegen der erwarteten Temperaturen um die Vier-Grad-Marke – so zumindest die Prognose der Wetterexperten im JSOC vor dem Beladen des Land Cruisers und dem Verlassen des Verstecks – hatte er eine Zanna mitgebracht, eine traditionelle Jacke. Sie war ausgeblichen, mit alter, fleckiger Baumwolle gefüttert und hätte einem größeren Mann wie Slapshot prima gepasst. An Kolt wirkte sie allerdings drei Nummern zu groß – so wie es sich für ein Land wie den Jemen gehörte, wo Luxusgegenstände schwer zu bekommen und noch schwerer vor Banditen zu schützen sind.

Er öffnete den mitgebrachten braunen Sack und zog einen traditionellen Wasserbehälter mit 3,8 Litern Fassungsvermögen hervor. Nachdem er einen großen Schluck getrunken hatte, wischte er sich den Mund am weiten Jackenärmel ab. Er schraubte die Kappe zurück auf den Behälter und verstaute ihn im Sack, in dem außerdem noch ein Bündel jemenitischer Geldscheine – Rials – und ein abgenutzter Koran lagen. Kolt reiste absichtlich unbewaffnet und mit leichtem Gepäck.

Er lief 30 Meter weit nach Osten, blieb stehen und lehnte sich mit dem Kopf gegen einen kleinen Felsen. Er musste seine Augen erst auf die Dunkelheit einstellen, nachdem er den Großteil der langen, umständlichen Fünf-Stunden-Fahrt auf dem Rücksitz des Land Cruisers mit dem Studieren der im Toughbook der SEALs gespeicherten Satellitenaufnahmen der Raptor-X-Drohne verbracht hatte. Hier draußen in der Wüste musste er in der Lage sein, lauernde Gefahren frühzeitig zu erkennen, um nicht in irgendeine Falle zu tappen.

Nachdem er eine halbe Stunde gewartet hatte, schienen Kolts Augen an die Lichtverhältnisse gewöhnt zu sein. Er setzte sich erneut in Bewegung, stieß auf den Highway, zog sich aber ein paar Hundert Meter zurück, um nicht ins Scheinwerferlicht vorbeifahrender Autos zu geraten.

In einem durch Erosion entstandenen Graben kauerte er sich zusammen, um nicht zu frieren. Dabei behielt er ständig die Straße im Osten im Blick, die zum saudischen Dorf Al Mubarakah führte und durch die Zollstation in zwei Hälften geteilt wurde. Sie lag im Zentrum der Provinz Jizan und erstreckte sich zu beiden Seiten der Grenze. Die Sonne war noch nicht am Horizont aufgetaucht, aber es konnte nicht mehr lange dauern. Allmählich wurde es heller. Kolt schob sich ein wenig tiefer in den Graben hinein. Er verspürte wenig Lust, von einem vorbeilaufenden Schafhirten entdeckt zu werden. In der Ferne ertönte aus einer großen Gruppe eierschalenweißer und cremefarbener UNHCR-Flüchtlingszelte, nur 100 oder 200 Meter vom Highway entfernt aufgestellt, das leise Signal zum Aufbruch.

Als der morgendliche Aufruf zum Gebet aus einem Lautsprecher über einer Moschee erschallte, sprang er auf, schulterte den Sack und machte sich auf den Weg.

Kolt kannte diese Gegend von einem früheren Besuch, jedoch nicht aus dieser Perspektive. Er hatte diesen Highway schon einmal befahren, zusammengerollt in einem privaten Taxi während einer Geheimmission mit einheimischen CIA-Spionen und saudischen Sicherheitspolizisten, die ihn an den Grenzübergang nach Saudi-Arabien gebracht hatten. Er ging zur nahe gelegenen Haltestelle.

Nachdem sechs Busse jeweils in etwa 45- bis 50-minütigen Intervallen vorbeigefahren waren – die Zeit, die sie brauchten, um durch den Zoll in den Jemen zu kommen –, war immer noch keine Spur von dem Bus zu sehen, den die Agency ihm beschrieben hatte. Die letzte Textnachricht von den Nadal verfolgenden CIA-Spionen besagte, dass der Terrorist sich definitiv in Al Mubarakah aufhielt. Kolt war nicht ganz sicher, ob die Spione der Agency im Bus saßen oder ihm einfach hinterherfuhren.

Endlich entdeckte er das in Hellrosa und Gelb gehaltene Fahrzeug mit dem richtigen Kennzeichen. Er hatte mehrere Stunden lang gewartet, und das Wasser war ihm bereits vor 30 Minuten ausgegangen.

Kolt stieg in den Bus, in dem bereits einige Passagiere saßen, und reichte dem Fahrer ein Bündel Jemen-Rials. Dann ging er durch zu einem leeren Platz in der dritten Reihe von hinten.

Die Fahrt im überfüllten Bus war eine echte Strapaze. Schon bevor er Fort Bragg verlassen hatte, war Kolt sich darüber im Klaren gewesen, dass er als einziger Delta-Typ in einem Team aus SEALs mit Sicherheit immer die Arschkarte zog. Natürlich wälzte man die komplette Drecksarbeit auf ihn ab. Aber diesmal konnte er keinem anderen die Schuld geben. Obwohl alle wussten, dass Kolt Raynor der Letzte sein sollte, der diese Solomission durchführte, hatte sich keiner der SEALs freiwillig dafür gemeldet.

Bisher verlief die stundenlange Fahrt nach Südosten über mit Schlaglöchern übersäte Straßen oder mitten durch die Wüste, bei der die Passagiere wie Gliederpuppen hin und her geschleudert wurden, genauso nervig, wie er befürchtet hatte. Er fragte sich, ob Rocco und die anderen SEALs recht hatten.

Auf der Haben-Seite notierte Kolt, dass er die entschieden zu selbstsicheren, angriffslustigen SEALs auf diese Weise noch etwas hinhielt, bis er mehr Material für die Zielakte gesammelt hatte. Die SEALs waren großartig darin, etwas abzuschließen, aber sie hatten wenig Interesse an den Teilen einer Operation, die Geduld und Geschick erforderten. Kolt machte das nichts aus. Er ließ sie vorerst mit ihren Joysticks die Welt retten und störte sie erst, wenn ihre Muskelkraft gebraucht wurde.

Insgesamt war die Lage eigentlich gar nicht so schlecht für Kolt. Mal abgesehen von dem ungewohnten Galaxy-S2-Handy. Immerhin hatte er anregende Kath-Blätter im Wert von 300 Rial bei sich, mit denen er Handel treiben konnte. Er hatte den SEALs bereits eine Textnachricht geschickt und sie informiert, dass er den richtigen Bus gefunden hatte und eingestiegen war. Wenn trotz der hektischen Vorbereitung alles so lief wie geplant, sollte die nächste SMS ihm bestätigen, dass Nadal ebenfalls im Bus saß.

Auf der Reise über die saudisch-jemenitische Grenze musste Kolt sich Mühe geben, nicht einzudösen. Aber er wollte sich auch nicht auf Gespräche mit Mitreisenden einlassen, solange es sich vermeiden ließ. Nicht dass er kein Vertrauen in seine Sprachkenntnisse gehabt hätte. Über seinen arabischen Dialekt machte er sich keine Sorgen, da durch den Hadsch sichergestellt war, dass alle muslimischen Sekten auf dieser Route willkommen waren. Aber im erschöpften Zustand das Auffliegen der Tarnung zu riskieren, hielt er für eine schlechte Idee. Kolt war total erledigt. Die Zeitumstellung und der Jetlag, dazu die Nachwirkungen der zwei Ambien-Tabletten, die er eine Woche zuvor beim Erreichen des jemenitischen Luftraums geschluckt hatte – an alledem hatte er mächtig zu knabbern. Mehr als alles andere wünschte er sich, ein Auge zutun zu können, und es dauerte nicht lange, bis er mit dem Kopf an das von der Sonne gewärmte Fenster gelehnt einschlief.

Er erwachte beim Geräusch von Regentropfen, die auf das Dach prasselten. Ein Mitpassagier rüttelte ihn an der linken Schulter. Es war der junge Mann, der auf der anderen Seite des Gangs saß. Kolt rieb sich die Augen und versuchte einen klaren Kopf zu bekommen. Der Bus hatte angehalten. Er sah die Passagiere der Reihe nach in Richtung Ausgang gehen. Die Sonne war verschwunden. Dunkle Regenwolken zogen von Westen her über das Rote Meer.

»Wir müssen aussteigen«, drängte der dunkelhäutige junge Mann. »Es ist Zeit, Allah zu preisen.«

Über der hohen Stirn des Mannes sah Kolt offen getragene schwarze Locken, gekrönt von einer gestrickten malvenfarbigen Gebetskappe. Seine Nase war auf unnatürliche Weise nach links gekrümmt und hatte eine Furche in der Mitte, was ihm das Aussehen einer Halloween-Hexe verlieh. Das linke Ohrläppchen fehlte, wodurch sein Gesicht von vorn betrachtet seltsam ungleichmäßig wirkte. Er war sehr schlank und trug einen hellvioletten Salwar Kamiz, der deutliche Schmutzränder von häufigem Gebrauch aufwies. Kolt folgte mit den Augen dem übergroßen Hemd hinunter zur Hose des Fremden, in gedämpftem Weiß gehalten und weit über den Fußknöcheln endend. Während der Griff an seiner Schulter überraschend fest wurde, blickte Kolt auf abgetragene braune Ledersandalen, die die Füße seines Gegenübers schützten.

»Bitte trinken Sie das«, forderte der andere ihn auf und hielt ihm einen hellgrünen Wasserbehälter vors Gesicht. Kolt fiel sofort etwas Bizarres an der ausgestreckten Hand auf. Fünf Finger hielten den Behälter, aber die letzten zwei schienen deutlich kleiner zu sein als die übrigen. Als ob sie zu einem vierjährigen Kind gehörten, nicht zu einem Erwachsenen.

Nachdem er unangenehm lange auf die Behinderung des Fremden gestarrt hatte, nahm Kolt das Wasser entgegen. »*Shukran!*«, bedankte er sich. »Wie heißen Sie?«

»Mein Name ist Nadal. Ich bin mit meinem Vater unterwegs, Malik Abu-Nadal. Er hat sein Leben lang davon geträumt, einmal Mekka zu besuchen«, antwortete der Mann stolz.

Das soll der verfluchte Nadal sein, der Rumäne? Kolt betrachtete den Fremden genau – er musste sicher sein, dass dies seine Zielperson war. Die Gesichtszüge passten zur Beschreibung, die CIA-Beamte Rocco im Versteck geschickt hatten. Kolt war von einem wesentlich älteren Mann ausgegangen. Dieser Nadal wirkte zu jung, zu freundlich, kaum bedrohlich.

Er muss es trotzdem sein.

»Und wie heißen Sie?«

»Yasu«, erwiderte Kolt. Da ihm zunehmend unbehaglich zumute war, fügte er rasch hinzu: »Wir sollten gehen.« Er wies auf die anderen Passagiere, die bereits draußen vor dem Bus standen. Kolt hätte liebend gern eine SMS an das Versteck geschickt, um seine Identifizierung Nadals zu bestätigen, aber das musste warten.

Ein paar Sekunden nach dem Gebet klappte der Fahrer,

ein dicker Typ mit Geheimratsecken Mitte 30, die Motorhaube auf. Ein anderer Herr reichte ihm eine Aluminiumdose, die mit einem Viertelliter Regenwasser gefüllt war. Der Fahrer goss es in die Öffnung des Kühlers, damit der Motor etwas abkühlen konnte. Dampf stieg meterhoch auf und verflüchtigte sich in der drückend schwülen Luft.

Innerhalb von fünf Minuten waren die Passagiere wieder eingestiegen und der Bus setzte die Fahrt nach Süden über eine schlammverkrustete, befestigte Piste fort. Kolt tat für ein paar Minuten so, als ob er schlief, in der Hoffnung, dass sein neuer Bekannter Nadal den Wink mit dem Zaunpfahl verstand. Kolt betrachtete alle im Bus als Feinde, nicht nur Nadal. Er hatte keinen Grund, es anders zu sehen. Die jahrelangen Gefechte in Afghanistan und im Irak hatten ihn von der absoluten Notwendigkeit überzeugt, der muslimischen Denkweise mit Vorsicht zu begegnen. Klar, nicht alle waren islamische Extremisten, die Ungläubigen den Tod wünschten. Aber wie wollte man den Unterschied erkennen, bevor es zu spät war?

Zurück auf seinem Fensterplatz nahm Kolt das Galaxy in die Hand und tippte: Kostbare Fracht anwesend, Identität bestätigt. Aber gerade, als er den Senden-Knopf drückte, verlor das angesteckte SatSleeve-Modul die Verbindung zum Thuraya-Fernmeldesatelliten, der die Erde in einer geosynchronen Umlaufbahn umkreiste. Seine Nachricht an Rocco blieb unweigerlich im Limbus hängen, bis die Regenwolken sich verzogen hatten.

16

Nordwest-Jemen

Die lange Fahrt brachte Kolt und die anderen Passagiere über den Highway 5 nach Südosten. Die Route führte durch die Dörfer Harad und Abs, ehe sie schließlich das von Hügeln und Felsen umgebene Dorf Al Ma'ras erreichten.

Den ganzen Tag über hatten sie sich im stockenden Verkehr über seit Ewigkeiten nicht geflickte Asphaltdecken, Feldwege und ›Autobahnen‹ aus festgestampfter Erde bewegt. Farbenfrohe ein- und zweistöckige Pendlerbusse, randvoll gestopfte Minivans, Pick-up-Trucks mit Passagieren auf der Ladefläche, die sich mit Mühe und Not festhielten, sowie doppelt besetzte Motorräder verstopften die Strecke und verbannten jede Eile aus dem Bereich des Notwendigen.

Die Sonne schimmerte schwach durch die dunkle Wolkendecke, während der Bus das tiefe Wadi Maar überquerte. Es war ihre letzte Chance, noch einmal durchzubrechen, bevor sie in ein paar Stunden unterging. Fünf Kilometer hinter dem Wadi, nördlich des Dorfes Radmat Jubarra, fuhr der Bus langsamer und bog nach Osten ab. Auf den nächsten 150 Kilometern durchquerte er die Siedlungen Hajjah und Amran, bis er schließlich in den nördlichen Randgebieten von Sanaa ankam.

Kolt konzentrierte sich auf das orangefarbene Glühen am Horizont und die rauen und zerklüfteten Bergketten und Gipfel. Wunderschön. Das langsame, holprige Vorankommen brachte ihn erneut an den Rand des Einschlafens, aber er wehrte sich dagegen. Unauffällig kniff er sich in Beine und Hüfte, um wach zu bleiben. Er wusste, dass ihm heute schon ein Fehler unterlaufen war. Jetzt hatte er die Zielperson gefunden, obwohl sie sich ebenfalls in Bewegung befand. Nadal war eindeutig identifiziert und seine Mission damit erfüllt. Obwohl sein Smartphone weiterhin keine Verbindung zum Satelliten bekam, prüfte er immer wieder nach, ob seine SMS an die SEALs den Nachrichtenausgang verlassen hatte. Sie blieb hartnäckig. Allein schon deshalb durfte er sich kein erneutes Wegnicken erlauben.

Auf der anderen Seite des Busses klingelte ein Handy. Er schaute nicht zu Nadal hinüber, hörte aber, wie er den Anruf entgegennahm. Kolt lauschte angestrengt, während der Busfahrer mehrere Taxis anhupte, die sich vor dem Bus auf die Arman Road gedrängt hatten.

»Was sagst du, Bruder Farooq?«, fragte Nadal.

Bingo! Kolt triumphierte, als er hörte, wie Nadal seinen Partner beim Namen nannte. Es war definitiv der richtige Mann.

Er konnte einige weitere Worte aufschnappen. Der Mann am anderen Ende der Leitung klang verzweifelt. »Die Polizei! Die schießen auf uns durch die Türen … Hassan ist tot.«

»Das kann doch gar nicht sein«, entgegnete Nadal. »Ich höre nichts. Unsere Sicherheitsmaßnahmen sind bestens durchdacht. Wir haben alles im Griff.«

Das unverwechselbare Geräusch einer Explosion drang aus dem Hörer.

»Bruder! Bruder, bist du noch da?«, fragte Nadal.

»… bin hier. Dein Plan funktioniert nicht. Du hättest nicht gehen dürfen. Was sollen wir tun?«

»Das ist nicht meine Schuld. Lass alles da. Die Modellflugzeuge, alles. Du musst fliehen, Bruder. Nimm unbedingt das Handy mit. Beeil dich, Farooq. Benutz das Handy wie besprochen. Vergiss es nicht.«

Kolt wandte sich langsam um, um Nadal anzusehen. Irgendetwas lief da wohl gewaltig schief. Er begriff es noch nicht ganz und gab sich Mühe, nicht zu auffällig hinzustarren. Jemand hatte Nadal aus seinem Unterschlupf angerufen.

Die SEALs konnten damit nichts zu tun haben. Sie hockten nach wie vor im Safe House und warteten auf Neuigkeiten von Kolt. Im Moment sammelten sie wahrscheinlich Raumschiffteile ein, übten waghalsige Stunt-Sprünge in *Grand Theft Auto 5* ein oder bereiteten sich langsam auf die Nacht vor.

Kolt konzentrierte sich wieder auf Nadal. »*Inschallah,* Brüder«, sagte dieser gerade und trennte die Verbindung, bevor er abrupt aufstand und für einen Moment über die Köpfe der anderen Passagiere hinwegsah. Mit zügigen Schritten ging er nach vorn und setzte sich auf einen leeren Platz in der Nähe des Fahrers. Kolt bekam nur noch seinen Hinterkopf zu Gesicht.

Was hatte der Kerl vor? Offenbar versuchte er, sich eine bessere Sicht auf etwas vor der Windschutzscheibe zu verschaffen. Die Sonne war endlich durch die dichte Wolkendecke gedrungen, was besseres Wetter für den restlichen Abend versprach. Kolt konzentrierte sich auf Nadals Blickrichtung. Er konzentrierte sich auf einen Punkt am Horizont, dort, wo die Stadt anfing und die ersten Wohnhäuser die karge Landschaft in großzügigen Abständen auflockerten.

Am mittlerweile strahlend blauen Himmel tauchte ein riesiger Feuerball auf. Er zog eine gewaltige Rauchspur hinter sich her, die sich wabernd ausbreitete und höher in die Luft stieg, kurz hinter dem Fußballstadion mit den hohen Flutlichtmasten. Einen Augenblick später erreichte der Knall einer Explosion den Bus und ließ auch den Letzten wissen, dass etwas passiert sein musste.

Der Fahrer fuhr von der Straße herunter und schien nicht recht zu wissen, was er davon halten sollte. Kolt sah, wie Nadal aufstand, für einen Moment mit dem Mann am Steuer sprach und dann ausstieg. Andere folgten seinem Beispiel, was Kolt die Möglichkeit verschaffte, dasselbe zu tun. Er steckte sein Handy mit dem Satellitenmodul ein und verließ den Sitzplatz. Im Mittelgang spürte er etwas unter der Schuhsohle.

Kolt sah nach unten. Dort lag ein abgegriffenes, vergilbtes Notizbuch. Nadal war nirgends zu sehen. Also kniete er sich hin, hob sein Fundstück auf und blätterte es rasch durch. Er stieß auf eine Mischung aus Arabisch und Englisch. Telefonnummern, E-Mail-Adressen. Auf einer Seite irgendwo in der Mitte stand in dicken Großbuchstaben der Name PATRICK HENRY gefolgt von einer 15-stelligen Nummer. Kolt erkannte sofort, dass es sich um eine amerikanische Telefonnummer mit der Vorwahl von South Carolina handelte.

Er steckte den Block ein und näherte sich dem Ausstieg. Ein Blick durch die Windschutzscheibe verriet ihm, dass Nadal sich ein Stück vom Bus entfernt hatte und in die grobe Richtung des Explosionsorts rannte. Kolt folgte ihm vorsichtig, wobei er darauf achtete, durch andere Passagiere abgeschirmt zu werden.

In diesem Moment vibrierte das Handy in seiner Tasche.

Kolt kramte es hervor, wischte mit dem Daumen über den Bildschirm und tippte die vierstellige PIN zum Aufheben der Displaysperre ein. Der Nachrichtenausgang war leer, was ihm bestätigte, dass seine Kurznachricht über die Identifizierung der Zielperson endlich abgesetzt worden war und Rocco im Unterschlupf erreicht haben musste. Im Posteingang befand sich eine neue, ungelesene Nachricht. Er tippte sie an. Sie stammte von einem Apparat der SEALs.

Er vergewissert sich, dass Nadal noch in Sichtweite war. Dieser schien das Tempo erhöht zu haben und hängte Kolt allmählich ab. Im Weiterlaufen las Kolt die Nachricht auf seinem Handy:

Racer, SEALs wahrscheinlich tot. Hab's in der Aufklärungszentrale mitbekommen. Zielobjekt explodiert, alle vier noch drin. Riesengroße Scheiße. Keine Überlebenden. Wo bist du?

Kolt verlangsamte seine Schritte, um den Text noch einmal zu lesen, blieb stehen und tippte hastig mit den Daumen eine Antwort:

Wer ist da? GANZ SICHER? KEINE ÜBERLEBENDEN????

Er hatte die Explosion selbst beobachtet, aber nie damit gerechnet, dass es sich um das Versteck von Farooq und Nadal handelte, das dort in Flammen aufging. Er dachte an Nadals Telefongespräch mit diesem Farooq zurück. Er hatte nicht jede Einzelheit mitbekommen, aber zumindest, dass Nadal seinen Gesprächspartner angewiesen hatte, sofort zu verschwinden und das Handy zu benutzen.

Kolt ging weiter, während er auf die Antwort wartete. Keinen Augenblick zu früh schaute er hoch, um nach Nadal zu sehen – er bekam gerade noch mit, wie dieser nach rechts abbog und verschwand. Kolt verfiel in einen zügigen Trab, behielt das Handy in der Hand und konzentrierte sich auf die Kreuzung, an der er Nadal aus den Augen verloren hatte.

Was haben die SEALs damit zu tun? Erst in der letzten Nacht, bevor sie ihn unweit der saudischen Grenze abgesetzt hatten, war Rocco noch einverstanden gewesen, zunächst Kolts Rückmeldung abzuwarten und den Angriff um 24 Stunden zu verschieben.

Außerdem ist es draußen noch viel zu hell, verflucht!

Endlich kam die SMS: Hier ist Scotty ... der Funker. Nein, keine Überlebenden. Hab das JSOC am Telefon. Die haben es live mitverfolgt und sofortigen Rückzug befohlen.

Das ergab durchaus Sinn. Scotty war der Funker von der Joint Communications Unit, der das Team in den Jemen begleitet hatte. Ein Spitzenmann und sicher niemand, der sich grundlos aus der Ruhe bringen ließ. Und wenn die SEALs den Befehl von oben bekommen hatten, das Versteck anzugreifen, hätte eine Drohne die Livebilder direkt ins Kommandozentrum in Fort Bragg übertragen.

Wer zum Teufel hat den Angriff befohlen?

Warum haben sie jetzt schon zugeschlagen?, schrieb Kolt, während er sich verzweifelt bemühte, Nadal auf den Fersen zu bleiben. Die Straßen füllten sich mit Einheimischen, offenbar alle unterwegs in das Gebiet, in dem sich die laute Explosion ereignet hatte – östlich der TV Road in der Al-Thawra Sports City.

Kolt blieb Nadal weiter auf den Fersen, wobei er sich fragte, warum er das eigentlich tat. Scotty hatte im Moment sicher alle Hände voll zu tun. Er brauchte Hilfe, die Millionen von Fragen seitens des JSOC zu beantworten, das Versteck zu räumen und zu säubern und das Exit-Protokoll zum Verlassen des Landes einzuleiten. Kolt nahm an, dass er deshalb noch nicht auf seine letzte Nachricht geantwortet hatte.

Nein – solange Kolt keine weiteren Anhaltspunkte hatte, hatte es keinen Zweck, Nadal zu verfolgen. Auch wenn es ihm nicht gelungen war, ihn zu fotografieren, war seine Mission durch die positive Identifikation bereits erfüllt. Kolt drehte um und ging auf der Westseite der Amran Road zurück. Er wusste, dass das lockige Haar, die hohe Stirn und die missgestalteten Finger es erleichterten, Nadal wiederzuerkennen.

Wer zum Teufel hat den Angriff befohlen?

Delta-Force-Gelände, Fort Bragg

Zwei Tage, nachdem er aus dem Jemen zurückgekehrt war und Waffen und Ausrüstung abgegeben hatte, fühlte Kolt sich auf dem Gelände der Unit ziemlich fehl am Platz. Niemand erwartete von ihm, dass er überhaupt noch zur Arbeit kam – vor allem, da er gerade eine schriftliche Erklärung zum SEALs-Desaster im Jemen abgegeben hatte und eine fast sechsstündige Nachbesprechung hinter ihm lag. Alle rechneten damit, dass er sich Urlaub nehmen und ohne

Vorwarnung abhauen würde. Er musste sich noch um die Pistole kümmern, die ein Kumpel aus der B-Squadron ihm verkaufen wollte, und den Psychologen der Einheit für das vorgeschriebene Abschlussgespräch aufsuchen. Jeder musste sich einem solchen Gespräch mit dem Doc unterziehen. Seine Unterschrift auf den Entlassungsdokumenten war zwingend erforderlich. Obwohl es sich letztlich um eine Formalität handelte, freute Kolt sich auf dieses Gespräch.

Colonel Webber hatte sich nach besten Kräften für ihn eingesetzt. Aber nach der Operation im Jemen drohte Admiral Mason damit, Kolt Raynor persönlich an den Rand von Fort Bragg zu kutschieren und mit einem Tritt aus der Basis zu befördern. Kolt hatte von Webber seine Papiere und den Befehl erhalten, entweder eine einjährige Schulung zu absolvieren oder direkt in den Ruhestand zu gehen. Kolt musste sich nicht sofort entscheiden. Webber gab ihm 30 Tage Zeit, darüber nachzudenken. Aber dann wollte er Planungssicherheit haben.

Colonel Cedric Johnson hatte im Laufe der Jahre große Sympathien für Kolt entwickelt, und umgekehrt verhielt es sich genauso. Kolt fühlte sich nie unwohl dabei, Doc Johnson genau zu erklären, was ihm durch den Kopf ging. Er wusste, dass alles unter die ärztliche Schweigepflicht fiel. Zumindest nahm er das an.

Nach 20 Jahren, in denen er sich um den Geisteszustand von Delta-Operators gekümmert hatte, entging dem Doc ohnehin nicht, dass Kolt sich über etwas Gedanken oder Sorgen machte. Es wäre zwecklos gewesen, ihn zu belügen. Und ähnlich aussichtslos, wie etwas vor einer Frau verborgen zu halten, mit der man seit 30 Jahren verheiratet war. Als Psychologe durchschaute man solche Manöver sofort. Zusammen mit dem Kaplan war der Doc für die Operators auf dem Gelände von unschätzbarem Wert, um Stress abzubauen. Das galt umso mehr, wenn sie sich in einem Kriegsgebiet aufhielten.

Doc Johnson stand rasch auf und kam hinter seinem Schreibtisch hervor. Er lächelte breit. Lange bevor er bei Kolt angekommen war, streckte er ihm bereits die Hand hin und eröffnete die Unterhaltung mit seinem patentierten, die Stimmung auflockernden Grinsen von einem Ohr zum anderen.

Kolt setzte sich auf den bequemen braunen Ledersessel, den seit zwölf Jahren jeder Operator benutzte, während der Doc sich ebenfalls zurück auf seinen Platz sinken ließ. Sie plauderten kurz über Johnsons Kinder. Er hatte zwei Söhne, mit denen Kolt sich während eines Familien-Picknicks der Unit vor einem halben Jahr angefreundet hatte.

Wie jeder gute Psychiater lenkte der Doc das Gespräch nach ein, zwei Minuten geschickt auf berufliche Themen um. Zu Kolts Überraschung stellte er ihm Fragen über die Mission im Goshai-Tal, bei der er im Helikopter den Abbruchbefehl ignoriert hatte.

»Stellen Sie immer noch die Entschlossenheit vieler unserer Anführer im Krieg gegen den Terror infrage?«

»Wie bitte, Sir?« Kolt verstand nicht, worauf er hinauswollte.

»Das ist doch keine so abwegige Frage, oder, Major? In dieser Nacht im Helikopter. Sie haben da doch die Entschlossenheit und Tapferkeit des kommandierenden Generals in diesem Krieg angezweifelt, richtig?«

Untypischerweise zögerte Kolt. Er wusste, dass der Doc über die Grundzüge aller Missionen informiert war. Aber ihm war neu, dass er auch solche sensiblen Details kannte. Kolt beschlich der Verdacht, das nachfolgende Gespräch werde doch etwas offizieller und ausführlicher als erwartet.

»Äh … nein, Sir«, antwortete Kolt und suchte nach passenden Worten. »Nicht die Tapferkeit des Generals, nein. Aber in der Tat zweifelte ich in gewissen Momenten an seiner Entschlossenheit und Denkweise.«

»Darf ich Ihnen etwas anvertrauen, Major?«, fragte der Doc unvermittelt.

»Wenn Sie möchten, Doc.«

»Nach Ihrem Ausflug in den Jemen scheint es, dass Sie nicht der Einzige sind, der seine Entscheidungsfähigkeiten anzweifelt.«

»Dann wackelt der Stuhl des Generals also ein bisschen?«, hakte Kolt nach.

»Ein bisschen. Es gibt Gerüchte, dass der Präsident sauer ist, weil er einen Angriff bei Tageslicht erzwungen und damit den Tod der SEALs im Jemen verschuldet hat«, berichtete der Doc. »Sie sind vor Ort gewesen. Wie denken Sie darüber?«

Die Nachricht über die toten SEALs hatte sich bei den Spezialkräften wie ein Lauffeuer verbreitet. Bei Diskussionen auf höherer Ebene hatte sich herausgestellt, dass der Präsident zwar den Einsatzbefehl unterzeichnet, damit aber nur die Mission an sich genehmigt und keinesfalls eine Blankovollmacht erteilt hatte – noch dazu in einem souveränen Staat, in dem Amerikaner nicht willkommen waren. Da die Katastrophe von Bengasi noch nachwirkte und das Problem der Chemiewaffen in Syrien weiterhin ungelöst blieb, konnte er sich keine weiteren Fehler bei der Gewährleistung der nationalen Sicherheit erlauben. Der jüngste internationale Vorfall zwang den Präsidenten und das Außenministerium, jede amerikanische Beteiligung rundheraus zu leugnen.

»Die SEALs hätten dieses Haus niemals bei Tageslicht angreifen sollen. Ich war der rumänischen Zielperson dicht auf den Fersen und sie hatten zugestimmt, noch einen Tag zu warten, bevor sie das Versteck stürmen. Mason besaß keine ausreichenden Kenntnisse über die Umstände vor Ort, um eine solche Entscheidung zu erzwingen.«

»Interessante Sichtweise, Racer. Haben wir diese Lektion nicht schon vor Jahren gelernt?« Eine rein rhetorische Frage.

»Die Namen einiger guter Männer stehen an der Wand,

um uns daran zu erinnern«, bestätigte Kolt. »Aber ich kann mir gut vorstellen, welchen Druck der Präsident auf den General ausgeübt haben muss, eine mögliche Attacke auf heimatlichem Terrain zu verhindern.«

»Davon gehe ich aus«, bestätigte der Doc. Dann wechselte er das Thema.

»Was haben Sie heute für einen Eindruck von der Entschlossenheit der Unit, Kolt?«, fragte Colonel Johnson. »Fühlt sich das nach zwölf Jahren Krieg gegen den Terror noch genauso an?«

Kolt zögerte keine Sekunde. Er respektierte den Doc, ein afroamerikanischer Offizier und rein zufälligerweise derselbe Kerl, der sich vor Jahren beim Auswahlverfahren der Delta Force um die sprichwörtlichen Leichen in Kolts Keller gekümmert hatte. Niemanden störte, dass er welche hatte, das war in diesem Umfeld bei jedem so. Wichtig war ihnen, dass er seine Fehler eingestand und aus ihnen lernte. Mit Operators, die erhebliche Schulden oder wiederkehrende Alkoholprobleme hatten, ihre Frauen schlugen oder zu weit vom Schema des heterosexuellen US-Normbürgers abwichen, konnte man bei der Unit nichts anfangen.

»Absolut, Sir. Aber mir ist inzwischen klar, wie willensschwach wir im Vergleich zu unseren Gegnern sind. Wir investieren Jahre in unsere Ausbildung und Millionen in die Finanzierung, aber uns fehlt die wichtigste Voraussetzung, um uns gegen diese Verrückten durchzusetzen.« In Kolts Stimme schwang eine Mischung aus Frustration und Erregtheit mit.

»Welche Voraussetzung, Kolt?« Der Doc lächelte ihn an.

»Ganz einfach, Doc. Wir sind nicht bereit, unser Leben zu opfern, nicht einmal für den Sieg unserer Nation, falls so ein Sieg überhaupt definierbar ist.« Kolt beugte sich vor und blickte dem Psychiater direkt in die Augen. »Letzten Endes deutet alles darauf hin, dass wir ganz klar eine unterlegene, weniger entschlossene Spezies sind als unsere Feinde: die

Terroristen.« Er bemerkte, dass er zu viel und zu schnell geredet hatte und dabei zu emotional geworden war.

Das Zögern des Docs machte Kolt etwas nervös. Doch dann ließ dieser sein typisches Grinsen aufblitzen und sagte mit betont ruhiger Stimme: »Das ist sehr interessant, Kolt. Haben Sie sich diese Meinung bei Ihren zahlreichen Übungen auf dem Testgelände gebildet oder haben Sie das nach dem 11. September bei Fox News aufgeschnappt?« Er wartete die Antwort gar nicht erst ab und ließ ihn davonkommen. »Jedenfalls merke ich, dass Ihre Einstellung zu diesem Thema deutlich emotionaler ist als noch vor zehn Jahren.«

Kolt konnte nicht widerstehen, dieser nüchternen Analyse zusätzlichen Nachdruck zu verleihen. »Stimmt, Sir!«

Der Doc legte nun einen anderen Gang ein und bohrte nach. »Was ist mit Ihnen? Halten Sie persönlich sich für entschlossener als Ihre Teamkameraden?«

Kolt wandte den Blick ab und dachte für einen Moment über die Frage nach. Er betrachtete die vier eingerahmten Farbfotos mit Autogrammen früherer Delta-Kommandanten, die an der Wand hingen – ein klares Zeichen dafür, wie lange der Doc bereits in der Einheit war. Die Männer auf den Bildern schienen Kolt förmlich zu einer Antwort zu drängen. Er wusste, dass er nicht entschlossener war als die anderen. Er glaubte, genauso entschlossen wie sie zu sein. Außerdem fürchtete er, Gefahr zu laufen, durch eine falsche Erwiderung wie ein eigensüchtiges, arrogantes Arschloch dazustehen, das sich für engagierter hielt als den Rest der Truppe. Da er wusste, dass er auf keinem Gebiet besser war als seine Kollegen, jedenfalls nicht auf eine Art, die sich objektiv nachweisen ließ, blieb er zurückhaltend.

Er setzte sich aufrecht hin und sah den Doc an. »Nicht so wichtig, Sir. Was ich jetzt sage, spielt sowieso keine Rolle mehr. Meine Zeit ist abgelaufen. Außerdem hätte sowieso niemand genug Mumm, so was ins Rollen zu bringen. Nicht einmal, wenn wir ein Dutzend Leute hätten, die bereit wären, sich dafür zu opfern.«

Doc Johnson sah ihn einfach nur an.

Kolt seufzte. »Vielleicht hätten wir besser über dieses Thema geredet, als ich hier noch willkommen war.«

»Noch einmal, Major Kolt Raynor, haben Sie den Mumm dazu?« Der Doc ließ nicht locker. »Sie haben sich bei der Delta Force nicht gerade als Paradebeispiel für Leistungsbereitschaft präsentiert.«

»Sir?« Der formelle und ernste Tonfall brachte Kolt aus dem Konzept.

»Wie groß ist Ihre Entschlossenheit, den Krieg gegen den islamistischen Terror zu gewinnen?«

»Extrem groß, Sir.« Kolt beugte sich vor. »Himmel, ich hab neulich mal nachgezählt. Seit 9/11 bin ich 47 Monate in Afghanistan gewesen. Ich spreche mittlerweile fast besser Paschtu als Englisch. Aber meine Zeit hier ist abgelaufen. Ich muss entweder die Schulbank drücken oder in Rente gehen.«

Der Doc nahm seine Aussage ungerührt zur Kenntnis. Kolt zögerte. Da ihm das Schweigen unangenehm war, rutschte er ein paar Zentimeter auf dem Sitz zurück und schob die Fingerspitzen aneinander.

»Außerdem ist es ja nicht so, als bliebe ich der Unit in positiver Erinnerung«, fuhr Kolt fort und spielte damit auf das Ermittlungsverfahren nach 15-6 an. Der Doc ließ die Bemerkung ein paar Sekunden im Raum hängen.

»Was ist eigentlich aus Ihrem Tattoo geworden, das Sie entfernen lassen sollten?«, fragte er schließlich. »Warum hat Ihre Entschlossenheit nicht einmal ausgereicht, um diese einfache Mission zu erfüllen?«

Kolt begriff schnell, worauf er hinauswollte, und widerstand dem Drang, eine schnippische Antwort zu geben. Der Doc meinte den Vorwurf durchaus ernst. »Äh, da haben Sie mich wohl erwischt, Sir.« Er seufzte und nickte. »Nach dem 11. September kam mir das nicht mehr so wichtig vor.«

Er hielt dem Blick seines Gegenübers für eine Sekunde stand, schielte dann aber zum Fenster.

»Es geht nicht darum, seine Entschlossenheit von der Wichtigkeit einer Aufgabe abhängig zu machen, Major Raynor.« Der Doc klang fast wie ein Little-League-Trainer, der seine Mannschaft vor einem Spiel anpeitschte. »Im Gegenteil. Etwas bis zum Ende durchziehen zu können, gehört zu den wichtigsten Voraussetzungen für die Männer und Frauen auf diesem Gelände.«

Generell wurde von Angehörigen der Delta Force verlangt, dass sie sämtliche Tattoos entfernen ließen. Das war notwendig, um ihre Identität zu schützen für den Fall, dass sie irgendwo in einem Dritte-Welt-Kaff von feindlichen Einheiten gefangen genommen wurden. Ein Tattoo zu entfernen war jedoch eine langwierige Angelegenheit. Es erforderte ein halbes Dutzend Laserbehandlungen, bei denen die Tinte buchstäblich aus dem Körper gesaugt wurde. Dann mussten die entsprechenden Hautpartien verschorfen und eine neue Epidermis nachwachsen. Das alles lief zwar nicht ohne ein gewisses Maß an Schmerzen ab, hinterließ bei professioneller Durchführung aber weder Narben noch andere Spuren.

Aber die Terroranschläge vom 11. September 2001 hatten diese Angelegenheit, so wie viele andere, die langwierig waren und Durchhaltevermögen erforderten, auf der Prioritätenliste nach unten rutschen lassen. Zum Zeitpunkt der Attacke von Al-Qaida auf das World Trade Center wären nur noch eine oder zwei Sitzungen nötig gewesen, um den alten, seltsam geformten schwarzen Panther von Kolts rechter Schulter zu entfernen. Aber ein blasser, fast vergessener Überrest dieses Dschungelkillers lauerte immer noch dort.

»Ich nehme an, Sie hätten Interesse daran, von der Kommission der Special Mission Unit für die Aufnahme in eine Squadron in Betracht gezogen zu werden?«, fragte der Doc.

»Ja, Sir. Aber das ist im Moment wahrscheinlich ziemlich unrealistisch.«

»Warum?«

»Tja, zum einen, weil ich nun schon zum zweiten Mal rausgeschmissen werde, zum anderen wegen der notwendigen Schulung«, erwiderte Kolt. Er wusste, dass der Doc begriff, was er meinte. »Ich kann mir nicht vorstellen, dass man mich ein Jahr außerhalb der Unit verbringen lässt, bei allem, was in Afrika, Syrien und Afghanistan derzeit los ist.«

Der Doc öffnete eine Schreibtischschublade und zog einen unbeschrifteten Umschlag hervor. Er zog drei zusammengetackerte Blätter heraus und schob sie Kolt hin. Dieser blätterte das leere Deckblatt um und betrachtete die zweite Seite. Am oberen und unteren Rand prangte in großen roten Lettern der typische Klassifizierungsstempel: *TOP SECRET/SCI,* darunter ein Kürzel, das Kolt nicht geläufig war: *WHDP-TUNGSTEN.*

»Nehmen Sie sich ein paar Minuten Zeit, um das zu lesen, Kolt«, forderte der Doc ihn auf. »Ich geh mir inzwischen 'ne Tasse Kaffee holen. Soll ich Ihnen auch eine mitbringen?«

»Nein, Sir, ich brauche nichts. Danke.«

Nadal Al-Romanis Rückkehr nach Sanaa war nur von kurzer Dauer. Nachdem er die Trümmer dessen in Augenschein genommen hatte, was man in Ermangelung einer besseren Bezeichnung seine persönliche Bombenfabrik nennen konnte, freute er sich, das regnerische Wetter hinter sich lassen zu können. Und nach der zermürbenden, vierstündigen Fahrt in Farooqs gebrauchtem '76er Datsun Bulletside, einem von mehr als zwei Millionen Autos, die in den vergangenen zwei Jahren illegal ins Land gekommen waren, empfand er es als Wohltat, sich die salzige Brise, die vom Roten Meer heranwehte, durch die lockigen Haare und den luftigen Salwar Kamiz wehen zu lassen.

Sie hatten ihren hastig ausgewählten Fluchtwagen betankt, das wenige zusammengerafft, was sie aus den glimmenden Trümmern ihres Verstecks retten konnten, und sich zu dritt ins Führerhaus gequetscht. Die Fahrt über die 1961 mit sowjetischer Finanzierung gebaute Serpentinenstraße verlief reibungslos, obwohl die Steigung sich ebenso oft veränderte, wie Farooq den Radiosender wechselte. Die Strecke von Sanaa nach Al-Hudaida war knapp 230 Kilometer lang.

Mit abgefahrenen Reifen und fast leerem Tank erreichten sie schließlich den Hodeida International Airport. Männer wie Nadal und Farooq und sogar ihr Terroristenbruder namens Jomar, der sie begleitete – allesamt betrügerische, verschlagene Muslime –, konnten sich ohne die geringste Sorge in den staubigen Gassen der angrenzenden Siedlung bewegen.

Der Hafenort Al-Hudaida war Mitte des 19. Jahrhunderts von den osmanischen Türken gegründet worden und bekannt für den Export von Kaffee, Baumwolle, Datteln und Fellen. Man hätte annehmen können, dass es den jemenitischen Behörden gelungen sei, 250 Jahre später einen lukrativen Ferienort daraus zu machen. Doch jeder, der über eine Reise in den Jemen nachdachte und nicht zum selben Menschenschlag wie Nadal gehörte, stellte schnell fest, dass es sich um eine Brutstätte für Terrorismus, Entführer und Bombenattentäter handelte. Der Jemen verfügt durchaus über eine florierende Wirtschaft, allerdings überwiegend im illegalen Spektrum angesiedelt.

Nadal blieb im Jemen, um ihre Angelegenheiten zu ordnen und die letzten Vorbereitungen für den spektakulären Angriff auf US-amerikanischem Boden zu koordinieren. Eine Attacke, deren Durchführung er voll und ganz Farooq und Joma anvertraute. Obwohl ihre Spezialausrüstung gerade in Flammen aufgegangen war, hatte er vollstes Vertrauen in ihren Erfolg.

Nachdem er am frühen Morgen das Fadschr-Gebet gesprochen hatte, gönnte sich Nadal in einem Imbiss am Meeresufer eine kleine Portion *Ogdat*, ein Eintopf mit Fisch und Gemüse. Mit vollem Magen überquerte er die

Küstenstraße, die Route 60, und ging zu Fuß zum Internetcafé in der Nähe des Al-Tahrir-Parks. Sein Handy würde zum vereinbarten Zeitpunkt klingeln. Zumindest wenn sich Farooq an die Instruktionen hielt, die er seinen Glaubensbrüdern vor dem Passieren des Zollschalters am Flughafen gegeben hatte.

Bis vor 23 Minuten war er noch zuversichtlich gewesen, dass alles reibungslos ablief. Abgesehen von dem Rückschlag vor ein paar Tagen, als jemenitische Sicherheitskräfte ihr Versteck gestürmt hatten. Sie waren dabei selbst zu Märtyrern geworden und hatten seine Meisterwerke in Rauch aufgehen lassen, seine in Körperöffnungen versteckbaren Sprengsätze, mit Bomben ausgestatteten Modellflugzeuge und improvisierten Strahlenwaffen. Aber, bei Allah, davon abgesehen gab es keinen Grund zur Klage.

Nachdem er sich ein wenig von seinem Schreck über das erholt hatte, was er auf dem Monitor im Café gesehen – oder, besser gesagt: nicht gesehen – hatte, war er über die Route 60 zum Ufer zurückgekehrt. Er stand jetzt am westlichen Ausläufer der Straße und blickte zum Bootsfriedhof hinunter, wo Dutzende sandverkrustete Wracks in allen Farben des Regenbogens in den flachen Dünen hinter dem Hafendamm von Le Port de Pêche lagen. Ihre Masten hatte man demontiert. Wahrscheinlich spendeten sie nun Schatten an Plätzen wie dem, wo er an diesem Morgen gefrühstückt hatte.

»*Salam alaikum*«, meldete sich Nadal nach dem ersten Klingeln des Telefons.

»*Wa alaikum us-salam*«, erwiderte Farooq den Gruß. »Bruder Nadal, wie ich vorhergesagt habe, sind Joma und ich ohne Probleme angekommen. Es war eine lange Reise, aber ich habe mir nie Sorgen gemacht, weil Allah über uns wacht.«

Nadal überraschte nicht, dass Farooq und Joma das Ziel sicher erreicht hatten, ebenso wenig, dass Farooq Stolz wegen seiner sorgfältigen und professionellen Arbeit bei der Fälschung der Reisedokumente verspürte, die ihnen offenbar ein reibungsloses Passieren der amerikanischen Zollkontrolle am Dulles International Airport ermöglicht hatten. Immerhin waren sie schon seit langer Zeit Brüder.

»Ja, Farooq, deine Arbeit hat sich ausgezahlt. Ihr habt den Zielort ohne Probleme mit den Behörden erreicht«, lobte Nadal. »Aber der USB-Stick ist so gut wie leer!«

»Das ist unmöglich«, widersprach Farooq. »Ich habe mich vergewissert, dass die Dateien heruntergeladen wurden.«

»Etwas muss schiefgegangen sein, Farooq. Bist du sicher, dass du meine Anweisungen genau befolgt hast? Hast du dich auf der korrekten Webseite eingeloggt und das Handy richtig benutzt?«

»Ich bin kein Kleinkind, Nadal, also behandle mich auch nicht wie eins. Allah ist mein Zeuge, ich habe genau das getan, was du mir aufgetragen hast, und zwar auf die gleiche Weise, wie wir es vorher so oft geübt haben.«

»Die entscheidenden Scared-Indian-Dokumente wurden nicht heruntergeladen, Farooq. Nur grobe Grundrisse, einige technische Zeichnungen von unterirdischen Entwässerungsanlagen, ein Ausfallplan und ein Schichtplan für einige Tage im März.«

»Was soll ich sagen?«, erwiderte Farooq. »Ich stehe gerade unter großem Druck. Ich muss die erste Attacke koordinieren, unseren Freund Timothy finden und den Behörden aus dem Weg gehen. Aber für den Inhalt des Sticks lasse ich mir nicht die Schuld zuschieben.«

Weil Nadal wusste, wie leicht sich sein alter Zimmernachbar von den wichtigen und notwendigen Punkten ablenken ließ – etwa seinem Ingenieurstudium oder seinem Glauben –, beließ er es dabei. Immerhin war Farooq jetzt im Land ihrer Feinde. Nadal wusste, dass die erfolgreiche Durchführung der ersten Angriffswelle, ganz egal, wie viel radioaktiven Niederschlag sie erzeugte und wie viele Opfer sie forderte, die nötige Ablenkung garantierte, die sie für die

Umsetzung ihrer Gesamtstrategie brauchten. Sie wollten die Ungläubigen auf eine Weise bezwingen, die ihr Wirtschaftssystem deutlich empfindlicher traf als der spektakuläre Börsencrash an der Wall Street im Jahre 1929.

»Was passiert ist, ist passiert, Farooq. Die Älteren werden nicht erfreut sein. Ohne einen zweiten Timothy, ohne die geheimen Zieldokumente auf dem USB-Stick und ohne unsere Spezialausrüstung, die jetzt zerstört ist, stehen unsere Chancen um einiges schlechter.«

»Ich verstehe, Bruder. Aber Allah lächelt weiterhin auf uns herab.«

»Ja, das tut der Erhabene, in der Tat. Aber ich werde jetzt die Planung und Koordination für Scared Indian übernehmen. Du wirst dich ausschließlich auf Cherokee konzentrieren.«

»Ja. Tut mir leid, Bruder. Mit dem, was wir hier erreichen, werde ich dich stolz machen.«

»*Allah hafiz.*« Nadal beendete das Gespräch.

17

Tungsten-Hauptquartier, Atlanta, Georgia

Der 62-jährige Carlos Menendez II machte es sich auf dem Schaukelstuhl mit Lederbezug gemütlich. Um die seltenen und daher ausgesprochen teuren Anzugschuhe der Marke Barker Black aus Straußenleder zu schonen, hatte er auf dem Couchtisch ein Kissen untergelegt.

In der Linken hielt er einen Kaffeebecher aus Sterlingsilber, der auf einer Seite mit dem präzise eingravierten CIA-Logo versehen und mit einer exquisiten Arabica-Röstung gefüllt war. Am Handgelenk trug er eine Daytona Rolex aus eisblauem Platin. Der Becher war ein Geschenk seines früheren Arbeitgebers, den Chronografen hatte er sich selbst gegönnt.

Insgesamt trug der Tungsten-Handler beim Verlassen des Hauses Sachen am Leib, die das Monatseinkommen eines Durchschnittsamerikaners an Wert deutlich überstiegen. Zu schade, dass er an den meisten Tagen in einem Keller sitzen musste. Von dort aus überwachte er seine Spione – *Embedded agents* oder *Embeds,* wie sie im Jargon der Tungsten hießen. Er war immer zur Stelle, wenn es darum ging, einem in Not geratenen Agenten Unterstützung zu leisten oder eine Rückführung mit höchster Priorität in die Wege zu leiten. Ja, es war ein Fulltime-Job, den bisherigen 38 Jahren im Dienst der Regierung nicht unähnlich. Aber von Zeit zu Zeit wäre es schön gewesen, mal nach draußen zu kommen, solange die Sonne noch schien, und in der actiongeladenen Innenstadt von Atlanta, Georgia anständig auf den Putz zu hauen.

Immerhin wurde er großzügig bezahlt.

Carlos blätterte noch einmal die Akte durch, die in der rechten, oberen Ecke mit der Ziffernfolge 0706 gekennzeichnet war. Er hatte sie bereits vor einer Woche in allen Einzelheiten studiert, rund 24 Stunden nach der Zustellung durch einen Kurierdienst für vertrauliche Dokumente. Der Kommandant der Delta Force, Colonel Jeremy Webber, hatte sie ihm geschickt. Er hielt aufmerksam nach Indizien Ausschau, die auf persönliche Schwächen oder problematische Charaktereigenschaften schließen ließen. Sie hätten automatisch zum Ausschluss dieses Mannes als Anwärter für Tungsten geführt.

Menendez blieben noch acht Minuten, bevor er das geheime Hauptquartier verlassen musste, durch einen langen Flur ging, zweimal abbog, mit dem Aufzug nach oben fuhr, am Rollwagen mit Braves-Souvenirs vorbeispazierte, den üblichen Platz im hinteren Bereich des Footprints Jamaican Restaurant einnahm und wie üblich eine

Ochsenschwanzsuppe mit braunen Bohnen bestellte. Aber er schuldete es Webber, noch einmal einen genaueren Blick auf diesen Kerl zu werfen. Obwohl er es letztlich für sinnlos hielt.

Vielleicht kann die Söldnerabteilung was mit ihm anfangen. Aber als Embed? Keine Chance. Der Typ ist ein Wahnsinniger!

Carlos hätte Webber gern geholfen. Sie kannten sich schon sehr lange, hatten in der Hauptstadt dieselben Frauen abgeschleppt, gemeinsam Kamelkarawanen durch den Nahen Osten geführt und sich während Operation Desert Storm das Schlafquartier geteilt. Aber das lag Jahre zurück, in einer anderen Zeit und einer anderen Welt.

Während Carlos seinen Arabica-Kaffee schlürfte, fragte er sich, ob Webber damit leben konnte, wenn er die Akte von diesem Lebensmüden direkt an die für Söldner zuständigen Leute weiterschickte. Dort landeten in der Regel alle gut bezahlten Typen, die absolut kein Gewissen hatten und denen es einfach Spaß machte, andere Menschen abzuknallen. Sie trugen keine identifizierbaren Abzeichen oder Dienstausweise bei sich, operierten nur bei Nacht und Nebel und ließen sich von Tungsten in der Regel nach Belieben einsetzen.

Sowohl für Geld als auch zum eigenen Vergnügen erledigten sie so ziemlich jede inoffizielle Drecksarbeit, mit der die US-Regierung Tungsten beauftragte.

Die Söldner stammten aus allen Gesellschaftsschichten, aber hauptsächlich waren es Leute, die einige Jahre beim Militär verbracht hatten und aus dem einen oder anderen Grund gegangen waren. Es gab auch ein paar ehemalige Cops, die ihre Dienstwaffe einmal zu oft gezogen hatten. Dazu gesellte sich eine Handvoll früherer unabhängiger Dienstleister für die CIA, die sich in der Regel etwas reifer verhielten als der Rest der Bande. Eine brauchbare Mischung aus Schützen und Piloten.

Obwohl Carlos sich oft Sorgen über die laxe Aufsicht

machte, waren sie bisher nie aufgeflogen und hatten dem Präsidenten der USA keine schlaflosen Nächte bereitet. Falls die Wahrheit über das Tungsten Department of Special Services jemals ans Licht kam und ihre politisch extrem heiklen Taten enthüllt würden, rollten garantiert eine Menge Köpfe, angefangen beim Staatsoberhaupt selbst.

Aber eins wusste er genau: Diese Söldner konnten Geheimnisse für sich behalten.

Er durfte seine Entscheidung nicht von persönlichen Empfindungen abhängig machen. Die nationale Sicherheit erforderte es, die Abstufungen der Persönlichkeitsprofile potenzieller Agenten mit äußerster Ehrlichkeit und der Intuition eines Experten zu analysieren. Das galt auch für ihre früheren Leistungen und ihre Fähigkeiten. Erst dann konnte er im Sinne des Präsidenten ein Urteil fällen. Ein Urteil, das bei einem Irrtum zu internationalen Zwischenfällen führen konnte, für die sich der Präsident auf der Weltbühne mithilfe eines Teleprompters geschickt rechtfertigen musste, bevor er seinerseits Carlos zur Verantwortung zog. Nein, es ging hier nicht nur um den Kopf des Agenten, sondern auch um seinen eigenen.

Während die Kellnerin ein großes Glas Eistee auf einer Serviette abstellte, freute er sich darüber, seinem alten Kumpel Webber die schlechte Nachricht nicht selbst überbringen zu müssen. Die Entscheidung war auf höherer Ebene getroffen worden. Carlos selbst fungierte lediglich als Befehlsempfänger.

Er entdeckte einen Mann mit gebräunter Haut, kurzen, vielleicht einen halben Zentimeter langen Haaren und einem dichten Kinnbart mit grauen Strähnen, der das Restaurant vom Hof aus betrat. Für ein paar Augenblicke blieb der Mann stehen und scannte den Bereich hinter der Bar. Dann sah er kurz in seine Richtung und stellte Blickkontakt her.

Carlos nahm einen Schluck von seinem Tee und schüttelte mit zwei Fingern die Serviette aus, bevor er sie auf den

Schoß legte. Ein paar Sekunden später setzte der Fremde sich auf den gegenüberliegenden Platz und griff nach der Speisekarte. Daraus schloss Carlos, dass der Mann ihn identifiziert hatte und er gerade zum ersten Mal Tungstens neuestem Anwärter auf den Agentenstatus in die Augen sah: Embed-Kandidat 0706.

»Ich hatte Sie mir mehr wie ein Phantom vorgestellt«, sagte Kolt anstelle einer Begrüßung. »Aber jetzt seh ich, dass Sie bloß ein feiner Pinkel mit abgeknicktem Handgelenk sind.«

»Wie bitte?«, gab Carlos distinguiert zurück, während er die Serviette auf den Oberschenkeln glatt strich.

»Sir, Sie erkennen doch sicher Colonel Webbers feine humoristische Handschrift.« Kolt grinste. »Er hat gesagt, er macht mich fertig, wenn ich das nicht genau so sage.«

»Touché!«, rief Carlo. Der Kerl gefiel ihm besser, als er erwartet hatte.

»Ja, Sir.« Kolt winkte die dunkelhaarige, ziemlich fitte Kellnerin heran. »Ich nehm das, was er nimmt, danke.« Sie drehte sich um und ging. Ihr Hintern zog die Aufmerksamkeit beider Männer auf sich. »Jetzt versteh ich, warum das Ihr Lieblingsladen ist.«

»Bitte, Junge, nennen Sie mich Carlos.« Carlos streckte Kolt die rechte Hand hin.

»Und ich bin nicht ›Junge‹, sondern Kolt. Kolt Raynor.« Er schüttelte Carlos' Hand und achtete darauf, dass er den festeren Händedruck von beiden hatte. »Freut mich.«

Carlos lächelte und nickte. Er wusste, dass dieser Kerl leicht reizbar war – das hob seine Akte mehr als deutlich hervor. Aber er wusste auch, dass Kolt Raynor ein Mann der Pflicht und der Selbstaufopferung war. Er kannte ihn erst seit einer Minute, konnte sich aber bereits vorstellen, dass er im Kampf ein unerschütterlicher Anführer sein musste. Dass er Mumm hatte, stand außer Frage, und ein ganzer Haufen Medaillen bezeugte das.

Aber es kam nicht darauf an, ob er Kolt Raynor für einen guten Saufkumpan bei einem Falcons-Spiel hielt. Er musste sicher sein. Ja, die Entscheidung war von seinen Vorgesetzten getroffen worden, aber Carlos verfügte nach fast 40 Dienstjahren über eine Menge Einfluss. Selbst Entscheidungen von oben ließen sich ändern, wenn man die richtigen Argumente vorbrachte.

Nach der Lektüre von Kolts Akte hatte Carlos gerätselt, warum man ihm diesen Mann überhaupt als potenziellen Kandidaten vorschlug. Neben der ausgeprägten Bindung an sein Team zog sich eine Serie von Gehorsamsverweigerungen wie ein roter Faden durch die Vita – zwei wesentliche Faktoren, die zu einer Schwachstelle werden konnten, falls seine Tarnung bei Auslandseinsätzen aufflog. Aber was Carlos am meisten zu denken gab, war Raynors Hang, Vorschriften zu ignorieren und sich nur an eigene Regeln zu halten. Diese explosive Mischung bereitete Carlos mehr Kopfzerbrechen als offenbar seinen Vorgesetzten bei Tungsten – ganz zu schweigen von Raynors Boss, Colonel Webber.

Carlos hatte Webber gefragt, warum Kolt seine Chance nicht nutzte, sich innerhalb eines Jahrs zum Kommandanten einer Squadron ausbilden zu lassen. Dafür müsste er lediglich im Command and General Staff College die Schulbank drücken und könnte nach erfolgreicher Abschlussprüfung zu seinen Jungs zurückkehren. Er begriff, dass Kolt sich den Männern, die er zurückließ, außerordentlich stark verbunden fühlte. Ein klares Zeichen dafür, dass jemand ein guter Anführer war – Carlos wusste das nur aus der Theorie, weil er selbst keine militärische Laufbahn absolviert hatte. Deshalb konnte er diese unglaublich starken Bindungen nur schwer nachvollziehen, die unter Soldaten im Laufe der Zeit entstanden und gepflegt wurden. Wenn man viele gemeinsame Kampfeinsätze absolvierte, schien eine solche Verbindung wie in Stein gemeißelt zu sein.

Kolt war, genau wie Carlos selbst, alleinstehend. Zwei

gescheiterte Ehen lagen hinter ihm. Da er Kolts hoch riskante Abenteuer an den Krisenherden der Welt nicht miterlebt hatte – Missionen, bei denen gute Männer ihr Leben gelassen hatten, während Hunderte böser Männer ihrem Schöpfer gegenübertreten mussten –, beschlich Carlos ein merkwürdiges Gefühl bei der Vorstellung, Kolt Raynor die Aufnahme ins Tungsten-Programm zu verweigern.

Wie kann ich mir überhaupt ein Urteil über eine solche Kämpfernatur erlauben?

»Sind Sie bereit dafür, Kolt?«, fragte er ihn und signalisierte damit, dass der Small Talk vorbei war und das eigentliche Bewerbungsgespräch begann.

»Bereit, es zu versuchen, sicher.« Kolt lehnte sich zurück, während die Kellnerin zwei Teller mit Ochsenschwanzsuppe und Bohnen vor ihnen abstellte und Carlos' Eistee nachfüllte.

Als sie gegangen war und er sich vergewissert hatte, dass die nächsten potenziellen Mithörer weit genug entfernt saßen, erklärte Carlos: »Totale Abschottung.«

»Kein Problem.«

Carlos wusste, dass Kolt in den dunkelsten Winkeln eines Geheimprogramms nach dem anderen agiert hatte. Dabei war er kreuz und quer um den Globus gereist und hatte bis jetzt kein Wort über seine Aktivitäten verloren, außer bei den Nachbesprechungen seiner Missionen.

Nein, Kolt war niemand, der Geheimnisse ausplauderte.

»Keine Geheimhaltungsvereinbarungen. Keine offizielle Begrüßung oder Verabschiedung. Keine Medaillen. Überhaupt keine nachverfolgbaren Dokumente.« Ausdruckslos prüfte er Kolts Reaktion.

Er wollte sichergehen, dass sein Gegenüber verstand, worum es hier ging. Die Delta Force existierte offiziell nicht, und Tungsten existierte nicht einmal für die Delta Force. *Wenn du das versaust, Raynor, kannst du wieder Schlafsäcke und Kletterausrüstung in Southern Pines verkaufen.*

»Wenn Sie was brauchen, kontaktieren Sie mich. Nur mich. Sämtliche Kommunikation ist abgesichert. Verschlüsselte E-Mails, Anruferidentifikation per Stimmenerkennung, wöchentliche Notfallcodes. Wenn ich Sie anrufe, wird auf dem Display ›unbekannter Anrufer‹ stehen. Gehen Sie trotzdem ran. Ich werde einen Callcenter-Mitarbeiter mimen, der Ihnen was andrehen will. Wenn Sie alleine sind und alles in Ordnung ist, reden wir. Falls Sie beschäftigt sind, legen Sie einfach auf. Wenn Sie in der Klemme sitzen, nennen Sie den Notfallcode.«

»Hört sich nicht allzu kompliziert an. Identitätsnachweise und Decknamen, nehme ich an?«

»Natürlich. Aber ich denke, wir bleiben bei den Decknamen, die Sie bei Ihrem früheren Arbeitgeber benutzt haben, und übernehmen die Biografien in unsere Datenbank. Unsere Analysten haben alles überprüft und sehen da keine Probleme.«

»Klingt sinnvoll«, stimmte Kolt zu. »Man weiß nie, wann einen irgendein Vollidiot an einem ausländischen Flughafen erkennt und einem was zuruft.«

»Genau.« Carlos griff nach Suppenlöffel und Gabel. »Na los, hauen Sie rein.«

Mit weiteren Details wollte er keine Zeit verschwenden. Kolt bekam im Tungsten-Hauptquartier eine ganztägige Einführung, die am nächsten Vormittag anfing. Im Rahmen dessen brachte man auch seine Identitätsnachweise auf den neuesten Stand, händigte ihm einen Führerschein aus, stempelte seine Pässe ab und stattete ihn mit Kleinkram für die Hosentaschen aus – Streichholzbriefchen von Restaurants, Visitenkarten und ähnliche Requisiten aus aller Herren Länder, die seiner Tarnidentität zusätzliche Glaubwürdigkeit verliehen. Natürlich durfte Kolt sie nicht in der Sockenschublade seiner eigenen Wohnung aufbewahren, wo sie leicht auffindbar waren.

Stattdessen wanderte alles zwischen verschiedenen ›toten Briefkästen‹ in und um Atlanta, Georgia, hin und her. Vor seinem Eintreffen am Flughafen trafen Tungsten-Mitarbeiter, die als ›Retter‹ bezeichnet wurden, auf Grundlage verschlüsselter Anweisungen in E-Mails pünktlich die nötigen Vorbereitungen. Beispielsweise befestigten sie seine Identitätsnachweise mit Klebeband an der Unterseite eines bestimmten Tischs in einer angesagten Burger-Bar in Buckhead. Ein anderes Mal warteten sie vielleicht im Grady Memorial Hospital im Wartezimmer im vierten Stock unter dem mittleren Kissen des Plaid-Sofas.

Ganz egal, wo sich der ›tote Briefkasten‹ im konkreten Fall befand – Kolt nahm die deponierten Päckchen an sich, tauschte seine wahre Identität gegen die Undercover-Version ein und trat den Rückzug an. Unmittelbar nach seinem Verschwinden sammelte einer der ›Retter‹ diskret die von ihm zurückgelassenen Gegenstände ein. Auf der Fahrt quer durch Atlanta nahm er einen Rücktausch an einem anderen toten Briefkasten vor und nahm sich dann ein Taxi zu seinem Apartment. Carlos wusste, dass dieses Prozedere für Kolt nichts Neues war. Entsprechende Fähigkeiten hatte er sich gründlich angeeignet und bei der Unit schon oft eingesetzt.

»Und, was ist das für ein Gefühl, auf US-amerikanischem Boden zu operieren?«, fragte Carlos, während er die Stoffserviette auf dem Schoß benutzte, um einen Rest Ochsenschwanzsuppe von der Unterlippe abzuwischen. »Ist das ein Problem für Sie?«

»Nein.« Kolt schaufelte sich einen weiteren Löffel mit braunen Bohnen in den Mund.

Charlotte, North Carolina

Kolt hockte auf dem ziemlich unbequemen Hotelteppich und merkte, dass die zwei Terroristen links von ihm, Joma und Farooq, sich fragten, warum er – der sich als Timothy

Reston ausgab – so wenig über die Sicherheitsverfahren an seinem Arbeitsplatz zu wissen schien. Er wusste zwar genau, wie man Polizei und andere Behörden hinters Licht führte, und konnte jede Frage zu diesem Thema beantworten, aber sonst hatte er ihnen wenig anzubieten.

Als sie ihn darauf ansprachen, verwies Kolt grinsend auf seine lebenslange Erfahrung mit dem ungestraften Klauen von Zigaretten aus örtlichen Drugstores und anderen Gaunereien. Das Cherokee-Kernkraftwerk mit seiner umfangreichen Absicherung war da natürlich ein völlig anderes Kaliber, erklärte er.

Sie redeten jetzt schon seit fünfeinhalb Stunden. Vor der Tür stapelten sich leere Pizzakartons, neben ihnen standen mehrere Wasserflaschen. Es war fast zwei Uhr morgens. Sie hatten eine anstrengende Planungsnacht in einem örtlichen Stundenhotel hinter sich. Der starke Geruch nach ungewaschenen Männern, der sich zwischen den beiden Doppelbetten staute, machte es nicht besser.

Kolt tat sein Bestes, um alle gestellten Fragen zu beantworten, und versuchte, die Planung zu seinem Vorteil zu beeinflussen. Aber das wurde ihm zunehmend durch die Tatsache erschwert, dass er nicht wirklich Timothy war – der Insider, für den sie ihn hielten. Von den dreien lieferte nur der Terrorist, den sie Abdul nannten, häufig Gegenvorschläge und Einwände.

Carlos hatte es damals im Footprints Jamaican Restaurant ernst gemeint, als er Kolt auf einen möglichen Einsatz innerhalb seines Heimatlands ansprach. Davon abgesehen war Kolts Maskerade als Timothy Reston, leitender Sicherheitsoffizier des Kernkraftwerks, das sich etwa 30 Meilen südwestlich dieses Hotels befand, kein Einsatz im regulären Sinn. Hätte Kolt nicht das Glück gehabt, im Bus auf dem Weg nach Sanaa mit Nadal dem Rumänen zusammenzutreffen, hätte kein Geheimdienst der Welt auch nur den geringsten Hinweis auf den geplanten Anschlag entdeckt. Das Notizbuch im Taschenformat, das Nadal beim hastigen Aussteigen aus dem Bus versehentlich fallen gelassen hatte, stellte sich als wertvolle Fundgrube von Informationen heraus.

Innerhalb von sechs Stunden, nachdem die SEALs in die Falle getappt waren, hatte die CIA die 15-stellige Rufnummer, die handschriftlich im Notizbuch vermerkt war, mit ihren gängigen Datenbanken abgeglichen. Schnell gelangten sie zu dem Ergebnis, dass der amerikanische Staatsbürger Timothy Reston seine Freunde, seinen Arbeitgeber und sein Land verraten hatte. Und obwohl er sich die Mühe gemacht hatte, alle Internet-Chats mit Farooq zu löschen, ließ sich ein Großteil der virtuellen Unterhaltungen rekonstruieren und zeigte, worum es bei diesem Kontakt ging.

Davon abgesehen fanden sich in dem Notizbuch mehrere auffällige, aus zwei Begriffen zusammengesetzte Fantasievokabeln, die man für Codewörter hielt. Sie wurden über die alten Kommunikationsleitungen der CIA gejagt und mit der MAINWAY-Datenbank der National Security Agency gegengecheckt, in der mehrere Billionen Telefonate abgespeichert waren; außerdem mit PRISM, einem heimlich initiierten Datengewinnungsprogramm zur großflächigen elektronischen Überwachung.

Weil die rumänische Zelle und der geplante Anschlag auf das Atomkraftwerk auf eine ernst zu nehmende Bedrohung für die Nation hinwiesen, wurden die vermeintlichen Codewörter zusätzlich mit XKeyscore gecheckt. Diese Software war in der Lage, Myriaden von Daten im Internet zu durchforsten und anhand einer beliebigen Zahl vorgegebener Parameter Einzelheiten herauszufiltern, die zu ›verdächtigen Personen‹ führten.

Carlos zufolge landete man Treffer für alle vermuteten Codewörter. Nur eins führte bei der flächendeckenden DISHFIRE-Analyse der NSA zu keinem Ergebnis. Die Handschriftenanalyse lieferte keine beweiskräftigen Resultate, aber man ging davon aus, dass Nadal mehrmals den Ausdruck ›Sacred Indian‹ in sein Notizbuch gekritzelt hatte.

Kolt tat in dieser Nacht in dem Hotelzimmer nicht, was er für gewöhnlich tat. Aber er bemühte sich, die hiesige Bevölkerung zu retten, und allein darauf kam es an. Er wollte den Verlauf der Ereignisse in seinem Sinne beeinflussen und den geplanten Angriff auf das US-Kraftwerk in eine Richtung lenken, bei der keine Unschuldigen zu Schaden kamen. Nein, nur die Terroristen sollten sterben.

Aber Carlos hatte es ihm nicht leicht gemacht.

Tungsten hatte felsenfest darauf bestanden, dass Kolt Farooqs Zelle zunächst nicht zerschlagen durfte – erst wenn der richtige Zeitpunkt gekommen war. Vorher mussten sie zweifelsfrei absichern, dass sich keine Mitglieder einer weiteren Zelle in der Stadt aufhielten. Abgehörten Gesprächen von Terroristen zufolge gab es nämlich noch weitere potenzielle Attentäter. In diesem Punkt waren die CIA und Tungsten sich einig. Allerdings vermutete man diese zweite Zelle in Pakistan; sie konnte die Vereinigten Staaten noch nicht erreicht haben.

Insgesamt handelte es sich um ein äußerst gewagtes Manöver, bei dem es Kolt im Ernstfall an den Kragen ging. Sein Auftritt als Timothy Reston – der Insider aus dem Kernkraftwerk, der den Terroristen als Kontaktmann diente und mit einem von ihnen eine herzliche, wenn auch vorsichtige Online-Bekanntschaft angebahnt hatte – war momentan allerdings die einzige Chance, die Fäden der verschiedenen Anschlagspläne zusammenzuführen und Nadal den Rumänen zu finden, dessen Spur man verloren hatte, nachdem er in Sanaa aus dem Bus gestiegen war.

Wenn Kolts Planungsfähigkeiten immer noch so genial waren wie zu seiner Zeit als Delta-Operator, überstand er den Anschlag möglicherweise lebend, ohne dass seine Tarnung vorzeitig aufflog. Aber er saß jetzt nicht länger im Delta-Teamraum und plante zusammen mit den professionellsten und begabtesten Operators der Welt eine gefährliche Operation, sondern bemühte sich vor Ort, das Blatt einer tödlichen Mission zum Vorteil seines Landes zu wenden. Und bisher hatte er damit nur wenig Erfolg.

Kolt beugte sich zusammen mit den anderen – drei Terroristen und Staatsfeinden – über die Serie farbiger Satellitenfotos des Cherokee-Atomkraftwerks, die sie Google Earth verdankten.

Joma und Farooq waren frustriert, da immer deutlicher wurde, dass Timothy die fachspezifischen Fragen, die sie ihm stellten, nicht beantworten konnte. Kolt spürte, dass sie bereits zu der Auffassung gelangt waren, dass Timothy entweder dumm oder ein verlogenes, ungläubiges Schwein sein musste.

»Freund Timothy, ich fürchte, du bist nicht ehrlich zu uns«, beschwerte sich der kleinere, schmalschultrige Terrorist im grünen Fußballtrikot, den sie Farooq nannten.

»Nein, nein, Bruder, ich bin bloß müde«, widersprach Kolt. »Ein paar von euren Fragen kann ich einfach nicht beantworten.«

»Woran liegt das, Timothy? Zweifelst du etwa unsere Entschlossenheit an?«

»Nun ja, einiges an unserer Strategie hat sich geändert, seit ich die Abteilung verlassen musste. Als Externer erfährt man gewisse Sachen nicht.« Kolt versuchte, überzeugend zu klingen und das Mitgefühl der drei Terroristen zu wecken. »Da komme ich nicht mehr ohne Weiteres dran.«

»Okay, mein Freund. Wir sind weit gekommen und haben viele Opfer gebracht«, sagte Farooq. »Unsere Spezialausrüstung haben wir nicht mehr. Bruder Abdul hat genug Semtex-Sprengstoff, ein Wasserfahrzeug und Waffen beschafft, um dafür zu sorgen, dass unser Angriff ruhmreich verlaufen wird. Aber wir benötigen dein spezielles Wissen, um wirklich zuversichtlich sein zu können.«

Bevor Kolt antworten konnte, warf Joma die Karte, die

er in der Hand hielt, in die Luft und sprang auf. Kolt spürte seine Wut, bevor er auch nur ein Wort gesprochen hatte. Der Terrorist hob den Fuß und trampelte mit voller Wucht auf den Google-Maps-Screenshot.

»Tut mir leid, Bruder«, rief Kolt in der Hoffnung, ihn etwas beruhigen zu können. »Morgen werde ich euch mehr liefern können. Das verspreche ich.«

»Nein, morgen ist es zu spät!« Joma legte die Hand an den Griff seines zwölf Zentimeter langen Messers und zog es aus der Lederscheide an der Hüfte. In einer fließenden Bewegung sprang er auf Kolt zu, schwang die Messerhand hoch in die Luft und zielte auf Kolts Hals.

Raynor rollte sich instinktiv weg, aber sein Rückzug wurde aufgehalten, als er gegen den kleinen Kühlschrank prallte. Er fühlte das Abwärtssausen des Messers und hörte, wie die Klinge den Betonboden unter dem schmutzigen Teppich traf.

Er griff nach Jomas rechtem Handgelenk und zog ihn zu sich heran, während er sich auf den Rücken rollte, um ihn besser im Griff zu haben. Indem er sein Handgelenk packte, hielt er das Messer auf Sicherheitsabstand. Dadurch war er jedoch gezwungen, Jomas Körper mit nur einer Hand zu kontrollieren. Er packte sich ein großes Stück von Jomas weißem T-Shirt-Kragen. Sie stießen gegen die Betten. Der andere Terrorist brüllte sie an, sofort damit aufzuhören.

Ich will den Kerl nicht töten – jetzt noch nicht!

Schnell schätzte Kolt die Position des Mannes ab, wie er es immer bei den Übungskämpfen mit seinen Kameraden in der Einheit getan hatte. Zuerst dachte er an einen Armhebel, verwarf diese Idee jedoch, weil Joma das Messer noch in der Hand hielt. Ein Dreieckswürgegriff war eine Option, aber dieser ließ sich nur schwer bewerkstelligen. Joma hatte den Unterleib fest an Kolts rechtes Bein gedrückt. Ihm fehlte die Zeit, das Inventar des brasilianischen Jiu-Jitsu in seinem Kopf nach der perfekten Technik für diese Situation zu durchforsten. Er brauchte etwas Simples, womit sich der Angriff des Terroristen aufhalten ließ. Aber es durfte nicht effektiv genug sein, um einen wichtigen Knochen zu brechen oder dem Mann die Luftzufuhr abzuschnüren.

Scheiß drauf! Was Einfaches!

Kolt spannte schnell seine Bauchmuskeln an und machte einen Sit-up, wobei er gleichzeitig Jomas Kopf zu sich zog. Er versetzte dem anderen einen vehementen Kopfstoß, der ihn direkt über dem linken Auge traf und dazu brachte, das Messer loszulassen. Kolt wusste, dass der Angriff erfolgreich war, sobald er das hohle Geräusch hörte, die große Platzwunde sah und das warme Blut spürte, dass aus der Wunde in sein Gesicht spritzte.

Er ließ zu, dass Joma sich aus dem Griff befreite und auf die heruntergefallenen Kartenausdrucke stürzte.

»Entschuldige, Bruder Joma«, rief Kolt, während er aufstand, damit er flexibler agieren konnte, falls die anderen beiden ihn ebenfalls angriffen. »Ich wollte dich nicht verletzen, aber du hattest ein Messer.«

Farooq machte einen Schritt nach vorn, trat das Messer aus der Reichweite beider Kämpfer und baute sich zwischen ihnen auf. Er hob die Hände auf Brusthöhe, um Kolt zu signalisieren, dass er Abstand von Joma halten sollte. Der andere Terrorist, Abdul, hatte den Bezug von einem Daunenkissen gerissen und presste ihn auf Jomas geschwollenes Auge.

»Brüder, das hier ist nicht Allahs Wille«, mahnte Farooq, wobei er von einem zum anderen blickte. »Wir haben viel zu tun. Das ist zu wichtig, als dass wir uns solche heftigen Streitereien untereinander leisten könnten.«

»Tut mir leid, Farooq«, beteuerte Kolt. Er machte sich Sorgen, durch diesen unnötigen Vorfall die gesamte Operation gefährdet zu haben – seine erste für Tungsten.

Andererseits hatte Joma den Kampf angezettelt. Und falls er über die entsprechenden Fähigkeiten verfügte, hatte er auch die gleiche Chance gehabt, ihn zu beenden. Ohne seinen Wutanfall und das gezückte Messer würde er jetzt nicht seinen Kumpel Abdul und die Bettlaken vollbluten.

Dieser Wichser kann froh sein, dass ich ihm nicht den Kehlkopf zerquetscht habe!

»Alles in Ordnung, Bruder Timothy«, beschwichtigte Farooq, der weiterhin versuchte, die Situation unter Kontrolle zu bekommen und alle Nerven zu beruhigen. »Am besten gehst du jetzt. Wir werden dich kontaktieren, wenn wir bereit für den nächsten Schritt sind.«

»Ja, ja, das wäre das Beste. Ihr habt meine Handynummer. Bitte ruft mich bald an.«

»Ja, es wird nicht lange dauern«, versicherte Farooq. »Aber beim nächsten Mal musst du bereit sein. Wir müssen diese Einzelheiten wissen, um unseren Angriff genau zu planen. Ich verlasse mich darauf, dass du dich besser vorbereiten und informieren wirst.«

»Ja, das werde ich«, versprach Kolt und wandte sich zur Tür. »Ihr könnt mir vertrauen.«

»Unsere Mission muss erfolgreich sein. Wir haben vor Kurzem andere Brüder verloren, und es gibt noch weitere, die darauf zählen, dass wir unseren Teil des Gesamtplans erfüllen.« Farooq öffnete die mittlere Schreibtischschublade und zog etwas heraus.

Für eine Sekunde verkrampfte sich Kolt, da er glaubte, Farooq habe ihn mit den freundlichen Worten bloß eingelullt, um jetzt eine Waffe zu ziehen und auf ihn zu schießen. Aber als dieser sich umdrehte, sah Kolt, wie er ein Handy aus einer durchsichtigen Plastiktüte nahm.

»Bruder Timothy, nimm dieses Telefon. Damit können wir uns abstimmen.« Er reichte Kolt das Gerät. »Auf die Art ist es sicherer.«

Kolt wusste, dass Tungsten alle Internetkontakte und Gespräche zwischen der terroristischen Zelle und dem echten Timothy abfing und mitverfolgte. Das Handy in Empfang zu nehmen war keine große Sache und kam nicht völlig unerwartet. Außerdem würde es ein Leichtes sein, die 15-stellige IMEI-Nummer des neuen Telefons im System zu hinterlegen. Kolt wertete Farooqs letzte Bemerkung zudem als Bestätigung, dass die rumänische Zelle und die Ertrunkenen am Ufer des Hudson River etwas mit der übergreifenden Strategie zum konzertierten Angriff auf mehrere Kernkraftwerke zu tun hatten.

Ja, Kolt wollte sie über die Sicherheitsstrategie der Anlage informieren, über Einzelheiten wie die verschiedenen Sicherheitsbeamten, die geheimen Halteplätze, an denen externe, mobile Wachpatrouillen außer Sichtweite der Kameras und unbeobachtet von ihren kritischen Vorgesetzten blieben, sowie noch über viele andere interessante Punkte. Er konnte es sich nicht leisten, hier den Knallharten zu spielen. Er brauchte die Terroristen dringender, als sie ihn brauchten. Alles in allem war es eine erfolgreiche Nacht gewesen, trotz der Sache mit dem Kopfstoß.

Joma war zu Recht davon ausgegangen, dass Timothy ihm all diese Fragen beantworten konnte. Wäre der echte Timothy an diesem Abend im Hotel gewesen, hätte er das vermutlich auch getan.

Dank Tungsten war es vorerst nicht dazu gekommen.

18

Bruegger's Café, Raleigh, North Carolina

Cindy Bird schlenderte zum bronzefarben lackierten Tisch im Terrassenbereich. Sie trug einen knielangen, limonengrünen Rock, eine geknöpfte weiße Bluse und schwarze High Heels mit Fünf-Zentimeter-Absätzen. Kolt stand auf, um sie zu begrüßen, wobei er den Kopf senkte, um nicht gegen den Sonnenschirm zu stoßen, der einen drei Meter breiten, quadratischen Schatten warf. Er beugte sich vor, um einen Stuhl für sie herauszuziehen.

»Ich mach das schon selbst, danke.« Cindy setzte sich und hängte ihre Handtasche über die Stuhllehne, stemmte sich mit den Fersen gegen den weiß getünchten Betonboden der Terrasse und rutschte näher an den Tisch.

»Kommst du oft her?«

»Viel zu selten«, antwortete Kolt. Er reichte Cindy die Getränkekarte und versuchte, nicht auf ihr tief ausgeschnittenes Shirt und das wohlgeformte Dekolleté zu starren.

»Jetzt überraschst du mich. Die Klientel hier ist dir wohl nicht prollig genug?«

»Bleib mal bis zum späten Abend. Du würdest dich wundern.«

»Bestimmt nicht, aber ich verzichte. Danke.«

»Wie ich sehe, hat Troy deinem Weltuntergangsarmband ein Upgrade verpasst«, spöttelte Kolt, als er die in Olivgrün und taktischem Hellbraun gehaltene, militärische 550-Fallschirmleine am Handgelenk erspähte.

»Ja, diesmal mit doppelten Drachenknoten und aus sechs Metern Leine.« Cindy hob das Handgelenk und drehte es hin und her, um Kolt das Band zu zeigen. »Und auch bei diesem sind 'ne Signalpfeife und ein Magnesium-Feueranzünder eingearbeitet.«

»Scheiße, die Teile sind bei den Prüfungen bestimmt schon verboten, genau wie GPS-Geräte.« Grinsend trank Kolt einen Schluck eisgekühltes Wasser.

»Es passt nicht wirklich zum Outfit, aber Troy macht Theater, wenn ich's nicht trage.«

»Schätze, damit ist auch geklärt, mit wem du dich heute Abend triffst.«

»Hör mal, Kolt, ich freu mich wirklich, dich zu sehen, aber ich hab nur ein paar Minuten Zeit.« Hawk fragte sich, ob Kolt ihre Show durchschaute. Sie vermisste Kolt und seine Jungs bei der Unit, war aber zu stolz, es sich anmerken zu lassen.

»Ja, kein Problem. Ich wollt dich nur ein bisschen aushorchen, Hawk.«

»Kolt, so gerne ich das auch täte – du weißt, dass ich dir nichts sagen darf. Ich bin im Moment sowieso beurlaubt wegen meiner Versetzung.«

»Dann zieht Webber das also wirklich durch, hm?«

»Colonel Webber war tatsächlich bereit, mich zu behalten. Aber dann hätte ich mich zur Abteilung für nukleare, biologische und chemische Waffen versetzen lassen müssen.«

»Die haben viel Geld in dich investiert, Hawk. Du hast über ein Jahr lang bei mehreren heiklen Einsätzen ganz schön ausgeteilt. Ich bin sicher, die holen dich in den nächsten Monaten zurück«, bemühte sich Kolt, sie aufzumuntern.

»Kann sein. Jetzt bin ich auf dem Weg nach Fort Stewart, und um ehrlich zu sein, es macht mir nichts aus.« Cindy achtete darauf, Blickkontakt mit ihm zu halten, damit nicht zu offensichtlich war, dass sie Unsinn quasselte.

»Die Zeit heilt alle Wunden, Hawk. Die brauchen dich dort.«

»Die Einheit braucht niemanden, Kolt. Das weißt du besser als die meisten anderen. Aber wir werden sehen. Reden wir über dich. Was ist los?«

»Ich komm gleich zur Sache, Hawk. Es geht um die rumänische Zelle.« Kolt hatte keine Zeit, das Tungsten-Hauptquartier in Atlanta aufzusuchen, und es wäre verdammt mühselig und zu zeitaufwendig gewesen, verschlüsselte E-Mails mit Carlos und den Analysten auszutauschen. Wahrscheinlich konnte er in die örtliche Bücherei gehen und ein paar Nachforschungen anhand frei verfügbarer Daten im Internet anstellen. Aber keine dieser Alternativen war annähernd so verlockend wie ein Treffen mit Hawk. Er wusste, dass sie die Antworten auf die Fragen der Terroristen kannte oder zumindest seine gröbsten Wissenslücken schließen konnte. Umso mehr freute es ihn, dass sie einem kurzfristigen Treffen zugestimmt hatte.

»Komm schon, Kolt, darüber weiß ich nicht allzu viel«, beteuerte Hawk so überzeugend, wie sie es schaffte.

Das Thema schien ihr unangenehm zu sein. Ihm wurde klar, dass es eine harte Nuss wurde, ihr brauchbare Informationen zu entlocken. Kolt wünschte, ihr anvertrauen zu können, dass er undercover arbeitete und mitten in einer Operation für Tungsten steckte. Das hätte sie bestimmt überzeugt, ihn nach besten Kräften zu unterstützen. Der Hinweis auf eine akute Bedrohung der USA wirkte meistens Wunder.

»Ist mir klar, aber eigentlich wollte ich dich nur fragen, wie ein kommerzielles Atomkraftwerk funktioniert.«

»Gott, Kolt, wenn ich dir das erkläre, sitzen wir noch in einer Woche hier.« Cindy schnappte sich ein paar weiße Cocktailservietten und holte einen Stift aus ihrer Handtasche. Sie las in seinen Augen, dass er die Unit und seine Aufgabe nicht so einfach loslassen konnte. Dafür hatte sie Verständnis.

»Ich brauche nur die Basics, Hawk. Die zentralen Gebäude und welche kritischen Punkte es vor Sabotage zu schützen gilt.« Kolt nahm an, dass es ihm mit diesem Wissen zumindest möglich war, Farooq und seine Bande von verwundbaren Stellen fernzuhalten. So wäre er besser in der Lage, sie zu einer falschen Attacke zu verleiten, bei der sich die Zahl der Toten oder Verstrahlten in Grenzen hielt.

Cindy zeichnete eine Reihe von Rechtecken verschiedener Größe, einen großen Kreis in der Mitte und kleinere Kreise neben den Rechtecken.

»Okay, jetzt kommt das kleine Einmaleins der Kernkraftwerke. Beschwer dich nicht, du hast es so gewollt.« Sie deutete mit dem Stift auf den großen Kreis auf dem Papier, nun bereits etwas mitteilungsfreudiger.

»Dieser große Kreis hier ist der Hauptreaktor. Da

befinden sich die Brennstäbe. Die sind megaheiß, und wenn sie mit Wasser in Kontakt kommen, entsteht eine Menge Dampf. Der Dampf wird dann zu riesigen Turbinengeneratoren gepumpt, die den Strom produzieren. Soweit ich weiß, bezeichnen manche den Reaktor auch als Behälter.«

»Okay, kapiert. Was noch?«

Cindy fuhr fort: »Eins dieser rechteckigen Gebäude könnte der Hauptkontrollraum sein. Das ist wie ein Raumschiff voller Computer, Sensoren, Knöpfe und Schalter. Die cleveren Nerds, die das Kraftwerk steuern, arbeiten dort. Wenn du diese beiden Orte schützen kannst, den Reaktorkern und den Kontrollraum, hast du alles im Griff.«

»Das ist also sozusagen so eine Art Joint Operations Center?« Kolt wollte die Funktion des Kontrollraums etwas genauer verstehen.

»Das trifft's in etwa, ja«, bestätigte Cindy.

»Okay. Das sind wertvolle Informationen.«

»Ist eigentlich ganz einfach. Diese ganzen Rechtecke und der große Kreis werden zusammen als Kraftwerksblock bezeichnet. Der Zugang zu diesen Bereichen wird streng kontrolliert.«

Kolt war erleichtert. Das klang wesentlich einfacher, als er geglaubt hatte.

»Das ist also alles. Die bewaffneten Sicherheitsbeamten müssen nur verhindern, dass sich jemand am Hauptreaktor oder am Kontrollraum zu schaffen macht?«, fragte er.

Cindy betrachtete für einen Augenblick die Serviette. Sie kaute am Ende ihres Kugelschreibers. »Nein. Es gibt noch eine dritte Gefahr. Das Becken mit den Brennelementen könnte für einen Terroristen ebenfalls attraktiv sein.«

»Welche Funktion der Kontrollraum erfüllt, ist mir klar. Der steuert das Ganze. Wenn man ein paar Knöpfe und Schalter drückt, kann das Kraftwerk den Brennstoff nicht mehr richtig kühlen und überhitzt. Aber wofür ist das Becken da?«

Sie erklärte es ihm bereitwillig. »Da kommt der verbrauchte Brennstoff hin, wenn er keinen Strom mehr produzieren kann.«

»Und warum muss man den abschirmen, wenn das Zeug verbraucht ist?«

Cindy seufzte. Sie warf Kolt einen Blick zu. »Ja, er ist verbraucht, Kolt, aber er stellt immer noch ein großes radiologisches Risiko dar, und er ist noch jahrelang heiß wie die Hölle. Wenn dieser verbrauchte Brennstoff nicht kontinuierlich gekühlt wird, käme es zu einer ähnlichen Kernschmelze, als wenn der Reaktorkern kein Kühlmittel mehr hätte. Denk an Fukushima in Japan, was da vor ein paar Jahren passiert ist. Damit würde Strahlung von einem Ausmaß an die Umgebung abgegeben, dass es Hunderttausende unschuldiger Amerikaner ihr Leben kosten könnte.«

»Okay, kapiert, Hawk. Du scheinst dir deinen Uni-Abschluss echt verdient zu haben.«

»Uni-Abschluss am Arsch, Kolt. Das hat mir alles Uncle Sam in der NBC-Ausbildung beigebracht!«

»Die iranischen DUGS, die syrischen Saringas-Attacken und die russischen HDBT-Zielakten haben wahrscheinlich auch ihren Teil dazu beigetragen, hm?«

Kolt war beeindruckt von Hawks Wissen über Kernkraftwerke. Er wusste, dass sie im Iran unterirdische Bunker und andere verborgene Angriffsziele studiert hatte. Aber Kolt brauchte mehr. Er musste im Prinzip alles wissen, was die Aufklärungsabteilung der Unit über die geplanten Attacken auf Kraftwerke in den USA in Erfahrung gebracht hatte. Und dieses Wissen befand sich im Kopf der Dame, mit der er sich gerade zum Essen traf. Er beschloss, genauer nachzubohren.

»Diese Becken – könntest du dir eine Verbindung zu den Typen vorstellen, die am Ufer des Hudson angespült wurden?« Kolt hatte die Bemerkung, die Farooq in der vorigen Nacht im Hotelzimmer gemacht hatte, noch in frischer Erinnerung.

»Das halte ich für unwahrscheinlich.«

So schnell ließ er nicht locker. »Wäre es nicht möglich, dass ein Taucher das Brennelementbecken durch ein großes Gewässer wie einen Fluss oder einen Stausee erreicht?«

»Nein, keine Chance«, widersprach Hawk. »Zwischen den Becken und dem Kühlwasser aus großen Gewässern, das für die Kühlung des Hauptreaktors zugeführt wird, besteht keine Verbindung.«

»Nein?«

»Na ja, nicht direkt. Man kann da nicht durch ein langes Röhrensystem hinschwimmen oder so. Zu viele Drehungen und Wendungen, Absperrventile, kleine Rohre und vertikale Abzweigungen, als dass ein menschlicher Körper da durchkäme.«

Kolt drehte die Serviette etwas, damit er die Zeichnung besser sehen konnte. »Das Becken – das ist in dem Bereich, den du Kraftwerksblock genannt hast?«

Hawks Handy klingelte. »Ja. Hör zu, Kolt, ich brech unser kleines Date nur ungern ab, aber ich muss wirklich los.«

»Hat mich echt gefreut, dich zu sehen, Hawk.« Er ging davon aus, dass es sich bei dem Anrufer um Troy handelte, der sich fragte, wo sie blieb. »Weiß ich zu schätzen, dass du dir die Zeit genommen hast.«

»Kein Problem, Kolt. Viel Glück bei der Weiterbildung – und bitte, bitte, meld dich ab und zu. Du hast meine Nummer und ich hab deine ebenfalls noch. Lass uns in Verbindung bleiben.« Cindy stand auf, umarmte Kolt kurz und wirbelte auf ihren High Heels herum.

Cindy Bird war bei der Suche nach der Ausschilderung zu Bruegger's Café nicht die Einzige gewesen, die sich dafür interessierte, wo Kolt Raynor steckte. Nein, Farooq hatte ihm das Handy in der letzten Nacht nicht nur gegeben, um die Kommunikation zwischen ihnen zu erleichtern. Das auch, ja, aber vor allem ging es um den Aspekt, dass sich über das Gerät per GPS der aktuelle Aufenthaltsort des Besitzers aufspüren ließ.

Und es funktionierte.

Abdul hatte die drei schon mehrmals in seinem gebrauchten blauen Honda Civic am Café vorbeigefahren, während Farooq, der auf dem Beifahrersitz saß, ihm Navigationsanweisungen gab und dabei den Blick vom Telefon in Richtung der gemütlichen Außentische von Bruegger's Café richtete.

In den letzten fünf Minuten hatte Abdul mehrfach willkürlich und ohne festes System die Spur gewechselt. Dabei hatte er einem älteren Ungläubigen förmlich an der Stoßstange geklebt und in Hörweite des Cafés mit quietschenden Reifen eine 180-Grad-Wende gemacht. Farooq war darüber nicht gerade begeistert – tatsächlich verlor er langsam die Geduld mit Abdul und verstand jetzt, warum Nadal der Rumäne ihn von Sanaa aus dirigiert hatte.

»Halt da vorn an«, befahl Farooq. Er war zu dem Ergebnis gelangt, dass sie weniger Aufmerksamkeit auf sich lenkten, wenn Abdul nicht wie ein Geisteskranker durch die Gegend kurvte.

Abdul lenkte den Honda in eine freie Lücke auf einem Parkplatz, der für die Mittagszeit recht spärlich belegt war. Die Bäume beschatteten das Fahrzeug und schirmten es vor zufälligen Blicken ab.

Farooq drehte sich um und spähte am bandagierten Joma auf dem Rücksitz vorbei durch die Heckscheibe. Tatsächlich gelang es ihm von hier aus, das Paar im Café zu beobachten. Die Sicht wurde zum Teil durch hüfthohe Büsche verdeckt, aber sie konnten vom grünen Sonnenschirm bis hin zu den Schulterblättern des Mannes und der Frau alles gut genug erkennen.

Hinter den drei Terroristen lag bereits ein langer Tag.

Spät in der letzten Nacht, kurz nachdem sie die Blutung über Jomas Auge gestoppt hatten, waren sie zu dem Schluss gelangt, dass Timothy weder ehrlich noch vertrauenswürdig war. Sie hatten das Gefühl, dass er innerlich schwankte, dass er es sich wahrscheinlich anders überlegte und – fast das Schlimmste – darüber nachdachte, die Polizei zu informieren. Farooq führte ihnen drastisch vor Augen, dass in diesem Fall eine Festnahme drohte. Und das bedeutete unter Umständen eine Gefangenschaft in Guantanamo, wo sie dahinsiechen würden wie viele andere Mudschaheddin.

Farooq hatte nicht vor, das geschehen zu lassen. Nein, seine Träume vom perfekten Märtyrertod waren lebhafter denn je. *Ihn* hielt nichts und niemand von seiner Mission ab. Und obwohl Farooq es sich nicht gerne eingestand, brauchte er Timothy Reston weit mehr, als Reston umgekehrt sie brauchte.

Früh am Morgen waren sie zu Timothys Haus gefahren. Da sich aber keine Parkmöglichkeit fand, um unauffällig Timothys Kommen und Gehen zu beobachten, und sie sein Auto nirgends gesehen hatten, beschlossen sie kurzerhand, ihn über das Handy zu orten.

»Das war gar nicht so schwer, Brüder«, ertönte Jomas Stimme vom Rücksitz.

»Nein«, pflichtete Farooq bei.

»Die halten Händchen«, sagte Abdul, der das Paar durch die Heckscheibe beobachtete. »Das muss Timothys Frau sein.«

»Ich wüsste nicht, dass er verheiratet ist«, meinte Joma. »Wohl eher seine Freundin.«

»Wer auch immer sie ist, wir sollten sie entführen. Das wird Timothy zum Reden bringen. Auf diese Weise bekommen wir alles, was wir zur Planung eines zweckmäßigen Angriffs brauchen«, schlug Farooq vor. »Wenn wir seine Frau haben, wird er es, so Allah will, nicht wagen, die Behörden einzuschalten.«

»Bist du sicher, Farooq?«, fragte Abdul. »Das kann nach hinten losgehen.«

»Entweder schnappen wir uns diese Frau oder wir müssen Timothy töten.«

»Ja, wir müssen vorsichtig sein«, schaltete sich Joma ein. »Aber Farooq hat recht. Wir benötigen ein Druckmittel gegen Timothy, sonst werden wir keinen Erfolg haben.«

Farooq, der spürte, dass er in Joma einen Verbündeten hatte, nutzte die Gelegenheit. »Dann ist es beschlossen, Brüder.«

In diesem Moment meldete Joma: »Die Frau ist gegangen. Sie muss auf dem Weg zu ihrem Auto sein.«

»Behalt sie im Auge«, forderte Farooq.

Die Frau lief von den im Freien stehenden Tischen um die Gebäudeecke und an mehreren Reihen geparkter Autos vorbei, bis sie bei einem metallic-grauen Volkswagen Beetle stehen blieb.

»Was sollen wir tun?«, fragte Abdul.

Sie hatten nicht geplant, heute eine Frau zu entführen – oder an irgendeinem anderen Tag. Murphys Gesetz, wonach alles, was nur schiefgehen kann, tatsächlich schiefgeht, war nicht wählerisch. Es bereitete guten wie bösen Menschen gleichermaßen Probleme. Farooq verrenkte den Kopf, um die Frau im Blick zu behalten. Sie war noch nicht eingestiegen, sondern stand vor dem Wagen und telefonierte.

»Wir müssen jetzt zuschlagen!«, rief Farooq.

»Und wie, Bruder?«

»Abdul, fahr da rüber, aber langsam«, wies Farooq ihn an, während er versuchte, spontan eine Strategie für ihr riskantes Unterfangen zu entwerfen. »Und Joma, wenn wir da sind, wirst du aussteigen, sie dir schnappen und ihr das Messer an die Kehle halten. Sorg dafür, dass sie die Klappe hält.«

Abdul drehte den Zündschlüssel und setzte zurück, wie Farooq es befohlen hatte. Die krampfhafte Umklammerung des Lenkrads verriet seine Nervosität. Außerdem schaukelte er unruhig auf dem Sitz hin und her und rezitierte mit leiser Stimme eine Stelle aus dem Koran.

»Beruhig dich, mein Bruder. Allah ist mit uns.«

Kolt Raynor hatte Cindy Bird vom Tisch auf der Terrasse von Bruegger's Café aus angerufen, um ihr zu sagen, dass sie ihre Handtasche vergessen hatte. Er wusste, dass sie ohne ihre Sachen nicht weit kam, weil sich vermutlich neben Ausweispapieren, Geld und Make-up auch der Schlüssel zu ihrem Beetle darin befand. Sie hatte sich bedankt, ihre Vergesslichkeit auf eine stressige Woche geschoben und angekündigt, sofort zurückzukommen, um die Tasche zu holen.

Nachdem zehn Minuten verstrichen waren, ohne dass Cindy auftauchte, meldete er sich noch einmal auf ihrem Handy.

Diesmal nahm jemand anders das Gespräch entgegen. Und was er verlangte, jagte ihm einen höllischen Schreck ein.

»Okay, okay, Bruder Farooq«, sagte Kolt und versuchte ruhig zu bleiben, während er auf dem Bürgersteig vor dem Café auf und ab ging. »Ich verstehe. Aber bitte, tut ihr nichts.« Obwohl Kolt äußerlich die Ruhe bewahrte, war er extrem nervös und fühlte sich schuldig, weil er Hawk in diese Operation mit hineingezogen hatte. So war das nicht geplant gewesen.

Ich wollte nur etwas mit ihr trinken und sie ein bisschen aushorchen. Mehr nicht.

»Unterschätze unseren Glauben nicht, Bruder Timothy«, warnte Farooq gerade. »Ich versichere dir, wir werden nicht zögern, diese Frau im Namen Allahs des Barmherzigen zu enthaupten.«

»Sie hat nichts mit dieser Sache zu tun«, beteuerte Kolt. »Sie weiß nichts von meinen Problemen. Auch nichts über meine Bekanntschaft mit euch oder über unsere Pläne.«

Kolt war hin- und hergerissen, ob er auspacken und gestehen sollte, dass er nicht der echte Timothy war, oder sie besser anflehte, seine Frau freizulassen. Nein, zuzugeben, dass er sie getäuscht hatte, kam nicht infrage. Selbst wenn sie ihm glaubten, setzten sie Cindy Bird bestimmt nicht an der nächstbesten Bushaltestelle ab und wünschten ihr alles Gute. Vielmehr stand dann zu befürchten, dass sie für die ganze Welt auf Video einfingen, wie sie ihr den Kopf abschlugen.

Außerdem würde auch Hawks Tod Nadal den Rumänen nicht aufhalten. Es bestand aller Grund zur Annahme, dass er unmittelbar vor der Durchführung eines Sabotageakts auf ein kommerzielles Kernkraftwerk stand. Die meisten vermuteten, dass es sich dabei um das Cernavoda-Kraftwerk in seiner rumänischen Heimatstadt handelte. Aber andere, darunter Kolt, hielten diese Gerüchte für ein Ablenkmanöver. Nicht in Rumänien befand sich das erste Ziel, sondern in den USA. Ein anderes, namentlich in den Unterlagen nicht erwähntes Kraftwerk.

»Das ist schade, Timothy«, erwiderte Farooq. »Aber wenn sie keinen Wert für dich hat, können wir dieses Problem für dich ganz schnell aus der Welt schaffen.«

»Nein, nein, Farooq. Das wollte ich damit nicht sagen«, beschwichtigte Kolt mit zunehmend lauterer Stimme. »Ich liebe sie, okay? Ich liebe sie sehr. Alles, was ich sagen will, ist, dass ich Zeit brauche. Zeit, um die Antworten auf eure Fragen zu beschaffen. Bitte, ihr müsst mir vertrauen.«

Er wartete auf eine Antwort. Nichts. Kolt fragte sich, ob er vielleicht versehentlich aufgelegt und es wegen der vorbeifahrenden Autos nicht bemerkt hatte. Er schirmte das Display des Handys gegen die Sonne ab. Nein, die Verbindung schien noch zu bestehen.

»Farooq, Farooq«, rief Kolt. »Ich brauche bloß Zeit, vielleicht eine Woche, dann haben wir, was wir brauchen.«

Farooq sprach ruhig und verlieh jedem Wort Klarheit und Nachdruck. »Du hast 72 Stunden. Dann werden wir deine ungläubige Frau abschlachten wie ein dreckiges Schwein, denn nichts anderes ist sie.«

Sofort danach hörte Kolt, wie er auflegte.

Diese letzten Worte machten ihm klar, dass er nur wenige Optionen und noch weniger Zeit hatte.

Er überschlug seine Möglichkeiten, während er sich auf den Weg zum Auto machte. Das FBI konnte er nicht einschalten, selbst wenn sich dadurch der Angriff auf das Cherokee-Kraftwerk vereiteln ließ. Aber wenn er es tat, ließ er Tungsten auffliegen und verdammte Hawk zu einem gewaltsamen Tod, Farooqs Zelle tauchte unter und ihre rumänischen Helfershelfer blieben unentdeckt.

Kolt wusste, dass es noch mindestens eine andere Zelle gab, die einen Angriff plante, und dass Nadal der Rumäne immer noch da draußen war und möglicherweise einen parallelen Anschlag auf ein anderes Kraftwerk vorbereitete. Dank der Informationen, die Hawk ihm über die Struktur von Atomkraftwerken geliefert hatte, wusste er inzwischen genug über solche Anlagen, um einen brauchbaren Plan auszuarbeiten, der Farooq und die anderen zufriedenstellte. Dummerweise hatten Farooqs Drohungen am Telefon alles geändert.

Jetzt, da Hawk ernsthaft in Gefahr schwebte, wurde Kolt bewusst, dass er in Wahrheit einen Scheiß über die Feinheiten eines Kernkraftwerks wusste. Ein sofortiges Treffen mit Farooq zu verlangen wäre bestenfalls nutzlos und führte schlimmstenfalls dazu, dass man sowohl ihn als auch Hawk umbrachte.

Diese Dreckschweine!

Trotz seiner anfänglichen Erfolge bei der Infiltration der Terrorzelle in der Rolle von Timothy war Kolt nicht ganz sicher, was er von Tungsten halten sollte. Nachdem er vor ein paar Wochen in Doc Johnsons Büro etwas über das allgemeine Konzept gelesen hatte, nahm er sich erst mal etwas Zeit, um in Ruhe darüber nachzudenken. Er kannte niemanden, der in das Programm aufgenommen worden war, sodass er sich vor einer Zusage nicht über Vor- und Nachteile des Deals schlaumachen konnte. Allerdings nahm er an, dass es andere geben musste. Lange wälzte er die Entscheidung im Kopf hin und her. Die einjährige Ausbildung an einer höheren Militärschule kam definitiv nicht infrage. Er war nicht der Typ, der gern die Schulbank drückte.

Tungsten war zwar nicht die Delta Force, aber es gab gewisse Parallelen, was für ihn letztlich den Ausschlag gab. Für einen Delta-Operator gehörte es zu den schwierigsten Entscheidungen überhaupt, die Einheit zu verlassen, aber früher oder später musste man sich ihr stellen. Wenigstens wurde er diesmal nicht entlassen, nicht zur *Persona non grata* erklärt. Und, wer weiß, vielleicht gab es einen Weg zurück für ihn, sobald Admiral Mason einen anderen Posten bekleidete.

Nach über einem Jahrzehnt in der Delta Force war es aber vor allem eins, was Kolt für den geheimen Beraterstab, der hinter Tungsten stand, besonders interessant machte: seine Impulsivität. Kolt ging Risiken ein – ein Charakterzug, der Doc Johnson schon vor langer Zeit aufgefallen war. Das ließ es fast sicher erscheinen, dass er bei Tungsten eine Zukunft hatte. Kolt Raynor war wie geschaffen für diesen Job. Er konnte gar nicht Nein sagen. Und das wussten sie.

Aber jetzt brauchte er eine schnelle Lösung. Er brauchte Informationen. Etwas, das er Farooq liefern konnte, um den Verdacht des Terroristen zu zerstreuen, dass es ihm an Entschlossenheit fehlte und er nicht wirklich ein gewaltbereiter Insider war, der eine Rechnung zu begleichen hatte. Cindy Bird hatte ihm geholfen, jedoch nur in begrenztem Maße. Sie wusste nur über Kernkraftwerke im Allgemeinen Bescheid. Besser als nichts, klar, aber Kolt brauchte Einzelheiten über das Cherokee-Kraftwerk, sonst war Cindy Bird bald im wahrsten Sinne des Wortes einen Kopf kürzer. Und nur eine Person konnte ihm diese Informationen geben: der echte Timothy.

19

Cherokee-Atomkraftwerk, Gaffney, South Carolina

Kolt traf exakt um neun Uhr morgens ein. Er war erstaunt, dass es Carlos gelungen war, die Sache in nur zwei Tagen hinzubiegen. Morgen wollte Kolt sich mit Farooq und seinen Brüdern treffen, pünktlich zum Ablauf der 72-Stunden-Frist, und sie mit den Informationen versorgen, die sie verlangten – andernfalls bekam er Hawk nie wieder lebend zu Gesicht.

Carlos hatte sämtliche Beziehungen spielen lassen, die er im Laufe der letzten 38 Jahre geknüpft hatte, um Embed 0706 – Kolt – zu einem Treffen mit Timothy Reston im Cherokee-Kraftwerk zu verhelfen. Er sollte sich als Waffenhändler ausgeben, der dem Kraftwerk einen verlockenden Deal zum Kauf der neuesten Kaliber-50-Gewehre von Barrett anbot. Eine bessere Tarnung ließ sich in der Kürze der Zeit nicht organisieren. Diese Art von Herausforderung war die Spezialität von Carlos Menendez II, und obwohl sowohl er als auch Kolt wussten, dass es nicht perfekt war, hielten sie es für machbar.

Cherokees leitender Sicherheitsbeamter Mr. Timothy Reston, nach zwischenzeitlicher Strafversetzung wegen kleinerer Verfehlungen glücklicherweise wieder im Amt, wartete am zentralen Checkpoint auf ihn – vor einem niedrigen, weiß getünchten Gebäude mit babyblauem Vordach direkt an der Grundstücksgrenze. Hier mussten Angestellte und Besucher ihren Ausweis mit Foto vorzeigen. Kolts erster Eindruck von Reston war kein guter. Der Mann hatte locker 20 Kilo Übergewicht und schnaufte, während er auf Kolt zuging und ihm durch das offene Wagenfenster die Hand schüttelte.

»Waren Sie beim Militär?«, fragte Reston. Er lächelte breit und freundlich.

Kolt trug nicht zu dick auf. »Im ersten Golfkrieg. Ich war Waffentechniker und hab mich hauptsächlich um Handfeuerwaffen gekümmert. Am dichtesten war ich am Krieg dran, als eine Scud-Rakete sieben Meilen von uns entfernt einschlug. Hat mir 'ne Heidenangst eingejagt.«

Das Lächeln verschwand aus Restons rundlichem Gesicht. »Oh. Ich dachte, Sie wären vielleicht Scharfschütze gewesen oder so.«

»Ich kannte ein paar von denen«, versicherte Kolt, dem klar wurde, dass Untertreibungen ihn nicht weiterbrachten. »Hab mich oft um ihre Gewehre gekümmert. Das sind pingelige Leute, kann ich Ihnen sagen.«

Restons Lächeln kehrte zurück. »Darüber müssen Sie mir mehr erzählen.«

In den nächsten paar Stunden sprachen Kolt und Timothy über verschiedene Scharfschützengewehre und das Zielen auf große Entfernungen. Kolt staunte über das umfangreiche Wissen des Mannes, obwohl er offenkundig nie im Krieg gewesen war. Während sie über das Gelände schlenderten und sich unterhielten, fiel Kolt auf, dass Restons Mitarbeiter sich erkennbar Mühe gaben, ihm aus dem Weg zu gehen.

Während des Gesprächs konnte Kolt sich einen näheren Eindruck vom Zielobjekt verschaffen. Der lehrbuchmäßige militärische Begriff für seinen Besuch an diesem Morgen – auch wenn niemand ernsthaft glaubte, dass die Mitglieder der Unit sich an Lehrbücher hielten – lautete ›Anführeraufklärung‹. Kolt wollte mit eigenen Augen das Ziel begutachten, bevor er seine Männer in Aktion treten ließ. In diesem Fall waren es Farooqs Männer. Obwohl es sich auf viele Weisen falsch anfühlte, war Kolt auf diese Aufklärung angewiesen – obwohl sie in diesem Fall der Vorbereitung auf einen terroristischen Anschlag diente, an dem er selbst indirekt beteiligt war. Früher hatte er diese Aufgabe gehasst und jede Gelegenheit gesucht, sich davor zu drücken.

Bei einer Tasse Kaffee in Timothys vollgestopftem Büro entdeckte Kolt ein Foto auf dem Schreibtisch neben dem Computer. Er nutzte die Gelegenheit, das Eis zu brechen und vom Scharfschützenthema abzukommen, indem er sich ausgiebig über den prächtigen Schnee ereiferte. In Wirklichkeit beeindruckte ihn die Attraktivität der Brünetten mit der gelben North-Face-Jacke und der Oakley-Schutzbrille auf dem Bild deutlich mehr.

»Und wer sind die beiden fröhlichen Skifahrer?«, erkundigte er sich beiläufig. »Die sehen aus, als hätten sie 'ne Menge Spaß. Wo ist das?«

Timothys Antwort überraschte ihn sehr.

»Das ist mein dritter Cousin Darren Smith mit meiner Schwester«, sagte er stolz. »Das war zur Jahrtausendwende am Lake Tahoe.«

»Darren Smith?«, fragte Kolt neugierig. Ein ziemlich geläufiger Name. Es gab sicher eine Million Darren Smiths auf der Welt. Und doch … »Ist er mal beim Militär gewesen?« Kolt war sicher, dass es nur ein verrückter Zufall sein konnte.

»Das stimmt tatsächlich.« Timothy stand auf und nahm das Bild in die Hand. »Man sagt, er sei ein Held gewesen.«

»Wirklich?« Kolt versuchte, nicht allzu aufgeregt oder interessiert zu klingen. »Weshalb?«

»Tja, ich kenne keine Einzelheiten, weil das alles *top secret* ist.«

»Wieso denn?«

»Er gehörte zu einer Spezialeinheit.«

Sprachlos starrte Kolt das Bild an. Er musterte das Gesicht des Mannes mit dem roten Hut.

»Mein Beileid für Ihren Verlust.« Kolt stellte den Rahmen an den ursprünglichen Platz zurück und hoffte, dass man ihm nichts anmerkte.

Automatisch unterstellte er, dass Timothy alles über den Dienst seines Cousins bei den Spezialeinheiten und seinen Tod im Nahen Osten wusste. Er wollte nicht zu weit gehen. Da Kolt sich Sorgen machte, Timothy damit aus der Fassung zu bringen, wechselte er zügig das Thema. Er brauchte Informationen über das Kraftwerk, nicht über den Cousin.

Ein Teil von Timothys Problem schien das Gefühl zu sein, sich selbst am Erfolg seines Cousins bei der Armee messen zu müssen. Das erkannte Kolt jetzt eindeutig. Es erklärte auch seine Vorliebe für alles, was mit Kommandosoldaten und SWAT-Einheiten zu tun hatte, da er sich auf diese Weise dem Lebensstil seines Cousins annähern konnte. Es schien nicht zu weit hergeholt zu sein, dass diese tief verwurzelte Eifersucht zu Timothys Groll gegen das Cherokee-Kraftwerk beitrug. Kolt fragte sich, ob seine Vorgesetzten etwas davon ahnten.

Timothy wollte offenbar weiter über seinen Cousin reden. »Wir kennen die Einzelheiten nicht, wie es passiert ist. Muss irgendwo im Ausland gewesen sein.«

In den nächsten zwei Stunden klärte er Kolt bereitwillig über die Abwehrmaßnahmen der Anlage auf, zeichnete ihre Verfahrensweisen nach und ging mit ihm durch, welche Sicherheitslücken aus seiner Sicht weiterer Korrekturmaßnahmen bedurften. Das alles diente dem Zweck, herauszufinden, ob und wie die zum Schnäppchenpreis angebotenen Kaliber-50-Gewehre den Sicherheitszustand der Anlage entscheidend verbessern könnten.

Nach einem kurzen Mittagessen in der Cafeteria beschaffte Timothy Kolt ohne Schwierigkeiten einen Besucherausweis und führte ihn durch den geschützten Bereich. Dabei zeigte er ihm die durch volumetrische Mikrowellen geschützten Sicherheitszonen und Alarmanlagen, die Sektoren mit elektrischen Feldern und Zugdrähten und deren Funktionsweise sowie die Abfertigung von Besucherfahrzeugen, die durch das Ausfalltor geleitet wurden. Kolt war beeindruckt von Timothys Wissen und seiner Energie. Im Laufe des Tages wirkte er zunehmend selbstsicherer und hatte Freude daran, über Taktiken zu sprechen und zu erörtern, wie das Kraftwerk den größten Nutzen aus ein paar neuen Kaliber-50-Waffen zog.

Nachdem sie den geschützten Bereich durchquert hatten, nahm Timothy Kolt mit in den Kraftwerksblock und führte ihn in den Kern des Reaktorbereichs. Dort musste ein spezieller Strahlungsschutz vor der Brust angelegt werden und es waren berührungslose Schlüsselkarten erforderlich, um Zugang zu erhalten und sich durch diesen Abschnitt zu bewegen. Timothy präsentierte Kolt zuerst den Hauptkontrollraum. Kolt erinnerte sich an das, was Hawk ihm erläutert hatte. Von hier aus wurde für den reibungslosen Betrieb der Reaktoren gesorgt. Er stellte gewissermaßen das Nervenzentrum der ganzen Anlage dar.

Nach dem Kontrollraum eskortierte Timothy ihn durch ein Nebengebäude zum Hauptreaktor. Sie passierten eine Reihe schwerer, überflutungssicherer Türen und Brandschutztore, die sich nur mittels einer speziellen Zugangsberechtigung öffnen ließen, die über einen integrierten Mikrochip im Fotoausweis abgefragt wurde.

Timothy beschrieb ihm die Funktionsweise des Kartenlesegeräts. »Ziehen Sie einfach Ihren Ausweis durch den Schlitz. Dann sehen Sie, wie ein kleines Lämpchen von rot auf grün wechselt. Warten Sie, bis Sie hören, wie die Magnetschlösser entriegelt werden, dann lässt sich die Tür öffnen. Ziemlich simpel, aber äußerst sicher.«

Nach dem Betreten des Hochsicherheitsbereichs wies Timothy ihn auf die große runde Luke des röhrenförmigen Zugangsportals zum Reaktorkern hin. Auf diesem Weg gelangte man zum Hauptreaktor mit den Brennstäben.

»Wenn der Urankraftstoff in diesem Teil explodiert, wäre das nicht vergleichbar mit dem Hochgehen einer Atombombe?«, fragte Kolt.

»Ha! Nein. Das ist ein weitverbreitetes Missverständnis.« Timothy genoss sichtlich seine Rolle als Führer und Lehrmeister. »Dass der Kernbrennstoff einfach explodiert, ist physisch unmöglich. Der enthält nur ungefähr drei bis fünf Prozent spaltbares Uran.«

»Hmm«, machte Kolt. »Wie viel Prozent sind's denn bei einer Atombombe?«

»Puh! Nuklearwaffen haben meines Wissens mehr als 95 Prozent spaltbares Uran.«

»Und worin genau besteht dann die Gefahr?«, hakte Kolt nach. »Warum gibt es hier so viele Sicherheitsmaßnahmen, all diese Barrieren draußen und die Wachtürme voller bewaffneter Security-Leute?«

»Gute Frage. Nun, die Gefahr ist, dass Strahlung austritt. Sie haben sicher von Tschernobyl gehört, oder vor nicht ganz so langer Zeit von Fukushima, wo viele Leute durch akute Strahlenbelastung gestorben sind? Wenn der Kern beschädigt wird, oder wenn auch nur die verbrauchten Ressourcen, die wir im Brennelementbecken aufbewahren, nicht kontinuierlich gekühlt werden, setzt innerhalb von ein paar Stunden eine Kernschmelze ein, bei der eine fürchterliche Menge tödlicher Strahlung in die Luft freigesetzt würde.«

»Wie groß wäre die Gefahr für die Öffentlichkeit?«, fragte Kolt. Er merkte, dass sich auf Timothys Nase und auf den rosigen Wangen Schweißperlen gebildet hatten.

»Tja, da gehen die Meinungen auseinander. Einige sogenannte Experten sagen, dass über 200.000 Menschen sterben, andere widersprechen. Jedenfalls müsste man mit außerordentlichen finanziellen und vor allem genetischen Schäden rechnen.«

Nachdem Timothy ein paar Minuten lang Kolts allgemeine Fragen beantwortet hatte, verließen sie das Reaktorgebäude und gingen denselben Weg durch das Nebengebäude zurück. Von dort aus führten drei Gittertreppen mit senfgelbem Geländer an den Turbinen entlang zu einem massiven Portal, durch das man in die Brennstoffhandhabungsanlage gelangte.

»Diese blaue Zahl an der Wand. 196? So viele Zugänge gibt es hier?«, fragte Kolt, während sie vor dem Kartenleser stoppten.

Timothy lachte und schüttelte den Kopf. »Nein, dieses Stockwerk soll 196 Meter über dem Meeresspiegel liegen, plusminus ein paar Meter, nehm ich an.«

Kolt schüttelte irritiert den Kopf und hob die Hand, um das Band seines Schutzhelms festzuziehen. Auch auf seinem Kopf waren jetzt Schweißtropfen, was dazu führte, dass der Helm ihm tiefer über die Augen rutschte. Kolt stand dicht genug bei Timothy, um den großen Schweißfleck am unteren Rücken des anderen zu sehen. Er folgte seinem Guide in Richtung des großen Wasserbeckens, das etwa die Abmessungen von zwei Dutzend Parklücken auf einem Supermarkt-Parkplatz hatte.

»Wir können nicht weiter als bis zum Ende des gelben Geländers gehen, wegen der Strahlendosis und der AvF-Vorschrift«, sagte Timothy.

»Ausschluss von Fremdmaterial, oder? Ich hab mal gehört, wie sie den Ausdruck bei der Air Force auf den Flugzeugpisten benutzt haben«, stellte Kolt sein Wissen unter Beweis.

»Genau. Das hier nennen wir die Kraftstoffebene oder das Kraftstoffdeck. In diesem großen Becken sind die verbrauchten Brennstäbe.«

Timothy trat mit Kolt an den Rand des riesigen Pools und blieb am Ende des gelben Geländers stehen. Kolt hielt sich an der hüfthohen Stange fest, während Timothy ihm die Spitzen der Brennstäbe zeigte, die durch das sieben Meter tiefe, glühende und glimmende Wasser gerade noch erkennbar waren.

Kolt schüttelte den Kopf und staunte über die einfache, aber geniale Idee, Kernenergie zur Produktion von Energie zu verwenden, die jeden Tag Milliarden von Handys, Laptops und Flachbildfernsehern mit Strom versorgte.

»Die werden also vom Hauptreaktorkern hierhergebracht?«, fragte Kolt. Er begriff den Ablauf jetzt schon merklich besser.

»Ja. Der Brennstoff wird etwa alle 18 Monate ausgetauscht.«

»Wow, Wahnsinn!«, staunte Kolt. »Dann könnten wir in diesem Pool schwimmen, wenn wir wollten, ohne Probleme?«

»Äh, Sie vielleicht, ich nicht«, widersprach Timothy und lachte leise, während er sich den Schutzhelm höher über die Stirn schob. »Die verbliebene Strahlung sorgt dafür, dass dieses Wasser ziemlich heiß ist, zwischen 37 und 43 Grad Celsius. Noch heißer, je näher Sie an diese silbernen Gehäuse kommen.«

»Ich schätze, das wäre bloß ein bisschen unangenehm, ungefähr so, als säße man in einem tollen Whirlpool, bei dem die Temperatursteuerung versagt«, vermutete Kolt.

»Die Wassertemperatur ist nicht Ihr größtes Problem. Eher die tödliche Strahlendosis, die Sie abbekommen, wenn Sie in diesem hübschen Pool schwimmen gehen.«

»Die bringt einen um, oder?«, fragte Kolt und ging fest davon aus, dass Timothy es bestätigte.

»Ach, sind doch bloß 150.000 Rem oder 1,5 Millionen Mikrosievert, wenn der Kraftstoff frisch vom Reaktorkern kommt«, gab Timothy sarkastisch zurück. »Aber das lässt mit der Zeit nach.«

»Ich nehm mal an, das ist ziemlich viel. Wenn also jemand versehentlich da reinfällt, stirbt er an einer tödlichen Strahlendosis?«

»Nicht sofort. Aber über längere Zeit ist das der sichere Tod«, bestätigte Timothy. »Alles hängt von der Gesamtdosis ab, die Ihre Organe durch die Strahlung abkriegen, die immer noch von den Gehäusen der verbrauchten Brennstoffzellen ausgeht.«

»Verzwickte Sache.«

Charlotte, North Carolina

Während seiner Gespräche mit den Terroristen in den letzten paar Stunden hatte Kolt nichts aufgeschnappt, was ernsthaft sein Interesse geweckt hätte. Nichts von dem, was sie sagten, bot ihm die Gelegenheit, das Ergebnis ihres drohenden Angriffs auf das Cherokee-Kraftwerk zu beeinflussen. Nach seinem Gespräch mit Timothy am Vortag wusste Kolt, dass er einen Schwachpunkt brauchte, bei dem er ansetzen konnte, damit es nicht zum Tod vieler unschuldiger Menschen kam.

Kolt wünschte sich, dass überhaupt niemand sterben musste, abgesehen von den Terroristen. Alle bis auf einen. Einen musste er am Leben lassen, damit dieser ihn zu Cindy führte und, wie er hoffte, auch zu Nadal dem Rumänen.

Während einer Gesprächspause schoss Kolt wie aus dem Nichts eine Bemerkung von Timothy durch den Kopf.

»Diese BM-Typen«, raunte er mit hörbar angewidertem Tonfall, »die glauben, dass sie über dem Gesetz stehen.«

Farooq biss an. »Was meinst du, Timothy?«

»Einmal in jeder Zwölf-Stunden-Schicht muss ein BMler wichtige Ausrüstung außerhalb der Anlage checken.«

»Was ist ein BMler? Wann fangen diese Schichten an?«, zeigte sich Farooq interessiert.

»Oh, Entschuldigung – BM steht für Bedienmannschaft. Die halten das Kraftwerk am Laufen. Es gibt zwei Schichten. Eine Tag- und eine Nachtschicht, jeweils von sieben bis sieben.«

»Und wo gehen diese BM-Typen hin?«, wollte Joma wissen. Er legte die Straßenkarte vor sich und das Google-Luftbild des Cherokee-Kraftwerks direkt daneben.

»Die müssen vier Checks durchführen, jedes Mal, wenn sie das Gelände verlassen«, antwortete Kolt und zeigte auf die Karte auf dem Tisch. »Nach jedem Check setzen sie einen Funkspruch an den Hauptkontrollraum ab.«

Selbstsicher zeigte er auf vier verschiedene Stellen, an denen es eine sichtbare Anbindung ans Straßennetz gab. Abdul kreiste alle mit einem roten Marker ein. Kolt war sich bei keiner der Stationen sicher, außer bei der Tankstelle an der Ecke.

»Danach gehen sie immer beim 105 Auto Shop vorbei und erst hinterher zurück ins Kraftwerk«, steuerte Kolt weiteres Know-how bei. »Obwohl sie ganz genau wissen, dass das verboten ist.«

»Was ist das, ein Bordell?«, fragte Farooq verblüfft. »Das ist dein Ernst, ja?«

»Nein, das ist nur so ein Laden in der Tankstelle. Die holen da Donuts und Kaffee. Damit würde das Sicherheitsteam niemals durchkommen. Bei unserer Schicht verlassen wir nie die Anlage. Typische BM-Idioten halt!«, schnaubte Kolt.

»Weißt du, wer genau welche Schicht hat?«, erkundigte sich Joma.

»Klar, ich kann im Personalplan nachschauen. Der liegt immer schon einen Monat vorher aus.«

»Dann ist es für dich doch sicher auch kein Problem, Fotos von den Männern oder Frauen zu besorgen, die aktuell im Einsatz sind, oder?«, fragte Abdul.

»Ähm, nö, ich könnte mich in die Sicherheitsdatenbank einloggen und die Bilder von ihren Mitarbeiterausweisen abrufen.«

»Kommst du in das Büro von demjenigen rein, bevor er zur Arbeit kommt oder nachdem er gegangen ist? Vielleicht zur Mittagszeit, wenn er gerade in der Cafeteria ist?« Farooq klang ganz begeistert.

»Wahrscheinlich. Warum?«

»Gut. Du nimmst ein Familienfoto von seinem Tisch und machst eine Kopie für uns. Vergiss nicht, es danach an dieselbe Stelle zurückzustellen. Glaubst du, das bekommst du hin?«

»Sicher, aber aus welchem Grund?«

»Tu's einfach«, befahl Farooq.

»Dann ist das also geklärt.« Kolt versuchte, seinen Einfluss auf die Planung geltend zu machen. »Ich dreh es so, dass ich am Hauptcheckpoint Dienst habe, wenn ihr den Angriff startet. Ich werd natürlich nicht im Pförtnerhäuschen sein, sondern irgendwo auf dem Gelände angebliche Checks durchführen, damit ich euch nicht in die Quere komme.«

Die Terroristen blickten ihm in die Augen und fragten sich im Stillen, ob dieser Timothy tatsächlich den Mumm hatte, diese Sache durchzuziehen. Kolt begriff den Ernst der Lage. Er kannte die amerikanische Kultur. Er hatte am Vortag nichts erlebt, was ihm bestätigt hätte, dass Timothy ein Landesverräter war. Sicher, er verachtete seine Vorgesetzten und Mitarbeiter, so viel wurde deutlich. Aber das hieß noch lange nicht, dass er ein moderner Benedict Arnold war, der im Unabhängigkeitskrieg zu den Briten übergelaufen war und deshalb für viele als Prototyp eines Landesverräters galt.

Kolt wusste, dass Carlos' Entscheidung, ihn als Timothy einzusetzen, unglaublich riskant war, aber wenigstens blieb der wahre Timothy dabei aus dem Spiel. Timothy Reston musste sein eigenes Land nicht angreifen.

»Hast du Angst, Timothy?«, fragte Farooq leise.

Kolt antwortete nicht sofort. Er suchte nach einer passenden Erwiderung und zuckte die Achseln.

»Es ist okay, ein bisschen nervös zu sein«, gab Farooq zu bedenken. »Das hilft einem, sich zu konzentrieren, und lockert die Seele auf. Uns geht es genauso.«

Farooq blickte zu den anderen Dschihadisten in dem winzigen Raum.

»Aber, mein Freund, wir brauchen die Sicherheit, dass du uns bei unserer Mission nicht im Stich lässt.«

»Ich sagte doch schon, dass das klargeht«, versetzte Kolt schnippisch. Er war nicht sicher, worauf Farooq hinauswollte.

»Timothy. Du wirst am 21. April nicht zur Arbeit gehen.«

»Und warum?«

»Weil du in dieser Nacht bei uns sein wirst. Du wirst eine Waffe tragen und mit uns gemeinsam den Angriff durchführen. Auf diese Weise kannst du dich an all jenen rächen, die dich im Laufe der Jahre gerügt haben. Und wenn du den Wunsch hast, deine Frau je wiederzusehen, wirst du deinen Glauben an unsere Mission damit unter Beweis stellen.«

»Mit euch angreifen? Das geht nicht, ich kann nicht«, rief Kolt. Er musste seine Überraschung nicht vortäuschen. Er hatte nicht erwartet, dass sie ihn in letzter Minute zu einer aktiven Beteiligung nötigten.

»Du musst, Bruder Timothy. Ohne dich werden wir keinen Erfolg haben.«

Kolt dachte ein paar Sekunden darüber nach. Er wusste, dass er ihnen den Wunsch erfüllen musste, und sei es nur, um zu garantieren, dass so wenige Amerikaner wie möglich verletzt wurden. Und natürlich wollte er unbedingt Hawk retten. Aber er war nicht mal sicher, ob sie in der Nähe festgehalten wurde, und besaß keinerlei Anhaltspunkt, um sie zu finden.

»Farooq, bitte zweifle nicht an meinem Wunsch, euch zu helfen. Aber ich muss meine Frau sehen, zum letzten Mal in meinem Leben, bevor ich euch bei dieser Mission begleite«, bat Kolt in dem Versuch, etwas Mitgefühl bei ihnen zu wecken.

»Das ist unmöglich. Deiner Frau geht es gut, aber sie ist nicht hier.«

»Farooq, würdest du mir einen einfachen Anruf verweigern? Eine Chance, ihre Stimme zu hören, um meinen inneren Frieden zu finden, bevor ich mit euch den Weg des Märtyrers gehe?«

Farooq überlegte kurz. Er sah die anderen Brüder an und erntete ein zustimmendes Nicken von Joma und Abdul.

»Also gut.« Er griff zum Handy und wählte eine Nummer.

Kolt wartete, während Farooq auf Arabisch mit der unsichtbaren Person am anderen Ende der Leitung sprach. Er schnappte ›Frau‹ und ›Timothy‹ auf, außerdem die Ausdrücke *dalil* und *hujum*, die arabischen Begriffe für ›Beweis‹ und ›Angriff‹. Farooq reichte Kolt das Telefon.

Er bekam das gewünschte Lebenszeichen.

Cherokee-Atomkraftwerk

Die Nacht des 21. April war mondlos. Farooq und Joma waren fast fertig mit dem Vorbereiten der Bombe, und obwohl Kolt über alles informiert sein wollte, hielt er es für besser, sich in Geduld zu üben. Er saß in einem Van am Straßenrand in der Nähe der durchgehend geöffneten Tankstelle an der Ecke. Timothys Haus lag ein paar Meilen weiter östlich. Und während der Himmel über der Vorstadt sich mit Sternen füllte, dachte Kolt bei sich, Timothy hätte sich diese Nacht wahrscheinlich lieber freigenommen, um Xbox zu spielen.

Seine Gedanken wanderten zu Shaft, wie er in Pakistan im Schnee gestanden hatte. Er fragte sich, wo Shaft jetzt wäre, wenn er damals nicht Masons Abbruchbefehl ignoriert hätte.

Er trug eine große Last auf den Schultern – seine Verpflichtung gegenüber Tungsten, seine Instruktionen, den Anschlag zu verhindern und eine vernichtende Attacke auf das Cherokee-Kernkraftwerk abzuwenden. Aber seine dringlichste Mission lautete, Cindy Bird aus den Händen dieser terroristischen Arschlöcher zu retten.

Er spürte den Druck, der auf ihm lastete. Kolt konnte nicht in die Zukunft schauen, aber nachdem er Hawks schwache Stimme ein paar Sekunden lang über Farooqs Handy gehört hatte, war er sicher, dass man sie heftig verprügelt hatte. All das zusammengenommen führte dazu, dass er bis an seine absolute Belastungsgrenze angespannt war.

Das laute Hupen eines vorbeifahrenden Autos holte Kolt in die Gegenwart zurück. Er schielte auf die Zeitanzeige des Handys und fragte sich, wie weit die anderen wohl waren. Heimlich hoffte er, dass sie die falschen Drähte kreuzten und sich selbst in die Luft sprengten. Aber das hätte ihm nicht geholfen, Hawk zu retten. Am Ende führte kein Weg daran vorbei, dass die Attacke auf das Kraftwerk stattfand.

Wie schwer kann's denn sein, einen Kofferraum zu öffnen, das Reserverad rauszunehmen und es durch 22 Kilo Semtex-Sprengstoff zu ersetzen?

Ein Ausschnitt aus dem Song *Back in Black* der Heavy-Metal-Combo AC/DC ertönte beim Klingeln. Der Sound versetzte Kolt in seine sorglose High-School-Zeit zurück. Aber Sorglosigkeit war genau das, was er jetzt nicht gebrauchen konnte. Er musste voll konzentriert sein.

Er nahm den Anruf entgegen. »Ja?«

»Wir sind soweit, Timothy«, flüsterte Joma. »Hol uns sofort ab.«

»Bist du sicher, dass alles bereit ist? Oder müssen wir noch eine Nacht abwarten?«

»Ja, ja … komm und hol uns. Wir müssen zum Wasser.«

»Habt ihr den Zünder aktiviert? Habt ihr gesehen, wie ein rotes Licht angeht?«, hakte Kolt nach und ignorierte Jomas Aufforderung faktisch.

»Ja, ja, genau wie wir's besprochen haben. Allah hat für unseren Erfolg Sorge getragen.«

»Natürlich, Bruder, ich wusste, dass Allah mit euch ist. *Allahu akbar!*«, erwiderte er mit leicht verändertem Tonfall. »Ich bin in fünf Minuten da.«

Auf eine seltsame Weise freute es Kolt, dass er heute Nacht mit Abdul ein Team bildete. Nicht, dass er diesem Mistkerl vertraut hätte. Er war immer noch ein Terrorist, und Kolt hätte kein Problem damit gehabt, ihn an Ort und Stelle zu erwürgen, aber er schien Kolt am meisten Sympathie entgegenzubringen.

Abdul hatte sich bei den Planungen in dem schäbigen Hotelzimmer ihm gegenüber am wenigsten aggressiv verhalten. Und momentan war er Kolts Partner und musste entsprechend behandelt werden. Fast noch wichtiger: Auf diesem Parkplatz der 105-Auto-Shop-Tankstelle am östlichen Rand des Wilkinsville Highway war Abdul aktuell seine einzige Verbindung zu Cindy Bird.

Bisher hatte er noch nie Zeit allein mit dem Mann verbracht. Während sie darauf warteten, dass die anderen mit dem Einladen des Sprengstoffs fertig wurden, begriff Kolt, dass er so bald keine weitere Gelegenheit erhielt, unter vier Augen mit ihm zu reden. Er beschloss, alles auf eine Karte zu setzen.

»Abdul, vermisst du deine Familie?«

»Sie sind in guten Händen«, antwortete Abdul stoisch, aber die Frage schien ihn zu erschrecken. Er vermied es, Kolt anzusehen. Mit nervöser Wachsamkeit lugte er aus dem regenüberströmten Fenster und hielt Ausschau nach Anzeichen für möglichen Ärger.

»Da hast du Glück«, sagte Kolt und schaute ihn an. »Ich beneide dich.«

Einige Augenblicke lang sagte keiner von ihnen ein Wort. Kolt dachte noch einmal darüber nach, ob er dieses Gespräch wirklich fortsetzen wollte. Mit einem befreundeten Delta-Force-Operator über Familienangelegenheiten zu reden war normalerweise eine bewährte Methode, um das Eis zu brechen und Spannungen auf einer riskanten Mission abzubauen. Kolt war sich so gut wie sicher, dass es auch bei Terroristen funktionierte.

Zu seiner Überraschung setzte Abdul von sich aus die Unterhaltung fort. »Du redest nicht viel über deine Frau. Hast du sie vergessen?«

Kolt starrte aus dem Fahrerfenster. Er musste vorsichtig

sein. »Meine Frau wäre sicher nicht stolz auf mich«, flüsterte er.

»Nein?«

»Sie und ihre Familie glauben nur an den defensiven Dschihad«, entgegnete Kolt mit einem Hauch Mitgefühl in der Stimme. »Sie wünschen sich Frieden auf der Welt.«

»Verstehe.«

Jetzt oder nie. Kolt wusste, dass er keine zweite Chance bekam. Wenn sich alles in die Richtung entwickelte, die er bei ihren Planungen im Hotel indirekt vorgegeben hatte, stand Abdul nur noch etwa eine Stunde davon entfernt, zum Märtyrer zu werden. Bis dahin musste er sich Informationen über Cindys Aufenthaltsort verschaffen.

»Abdul, meine größte Angst ist, dass diese ungläubigen Hunde mich gefangen nehmen.«

Abdul drehte sich zu ihm um. »So Gott will, werden wir Helden des Islam sein. Allah wird uns heute Nacht zu sich nehmen.«

»Ja, das ist ein wunderbares Gefühl«, bestätigte Kolt und legte die rechte Hand sanft auf Abduls linke Schulter. »Aber mir macht die raue Behandlung Sorgen, die meine Frau schon so lange in der Gefangenschaft erfährt. Ich fürchte, ich wäre nicht fähig, Tag um Tag in Isolationshaft durchzustehen wie sie.«

Wieder erschrak Abdul und zögerte. »Deine Frau wird fair behandelt. Aber sie ist störrisch.«

»Nein, nein, ich könnte keinen Tag in Gefangenschaft überstehen.«

»Doch, das könntest du, Timothy«, widersprach Abdul und schenkte Kolt einen ermutigenden Blick. »Genau wie deine Frau.«

»Dann ist meine Frau also noch am Leben?«, fragte Kolt staunend.

»Aber natürlich ist sie das«, antwortete Abdul bestimmt. »Da bin ich ganz sicher.«

Kolt ließ die Worte auf sich wirken. »Woher weißt du das, Bruder?«

Aber bevor Abdul antworten konnte, bog ein weißer Ford F-150 Crew Cab auf den Parkplatz des Gemischtwarenladens. Das rot-weiß-blaue Energy-First-Logo bestätigte ihnen, wer darin sitzen musste.

Genau wie Timothy es gesagt hatte, stieg der Ingenieur der Bedienmannschaft aus dem Wagen, wie er es in den letzten zwei Jahren am Abend jedes Arbeitstags getan hatte. Er zog sich die leichte Windjacke über den Kopf, um sich vor dem Regen zu schützen, während er in Richtung Eingang lief. Kolt huschte aus dem Van, schob sein T-Shirt über den Griff des 38ers, den Abdul ihm gegeben hatte, und folgte dem Mann in den Laden. Abdul zog eine schwarze Skimaske aus der Tasche und streifte sie über den Kopf, sodass nur noch Augen und Mund erkennbar blieben. Nachdem er sich noch dünne Gummihandschuhe angezogen hatte, stieg er ebenfalls aus.

Kolt schnappte die Begrüßung der Kassiererin auf, während der Mitarbeiter sich dem Verkaufstresen näherte. Sie überraschte ihn nicht wirklich. Immerhin schien er jede Nacht im Dienst herzukommen.

»Das Übliche, Warren?«, erkundigte sich die etwa 30-jährige Frau hinter dem Tresen, die eine halb heruntergebrannte Kippe zwischen zwei Fingern balancierte.

»Jup, Deborah, nichts Neues im Kraftwerk.«

»Alles klar, dann also vier Tassen Kaffee, einen Kirschkuchen und drei Honigschnecken. Das macht genau …«

Warren führte ihren Satz grinsend zu Ende. »Sechs Dollar und 66 Cent.«

»Stimmt, Warren«, bestätigte Deborah, während sie sein Geld entgegennahm und die Kasse öffnete. »Aber die Zahl ist mir schon immer unheimlich gewesen.«

»'n echtes Schnäppchen!«, rief er lächelnd.

Warren stopfte das Wechselgeld in die Tasche und nahm

behutsam den vierteiligen Getränkehalter aus Pappe und die Plastiktüte vom Tresen.

»Pass mit dem Kaffee auf. Der ist ziemlich heiß«, warnte Deborah.

Mit vollen Händen lehnte Warren sich mit dem Rücken leicht gegen die Glastür und stieß sie auf. Er drehte sich um und ging ein paar kurze Schritte, bevor er fast von der nassen Bordsteinkante abgerutscht wäre. Die abgetragenen Lederstiefel platschten durch schmutziges Pfützenwasser, während er nach dem Autoschlüssel wühlte.

Er öffnete die Fahrertür und stellte die kleine Tüte mit Snacks vorsichtig auf dem Sitz ab, bugsierte den Getränkehalter mit den vier Bechern an der Schnalle des Sitzgurts vorbei und lehnte ihn an die Rückenlehne des Beifahrersitzes, um nichts zu verschütten. Dann drehte er den Zündschlüssel, ließ den Motor aufdröhnen, legte den Rückwärtsgang ein und steuerte aus der Parkbucht.

Kolt verließ den Laden, streifte sich die schwarze Skimütze über den Kopf und zog die Pistole aus dem Hosenbund, während er schnell und entschlossen auf den F-150 zuging.

Warren hatte inzwischen die leere Asphaltstraße erreicht und schaltete das Radio ein. Eine Sekunde später bekam der 52-jährige Kettenraucher massive Atemprobleme. Abdul drückte ihm den linken Unterarm an den Kehlkopf.

Warrens natürlicher Überlebensinstinkt meldete sich sofort. Er packte Abduls Arm mit beiden Händen, um den Druck wenigstens ansatzweise zu verringern. Mit dem rechten Fuß trat er instinktiv auf die Bremse. Durch den Ruck wurden sie beide ein kleines Stück nach vorn geschleudert. Kolt riss die Beifahrertür auf und setzte sich neben Warren, wobei er den Kaffee und das Gebäck achtlos zur Seite fegte.

»Keine Panik, Warren«, sagte er so ruhig wie möglich. »Wenn du deinen Arsch retten willst, tust du einfach, was wir sagen.« Abdul lockerte den Griff um Warrens Kehle so weit, dass dieser sprechen konnte.

»Was … was wollen Sie?«, stieß Warren mühsam hervor. »Ich hab kein Geld.«

»Dein Geld ist in Sicherheit, Warren«, erwiderte Kolt. »Um deine Familie solltest du dir eher Sorgen machen.«

»Bieg auf den Parkplatz der Kirche da vorn ab und halte im unbeleuchteten Bereich.«

Warren packte das Lenkrad mit beiden Händen und kurvte auf das bezeichnete Grundstück, rollte am Seitenportal der Kirche vorbei und hielt am Rand des alten Friedhofs auf der Rückseite der weiß getünchten Mount Ararat Baptist Church.

»Motor aus«, befahl Kolt.

»Okay, Mr. Warren Samperson«, fing er an. »Vater einer wunderschönen Tochter, die noch bei ihren Eltern wohnt und das hiesige Spartanburg Community College besucht. Seit 33 Jahren glücklich verheiratet mit der reizenden Eleanor.«

»Was um alles in der Welt …?«, schnappte Warren, bevor Abdul ihm erneut den Hals zusammendrückte und das Wort abschnitt.

»Du bist ein Familienmensch, oder, Warren?«, fragte Kolt. »Wir wissen alles über dich und deine Familie.« Er hielt ihm die Farbkopie des privaten Schnappschusses von seinem Schreibtisch vors Gesicht.

»Im Grunde genommen hast du jetzt zwei Möglichkeiten, Warren. Und deine Entscheidung wird sich unmittelbar darauf auswirken, ob dein Töchterlein lange genug am Leben bleibt, um ihren Abschluss zu machen. Also, alles, was du tun musst, ist, diesen Wagen zurück zum Kraftwerk zu fahren. Fahr durch den Checkpoint, halt deinen Ausweis ans Fenster, wie du's immer tust, und fahr weiter zum Parkplatz vor dem Hauptgebäude. Wenn du das hinbekommst, Warren, und dich verhältst, als ob alles in Ordnung ist, wird deine Familie weiterleben.« Kolt gab ihm kurz Zeit, um darüber nachzudenken. Er sah, wie schnell

Warrens Pulsschlag ging, da seine Halsvene gegen Abduls Unterarm pochte.

Er flüsterte ihm ins rechte Ohr: »Wenn du es nicht tust, Warren, dann, Allah sei mein Zeuge, wird deine Familie gefilmt, während sie vergewaltigt, gefoltert und ermordet wird. Genauso wie die amerikanischen Schweine es mit unseren Frauen im heiligen Land der Muslime machen.«

»Okay, okay, bitte lassen Sie meine Familie in Frieden«, flehte Warren. »Die hat nichts verbrochen.«

»Ich weiß, Warren. Ich weiß«, versicherte Kolt schnell. »Fahr zurück zum Kraftwerk und lass dich nicht von dieser 38er Special zwischen deinen Rippen stören.«

Zum ersten Mal seit Anbruch dieser Nacht ließ Kolt zu, dass seine Nerven sich etwas beruhigten. Es gelang ihm, völlig entspannt mit Warren zu plaudern, doch sein Adrenalinpegel stieg erneut in die Höhe, als sie sich dem Kernkraftwerk näherten. Sicher, das Ganze war aufregend. Aber der zu zahlende Preis in Menschenleben und psychologischen Nachwirkungen machte ihm Sorgen. Im Moment konnte er über das Endergebnis nur spekulieren.

So weit, so gut. Die Mission verlief nach Plan. Warren schien mitzuspielen, wenn auch widerstrebend, und die anderen Teile des Puzzles fügten sich schrittweise zusammen. Aber eine Sache bereitete Kolt nach wie vor Kopfzerbrechen.

Wie soll ich die Mission durchführen, ohne dabei welche von den Guten zu verletzen? Abdul hatte wahrscheinlich längst entschieden, dass Warren sterben musste. Für Kolt hing die Zukunft des Ingenieurs der Bedienmannschaft dagegen noch in der Schwebe.

20

Joma und Farooq drängten sich auf dem rot-weiß lackierten Jetski, Modell Sea Doo 1250, aneinander. Die hohen Lichtmasten des nur wenige Meilen entfernten Cherokee-Atomkraftwerks ragten als bernsteinfarbene Kulisse im Hintergrund der unbeweglichen Seeoberfläche empor. Im Glanz des Halbmondes schaukelten am Heck zwei Reifenschläuche eines Sattelschleppers im Wasser, sorgsam präpariert mit einer Mischung aus fast 136 Kilogramm Düngemittel und Semtex-Sprengstoff.

Farooqs Handy klingelte. Er griff vorsichtig in die Hemdtasche, um das empfindliche Gleichgewicht auf dem beengten Untersatz nicht zu stören.

»Hallo?«

»Bruder Farooq, Friede sei mit dir, wir sind bereit, mein Bruder«, rief Abdul enthusiastisch in den Hörer. »Wir sind fast beim Checkpoint. Führt eure Mission aus. Möge Allah mit euch sein.«

Mit heftigen Kopfbewegungen antwortete Farooq: »Ja, ja, ja. *Allahu akbar!*«

»*Allahu akbar!*«

Es lag weniger als eine Stunde zurück, dass Farooq und Joma von der McKowns Mountain Road abgebogen waren. Sie hatten das Kettenschloss der simplen Drahtabsperrung aufgebrochen, um über einen schmalen, von Norden nach Süden führenden Feldweg eine halbe Meile weit bis zur öffentlichen Bootsrampe am südwestlichen Rand eines namenlosen Stausees zu fahren. Farooq war mit dem Anhänger rückwärts direkt ans Ufer gerollt und wartete anschließend, dass Joma den Jetski abkoppelte und ihn in das eisige Wasser gleiten ließ.

Nachdem sie Wagen und Anhänger zwischen den Bäumen versteckt hatten, kurvten sie mit dem Jetski langsam in nordöstlicher Richtung durch den Stausee, wobei sie so dicht wie möglich am Westufer blieben. Sie hielten Kurs auf den Lampenschimmer, der das Kraftwerk umgab. Dabei orientierten sie sich an den über den See hinausragenden Ästen der Bäume, bis sie die Linkskurve erreichten, die ihnen als letztes Versteck dienen sollte, und warteten dort auf Abduls Anruf. Der Abstand zum großen, aus Beton bestehenden Einlassbauwerk des Cherokee-Kraftwerks betrug nur noch 300 Meter. Alles war bereit.

Joma streckte die Hand nach einem Ast aus, hielt schwankend die Balance und stieg vom Jetski ab. Über seiner rechten Schulter hing eine Gewehrtasche. Nervös drehte er sich zu Farooq um. Die Männer rechneten nicht damit, diese Mission zu überleben. Tatsächlich wäre ihr Überleben eher das Zeichen für einen Fehlschlag gewesen. Für ihre eigene Ehre und die ihrer Familien mussten sie im Land ihrer Feinde zu Märtyrern werden. Sie bildeten die Vorhut und in dieser Nacht lasteten große Erwartungen auf ihnen.

Und so Allah es wollte, folgten Bruder Nadal und die anderen ihrem Vorbild einen Monat später.

»Möge Allah mit dir sein, Bruder«, sagte Joma, drehte sich um und verschwand in der Dunkelheit. Durch die detaillierten Planungen, die sie mit Timothy im Hotelzimmer vorgenommen hatten, wusste Joma, dass er etwa elf Minuten benötigte, um eine Schützenposition mit Blick auf die zwei bedrohlich wirkenden, kugelsicheren Türme zu erreichen. Sein dunkelhäutiger Partner Farooq musste lediglich sein telefonisches Signal abwarten, die Bombe dann direkt unter die desinteressierten, nachlässigen Augen der Ungläubigen manövrieren und die Tore zum Martyrium durchschreiten.

Es erstaunte Joma, wie verbittert Timothy war, der sich ausgiebig und zornig über die Sicherheitslücken des Kraftwerks ausließ. Er habe immer wieder darauf gedrängt,

Wärmebildkameras installieren zu lassen, um die Anlage vor genau solchen Bedrohungen zu schützen, betonte er. Eindringlingen zu Fuß, die über Waffen mit großer Reichweite verfügten. Ohne Wärmebildkameras, die thermische Signaturen weit hinter der Waldgrenze oder im trüben Wasser des Stausees erfassen konnten, mussten sich die Sicherheitsbeamten in den Türmen auf ihr bloßes Auge verlassen. Oder eben auf das, was die monochromen Standard-Sicherheitskameras ihnen lieferten. Die Entscheider ›von oben‹ – in diesem Land wurde im zivilen und im militärischen Bereich derselbe Ausdruck für die Führungsebene verwendet – hatten die letzten drei Anträge der Sicherheitsabteilung auf Anschaffung moderner Wärmebildkameras abgelehnt.

Joma lächelte im Dunkeln. Ihre Arroganz wurde den Amerikanern nun zum Verhängnis.

Es machte Timothy nichts aus, die Nachtschicht zu übernehmen, vor allem, da er kürzlich seine Zulassung als Sicherheitsbeamter zurückbekommen hatte und wieder eine Waffe tragen durfte. Es war ein langweiliger, aber ruhiger Dienst. Fast vier Stunden nach Dienstantritt weckte das leise Trommeln der Regentropfen auf dem Dach des Pförtnerhäuschens am Checkpoint bei ihm Assoziationen zum Blechdach einer Hütte in den Bergen. Er musste jetzt nur noch etwa zehn Minuten durchhalten, bis seine Schichtablösung eintraf. Danach konnte er sich endlich auf die übrig gebliebenen, kalten Pizzastücke stürzen, die er eingepackt hatte.

Alle Mitglieder der Sicherheitsmannschaft wussten, dass der Posten hier am Kontrollpunkt am schlechtesten zu verteidigen war. Anders als in der Umgebung des Reaktorgebäudes und in anderen wichtigen Bereichen gab es hier keine kugelsicheren Barrikaden, hinter die man sich im Notfall zurückziehen konnte. Das Hartglas dieses Gebäudes war lediglich getönt und mit einer Vinylschicht versehen, alles andere als schussfest. Ein weiteres Beispiel für die nachlässigen Entscheidungen, die Leute mit Diplomen an der Bürowand trafen.

Jeder wusste, dass ein Sicherheitsbeamter am Checkpoint im Falle eines Terroranschlags schlicht und einfach als entbehrlich betrachtet wurde. Als Kanonenfutter.

Vor über zwei Jahren hatte Timothy im Rahmen einer Bestandsaufnahme bei seinen Vorgesetzten darauf gedrängt, den Kontrollpunkt besser abzusichern. An diesem Punkt waren die bewaffneten Sicherheitsleute am weitesten vom Brennstoff des Reaktors entfernt. Es handelte sich eindeutig um die verwundbarste Stelle. Nur zwei asphaltierte Fahrspuren trennten einen von den massiven Kiefern und vereinzelten Eichen des umliegenden Waldstücks. Die Bäume störten Timothy am meisten. Ja, sie waren schön und verhinderten, dass das Cherokee-Kraftwerk optisch zu stark an Fort Knox erinnerte. Aber die Tatsache, dass Terroristen im Schutz der Dunkelheit zwischen den Ästen und dem dichten Gestrüpp hindurchschleichen könnten, machte die vier Kameras auf dem Dach letztlich überflüssig.

Timothy hatte dafür plädiert, Spezialkameras zu installieren, um die Körperwärme eines Terroristen, der am Waldrand lauerte, frühzeitig zu erfassen. Je schneller, desto besser ließ sich eine Bedrohung von außen abwehren. Mit einer einmaligen Investition von 60.000 Dollar hätten die Männer oder Frauen, die am Kontrollpunkt Wache schoben, zumindest bessere Ausgangsbedingungen gehabt.

In diesem Augenblick beschäftigte ihn allerdings eher die Frage, ob seine Ablösung sich verspätete. Er hatte die Funksprüche von Officer Collins aus seinem Team verfolgt und wusste, dass dieser jetzt auf der anderen Seite der Anlage die stündlichen Sicherheitschecks erledigte. Es war gerade erst 23 Uhr, also bestand noch kein Grund zur Sorge. Collins kam sicher bald zurück, und kalte Pizza blieb kalte Pizza.

Sicher, Timothy war ein unzufriedener Mitarbeiter. Nicht der Einzige. Das Cherokee-Kraftwerk beschäftigte 400

Menschen, und viele von ihnen beschwerten sich vehement, fühlten sich mit ihren Problemen nicht ernst genommen und verlangten nach Gehör. Manche dieser Forderungen waren legitim, andere schlicht lächerlich.

Timothy Reston hatte sein Land nicht verraten. Vielleicht wäre es dazu gekommen, wenn Nadal sein Notizbuch nicht im Bus verloren hätte. Wer weiß? Noch ein paar weitere Online-Sessions mit ZooKeeper69, und er hätte womöglich Ernst gemacht. Nicht auszuschließen, dass Timothy am Ende doch mehr als ein paar Grundinformationen über die Bezeichnungen der einzelnen Gebäude preisgegeben hätte – vielleicht sogar die vom Sicherheitsteam verwendeten Codewörter. Mit genug Zeit und genug Lob von ZooKeeper69 für seine spielerischen Leistungen hätte er ihm unter Umständen tatsächlich Informationen über die lebenswichtigen Systeme zur Sicherheitsabschaltung anvertraut.

Unterlagen über die Security eines Atomkraftwerks waren ähnlich wertvoll wie der Bauplan des Weißen Hauses. Solche Informationen wurden unter Verschluss gehalten und galten als streng geheim. Aus gutem Grund. In solchen Dokumenten wurden spezifische Bestandteile der Anlage benannt, deren Zerstörung oder Sabotage zur Freisetzung einer tödlichen radioaktiven Wolke führte, die jedes Lebewesen in der Umgebung tötete. Timothy wusste um die katastrophalen Folgen, falls dieses Wissen in falsche Hände geriet.

Nein, nach seiner eigenen Einschätzung war Timothy einfach ein unzufriedener Mitarbeiter, kein Landesverräter. Natürlich wollte er, dass an seinem Arbeitsplatz ein paar Köpfe rollten, aber das hieß nicht, dass er sich den Tod vieler unschuldiger Menschen herbeisehnte.

Doch in dem Moment, als Timothy Reston den Bauplan des Kraftwerks über obskure Foren und Online-Gaming-Kanäle an seinen gesichtslosen neuen Freund weitergeleitet hatte, war er viel mehr geworden als nur ein verärgerter Angestellter. An diesem Tag, der knapp drei Monate zurücklag, war er tatsächlich zum Verräter seiner Heimat geworden.

Seine Arbeitskollegen ahnten nichts davon. Timothy gab durch nichts zu erkennen, dass er gewillt oder fähig wäre, einen Terrorakt zu begehen. Sie hätten niemals geahnt, dass er einen dermaßen folgenschweren Verrat an seinen Kollegen, der Bevölkerung und sich selbst begehen könnte. Das psychologische Programm zur Beobachtung von Verhaltensauffälligkeiten, auf das man sich im Cherokee-Kraftwerk so viel einbildete, hatte die Anzeichen schlicht übersehen.

Timothy war jetzt das, was die Analysten und Beamten der Geheimdienste am meisten fürchteten, wenn es um die Angestellten von Kernkraftwerken ging. Er war zu einem ›Insider‹ geworden. Leider nicht irgendeiner, sondern ein Mitarbeiter in einer exponierten Position, der über ein breites Wissen zu Schutzmaßnahmen der Cherokee-Anlage verfügte, Zugang zu jedem Schlüssel hatte und bereit war, seine Seele an den Teufel zu verkaufen – alles nur, weil es ihm nicht gefiel, wie seine Vorgesetzten ihn behandelten. Wirklich eine Schande.

Ja, Timothy war äußerst verstimmt. Er hatte sich bereitwillig mit Al-Qaida-Terroristen verschworen, und obwohl er sie nie gesehen oder mit ihnen telefoniert hatte, überschritt er dabei eine unsichtbare Grenze. Wären Kolt und Tungsten nicht auf den Plan getreten, hätte in dieser Nacht seine letzte Stunde geschlagen. Hätte sich die Situation anders entwickelt, wäre Benedict Arnolds Verrat im Unabhängigkeitskrieg künftig als Lappalie betrachtet worden, wenn man sie mit Timothy Reston verglich. Dem Mann, der die technischen Planungen eines Anschlags auf das Cherokee-Atomkraftwerk – eines beispiellosen Terrorakts auf US-amerikanischem Boden – entscheidend unterstützt hatte.

Das Funkgerät an Timothys Hüfte schreckte ihn auf. »Kontrollpunkt, hier Zentrale. Funkcheck. Kommen.«

Timothy starrte auf die Uhr an der Wand. Wohin war

bloß die Stunde seit dem letzten Funkcheck mit der Meldezentrale verschwunden?

»Zentrale, hier Kontrollpunkt. Alles in Ordnung«, meldete er. Dabei spähte er auf die vier monochromen Flachbildschirme unter der Decke, als befürchte er, Gespenster zu sehen. Timothys Posten war mit Kameras ausgestattet, die einen Winkel von 360 Grad abdeckten, montiert an den vier Ecken des weißen Checkpoint-Gebäudes, wodurch sich alle Himmelsrichtungen von drinnen überwachen ließen. In der geschützten Zone des Kraftwerks bekamen die Hauptmeldezentrale und die zweite Meldezentrale exakt dieselben Bilder auf den Monitor.

Erneut plärrte ein Funkspruch aus dem Lautsprecher.

»Zentrale, hier Collins. Kommen.« Timothy runzelte die Stirn. *Warum zum Teufel ruft Collins die Zentrale?*

»Hier Zentrale. Sprechen Sie. Kommen.«

»Ähm, ja, Zentrale, sieht so aus, als hätte ich 'nen platten Reifen. Bin hier draußen hinter den Kühltürmen.«

»Brauchen Sie Hilfe?«

Collins' Antwort kam schnell. »Na ja, wäre der Wagenheber an Ort und Stelle, käm ich gut allein klar. Aber da er nicht da ist, schätze ich, dass ich Hilfe brauche, ja.«

»Verstanden. Warten Sie, wir schicken jemanden.«

Timothy schüttelte genervt den Kopf. *Was für ein beschissener Abend!*

Er hatte ziemlichen Hunger, blieb aber Profi. Anstatt sich darüber aufzuregen, setzte er sich hin und spielte noch etwas auf dem Handy, um die Zeit totzuschlagen. Draußen bemerkte er aus dem Augenwinkel die Scheinwerfer eines näher kommenden Fahrzeugs. Er beugte sich vor und lugte unter dem Monitor auf dem Ecktisch hindurch zum Fenster. Hoffentlich kein Lieferwagen – dann musste er das Wachhaus nämlich verlassen, um ihn nach Schmuggelware und Sprengstoff abzusuchen.

Ach, das ist bloß Warren.

Aus sechs Metern Entfernung erkannte Timothy den Firmenwagen und das Gesicht von Warren Samperson, dem langjährigen Ingenieur des Kraftwerks, auf dem Fahrersitz. Also musste er nicht raus in den Regen, um einen Check durchzuführen. Timothy wusste, dass er bis auf Donuts und Kaffee für seine Kollegen nichts zurück in die Anlage brachte, was er nicht schon vor 20 Minuten beim Aufbrechen zu seiner üblichen Runde dabeigehabt hatte.

Officer Reston öffnete die Tür zum Wachhaus, um Samperson durchzuwinken, und drückte den Knopf, damit sich der gelbe Schlagbaum hob. Dabei blieb er im Durchgang stehen, um nicht nass zu werden.

Der Wagen war kaum zum Stillstand gekommen, als auch schon der erste Schuss krachte. Auf der Rückbank hinter dem Fahrersitz riss sich Abdul die Skimaske vom Kopf, zielte mit der Kaliber-40-Automatikpistole von Heckler & Koch auf Timothys Brust und gab zwei schnelle Schüsse ab, die das Sicherheitsglas des linken hinteren Wagenfensters zerschmetterten. Er machte sich nicht mal die Mühe, die getönte Fensterscheibe vorher nach unten zu kurbeln. Timothy hatte nicht mit einem Angriff gerechnet und Kolt reagierte fast ebenso schockiert wie das Opfer. So war es nicht abgesprochen.

Dieser Drecksack! Ich hab's geahnt!

Direkt nach den beiden Schüssen kauerte sich Warren auf dem Wagenboden zusammen. Er dachte nicht daran, zuerst das Automatikgetriebe auf ›Parken‹ zu schalten, und kam mit dem Knie versehentlich ans Gaspedal. Das Auto machte einen Satz nach vorn und rammte die sechs Meter entfernte Metallbarriere, bevor es mit einem Ruck zum Stillstand kam. Beide Airbags wurden ausgelöst. Einer baute sich um Warren herum auf, der andere traf Kolts Kopf wie ein Vorschlaghammer und schlug ihm den Revolver aus der Hand.

Stark blutend und auf halbem Weg in den Schockzustand versuchte Timothy, vom Wagen wegzukriechen.

Abduls Schüsse waren wirksam, aber nicht sonderlich genau gezielt gewesen. Timothy blutete aus der linken Hüfte – dort, wo die erste Kugel die Halterung seiner Pfefferspraydose gestreift hatte und kurz unterhalb des Pistolengurts eingedrungen war. Das zweite Geschoss hatte die linke Handfläche durchbohrt, weil er mit einer instinktiven Bewegung versucht hatte, die Kugel abzuwehren.

In einer Lache aus seinem eigenen Blut kam er gar nicht auf den Gedanken, einen Notruf an die Zentrale abzusetzen oder den Generalalarm auszulösen. Er hatte genug damit zu tun, am Leben zu bleiben. In diesem Augenblick fiel ihm schlagartig alles aus der taktischen Ausbildung wieder ein.

Er hatte sein ganzes Leben lang für diesen Moment trainiert. All die Vorbereitungen der letzten 16 Jahre arbeiteten auf den Moment hin, in dem er tatsächlich die Waffe einsetzen und gegen einen Eindringling tödliche Gewalt anwenden musste. Um seine Pflicht zu erfüllen. Seine Pflicht zum Schutz der amerikanischen Bevölkerung. Nun kam für ihn die Chance, selbst das außerordentliche Maß an Professionalität und Engagement an den Tag zu legen, das alle in der Familie seinem Cousin Darren zuschrieben.

Timothy ließ sich nicht vom Schock überwältigen. Er wusste genau, was er zu tun hatte, zog die Halbautomatik und ließ den Schlitten mit einem kräftigen Ruck nach vorne schnellen, um sie schussbereit zu machen.

Aber Timothys Körper hielt nicht mit seinem Überlebensinstinkt Schritt. Im Auto tauschte Abdul seine Pistole gegen eine AK-47 ein, stützte die Unterarme auf den Fensterrahmen, ignorierte die kieselsteingroßen Glassplitter, die daran hingen, fand sein Gleichgewicht und schob den Gewehrlauf durch die Öffnung.

»Allahu akbar! Allahu akbar!«

Kolt drehte sich auf dem Beifahrersitz zu Abdul um. »NEEEEEIN!«, schrie er. Aber es war zu spät.

Auf dem Rücken und in Panik flehte Timothy: »Tu das

nicht. Tu das nicht.« Nervös hob er die Pistole, kämpfte gegen das Zittern an und drückte dreimal kurz nacheinander ab. Drei 9-Millimeter-Projektile schlugen in die Seite des Autos ein, drangen aber nicht durch die Türverkleidung.

Timothy schoss daneben, Abdul dagegen nicht. Er traf Timothy einmal in die kugelsichere Weste und zweimal im oberen Brustbereich in der Nähe der Schulter.

Timothys Griff um die Pistole löste sich. Die Waffe fiel auf den Asphalt vor der Tür und hüpfte noch einen Meter weiter, bevor sie vor dem linken Hinterreifen des Wagens liegen blieb.

Kolt griff hastig nach dem Getränkehalter, schnappte sich zwei der Styroporbecher und schnippte mit den Daumen die Plastikdeckel herunter. In einer fließenden Bewegung bog er die Arme über den Sitz und schüttete Abdul den kochend heißen Kaffee ins Gesicht. Dieser stieß einen Schmerzensschrei aus, ließ das Gewehr fallen und hob abwehrend die Hände vor den Kopf.

Kolt schaltete den Motor ab. Warren, der am Boden kauerte, beachtete er kaum. Dieser ruderte wild mit den Armen, als wollte er sich vor herabfallenden Gegenständen schützen. Der mit Luft gefüllte Airbag drückte gegen seine Schultern.

Hektisch suchte Kolt nach dem heruntergefallenen Revolver, wobei er die Airbags zur Seite riss. Nichts.

Er stieg aus.

Abdul hätte dasselbe tun sollen, aber er tat es nicht.

Schnell sprang Kolt an Timothys Seite und kniete sich hin. Ihm fehlte die Zeit, Timothys Gewehrgurt von der Unterseite der Waffe zu lösen und sie vom Körper des anderen wegzuziehen. Stattdessen bückte er sich, schob das rechte Auge an die Trijicon-Tag-Optik, hob die Mündung und peilte mit dem roten Punkt das hintere Autofenster an. Er zielte auf den Kopf an der Rückenlehne.

Abdul hatte zwischenzeitlich den heißen Kaffee abgeschüttelt und hob das Gewehr auf, um es durch die Scheibe auf Kolt und Timothy zu richten. Er feuerte eine Salve ab, die nur knapp Kolts maskierten Kopf verfehlte.

Kolt stabilisierte seine Haltung und betätigte den Abzug von Timothys AR-15. Zwei gut gezielte Schüsse durchbohrten Abduls verbrühtes Gesicht. Er sackte leblos nach vorn, während er mit dem Kopf und einem Arm noch aus dem Fenster hing.

Kolt legte das Gewehr sanft auf der Brust des verletzten Beamten ab und ertastete mit zwei Fingern den Puls an der Halsschlagader. Das Herz des Mannes schlug noch, aber nur schwach und unregelmäßig. Kolt griff Timothy an den unteren Rücken und suchte nach einer Austrittswunde. Er stieß auf eine Menge Blut und Knochensplitter, das Resultat eines schweren 7,62er-Hochleistungsgeschosses. Er konnte nichts tun, um dem Mann zu helfen. Auf eine Schusswunde in der Brust war er nicht vorbereitet.

Timothy öffnete die Augen einen Spaltbreit. Das überraschte Kolt. Ein Gemisch aus Schweiß und Tränen lief über die Wangen des korpulenten Kerls. Zum ersten Mal wurde Kolt bewusst, dass er dem anderen nie seinen wahren Namen genannt hatte.

»Du bist ein Held, Timothy. Du hast dich gut geschlagen«, raunte Kolt mit aller Überzeugungskraft, die er in dieser Situation aufbringen konnte, durch den Schutz der schwarzen Skimaske. »Du hast einen Terroranschlag auf das Cherokee-Kraftwerk verhindert und Tausende von Menschenleben gerettet. Meinen Glückwunsch!«

Kaum hörbar versuchte Timothy zu sprechen, aber Kolt wusste, dass es nichts gab, was er noch für ihn tun konnte. Seine letzten Sekunden waren angebrochen.

Er griff Timothy an den Hals und checkte noch einmal den Puls. Eine lächerlich hilflose Geste. Er wusste, dass er unmöglich bleiben und lebenserhaltende Maßnahmen durchführen konnte, bis die Rettungssanitäter eintrafen. Es war ein reiner Reflex, der lebenslangem Training entsprang.

Erfahrung, die im Verbund mit Adrenalin das Kommando übernahm. Alles schien wie in Zeitlupe abzulaufen. Ein vertrauter Zustand, den er schon oft erlebt hatte. Die Operators sprachen von ›Missionsvakuum‹.

Kolt schüttelte diesen endlos gedehnten Moment ab, in dem bei einer tödlichen Auseinandersetzung der Kampf-oder-Flucht-Instinkt eines Menschen ansprang. Schusswechsel und Verwundete sorgten dafür, dass die Welt gefühlt für etwa 30 Sekunden zum Stillstand kam. In Situationen, bei denen es um Leben und Tod ging, stand ohnehin nur eine dieser beiden Alternativen zur Verfügung. Deshalb wollte er diese Zeit nicht unnötig verschwenden.

Eilig rannte er um den Ford herum, öffnete die Tür gegenüber von Abduls Leiche und nahm die AK-47 an sich, ging rechts hinter dem Fahrzeug auf die Knie, zielte sorgfältig und zerstörte beide Kameras auf dem Dach des Kontrollpunkts. Bis zu dieser Minute war alles gefilmt worden, von den Überwachungskameras auf Video festgehalten und in Echtzeit an die beiden Kommandozentralen des Kraftwerks übermittelt. Hätte man Timothy seinen wiederholt geäußerten Wunsch erfüllt, wäre das gesamte Geschehen zusätzlich durch Wärmebildkameras eingefangen worden. Aktuell reichte das vorhandene Equipment, das über Standardfunktionen wie Schwenken, Neigen und Zoomen verfügte, um den Vorfall für die Ewigkeit festzuhalten.

Als er sicher war, dass die Kameras nicht mehr funktionierten, schleuderte Kolt das Gewehr zurück ins Auto.

Obwohl das Summen der beiden Reaktoren der Cherokee-Anlage in der Ferne deutlich hörbar war, wirkte die Nacht geradezu unheimlich still. Ob Farooq seine Jetski-Bombe erfolgreich in den Zielbereich gebracht hatte? War er wie geplant zum Märtyrer geworden, wie er es Allah versprochen hatte? Bei all der Aufregung am Checkpoint hatte er gar nicht darauf geachtet, ob sich in der Nähe eine Explosion ereignet hatte.

Und was war mit Joma?

Eine monotone Notfalldurchsage drang an seine Ohren. »Alarmstufe Rot, Alarmstufe Rot. Bleiben Sie stehen! Schusswaffengebrauch ist ausdrücklich erlaubt!«

Ein paar Sekunden danach hörte er einen Knall aus einer halben Meile Entfernung, grob in Richtung des Hauptparkplatzes. Wahrscheinlich die früher am Abend von Farooq und Joma deponierte Autobombe, wobei sie eine Seitenstraße benutzt hatten, um Timothy und den Cherokee-Checkpoint zu umgehen.

Kolt stand auf und sprintete auf den Waldrand zu. Er lief in Richtung des geplanten Treffpunkts. Nach wenigen Minuten ereignete sich eine zweite Explosion in seinem Rücken.

Farooq und der Jetski. Verdammt.

Kolts Gewissen zwang ihn dazu, stehen zu bleiben. Er wollte nicht länger vor der Gefahr weglaufen, sondern auf sie zu. Um seine amerikanischen Mitbürger vor dieser feigen Attacke zu beschützen.

Die Tatsache, dass Warren Samperson überlebt hatte, empfand er eher als glücklichen Zufall. Kolt hatte im Vorfeld gewusst, dass sich ein solcher Anschlag kaum durchführen ließ, ohne dass unschuldige Sicherheitsbeamte oder andere Mitarbeiter des Kraftwerks zu Schaden kamen. Tatsächlich hatte er die taktischen Planungen bewusst, aber sehr diskret beeinflusst, damit so wenig amerikanisches Blut wie möglich vergossen wurde. Aber sobald das Team sich auf den Operationsplan geeinigt hatte, war derjenige, der in dieser Nacht des 21. April zufällig Kaffee holen musste, praktisch zum Tode verurteilt gewesen. Trotz des bisher insgesamt glücklichen Verlaufs hätten Kolts frühere Delta-Teamkameraden ihm das, was er gerade getan hatte, niemals verziehen.

Aber das hier war nicht die Delta Force. Sondern Tungsten.

Kolts natürlicher Drang, Amerikanern in Gefahr zu helfen, zerrte an ihm. Mit jedem Schritt weg von der belagerten Cherokee-Anlage wuchs sein verzweifelter Wunsch, zurückzugehen und zu helfen. Kolt war noch nie vor einer Schießerei davongelaufen. Im Gegenteil: Er rannte ganz gezielt dorthin, wo geschossen wurde. Aber er durfte nicht vergessen, dass er heute Abend die Rolle eines Terroristen spielte. Er kämpfte für das gegnerische Team, nicht für die Vereinigten Staaten. Das war das Schwerste und Abstoßendste daran, ein Tungsten-Agent zu sein.

Dass er Abdul getötet hatte, war notwendig und gerecht gewesen. Tatsächlich beglich dieser Tod gleich mehrere Rechnungen. Abdul bezahlte dafür, dass er Cindy Bird entführt und Timothy kaltblütig ermordet hatte. Er bezahlte für die Anschläge von 9/11. Und er entschädigte die USA im Voraus für weitere Akte von Gewalt, an denen er sich garantiert beteiligt hätte, wäre er am Leben geblieben.

Schon vor der Mission war Kolt klar gewesen, dass Abdul und er diesen Abend nicht beide überleben konnten. Aber nachdem Kolt sich offen gegen ihn gestellt hatte, durfte er natürlich nie mehr in das Hotelzimmer der Terroristen zurückkehren. Er musste sich vor Augen führen, dass der Cherokee-Anschlag nur Mittel zum Zweck war. Nicht nur der erste notwendige Schritt, um die geplanten Anschläge auf weitere Atomkraftwerke zu verhindern, sondern auch, um Cindy zu retten. Sofern es ihm gelang, seine frühere Teamkollegin heil nach Hause zu bringen, nahm er sich vor, würde er – gewissermaßen als Zugabe – den eigentlichen Hauptauftrag erledigen, mit dem Tungsten ihn betraut hatte: das eigene Leben aufs Spiel zu setzen, um Aiman Al-Zawahiri unschädlich zu machen.

Scheiß auf Abdul. Bring sie alle um und lass Allah selbst sein Urteil über sie fällen.

21

Das Fiasko am Checkpoint hatte nur zwei Minuten gedauert. Kolt war so sehr auf seine Aufgabe in diesem Kampf konzentriert gewesen, dass er nicht mitbekam, wie der Scharfschütze die schussfesten Türme mit Kugeln eindeckte. In einem davon saß ein Kollege von Timothy aus der Sicherheitsabteilung. Von einem grasbewachsenen Hügel auf der anderen Seite des Kraftwerks aus nahm Joma sein Ziel ins Fadenkreuz und feuerte ein Dutzend panzerbrechende Geschosse durch die Turmfenster. Das bewaffnete Personal in den zwei benachbarten Wachtürmen erwiderte das Feuer durch winzige Schießscharten. Joma verlagerte seine Position hinter einen Baum, um einen besseren Schusswinkel zu bekommen.

Sekunden später schoss Farooq exakt nach Plan mit dem Jetski aus der Deckung der Dunkelheit und erreichte den Ausleuchtungsbereich Hunderter Scheinwerfer, die dafür sorgten, dass das Cherokee-Kraftwerk selbst aus dem All sichtbar blieb. Joma und Kolt hatten die Wachen abgelenkt. So erfolgreich, dass sie wegen der parallelen Attacken von Joma als Scharfschütze und Abdul am Checkpoint überhaupt nicht wahrnahmen, wie sich Farooq im Schutz der langen Schatten näherte.

Er kam aus westlicher Richtung. Seine Hände waren mit Handschellen an die Griffe des Wasserfahrzeugs gekettet. Keine einzige Kugel traf den Jetski, der mit 55 km/h auf das Einlassbauwerk zufuhr. Farooq drückte den Gashebel zur Beschleunigung.

»Allahu akbar! Allahu akbar!«

Das Gefährt und der Sprengstoff, den es hinter sich

herzog, krachten in das große Müllsieb und explodierten. Eine beeindruckende Explosion, die Wasser und Trümmer mehr als 30 Meter hoch in die Luft schleuderte. Kolt war in Deckung gegangen, sobald er das Röhren von Farooqs Jetski-Motor gehört hatte.

Auf dem Hügel fühlte Joma sich jetzt furchtbar allein. Er verdrehte den Hals, um festzustellen, wo Timothy und sein Bruder Abdul blieben. Er hatte die Schüsse und Explosionen am Kontrollpunkt mitbekommen. *Sie müssten bald zu mir raufkommen.*

Nachdem er etwa drei Magazine verschossen hatte, ungefähr 30 Schuss, wurde Joma nervös. *Wo bleiben Timothy und Abdul? Sie sollten längst den Checkpoint passiert haben.* Er rollte sich ein Stück hangabwärts und rief Abdul auf dem Handy an. Keine Antwort. Per Schnellwahl wählte er Timothys Nummer.

Kolt spürte, dass sein Handy vibrierte, und zog die schwarze Skimaske vom Kopf, um den Anruf entgegenzunehmen.

»Joma, bist du das? Hör mir zu, Bruder. Du musst sofort fliehen«, drängte er. »Komm zum Treffpunkt wie geplant.«

Aber Joma ließ sich nicht darauf ein. »Nein, nein, Timothy, das ist unmöglich. Das hier ist ein Selbstmordkommando. Im Namen Allahs. Farooq hat seine Mission erfüllt. Er ist jetzt im Paradies. Der Scheich wird nicht erfreut sein, wenn wir unsere Aufgabe unerledigt abbrechen.«

»Nein, da irrst du dich. Ich werde dir später alles erklären.«

Joma fing an, inbrünstige Gebete zu sprechen. Auf den Knien schaukelte er vor und zurück, während er reflexartig die Koranverse abspulte. Er nahm seine Umgebung kaum noch wahr.

Kolt unterbrach ihn abrupt. »Hör zu, Joma. Abdul und ich haben zwei Ungläubige getötet und den Checkpoint gesprengt.«

»Warum bist du noch am Leben?«

»Die haben uns überrascht. Wir hatten keine Wahl. Bruder Abdul ist ein Märtyrer, genau wie Farooq. Allah weiß es und wird sie willkommen heißen. Wir waren erfolgreich. Du und ich sind dank Allahs Willen noch am Leben und noch besser vorbereitet auf eine weitere Mission für den Dschihad … und in seinem Namen. Es ist deine Pflicht, am Leben zu bleiben. Komm so schnell wie möglich zu mir.«

Kolt hatte allmählich genug. Er wusste, dass er zügig Abstand zwischen sich und das Kraftwerk bringen musste. Mit Joma zu diskutieren hielt ihn unnötig auf. Aber er brauchte den anderen, um Cindy Bird zu retten und die zweite Terrorzelle ausfindig zu machen.

Joma gab noch einige quälende Sekunden lang Widerworte, dann geriet er von rechts unten unter schweren Beschuss, was seine Meinung rasch änderte. Er ließ Gewehr und Ausrüstung fallen, spurtete den Hang hinunter und floh in den Wald.

Minuten verstrichen, ohne dass Joma in Sicht kam. Kolt fragte sich, ob man ihn vielleicht gefangen genommen oder getötet hatte, denn als Letztes hatte er Schüsse aus dem Lautsprecher dringen hören. Kolt brauchte ihn lebend. Er brauchte einen Begleiter.

Einige 100 Meter vom Checkpoint entfernt gelangte Kolt an den Staudamm des Broad River. Er ignorierte das ›Betreten verboten‹-Schild und überwand den Zaun der Anlage mühelos. Behutsam trat er in das zentimeterhohe Wasser, das über die runde Kante des oberen Staubeckens schwappte. Wie ein Seiltänzer im Zirkus balancierte er im Mondlicht. Jeder Schritt war riskant. Ein Fehltritt, und er stürzte 20 Meter tief in das mit Felsen gespickte untere Bassin. Nach gefühlt endlosen Minuten erreichte er endlich die Sicherheit des verwitterten Kontrollbunkers mit dem Ziegeldach auf der anderen Seite.

Endlich tauchte auch Joma auf. Klatschnass, weil er gezwungen gewesen war, durch das flache Wasser südlich des Damms zu schwimmen.

Gemeinsam zogen sie Bilanz über den angerichteten Schaden. Sie hatten der Hauptschlagader Amerikas auf dramatische Weise Schaden zugefügt. Und obwohl Timothy Reston wahrscheinlich als einziger Bürger der Vereinigten Staaten ums Leben gekommen war, dürfte es selbst den liberalsten Medien des Landes schwerfallen, etwas anderes als einen klaren Sieg für Al-Qaida darin zu sehen.

Natürlich hatten die Anführer gehofft, den am 11. September 2001 angerichteten Schaden übertreffen zu können. Und das wäre ihnen im Fall einer Beschädigung des Reaktorkerns sicherlich gelungen. Aber Kolt hatte alles unternommen, damit der Erfolg weit hinter diesem Ziel zurückblieb. Obwohl die Attacke technisch gesehen nicht zu einer radiologischen Sabotage, einer Kernschmelze oder einem gefährlichen Austritt tödlicher Strahlung geführt hatte, hielt er sie dennoch für einen verblüffenden Erfolg. Immerhin hatten Al-Qaida-Terroristen Amerika erfolgreich infiltriert und sich Zugang zu einem kommerziellen Kernkraftwerk verschafft.

Eine primitive Autobombe, auf dem Parkplatz gezündet, das Einlassbauwerk mit einer Jetski-Bombe in die Luft gesprengt, die Wachtürme mit Dutzenden von Kugeln beschossen und bei Timothys letztem Gefecht, beim fehlgeschlagenen Versuch, durch den Checkpoint zu kommen, ein amerikanisches Leben ausgelöscht. Alles in allem genug, dass selbst die bescheidenste Terrororganisation von einem Triumph sprechen konnte.

Und was die US-Seite betraf: Sicher, ein paar Dutzend teure SUVs, Pick-up-Trucks und schnittige Limousinen waren durch die Autobombe in Flammen aufgegangen. Aber im Großen und Ganzen hatte nur der Stolz der Amerikaner Wunden davongetragen. Schlimm genug, wie Kolt fand, aber unter Berücksichtigung sämtlicher Umstände hatte die Nation ein paar Kratzer am Ego durchaus verdient. Timothy hatte sein Land verraten und dafür bezahlt. Tausende von anderen waren gerettet. Und Kolt war jetzt in einer deutlich besseren Ausgangssituation, um Cindy Bird und die zweite Terrorzelle zu finden.

Außerdem war Timothys Tod, so zynisch es klang, für den Mann das bestmögliche Ergebnis. Die forensische Untersuchung würde aufzeigen, dass die Kugeln im Kopf des Terroristen aus Timothys Waffe stammten. Damit behielt man ihn als Nationalhelden in Erinnerung, nicht als Verräter. Er hätte das Ganze ohnehin nicht überlebt. Kolt war sogar ein bisschen stolz auf Timothy. Immerhin hatte er sich nicht kampflos geschlagen gegeben.

Am Ende hatte Kolt das Kraftwerk erfolgreich beschützt und die radioaktive Verstrahlung und den schleichenden Tod Tausender Bürger im Umland verhindert. Aber seine ganze Aufmerksamkeit galt jetzt Cindy.

Lewisburg, West Virginia

Zwei Tage waren vergangen, seit Joma und Kolt vom Schauplatz des Cherokee-Anschlags geflohen waren. Zwei Tage, in denen sie sich von Lebensmitteln aus kleinen Dorfläden und gelieferten Pizzen ernährt hatten. Zwei Tage, in denen Kolt sich ständig anhören musste, wie Joma gefühlt alle 6236 Koranverse rezitierte, und zwar mehrfach. Kolt hatte nur dann seine Ruhe, wenn Joma auf seinem Teppich kniete und betete.

Um ehrlich zu sein, brauchte Kolt diese Zeit zum Nachdenken. Direkt vor dem Anschlag hatte er den Akku aus dem Handy entfernt, damit die Behörden ihn nicht anpeilen konnten. Die Tatsache, dass Orts- und Staatspolizei in einem Umkreis von 150 Meilen um das Cherokee-Kraftwerk mehr oder weniger von Haus zu Haus gingen und nach den Terroristen fahndeten, ließ ihr flohverseuchtes Motel in Lewisburg, West Virginia, direkt um einiges annehmbarer erscheinen.

Während der fünfstündigen Fahrt stellte es sich als sinnlos heraus, mit Joma ein vernünftiges Gespräch zu führen. Er steckte voll im Missionsvakuum und seine Kleider waren noch nass vom Schwimmen durch den Broad River. Außerdem stellte er in einer Tour dieselbe Frage: *Warum bin ich noch am Leben und Abdul und Farooq sind zu Märtyrern geworden?*

Kolt hatte es schon vor Stunden aufgegeben, darauf zu antworten. Er wartete, bis Joma von selbst damit aufhörte. Ihn plagten genug eigene Sorgen. Immerhin erwies es sich als Vorteil, dass er die Märtyrer-Rolle verweigert und sich deshalb im Vorfeld um ein Fluchtfahrzeug gekümmert hatte. Die Maschine wartete unter einem Unterstand aus Blech nördlich der schmalen Schotterstraße auf sie, die sich großspurig Old Seine Road schimpfte. Kolt riss die blaue Plane herunter und ließ sie hinter den roten Massey-Ferguson-Traktor neben dem Motorrad fallen. Er und Joma hatten sich zu diesem Zeitpunkt erst knapp anderthalb Meilen vom Kraftwerk entfernt.

Es spielte eigentlich keine Rolle, dass Joma ein einziges Nervenbündel war. Kolt blendete das Geschwafel erfolgreich aus. Irgendwann nervte ihn die ständige Geräuschkulisse dann doch. Er wollte lediglich eine möglichst große Distanz zwischen die Kawasaki Ninja 650R Modell 2006, auf der sie saßen, und den qualmenden Schauplatz des Geschehens bringen. Zu ihrem Glück lagen neben dem Motorrad auch zwei Helme bereit.

Kolt hatte mehrmals versucht, Joma auf seine als Geisel gehaltene ›Ehefrau‹ anzusprechen. Dieser wusste jedoch nicht, wo Cindy Bird festgehalten wurde, zumindest behauptete er das. Kolt mimte den traurigen Gatten mit gebrochenem Herzen und vergoss sogar ein paar Krokodilstränen, aber es half nichts. Er glaubte nicht mal, dass Joma ihn anlog. Ihm fiel kein triftiger Grund ein, wieso der andere ihm dieses Wissen vorenthalten sollte.

Daraus zog Kolt eine entscheidende, aber beunruhigende Schlussfolgerung.

Entweder ist Hawk schon tot, oder in der Nähe halten sich noch andere Al-Qaida-Schläfer auf, die sie bewachen.

Er wachte vor Sonnenaufgang auf und war nicht gerade begeistert von der Aussicht, Joma bei seinen frühmorgendlichen Gebeten lauschen zu müssen. Also kritzelte er eine Notiz auf den Briefblock des Hotels, dass er Frühstück holen ging, schloss leise die Tür hinter sich und spazierte über den verlassenen Gehweg zum 24-Stunden-Laden an der Ecke. Die Bewegung tat ihm gut. Er atmete die klare Luft von West Virginia ein, die nach den örtlichen Mineralquellen duftete. Darunter mischten sich ein Hauch der als ›grüne Giganten‹ bekannten immergrünen Lebensbäume, die in dieser Region wuchsen, sowie der natürliche Duft von Eichen- und Hickoryholz, der von den hohen Gipfeln der Blue Ridge Mountains heranwehte. Als er den Hydranten vor dem Ladeneingang umrundete, hatte Kolt für einen Moment verdrängt, was ihn ursprünglich in diese Geisterstadt geführt hatte.

Im Laden zog er eine halb gefaltete Zeitung vom Ständer, weil die Überschrift in der oberen Hälfte der Titelseite seine Aufmerksamkeit weckte: NEUER KAMPF GEGEN TERROR? ANGRIFF AUF KERNKRAFTWERK WOHL ERST DER ANFANG. Er klemmte sie sich zusammengerollt unter den Arm, um zwei Becher schwarzen Kaffee einzugießen, tütete zwei blässliche Croissants an der SB-Backtheke ein und gönnte sich an der Kasse spontan noch eine Packung Red-Man-Kautabak.

Nachdem Kolt mit einem Zehner bezahlt und sein Münzwechselgeld aus der automatischen Rückgabe eingesteckt hatte, ging er nach draußen. Auf dem Rückweg zum Hotel vertiefte er sich in den Artikel. Abgesehen von der

Information, dass ein ungenannter Vertreter der US-Regierung von der Möglichkeit eines weiteren drohenden Terroranschlags auf amerikanischem Boden gesprochen hatte, fand er das, wonach er eigentlich suchte, erst in der unteren Hälfte der letzten Spalte. In fetten schwarzen Lettern, deutlich größer als die anderen Bildunterschriften, stand dort: *Der amerikanische Held Timothy Allen Reston, leitender Sicherheitsbeamter des Cherokee-Kernkraftwerks, Personalnummer 568, verstorben am 21. April 2013. Möge er in Frieden ruhen.*

Kolt überflog die allgemeine Schilderung der Umstände seines Todes. Der Artikel nannte außerdem Restons Heimatstadt, die High School, an der er seinen Abschluss gemacht hatte, und frühere Jobs. Vor dem Hotel entsorgte er die Zeitung in einer Mülltonne, blieb ein paar Augenblicke dort stehen und grübelte, wie er nun weiter vorgehen sollte. Er konnte nicht ewig davonlaufen, höchstens noch ein paar Tage, dann kam man ihm auf die Spur. Die Vorstellung, auch nur eine weitere Stunde mit Joma zu verbringen, stresste ihn. Er musste ständig aufpassen, dass sein Begleiter nicht ausflippte und plötzlich mit einem Steakmesser aus der kleinen Einbauküche auf ihn losging. Außerdem hatte er die Schnauze voll von den ewigen Koranlektionen. Joma wollte oder konnte ihm sowieso nicht bei Hawks Befreiung helfen.

Scheiß drauf. Höchste Zeit, dass Carlos sich die schicken Designerklamotten verdient, die er trägt.

Kolt zog den Handy-Akku aus der Hosentasche und legte ihn in das Gerät ein. Das Telefon erwachte zum Leben, suchte und fand Dutzende von Satelliten und Mobilfunkmasten. Nach dem Einbuchen ins Netz tippte er den Notfallcode für Tungsten ein und wartete.

Nach weniger als zwei Minuten klingelte der Apparat.

»Hallo.«

»Hallo Sir, mein Name ist Ronald Epps. Ich bin Senior Sales Associate bei Best Buy und möchte Ihnen gern die Vorzüge unserer Visakarte …«

Kolt unterbrach ihn und verstieß damit gegen das vereinbarte Protokoll. Er fühlte sich derzeit nicht in Stimmung, Geheimagent zu spielen. Außerdem hatte er keine Lust, den sicheren E-Mail-Account zu öffnen, um das aktuelle Codewort abzurufen.

»Carlos, keine Zeit für lange Erklärungen. Ich lass den Akku im Handy. Wir sind in Zimmer 14.« Im Geist hakte er die minimal erforderlichen Informationen ab, die Carlos brauchte, um ihn zu finden. Er wusste, dass sie ihn orten konnten, solange er das Telefon eingeschaltet ließ.

»Authentifizieren Sie sich, 0706«, verlangte Carlos.

Leck mich am Arsch! Der Kerl glaubt wirklich, dass das hier 'n Hollywoodfilm ist.

»Ich bin nicht allein.« Kolt ging nicht auf die Frage nach dem Codewort ein.

»Dann werden Sie die Kleine los.«

Kolt war von Carlos' professionellem Scharfsinn beeindruckt. In einer Situation, in der er nicht ungestört reden konnte, hätte Kolt selbst das, was er bereits gesagt hatte, niemals äußern dürfen. Allerdings registrierte er auch nicht den geringsten Anklang von Wohlwollen in der Stimme seines Gesprächspartners. Vermutlich glaubte Carlos, dass sein Spion komplett den Verstand verloren hatte.

»Kein Mädchen. Einer der Terroristen vom Anschlag.« Kolt sprach so leise wie möglich, da er direkt unter dem Fenster ihres Hotelzimmers stand.

»Sie verarschen mich doch! Und der atmet noch?«

Kolt entging der Sarkasmus nicht. Er konnte ihm daraus keinen Vorwurf machen. Er wusste, dass sich Carlos nie auf eine Zusammenarbeit eingelassen hätte, wenn er annehmen musste, dass Kolt einknickte, sobald es hart auf hart kam. Außerdem begriff Kolt, wie merkwürdig es für jemanden wie Carlos Menendez II mit dessen bewegter Vergangenheit ohne den passenden Kontext rüberkam, dass er sich zusammen mit einem Staatsfeind versteckt hielt.

»Hören Sie, das ist ’ne lange Geschichte. Aber ich brauch den Kerl lebend. Wir sind nicht bewaffnet, also schicken Sie nicht die Gorillas mit den großen Kanonen.«

Carlos blieb stur. »Okay, Kolt, aber erst erklären Sie mir, warum dieser Terrorist noch lebt.«

Genau in diesem Moment flog die Tür zu Zimmer 14 auf. Kolt drehte sich um und sah Joma im Türrahmen stehen. Ein fleckiges Unterhemd spannte sich über Brust und Bauch. Außerdem trug er eine übergroße Tarnhose, die Abdul in einem Army-und-Navy-Laden im nördlichen Charlotte erstanden hatte.

»Bitte, bitte, antworte mir, Mary«, flehte Kolt in den Hörer und krümmte sich dabei, um Joma zu zeigen, wie sehr er litt. »Ich kann nicht ohne dich …«

Joma unterbrach ihn. »Timothy, was treibst du da? Keine Anrufe. Sonst spüren uns die Behörden auf.«

Kolt verspürte den Drang, den nervigen Terroristen gleich an Ort und Stelle in den Würgegriff zu nehmen. Er wollte es einfach erledigen, tun, was er nach Carlos’ Willen längst getan hätte, und es diesem Warmduscher heimzahlen, dass er ihm in die Parade fuhr.

Bis ihm einfiel, dass Joma seine einzige Verbindung zu Hawk war. Ganz bestimmt wusste der Kerl etwas, und irgendwann rückte er damit auch raus – hoffentlich bevor Hawk in Gefangenschaft starb. Joma war zwangsläufig die Schlüsselfigur in dem bunten und verwirrenden Ablaufdiagramm, das Tungsten entworfen hatte, um den nächsten Schritt des Anschlagsplans vorherzusehen und am Ende Nadal den Rumänen zu töten. Das Waterboarding würde um einiges schmerzhafter sein als die frostige Fahrt auf dem Motorrad.

»Ich hab dir ein Sandwich mit Ei gekauft. Dein Kaffee steht hinter dir auf der Fensterbank«, sagte Kolt.

»Ja, ja, *shukran*. Aber du musst dein Telefon ausschalten, bitte. Keine Anrufe bei deiner Frau mehr.«

»Ist aus.« Kolt hielt es vor Joma hoch und tippte ein paar Mal mit dem Daumen auf das Display, um ihn davon zu überzeugen.

»Keine Anrufe mehr«, forderte Joma. »Einverstanden?«

Ist ja schon gut, du Arschloch!

Unterirdisches Tungsten-Hauptquartier, Atlanta, Georgia

»Damit ist mein Briefing abgeschlossen, Gentlemen.« Mit der Fernbedienung rief die Analystin ihre letzte Folie auf, auf der schlicht stand: ›Noch Fragen?‹ Sie forderte einen starr wie eine Statue dastehenden Herrn auf, das Licht im Raum etwas heller zu dimmen.

Kolt legte den geborgten Kugelschreiber weg und ließ sich in den unbequemen schwarzen Lederstuhl mit halbhoher Lehne zurücksinken. Er verschränkte die Finger hinter dem kurz geschorenen Kopf, streckte die Ellbogen zur Seite aus und lächelte die zierliche, etwas streberhafte Analystin an, die einen olivfarbenen Bleistiftrock und ein schwarzes, ärmelloses Oberteil mit rundem Ausschnitt sowie dazu passende High Heels trug.

Sie hatte ihre Hausaufgaben gemacht, das war Kolt nicht entgangen.

Ohne ein einziges Stottern oder einen Fehler brachte sie die entscheidenden Punkte zur Sprache: synergetische Durchführung, Impulsverlagerung, kinetische Lösungen und autoritäre Kompetenz. Jawohl, Sir, in den letzten 42 Minuten hatte diese bebrillte Lady so ziemlich jedes Modewort der Kommandotruppen benutzt.

»Operation Schattenblinzeln soll das Ganze heißen?«, fragte Kolt die Vortragende noch einmal, bevor er einen weißen Styroporbecher zum Mund hob und einen langen Strahl Tabaksaft hineinspuckte.

»Ja, Sir. Das ist korrekt.«

»Tja, ich muss wohl einmal zu oft geblinzelt haben, ihr seid nämlich alle reif für die Klapsmühle«, gab er mit ruhiger Stimme zurück. »Euch hat man doch ins Hirn geschissen!«

»Wie bitte, Sir?«, Kolts Wortwahl brachte sie sichtlich aus der Fassung.

Carlos schaltete sich ein. »Junge Dame, geschätzte Herren. Könnte ich wohl für einen Moment alleine mit dem Agenten sprechen?«

Sein Vorgesetzter erhob sich, während die Entourage eilig durch zwei Türen verschwand. Carlos checkte nervös die goldenen Kettenglieder der Rolex am Handgelenk, zog den halben Windsorknoten der violetten Krawatte stramm und schloss den oberen Hemdknopf am Nadelstreifenanzug von Armani, an dessen Entstehung mindestens 40.000 Seidenraupen beteiligt gewesen sein mussten.

Nachdem der Letzte des Quartetts gegangen war, zwei durch jede Tür, näherte sich Carlos mit selbstbewusst erhobenem Kinn und kerzengradem Rücken dem Kopfende des Konferenztischs. Ungefähr in der Mitte des Raums blieb er stehen. Da Tungstens geheimes Besprechungszimmer praktisch sein zweites Zuhause war, wusste Carlos, dass er etwa einen halben Meter in Richtung Tür gehen musste, um nicht in den kegelförmigen Lichtstrahl des an der Decke befestigten Beamers zu geraten, der weiterhin die ›Noch Fragen?‹-Folie auf die weiße Rollo-Leinwand projizierte.

»Hören Sie, Kolt, sie konnte es nicht so deutlich sagen, aber der Präsident ist ganz schön angepisst.«

»Er ist angepisst? Herrgott, und ich erst. Wir bringen keine unschuldigen Amerikaner um. Beim Cherokee sind wir mit einem blauen Auge davongekommen – da hätten eine Menge guter Leute draufgehen können. Ihr wusstet das und habt es trotzdem weiterlaufen lassen.« Er stand auf, weil er damit rechnete, dass ihr vertrauliches Vier-Augen-Gespräch etwas hitziger wurde.

»Sie wussten, worum es geht, Kolt. Unter dem Strich ist

es das wert gewesen – nur ein toter Amerikaner, noch dazu ein Verräter.«

»Blödsinn, Carlos!«, schoss Kolt zurück. »Sie waren gewillt, wesentlich mehr unschuldige Amerikaner zu opfern, wenn Sie dadurch den größeren Fisch gefangen hätten. Sie waren bereit ...«

Carlos unterbrach ihn. »Ja, Kolt, der Präsident stand vor einer schweren Entscheidung. Er ließ den Cherokee-Angriff zu, obwohl er wusste, dass dabei wahrscheinlich Unschuldige ums Leben kommen. Dafür hätte man ihn im Nachhinein öffentlich ans Kreuz genagelt und den Vorwurf erhoben, dass seine Geheimdienste unfähig sind, einen drohenden Anschlag im Vorfeld zu erkennen. Dass die US-Strafverfolgungsbehörden es nicht schaffen, solche Täter rechtzeitig aufzuhalten. Für eine solche Entscheidung braucht man eindeutig Eier in Präsidentengröße.«

»Das weiß ich doch, verdammt!«, rief Kolt. Er beugte sich über den aus Glas und Mahagoni gefertigten Konferenztisch und stützte die Hände auf den Rahmen. »Das weiß ich!«

»Wo genau liegt dann Ihr Problem, Kolt?«

Kolt fühlte sich ein wenig von oben herab behandelt und es ärgerte ihn, dass der grauhaarige Carlos so ruhig blieb, während er selbst größte Lust verspürte, etwas in Stücke zu hauen.

»Weil der Präsident sauer ist und vor ein paar Jahren versprochen hat, die Gefangenen in Guantanamo freizulassen, kommt also irgendein Superhirn auf die tolle Idee, dass ich und dieser Drecksack von Joma, wo immer zum Teufel er gerade steckt, ein bisschen Zeit miteinander verbringen und uns besser kennenlernen sollen, ja? Und zwar von allen Orten auf der Welt ausgerechnet in der sonnigen Guantanamo-Bucht auf Kuba.«

Kolt wanderte vor einer der langen Wände auf und ab. Er gestikulierte beim Sprechen wie ein Winkeladvokat aus einer zweitklassigen TV-Serie. »Aber warten Sie ... es wird noch besser.«

»Beruhigen Sie sich, Kolt.« Carlos blieb so ruhig wie eine herausgeputzte Schaufensterpuppe in einem feinen Herrenbekleidungsgeschäft. »Warum setzen wir uns nicht erst mal?«

Kolt ignorierte ihn und schaltete noch einen Gang höher. »Setzen wir doch Embed 0706 und Joma den Wunderknaben irgendwo mitten in der Pampa aus, zusammen mit einem Dutzend gerade freigelassener, äußerst rachsüchtiger Terroristen. Hoffen wir einfach, dass sie ihn irgendwie zu Nadal dem Rumänen führen, oder gleich zu *Z-man* selbst. Kommen Sie schon, Carlos. Ich glaube, den Film kenn ich schon, und das Ende gefällt mir nicht.«

Carlos gab keinen Zentimeter nach. »Ja, so lautet die Strategie, Kolt. Wenn auch im Detail etwas anders, als Sie es gerade so blumig umschrieben haben.«

»Für so eine Scheiße hab ich mich nicht gemeldet. Wer ist außer mir noch an Bord?«

»Nur Sie, Kolt. Kein anderer, der je für Tungsten in Betracht kam, besitzt das Potenzial …«

»Das Potenzial wofür? Sich unermüdlich vermöbeln zu lassen, weil er zu blöd ist, einfach aufzugeben?«

»Fast. Bevor Sie mich unterbrochen haben, wollte ich sagen: das Potenzial, die komplette Kommandoebene vor den Kopf zu stoßen und gleichzeitig so viel Mut zu zeigen wie ein verdammter Löwe. Ach ja, und das alles noch mit persönlicher Unterstützung durch den Präsidenten der Vereinigten Staaten. Und das heißt, mit dem Segen der ganzen Nation. So etwas fällt einem selten in den Schoß.«

»Die Schleimerei können Sie sich sparen, Carlos.«

»Das Weiße Haus will nach dem Cherokee-Anschlag eine Massenpanik verhindern. Ein paar durchgeknallte Verschwörungstheoretiker bezweifeln, dass keine Strahlung freigesetzt wurde.«

»Es ist aber so, Carlos. Dafür hab ich gesorgt.«

»Das wissen wir, Kolt, aber darum geht's nicht. Solange

wir keine belastbaren Informationen haben, die unseren Verdacht auf einen umfassenderen Terrorangriff erhärten, kann der Präsident nicht einfach so die Nationalgarde in allen Bundesstaaten aktivieren. Und er wird vom konservativen Flügel unter Druck gesetzt, genau das zu tun und Soldaten an alle Schlüsselstellen der US-Infrastruktur und besonders gefährdete Orte zu entsenden, an denen sich viele Zivilisten aufhalten.«

»Damit könnte man sie höchstens aufhalten, aber keinen Anschlag verhindern, der vermutlich schon in der letzten Planungsphase steckt.« Kolt setzte sich auf einen der Konferenzstühle mit Rollen.

»Für die Medien wär's ein Fest, wenn die Nationalgarde im ganzen Land aktiviert würde. Das hat's noch nie gegeben.«

»Kann ich mir denken. Aber Guantanamo, Carlos? Pakistan?« Kolt hob die Hände in einer fragenden Geste.

»Jetzt hören Sie mal gut zu, junger Mann. Wäre ich 30 Jahre jünger ... ach was, 20 reichen auch ... ich gäbe alles, um tun zu können, was man von Ihnen erwartet. Vor allem in Anbetracht dessen, was ich über unsere verdrehte Welt inzwischen weiß.«

»Tja, dann schnappen Sie sich mal Ihre Sachen, Rambo«, provozierte Kolt in dem Wissen, dass es Carlos unmöglich war, ihn auf der Mission zu begleiten.

»Wenn bei Ihrer Rolle nicht vollkommen klar geworden ist, worum es hier geht, ist das wohl meine Schuld. Colonel Webber sagte, Sie wären ein guter Mann, um zu tun, was für unser Land getan werden muss, selbst wenn sonst niemand bereit dazu ist. Der Beste.«

Kolt dachte über die Bemerkung nach. Und an Hawk, die im schlimmsten Fall ihr Leben für etwas opferte, womit sie überhaupt nichts zu tun hatte. An die Jungs vom SEAL Team 6, die den Befehl zum Angriff auf das Versteck in Sanaa erhalten hatten und von denen nur noch die

Erkennungsmarken übrig geblieben waren. Und an Timothy, einen glücklosen Durchschnittstypen, der aus dem Gefühl heraus, im Leben zu kurz gekommen zu sein, einen wahren Albtraum in Gang gesetzt hatte.

Dann wurde es ihm schlagartig klar. Carlos ließ ihm keine Wahl. Es gab keinen Ausweg.

Zum Teufel damit. Wer will schon ewig leben?

»Sind Sie das Superhirn, von dem diese Idee stammt?«

»Das bin ich tatsächlich«, antwortete Carlos. Er behielt sein Pokerface, rückte dabei jedoch das maßgeschneiderte Jackett an den dunkelgrauen Aufschlägen zurecht.

»Wie soll die Sache mit den Guantanamo-Häftlingen noch mal funktionieren? Ist das auch 'ne präsidiale Geschichte?«

»Im Prinzip schon. Erinnern Sie sich noch daran, wie der Präsident den Justizminister gebeten hat, die Leitung der Guantanamo Review Task Force zu übernehmen?«

»Vage.«

»Tja, diese Arbeitsgruppe ist zu dem Ergebnis gekommen, dass es 48 Problemfälle gibt. Gefangene, die man als ›zu gefährlich, um sie freizulassen, aber strafrechtlich nicht belangbar‹ eingestuft hat.«

»Und die Operation Schattenblinzeln soll sich jetzt um dieses Problem kümmern, ohne dass die Bürgerrechtler von der Civil Liberties Union was davon mitkriegen«, schloss Kolt mit einem Anflug von Sarkasmus.

»Wir hatten an ein Dutzend Leute gedacht.«

»Meine Fresse, Carlos. Sie wollen, dass ich ein Dutzend Kameltreiber kaltstelle, während mir Joma dabei zusieht? Und hinterher soll ich erneut den zum Terroristen gewandelten Durchschnittsamerikaner mimen, um *Z-man* und den Rumänen ausfindig zu machen?«

»Sie werden das Töten nicht übernehmen, Junge. Das werden die Söldner machen.«

Kolt blickte von seinem Notizblock auf, auf den er ein wütendes ›What the fuck!‹ und die Zahl ›48‹ gekritzelt hatte.

Mit gerunzelter Stirn starrte er Carlos an. Er dachte an ihr erstes Treffen zum Mittagessen in dem jamaikanischen Restaurant zurück. Dort hatte Carlos über das absolut einzigartige Personal gesprochen, über das Tungstens Abteilung für spezielle Dienstleistungen verfügte.

Söldner?

Klar. Durchgeknallte, sündhaft teure, anonyme Killer auf Abruf.

»Verdammt noch mal, Carlos. Ich werd's machen, aber eins müssen Sie mir versprechen.«

»Sofern es umsetzbar ist, betrachten Sie's als erledigt.«

»Sie müssen für mich Hawks Leiche finden und sie auf dem Arlington-Friedhof begraben lassen. In Abschnitt 60 bei ihrem Vater. Das hat sie verdient.«

»Wir werden unser Bestes geben, Kolt.«

»Tja, wenn das so ist, werd ich mein Bestes geben, um lang genug am Leben zu bleiben. Bis ich mich dann in einem Erdloch am anderen Ende der Welt selbst aus dem Verkehr ziehe.«

»Ich halte Ihnen den Rücken frei, Kolt«, versprach Carlos.

»Dann fliegen Sie also mit ins Einsatzgebiet?«, fragte Kolt, obwohl er die Antwort bereits kannte.

»Nur bis nach Guantanamo«, erwiderte Carlos. »Aber man kann nie wissen.«

22

Bucht von Guantanamo, Kuba

Kolt war noch wach gewesen, als die weiße, frisch lackierte Gulfstream G650, die von der Nase bis zum Heck mit roten und blauen Streifen verziert war, von der Dobbins Air

Reserve Base in Marietta, Georgia, abhob. Dabei bekam er mit, wie Joma vor lauter Angst fast ausgeflippt war. Man hatte ihn an einen Klappsitz im hinteren Bereich des für 25 Passagiere vorgesehenen Jets gebunden und ihm die Hände vor dem Körper gefesselt. Er trug eine schwarze Doppelkapuze und einen in hellem Orange gehaltenen Overall und schaukelte hin und her wie das Pendel einer Kuckucksuhr. An seinen mageren, unbehaarten Knöcheln hatten sich die beiden verstellbaren ledernen Fußreifen, durch schwere Ketten der Güterklasse 70 verbunden, in den Socken verhakt.

Kolt beobachtete, wie Joma hin und her pendelte. Ihm blieb nur deshalb sein fleißiges Runterrattern von Koranversen erspart, weil ihm jemand eine Kindersocke in den Mund gestopft und danach den Kopf mit grauem Klebeband umwickelt hatte, damit er nicht protestieren konnte, falls ihm der Geschmack nicht zusagte.

Muss sich echt mies anfühlen, Mann.

Neben Kolt und Joma saßen Carlos und die zierliche brünette Tungsten-Analystin. Beide hatten für diese Reise zweckmäßige Kleidung gewählt. Der 1117 Meilen lange Flug zum Marinestützpunkt in der Bucht von Guantanamo dauerte keine zwei Stunden. Nicht mal lang genug, um sich einen kompletten Film im natürlich nicht vorhandenen Bordkino anzusehen.

Sobald sie die Reiseflughöhe erreicht hatten, setzte sich Miss Bücherwurm mit einer knickfreien Aktenmappe zu Kolt und Carlos in den vorderen Kabinenteil. Kolt erinnerte sich lebhaft daran, wie sie den hinter das rechte Ohr geklemmten Kugelschreiber genommen, die Mappe entschlossen aufgeklappt und eine lange Checkliste abgearbeitet hatte.

Zuerst briefte sie Kolt über die Männer, die bald seine Zellennachbarn sein würden. Dazu gehörte auch Khalid Sheikh Mohammed, der gestanden hatte, der Drahtzieher hinter den Flugzeuganschlägen des 11. September 2001 gewesen zu sein. Außerdem mehrere andere hochrangige Al-Qaida-Agenten, etwa Abd Al-Rahim Al-Nashiri, der in Saudi-Arabien geborene Drahtzieher des Bombenanschlags auf die *USS Cole* und anderer Terrorattacken. Und der im Jemen geborene Ramzi bin Al-Shibh, der sogenannte 20. Flugzeugentführer und treibende Kraft hinter 9/11.

Dies waren mit Sicherheit die schlagkräftigsten Vertreter von Al-Qaida, und das erklärte auch, warum man die Existenz der Hochsicherheits-Isolationszellen, intern als Camp 7 bezeichnet, vor dem Roten Kreuz und der Bürgerrechtsunion verheimlichte. Die knapp zehn Quadratmeter große Zelle, die auf Kolt wartete, war eine von etwa einem Dutzend sogenannter *heavy cells.* Diese Bezeichnung hatten frühere Wachleute von Camp X-Ray ihr vor Jahren verpasst. In Guantanamo selbst sprach man eher von der ›Schwarzen Meile‹, da der Korridor unter einem dunklen Tarnnetz verborgen lag.

Bei *heavy cells* handelte es sich darüber hinaus um ein Wortspiel, angelehnt an die englische Aussprache der Bezeichnung für die Leute, die man dort inhaftierte: HVIs oder *high value individuals* – Personen von besonderem strategischem Wert. Dieser Bereich blieb Gefangenen vorbehalten, die in dem Verdacht standen, zum inneren Zirkel des mittlerweile zu Fischfutter verarbeiteten Osama bin Laden gehört zu haben.

Kolt sollte als früherer Al-Qaida-Helfer registriert werden. Diese Einstufung hätte ihn, wäre etwas Wahres daran gewesen, in Afghanistan auf die Todesliste der Unit gebracht. Aber man erinnerte ihn daran, dass es ebenso gefährlich sein konnte, einen Al-Qaida-Helfer nur zu spielen. Nicht dass er diesen Hinweis nötig gehabt hätte. Es war wichtig, die Wachen und Leiter des Camps davon abzuhalten, zu viele Fragen zu stellen. Da die anderen Gefangenen in diesem Sektor wahrscheinlich wussten, dass Kolt kein echtes

Al-Qaida-Mitglied war, blieb keine andere Möglichkeit, als ihn weitgehend zu isolieren. Sämtliche Aktionen mit den anderen Gefangenen mussten gezielt und unter kontrollierten Bedingungen stattfinden.

Knapp eine Viertelstunde vor der Landung musste Kolt seinerseits den orangefarbenen Overall anziehen, sich eine Kapuze überstülpen sowie Hand- und Fußfesseln anlegen lassen. Nach der Ankunft kamen vier uniformierte Militärpolizisten, die zur Joint Task Force Guantanamo gehörten, an Bord des Jets und eskortierten die zwei Neuankömmlinge über die acht Stufen der Flugzeugtreppe zur Landebahn. Kolt konnte ihre Gesichter nicht sehen, aber am unteren Rand der Kapuze vorbei immerhin die Stiefel und die Hosenbeine ihrer Uniformen.

Die Wachleute führten Kolt und Joma, die weiterhin Kapuzen trugen und sich durch die Fußfesseln nur in kleinen Trippelschritten bewegen konnten, zu zwei olivgrünen Tragen – auf jeweils zwei Ballonreifen montiert, sodass man sie rollen konnte. Nach einem extrem kurzen Hubschrauberflug, den sie auf diesen improvisierten Rollstühlen verbrachten, landeten sie nicht weit von Windmill Beach, in der Nähe von Camp 7.

Während die zwei neuen ›Betriebspraktikanten‹ an den Hochsicherheitszäunen und -toren vorbei in die Schwarze Meile gerollt wurden, spürte Kolt einen starken Rückenwind, der vom Strand kam. Das Militärpersonal, das sie bewachte, hatte keine Ahnung, dass der größere der beiden Männer in Wirklichkeit ein waschechter Amerikaner mit Stars-and-Stripes-Mentalität war. Auch die anderen Gefangenen wussten nichts davon, abgesehen von Joma.

»Die meisten Leute verlassen die *heavy cells* nie mehr«, hatte Carlos gemeint, als sie an der Ostküste Floridas entlangflogen.

Zum Glück wurde Kolt nur zum Schein hier festgehalten.

Aber nachdem er zwei Tage lang in Isolationshaft gesessen

hatte und sich wie alle anderen gezwungen sah, Scheiße und Pisse einfach an sich herunterlaufen zu lassen, verstand er, was Carlos gemeint hatte. Man konnte diesen Ort nicht verlassen – jedenfalls nicht im gleichen mentalen Zustand, in dem man ihn betreten hatte. Die Erfahrung setzte einem zu, egal wie tough man sonst war. In seiner Box wurde Kolt bewusst, dass auch er früher oder später an körperliche und geistige Grenzen stoßen würde. Was Cindy Bird bei ihrem Black-Ice-Aufenthalt vor einigen Monaten am eigenen Leib erfahren hatte, merkte nun auch er: Isolationshaft macht jeden fertig. Das hatte nichts mit Religion und Nationalität zu tun. Nein, diese Zellen kamen für jeden einzelnen Insassen einer Folterkammer gleich.

Zu behaupten, dass Kolt an seiner ursprünglichen Einwilligung zweifelte, wäre eine glatte Untertreibung gewesen. Er achtete jedoch darauf, sich nichts anmerken zu lassen, als Carlos an diesem Morgen vor seiner Zelle auftauchte. Der Tungsten-Mann wusste, dass Kolts Verhöre nur vorgetäuscht wurden. Sie inszenierten Shows mit Kunstblut und angedeuteten Schlägen. Jomas Antworten ließ sich jedoch entnehmen, dass er glaubte, Kolt werde ebenso gefoltert wie er.

»Sie nehmen doch die Tabletten, oder?«, fragte Carlos.

Diese ›Tabletten‹, eigentlich eher Tropfen, waren ebenfalls in der Besprechung in 6000 Metern Höhe zur Sprache gekommen. Kolt sollte seine Mahlzeiten mit kleinen Dosen einer geruchlosen Flüssigkeit beträufeln. Es handelte sich dabei um extrem wirksame Färbungschemikalien, mit denen die DARPA, die Forschungsbehörde der US-Streitkräfte, Gerüchten zufolge eine weiße Ratte innerhalb einer Woche in einen schwarzen Rapper verwandeln konnte. Die Flüssigkeit diente dem Zweck, seine Haut rasch nachdunkeln zu lassen. Das schützte ihn später in Pakistan vor schwerem Sonnenbrand und verschaffte ihm optische Vorteile, indem er den Menschen, mit denen er dort in Kontakt kam, etwas ähnlicher sah. Das war nicht viel, aber Kolt nahm dankend jede Hilfe mit, die er kriegen konnte.

»Schmeckt scheiße«, schimpfte Kolt.

Carlos entlockte das ein Grinsen.

»Sind Sie allein?«

»Ja. Hören Sie, Kolt, in den letzten 24 Stunden hat sich die Stimmung gegen den Präsidenten deutlich verschlechtert. Er kriegt von allen Seiten eins auf den Deckel. Einerseits vom Kongress – sowohl Repräsentantenhaus als auch Senat –, anderseits aber auch in den meisten öffentlichen Umfragen.«

»Okay, und welche Konsequenzen hat das für Schattenblinzeln?«, wollte Kolt wissen. »Brechen wir die Mission ab?«

»Nein, ganz im Gegenteil. Wir beschleunigen sie. Heute Nacht geht's los.«

»Soll das ein Witz sein? Ich hab erst vier Verhöre mit Joma hinter mir. Das reicht noch lange nicht. Herrgott, Carlos, man hat mich hier noch nicht mal rumgeführt, damit das dreckige Dutzend, mit dem wir hier Ferien machen, mich mal zu Gesicht kriegt.«

»Wir haben das Einsatzziel der Söldner entsprechend angepasst«, versicherte Carlos. Er wollte Kolt beruhigen und ihn davon überzeugen, dass es in Ordnung ging, zwei Wochen früher als geplant mit der Operation Schattenblinzeln zu beginnen und den Ortswechsel nach Pakistan einzuleiten. »Die lassen Sie nicht im Stich.«

»Darauf zähle ich.«

»Aber damit ist erst die Hälfte des Problems gelöst, Kolt. Die NSA hat die Zahlen und E-Mail-Accounts, die in dem Notizbuch aus dem Bus standen, durch DISHFIRE und POLARBREEZE geschickt. Letzte Nacht hat eine der Nummern einen Treffer ergeben. Die NSA hat Gespräche zwischen Nadal und einem unbekannten Mann mitten in Quetta abgefangen. Wir gehen stark davon aus, dass Nadal sich in der nordwestlichen Grenzprovinz in einem mutmaßlichen Terror-Trainingscamp aufhält.«

»Das sind wichtige Neuigkeiten, Carlos. Haben Sie auch Einzelheiten zum Inhalt der Unterhaltung für mich?«

»Die Analysten waren nicht ganz sicher, aber sie glauben, dass der Kerl, mit dem Nadal geredet hat, etwas mit den Anschlagsplänen zu tun haben könnte. Wahrscheinlich einer der Handlanger, die in die USA eingeschleust werden sollen, um ein weiteres Atomkraftwerk anzugreifen.«

»Wurde dieses komische Codewort erwähnt? *Sacred Indian?*«

»Das wurde es tatsächlich, zumindest laut NSA. Mehr weiß ich bisher leider selbst nicht.«

»Dann legen wir besser sofort los.«

»Genau. Aber, Kolt, nur zur Erinnerung, damit wir uns ganz klar verstehen, worin Ihre Aufgaben bestehen ...«

»Das hab ich schon bei dem Briefing im Tungsten-Hauptquartier kapiert. Ich soll entweder Nadal oder *Z-man* aufspüren und neutralisieren.«

»Nur um der Klarheit willen, und der Präsident steht hinter dieser Entscheidung: Das Primärziel lautet, *Z-man* zu erwischen. Der Präsident ist bereit, die Sache so zu behandeln, als ob wir keine zweite Chance bekommen. Falls Sie nah genug rankommen, eliminieren Sie ihn. Falls nicht, steht Nadal an zweiter Stelle.«

»Das wird mich keine sonderliche Überwindung kosten«, versicherte Kolt. Er wechselte das Thema. »Schon was von Cindy Bird gehört?«

»Nichts.«

Kolt vertrat seit jeher die Meinung, dass ein Auftragsmord etwas Schmutziges war – egal, unter welchen Aspekten man es betrachtete. Wenige Monate nach dem Fall der Twin Towers bekam er mit, dass die CIA ihre Ground-Branch-Schützen nach der Rückkehr von ihren Eliminierungskommandos durch strukturierte Nachbesprechungen und endlose Therapiesitzungen schleuste. Die westliche

Denkweise forderte, dass Psychiater in Langley bereitstanden, was das Programm zum Untergang verurteilte, bevor es überhaupt richtig in Gang kam.

Ebenso wie Kolt wusste, dass sein eigener Berufsstand entscheidende Bauteile zum schmierigen Getriebe des Mordgeschäfts beisteuerte, erkannte er die Zwickmühle, in der das konventionelle Militär steckte. Er glaubte fest daran, dass manche Menschen kaltblütig getötet werden mussten. Allerdings hatte er selbst miterlebt, wie viele Typen große Reden schwangen, aber feige den Schwanz einkniffen, sobald es galt, die Entscheidung für die Beseitigung eines anderen menschlichen Wesens zu treffen. In einer Restauranttoilette, einem schäbigen Hotelzimmer oder sogar, während die Zielperson friedlich vor einer Ampel wartete, schafften es ohnehin die wenigsten, den Abzug zu drücken.

Bei jeder militärischen Razzia und jedem Angriff stellte die sichere Rückkehr der eingesetzten Kräfte eine kritische Herausforderung dar. Wenn alles gut lief, drang man relativ routiniert ins Zielgebiet ein, verließ es und kehrte zur Regeneration in die Zelte zurück. Aber diese Operationen wurden in der Regel von Einheiten in Zug- oder Kompaniegröße durchgeführt, in denen 40 bis 70 Männer zusammenarbeiteten. Über das Überraschungsmoment hinaus waren sie in der Regel auch zahlenmäßig im Vorteil. Ein CIA-Scharfschütze hingegen, der bis auf Schussnähe an sein Opfer herankommt, wusste, dass ihm keine Teamkollegen zur Seite standen.

Letztendlich bestand die einzige Chance für das geheime CIA-Programm darin, erst gar keinen Rückzug zu planen. Damit der tödliche Schlag erfolgreich durchgeführt werden konnte, ging man im Idealfall genauso vor wie die Gegenseite. Das Ziel wurde neutralisiert, auf die Logistik zum Ausschleusen hingegen verzichtet, was keine zusätzlichen Menschenleben bei einer gewagten Evakuierung per Helikopter aufs Spiel setzte. Damit wurden auch Doc Johnson und seine Psychiaterkollegen überflüssig.

Kolt war im Wesentlichen darauf angewiesen, einen Schutzwall um seine Emotionen zu errichten – begleitet von der Angst, sich bei einem der Einsätze irgendwann selbst zu verlieren.

Westpakistan

Drei schwarze MH-47G-Hubschrauber mit Twin-Rotoren flogen niedrig über den felsigen Bergkamm. Sie blieben dicht über der Erde, passten ihre Flughöhe an die Hebungen und Senkungen des Geländes an. Zwei dieser großen Biester drehten nach Süden ab, für das bloße Auge so gut wie unsichtbar, und zogen enge Kreise, während sie auf die Anforderung warteten. Der 47G an der Spitze sank die letzten 30 Meter hinab, setzte mit den sechs Ballonreifen auf dem sandigen Untergrund auf und fuhr die Heckrampe in der geheimen Landezone aus. Vor zehn Minuten hatte Kolt die schwarze Haube über den Kopf gezogen. Es war nicht sein erster Einsatz dieser Art. Er wusste genau, was jetzt kam.

Die früheren Guantanamo-Häftlinge in den anderen beiden Helikoptern hatten ihre Hauben während des gesamten Fluges tragen müssen. Zu ihnen gehörte auch Joma. 20 Minuten nach dem Start hatte man ihm 0,08 Milliliter Zolpidem verabreicht – ein Mittel gegen schwere Schlaflosigkeit, das einen vollkommen außer Gefecht setzte. Sie saßen auf dem kalten Metallboden, gefesselt an die Außenwände des Helikopters. Ein Toyota-Pick-up stand in der Mitte jedes Hubschraubers, mit schweren Ketten gesichert und durch Metallringe im Boden fixiert.

Kolt gefiel das Ganze überhaupt nicht. Nach seinem vorübergehenden Aufenthalt in Guantanamo war seine Geduld so langsam am Ende. Die Terroristen, die auf muslimischen Boden zurückgeführt werden sollten, waren nicht die Einzigen mit ungewöhnlichen Kopfbedeckungen. Auch die etwa 20 Uniformierten der Eskorte trugen hellbraune Gesichtsmasken. Ähnlich wie bei Spiderman bedeckten sie den gesamten Kopfbereich und ließen lediglich schmale Schlitze für Augen und Mund.

Vor dem Überstreifen der Kapuze hatte Kolt den etwas länger als eine Stunde dauernden Flug genutzt, um sich einen Eindruck von diesen Begleitern zu verschaffen. Ihre MultiCam-Uniformen saßen tadellos. Namensschilder oder Aufnäher fanden sich an keiner von ihnen. Weder Rangabzeichen noch Rufzeichen. Keine Markierungen an den Helmen. Das alles ließ auf eine einzigartig disziplinierte Einheit schließen. Auf eine *geheime* Einheit. Die Männer waren durch die Bank schwer bewaffnet. Einer der mysteriösen Soldaten hatte ein M240B-Allzweckmaschinengewehr zwischen die Beine geklemmt, gestützt auf die Schaftkappe. Ein anderer hielt ein kleineres, leichtes Maschinengewehr mit 5,56er-Kaliber, die Mündung zur Decke gerichtet. Die schäbigen, ausgebleichten blauen Tennisschuhe, die sie trugen, und das halbe Dutzend Haushaltsbesen auf dem Metallboden wirkten fehl am Platz, obwohl Kolt begriff, welchem Zweck sie dienten.

Er musste Carlos beipflichten: Diese Söldner waren echte Könner, ohne jeden Zweifel.

Eine schwere Hand zerrte Kolt auf die Beine und stieß ihn zum Rand der Heckrampe. Mit einem leichten Stoß wurde er über den Rand komplimentiert und stürzte etwa 30 Zentimeter tief in den Sand von Pakistan. Die kraftvollen Rotorblätter wirbelten die feinen Körner als gewaltige Wolke in die Luft. Da er keine Schutzbrille trug, die ihn vor den glühend heißen Bröseln schützte, war der Sack über dem Kopf eigentlich gar keine so üble Sache.

Sie führten Kolt über einen kleinen Viehpfad einen felsigen Hügelkamm hinauf. Unter der Kapuze reduzierte sich sein Sichtfeld auf den Bereich um die Füße. Da die

Lichtstärke kaum mehr als zehn Prozent betrug, bekam er nicht viel von seiner Umgebung mit. Er geriet einige Male ins Stolpern, da sich seine Augen erst an die Dunkelheit gewöhnen mussten. Hier roch es kaum anders als in Afghanistan. Ein leicht moschusartiges Aroma hing in der Luft. Typisch für unberührte Natur, die noch nicht von Massenindustrie und Maschinen infiziert wurde.

Die Söldner bewegten sich in einer Reihe, etwa eine Armlänge voneinander entfernt, und überwanden den höchsten Punkt des felsigen Hügels, legten sich anschließend auf den Bauch und bezogen hinter den Waffen Position – das 240B auf der Ostseite, das leichte Maschinengewehr auf der Westseite. Sie wirkten hoch konzentriert und trugen dieselben grotesk aussehenden Nachtsichtbrillen mit vier Gläsern wie seinerzeit das SEAL Team 6 bei der Tötung bin Ladens in Abbottabad. Die Weißlichtdisziplin wurde strikt eingehalten.

Ein paar Minuten nach Erreichen der Anhöhe hörte Kolt, wie sich die zwei nachfolgenden Helis näherten. Sie kamen aus der Richtung, die er für Westen hielt, also aus Afghanistan. In ihnen saßen die Terroristen. Von ihnen hing Kolts Erfolg in den nächsten Tagen ab. Als die Hubschrauber zur Landung ansetzten, legte er den Kopf weit genug in den Nacken, um unter der Haube durchschielen zu können.

Die Neuankömmlinge verließen die Heckrampe, einer nach dem anderen. Eine bunte Mischung von Guantanamo-Insassen, die sich während des Kriegs gegen den Terror im Laufe der Zeit angesammelt hatten. Kolt sah, dass man allen die Hände hinter dem Rücken gefesselt hatte, sicherlich mit Kabelbindern aus Plastik. Ein langes Seil um ihre Taillen sorgte dafür, dass sie nur im Gänsemarsch vorankamen. Ähnlich wie er trugen sie schwarze Hauben. Er wusste, dass sie darunter außerdem ein weißes Tuch um die Augen und eins im Mund hatten, damit sie die Klappe hielten. Eine Flucht war für sie utopisch. Außerdem waren sie in der irrigen Annahme, dass sie gerade aus der Maschine gestiegen seien, die sie in die Freiheit brachte, ohnehin lammfromm.

Eine halbe Minute später rollten die beiden zweitürigen 80er-Jahre-Wagen aus den Helis. Geschickt wurden der dunkelblaue und der weiße Toyota über die leicht angewinkelte Heckrampe manövriert, erreichten den Boden und fuhren durch den Sand zur Hauptstraße. In einer perfekten Choreografie fuhren die drei schwarzen MH-47Gs die Triebwerke hoch, hoben ab, senkten die Nasen und beschleunigten in westlicher Richtung.

Etwa 20 Meter trennten den weißen Toyota vom dunkelblauen. Die meisten Terroristen wurden auf die Ladefläche verfrachtet. In beiden saßen außerdem ein Fahrer und ein Beifahrer. Ein paar Gefangene pickte man gezielt heraus und verteilte sie wahllos auf dem Gelände, als seien sie aus einem vorbeifahrenden Zug geworfen worden. Hatten sie vielleicht einen Fluchtversuch unternommen? Allah wäre sicher stolz auf sie.

Einige der Söldner verteilten Gegenstände an verschiedenen Stellen auf dem Boden. Dann stiegen sie auf den Hügel zu den anderen und suchten sich Liegepositionen, von denen aus sie ein gutes Schussfeld und freie Sicht auf die Toyotas und die gefesselten Terroristen hatten. Bei den verstreuten Gegenständen handelte es sich um gefälschte Identitätsnachweise – Ausweise, abgegriffene Koranausgaben, ein paar Familienfotos und Dokumente, die einen kürzlichen Aufenthalt im Hotel Guantanamo belegten und zur Glaubwürdigkeit des Szenarios beitrugen. Ein perfekt inszenierter Überfall, bei dessen Anblick jeder Hollywood-Regisseur in triumphierenden Beifall ausgebrochen wäre.

Nachdem sie offenbar zufrieden mit ihren Vorbereitungen waren, staksten einige der ›Bühnenbildner‹ mit Maisfaserbesen zu den Landepunkten der Helis. Sie achteten sorgfältig darauf, die Schritte mit ihren Tennisschuhen exakt in die Reifenspuren der Pick-ups zu setzen. Dann fegten sie gründlich die Abdrücke der Landekufen des Hubschraubers weg und plätteten den Sand, um jede Spur des Luftfahrzeugs zu verwischen. Auf dem Rückweg entfernten sie die Reifenabdrücke sowie die eigenen Schuhabdrücke, bis sie wieder auf dem harten Untergrund der unbefestigten Straße angekommen waren. Nach etwa 15 Minuten hatten die drei Söldner die Hügelkuppe und damit die Angriffslinie für den bevorstehenden Überfall erreicht.

Der Anblick, der sich Kolt rund 15 Meter tiefer bot, war unglaublich gruselig. Ein Dutzend gefesselte Männer mit verhüllten Gesichtern in Gefängniskleidung. Manche von ihnen wirkten entspannt und freuten sich auf die vermeintliche Freilassung, darauf, nach Jahren der Gefangenschaft ihre Familien wiederzusehen, und auf eine produktive Zukunft. Andere – nicht minder begeistert über die überraschende Freilassung, die der Präsident der Vereinigten Staaten vor Wochen angekündigt hatte – dachten wohl eher darüber nach, eine kurze Auszeit zu nehmen und Angehörige zu treffen, um sich danach erneut dem Dschihad anzuschließen und finstere Pläne zu schmieden, die es den arroganten Ungläubigen im Westen so bald wie möglich heimzahlten.

Kolt hörte, wie ein Söldner, der drei Meter rechts von ihm knapp hinter den in einer Reihe positionierten liegenden Schützen kniete, in das Mikrofon an seinem Helm flüsterte. »Blaster, check, check, check!«, befahl der vermeintliche Anführer.

Kolts Anspannung wuchs. Er schüttelte hektisch den Kopf im Versuch, die schwarze Haube etwas höher rutschen zu lassen, damit er den Hinterhalt besser beobachten konnte. Er war relativ sicher, dass Joma ihn nicht sehen konnte, nicht einmal, falls er ohne Kapuze hellwach in der Todeszone stand.

»Wartet auf das Signal … fünf, vier, drei, zwei, eins … Angriff, Angriff, Angriff.« *Das muss sie doch warnen,* dachte

Kolt. Aber das war eben die Kommandosprache. Kühl und präzise. Als ihm auffiel, dass er der Einzige war, der keinen Gehörschutz trug, hielt er sich schnell die Ohren mit den Händen zu, wobei er die Kapuze unauffällig weiter nach oben schob.

Ein Operator drückte dreimal nacheinander den Auslöser einer M18-Claymore-Antipersonenmine und leitete lehrbuchmäßig den Überfall mit der Waffe ein, die die meisten Opfer forderte. 700 Stahlkugeln zerfetzten mit einer Fluggeschwindigkeit von 1200 Metern pro Sekunde die Terroristen im Sand, rissen Löcher in das dünne Blech der zwei Toyotas und zerschmetterten die Hartglasfenster. Die in erhöhter Position liegenden Schützen mit Gewehren und Maschinenpistolen eröffneten gleichzeitig das Feuer wie in einem klassischen Western-Showdown.

Fast eine halbe Minute lang prasselten die Salven der Maschinenpistolen parallel mit denen aus fast zwei Dutzend M4-Sturmgewehren auf den Konvoi ein und rissen ihn regelrecht in Stücke. Dann schossen in abgestimmtem Rhythmus erst das schwerere M240B im Kaliber 7,62 Millimeter, dann das leichte Maschinengewehr im Kaliber 5,56 Millimeter. Sie feuerten abwechselnd mit roter Leuchtspurmunition und Vollmantelgeschossen auf die Ziele. Die resultierenden Querschläger flogen weiter, bis sie ausbrannten.

Ein Operator erhob sich in eine kniende Position. Er zog an beiden Enden einer M72A3-Panzerabwehrwaffe, um sie zu voller Länge auszufahren, und stemmte sie sich auf die rechte Schulter. Er stabilisierte den Raketenwerfer, zielte durch das aufgeklappte Visier und neigte den Kopf leicht nach links.

»Feuerstrahlbereich räumen!«, bellte er, bevor er entsicherte und den 66-Millimeter-Sprengkopf im Motorblock des dunkelblauen Toyota versenkte.

Abgesehen von den vielen Toten war es kaum anders als beim Training auf dem Übungsgelände in Fort Bragg, bei dem Fahrzeugattrappen aus Holz und Papiersilhouetten vom Typ E verwendet wurden. Nach nur einer Minute war alles vorbei. Kolt nahm die Hände von den Ohren.

»Feuer einstellen, Feuer einstellen!«, rief der Anführer.

Sehr professionell standen die Operators auf, warfen die leeren Magazine aus und steckten neue in die Magazinschächte. Sie stapften den Ziegenpfad hinunter, auf dem gleichen Weg, den sie gekommen waren. Die Patronenhülsen und Metallglieder der Munitionsgurte ließen sie absichtlich auf der Hügelkuppe zurück. Auch das gehörte zu dem komplexen Puzzle, das jeden Verdacht zerstreuen sollte, den die Taliban womöglich hegten.

Als sie den Fuß des Hügels erreichten, wurde Kolt mit seiner Haube in die Todeszone geführt und kurz hinter dem weißen Toyota aufgestellt. Systematisch entfernte die Einheit Handfesseln und Kapuzen der getöteten Guantanamo-Häftlinge. Sie gingen äußerst methodisch vor. Eine Hälfte der Männer fing auf der rechten Seite an, die andere Hälfte links hinter Kolt. Nachdem sie in der Mitte zusammengetroffen waren, ging jedes Team weiter durch den Sektor des anderen Teams, um zu überprüfen, dass ihnen nichts entging, was die Inszenierung auffliegen ließ.

Die lederne Rückbank des blauen Pick-ups stand in Flammen. Dichter schwarzer Qualm schlängelte sich durch die zerschmetterten Fensterscheiben in den Himmel. Die Motorhaube, durch den Einschlag des Gefechtskopfs vom Fahrzeug weggerissen, lag zerbeult etwa zwölf Meter abseits der Straße. Der Geruch von auslaufendem Benzin und Motoröl hing in der Luft.

Die mysteriösen Söldner bewegten sich zielstrebig und schnell durch die Todeszone. Einige hielten große schwarze Müllsäcke auf, während andere den Toten die Kapuzen abnahmen und ihnen die Plastikfesseln von den Handgelenken schnitten. Innerhalb weniger Minuten war die Säuberung vollständig abgeschlossen.

Ein paar Sekunden später kamen drei Kommandosoldaten mit Helmen und Masken auf Kolt zu. Zwei trugen einen Mann mit Kapuze, den Kolt für Joma hielt. Sie legten ihn auf dem Wüstenboden neben dem zerschossenen, brennenden Fahrzeug ab. Zwei von ihnen banden Joma mit Kabelbindern die Füße zusammen und bogen ihm zum gleichen Zweck die Hände hinter den Rücken, ehe sie ihn auf die Seite rollten.

Einer der Operators zog eine Glock 19, während die anderen beiden Jomas Bein ein Stück vom Körper wegschoben. Der Mann zielte auf die seitliche Oberschenkelpartie, löste die Abzugssicherung und drückte den 1,8-Kilogramm-Abzug. Durch diesen Schuss aus nächster Nähe trug Joma eine saubere Fleischwunde und eine starke Verbrennung durch die Entzündung des Pulvergases davon. Es sah schlimmer aus, als es eigentlich war, und Joma spürte nichts.

»Scheiße, was macht ihr denn da?«, grollte Kolt, als mehrere Söldner ihn plötzlich zu Boden rissen und festhielten. Sie gaben keine Antwort. Stattdessen fesselten sie ihn, wie sie es mit Joma getan hatten, knebelten ihn mit einem Seil und legten ihn auf den Rücken. Dann schleiften sie ihn von Joma weg zur anderen Seite des zerschossenen Pick-up-Trucks.

Kolt leistete so wenig Gegenwehr wie möglich. Sonst drohte seine Tarnung aufzufliegen, falls Joma doch alles irgendwie durch seine Kapuze mitbekam. In diesem Fall wäre alles offengelegt und er würde den nächsten Sonnenaufgang nicht mehr erleben.

Während zwei Kerle ihn weiter am Boden festhielten, steckte der Mann, der geschossen hatte, die Pistole zurück ins Halfter und zog ein Messer mit fester Klinge. Mit einem schnellen Streich fügte er Kolt einen etwa fünf Millimeter breiten Schnitt am Hinterkopf zu, wobei er gleichzeitig ein großes Loch in die Haube schnitt.

»Ihr Wichser!«, schrie Kolt, ebenso sehr wegen der Schmerzen als auch aus Überraschung. Instinktiv drehte er sich um und sprang den Kerl mit dem Messer an, packte ihn an der Kampfweste und berührte dabei das M4 vor seiner Brust. Blind für seine Umgebung hielt Kolt den Operator an der Weste kurz unterhalb der Achseln fest und versetzte ihm einen Schlag mit dem Handballen ans Kinn, konnte aber den Griff des anderen am Kragen nicht abschütteln.

Im nächsten Moment packte Kolt den rechten Ärmel seines Gegners, um dessen Ellbogen zu kontrollieren, während er ihn mit der rechten Hand an der linken Schulter fasste. Mithilfe dieser beiden festen Griffe zog er sich rasch nach oben und brachte den linken Fuß an die rechte Hüfte des Söldners. Kolt sprang in die Höhe. Erst wollte er einen einfachen Armhebel ansetzen, indem er sich einfach rückwärts auf den Boden fallen ließ, während er weiter den Arm kontrollierte. Aber Kolt stellte fest, dass der andere sich ebenfalls mit Jiu-Jitsu auskannte – er ging in die Hocke, um den Angriff zu kontern.

Kolt entschied sich blitzschnell für eine Alternative, blieb aufrecht und verdrehte seinen Körper gegen den Uhrzeigersinn, um sich schwungvoll von der rechten Hüfte seines Gegners abzustoßen. Er hockte nun praktisch auf dessen Schultern, beugte sich vor und verschränkte die Beine um den Oberkörper des anderen. Sie waren jetzt ineinander verschlungen – sein Feind musste Kolts Bewegungen zwangsläufig folgen.

Kolt ließ sich vom Körpergewicht nach vorn ziehen, bis sein Kopf zwischen den Beinen des Gegners war und er verkehrt herum vor ihm hing. Jetzt vollführte er eine Vorwärtsrolle, wobei er nach hinten griff und den Mann am rechten Knöchel packte. Während sie beide fielen, übernahm Kolt die Kontrolle. Sie machten zusammen eine komplette Umdrehung. Ein fliegender, rückwärts durchgeführter Kreuzwürger war ein riskantes Manöver, vor allem, wenn man eine Kapuze auf dem Kopf hatte und nicht richtig sehen konnte. Kolt hatte es fast geschafft, aber damit der Haltegriff funktionierte, hakte er das rechte Bein fester um den linken

Fuß, zog das Bein des Söldners dichter an seinen Körper heran und verlagerte die Hüfte nach vorn.

Der Griff saß fest, das spürte Kolt. Der Mann verkrampfte und wollte sich wehren, klopfte mit den Händen panisch gegen Kolts Bein. Bei einer Übung in der Trainingshalle hätte er ihn jetzt losgelassen. Aber nun wollte er dem Kerl definitiv die Lichter ausknipsen, egal wie oft der Operator abklopfte. Denn Kolt war stinksauer.

Er plante voraus, nach oben zu greifen, das Seil von seinem Hals zu entfernen und sich die Haube vom Kopf zu reißen, sobald der Söldner bewusstlos war. Aber ein überraschender Schlag auf den Kopf mit einem Gewehrkolben brachte ihn dazu, liegen zu bleiben, die Umklammerung zu lösen und die Atemwege des anderen Mannes freizugeben. Mehrere Hände packten ihn und wälzten ihn brutal auf den Bauch. Mindestens drei Knie wurden ihm in den Rücken gedrückt. Ein, zwei Füße standen auf seinen Beinen und drückten ihn auf den harten Untergrund.

»Ganz ruhig, Mann«, flüsterte eine tiefe, Respekt einflößende Stimme dicht an seinem Ohr.

Als Kolt spürte, wie man ihm die Mündung einer Waffe hinten an den fleischigen Teil der rechten Hüfte rammte, leistete er erneut Gegenwehr. Unfähig, sich rechtzeitig zu befreien oder es zu verhindern, hörte Kolt, wie sich ein Schuss löste. Gleichzeitig spürte er grausame Schmerzen.

Er lag mit dem Gesicht nach unten da. Ein Operator stemmte ihm seinen schäbigen Tennisschuh in den Rücken. Kolt drückte die rechte Hand auf die Hüftverletzung. Er wollte ausflippen, sich umdrehen und diesem Arschloch die Beine brechen, aufstehen und jedem Einzelnen dieser Vollidioten die Scheiße aus dem Leib prügeln. Die Messerwunde war schon schlimm genug gewesen, aber ein Schuss in den Arsch ging wirklich zu weit.

Aber er wusste, wenn er das tat, wäre es das Ende der Mission – der Mission, Nadal den Rumänen zu finden, die

Terrorzelle zu lokalisieren, bevor sie die USA angreifen konnte, und im Idealfall sogar Aiman Al-Zawahiri aufzuspüren. Aber es ging noch um etwas anderes – für ihn ebenso wichtig wie alle drei anderen Punkte zusammen: Cindy Bird zu retten oder wenigstens ihre Leiche in die Heimat zu überführen.

Kolt hörte auf Widerstand zu leisten und gab den Söldnern damit zu verstehen, dass er von selbst darauf gekommen war, wie seine Chancen standen und was er durch sein Verhalten anrichtete.

Seine Wunden waren, genau wie die von Joma, effektiv, aber nicht tödlich. Ihm wurde klar, dass das von Anfang an zum Plan gehört hatte, um ihre wahren Identitäten zu schützen und den vorgetäuschten Überfall glaubhaft erscheinen zu lassen. Niemand in der nordwestlichen Grenzprovinz hätte ihnen abgekauft, dass nur ein Amerikaner und ein Muslim wie durch ein Wunder einen solchen Angriff überlebten. Man hätte sie sofort für Spione gehalten und kurz darauf enthauptet. Der Plan, sie zu verletzen, war bei der Vorbesprechung im Tungsten-Hauptquartier in Atlanta nicht zur Sprache gekommen, trug aber zur Perfektionierung ihrer Geschichte bei. Und zumindest würden die Wunden sie nicht allzu sehr beim Gehen behindern.

»Gott segne dich, Mann«, raunte dieselbe Stimme in Kolts Ohr, während er den Druck auf seine Hüftwunde aufrechterhielt.

»*Allahu akbar! Allahu akbar!*«, rief Kolt – ein deutliches Signal an die Operators von der Abteilung für spezielle Dienstleistungen, dass er einsatzbereit war und sie sich um ihren Abzug kümmern konnten.

Acht Minuten später hoben die Angreifer in den zwei schwarzen Helikoptern ab und flogen nach Westen. Der einzige Zeuge des chaotischen Blutvergießens, Kolt Raynor – Embed 0706 –, besudelte seine weiße Guantanamo-Gefangenenkluft von oben bis unten mit Blut aus zwei

Fleischwunden und hockte inmitten eines Dutzends toter Märtyrer.

Kolts geheime Mission hatte begonnen. Er war verdammt wütend darüber, dass sie ihn und Joma ohne jede Warnung oder Erklärung derart misshandelt hatten. Joma war bei dem Schuss auf seinen Oberschenkel zumindest bewusstlos gewesen. Nichts in den zahlreichen Missionsbriefings hatte Kolt hingegen auf diese brachiale Nummer vorbereitet. Aber als er im Sand lag und hörte, wie das Geräusch der wirbelnden Rotorblätter in der Ferne verschwand, wurde ihm bewusst, dass diese Verletzungen ihm sogar halfen, einen kühlen Kopf zu bewahren, obwohl sie natürlich schmerzhaft und verflucht lästig waren.

So etwas konnte man weder planen noch im Vorfeld üben. Er nahm an, dass auch Carlos, die Söldner und alle anderen, die bei Tungsten über diese Operation informiert waren, das wussten. Und wenn sie seine Akte gelesen hatten, musste ihnen auch das immense Risiko bewusst gewesen sein, dass Kolt dermaßen angepisst reagierte, dass er ihnen alles vor die Füße schmiss.

Carlos, dieses Arschloch!

Im Gegensatz zur Hüftwunde hatte der Schnitt am Hinterkopf sogar sein Gutes. Er blutete stark, aber das Blut beeinträchtigte seine Sicht nicht, weil es ihm nicht in die Augen lief. Außerdem hielt die Verletzung ihn vorerst davon ab, an die Schmerzen am Steiß zu denken, weil sie erforderte, dass er einen schmutzigen Stofffetzen dagegendrückte, um die Blutung zu stillen. Auch das trug zur Authentizität seiner Erlebnisse bei und half, andere von seiner Geschichte zu überzeugen.

Jetzt, wo er mit den Toten allein war, ertappte er sich dabei, nicht nur über Carlos, sondern auch ein wenig über Colonel Webber zu fluchen. Außerdem wurde ihm bewusst, in was für einer merkwürdigen Lage er sich befand. Er hatte schon an Dutzenden von Angriffen teilgenommen, bei denen das Blut, die Gedärme und der Geruch des Todes einfach dazugehört hatten. Diesmal war es anders. Er kannte es nicht, dass man ihn einfach zwischen den Trümmern zurückließ. Diesen Teil der Arbeit überließ man üblicherweise den Einheiten der konventionellen Armee, die diesen Teil des Kriegsgebiets kontrollierten. Diese Typen kamen für gewöhnlich eine oder zwei Stunden, nachdem die Delta Force das Ziel ausgeschaltet hatte, um das durchzuführen, was manche verächtlich als ›Resteverwertung‹ bezeichneten. Das Militär allerdings bevorzugte in seiner typischen Vernarrtheit in Abkürzungen den Ausdruck SSE – *sensitive site exploitation.*

Bei diesem Prozess wurde im Wesentlichen alles eingesammelt, was potenziell der Informationsgewinnung diente, in Listen erfasst und fotografiert. Besonderes Augenmerk galt dabei größeren Geldbeträgen, Fotos, Handys, Festplatten, Waffen, Munition, Sprengstoff und Gegenständen zur Herstellung von Sprengsätzen – etwa alte mechanische Uhren, Schlüsselanhänger, Garagentoröffner und Fernbedienungen für Spielzeugautos.

Die SSE-Einheit befragte die überlebenden Familienmitglieder, in der Regel Frauen und Kinder. Alle Männer im kampftauglichen Alter wurden entweder sofort getötet oder, falls die Möglichkeit bestand, dass sie über Informationen verfügten, zu PUCs erklärt – das stand für *person under custody*, also Person in Gewahrsam. Anscheinend wollte man so politischen Gegnern und allzu peniblen Rechtsanwälten den Wind aus den Segeln nehmen. Die PUCs waren, wenn der Suchtrupp eintraf, bereits von der Delta Force fürs Verhör an einen anderen Ort geschafft worden.

Kolts Gedanken kehrten zu den Kerlen zurück, die für all diese Zerstörung verantwortlich waren. Wer waren diese Leute? Die hellbraunen Masken hatten nicht alle grauen Haare und grau melierten Kinnbärte vollständig verhüllt. Mit Ausnahme des Anführers, der auf der Hügelkuppe die Kommandos erteilt hatte, und des Kerls, der ihm hinter dem Pick-up-Truck ins Ohr geflüstert hatte, hatte niemand von ihnen ein Wort gesagt. Sie agierten als Einheit, effizient und konzentriert – mit einer Zielstrebigkeit und Präzision, wie sie für die elitärsten Tier-One-Einheiten der USA charakteristisch war.

Aber sie waren keine Mitglieder der Delta Force. Er hatte in der Dunkelheit keine Körperhaltungen oder Bewegungen registriert, die darauf schließen ließen. Delta-Operators bewegten sich im Einsatz auf eine ganz bestimmte Weise, und dies waren keine Leute aus der Unit gewesen. Er fragte sich außerdem, wie um alles in der Welt ein Mann einen Platz in diesem Team bekam. Wahrscheinlich fragten sie sich ihrerseits, wer zum Teufel Kolt war und was er getan hatte, um einen so einzigartigen Auftrag zu erhalten. Ein Auftrag, um den sie ihn höchstwahrscheinlich nicht beneideten, nachdem sie ihn verwundet zurückgelassen hatten.

Kolt beschloss, nicht länger Zeit mit Spekulationen zu verschwenden, ob sie die Einzelheiten der Mission von Embed 0706 kannten. Wichtig war, dass die mysteriösen Söldner gewillt waren, Menschen kaltblütig zu töten und mit ihren Taten zu leben. So wie Carlos es vorausgesagt hatte.

Die Operation Schattenblinzeln hatte die erste Phase überstanden.

23

Unterirdisches Tungsten-Hauptquartier, Atlanta, Georgia

Tausende Meilen entfernt blickte ein halbes Dutzend Augenpaare gebannt auf einen Plasmabildschirm. Das beständige Auge am Himmel, das in 7600 Metern Höhe über der Erde kreiste – die Aufklärungsdrohne Predator RQ-1 –, versorgte Carlos und den restlichen Führungsstab von Tungsten in Echtzeit mit Videomaterial. Selbst bei schlechtem Wetter, bei

Nebel, Wolken oder Rauch konnte der eingebaute Radar mit synthetischer Apertur immer noch per Satellit über gewaltige Entfernungen kommunizieren.

»Drei Stunden sind es jetzt schon«, wandte sich Carlos an die um den ovalen Mahagonitisch versammelte Gruppe. »Seit 46 Minuten keine Bewegung.«

»Sind Sie sicher, dass er noch lebt?«, fragte die attraktive Analystin, die ihn und Kolt nach Guantanamo begleitet hatte. »Könnten seine Verletzungen so schwerwiegend sein, dass er verblutet ist?«

Alle, die in der Nähe standen und saßen und konzentriert die drei großen Bildschirme musterten, stellten sich die Frage, wie lange es dauern mochte, bis jemand auf die Maschinengewehrsalven und das Dutzend Leichen aufmerksam wurde. Jemand musste doch etwas davon mitbekommen haben. Normalerweise bemerkten die Einheimischen so etwas ziemlich schnell.

Die anderen Mitarbeiter, die mit zukünftigen oder noch andauernden Tungsten-Operationen in anderen Teilen der Welt beschäftigt waren, befanden sich schon auf dem Weg zurück in ihre Büroabteile.

»Moment mal. Einer von denen bewegt sich«, stellte Carlos aufgeregt fest. Er wandte sich an einen der Analysten, die an dieser Mission beteiligt waren. »Rufen Sie den Drohnenpiloten und geben Sie Anweisung, dass er heranzoomen soll.«

»Das muss entweder 0706 oder Joma sein. Die Einheit hat bestätigt, dass alle anderen tot sind.«

Westpakistan

Als Kolt aus dem Schlaf aufschreckte, herrschte um ihn herum vollkommene Stille. Er spürte die Folgen der Verletzungen und des Blutverlusts. Er war nicht sicher, wie lange er geschlafen hatte. Eine Stunde? Vielleicht zwei? Nachdem er einige Stunden gewartet hatte, dass ein Fahrzeug vorbeikam und jemand die Folgen des Massakers bemerkte, wobei er Dutzende Male im Kopf seine Schilderungen durchging, war er in einen tiefen Schlaf gesunken.

Nach dem Aufwachen kämpfte er sich mühsam auf ein Knie hoch, wartete, bis sich nicht mehr alles vor seinen Augen drehte, und stand auf. Er rückte den improvisierten Kopfverband zurecht, den er mit einem Fetzen aus der Kleidung eines Terroristen gebastelt hatte. Aus dem Hosenbein desselben Kerls hatte er noch einen zweiten Verband hergestellt, indem er den Stoff an einer Glasscherbe im Autofenster in zwei Hälften trennte. Dieses Teilstück hing an seinem rechten Bein, grub sich tief in den Schritt und war um die rechte Pobacke gebunden.

Humpelnd schritt er den kompletten Umkreis des Schlachtfelds ab. Nichts sah anders als vorhin aus. Er entdeckte nichts, was die Söldner übersehen hatten und ihn zu verraten oder bei den Taliban unnötigen Verdacht zu wecken drohte, wenn sie eintrafen.

Warmes Blut sickerte in Kolts Nacken hinab. Im selben Moment hörte er ein schauerliches Gurgeln. Schnell ging er in die Hocke und überlegte, ob ein Tier oder ein Mensch diesen Laut verursachte. Er machte einen zweiten Knoten in den Kopfverband, um die Blutung zu verlangsamen.

»Scheiße!«

Er wusste nicht, ob es ein Einheimischer war, der die Leichen entdeckt hatte, oder ein Terrorist aus Guantanamo, der noch lebte. Falls es wider alle Wahrscheinlichkeit einen Überlebenden gab, stellte das ein schweres Risiko für die Mission dar. Aber er ging davon aus, dass die Söldner, die für diese blutige Sauerei verantwortlich waren, vor ihrem Abzug auch dafür Sorge getragen hatten. War irgendetwas gewaltig schiefgegangen? Nur Kolt und Joma hätten diesen Angriff aus dem Hinterhalt überleben sollen. Joma war weiterhin bewusstlos. Die Wirkung des Betäubungsmittels schien so schnell nicht abzuklingen.

Alle anderen waren bereits bei Allah.

Auf den Knien kroch Kolt näher an den weißen Pick-up heran. Wer wusste schon, was die mysteriösen Söldner da zurückgelassen hatten? Er wollte herausfinden, von welcher Stelle die gurgelnden Geräusche ausgingen. Vom Rückfenster waren nur noch ein paar Splitter übrig. Den Rest hatten die Claymore-Mine und die nachfolgenden Schüsse zerfetzt.

Kolt spähte über die zwei toten Terroristen auf der Vorderbank hinweg. Er wollte nicht, dass derjenige, der noch lebte, ihn zuerst sah. Im Wagen war es finster wie in einem Grab. Zu dunkel, um Einzelheiten zu erkennen. Er schob sich näher ans Fenster heran.

»Bruder«, keuchte der Fremde, der auf dem Beifahrersitz lag.

»Ach du Scheiße«, flüsterte Kolt.

Er ging näher heran. Nachdem er ein paarmal daran gerüttelt hatte, konnte er die Fahrertür öffnen und beugte sich in die Kabine. Nun sah er den dritten Überlebenden deutlicher.

»Hilf mir!«, flehte der Sterbende ihn an.

Kolt erwachte aus seiner Trance. *Dir helfen? Das wird nicht möglich sein. Du bist ein Feind. Das kommt dir vielleicht ein bisschen komisch vor, aber wir sind keine Brüder. Ich bin ein Amerikaner. Du bist ein Terrorist.*

Dann gelangte Kolt zu einer Einsicht, die ihn mit der Wucht eines fahrenden Güterzugs traf: Er konnte diesen Mann unmöglich am Leben lassen. Wer konnte, ohne seine genauen Verletzungen zu kennen, schon vorhersagen, ob er bald von alleine starb oder nicht? *Verflucht noch mal, im schlimmsten Fall ist er immer noch bei Bewusstsein, wenn später jemand diese Ziegenficker hier findet. Das ist inakzeptabel.* Kolt wusste, was getan werden musste. Und es musste bald erledigt werden.

Er schob sich auf den Fahrersitz, nahe an den Sterbenden heran. Für ein paar lange Sekunden inspizierte er ihn gründlich.

»Bitte, hilf mir«, bat der Mann erneut, kaum verständlich.

Auf Englisch flüsterte Kolt: »Scheiße, ich kenn dich doch gar nicht, Kumpel.« Die Augen des Sterbenden weiteten sich vor Erstaunen darüber, dass Kolt in der Sprache des Feindes reagierte. Er schüttelte den Kopf, um zu signalisieren, dass er kein Wort verstand.

Aber Kolt hatte auch nicht mit einer Antwort gerechnet. Er war ganz auf sein eigenes Handeln konzentriert. Der Mann litt offensichtlich unter großen Schmerzen. *Herrgott, in dem Zustand überlebt er keine Minute mehr. Kann ich nicht abwarten, bis er von allein krepiert? Überlassen wir es doch einfach dem lieben Gott.*

Unterirdische Tungsten-Operationszentrale in Atlanta, Georgia

»Freut mich, Sie zu sehen, Sir.« Carlos wechselte die Kaffeetasse vorsichtig von der rechten in die linke Hand. Der Griff des anderen war überraschend schwach für einen so groß gewachsenen Mann, hinter dem eine derart lange militärische Laufbahn lag.

»Mich auch, junger Mann!«, erwiderte Bill Mason lauter als nötig. »Aber lassen Sie den Quatsch mit dem ›Sir‹. Ich bin 52 Jahre lang nur Bill gewesen, dann die letzten acht Jahre lang Admiral, und jetzt bin ich Botschafter. Suchen Sie sich was aus.«

Carlos zögerte. Das herablassende ›junger Mann‹ gefiel ihm überhaupt nicht. Er war mindestens zehn Jahre älter als Mason und kämpfte gegen den Drang an, die Augen zu verdrehen. Vor einigen Wochen hatte er zum ersten Mal Gerüchte darüber gehört, dass ein pensionierter Offizier zum neuen Direktor von Tungsten ernannt werden sollte.

Aber er war dem Mann seit dessen offizieller Ernennung durch den Präsidenten vor etwa einer Woche nicht einmal begegnet. Und obwohl Bill Mason für ihn ein Fremder war, eilte sein Ruf dem Admiral voraus. Carlos erinnerte sich, dass Mason exakt 47 Mal in Kolts geheimer Akte erwähnt wurde. Nicht all diese Erwähnungen waren schmeichelhaft, was den ersten Eindruck nur bestätigte, den er vom Botschafter bekam.

Bill Mason, der Drei-Sterne-General im Ruhestand, war nicht davon ausgegangen, dass seine nachmilitärische Laufbahn ihn nach Atlanta, Georgia, führte. Er hatte gehofft, ja, sogar gezielt darauf hingearbeitet, dass man ihm einen bequemen, gut bezahlten, repräsentativen Job in einem einflussreichen Thinktank in Washington, D.C. verschaffte. Oder ihn als Botschafter an einen stressfreien Ort in Europa schickte, zum Beispiel in die Schweiz oder nach Amsterdam. Der Präsident hatte ihm seinen Wunsch zur Hälfte gewährt, aber sein neuer Posten befand sich an einem Ort, der etwas weniger spektakulär als erhofft war.

Bevor er als kommandierender General der Joint Special Operations in den Ruhestand ging, hatte er zu den wenigen auserwählten Männern beim Militär gehört, die über Tungsten informiert waren. Aber damit hörte es auch schon auf. Im Prinzip wusste er lediglich von der Existenz des Programms, weiter nichts. Er wusste, dass es absoluter Geheimhaltung unterlag. Ihm war bekannt, welchen Status es bei den höchsten Stellen der US-Regierung genoss. Tungsten hatte oberste Priorität. Keine andere Geheimeinheit war damit vergleichbar, nicht mal Masons Delta Force oder das SEAL Team 6. Und diese Tatsache machte ihn nervös.

Das Schlimmste war, dass der Posten des Tungsten-Direktors der geheimste im gesamten Regierungsumfeld war. Das Weiße Haus gab den Namen des Chefs nicht einmal offiziell bekannt. Für einen nach Anerkennung und Status gierenden

Typen wie Bill Mason war die Vorstellung, Tag für Tag ohne Fanfaren und öffentliche Belobigungen zu schuften, eine ungeheure Zumutung.

»Was haben wir heute, Carlos?«, knurrte der neue Botschafter. Alle in dem kleinen, schalldichten Konferenzraum wussten, dass es nicht ratsam war, den neuen Direktor Bill zu nennen. Nicht wenn sie ihre Jobs behalten wollten. Es war außerdem offensichtlich, dass Bill Mason die Anrede Admiral vorzog.

Carlos nahm an, dass jemand oberhalb seiner Gehaltsklasse den Botschafter bereits über die laufende Mission unterrichtet hatte. Vermutlich wollte der Mann es trotzdem noch einmal in aller Ausführlichkeit heruntergebetet bekommen. *Typisch Offizier!*

»Momentan dreht sich alles um 0706. Die Operation Schattenblinzeln wurde vor fünf Stunden eingeleitet, mit der Infiltration eines verdeckten Agenten. Das Absetzen von 0706 hat tadellos funktioniert. Abgesehen von einem vorübergehenden technischen Ausfall der Predator-Drohne sind keine besonderen Vorkommnisse zu verzeichnen. Wir rechnen damit, dass die Verbindung in ein paar Stunden hergestellt wird, wenn die Sonne aufgeht.«

»Ist es das auf Bildschirm Nummer drei?«, fragte Mason und zeigte in eine undefinierbare Richtung.

»Alle drei Bildschirme zeigen die laufende Operation, Sir«, erklärte Carlos geduldig. Bei einer Mission dieser Wichtigkeit war das erforderlich. Die Aufklärungsdrohnen konnten jederzeit einen Aussetzer haben oder sogar ausfallen. Diese Lektion hatte man im Laufe der Jahre auf die harte Tour gelernt. Am anderen Ende der Leitung konnten die Voraussetzungen sich blitzschnell ändern. Wenn man keine Ersatzkameras vor Ort hatte, konnte es katastrophal enden. Dafür gab es mehrere traurige Beispiele.

»Die Monitore eins und drei erfassen wichtige Kreuzungsbereiche, ungefähr drei bis vier Meilen nördlich und südlich der Stelle gelegen, die Monitor zwei in der Mitte überwacht. Dabei handelt es sich um den Absetzpunkt.«

Mason löste den Blick von Bildschirm drei, starrte ihn für ein paar Sekunden an und verlagerte seine Aufmerksamkeit dann auf Bildschirm zwei. Der neue Boss trug ein elegantes weißes Button-Down-Hemd mit Kragen, das in einer hellbraunen Hose steckte, die etwas zu hoch über den Fußknöcheln endete und beim Gehen dunkelblaue Socken entblößte. Auch die Gürtellinie der Hose saß eindeutig zu hoch, was den Admiral wie einen Professor aus den 60er-Jahren wirken ließ. Die gestreifte Krawatte schien den früheren Navy-Offizier sichtlich zu stören. Sie saß zu eng und schnürte ihm die Luftzufuhr ab, wodurch sein Gesicht ständig unnatürlich gerötet war. Mit in die Hüfte gestemmten Händen richtete Mason den Blick auf die Bewegung, die er in der Mitte von Bildschirm zwei erfasste.

»Wer bewegt sich da unten?«, fragte er neugierig und trat etwas näher an den Monitor heran.

Carlos hatte mit der Frage gerechnet und antwortete schnell: »Wissen wir nicht genau, Sir, aber wir glauben, dass es Embed 0706 oder sein Schatten ist. Das Absetzteam hat bestätigt, dass vor seinem Abzug alle Requisiten neutralisiert wurden.« Er fragte sich, ob er dem Botschafter erklären musste, was der Ausdruck ›Requisiten‹ in diesem Fall bedeutete oder wer zum erwähnten Team gehörte.

Mason stutzte und presste die Lippen aufeinander. »Schatten?«

»Äh, ja, Sir. Im Rahmen der Operation bezeichnen wir den anderen Mann, Joma, einfach als Schatten des Embeds«, antwortete Carlos. Er versuchte die nächste Frage des Admirals vorauszuahnen. Ob er überhaupt etwas von den Einzelheiten behalten hatte, die ihm von den Analysten bei der Einweisung über die aktuellen Operationen mitgeteilt worden waren?

»Außerdem gehört es zum Standardprozedere, jedem

unserer Embeds eine eigene Unterstützungsgruppe zuzuweisen. Ich betreue 0706, und zwei andere Agenten, die wir als Retter bezeichnen, befinden sich jetzt in Afghanistan. Sie weihen gerade den Stationschef und den afghanischen Botschafter in die Feinheiten von Operation Schattenblinzeln ein.«

»Ja, das hat man mir alles erklärt, junger Mann«, gab Mason zurück, ohne die Augen von den Monitoren abzuwenden.

Carlos beschloss, noch etwas weiter zu gehen, um Masons Stimmung zu prüfen. »Sir, wir nennen ihn ›Schatten‹, weil der Erfolg dieser Mission davon abhängt, dass 0706 in Jomas Nähe bleiben kann. Wie Sie wissen, ist Joma unsere einzige Verbindung zu der anderen Terrorzelle, nach der wir in der nordwestlichen Grenzprovinz suchen.«

Admiral Mason erwiderte nichts und nahm einen Keramikbecher mit Kaffee von einem aufmerksamen Büroassistenten entgegen. Carlos überlegte, ob dieses Schweigen vollkommenes Einverständnis mit der Operation bedeutete oder ob der Vorgesetzte ernsthafte Bedenken hegte.

Er schaltete einen Laserpointer ein und versuchte, den roten Punkt auf die laufende Person auf Bildschirm zwei gerichtet zu halten. »Dieser Kerl hier ist zum Pick-up gegangen und für ein paar Sekunden eingestiegen. Jetzt steht er wieder draußen.«

Der Botschafter hörte aufmerksam zu, während er auf den großen Plasmabildschirm an der Wand starrte. Er war vertraut mit dem Anblick solcher Szenen – Schwarz-Weiß-Videos aus 7600 Metern Höhe, die einen obskuren, abgelegenen Landstrich am anderen Ende der Welt einfingen.

Derartige Szenen und Handlungen beschworen starke patriotische Gefühle im ehemaligen Admiral herauf. Nur äußerst entschlossene Männer konnten Aufgaben für die Spezialkräfte verrichten. In seinem fortgeschrittenen Alter stellte er sich die Frage, ob er selbst in der aktiven Laufbahn die notwendigen Anforderungen erfüllt hätte.

»Dieser Embed mit der Kennung 0706, ist das ein Ex-Militär?«, fragte der Botschafter, als wollte er Carlos beweisen, dass er durchaus in der Lage war, die vollständige offizielle Bezeichnung für die Spione des Unternehmens zu benutzen.

»Von der Army, Sir. Relativ neu im Programm. Es ist seine erste größere Mission. Ein Sonderfall, der, sagen wir mal, auf ganz spezielle Weise auf den Einsatz vorbereitet wurde.«

»Ein Green Beret?«, hakte der Botschafter nach. Mason war ein erklärter Fan der Spezialkräfte und hegte ganz besondere Sympathien für die Green Berets. »Was für ein spezielles Training sollte ein Green Beret noch brauchen?« Sein Tonfall klang herablassend und kritisch.

»Nein, Herr Botschafter, er ist ein früherer Operator der Special Missions Unit und wurde mit dem Distinguished Service Cross, drei Silver Stars und einer ganzen Wagenladung anderer Medaillen ausgezeichnet.« Carlos überging die Frage. Er wusste jetzt, dass der Botschafter noch nicht über alle Einzelheiten von Schattenblinzeln informiert war. Er beschloss, es dem neuen Direktor nicht leichter zu machen als nötig. Schließlich befand sich der Botschafter im Ruhestand, und bei Tungsten musste sich jeder seine Lorbeeren selbst verdienen.

»Aus der SMU?«, fragte der Botschafter. Er benutzte die Slang-Abkürzung und sprach es fast wie »Schmu« aus. »Army? Delta Force?«, schob er hinterher, nachdem er einen Schluck Kaffee getrunken und Carlos skeptisch angesehen hatte.

Westpakistan

Während Carlos und Botschafter Mason sich miteinander vertraut machten, stand ihr kleines Projekt in Zentralasien gerade vor einer größeren Bewährungsprobe. Kolt hatte nicht nur einen lebenden Fremden vor sich, der seine Tarnung auffliegen zu lassen drohte, sondern sah sich auch mit näher kommenden Autoscheinwerfern konfrontiert. Er wusste, dass er sofort handeln musste. Der Fremde durfte nicht am Leben bleiben.

Kolt beugte sich zu dem Terroristen, der mühsam nach Luft schnappte. Sie tauschten einen Blick. Der Terrorist machte sich Hoffnungen, von Kolt gerettet zu werden. Zumindest konnte der Fremde ihm helfen, die Schmerzen erträglicher zu machen.

Aber während der Sterbende mit den Augen um Gnade flehte, loderten in Kolt kaltblütige Mordgedanken. Er ließ die schmutzigen Hände zum sonnengebräunten Hals des Fremden wandern. Dessen Pupillen weiteten sich, während er Kolt unablässig fixierte. Er blinzelte nicht. Kolt legte die Daumen an die Kehle des Mannes und drückte im nächsten Moment zu. Besprenkelt mit eigenem getrockneten Blut presste er fest auf den Kehlkopf des Mannes, mit der vollen Absicht, ihn rasch zu töten.

Der Fremde wehrte sich mit mehr Kraft, als Kolt angesichts seines Zustands für möglich gehalten hätte. Da er zu ersticken drohte, erwachte der natürliche Überlebensinstinkt. Kolt hielt den Druck aufrecht, als der andere reflexartig zum Sprung ansetzte. Er spürte die Nähe des Todes. Es gefiel ihm überhaupt nicht.

Mit der rechten Hand grapschte er nach Kolts Gesicht. Raynor wandte sich ab, behielt ihn jedoch am Rand seines Sichtfelds. Die Hand packte sein linkes Handgelenk. Kolt konzentrierte sich darauf, weiter mit voller Kraft zuzudrücken und ließ sein Opfer nicht aus den Augen, während er es erwürgte. 15 Sekunden später erschlaffte der Körper des Mannes. Seine Augen blieben offen und schienen Kolt anklagend zu mustern.

Erstaunt stellte Kolt fest, dass der Griff um sein linkes Handgelenk unverändert stabil blieb. Nach ein, zwei Sekunden erschlafften die Muskeln dann doch und die Hand des Toten sank auf den Stoffsitz.

Langsam stieg Kolt vom Fahrersitz und umrundete den Pick-up-Truck, um Joma zu finden. Dieser schien langsam aus seinem Drogenkoma zu erwachen, aber die Wirkung der Substanz hatte noch nicht ganz nachgelassen. Kolt wusste aus Erfahrung, dass es noch ein paar Minuten dauerte. Plötzlich fielen ihm die Fesseln an Jomas Handgelenken und Knöcheln auf.

Scheiße!

Er hatte vergessen, dass er Jomas Fesseln entfernen musste, bevor dieser vollständig das Bewusstsein erlangte. Falls er die Kabelbinder beim Aufwachen bemerkte, setzte sich das Puzzle in seinem Kopf schrittweise zusammen. Mit etwas Glück gelang es Kolt, den Patzer zu überspielen. Hatte er Pech, wurde es ihm zum Verhängnis. Eilig griff er nach einer Glasscherbe aus dem Autofenster, aber das Bruchstück zerbröselte zwischen seinen Fingern zu erbsengroßen Kügelchen. Kolt hob ein scharfes Stück Metall vom Gefechtskopf auf, der in das vordere Ende des dunkelblauen Toyota eingeschlagen war, und begann, damit die Handfesseln zu kappen.

Jomas abruptes Zappeln brachte Kolt aus dem Konzept. Sein Begleiter wusste natürlich nicht, wer sich da an ihm zu schaffen machte.

»Ich bin's, Joma ... Timothy!«, flüsterte Kolt und versuchte den anderen zu beruhigen, während er die Kabelbinder in die Dunkelheit schleuderte

»Gepriesen sei Allah, gepriesen sei Allah«, wiederholte Joma in einer Tour.

»Du bist verletzt. Dein Bein.« Kolt schob den verschmutzten Stoff von Jomas Hose zur Seite, um die Wunde zu untersuchen.

Joma drehte sich zu ihm um.

»Du bist auch verletzt, oder?«

»Ja, Joma, aber wir hatten großes Glück.« Kolt versuchte

seiner Stimme einen erstaunten Anstrich zu verleihen. »Ich glaube, wir sind die einzigen Überlebenden.«

»Wo sind wir?«

»Ich habe gehört, wie einer von den amerikanischen Soldaten sagte, wir seien in Golestan.« Kolt hob die Hände mit einer Geste, als habe er keine Ahnung, wo das sei.

Das ließ Joma aufhorchen. »Golestan? Bist du sicher?«

»Ich weiß es nicht genau, Joma, aber ich glaube, das habe ich aufgeschnappt.« Kolt mimte den Überzeugten. »Kennst du das?«

»Ja, ja, Timothy. Gepriesen sei Allah. Wir sind in Pakistan. Die Hügel, die Sterne, der wundervolle Duft. Ich bin mir ganz sicher.«

»Und was sollen wir jetzt tun?«

»Nichts.«

»Nichts?«

»Timothy, es ist am besten, wenn wir unsere Kräfte aufsparen. Wir sind beide verwundet und kämen sowieso nicht weit. Warten wir bis zum Morgengrauen, damit ich mich orientieren kann, wo wir hinmüssen. Jemand wird kommen. Das ist Allahs Wille.«

»Bist du sicher, Joma? Werden wir's schaffen, wenn wir hierbleiben?«

»Ja. Ja, werden wir. Am Morgen wird uns jemand finden. Da bin ich mir sicher.«

»Okay, Joma. Ich vertraue dir.«

»Ja, Timothy, wir sind jetzt nicht länger in deinem Land. Ich wurde in Pakistan geboren. Wir sind hier mitten im Land meines Stamms, der Zarrani. Hier wird uns nichts geschehen. Aber jetzt lass uns ausruhen und keine überflüssige Energie verschwenden.«

Ein klingelndes Geräusch weckte den bewegungslos auf dem Wüstenboden liegenden Kolt. Er fand sich in einer trocknenden Lache aus eigenem Blut wieder. Allein sein Blinzeln ließ erkennen, dass er am Leben war, während die Ziege ihm über die Wangen leckte. Das leise Läuten der Glocke um ihren Hals verwirrte ihn. Wenn dies noch nicht ausreichte, um ihn davon zu überzeugen, dass er noch lebte, erledigte spätestens der Anblick der Kamele, beladen mit den bunten Habseligkeiten einer Familie, den Rest.

Der Gestank des Todes hing in der Luft. Er schien sich an diesem winzigen Areal festgesetzt zu haben, dem Schauplatz eines Massakers mitten im Nirgendwo. Ein alter Mann stieß mit einem langen Gehstock die Toten an. Sobald er sicher war, dass sie nicht mehr lebten, zog er ihnen die Schuhe aus und ließ diese in einen gelben Stoffbeutel fallen, den ein Junge hielt, nicht älter als sechs oder sieben Jahre. Für eine Nomadenfamilie, die es im Sommer in kühlere Gefilde zog, waren Schuhe wertvoller als Geld.

Ein anderer kleiner Junge – etwa so alt wie Kolt, als dieser hinter dem Haus seiner Großmutter Rehe gejagt hatte – hockte vor ihm. Der Lauf seiner AK-47 schwebte nur wenige Zentimeter vor Kolts Stirn.

»Er lebt!«, rief der Kleine aufgeregt. »Er lebt!«

Kolt bekam die Person nicht zu Gesicht, die ihn kurz darauf am linken Fuß packte und vom Pick-up-Truck wegzog. Aber er spürte den grauenhaften Schmerz.

Kolt sprach zuerst. »*Assalamu alaikum.*«

»Woher kommen Sie?«, erkundigte sich ein Mann mittleren Alters.

Kolt zögerte für einen Moment. Er war nicht ganz sicher, wie er auf diese Frage antworten sollte. Er versuchte zwar nicht, die Tatsache zu verheimlichen, dass er Amerikaner war. Aber es war vermutlich besser, Joma die Erklärungen zu überlassen. Jemand musste es ihnen schonend beibringen.

»Joma, wo ist mein Freund Joma?«, fragte er, als ob er nicht wüsste, wie lange er bewusstlos gewesen war.

»Wer sind die anderen?«

»Brüder«, antwortete er und hielt inne, um ihre Reaktion

zu beobachten. Die Angehörigen des Nomadenstamms flüsterten untereinander, während ein kleiner Junge ihm eine Tasse Wasser brachte.

Kolt hatte keine Ahnung, wer seinen Gefährten halb tot in dieser Wüste aufgegriffen haben mochte. Hoffentlich keine Patrouille der Koalition bei der versehentlichen Überquerung der unmarkierten Grenze nach Afghanistan. Schließlich waren sie hier, um sich Al-Qaida anzuschließen, nicht um wertvolle Zeit in Verhöreinrichtungen der Amerikaner zu verbringen, wie es sie in Bagram und Kandahar gab. In Jomas Abwesenheit beschloss er, sich in die Offensive zu wagen.

»Wir sind gekommen, um uns dem Kampf gegen die Besatzer anzuschließen«, behauptete er so überzeugend, wie er konnte. »Wir sind Helden aus dem Gefängnis der Ungläubigen in Kuba.«

Als er spürte, dass die Nomaden nicht überzeugt waren, fügte er hinzu: »Schaut her, meine Freunde, wir tragen alle noch unsere weiße Sträflingsmontur. Die ungläubigen Hunde haben sich geweigert, uns zurückzugeben, was uns gehört.«

Eines der Wunder, das man in einer solchen Gegend erleben kann, in der die Zeit stillzustehen scheint – einem weiten Ödland voller unbewohnter Täler –, ist die Geschwindigkeit, mit der sich Nachrichten durch mündliche Weitergabe verbreiten.

Nicht lange, nachdem Kolt versucht hatte, die Nomaden zu überzeugen, ging sein Wunsch in Erfüllung. In unmittelbarer Hörweite schrie jemand: »Der hier lebt auch noch!«

Kolt wusste, dass es Joma sein musste. Joma konnte für ihn bürgen und seine Geschichte bestätigen. Ohne ihn wurde es schwer, im gesetzlosen Land der Stammesgebiete zu überleben, denn das pakistanische Militär hatte an einem Ort wie diesem keine Kontrolle über die Bevölkerung oder die Taliban.

Ein anderer Stammesangehöriger, jünger und glatt rasiert mit runder, limettenfarbiger Gebetsmütze, die man als Takke bezeichnete, näherte sich von links. Er blieb stehen und wandte sich an den Bärtigen mit dem schwarzen Turban, der Kolt ausgefragt hatte. Sie unterhielten sich in einem paschtunischen Dialekt, der in der Gegend um Quetta verbreitet war. Mehrmals deuteten sie dabei auf Kolt. Das Gespräch wurde hitzig geführt und er verstand nur mit großer Mühe, was sie sagten. Hatte Joma sich gegen ihn gewandt?

Dann, so abrupt, als habe jemand einen Schalter umgelegt, lächelten sie breit und streckten die Hände aus, um ihm auf die Beine zu helfen.

24

Nach dem Ausheben der zwölf flachen Gräber für die toten Terroristen brach die heiße Phase des Tages an. Die Sonne hing direkt über ihren Köpfen. Kolt und Joma knieten sich zusammen mit den Nomaden zum Gebet hin, während der Älteste der Karawane einige Koranverse rezitierte. Der Versuch, den weißen Pick-up zu reparieren, erwies sich als erfolglos. Zuvor hatten sie die toten Brüder vom Vordersitz und den von Kolt in der Nacht zuvor erwürgten Mann vom Rücksitz gezogen.

Kolt bemühte sich, nicht näher hinzusehen. Er hatte den Hals des Mannes mit Blut beschmiert, um die durch das Würgen entstandenen Quetschungen zu verbergen, aber er machte sich trotzdem Sorgen, dass es jemandem auffiel.

»Gepriesen sei Allah. Wir sind gesegnet, noch am Leben zu sein, mein Bruder«, jubilierte Joma und klopfte Kolt auf die Schulter.

»Gepriesen sei er«, gab Kolt zurück und schielte traurig in Richtung der Gräber. Er wusste, dass er beobachtet wurde, und tat sein Bestes, die Rolle des trauernden Dschihadisten zu mimen.

»Und jetzt müssen wir gehen«, fuhr Joma fort. »Glücklicherweise ist unsere Reise noch nicht zu Ende.«

Nachdem sie mehrere Stunden die Straße entlanggegangen waren, begann Kolt sich zu fragen, ob Joma sich nach wie vor darüber freute. Sie liefen in nordöstlicher Richtung eine Ebene entlang, hätten aber genauso gut einen Berg erklimmen können. Jeder Muskel in Kolts Körper schmerzte fürchterlich. In seinem Kopf hämmerte es und sein Oberschenkel brannte. Als die Karawane einen Konvoi aus geschmückten Lastwagen und mehreren gelben und weißen Taxis passierte, ertappte Kolt sich dabei, wie er ein kleines Dankesgebet an Allah murmelte. Die Insassen der Fahrzeuge waren keine Kämpfer, sondern Geschäftsleute, die die Region mit Vorräten belieferten. Sie erklärten sich bereit, Kolt und Joma mitzunehmen. Nach etwa einer Stunde gelangten sie zu einem Trainingscamp, das sowohl die Taliban als auch die Al-Qaida nutzten. Es befand sich einige Kilometer nordöstlich von Quetta.

Kolt wusste, dass es jetzt brenzlig wurde. Er begab sich in die Höhle des Löwen, und es waren keine US-Marines in der Nähe, die ihn beschützen konnten.

»Werden die mich umbringen, Bruder?«, fragte er.

Joma schüttelte den Kopf. »Das werde ich nicht zulassen. Du bist ein wahrer Dschihadist. Du hast den Feind in seinem eigenen Land tapfer bekämpft. Ich werde dafür sorgen, dass sie das erfahren.«

Kolt hätte es gern geglaubt, aber sein Leben in Jomas Hände zu legen empfand er als furchtbare Belastung. »Werden sie das begreifen, diese tapferen Mudschaheddin?«

Joma lächelte ihn an. »Ich werde es ihnen verständlich machen. Sie sind Krieger wie wir. Viele haben in Tora Bora gekämpft, andere in Shahi Khot. Einer von den graubärtigen Älteren hat sich sogar schon gegen die Sowjets gestellt. Aber nur du und ich können behaupten, das Biest des Westens vor seiner eigenen Haustür bezwungen zu haben.«

Überraschenderweise fühlte Kolt sich nach dieser Bemerkung wesentlich besser. »Du bist ein wahrer Freund.«

»Das bist du ebenfalls.«

In den nächsten zwei Tagen wurden sie mehrfach verhört, von zunehmend ranghöheren Al-Qaida-Anführern. Kolt schilderte die Ereignisse jener Nacht am Cherokee-Kraftwerk so häufig, dass er selbst anfing, die Lügen zu glauben, die er zur Aufrechterhaltung seiner Tarnung eingefügt hatte. Aber wäre in den Medien nicht so ausführlich über den Anschlag berichtet worden, hätten sie ihn wohl dennoch hingerichtet.

Ihre Zeit in Guantanamo zu erklären, stellte sich als schwieriger heraus. Aber zum Glück waren er und Joma nicht die Ersten, die lebend aus Kuba zurückgekehrt waren. Ihre Orientierungslosigkeit wirkte glaubwürdig und die Verletzungen fielen schwer genug aus, um ihre Geschichte zu bestätigen. Kolts Verlangen, Rache an den Söldnern zu nehmen, die ihm eine Schnittwunde am Kopf zugefügt und ihn angeschossen hatten, ließ nach. Trotzdem – falls er das Glück hätte, ihnen eines Tages wiederzubegegnen, würde er ihnen erst die Nasen brechen und sich hinterher entschuldigen und ihnen ein Bier ausgeben.

Es war früher Nachmittag im Vorgebirge der Provinz Belutschistan und Kolt hatte gerade mit den anderen die Mittagsgebete gesprochen. Er streckte den Rücken und ließ den Kopf kreisen. Die Sonne schien hell und stand hoch am Himmel, die Temperatur betrug angenehme 25 Grad.

Mühsam stand er auf, hob seinen Gebetsteppich an zwei Enden hoch, rollte ihn säuberlich zusammen und klemmte ihn sich unter den Arm, schlüpfte mit nackten Füßen in die abgetragenen, an den Zehen offenen Sandalen. Er stellte fest, dass er leichten Hunger hatte.

Es war etwas weniger als zwei Wochen her, seit man ihn und Joma zum Trainingscamp gebracht hatte, und soweit Kolt es beurteilen konnte, war der Kader dieses Lagers nach wie vor nicht sicher, ob es sich bei ihnen möglicherweise um westliche Spione handelte. Immerhin hatte man sie bei den anderen angehenden Terroristen untergebracht. Aber zu sicher durften sie sich nicht fühlen.

Während er mit Joma und ein paar anderen zum Waschbecken ging, um sich vor dem Mittagessen Hände und Füße zu waschen, dachte Kolt über Carlos und die Leute bei Tungsten nach. Er versorgte die Wunde an seinem Hintern, die er jeden Tag mit frischem Wasser säuberte, und fragte sich, ob sie ihn mittlerweile vergessen hatten. Seit sie ihn ins Land eingeschleust hatten, schien eine Ewigkeit vergangen zu sein. Kümmerten sie sich bereits um eine andere Mission? Betreute Carlos längst einen anderen Agenten? Kolt fühlte sich mit einem Mal ziemlich einsam.

In diesem Moment ertönte das unverwechselbare Geräusch einer AK-47-Salve von der hohen Bergkette her. Grüne Leuchtspurgeschosse rasten in den Himmel und stießen fast gegen die Sonne, bevor sie erloschen. Das Signal, dass wichtige Besucher zum Camp kamen.

»Beeilung, Beeilung, in einer Reihe aufstellen!«, riefen die Kadermitglieder.

Das ist ziemlich ungewöhnlich, fand Kolt. Normalerweise traten sie so nur zum Unterricht an, nie für Außenstehende.

»Was ist los?«, raunte er einem in der Nähe stehenden Kadermitglied namens Qatir zu.

»Ich weiß nicht«, flüsterte dieser zögernd. »Wir haben uns bisher nur für einen Besucher aufstellen müssen. Für Amir Al-Mu'minin Mullah Mohammed Omar.«

»Dann muss es jemand Wichtiges sein«, antwortete Kolt etwas zu laut. Als er den Kopf drehte, sah er einen weißen SUV neueren Baujahrs auf das Gelände fahren. Die Zeiten, in denen Al-Qaida-Anführer in großen Konvois mit

Wagenladungen bewaffneter Kämpfer reisten, waren vorbei. Viel zu schnell erweckte man dadurch die Aufmerksamkeit des unermüdlichen Auges am Himmel – der Predator-Drohnen, die über dem östlichen Afghanistan und Westpakistan patrouillierten. Sofern die Drohne bewaffnet war, folgte zeitnah der Beschuss durch Hellfire-Raketen. Andernfalls blieb dem Konvoi zumindest eine knappe halbe Stunde, bevor amerikanische Kampfjets aufstiegen und zur Jagd auf ihn ansetzten.

»Ruhe!«, rief das Kadermitglied in die Reihen, als die Besucher aus dem Fahrzeug stiegen.

Kolt stand in der Nachmittagssonne und kniff die Augen zusammen, um besser sehen zu können, wer da gerade ausstieg und den Fuß auf pakistanischen Boden setzte. Er erkannte ihn sofort. Alle erkannten ihn. Langsam kam der Mann näher und hob sich deutlich von den in Tarnuniformen gekleideten Sicherheitsleuten ab, die ihn umgaben. Der hoch über seiner Stirn sitzende weiße Turban wirkte merklich zu groß für den kleinen Kopf. Es war der ägyptische Arzt, Kolts primäres Ziel. Er traute seinen Augen kaum. Es kam ihm vor wie ein Lottogewinn. Machte man es ihm wirklich so leicht?

Aiman Al-Zawahiri blieb nur wenige Meter vor der ersten Reihe der Anwärter stehen. Kolt stand in der Mitte des dritten Glieds und verlagerte das Gewicht unauffällig, um an den Vorderleuten vorbeispähen zu können. Der Doktor machte ausladende Gesten und zitierte aus dem Koran. Zu seiner Überraschung verspürte Kolt eine Art Ehrfurcht.

Nur wenige Amerikaner waren Aiman Al-Zawahiri bisher so nahe gekommen. Ganz sicher war darunter niemand gewesen, der die Absicht verfolgte, ihm die Kehle durchzuschneiden. Bestimmt auch kein US-Geheimagent. Aber als der Al-Qaida-Anführer sprach, hing Kolt genauso an seinen Lippen wie alle anderen. Er war erstaunt, wie gewählt der Doktor sich ausdrückte und welche vornehme Aura ihn umgab. Allerdings verstand Kolt nur wenig Worte von dem, was der Topterrorist auf Arabisch verkündete.

Mehrmals hob er die linke Hand, um sich den Schweiß aus den Augen zu wischen, bemühte sich trotz der grellen Sonne, Zawahiri in die Augen zu schauen. Obwohl das Adrenalin durch seinen Körper jagte wie ein Düsenjet, wusste er, dass er schnell handeln musste. Es fiel ihm schwer, sich zu bremsen. Unter Umständen bekam er nur diese eine Gelegenheit. Sie nicht zu nutzen, wäre ein gewaltiger Fehler. Noch während er seine Chancen abschätzte, drängte sein natürlicher Überlebensinstinkt an die Oberfläche. Kolt hatte nicht damit gerechnet, konnte es aber nicht ändern. Noch ehe er seine Gedanken zurück auf Kurs bringen und tun konnte, was Carlos und der Rest von Tungsten von ihm erwarteten, sorgte der nächste Satz des Doktors dafür, dass ihm beinahe die Kinnlade herunterklappte.

»Mudschahed Joma, Mudschahed Timothy, Friede sei mit euch.«

Kolt reagierte verblüfft. *Hat Zawahiri wirklich gerade meinen Namen genannt? Hat er mich aus einer Gruppe von zwei Dutzend anderen Terroristen gezielt herausgegriffen?*

»Bitte, junge Brüder«, fuhr Zawahiri fort, »kommt her zu mir.«

Niemand in der Reihe bewegte sich. Kolt erst recht nicht, da die persönliche Ansprache ihn schier fassungslos machte. Auch Joma rührte sich keinen Zentimeter.

Zwei Männer aus dem Kader traten in die Reihe und packten sie an den Armen.

»Komm mit mir, Bruder; das ist eine Ehre«, flüsterte das Kadermitglied Kolt ins Ohr und führte ihn direkt vor Zawahiri.

Kolt und Joma grüßten den Machthaber mit einer leichten Verbeugung und legten kurz ihre rechte Hand auf die Brust. Kolt rückte den Gurt der AK-47 zurecht und lugte durch die Brillengläser des Ägypters in die dunkelbraunen, tief in den Höhlen sitzenden Augen. Er überlegte kurz, ob er vor dem Al-Qaida-Anführer auf die Knie gehen sollte. Aber er zögerte und kam zu dem Schluss, dass es besser wäre, abzuwarten, wie Joma sich verhielt.

Zawahiri trat näher an Joma und Kolt heran. Kolt fiel auf, dass der Bart des Anführers komplett weiß war und damit die gleiche Farbe aufwies wie sein weißer Turban und das lange Kamiz-Hemd über der ebenfalls weißen Salwar-Hose. Der Bart wirkte deutlich heller als auf aktuellen CIA-Fahndungsfotos, die man ihm bei Tungsten gezeigt hatte. Aber falls er noch Zweifel gehegt und geglaubt hatte, dass der Mann vor ihm ein anderer sein könnte als der meistgesuchte Mann der Welt, verflogen diese endgültig, sobald er das große Muttermal über seinem linken Auge entdeckte.

Das gibt's doch gar nicht!

»Allah sei mein Zeuge, die Kreuzritter werden den Zorn ernten, den sie gesät haben«, rief Zawahiri mit einer seltsamen Mischung aus Demut und Energie. »Die Flugzeugangriffe des 11. September werden in ihrer Bedeutung bald verblassen vor dem, was noch folgt.«

Kolt war sprachlos. Er achtete auf die Worte des Mannes und kämpfte dabei gegen den Drang an, sich die AK-47 von der Schulter zu reißen und den Arzt abzuknallen.

Zu viele Leute hier. Bevor ich schießen könnte, stürzen die sich längst auf mich.

Er forschte nach einer anderen Lösung. Vielleicht könnte er ihn auf ähnliche Weise erwürgen wie den Mann im weißen Pick-up? Oder ihm das Genick brechen? Blieb ihm dafür genügend Zeit?

Bevor er einen Entschluss fassen konnte, begann Zawahiri, der Gruppe wertvolle Einzelheiten mitzuteilen.

»Die amerikanischen Ungläubigen werden den gleichen Schmerz und Kummer verspüren wie unsere Söhne und Töchter überall im Nahen und Mittleren Osten«, verkündete er. »Eure Brüder hier, Joma und Timothy, haben den

Erstschlag gegen unsere Feinde geführt. Einige andere sind bei dem Angriff auf ein Kernkraftwerk in Amerika zu Märtyrern geworden. Die Brüder Farooq und Abdul, Friede sei mit ihnen. Wir verfügen nun über das notwendige Wissen. Gepriesen sei Allah!«

Kolt verdrängte die Skepsis, seine Mission nicht erfolgreich durchführen zu können, rasch in den hinteren Winkel des Verstands und saugte jedes einzelne Wort von Zawahiri gierig auf. Die Befürchtung, zu versagen und eine günstige Gelegenheit verstreichen zu lassen, lastete trotzdem schwer auf seinem Gewissen, egal, wie sehr er dagegen ankämpfte.

Er hatte sich bereits damit abgefunden, sich selbst opfern zu müssen, um den meistgesuchten Mann der Welt unschädlich zu machen. Das gehörte zu den Anforderungen des Tungsten-Programms, und Kolt war sich darüber im Klaren. Aber zu viele Unsicherheiten schwangen mit. Eine Menge konnte schiefgehen. Kolt hatte keine Angst. Er war nur zu professionell, um bei einem solchen Risiko aufs Ganze zu gehen. Und dieser beschissene Doktor machte es ihm alles andere als leicht.

»In Übersee stehen unsere Brüder bereit. Auch Bruder Nadal Al-Romani ist bereits aufgebrochen. Sie bereiten sich darauf vor, die amerikanischen Hunde erneut mitten ins Herz zu treffen. Wenn Allah es will, werden wir bald gute Nachrichten erfahren.« Zawahiri wandte sich von den beiden ab und ging zu seinem Auto zurück, umringt von einem halben Dutzend uniformierter und bewaffneter Mudschaheddin.

»Friede sei mit euch, Brüder.«

Kolt konnte es nicht glauben. Er war hergekommen, um eine Mission auszuführen, aber bevor er dazu kam, erhielt er einen neuen Auftrag. Nicht von seinem Handler Carlos, sondern erstaunlicherweise vom gleichen Mann, den er ausschalten sollte.

Erst hatte Joma enthüllt, dass es einen zweiten Anschlag

auf ein Atomkraftwerk geben sollte, ausgeführt von Nadal dem Rumänen – dem Nadal, mit dem Kolt im Jemen im selben Bus gesessen hatte, bevor die drei SEALs in eine Falle getappt waren. Und jetzt bestätigte der Anführer von Al-Qaida praktisch alles, was Joma gesagt hatte. Nadal der Rumäne befand sich auf dem Weg nach Amerika, und der Terror ging bald in die zweite Runde.

Kolt wusste, dass man an seiner Entschlossenheit zweifeln würde, wenn er die Gelegenheit verpasste, Zawahiri an diesem heißen Nachmittag im späten Frühling zu töten. Das war ganz natürlich für eine Organisation wie Tungsten. Sie verlangten Ergebnisse und missbilligten es, wenn man sich von seinem Bauchgefühl zum Zögern verleiten ließ oder vom Plan abwich. Aber für Kolt ging es hier nicht um die Frage der Entschlossenheit. Es ging darum, die Situation richtig einzuschätzen und sich in taktischer Disziplin zu üben.

Er hatte keine Wahl. Er musste dieses Camp verlassen und in die Vereinigten Staaten zurückkehren.

»Wach auf, Bruder Timothy«, raunte Joma, der Kolt wach rüttelte. »Du hast schlecht geträumt.«

»Wirklich?« Kolt hing im Halbschlaf fest, an ihm klebte überall Schweiß.

»Du wirst die anderen noch aufwecken. Wer ist Hawk?«

Kolt erstarrte. Sein Herz hämmerte. Schlagartig erinnerte er sich wieder an seinen Albtraum. Er sah es so deutlich vor sich, als sei es erst gestern passiert. Der letzte Atemzug eines Sterbenden. Ein Mann, der einen anderen mitten im Nirgendwo um Hilfe anflehte. Das Gefühl, seine Daumen kräftig in einen fremden Kehlkopf zu drücken, bis dessen Besitzer nicht länger atmete. Das kaltblütige Töten eines anderen Mannes, der ihn um Hilfe gebeten hatte. All diese Momentaufnahmen seines Albtraums hätte er Joma detailliert schildern können – aber nicht, warum er von Hawk geträumt hatte.

»Meine Frau, Joma«, log er in der Rolle von Timothy. Gleichzeitig beschäftigte ihn als Kolt die Frage, ob der Traum mehr zu bedeuten hatte, als er sich selbst eingestand. »Ich nenne sie Hawk. Sie liebt Vögel.«

»Ach so, Bruder Timothy. Ich verstehe. Ich bin sicher, dass Nadal sie als Belohnung für deinen Beitrag zum Angriff freilassen wird«, beruhigte Joma ihn.

»Ich bete, dass es ihr gut geht, Bruder Joma.«

Kolt wusste, dass er bald aufbrechen musste. Er verfluchte sich dafür, eingeschlafen zu sein und im Traum geredet zu haben. Vielleicht hatte er damit nur Joma geweckt, nicht die anderen. Für seine Flucht aus dem Camp war notwendig, dass alle fest schliefen. Sobald jemand anfing, ihm Fragen zu stellen, wurde es schwierig, heute Nacht zu verschwinden.

All dieser Druck fing an, ihm den Verstand zu vernebeln. Er atmete ein paarmal tief durch. Zuerst musste er seine Gegenstände holen, sie vor dem Camp verstecken und sich anschließend überlegen, wie er am besten entkommen konnte.

Kolt wartete mindestens 45 Minuten lang, um absolut sicher zu sein, dass Joma in der Tiefschlafphase war. Der Terrorist hatte aufgehört sich herumzuwälzen und lag jetzt mit dem Gesicht von ihm abgewandt da. Leise griff Kolt nach der AK-47 neben seiner Schlafstelle und schlüpfte langsam durch die Zeltklappe ins Freie. Die Nacht war tintenschwarz, der Mond noch nicht aufgegangen. Das verschaffte Kolt den Schutz, den er brauchte, um sich vom Zeltplatz zu entfernen. Er hielt das Gewehr gesenkt und wartete einige Minuten, damit sich seine Augen an die Dunkelheit gewöhnten, glitt seitlich am Stoffzelt entlang, bis er zu mehreren Geländewagen gelangte, die in einem abgelegenen Teil des Geländes parkten.

Hier legte er vorsichtig das Gewehr auf den Boden und hob leise einen knapp zehn Liter fassenden Benzinkanister von der Ladefläche des mittleren Wagens, schnallte sich die Waffe wieder um, behielt den Kanister in den Händen, verließ die Deckung der Autos und drückte sich an einer Wand entlang, bis er das rückwärtige Tor erreichte. Sorgfältig checkte er die Verriegelung und die Kette am Tor, um sich zu vergewissern, dass er es schnell, vor allem aber leise öffnen könnte. Es gab noch zwei weitere wesentliche Details, um die er sich vor seiner Flucht kümmern musste. Zum einen brauchte er seinen Wasserkanister. Auf dem Weg durch die Wüste dehydrierte er sonst zu schnell. Er ärgerte sich, ihn nicht schon beim Verlassen des Zelts mitgenommen zu haben. Zum anderen musste er eine Entscheidung treffen, was Joma betraf.

Er ließ das Gewehr beim Kanister und kroch in der Hocke zum Zelt zurück, wobei er darauf achtete, immer ein Hindernis zwischen sich und den Wachmann zu bringen, der im Turm an der Ecke saß. Wenige Meter vor der Zeltklappe erstarrte Kolt. Er hatte einen zweiten Wächter entdeckt, der knapp 30 Meter entfernt auf dem Gelände patrouillierte. Langsam schob Kolt sich näher ans Zelt heran und kauerte sich in den Schatten. Hastig schmiedete er einen Plan fürs weitere Vorgehen, ließ die beiden Aufpasser dabei nicht eine Sekunde aus den Augen.

Joma war ein Staatsfeind, eindeutig. Er musste ausgeschaltet werden. Herrgott, das galt prinzipiell für jeden Terroristen in diesem Camp. Kolt wägte die Vor- und Nachteile ab und stellte fest, dass unter diesen Umständen eine Option so gut war wie die andere. Wenn der Mudschahed Timothy das Lager unangekündigt verließ und dabei einen mausetoten Joma zurückließ, wäre die Chance vertan, Nadal den Rumänen zu finden oder die zweite Terrorzelle aufzuhalten, die sich bereits in den USA aufhielt. Selbst wenn er ihn sauber tötete – geräuschlos, ohne Blut und Kampf, kompromittierte er damit die übergeordnete Mission. Wenn jedoch nur einer von ihnen verschwand, trat Joma seine Mission vielleicht trotzdem an. Vor allem, wenn sie ihm unterstellten, dass Timothy schlicht kalte Füße bekommen hatte.

Ja, Joma musste fürs Erste am Leben bleiben.

Zum zweiten Mal an diesem Tag ließ Kolt eine Gelegenheit vorbeiziehen, einen Feind Amerikas zu töten. Es pisste ihn so langsam an, aber er wusste, dass er in beiden Fällen die richtige Entscheidung getroffen hatte.

Es schmerzte Kolt, Joma am Leben zu lassen, aber er sah keine andere Möglichkeit. Schließlich fand er sich damit ab und kritzelte rasch eine Selbstmordnotiz auf einen Zettel. Er hielt sie kurz, aber emotional und brachte sicherheitshalber einige Male Allah ins Spiel. Den krönenden Abschluss bildete sein Bedauern darüber, zu schwach zu sein, um die großen Missionen der Mudschaheddin durchführen zu können.

Er legte das Blatt auf sein Bett und schlüpfte aus dem Zelt. Eine kurze Inspektion des Geländes verriet ihm, dass sich die Führungsriege in drei kleinen Häusern im östlichen Teil aufhielt. Er hätte in diesem Moment alles dafür gegeben, einen Luftangriff anfordern zu können, um das gesamte Lager auszuschalten. Aber das hätte die Terroristen erst recht davon überzeugt, dass ihre Anschlagspläne aufgeflogen waren.

»Scheiß drauf. Zeit, abzuhauen«, flüsterte Kolt ins Nichts und schlich sich im Schutz der Dunkelheit davon.

Die Nacht war kühl und der Himmel sternenklar. So gab es keine Schwierigkeiten, sich zu orientieren. Er schlich zurück zum Benzinkanister am Hintertor. Leise hob er die Kette und öffnete den Durchgang eben weit genug, um sich hindurchzuschieben. Ein Blick zum Firmament half ihm beim Festlegen der Marschrichtung. Leise zog er sich von den Mauern des Camps zurück in Richtung Westen – nach Afghanistan.

Kolt nahm an, dass er seit mindestens drei Stunden unterwegs war. Er hatte sich an der unbefestigten Straße orientiert, die in vielen Windungen grob in westlicher Richtung verlief. Dabei achtete er strikt darauf, immer 20 bis 30 Meter vom Randstreifen entfernt zu bleiben, und arbeitete sich durch das hügelige, mit kleinen Steinen und kniehohen Büschen gespickte Wüstengebiet voran. Gelegentlich wurde das Terrain unwegsamer und er musste über Felsen steigen, was ihm Kraft raubte und seine Ausdauer auf die Probe stellte.

An einem dichten Waldstück zwischen den Hügeln stellte er den Benzinkanister ab und setzte sich vorsichtig auf die linke Pobacke, damit die Wunde nicht wieder aufriss. Erschöpft lehnte er sich gegen einen hohen Stein. Jetzt wünschte er sich, Wasser statt Benzin mitgenommen zu haben. Froh, endlich eine Pause zu bekommen, spähte Kolt zum Mond hinauf, der direkt über ihm stand, und versuchte die Uhrzeit zu bestimmen.

Ihm war bewusst, dass es ihm ohne genug Essen und Wasser sowie eine präzisere Möglichkeit zur Ortsbestimmung niemals gelang, eine Basis der Koalition oder der US-Truppen in Afghanistan zu erreichen. Wenn er nicht bald ein liegen gebliebenes Fahrzeug fand, lösten sich seine Chancen in nichts auf – genau deshalb hatte er das Benzin durch die Wüste mitgeschleppt.

Er stand auf und blickte sich um, stellte den Kanister auf den höchsten Felsen, damit dieser ihm als Orientierungspunkt diente, während er Totholz und Zweige von Büschen sammelte, um ein aus der Luft sichtbares Notsignal aufzuschichten. Mithilfe des Mondlichts wich er den basketballgroßen Steinen aus, die am Hang verstreut lagen, sammelte ein, so viel er tragen konnte, und kehrte jedes Mal zum Kanister zurück. Nach einer halben Stunde hatte er genug zusammen, um das Delta-Force-Notfallsignal senden zu können. Blieb nur noch, es in Brand zu stecken.

Das Feuer, und damit das Signal, würde von einer Drohne

des Typs Predator RQ-1 erfasst, die über ihm am Himmel kreiste – zumindest hoffte Kolt das. Sie leitete die Aufnahme weiter und jeder taktische Offizier, der es zu Gesicht bekam, dürfte es für außergewöhnlich genug halten, um die Entdeckung weiterzugeben. Er setzte darauf, dass jemand die JSOC-Zentrale in Jalalabad davon in Kenntnis setzte. Falls … nein, *sobald* das passierte, hielt er die Wahrscheinlichkeit für ziemlich hoch, dass man eine Einheit der Delta Force, des SEAL Team 6 oder sogar einen Zug Army Ranger ins Grenzgebiet schickte, um herauszufinden, von wem das Signal stammte. Kolt vertraute darauf, dass das Signal zu typisch war, um von amerikanischen Beobachtern ignoriert zu werden.

Ach ja, ich brauche Feuer! Scheiße!

Ihm war völlig bewusst, dass er einen gewagten Plan verfolgte. Das Notfallsignal war mit Tungsten nicht abgesprochen. Und nicht nur Wasser, sondern auch einen anderen entscheidenden Ausrüstungsgegenstand hatte er im Zelt zurückgelassen.

Da er keine Streichhölzer hatte, drohte sein Plan am fehlenden Feuer zu scheitern. Er grübelte für einen Moment darüber nach und hielt nach einer Lösung Ausschau. Er brauchte etwas, womit er zumindest einen Funken über den vertrockneten Zweigen erzeugen konnte. Etwas, das er mit dem richtigen Maß an Kraft reiben konnte, während er gleichzeitig pustete, um eine Flamme entstehen zu lassen.

Dieses bescheuerte Überlebensarmband!

Kolts Gedanken kehrten zu Hawk und zu den Prepper-Armbändern zurück, die ihr Freund Troy von den Special Forces für sie gebastelt hatte. In die Fallschirmleine waren kleine Signalpfeifen und Zündsteine eingewebt gewesen, mit denen sich ein Feuer entfachen ließ. Vielleicht war Troy doch nicht so ein durchgeknallter, weltfremder Armageddon-Freak, wie Kolt zuerst geglaubt hatte.

Ein Funke konnte doch nicht so schwer zu erzeugen sein. Kolt sah sich nach einem Stück Metall um, das sich gegen einen Stein schlagen ließ. Der Druck, der vom 30-Schuss-Magazin des über der Schulter hängenden AK-47 ausging, lieferte ihm die ersehnte Antwort. Er warf das Magazin aus, nahm es in die Hand und betrachtete es.

Ein Feuer zu machen hatte zwar höchste Priorität, aber gleich danach folgte die Notwendigkeit, geräuschlos zu agieren, um einer Entdeckung zu entgehen. Ein Magazin aus Metall gegen einen Stein zu dreschen hielt er für riskant. Nachts in der Wüste konnten Geräusche extrem große Distanzen überwinden. Obwohl er bei seinem Marsch vorsichtig gewesen und überzeugt war, dass sich niemand in Angriffsweite befand, konnte er nicht sicher sein, dass hinter den nächsten Hügeln nicht ein kleines Dorf lag oder eine Karawane rastete. Das Letzte, was er jetzt gebrauchen konnte, war eine Gruppe Einheimischer, die ihn umlagerte. Seine Augen hatten sich an die Dunkelheit gewöhnt, aber mit dem Eisenvisier seiner AK-47 konnte er nur ungenau zielen. Falls es dazu kam, verurteilte er seine Mission zum Scheitern.

Zum Teufel damit! Ich kann nicht die ganze Nacht darüber nachdenken.

Kolt näherte sich dem präparierten Notsignal auf dem Wüstenboden und übergoss es von der Mitte zum Rand sowie an beiden Seiten gründlich mit Benzin. Nachdem er den Kanister geleert und weggeworfen hatte, sammelte er eine Handvoll Zweige im nahe gelegenen Unterholz. Er drückte sie in der Hand zusammen und legte sie behutsam auf dem morschen Holz ab. Dann hob er einen Stein auf, wog ihn in der Hand und ließ ihn fallen. Ein zweiter Stein fühlte sich schwerer und fester an. Er schlug ihn gegen einen anderen, um seine Härte auf die Probe zu stellen.

Der verursachte Knall, der weit durch die Wüste hallte, ließ ihn zusammenzucken.

Kolt packte das AK-Magazin, hielt es über den Stein und schlug zu, direkt über dem Büschel aus Zweigen. Dieses

Geräusch war noch lauter als das Aneinanderschlagen der beiden Steine. Nach etwa einem Dutzend kräftiger Versuche sprühte endlich ein Funke. Er ließ das Magazin fallen, beugte sich vor, legte die Hände schützend um das Büschel, um Wind abzuhalten, und blies heftig dagegen.

Nach einigen tiefen Atemzügen stieg Rauch auf und eine kleine Flamme loderte. Kolt blies noch ein paarmal, um dem Feuer den notwendigen Sauerstoff zu liefern, um sich auszubreiten. Vorsichtig platzierte er das Büschel auf einer größeren Ansammlung von Buschzweigen und Totholz.

Nach ein paar Minuten breiteten sich die Flammen mithilfe des benzingetränkten Holzes über die komplette Fläche des Signals aus.

Kolt schritt den Brand mit der AK-47 in der Armbeuge langsam ab. Er wollte, dass die Predator-Drohne ihn erfasste. Da kam ihm plötzlich eine Idee. Niemand aus den Reihen der SEALs oder der Delta Force wurde vermisst. Man würde sich also die Frage stellen, von wem dieses Notsignal überhaupt stammte.

»Kommt her und findet's raus«, flüsterte Kolt in den Sternenhimmel und hoffte, dass jemand neugierig genug war.

25

»Was haben wir hier, Sergeant Major?«, fragte General Allen. Man hatte ihn vor ein paar Minuten aus seinem persönlichen Quartier herbeordert. Hastig hatte er Tarnhose und braunes, kälteresistentes Oberteil angezogen, sich aber nicht mit der Uniformjacke aufgehalten.

»Tja, Sir, ich weiß, *was* wir hier haben, aber ich kann Ihnen nicht erklären, *warum* es da ist«, antwortete JSOC Sergeant Major Castor. Er zeigte auf einen Plasmabildschirm. Im unbestuhlten Raum hatte sich das komplette Personal aus dem Nachtdienst versammelt und starrte neugierig auf das merkwürdige, weiß hervorgehobene Wärmebild.

»Woher kommt das?«, fragte Allen, ohne den Blick abzuwenden.

»Von der 25. Infanteriedivision in Kandahar. Ihre Predator hat ein seltsames Feuer in der Nähe der Grenze lokalisiert, ungefähr 25 Kilometer westlich von Golestan«, erwiderte Castor. »Sie wussten nicht, was es zu bedeuten hat oder ob es überhaupt was bedeutet, also haben sie sich umgehört.«

Der neue JSOC-Kommandant Lieutenant General Seth Allen, der Admiral Mason erst vor ein paar Wochen ersetzt hatte, war nicht allzu begeistert von der Vorstellung, Flugzeuge zu entsenden und damit möglicherweise in eine Falle der Taliban zu tappen. General Allen war ein langjähriges Mitglied der Special Forces und galt als äußerst besonnen. Er gab Castor ein Zeichen, sich mit ihm von der Gruppe zu entfernen, und lotste ihn zu einem Couchtisch in der Nähe des Zelteingangs.

»Was halten Sie davon?«, fragte Allen leise, wobei er aufmerksam darauf achtete, dass niemand in ihre Nähe kam und mithörte.

»Nun, Sir, das ist unverkennbar das korrekte Boden-Notsignal, das wir unseren Tier-One-Operators beibringen. Daran gibt es überhaupt keinen Zweifel.«

»Wird bei uns jemand vermisst?«

Castor schüttelte den Kopf. »Alle Teams sind vollzählig. Die letzten Funkchecks haben keine Lücken ergeben. Wir wissen nicht, wer das ist.«

»Dann könnte es ein Köder sein, den die Taliban oder Al-Qaida auslegen«, schloss Allen.

Castor wusste, was das bedeutete und wie schmerzlich es war, Männer auf diese Weise im Einsatz zu verlieren. Vor ein paar Jahren hatte er miterlebt, wie einige SEALs und andere Soldaten, insgesamt 38, ums Leben kamen, als die Taliban den CH-47-Hubschrauber der Nationalgarde, Rufzeichen

Extortion 17, mit einem Raketenwerfer vom Himmel holten – eine Tragödie, die nach wie vor als schlimmster Verlust von Menschenleben in der gesamten zwölfjährigen Kampagne des US-Militärs galt.

»Vielleicht ist es kein aktiver Operator einer Spezialeinheit«, überlegte Castor. »Es gibt viele Ehemalige, die heute unabhängig im Auftrag der Agency tätig sind.«

Allen ging davon aus, dass die Vermutung zutraf. Seit 9/11 wurde das Personal des Joint Special Operations Command häufig von der CIA rekrutiert, was bedeutete, dass das Signal von einem ehemaligen JSOC-Operator stammen konnte. Viele von ihnen arbeiteten inzwischen als Freischaffende für die CIA, unterstützten verdeckte Operationen überall auf der Welt, kamen im Nahen Osten, in Zentralasien und Afrika zum Einsatz. Ja, sie waren aktiv und leisteten einen diskreten Beitrag zum Krieg gegen den Terror. Und das Land, in dem sich die meisten amerikanischen Geheimagenten aufhielten, war fraglos die Islamische Republik Pakistan.

»Sind bei denen alle vollzählig?«, fragte Allen.

»Der Stationschef in Kabul hat schon angerufen, Sir. Die sind sich absolut sicher, dass niemand fehlt.«

»Verdammt!«

»Sir, sehen Sie den Mann, der da in einem großen Bogen um das Signalfeuer schleicht?«

»Klar, warum?«, gab Allen zurück, nicht sicher, worauf der Sergeant Major mit dieser Frage hinauswollte.

»Das werte ich als Zeichen, dass der Mann zwar aufgeflogen ist, sich aber an einer sicheren Stelle aufhält«, sagte Castor. »Mit anderen Worten, Sir, falls der Kerl sich bedroht fühlte, bliebe er nicht nachts in der Nähe des Feuers. Immerhin wäre es sonst ein regelrechter Kugelmagnet.«

Allen nickte. Er begriff die Tragweite von Castors Feststellung. Der General dachte einige Sekunden darüber nach und gelangte dann zu der Auffassung, dass die vom Feind ausgehende Bedrohung vor Ort vermutlich gering war.

»Sir, das ist natürlich eine schwere Entscheidung. Aber ich mache diesen Job schon genauso lange wie Sie, bin seit 14 Jahren in der Einheit. Ich wünschte, ich könnte das irgendwie erklären, aber meiner Meinung nach ist das da draußen einer von uns, und er braucht Hilfe.«

»Ich bin ganz Ihrer Meinung, Sergeant Major«, erwiderte Allen ohne Zögern. »Setzen wir uns mit dem JOC in Verbindung. Lassen Sie die wichtigsten Verantwortlichen wecken. Wir versammeln uns in zehn Minuten im Planungsraum. Wir müssen das noch in dieser Nacht durchziehen. Tagsüber kommt ein Einsatz nicht infrage.«

Das Räderwerk des Krieges geriet in Bewegung.

Afghanisch-pakistanische Grenze

Um kurz nach vier Uhr morgens hoben auf dem Kandahar Airfield drei MH-60M Stealth Black Hawks ab, die auf dem Weg von Jalalabad einen Zwischenstopp eingelegt hatten, um ihre Treibstoffvorräte aufzufüllen. Sie schwenkten scharf nach Osten und hielten auf die afghanisch-pakistanische Grenze zu, südlich der fahlen Lichter der Stadt Spin Boldak.

General Allen hatte den Profis des 160. Special Ops Aviation Regiments nicht lange erklären müssen, dass es nicht der ideale Zeitpunkt für eine Unternehmung dieser Art war. Sie kannten die berüchtigten Frühaufsteher dieser Region nur zu gut – Kerle, die auf den Dächern ihrer Häuser Panzerfäuste unter Decken versteckten und für den Fall bereithielten, dass nachts Flugzeuge der Koalition vorbeiflogen. Aber dieses Risiko wurde durch den Einsatz des speziellen Helikoptertyps verringert, der aktuell mit 22 angegrauten, erfahrenen Special Operators an Bord auf die Grenzregion zuhielt.

Es handelte sich um die gleichen futuristischen Helis mit raumschiffähnlichen Heckrotoren, die SEALs im Mai 2011 zum Grundstück von Osama bin Laden gebracht hatten, mit neuester Bordelektronik, Navigationssystemen, fortschrittlichen Tanksonden und anderen modernen Technologien ausgerüstet, die sie zu den leisesten, am besten getarnten Kampfhubschraubern der Geschichte machten.

»Capital Null-Sechs, hier ist Comet Vier-Sieben, Green SAT. Kommen«, sprach CW4 Bill ›Smitty‹ Smith ruhig unter der Nachtsichtbrille hervor ins Mikro. Durch die gewölbte Scheibe des Cockpits scannte er den Horizont und drehte langsam und bedächtig den Kopf. »Checkpoint sieben, wir sind im Anflug.«

»Hier Capital Null-Sechs. Roger, Checkpoint Sieben hat verstanden«, antwortete General Allen. Er war mehrere Hundert Meilen entfernt im Joint Operations Command in Jalalabad zurückgeblieben. Mit seiner Antwort bestätigte er, dass die Fluggeräte den *Point of no return* erreicht hatten. Nur höhere Gewalt oder ein feindlicher Angriff konnte sie jetzt noch davon abhalten, tiefer ins Zielgebiet vorzudringen.

Da er die Bestätigung vom JOC erhalten und nicht das Codewort zum Abbruch der Mission gehört hatte, schaltete Smitty mit dem schwarzen Knopf über seinem Kopf auf die interne Truppenfrequenz um, damit seine Passagiere im hinteren Teil des Hubschraubers mithörten.

»Eine Minute, noch eine Minute«, gab er mit ruhiger Stimme durch.

»Roger, eine Minute. Irgendwas vom Paket zu sehen?«, fragte der Sergeant Major der Delta-Force-Truppe, der den Codenamen Slapshot trug. Er spürte, wie der Helikopter den Flug verlangsamte und sich dem Notsignal näherte. Slapshot und elf andere Operators saßen eng aneinandergedrängt in der Kabine. Auf jeder Seite hielten drei Männer mit aus den offenen Türen hängenden Beinen mithilfe der an ihren Helmen befestigten Nachtsichtgeräte Ausschau nach Anzeichen für Gefahr am Boden.

»Negativ, niemand in Sicht. Das Feuer ist erloschen. Wir

werden den Sektor in weitem Bogen umkreisen«, kündigte Smitty an.

»Roger.«

Smitty passte die Flugbahn leicht nach Süden an und blieb etwa 30 Meter über dem Boden, was sie weniger angreifbar machte, aber im Bedarfsfall ein rasches Absinken erlaubte, um jemanden an Bord zu nehmen.

»Scheiße! Kontakt an der Frontseite, auf zehn Uhr. Schwere Leuchtspurgeschosse«, funkte Smitty.

»Bringen Sie uns runter«, rief Slapshot zurück.

»Negativ. Das geht noch nicht. Die Landezone ist zu gefährlich. Ich muss ausweichen und etwas an Höhe gewinnen, bis wir wissen, was hier los ist.«

Slapshot machte Smitty keinen Vorwurf. Er wusste, dass dieser das Sagen hatte, solange sie sich noch in der Luft befanden. Es wäre dumm gewesen, mitten in einem Kugelhagel zu landen, ohne zu wissen, wer dort unten gegen wen kämpfte.

Während die zwei Hubschrauber den Landeanflug abbrachen und erneut aufstiegen, brachten Slapshot und die anderen sich in Schussposition. Die Leute in der Mitte knieten, während die an den Türen ihre Waffen auf die Sicherheitsgurte legten und die Infrarotlaser der HK416-Karabiner aktivierten.

»Da bewegt sich was!«, verkündete der Operator namens Shaft, während er sich konzentrierte, den Laser auf die Gestalt am Boden auszurichten.

»Ich seh ihn«, bestätigte Slapshot. »Sieht aus, als sei's nur einer. Schießt nicht auf den Kerl.«

Smitty gab über das interne Funknetz die Aufforderung an seinen Bordschützen weiter, nicht auf den Mann am Boden zu feuern, bevor eindeutig geklärt war, ob es sich bei diesem um einen Verbündeten handelte oder nicht.

»Wer auch immer der Typ ist, er wirkt auf jeden Fall so, als ob er ziemlich in der Scheiße steckt«, raunte Digger.

Die Gestalt am Boden kam im vollen Sprint über den Hügelkamm, hinter dem sich das Notsignal befinden musste. Er stoppte, nahm eine taktische Position hinter einer Felsformation ein, hob das Gewehr an die Schulter und gab drei Schüsse in die Richtung ab, aus der er gekommen war.

Slapshot achtete darauf, wie der Mann sich bewegte und welche Kleidung er trug. »Keine Militäruniform. Angezogen wie ein Einheimischer. Aber er scheint zu wissen, was er tut.«

Smitty flog mit dem Hubschrauber in einer engen Kreisbahn, was dazu führte, dass die Operators die Seite wechseln mussten, um durch die Luke weiterhin den Mann am Boden beobachten zu können.

Der Kerl, der gerade geschossen hatte, stand auf und stakste rückwärts, wobei er penibel darauf achtete, wo er hintrat. Aber dann tat er etwas unglaublich Dummes, das die Operators an der Backbordseite der beiden Helikopter deutlich mitbekamen. Kaum zu glauben, dass er es tat, aber es spielte sich direkt vor ihren Augen ab, im satten Limonengrün der Nachtsichtgeräte.

»Flankiert er sie?«

»Sieht so aus. Er scheint die Schnauze voll zu haben vom Rennen«, antwortete Slapshot.

Die Gestalt sprang über zwei große Felsen und rutschte an der anderen Seite herunter, wobei er das Gewehr weiter festhielt. Er stellte sich hinter einen dritten Felsen, schien sich auf die Zehenspitzen zu stellen, um über diesen hinwegzielen zu können, und verschoss mehrere kurze Salven.

»Grüne Leuchtspurgeschosse!«, rief Shaft. Er hätte es nicht laut aussprechen müssen – alle sahen es –, aber er tat es trotzdem, um sie daran zu erinnern, dass feindliche Leuchtspuren grün, die der Koalitionstruppen dagegen rot waren. Damit wies er sie darauf hin, dass sie wachsam bleiben mussten, weil der Kerl, der unter ihnen kämpfte, eventuell kein Verbündeter war.

Die Gestalt entfernte sich vom Hubschrauber und lief hangabwärts, bis sie außer Sicht geriet.

Slapshot riss ein Headset vom Haken, hielt sich eine Ohrmuschel ans rechte Ohr und zog das Mikrofon vor den Mund. »Comet Vier-Sieben, wir sehen den Kerl nicht länger. Können Sie uns näher ranbringen?«

»Negativ. Zu riskant. Das JOC hat eine frische Drohne aus Kandahar rausgeschickt. Wir müssen irgendwo runtergehen und warten, bis sie über dem Gebiet ist«, funkte Smitty zurück.

»Halt, halt, halt!«, rief Slapshot. »Wir sehen ihn wieder. Er läuft mit erhobenen Händen. Ich glaube, er winkt uns zu.«

Die zweieinhalb Stunden im Helikopter vom Abholpunkt etwa drei Kilometer hinter der pakistanischen Grenze zurück zum Jalalabad Airfield kamen Kolt eher wie zehn Minuten vor. Sein Herz raste. Zitternd saß er unter den zwei grünen Wolldecken, die der Lademeister ihm um die Schultern gelegt hatte. In dieser Höhe war es unangenehm kalt.

Mit 120 Knoten flogen sie wenige Meter über gezackte Bergkämme hinweg. Kolt fragte sich, warum zum Teufel sie nicht die Luken schlossen.

Er saß angeschnallt auf einem Klappsitz in der Nähe des Cockpits. Es war eng im Heli, aber der Sanitäter untersuchte ihn gründlich, säuberte und verband hastig die Wunden und legte eine Infusion, um den Flüssigkeitsverlust auszugleichen. Selbst wenn Kolt weitergehende medizinische Hilfe benötigt hätte – der Delta-Sanitäter wäre in der Lage gewesen, ihn direkt an Bord zu operieren.

Abgesehen von der Kälte ging es Kolt gut. Er war fast etwas erstaunt gewesen, dass eine Predator-Drohne sein Notsignal erfasst hatte und die Rückholeinheit tatsächlich gekommen war. Er hätte nicht genug Benzin gehabt, um es ein zweites Mal in Brand zu setzen. Insgeheim war er darauf vorbereitet gewesen, sein Glück näher an der Grenze versuchen zu müssen und dabei die Taliban-Patrouillen und Späher zu umgehen, außerdem noch die Ziegenhirten und Beduinen. Doch nachdem ihn eine kleine Gruppe Einheimischer entdeckt hatte, höchstwahrscheinlich durch den Lärm beim Entfachen des Signalfeuers, hatte sich das Thema Flucht jäh erledigt.

Was Kolt am meisten verblüffte, war jedoch, dass jemand genug Autorität oder Mumm gehabt hatte, eine Einheit der Joint Task Force zu schicken – eine unglaublich riskante Mission auf Grundlage der spärlichen Informationen. Grenzüberschreitende Operationen erforderten selbst in Notfällen eine Genehmigung durch den Verteidigungsminister. Verblüfft schüttelte Kolt den Kopf. *Tungsten scheint tatsächlich ziemlich einflussreich zu sein,* dachte er.

»Mann, was zum Teufel ist hier eigentlich los?«

Kolt erschrak und setzte sich auf. Er war gerade im Sitzen eingedöst und hatte die Frage im Rauschen des Helikopters kaum mitbekommen. Eng in die Decken gehüllt, blickte er direkt in die drohenden Augen eines Operators mit Helm und kurzem Bart.

Kolt erkannte ihn sofort, aber er war nicht wirklich auf eine Befragung vorbereitet. Wer hätte es ihm verübeln können? Jeder Delta-Operator, der sich und seine Kameraden bei einer überhastet eingeleiteten Mission in Gefahr brachte, hätte Antworten verlangt. Kolt war nur froh, dass der Erste, der ihm Fragen stellte, sein alter Teamkollege Slapshot war.

Er wusste, dass seine Tarnung aufgeflogen war. Jedenfalls was seine Identität betraf. Es wäre lächerlich gewesen, sich zu verhalten, als ob er seine Retter nicht erkannte oder ein anderer als Kolt Raynor wäre. Sicher gelang es ihm, seine eigentliche Mission für eine Weile geheim halten zu können. Er nahm sich vor, nicht mehr preiszugeben als unbedingt nötig. Für den Moment war er einfach nur ein alter Teamkollege, der sich weiterhin am Krieg gegen den Terror beteiligte.

Bei diesen Leuten war es zwecklos, Timothy zu spielen. Er begegnete ihnen zwar unter ungewöhnlichen Umständen wieder, aber das war für frühere Mitglieder der Unit nichts Außergewöhnliches. Also wechselte er kurzerhand zurück in seine wahre Identität.

»Schön, dich zu sehen, Slapshot«, rief Kolt über das dumpfe Dröhnen des Sikorsky-Triebwerks hinweg. Dieser Helikoptertyp trug zwar den Spitznamen ›Silent Hawk‹, aber so leise flog er dann auch nicht.

Slapshot gab sich nicht lange mit Small Talk ab. Er nahm den Kopfhörer an beiden Ohrmuscheln und setzte ihn Kolt auf, bog ihm das Mikro vor den Mund und reichte ihm die Sprechtaste.

Slapshot aktivierte das Mikro und sprach über das interne Truppennetz, damit alle Operators mithören konnten. »Kolt, erstens siehst du scheiße aus. Zweitens, warum sitzen wir überhaupt schon wieder zusammen in diesem Helikopter und fliegen über dieses beschissene Drecksland?«

Kolt grinste und schloss einen für gute alte Kumpels reservierten Handschlag an.

»Arbeitest du für die Agency?«, wollte Slapshot wissen.

Kolt bemerkte, wie alle behelmten Köpfe sich in Richtung Cockpit drehten. Die Operators waren wahrscheinlich erstaunt über das, was sie gerade über Funk aufgeschnappt hatten. Kolt betätigte die Sprechtaste. »Nein, nein, das tu ich nicht, Slapshot.« Er schüttelte den Kopf.

»Ist das irgendein Scheiß fürs Außenministerium? Bist du im Auftrag von jemandem hier? Oder bloß als angepisster Privatbürger?« Slapshot war verwirrt und immer noch etwas geschockt, seinem alten Truppenkommandanten unter diesen Umständen zu begegnen.

»Hör mal, Slap, du verstehst bestimmt, dass es für uns beide am besten ist, wenn ich dazu erst mal schweige. Alles, was ich sagen kann, ist: Ich bin kein Arschloch. Ich hab mein Land nicht verraten oder sonst was Verrücktes.«

Kolt wusste nicht, was man in der Basis über ihn munkelte, nachdem er ins Tungsten-Programm gewechselt war. Aber nach dem Cherokee-Angriff konnte er nicht ausschließen, dass man Kolt Raynor in gewissen Kreisen für einen elenden Verräter hielt.

»Alter, ich weiß, dass du kein Überläufer bist«, versicherte Slapshot schnell. Er packte Kolt an der Schulter und schüttelte ihn, als ob er sich wahnsinnig freue, ihn zu sehen. »Aber ein durchgeknallter Hurensohn bist du!«

Kolt lachte leise.

»Wir unterhalten uns, wenn wir unten sind«, meinte er mit einem Nicken.

Slapshot sah ihn bloß an. Er kannte den Kerl sehr gut, den er vor sich hatte. Zumindest bildete er sich das ein. Ihre letzte Begegnung lag erst wenige Monate zurück, aber Kolt hatte sich urplötzlich in Luft aufgelöst. Nicht vollkommen außergewöhnlich – die meisten Leute verabschiedeten sich ohne großes Aufsehen, vor allem dann, wenn ein Offizier ein Jahr lang zur Weiterbildung ging, und genau diese Version hatte Webber dem Kommando aufgetischt, um Kolts Abwesenheit zu erklären. Die Tatsache, dass er verschwunden war, ohne sich zu verabschieden, hatte ihn trotzdem verletzt. Aber so tickten manche Offiziere eben.

Slapshot hingegen kannte Kolts Eigenarten, die guten wie die schlechten. Er kannte seinen Charakter und sein unerschütterliches Pflichtgefühl gegenüber der Heimat. Am wichtigsten aber war, dass Slapshot Berge versetzt, sämtliche Regeln ignoriert und alles aufs Spiel gesetzt hätte, um seinem alten Kumpel in Not zu helfen. Er wusste verdammt gut, dass Kolt für ihn umgekehrt dasselbe getan hätte.

»Okay, Kolt. Wir sprechen uns dann in Jalalabad.« Er nahm ihm das Headset vom Kopf und hängte es an die Funkanlage hinter dem Sitz.

Raynor hatte die Kälte beinahe vergessen. Bis sich der Bordschütze an der Steuerbordseite in seinem Sitz umdrehte und das Maschinengewehr etwas weiter in Richtung Heck ausrichtete. Der eisige Wind fegte Kolt mit voller Kraft ins Gesicht.

»Danke, Slap«, rief er, während er sich die Decken bis ans Kinn zog. »Und danke für dein Verständnis.«

Slapshot wandte sich ab und rutschte auf den Knieschonern zurück in die Dunkelheit, auf das Heck des Hubschraubers zu. Dort quetschte er sich zwischen den anderen Operators auf den kalten Metallboden und hakte seine Sicherheitsleine ein.

Nur eine Stunde nach der Ankunft in Jalalabad fühlte Kolt sich bereits wie ein Tier in einem Käfig. Schlimmer noch, er fühlte sich, als sei er bloß ein x-beliebiger Gefangener, den man vom Schlachtfeld aufgelesen hatte. Er fragte sich, wer bestimmt hatte, ihm den Status einer PUC zu verleihen – einer Person in Gewahrsam. Man hielt ihn mehr oder weniger in Isolation. Wahrscheinlich bemühte sich der neue kommandierende General der Joint Special Operations gerade, erst mal nachzuvollziehen, was zur Hölle eigentlich los war.

Offensichtlich hatte jemand keine Mühen gescheut, seinen Status und seine Identität zu schützen. Aber ihm war bewusst, dass es nicht lange ein Geheimnis blieb. Die Hälfte der Kerle in dem Hubschrauber, der ihn aus Pakistan rausboxte, hatte ihn schon vor dem Einsteigen in den Black Hawk erkannt; im selben Augenblick, als das rote Licht auf sein Gesicht fiel. Jetzt saß er in einem engen, etwas feuchten Raum und fragte sich, wie es mit Tungsten weitergehen sollte.

Kolt wusste, dass die Leute Antworten wollten. Also klemmten sie sich ans Telefon. Und die Leute im Camp würden über den mysteriösen Kerl tuscheln, für dessen Rettung aus Pakistan man in der letzten Nacht alles stehen und liegen gelassen hatte. *Das wird noch interessant.*

Aber zumindest saß er erst mal im Warmen. Und das Wichtigste war fürs Erste, in die Vereinigten Staaten zurückzukehren, um Nadal den Rumänen aufzuhalten.

Tungsten-Hauptquartier, Atlanta, Georgia

Carlos merkte sofort, dass Admiral Mason keine Zeit verschwenden wollte. Auch die restlichen Personen im sicheren Krisenraum des geheimen Tungsten-Hauptquartiers schätzten die Lage ähnlich ein. Niemand wagte es, vor dem Direktor das Wort zu ergreifen.

»In Ordnung, hören Sie alle gut zu«, bellte Mason, als sei er noch beim Militär und habe eine Reihe junger Privates und Sergeants vor sich. »Wie Sie wissen, hat dieser Raynor, ich meine Embed 0706, in Pakistan ein Notsignal abgesetzt. Ich habe gerade mit dem Kommandanten der Spezialeinheiten in Afghanistan telefoniert, der ihn in Gewahrsam genommen hat.«

Das ließ Carlos aufhorchen. Er hatte mehr Interesse an Kolt als alle anderen in der Organisation. Jeder wusste, dass er Kolts Handler war, sein Vorgesetzter und Ansprechpartner. Außerdem wussten sie, dass ein Handler beste Aussichten auf eine schnelle Beförderung und einen saftigen Bonus hatte, falls sein Agent eine noch nie da gewesene Mission, etwa das Unschädlichmachen von Zawahiri, erfolgreich abschloss.

Aber so kleinkariert dachte Carlos in diesem Moment nicht. Natürlich interessierte es ihn, ob Kolt seine Aufgabe erfüllt hatte, aber er sorgte sich auch um Kolts persönliches Wohlergehen. 0706 hatte Anweisung erhalten, Nadal den Rumänen aufzuspüren und sich in seine Zelle einzuschleichen, um ihre Anschlagspläne in Erfahrung zu bringen. Ferner war er für den Fall eines Zusammentreffens mit Zawahiri mit konkreten Instruktionen ausgestattet. Es hatte höchste Priorität, den Mann auf der Stelle zu töten. Dann, und nur dann, sollte 0706 zurückkehren. Falls er überhaupt noch am Leben war.

Carlos konnte nicht länger schweigen.

»Sir, in Anbetracht des Rückkehrprotokolls … hat schon

jemand herausgefunden, ob 0706 seine Mission erfüllt hat?«, fragte er. Alle sahen ihn an, als habe er den Verstand verloren, den Gedankengang des Direktors zu unterbrechen. Da Kolt nach weniger als zwei Wochen in Pakistan versuchte, zurückzukommen, nahm Carlos an, dass er Zawahiri gefunden haben musste. Und im Idealfall lebte der Terroristenanführer nicht mehr.

Er störte sich nicht an den irritierten Blicken und fügte schnell hinzu: »Oder in Erfahrung gebracht, *welche* Mission er erfüllt hat?«

Admiral Mason bedachte Carlos, der in der hinteren Ecke des Raums stand, mit einem scharfen Blick, ohne den Kopf zu drehen. Er wollte ihn zuerst namentlich ansprechen, konnte sich aber nicht erinnern, ob sein Name Carl oder Carlton lautete.

»Negativ. Also nein. Mir liegen keine bestätigten Informationen diesbezüglich vor.«

Carlos setzte nach, als ob sie die einzigen Personen im Raum wären.

»Dann hat 0706 also weder Nadal den Rumänen noch Al-Zawahiri lokalisiert? Warum sollte er sich trotzdem zurückziehen, Sir?«

Direktor Mason überging die Frage und richtete den Blick auf das kleine, sitzende Publikum, das aus Tungstens führenden Köpfen bestand. Diese Männer und ein paar Frauen waren dieselben Leute, die Kolts Denkweise und entschlossenes Vorgehen am Cherokee-Kraftwerk zu schätzen gewusst hatten. Sie standen auf Kolts Seite. Carlos wusste es. Mason spürte es.

»Unsere Agenten aus Kabul befinden sich auf dem Weg nach Jalalabad, um den Stationschef zu unterrichten«, sagte Mason. »Es dauert höchstens noch ein paar Stunden, dann wissen wir Bescheid.«

Jalalabad, Afghanistan

Lieutenant General Seth Allen, der aktuelle kommandierende General des Joint Special Operations Command, war nicht gerade begeistert. Der breitbrüstige Drei-Sterne-General, der an der Militärakademie in West Point studiert hatte, wusste, dass man ihm die volle Wahrheit vorenthielt. Einerseits der Kerl, für den er einige der wenigen Helikopter und eine Einheit aus Elitesoldaten riskiert hatte, um ihn am Morgen jenseits der Grenze aus Pakistan zurückzuholen. Aber eben auch die mysteriösen Männer, halb in afghanische Lumpen, halb in taktische Kleidung von 5.11 gehüllt, die vor ein paar Stunden aus Kabul eingetroffen waren.

Wie sein Vorgänger, Admiral Bill Mason, wusste auch Lieutenant General Allen über die Existenz des Tungsten-Programms Bescheid. Aber da hörte es auch schon auf. Allen kannte keine Details, wusste nicht, wer die Fäden zog oder das Ganze finanzierte. Natürlich hatte er gewisse Vermutungen, aber jetzt, wo der zügige Ablauf seiner Operationen gestört worden war, wollte er Antworten.

General Allen saß in seiner unbequemen Kommandozentrale aus Zeltleinwand und Sperrholz und starrte die geheimniskrämerischen Fremden finster an. Sie waren bestimmt 20 Jahre jünger als er und gehörten so gut wie sicher zur CIA. In Tungsten-Kreisen wurden sie offiziell als ›Retter‹ bezeichnet. Man hatte diese zwei, die auch für Kolt Raynor noch Fremde waren, nach Kabul geschickt, um den CIA-Stationschef im Geheimen über die Möglichkeit zur Tötung oder Gefangennahme Zawahiris in Kenntnis zu setzen.

Der General rutschte auf seinem braunen Klappstuhl herum und versuchte eine bequeme Haltung zu finden. Seine Gäste aus Kabul erhielten den Eindruck, dass die Einzelheiten ihn eher langweilten.

»Sagen Sie das noch mal«, forderte Allen, während er sich

auf die Ellbogen gestützt vorbeugte und den Kaffeebecher ein Stück zur Seite schob.

»General Allen, Sir, Sie wissen doch, dass das hier ein Top-Secret-Programm ist, das besondere Zugriffsrechte erfordert«, gab der Fremde im langen dunklen Mantel und der kakifarbenen 5.11-Hose leicht herablassend zurück. »Wir sind nicht autorisiert, mehr offenzulegen, als für die Erfüllung dieses Auftrags unbedingt notwendig ist.«

»Nur dass ich das richtig verstehe.« Der General lehnte sich zurück und verschränkte die Hände auf dem Kopf. »Sie wollten, dass ich diese Sondereinheit bei ihrer Arbeit unterbreche und einen Lufteinsatz in den pakistanischen Luftraum in die Wege leite, um einen Mann einzusammeln, dessen Namen Sie mir nicht verraten wollen? Keine Fotos? Nichts über seine Gewohnheiten? Ich erfahre nicht mal seine Lieblingsfarbe oder seine Lieblingseissorte?«

»Ihre Beschwerde ist durchaus nachvollziehbar, General«, gestand der kleinere der beiden Besucher.

»Da haben Sie verdammt recht!«, bellte General Allen, der sich vorgebeugt hatte.

Er deutete vage auf Kolt. »Meine Herren, ich will noch vor dem Frühstück wissen, was zum Teufel Major Raynor hier macht.«

Befremdet darüber, dass der General Kolts echten Namen benutzte, meldete der größere der Tungsten-Mitarbeiter sich zu Wort. »General, ich weiß, dass Ihnen das ein bisschen unorthodox vorkommen muss.«

»Ein bisschen?« Der General schnaubte. »Das ist ein beschissener Zirkus.«

»Sir, ich habe nicht die Befugnis, Ihnen das Missionsziel dieses Mannes mitzuteilen. Ich sage nur so viel: Er befindet sich auf einer von der Führungsebene beschlossenen, mit höchster Priorität versehenen Solomission für die Vereinigten Staaten von Amerika.« Der Retter sprach so überzeugend, wie er konnte, und unter Einsatz so vieler imposanter

Formulierungen wie möglich, ohne Kolts Mission zu kompromittieren.

General Allen war ein erfahrener Operator. Er wusste so gut wie jeder andere, wie es in Washington lief, und er verstand und achtete das bestehende Protokoll. »Okay, Mann, was ist sein Ziel? Worin besteht seine Mission?«

»Sein Ziel ist die Führungsriege von Al-Qaida«, antwortete der Tungsten-Retter.

»Blödsinn!«, bellte der General. »Wie kann dieser Kerl die Nadel im Heuhaufen finden, die diese Sondereinheit und alle Geheimdienste der Welt zusammen in den letzten zwölf, 13 Jahren nicht gefunden haben?«

Kolt wusste um den Ruf des Generals. Die Mitglieder der Spezialeinheiten waren eine kleine, verschworene Gemeinschaft. Es überraschte ihn nicht, dass sie von seiner Mission Kenntnis hatten. Wenn ein früheres Mitglied von einigen seiner früheren Kollegen aus Pakistan gerettet wurde, verbreitete so eine Nachricht sich natürlich wie ein Lauffeuer.

Kolt stand auf, hauptsächlich um seinen nächsten Worten Nachdruck zu verleihen, und ging zum Tisch des Generals. Er beugte sich über die Holzplatte, sah ihm in die Augen und setzte ein leichtes Lächeln auf. »Sir, ich bin nicht mehr Major Raynor, aber ich fühle mich geehrt.«

Er fuhr fort: »Vor ein paar Tagen stand ich eine Armlänge von Aiman Al-Zawahiri entfernt.«

»Wo?«, fragte der General schnell. »In der Nähe von Quetta?«

»Ja, Sir«, erwiderte Kolt ruhig. Er war etwas überrascht, dass der General ihn nicht einfach der Lüge bezichtigte. »In einem kleinen Dorf in Golestan, westlich von Quetta.«

»Golestan?« Der General war verblüfft. »Und welche Beweise haben Sie dafür?«

Jetzt geht's los, dachte Kolt. Bevor er antworten konnte, würgte ihn einer der Retter ab.

»General, Sie verstehen sicher, dass wir nicht weiter auf

Details eingehen können«, erklärte er betont förmlich. »Wir verfügen nicht über entsprechende Befugnisse, und um ehrlich zu sein, Sir, es ist zur Zeit noch nicht erforderlich, Sie einzuweihen.«

Der General sprang auf. »Was für ein albernes Spielchen spielt ihr Typen hier eigentlich?«

Sein Gesicht war rot angelaufen und er zog die Augenbrauen zusammen, bis sie sich über der Nase berührten. »Ist das irgend so eine großkotzige Show, die das Außenministerium hier abzieht?«

Der Retter blieb professionell. »Sir, Sie wissen, dass das nicht der Fall ist. Ich glaube, es wäre am besten, wenn Sie direkt mit unserem Direktor sprechen. Ich kann eine sichere Verbindung zu Botschafter Mason arrangieren.«

»Mason?«, fragte der General, offenbar erschrocken über diese Neuigkeit. »Der pensionierte Vizeadmiral Bill Mason?«

Wenn es jemanden in diesem Raum gab, den diese Enthüllung des Retters noch mehr erschreckte als den General, war es Kolt. *Hat er gerade wirklich Bill Mason gesagt?*

Kolt warf dem Retter, der sich setzte, einen unauffälligen Blick zu. Dieser reagierte etwas erschrocken. Er hatte nicht gewusst, dass ihm die Identität des Direktors von Tungsten nicht bekannt war. Außerdem wusste er nicht um Kolts schillernde Vergangenheit mit Bill Mason.

Kolt wandte sich dem General zu, sagte aber nichts. Der sitzende Retter nickte zustimmend, während der andere Kolts schlimmsten Albtraum bestätigte.

»Ja, Sir!«

»Ich werd verrückt«, murmelte der General. Er lehnte sich zurück und funkelte Kolt an. »Da ist dieser Drecksack also gelandet.«

Es dauerte nicht lange, bis das abhörsichere Telefonat zwischen dem JSOC-Kommandanten General Seth Allen und seinem Vorgänger auf diesem Posten, dem pensionierten

Vizeadmiral Bill Mason, zustande kam. Mason hockte bequem am Schreibtisch in seinem Büro im Five-Points-Viertel von Atlanta. Die letzten Bemerkungen des JSOC-Kommandanten über Mason hatten Kolt zum Nachdenken gebracht. Er war nicht sicher, ob der General Mason für einen Idioten hielt oder die beiden langjährige Freunde waren.

Nachdem sie ein paar einleitende Worte gewechselt hatten, kamen Botschafter Mason und der General zur Sache. Nach zehn Minuten stand Mason kurz davor, die Beherrschung zu verlieren. Er hatte gehofft, der General liefere ihm einen Hinweis, ob Kolt sein Missionsziel erfüllt und Zawahiri neutralisiert hatte. Stattdessen erfuhr er nun, dass Kolt ebendiese Gelegenheit nicht genutzt hatte.

Admiral Mason fand, er habe Kolt Raynor für seinen Geschmack lange genug ertragen müssen. Den ehemaligen Navy-Mann beschlich der Verdacht, dass selbst der Wechsel in eine andere Uniform nicht ausreichte, um den Eskapaden und Tricks dieses unorthodoxen Ex-Delta-Truppenkommandanten dauerhaft zu entkommen.

»Raynor sagt, er weiß, wo sich unsere Zielperson Nummer eins aufhält«, teilte ihm General Allen mit. »In einem abgelegenen Dorf westlich von Quetta in Pakistan. Aber er kann uns keine weiteren Details nennen – besser gesagt, er will nicht. Er und auch deine beiden James-Bond-Verschnitte hier wollen, dass ich dieses Dorf angreife und Zawahiri töte oder gefangen nehme.«

Admiral Mason musste vorsichtig sein. Obwohl sie seit Langem miteinander befreundet waren, konnte er den General nicht für dumm verkaufen. Aber ihm blieb keine andere Wahl, um sich nicht in die Karten blicken zu lassen. Außerdem war es so, wie der Retter es dem General bereits gesagt hatte: Es gab keinen triftigen Grund, ihn über alles zu informieren.

»Hör zu, Seth, ich brauch hier deine Hilfe. Raynor arbeitet für mich, und das ist in etwa alles, was ich dir darüber erzählen kann. Du wirst mit dem Verteidigungsminister reden müssen, wenn du mehr wissen willst.«

»Ja, Bill. So hat sich das auch bei deinen beiden Handlangern angehört, die aus Kabul hergekommen sind. Wo hast du die Typen eigentlich aufgetrieben?«

»Mach's ihnen nicht zu schwer, okay?«, bat Mason. »Und pass für mich auf Raynor auf. Ich werd mich in weniger als einer Stunde wieder melden.«

»Na gut, Bill, aber in der Zwischenzeit läuft hier alles den gewohnten Gang. Ich werd mich bemühen, den Zirkus, den dein Mann uns beschert hat, unter Kontrolle zu bringen.«

Mein Mann?, dachte Mason. *Nun, ich schätze, das ist er.* »Danke, Seth. Du hörst bald von mir.«

Die nationale Kommandobehörde reagierte nicht gerade begeistert auf den Bericht, den Tungsten über Embed 0706 vorlegte. Kolts Enthüllung gegenüber dem JSOC-Kommandanten Lieutenant General Seth Allen, dass er Zawahiri aus einer Entfernung von kaum mehr als einem halben Meter zweifelsfrei identifiziert hatte, sorgte für großen Unmut in den höchsten Ebenen. Im Tungsten-Hauptquartier in Atlanta, Georgia, empfand Bill Mason es als persönliche Demütigung. Zum zweiten Mal in seinem Leben musste er sich über eine gesicherte Leitung eine Standpauke des Vizepräsidenten anhören. Und zum zweiten Mal hatte er das Kolt Raynor zu verdanken.

Kolts Entscheidung, vom Primärziel abzuweichen und sich stattdessen auf einen halb garen Anschlagsplan von Terroristen innerhalb der USA zu konzentrieren, war typisch für die Delta Force. Genauer gesagt, sie war ziemlich typisch für Kolt. In seiner Akte wimmelte es nur so von entsprechenden Alleingängen. Robin-Hood-Manöver, bei denen er eigenmächtig über richtig und falsch, gut und böse sowie die Durchführung oder den Abbruch von Missionen entschied.

In Ermangelung der Kenntnis weiterer Einzelheiten

wertete Botschafter Bill Mason dieses Handeln als typischen Ausdruck von Kolt Raynors Arroganz und Egoismus. Aber wie üblich hätte Kolt ihm da widersprochen. Er verhielt sich exakt so, wie ein Soldat sich verhalten sollte, fand er. Und seiner Meinung nach sollte man die Entscheidungen eines erfahrenen Soldaten nicht infrage stellen, wenn man selbst keiner war.

Die ranghöchsten Mitarbeiter von Tungsten – von denen kein Einziger über Kampferfahrung verfügte – saßen im selben Tagungszimmer, in dem Carlos Kolt überredet hatte, die Operation Schattenblinzeln zu übernehmen. Sie hatten sich an einem hübschen Mahagonitisch versammelt und kritisierten offen Kolts Handlungsweisen. Lauter leicht übergewichtige Kaffeetrinker, die abfällige Bemerkungen anbrachten und sich über den angeblichen Fehlschlag der Mission beklagten. Was hatte sich dieser Raynor nur dabei gedacht? Warum hatte er nicht die vorgegebenen Parameter eingehalten? Carlos und die Psychiater machten sich darum deutlich weniger Sorgen. Sie kannten Kolts Akte genau. Immerhin gehörte es zu ihrem Job, ihn zu *handlen*.

Der Tungsten-Psychiater führte den Anwesenden vor Augen, dass diese Art von Verhalten typisch für Kolts Persönlichkeitsprofil war. Es überraschte ihn nicht, dass Kolt eine solche Entscheidung getroffen hatte, und er stellte offen die Frage, weshalb man etwas anderes hätte erwarten sollen. Den Aufzeichnungen zufolge, die der Delta-Force-Psychologe Doc Johnson über die Jahre angefertigt hatte, war es charakteristisch für Kolt, vom primären Ziel abzuweichen, um anderen das Leben zu retten. Der Tungsten-Psychiater hatte die gesamte, etwa zweieinhalb Zentimeter dicke Akte studiert. Offenbar war er jedoch der Einzige, auf den das zutraf. Wie borniert, einen Mann mit Kolts Qualitäten so grundsätzlich anzuzweifeln.

Botschafter Mason tat sich damit nicht schwer. Es hatte ihn überrascht, dass Kolt überhaupt von Tungsten rekrutiert worden war. Deutlich weniger überraschte ihn, dass Kolt sich selbst aussuchte, an welche Regeln er sich hielt und welche er ignorierte. Tief in seinem Inneren gab Mason Kolt die Schuld an seinem frühen Ausscheiden aus der Navy. Außerdem auch daran, dass man ihn nicht zum stellvertretenden Vorsitzenden der Joint Chiefs of Staff ernannte – ein Posten, auf den Mason jahrelang hingearbeitet hatte und der ihm einen funkelnden vierten Stern eingebracht hätte. Er war gewillt, Kolt dafür bezahlen zu lassen.

»Dieser Kerl ist schon immer eine Art Rebell gewesen. Der legt sich seine Regeln gern selbst zurecht«, erklärte der Botschafter der kleinen Gruppe. Offenbar war er sogar stolz darauf, die Akte nicht gelesen zu haben. Was ihn betraf, wusste er sowieso alles über den Werdegang und die Fähigkeiten von Embed 0706.

»Wie um alles in der Welt ist der eigentlich in dieses Programm reingekommen?«, ätzte er unverblümt. »Haben Sie sich nicht mit seiner Performance im Feld auseinandergesetzt?« Er ließ den Blick langsam durch den Raum wandern, bis er dem Psychologen geradewegs in die Augen sah.

»Doch, Sir, das haben wir. Sehr gründlich sogar«, beantwortete dieser respektvoll Bill Masons offenkundig rein rhetorische Frage. »Genau deshalb haben wir ihn rekrutiert. Aber, Sir, bei allem Respekt, 0706 ist gerade dabei, Neuland zu betreten.«

»Wie das?«, stieß Mason mit einer abfälligen Handbewegung hervor.

»Nun, Sir, er ist der erste Tungsten-Agent, der eine Einzelgängermission dieser Art angenommen hat. Wir verlangten von ihm, dass er sich der Lösung eines Problems annimmt, das sein Land und, wie ich hinzufügen möchte, die CIA innerhalb der letzten 15 Jahre nicht lösen konnten.«

Admiral Mason zappelte empört auf dem Stuhl herum und legte sich eine schroffe Erwiderung zurecht.

Der Psychiater fuhr mit ausgeglichener Stimme fort: »Ich

will damit nur sagen, Sir, dass wir diesem Mann einen gewissen Vertrauensvorschuss schulden. Wenigstens das sollte er sich doch verdient haben, wenn man einen Blick in seine Akte wirft.«

Die Debatte ging weiter. Carlos beschäftigte unterdessen der Gedanke, dass sie Kolt zu verlieren drohten, wenn er je davon Wind bekam, dass Mason der Leiter von Tungsten war. Carlos konnte sich nicht vorstellen, dass der hartgesottene Operator für Argumente zugänglich war, aufgrund derer er freiwillig unter Masons Kommando arbeiten würde. Aber vielleicht geschah ja doch ein Wunder.

26

Der schwarze Ford Crown Victoria rollte in südlicher Richtung über die geschäftige Interstate 75 dem Zentrum von Atlanta entgegen. Kolt Raynor starrte aus dem Beifahrerfenster und fühlte sich wie ein Junge vor dem ersten Date, der Angst hatte, das Falsche zu sagen. Da sein Handler Carlos ihn weder herzlich begrüßt hatte noch in Belanglosigkeiten verwickelte, hielt er es für das Beste, sich genauso zu verhalten.

Wieso zeigt er mir die kalte Schulter?

Seit Kolt vor einer Dreiviertelstunde auf der Dobbins Air Reserve Base aus der C-5M Super Galaxy gestiegen war und in der Limousine Platz genommen hatte, schwieg Carlos. Kolt wusste, wie außergewöhnlich es war, mit dem größten Militärflugzeug der Welt abgeholt zu werden. Ihm hätte es völlig gereicht, in einem C130-Frachtflugzeug die Beine auszustrecken – er hätte ohnehin den ganzen Flug verschlafen. Tungsten musste eine ganze Menge Fäden gezogen haben, um sich das einzige Militärflugzeug zu leihen, das von Afghanistan über den Polarkreis bis an die US-Ostküste flog, ohne dafür auf ein einziges strategisches Tankflugzeug angewiesen zu sein.

So viel Aufwand für einen einzelnen Mann. Das konnte im Prinzip nur eins bedeuten.

Mason will mir an die Gurgel gehen!

Nachdem sie in die überdachte, dreistöckige Parkgarage gefahren waren und einen Parkplatz in der Nähe der zentralen Liftanlage gefunden hatten, stiegen Kolt und Carlos aus. Kolt folgte Carlos, wobei es ihn kaum überraschte, wie perfekt dessen Tweedjacke ihm auf den Leib geschneidert war. Und eins musste er dem alten Mann lassen: Offensichtlich verzichtete er beim Essen auf einen Nachschlag und trainierte lieber seine Bauchmuskeln.

Mit dem Fahrstuhl erreichten sie das Kellergeschoss und durchquerten einen klammen, schmalen Gang. Dem muffigen Geruch und dem Schmutz nach zu urteilen, der sich in den Ecken sammelte, hatte hier seit Jahren niemand mehr geputzt. Carlos steckte einen Schlüssel in das Riegelschloss auf Schulterhöhe und einen weiteren in ein Schloss kurz oberhalb der Tür und ging voraus in einen Vorraum mit weiß getünchten Wänden und wasserfleckigen, eierschalenweißen Deckenfliesen auf beiden Seiten der Leuchtstoffröhre. Er trat vor etwas, das an der Wand neben der Stahltür montiert war und ein biometrischer Annäherungsscanner zu sein schien, hielt den Zugangsausweis kurz vor das Infrarotlichtmodul.

Sobald das grüne Licht aufblinkte, stellte der Agentenführer sich auf die zwei grünen Sohlenabdrücke, die vor dem Irisscanner auf dem Boden eingezeichnet waren. Er beugte sich vor und richtete die Augen auf die Mittelposition aus. Kolt hörte, wie der Mechanismus entriegelt wurde, und folgte ihm ins Hauptquartier. Er war beeindruckt, wie unauffällig alles angelegt war, aber zu erschöpft und zu froh, noch am Leben zu sein, um sich weiterhin anschweigen zu lassen.

»Also, Carlos, sind wir jetzt sicher genug, um reden zu können?« Er versuchte gar nicht erst, seinen Sarkasmus zu verbergen.

»Gehen wir zuerst ins Besprechungszimmer, Kolt.«

»Nein, Carlos. Sie erzählen mir jetzt, was los ist, sonst hau ich durch diese Tür ab und Sie können Ihren Scheiß allein erledigen.«

»Hören Sie, Kolt, es gibt etwas, das Sie wissen müssen.«

»Haben Sie Cindy Bird gefunden? Lebt sie noch?«

»Nein, Kolt. Ich wünschte, ich könnte Ihnen sagen, dass wir sie gefunden haben, aber es geht um etwas anderes.«

»Was denn, macht sich jemand ins Hemd, weil ich mich noch nicht umgebracht habe? Da scheiß ich drauf! Ich hab genug von diesem albernen Rumnörgeln.«

»Entspannen Sie sich, Kolt. Niemand ist sauer auf Sie. Im Gegenteil, wir freuen uns, Sie zu sehen.«

»Was soll dann diese Kinderkacke?«

»Kommt Ihnen der Name William Mason bekannt vor?«, fragte Carlos.

Kolt überlegte, wieso der andere ihm diese Frage stellte. Carlos wusste sicherlich, dass Mason der Hauptgrund war, weshalb Kolt nicht mehr in der Unit diente.

»Natürlich. Warum?«

»Er ist der neue Direktor von Tungsten.« Carlos sah sich um, um sicherzugehen, dass niemand sonst in Hörweite war. »Er wartet im Konferenzraum auf uns.«

»Ja, ich weiß, Carlos. Na und? Bringen wir's hinter uns.«

Als Kolt und Carlos den abgedunkelten Konferenzraum durch die Hintertür betraten, war Kolt nicht überrascht, erneut Miss Bücherwurm zu begegnen, die im Mittelpunkt des Geschehens herumstolzierte wie eine Katze. Kolt blieb im hinteren Teil zurück, weil er das Briefing nicht unterbrechen wollte. Er hörte zu, wie sie etwa 30 Sekunden lang ein Schlagwort an das nächste reihte. Mit ihrem rosafarbenen hautengen Tanktop reizte sie jeden Anwesenden. Die gefühlte Temperatur übertraf die tatsächliche deutlich.

Links von ihr befand sich ein eingeschalteter Plasmabildschirm. Darauf war ein bebrillter Mann im mittleren Alter zu erkennen. Die Drahtgestellbrille war auf seiner spitzen Nase nach unten gerutscht, der Haaransatz schien vor dem weißen Hemdkragen zu fliehen. Er saß nahezu regungslos an einem Tisch in einer undefinierbaren Umgebung. Hinter ihm an der Wand hingen einige große Digitaluhren mit roten Ziffern. Er konzentrierte sich ganz auf die säuberlich vor ihm gestapelten Papiere. Kolt hatte ihn noch nicht ein einziges Mal aufblicken sehen.

»Entschuldigung, Sir«, unterbrach Carlos das Briefing. »Ich glaube, Sie kennen unseren neuesten Agenten bereits persönlich?«

Kolt sah, wie Bill Mason am Kopf des Konferenztischs den Arm hob und den Stummschalter des Lautsprechers drückte, wobei er Carlos' Frage kaum zur Kenntnis nahm. Kolt trat vor und setzte sich an den Tisch, wobei er Mason seinerseits keines Blickes würdigte und stumm die Halbliterflasche Niagara-Wasser aufschraubte, die vor ihm stand.

»Fahren Sie bitte fort«, forderte Mason die Dame in Rosa auf und drückte den Knopf erneut.

»Ja, Sir. Unsere Empfehlung lautet, dass wir die Aktivitäten bezüglich des Anschlags auf die Atomkraftwerke einstellen und unsere Agenten sich darauf konzentrieren, die Zielperson Nummer eins aufzuspüren, aufzuhalten und auszuschalten.«

»Einverstanden!«, platzte Mason heraus. »Und mit sofortiger Gültigkeit beschlossen.«

Kolt unterbrach den ausgiebigen Schluck aus der Wasserflasche abrupt, als er Masons Antwort mitbekam. Er kleckerte sich das Hemd mit Wasser voll.

Scheiße, was soll das denn?

Mit einem raschen Blick zu Carlos versuchte er in

Erfahrung zu bringen, was hier gerade vor sich ging. Dieser rührte sich nicht vom Fleck und sagte kein Wort, weshalb Kolt unterstellte, dass er mit der Empfehlung von Miss Bücherwurm und der Entscheidung von Mason einverstanden war.

»Sir, wenn ich mich kurz einmischen dürfte«, wandte Kolt sich an Mason. »Ohne respektlos klingen zu wollen, ich halte diese Entscheidung für falsch.«

Mason stürzte sich erneut auf den Stummschaltknopf.

»Ist das so, junger Mann?«, fragte er und legte seinen Stift hin.

Der Konflikt, der zwischen ihnen schwelte, ließ sich schwer übersehen. Obwohl Mason bislang professionell geblieben war und den anderen Anwesenden nicht gezeigt hatte, dass er bereits mit 0706 bekannt war, konnte Kolt den Hass in seinen Augen lodern sehen.

»Hören Sie, Sir … Direktor … Admiral«, setzte Kolt an. »Himmel, ich weiß nicht mal, wie ich Sie neuerdings anreden soll.«

»Immer noch Admiral«, versetzte Mason schroff.

»Hören Sie, Admiral, ich hatte ja nicht die Chance, das Briefing der Analystin zu hören, also kenne ich die Begründung nicht, weshalb wir uns Ihrer Meinung nach nicht um den Anschlag kümmern sollten. Ich nehme an, Nadal der Rumäne ist festgenommen worden oder wurde von einer Drohne erledigt?«

»Das ist eine falsche Annahme. Aber es ist keine bloße Annahme, dass Ihr Handeln der Anlass ist, warum wir heute Abend hier sitzen.«

Was? Dieser Kotzbrocken! Kolt wollte in die Luft gehen, aber er atmete tief durch und hielt sich zurück, nachdem Carlos ihm ein Zeichen gegeben hatte, ruhig zu bleiben. Jetzt auszuflippen half niemandem, am wenigsten ihm selbst. Für ihn wäre es vielmehr der sicherste Weg in die Arbeitslosigkeit gewesen.

»Sir, bei allem Respekt«, brachte er schließlich hervor. »Ich habe mir auf der Jagd nach Nadal schon mindestens dreimal fast den Arsch wegballern lassen. Im Jemen, in South Carolina und in Pakistan. Meiner bescheidenen Meinung nach ist *das* der Grund, warum wir heute Abend hier sind.«

»Verdammt noch mal, Raynor!«, brüllte Mason und schlug mit der Faust auf den Konferenztisch. »Jetzt reicht's mir mit Ihrer Aufsässigkeit. Meine Entscheidung ist endgültig. Sie werden sich da raushalten, Raynor, sonst …«

»Sonst *was,* Sir? Zerren Sie mich diesmal vors Militärgericht, wie Sie's vor ein paar Monaten schon mal tun wollten?«

»Schluss jetzt!«, bellte Mason.

»Kolt, bleiben Sie ruhig«, schaltete Carlos sich ein. »Wir können doch darüber reden wie Erwachsene.«

»Ich bin ruhig, Carlos.« Kolt sah erst seinen Handler an, dann Mason. »Das war nur ein professionelles Gespräch unter Erwachsenen, das bestätigt hat, dass sich unsere professionellen Einschätzungen offenbar nicht miteinander in Einklang bringen lassen.«

»Meine Damen und Herren, ich habe meine Entscheidung getroffen.« Mason suchte seine Dokumente zusammen und wandte sich zum Gehen. »Ich werde den Verteidigungsminister sofort informieren. Wir sind ohnehin spät dran.«

Auch Kolt stand auf, nicht aus Respekt vor Mason, sondern weil Carlos und die anderen es ebenfalls taten. Der Admiral verließ mit einem Begleiter den Raum durch die Vordertür.

»Ich bin nicht ganz sicher, was hier gerade gelaufen ist«, rief Carlos. »Aber bitte nehmen Sie alle wieder Platz.«

Kolt hatte keine Lust mehr auf diese Farce. Er dachte ernsthaft darüber nach, das Handtuch zu werfen und Tungsten und Mason so weit wie möglich hinter sich zu lassen.

Zum Teufel damit!

»Kann jemand mal das verdammte Licht anmachen?«, fragte er und sah sich um.

Miss Bücherwurm ging rasch zum Lichtschalter und tat ihm den Gefallen, bevor sie den Laptop auf dem Podium sowie den Beamer ausschaltete.

»Kolt, ich bin mir ziemlich sicher, dass Direktor Mason da nicht mehr mit sich reden lässt«, sagte Carlos.

»Verflucht noch mal, Carlos, das ergibt doch überhaupt keinen Sinn.« Kolt wandte sich Miss Bücherwurm zu.

»Ma'am, tut mir leid. Ich sollte mittlerweile eigentlich Ihren Namen kennen.«

»Alexandria«, erwiderte sie. »Oder einfach Alex.«

»Okay, ich bin Kolt. Freut mich, Sie wiederzusehen.« Sie hatte ihn bereits zweimal gebrieft, aber sie waren dabei immer ziemlich förmlich geblieben. »Gehen wir doch noch mal durch, was wir wissen. Macht Ihnen das was aus?«

»Ähm ... nein, ich denke, nicht.«

»Nadal Al-Romani. Weiß man etwas Neues über seinen Aufenthaltsort?«

»Nicht wirklich. Manche sagen, er hält sich noch in Pakistan auf, andere vermuten, er sei bereits in den USA.«

»Okay. Wurden zwischenzeitlich neue Nachrichten abgefangen?«

»Nun, am selben Tag, an dem Sie aus dem Ausbildungslager geflohen sind, hat die NSA einen Telefonanruf zwischen zwei Leuten abgehört. Man hält sie für Terroristen, die mit Nadal in enger Verbindung stehen«, berichtete Alex.

»Und?«

»Die Übersetzung ließ keine eindeutigen Schlüsse zu, aber übereinstimmend wird angenommen, dass sie eine Abholung besprochen haben, entweder heute oder morgen.«

»Was ist mit Sacred Indian? Ich werd Sie nicht drauf festnageln, aber was glauben Sie, was das heißen könnte?«

»Wir haben es in die bundesweite Datenbank für kritische Energieinfrastruktur eingegeben, in der alle Kraftwerke aufgeführt sind, auch Öl- und Gaskraftwerke. Die Wörter ›Sacred Indian‹ haben nichts ergeben – keinen Treffer, nicht mal den leisesten Hinweis.«

»Das ist ja verrückt.« Kolt sah Carlos an, einfach damit nicht so auffiel, dass sein Blick ständig an Alex' Tanktop hinabglitt. »Irgendwas entgeht uns. Das spür ich. Diese Mistkerle werden sich nicht mit dem Cherokee-Angriff begnügen.«

»Manche unserer Analysten glauben, dass ›Sacred Indian‹ eigentlich gar kein Code ist. Sie denken, dass das eine große öffentliche Veranstaltung ist, ein großes Festival oder sogar eine politische Kundgebung. Der ethnische Bezug zum Kraftwerk Indian Point in der Nähe der Stelle, wo die Leichen angetrieben wurden, oder zum Cherokee-Kraftwerk bei Gaffney, South Carolina, ist ja naheliegend. Aber wir glauben, dass diese beiden Ziele nicht länger relevant sind. Manche fragen sich sogar, ob dieser Ausdruck von Nadal korrekt aufgeschrieben wurde. Sie denken, dass das Wort ›Sacred‹ vielleicht eigentlich ›Scared‹ heißen sollte. Dieser schwachen Spur gehen sie gerade nach«, klärte Carlos ihn auf. Er wollte scheinbar für Alex einspringen, um ihr Zeit zu geben, ihre Gedanken zu ordnen.

Kolt dachte darüber nach, ließ sich alles noch mal durch den Kopf gehen. Die Gefangennahme Ghafours, die angespülten Toten am Ufer des Hudson River, die Busfahrt mit Nadal im Jemen, der Anschlag mit Farooq, das unerwartete Zusammentreffen von ihm und Joma mit Aiman Al-Zawahiri. Da war einfach zu viel, was auf einen zweiten Anschlagsplan hindeutete.

»Eine interessante Sache gibt es noch, die wir neulich erfahren haben«, unterbrach Alex seinen Gedankengang. »Aber wahrscheinlich ist es nichts.«

»Im Moment kann alles von Bedeutung sein.«

»Na ja, das FBI hat uns ein paar verschwommene Bilder von einem Mann mit Kapuze geschickt, der heute Morgen in Shiloh, Tennessee, getankt hat. Möglicherweise handelt es sich dabei um Joma.«

»Meinen Joma?«, fragte Kolt und sprang auf. »Der Joma vom Cherokee-Anschlag?«

»Wir halten das für möglich, ja«, bestätigte Carlos.

»Damit lässt sich doch was anfangen«, rief Kolt. »Ich sag's euch, Leute, uns steht ein Anschlag auf amerikanischem Boden bevor.« Er sah Joma noch deutlich vor Augen, wie er im Trainingscamp in Pakistan neben ihm im Zelt schlief. Kolt hatte sich dazu entschieden, weder *Z-man* noch Joma zu töten, sondern stattdessen in die USA zurückzukehren, um den Anschlag auf ein Atomkraftwerk zu verhindern. Er war immer noch überzeugt, dass die Entscheidung richtig gewesen war, wenn auch nicht mehr hundertprozentig.

»Kolt, hören Sie, vielleicht nehmen Sie die ganze Sache zu persönlich«, gab Carlos zu bedenken, um alles in die richtige Perspektive zu rücken.

»Schwachsinn, Carlos!« Kolt wandte sich wieder Alex zu. »Was zum Teufel gibt's in Shiloh, das einen Terroristen interessieren könnte, abgesehen vom Bürgerkriegsdenkmal und Hunderten Touristen an freien Wochenenden?«

»Ein Kraftwerk«, erwiderte Alex. »Das Yellow-Creek-Atomkraftwerk.«

»Ohne Scheiß?« Kolt reckte triumphierend eine Faust in die Höhe.

»Das ist aber nicht in Tennessee«, ergänzte Alex. »Sondern etwa zehn Meilen südlich von Shiloh, gleich hinter der Grenze zu Mississippi.«

»Das ist es. Das muss die Erklärung für ›Sacred Indian‹ sein.«

»Ich weiß nicht, Kolt.« Carlos wirkte unschlüssig.

»Carlos, das passt doch alles. Der andere Terrorist, Abdul, muss schon eine Zielakte über das Kraftwerk angelegt haben. Er hat bestimmt Monate vor seinem Tod die Aufklärungsarbeit für die Zelle erledigt.« Kolt war sich seiner Sache ziemlich sicher, und er wusste, dass sie im Moment nicht mehr in der Hand hatten. »Vielleicht konnte Abdul kein Englisch lesen, oder Nadal hat ihn nicht verstanden?«

»Tja, könnte sein«, gab Carlos zu.

»Kann ich mir schon vorstellen«, sagte Alex. »Nadal muss das erste Wort des Codes falsch buchstabiert haben, als er es in sein Notizbuch gekritzelt hat. Er wollte eigentlich ›scared‹ schreiben, nicht ›sacred‹ – heilig.«

»Scared Indian – ängstlicher Indianer!«, rief Kolt. »Das muss so eine Kindergartenbezeichnung für Yellow Creek sein – yellow ist ein Slang-Ausdruck für feige, und die Creek sind ein Indianerstamm!«

»Das glauben Sie doch selbst nicht, Kolt«, gab Carlos zu bedenken. »Nadal hat es immerhin drei Mal so geschrieben.«

»Genau«, pflichtete Alex ihm bei. »Das wäre ziemlich weit hergeholt.«

Kolt trank das restliche Wasser aus und machte sich auf den Weg zur Tür. »Ich brauche ein Auto, ein Handy, auf dem Raptor X installiert ist und die wichtigen Telefonnummern gespeichert sind, und offizielle Genehmigungen, die belegen, dass ich im Auftrag der Regierung unterwegs bin. Erzählen Sie denen, dass der Präsident ein Gutachten über die Sicherheitsvorkehrungen anfordert oder so. Denken Sie sich was aus.«

Während Kolt auf der Suche nach der Herrentoilette den Raum verließ, hörte er Alex noch fragen: »Und was soll ich Direktor Mason erzählen?«

Yellow-Creek-Atomkraftwerk bei Luka, Mississippi

Nadal duckte sich auf dem Beifahrersitz des schwarzen Dodge Durango und freute sich im Stillen darüber, dass sich die monatelangen Nachforschungen und Planungen endlich auszahlten. Es war unbequem, aber er wollte nicht im Licht der Parkplatzscheinwerfer sitzen und von den bewaffneten Sicherheitsbeamten aufgegriffen werden, die in den hohen Türmen um das Kraftwerk Wache hielten. Durch einen Wink mit dem Handy gab er Saquib und Hassan zu verstehen, dass sie ebenfalls in geduckter Position verharren sollten.

Nadal hielt sich nicht zufällig ausgerechnet auf dem Hauptparkplatz des Yellow-Creek-Kernkraftwerks auf. Nein, seine Anwesenheit beruhte auf der Abwägung zahlreicher Faktoren – tatsächlich mehreren Dutzend. Was die Schwachstellen betraf, wies die Reaktorkonstruktion oder der Aufbau des Kraftwerkblocks in Yellow Creek wenige Besonderheiten oder Einmaligkeiten auf. Wie bei vielen anderen Anlagen in den Vereinigten Staaten wurde hier Strom mithilfe jahrzehntealter Technik produziert. Nein, das Yellow-Creek-Kraftwerk unterschied sich nicht sonderlich vom Cherokee-Kraftwerk, abgesehen von einer geschäftlichen Entscheidung, die der Vorstand des Unternehmens vor etwas mehr als drei Jahren getroffen hatte.

Niemand konnte behaupten, dass das Management nicht klug gehandelt habe – schließlich wusste jeder, dass die Sicherheitsmaßnahmen eines Atomkraftwerks große finanzielle Belastungen darstellten, die sich auf den Profit und die an Aktionäre ausgeschütteten Dividenden auswirkte. Indem man den äußeren Kontrollpunkt von Yellow Creek unbemannt ließ, ihn stattdessen mit einer ballistischen Schutzverschalung umgab und die Sicherheitskameras sowie die Barrieren aus schweren Metallplatten entfernte, hatte man Hunderttausende Dollar eingespart und der Anlage in der Öffentlichkeit ein freundlicheres, positiveres Image verliehen. Allerdings erleichterte man damit auch Terroristen das Leben, weil sich eine Autobombe dadurch viel näher an den Hauptreaktor heranbringen ließ.

Nadal hob sein Handy.

»Bruder Joma, wir sind auf Position und unser Einstiegspunkt ist frei.«

»Soll ich auf euch warten?«, fragte Joma.

»Nein. Leg die Batterie ein und schalt dein Gerät ein«, instruierte ihn Nadal. »Sobald das rote Licht blinkt, fährst du sofort zu unserem Ziel.«

»Ich kann dich nicht belügen, Bruder Nadal. Allahs wachsame Augen machen mich nervös. Ich brauche etwas, das mir Mut macht, und natürlich deinen Segen.«

»Es ist in Ordnung, bedrückt zu sein, mein Freund. Löse deine Ketten, um den schwachen Geist zu besiegen.«

»Ja, Bruder, ich werde die Ketten lösen.«

»Gut, Bruder Joma. Du hast dich wacker geschlagen. Allah ist allwissend und lächelt beim Anblick seiner neuesten Märtyrer.«

»Ja, Allah ist barmherzig und mitfühlend. Friede sei mit ihm. *Inschallah!*«, rief Joma.

Nadal beendete den Anruf und kroch zu Hassan auf den Rücksitz. Er blickte nach hinten zu den zwei großen Paketen. Sie nahmen den Raum der beiden Klappsitze ein, die sie entfernt hatten. Die hinteren Stoßdämpfer des Fahrzeugs federten das zusätzliche Gewicht des Sprengstoffs gut ab – gut genug, um den verlassenen Kontrollpunkt unbehelligt zu passieren und den nur etwa 20 Meter vom Hauptgebäude entfernten Parkplatz zu erreichen. Nicht der Parkplatz selbst war von Bedeutung für Nadals sorgfältig entworfenen Plan, sondern ein ganz bestimmter Stellplatz.

»Es wird Zeit«, sagte Nadal und riss Cindy Bird den blutbefleckten Kissenbezug vom Kopf. Sie trug einen Knebel im Mund und eine Augenbinde. Die Frau hatte etwa einen Monat in Isolation verbracht und war immer wieder geschlagen worden. Sie wirkte benommen und ausgemergelt.

»Deine Leiden sind fast vorbei. Mudschahed Timothy hat seine Wahl getroffen und sowohl Amerika als auch den Islam verraten. Ich weiß, dass du dich nach seiner Rückkehr gesehnt hast, aber er hat beschlossen, dich im Stich zu lassen. Allahs Urteil über ihn wird alles andere als milde sein.«

Sie erwiderte nichts, aber das kam nicht überraschend. Nadal staunte über ihre Widerstandskraft, sogar jetzt, da für sie keine Hoffnung mehr bestand. Bei der Entführung vor dem Bruegger's Café in Raleigh hatte sie sich heftig gewehrt.

Nadal zog sanft an der Kette um Birds Taille, bevor er ihr die Augenbinde abnahm.

»Du sollst es bequem haben. Möchtest du gerne konvertieren, bevor du dich Allahs Urteil stellst?«

Bird wandte den Blick von Nadal ab in Richtung Fenster, als sie seine Stimme hörte. Er folgte ihrem Blick. Die runde Kuppel des Atomreaktors. Dampf drang oben aus dem Turbinengebäude. Nadal konnte mit Leichtigkeit die dicke Säule aus Wasserdampf erkennen, die aus dem 180 Meter hohen, wie ein Hyperboloid geformten Kühlturm quoll.

»Selbst jetzt noch biete ich dir die Gnade an, Allah anzunehmen.«

Bird sah Nadal an. In ihren Augen flackerte eine Spur der Wut auf, die sie während der gesamten Dauer ihrer Gefangenschaft an den Tag gelegt hatte.

»Also gut.« Nadal wandte den Blick ab, bückte sich, zog den Teppich zur Seite und hob ein Stück Blech hoch, das über einem Loch im Fahrzeugboden des Durango gelegen hatte. Dann schob er seine Füße durch die Öffnung und ließ sich langsam auf den Asphalt hinab. Der matte Glanz des Gullydeckels verriet, dass sie sich an der richtigen Stelle befanden.

Saquib reichte Nadal die Brechstange. Es dauerte eine Minute, bis er den richtigen Winkel gefunden hatte, aber schließlich hebelte Nadal den Deckel hoch und schob ihn zur Seite. Das schabende Geräusch hallte unter dem Durango hervor und verursachte Zahnschmerzen.

Nun reichte Saquib Nadal mehrere dicke Plastiktüten, wobei er ihren Inhalt versehentlich gegen den Asphalt schlagen ließ.

»Sei vorsichtig mit den Tauchflaschen, Bruder!«, ermahnte Nadal. Er stieg in den Betonschacht, bis sein Kopf unterhalb des Erdbodens verschwand, und knipste die Petzl-Kopflampe ein, um den Weg in die Tiefe auszuleuchten.

»Was siehst du?«, flüsterte Hassan.

Nadal antwortete nicht sofort. Er hatte das Gefühl, dass dies ein Moment war, in dem er etwas Tiefsinniges sagen sollte, wie es der Prophet getan hätte. Aber als Nadal das von einem Arbeiter an die Wand gesprühte Graffiti sah – einen Schwanz mit zwei Eiern –, fehlten ihm die Worte.

Kolt gab sich alle Mühe, um sein Temperament zu zügeln, aber er wusste, dass er diesen Kampf bald verlor. Wieder einmal hatte er es mit Leuten zu tun, denen der Ernst der Lage nicht bewusst war, während Menschenleben auf dem Spiel standen und ihm die Zeit davonlief. Außerdem hatte er schon wieder eine neue Identität annehmen müssen. Langsam reichte es ihm, sich ständig als jemand auszugeben, der er nicht war.

»Hören Sie, Mr. Jones, wir wissen es zu schätzen, dass Sie so schnell kommen konnten, aber wir sind schon den ganzen Tag damit beschäftigt«, erinnerte ihn die leitende Beamtin für Nuklearfragen des Yellow-Creek-Atomkraftwerks. »Meine Leute sind erschöpft, ich muss sie nach Hause schicken. Wir treffen uns morgen früh wieder hier.«

Kolt atmete langsam aus. »Das ist nicht nötig, Ma'am. Ich denke, wir könnten mit dem Bericht über Ihre Schutzmaßnahmen in etwa einer Stunde fertig sein.« Er schaute aus dem großen Fenster in der dritten Etage, das einen Blick über den Tennessee River bot. Draußen fuhren gerade zwei Kutter der Küstenwache vorbei.

»Mr. Jones, tut mir leid, aber wir müssen für heute wirklich Feierabend machen«, drängte die Beamtin. »Ich habe gerade einen Anruf vom Gouverneur bekommen. Er hat auf Anweisung des Präsidenten die Nationalgarde aktiviert.«

Scheiße, das wurde aber auch Zeit!

»Das sind tolle Neuigkeiten, Ma'am. Treffen die heute Abend noch hier ein?«

»Nein, bislang sind sie nicht alarmiert worden. Aber wir rechnen damit, dass eine Vorhut am Morgen herkommt, um den Sicherheitsplan mit uns abzusprechen.«

Kolt unterdrückte ein Lächeln, aber es freute ihn, dass der Präsident diesen einmaligen Schritt gewagt hatte. Er hätte sich auch nicht vorstellen können, wie es sich noch länger vermeiden ließ. Was sie erfahren hatten, war einfach zu eindeutig und zu bedrohlich. Und nach dem Cherokee-Anschlag hatten die Nachwirkungen in Form negativer Meinungsumfragen und Zank im Kongress über die Frage, ob das Land zum Polizeistaat wurde, diesen Schritt ohnehin unvermeidlich gemacht.

Kolt richtete das Wort an den Betriebsleiter des Kraftwerks. Wenn es je einen Zeitpunkt gegeben hatte, an dem es auf die Glaubwürdigkeit seiner Tarnung als Mr. Jones ankam, war es dieser.

»Bob, hat jemand vom Personal in letzter Zeit nervös gewirkt? In der letzten Woche? Seit dem Cherokee-Anschlag?«

Er war überzeugt, dass es hier in der Yellow-Creek-Anlage einen Timothy geben musste. Einen Insider. Seit er einen Tag mit dem echten Timothy im Cherokee-Kraftwerk verbracht und Hawk ihm vor dem Bruegger's Café das kleine Einmaleins der Atomenergie auf einer Serviette skizziert hatte, war ihm bewusst, wie ungemein anstrengend und kompliziert es sein musste, ein Verständnis von den inneren Abläufen in einem Kernkraftwerk zu gewinnen. Er wusste jetzt, dass die Terroristen große Schwierigkeiten bekamen, den Reaktor oder den Hauptkontrollraum zu erreichen, wenn ihnen das nötige Detailwissen fehlte, das nur ein langjähriger Mitarbeiter liefern konnte – entweder der oder drei Schützenkompanien der United States Marines.

»Wer ist der klügste Kopf, wenn's um diese technischen Zeichnungen hier geht?«, erkundigte sich Kolt deshalb. »Wer weiß am besten Bescheid über die unterirdischen Gänge?«

»Das wird wohl Samuel Price sein. Er arbeitet in meinem Büro«, meldete sich einer der Ingenieure zu Wort.

»Wo ist er jetzt?«

»Tja, gute Frage.«

»Warum?«

»Wir hatten an dem Morgen gerade in der Cafeteria gefrühstückt, als der Cherokee-Anschlag in den Nachrichten kam. Sam meinte, er fühle sich nicht gut, und ist nach Hause gegangen.«

»So was kann schon mal vorkommen«, fand Kolt. »Wo ist er heute Abend? Wir brauchen ihn vor Ort, damit er uns helfen kann, die unterirdischen Schwachstellen aufzuspüren.«

»Das wird nicht möglich sein, Sir«, gab der Ingenieur zurück. »Sam hat beschlossen, zwei Wochen Urlaub zu nehmen, bevor er wieder zur Arbeit kommt.«

»Urlaub?«

»'ne Kreuzfahrt zu den Bahamas, glaub ich. Seitdem haben wir nichts mehr von ihm gehört. Das war vor über 'nem Monat.«

»Rufen Sie ihn an!«, forderte Kolt.

»Wieso?«

»Tun Sie's einfach. Fragen Sie, ob alles in Ordnung ist.«

Die leitende Beamtin, die einen Business-Anzug trug, hob die rechte Hand, als ob sie ein Stoppsignal geben wollte.

»Rufen Sie ihn nicht an, Bob«, mischte sie sich ein. »Mr. Jones, ich werde einen meiner vertrauenswürdigsten Mitarbeiter zu dieser Uhrzeit nicht belästigen. Mr. Price ist für längere Zeit beurlaubt wegen einer Erkrankung, die vertraulich zu behandeln ist. Ich bin sicher, Sie verstehen das. Bitte, ich muss an dieser Stelle ein Machtwort sprechen. Wir gehen nach Hause.«

»Okay«, sagte Kolt. Es war offensichtlich, dass er die leitende Beamtin nicht mehr umstimmen konnte. Außerdem konnte auch er nach der späten Fahrt nach Atlanta eine Mütze voll Schlaf gebrauchen.

»Falls die Terroristen uns zu ihrem Ziel machen, und Gott helfe uns, wenn es so ist, dann bin ich sicher, dass unsere Sicherheitskräfte dieses Kraftwerk verteidigen können«, ergänzte die Beamtin selbstsicher.

Hoffen wir, dass sie das nicht unter Beweis stellen müssen.

Joma lenkte den Durango in den langen Schatten des zweistöckigen Gebäudes zu seiner Rechten. Er griff nach hinten und musste sich dabei auf dem Fahrersitz verrenken, weil er eine unbequeme kugelsichere Weste trug. Er legte einen roten Kippschalter in einer kleinen, schwarzen Box um, der mit den Holzkisten verbunden war. Dann konzentrierte er sich erneut auf den vor ihm aufragenden Reaktorkomplex, öffnete parallel mit einem Spezialwerkzeug die Pentalobe-Schrauben des iPhone 5, holte den präparierten Lithium-Ionen-Akku aus dem Versteck im Aschenbecher, legte ihn ein, schloss vorsichtig das Batteriekabel an und befestigte die Abdeckung wieder.

Nachdem er das Smartphone eingeschaltet hatte, wartete er ein paar Sekunden, bis der Startvorgang abgeschlossen war und es sich bei den Mobilfunkmasten in der Umgebung angemeldet hatte. Er tippte eine Nummer über den Touchscreen ein und beobachtete, wie die Verbindung hergestellt wurde. Im Rückspiegel begutachtete er das Ergebnis seiner Bemühungen. Der LED-Counter sprang an. Für ein paar Sekunden blinkten nur drei Nullen auf, dann wechselte die Anzeige auf 2:00.

1:59

1:58

1:57

Kolt ging zusammen mit der Belegschaft des Kraftwerks die marmorierte Wendeltreppe hinunter. Es klang wie das Getrampel einer Viehherde. Er schien der Einzige zu sein, der sich Sorgen über einen bevorstehenden Terroranschlag machte. Da piepste sein Handy dreimal. Er erstarrte beim Gehen. Die anderen in der Menge waren gezwungen, um ihn herumzulaufen. Einige warfen ihm im Vorbeigehen wütende Blicke zu. Dann führten sie ihre privaten Gespräche fort, beschwerten sich über den deutlich kürzeren Schlaf in dieser Nacht und besprachen, was sie noch im Laden besorgen wollten, bevor sie nach Hause fuhren. Einige andere klangen schon etwas freundlicher.

»Gute Nacht, Mr. Jones.«

»Gönnen Sie sich etwas Ruhe. Morgen sehen wir weiter.«

Kolt nickte und winkte, während er das Handy aus der Tasche an der rechten Hüfte riss. Mit dem Zeigefinger strich er L-förmig über das Display, um es zu entsperren. Raptor X hatte Hawks iPhone geortet.

Das kann nicht stimmen.

Kolt starrte ungläubig auf die Nummer. Er versuchte nachzuvollziehen, wie Hawks Handynummer in die Raptor-X-Suchliste dieses Telefons geraten war, das er am Vorabend von Tungsten erhalten hatte.

Carlos!

Ohne Kolts Wissen hatte Raptor X nach Hawks 15-stelliger Telefonnummer gefahndet, so wie es seit seinem Aufbruch aus Atlanta auch nach den Nummern Ausschau hielt, die mit den Terroristen in Verbindung gebracht wurden. Kolt war schockiert und wollte es nicht glauben. Für einen Augenblick setzte er sich auf die Treppenstufen, um die Nerven zu beruhigen und sich genauer mit dem Treffer zu beschäftigen.

Kolt wusste, dass es ein Schuss ins Blaue war. Bevor er letzte Nacht gegangen war, hatte Alex ihm noch gesagt, dass auf seinem Handy nur eine abgespeckte Version von Raptor X installiert sei, und ihm kurz die Unterschiede erklärt. Sie schlug vor, es sich wie die Jagd auf ein davonlaufendes Reh vorzustellen, bei der man nur in jeder zweiten Minute die Augen öffnen könne. Solange sie geöffnet waren, konnte man das Reh sehen, aber es lief weiter. Dann musste man die Augen für eine Minute schließen. Man hatte zwar eine Vorstellung davon, wo man es zuletzt gesehen hatte, hoffte aber, es erneut zu sehen, wenn man die Augen das nächste Mal aufschlug. Wenn man Glück hatte, blieb das Reh stehen oder suchte in der Nähe nach einem Versteck, sodass sich die neue Position leicht feststellen ließ.

Er hatte immerhin so viel verstanden, dass es nicht leicht war. Kein Routinevorgang, sondern eine Jagd, die nur Profis beherrschten.

Er beschloss, den Knopf zur Geolokalisierung zu drücken. Wenn es funktionierte, teilte ihm das Tool auf Basis der lokalen Mobilfunkstationen präzise mit, wo sich Hawks Handy aktuell befand. Aber im Gegensatz zur leistungsfähigeren Variante, die Shaft mithilfe von Satelliten bei seiner damaligen Solomission im Goshai-Tal blitzschnell aufgespürt hatte, konnte Kolt über Raptor X Lite nur auf einen Server mit eingeschränkten Zugriffen im Amazon-Rechenzentrum in Seattle zurückgreifen.

Kolt starrte auf die Anzeige, während das Smartphone mit den Funkstationen Kontakt aufnahm, um eine bis auf 100 Meter genaue Lokalisierung von Cindys Handy vorzunehmen. Er dachte darüber nach, wie schnell er das Treffen mit den Yellow-Creek-Mitarbeitern am Morgen hinter sich bringen könnte. Wie schnell er nach dem Frühstück die leitende Beamtin und ihre Kollegen allein lassen und in seinen Mietwagen steigen könnte, um seine komplette Aufmerksamkeit der Suche nach Cindy Bird zu widmen.

Der schattenartige blaue Balken kroch langsam von links nach rechts. Die Erfassung lief noch.

»Ach du Scheiße!«, rief Kolt, nachdem das Ergebnis feststand. »Es ist hier!«

27

Joma legte das iPhone 5 vorsichtig auf den Beifahrersitz. Er stellte sicher, dass die Verbindung bestehen blieb und die Steuerung des Timers auf dem Rücksitz weiterhin funktionierte. Diese Stelle hatten sie im Vorfeld sorgsam mit Google Earth recherchiert. Sie bot nicht nur optimalen Schutz vor zufälliger Entdeckung, sondern auch stabile Mobilfunk-Verbindungen dank insgesamt 432 im Dreiländereck von Mississippi, Alabama und Tennessee stationierter Mobilfunkmasten.

Genau hier hatten sie geplant, die Einheit auf dem Rücksitz zu aktivieren. Um eine Kernschmelze im Atomkraftwerk der Ungläubigen auszulösen und dabei hoffentlich den Tod Hunderttausender herbeizuführen, stand einem anschließend kaum noch etwas im Weg: nur zwei hohe Maschendrahtzäune, etwa siebeneinhalb Meter voneinander entfernt, und ein horizontaler Zugdraht von der Länge einer Angelschnur. Dieser löste unweigerlich einen Alarm aus, der alle im Kraftwerk davon in Kenntnis setzte, dass etwas oder jemand in die Sicherheitszone 18 eingedrungen war.

Joma baute darauf, dass er die Zäune ohne nennenswerte Schwierigkeiten überwand. So niederträchtig die Ungläubigen auch sein mochten – sie stellten äußerst robuste Fahrzeuge her. Der SUV würde mit Leichtigkeit den glänzenden, rasiermesserscharfen, gewundenen Stacheldraht an der Innenseite der Zäune zerreißen können. Sobald er die Absperrung passiert hatte, musste er das Tempo beibehalten, damit er an den hässlichen Wachtürmen vorbeikam, in denen Männer mit Maschinengewehren Wache hielten. Schnelligkeit war der Schlüssel zum Erfolg. Abgesehen von seiner kugelsicheren Weste verfügte Joma über keine andere Schutzausrüstung. Es galt also, die bewaffneten Gegner so rasch wie möglich zu passieren.

Wenn doch nur ... begann er zu denken, doch dann hielt er sich zurück. Joma vermisste Timothy. Warum war dieser nur weggelaufen? Joma weigerte sich, an Verrat zu glauben. Während die anderen darauf pochten, wollte er es einfach nicht akzeptieren. Sie hatten so viel zusammen durchgestanden. Wenn Timothy jetzt hier gewesen wäre, hätte er in eine Scharfschützenposition gehen können, wie Joma es bei ihrem letzten Anschlag getan hatte. Mit seinem Unterstützungsfeuer hätte er das Personal in den Türmen ablenken und Joma die zusätzliche Zeit verschaffen können, die er so dringend brauchte.

Er schüttelte den Kopf. Heute war er auf sich allein gestellt. Und wie er Bruder Nadal Al-Romani soeben versichert hatte, akzeptierte er dieses Schicksal auch.

Nachdem alles bereit war, legte Joma den Vorwärtsgang ein und lenkte den Durango aus der Deckung des Schattens heraus. Er schlug das Lenkrad leicht nach links ein, sodass der Wagen perfekt auf die Zäune und die großen silbernen Aufbereitungsbehälter in einigen Hundert Metern Entfernung ausgerichtet war. Noch einmal schielte er auf das Handy auf dem Beifahrersitz. Die Verbindung stand weiterhin. Mit einem Blick in den Rückspiegel überzeugte er sich davon, dass der Countdown der grünen LED-Zahlen weiterlief.

›1:32, 1:31, 1:30, 1:29 ...‹

Mit der Gewissheit, dass alles erwartungsgemäß ablief, trat Joma kräftig aufs Gaspedal. Die Reifen quietschten laut auf dem Asphalt und der Wagen beschleunigte.

»Allahu akbar, Allahu akbar!«

Das laute Krachen von Schüssen verschaffte Cindy Bird die Tarnung und Ablenkung, die sie brauchte. Mit ihren bildschönen, perfekt weißen Zähnen biss sie ihr Armband aus Fallschirmleine auf und wickelte sich die beiden Enden mehrmals um die Hände, um sie fest im Griff zu behalten. Dann griff sie dem Fahrer über den Kopf und legte ihm blitzschnell die Leine um den Hals, riss ihn nach hinten und zog seinen Kopf seitlich an der Kopfstütze vorbei. Als Nächstes verlagerte sie das Gewicht nach hinten, hob ihr starkes Bein, mit dem sie als Kind beim Fußball viele Tore erzielt hatte, und rammte dem Mann den siebeneinhalb Zentimeter langen Pfennigabsatz ihres Schuhs in den unteren, rechten Kopfbereich, als ob es eine Windschutzscheibe oder eine verschlossene Tür einzutreten galt.

Der Absatz traf den fleischigen Teil rechts vom Hirnstamm und unterhalb der Schädelbasis. Sie zog weiter mit aller Kraft an der Leine, die sich langsam durch die Haut zu schneiden begann. Mit gesteigerter Anstrengung drückte sie ihren Designer-Absatz gut fünf Zentimeter in die Schädelbasis des Terroristen hinein. Sein Schreien verstummte abrupt. Bestimmt hatte sie sein zentrales Nervensystem beschädigt. In der Überzeugung, das Arschloch umgebracht zu haben, diesen Dreckskerl, der sie verprügelt hatte, beendete sie ihre Attacke und wartete darauf, dass er zusammensackte wie eine Stoffpuppe.

Aber Hawk war kein geborener Killer, wie Kolt es nach ihrem Dafürhalten war. Das letzte Mal, dass sie einen Menschen getötet hatte – nein, das erste Mal überhaupt, dass sie einen Menschen getötet hatte –, war während des Angriffs auf das Bürogebäude in Kairo im letzten Jahr gewesen. Dort hatte sie kaum Zeit zum Reagieren gehabt. Ihr Handeln hatte ganz auf Muskelgedächtnis beruht, so wie es laut ihren Ausbildern bei der Delta Force sein musste. Und damals war Kolt dringend auf sie angewiesen gewesen. Sie hatte ihn nicht im Stich lassen können.

Diesmal hatte sie etwas mehr Zeit gehabt, darüber nachzudenken, tatsächlich mehr als einen Monat. Außerdem hatte sie keine Ahnung, wo Kolt gerade steckte. Bird wusste also, dass sie diesmal für sich selbst tötete und es sich um eine persönliche Angelegenheit handelte. Keine Ausreden.

Oh Gott!

Der Fahrer erschauerte plötzlich mit einer Vehemenz, die sie von ihm in seinem Zustand nicht mehr erwartet hatte. Der Gegenstand, der sich in seinen oberen Nackenbereich gebohrt hatte, musste ihn nur betäubt haben. Ihr Absatz war mindestens fünf Zentimeter tief eingedrungen, da war sie sicher.

Offensichtlich hatte das trotzdem nicht ausgereicht, um Hawks Peiniger zu töten.

Sie hielt beide Enden der Fallschirmleine so fest, wie sie es nur konnte, zerrte mit aller Kraft, die ihr noch blieb, und rammte das angespitzte Ende noch tiefer hinein.

Der Mann sackte nach vorn in Richtung Lenkrad und schleifte Hawks noch im Schuh steckenden Fuß an der Ferse mit. Egal, was in seinem Nacken steckte – der Terrorist hatte sich offenbar schnell vom anfänglichen Schock erholt, und ganz sicher war er noch nicht tot.

»NEIN!«, schrie Hawk, als sie direkt in den Lauf einer halbautomatischen Pistole aus Edelstahl blickte, die der Terrorist hoch über dem Kopf hielt. Die Waffe zitterte. Es fiel ihm offenbar schwer, auf diese verrückt gewordene Schlampe auf dem Rücksitz zu zielen, ohne etwas zu erkennen.

Zwei Schüsse knallten.

Hawk zog die militärische Fallschirmleine vom Hals des Terroristen zu sich heran, wobei sie den Absatz zentimetertief im Hirn des Mannes stecken ließ. Sie ertastete das Plastikstück an einem Ende der Leine, hob es an die Lippen, holte tief Luft und blies hinein.

Die Sicherheitsbeamten des Yellow-Creek-Kraftwerks, die in erhöhten, schusssicheren Positionen standen, eröffneten das Feuer, sobald sie sahen, wie der Durango durch mehrere Zäune mit Stacheldraht brach. Kugeln im Kaliber 223 aus Colt-Sturmgewehren schlugen in die vorderen Kotflügel und die Motorhaube ein. Sie rissen kleine Löcher in den Motor des schwer beladenen SUV. Die Schützen waren nervös, aber die fortschrittlichen Wärmebildvisiere, die auf ihre Gewehre montiert waren, sorgten dafür, dass sie ihr Ziel nur selten verfehlten.

Drei Schüsse trafen Jomas Weste der Schutzklasse IV, die für Kaliber bis zu 7,62 Millimetern ausgelegt war und seine lebenswichtigen Organe schützte. Die Weste erfüllte ihren Zweck und hielt die Kugeln ab. Allerdings trug er schwere stumpfe Traumata im Brustbereich davon. Er hatte damit gerechnet und war bestens vorbereitet. Die einzige Kugel, vor der er sich nicht schützen konnte, schlug in seinen linken Oberschenkelmuskel ein. Die dünnen Stahltüren des Durango verlangsamten das Kupfergeschoss kaum. Es durchtrennte die Arterie und trat an der Unterseite des Beins wieder aus. Durch die etwa fünf Zentimeter breite Austrittswunde verlor er rasch enorme Mengen Blut.

Aber er hatte sein Ziel bereits erreicht. Er musste nicht unbedingt die großen Tanks rammen. Er musste nicht mal auf eine Fahrzeuglänge an sie herankommen. Etwa 30 Meter reichten völlig. Farooq hatte ihm vor mehr als einem Monat erklärt, dass die mit TNT vollgepackte Autobombe einen großen Krater in der asphaltierten Zufahrt hinterließ, aber das allein sorgte nicht für eine Kernschmelze. Der kritische Schaden entstand vielmehr, wenn der Stoßwellenüberdruck die einen knappen Zentimeter dünnen, gekrümmten Metallwände der Aufbereitungstanks in der Nähe verbog. Unmittelbar nach der Verformung würden die Schwerkraft und der Druck Tausender Liter aufbereiteten Wassers den Rest erledigen und die Nieten in den Tanks beschädigen. Danach rissen die Behälter auf und ließen das Wasser mit 2460 Litern pro Minute herausschießen.

Ohne das Kühlwasser überhitzten zwangsläufig die Aluminium-Elemente, die die nuklearen Brennstäbe tief im Inneren des Reaktorkerns stabilisierten, innerhalb von weniger als einer Stunde, um letztlich die Containerstäbe zum Schmelzen zu bringen. Das führte zu einer nuklearen Katastrophe, einem Super-GAU, dessen Auswirkungen Hunderttausende noch über Generationen hinweg zu spüren bekamen.

Hätten die Beamten das Auto doch nur früher entdeckt! Vielleicht wäre es ihnen gelungen, Schüsse auf die Reifen abzugeben und das Fahrzeug auf diese Weise zu verlangsamen. Oder sie hätten den Fahrer erschossen. Hauptsache, es wäre ihnen möglich gewesen, zu verhindern, dass der SUV auf unter 30 Meter an die großen Tanks herankam.

In der Kommandozentrale brach Jubel aus, als die DI-5000-Wärmebildkameras zum Ort des Geschehens herumschwenkten und auf den rauchenden Durango fixiert blieben. Die Bediensteten reckten triumphierend die Arme hoch. Der rote Kasten der Zielerfassung auf dem Bildschirm rastete ein und ließ die Hitze der Kugeln sichtbar werden, die in den Motorblock des Fahrzeugs einschlugen. Das Personal klatschte ab. In ihren Augen hatten die Schutzmaßnahmen gewirkt und ihre Zuverlässigkeit erwiesen. Oft stritt man über ihre Effektivität, doch ein solcher Angriff lieferte konkrete Fakten. Die Autobombe war aufgehalten worden; die Terroristen hatten versagt.

Kolt fand trotzdem, dass die Gegenseite zu dicht herangekommen war. Er glich die Nahaufnahme auf dem Bildschirm mit der großformatigen Luftaufnahme an der Wand ab. Danach nahm er sich das im passenden Maßstab angefertigte Geländemodell vor, das etwas abseits stand. Zu dicht. Die Autobombe war zu dicht herangekommen. Wenn schon nicht zu dicht an die Tanks, dann zumindest an alle, die sich in diesem Gebäudekomplex aufhielten.

Kolt riss die Tür mit der Vergitterung auf und stürmte aus der Alarmzentrale, ohne ein Wort zu sagen. Es blieb keine Zeit zum Diskutieren. Keine Zeit, die Angestellten des Kraftwerks zu evakuieren, nicht mal für eine Lautsprecherdurchsage, dass sie sich von der nordwestlichen Ecke der Schutzzone und der drohenden Explosion zurückziehen sollten.

Er spurtete an Wachposten 7 vorbei, der sich in einer von kugelsicherem Stahl umgebenen, v-förmigen Verteidigungsstellung befand. Seine Schutzmaske hatte er bereits übergestreift, erreichte das überdachte Treppenhaus, lief zwei Etagen nach unten und durch einen Gang in der Nähe der Cafeteria ins Freie. Niemand begegnete ihm, bis er mit hohem Tempo das Verwaltungsgebäude verließ und auf den Hof stürmte.

Kolt sprintete auf eine neun Meter hohe, schusssichere Einfriedung zu. Während er direkt daran vorbeirannte, rief er: »Nicht schießen! Nicht schießen!«

Ein bewaffneter Beamter in einem knapp 300 Meter entfernten Wachturm im Nordwesten eröffnete das Feuer. Für ihn war es unmöglich, zwischen Freund und Feind zu unterscheiden. Kolt trug Zivilistenkleidung und war offenkundig kein Wachmann. Zumindest das erkannte der Schütze deutlich. Sämtliche Angestellten des Kraftwerks waren für den Fall, dass es zu einem Angriff kam, auf bestimmte Vorgehensweisen gedrillt. Sie wussten, dass sie Deckung suchen und diese nicht verlassen sollten. Ihre Befähigung hatten sie bei zahlreichen Übungen unter Beweis gestellt. Deshalb konnte der Mann, der mit vollem Tempo quer durch die Schutzzone rannte, nach Einschätzung des mehrere Footballfelder entfernten Sicherheitsbeamten nur ein Terrorist sein.

Während er mit langen Schritten über den Asphalt lief, peitschten rings um seine Stiefel Kugeln in den Boden und wirbelten Staub auf. Er erreichte den Durango und riss die Fahrertür auf. Der Terrorist lebte noch. Aufgrund der Austrittswunde am linken Bein war seine graue Hose blutdurchtränkt, die schwarze Schutzweste an drei Stellen zerfetzt – zweimal an der Brust, einmal im oberen Bauchbereich. An seiner rechten Schulter klebte eine Menge Blut. Das Atmen fiel ihm schwer.

Was zum Teufel …?

»Joma?«, fragte Kolt, der das Gesicht des Fahrers sofort richtig zuordnete.

Er riss die hintere Beifahrertür auf. Und da sah er es. Wo sich vorher die Rücksitze befunden hatten, standen jetzt drei einfache Holzkisten, jede in der Größe einer durchschnittlichen Mikrowelle. Oben kamen jeweils Drähte heraus und trafen sich in der Mitte. Sie wurden von rotem Klebeband zusammengehalten und schlängelten sich bis zu einer schwarzen Plastikbox. Die grüne LED-Anzeige ließ keinen Zweifel am Ernst der Lage. 0:14 – noch 14 Sekunden.

Kolt konnte sein Glück kaum fassen. Seit er den Timer betrachtete, waren bereits mehrere Sekunden verstrichen, doch die Zahl änderte sich nicht. Es blieben 14 Sekunden. Aus irgendeinem unerklärlichen Grund war der Zähler der Autobombe stehen geblieben, bevor sie explodieren konnte.

Tief erleichtert über diesen Glücksfall wandte Kolt seine Aufmerksamkeit erneut Joma zu. Er wusste, dass er die Bombe nicht einfach an Ort und Stelle lassen konnte. Er musste sie dringend wegschaffen. Aus der Schutzzone entfernen. Für den Fall, dass sie doch noch explodierte, hing alles davon ab, dass es ihm gelang, jeglichen Schaden von den Apparaturen zur Sicherheitsabschaltung fernzuhalten. Damit der Kampfmittelräumdienst die Bombe erfolgreich entschärfen konnte, musste sie viel weiter von den nuklearen Brennstäben im Reaktor und dem Kühlbecken entfernt sein.

Höchste Zeit, die Autobombe aus dem Weg zu räumen.

Kolt packte Joma mit der rechten Hand an der Schutzweste, bog den Terroristen ein Stück zu sich heran, beugte sich über ihn und löste den Sicherheitsgurt. Er zerrte kräftig, damit Joma das Lenkrad losließ. Erst jetzt fiel ihm die Handschelle auf, mit der das rechte Gelenk an die Lenksäule gefesselt war. Er rüttelte daran, jedoch ohne Erfolg.

Kurz überlegte er, Joma nach dem Schlüssel zu fragen oder einfach in den Taschen danach zu wühlen. Er beschloss, dass das nichts brachte. Ihm blieb nur eine Möglichkeit.

Kolt packte Joma am linken Arm und am linken Hosenbein, schleifte ihn vom Sitz und ließ ihn neben der Trittstufe an der Fahrerseite auf den Boden rutschen. Jomas rechter Arm blieb weiterhin an die Lenksäule gefesselt – sein einziger Körperteil, der sich noch innerhalb des Wagens befand.

Kolt stieg in den Durango. Auf dem blutverschmierten Fahrersitz empfingen ihn drei Piepgeräusche. Instinktiv schielte er in den Rückspiegel. Auf der grünen LED-Anzeige war jetzt zu lesen: 0:13. Etwas musste die Bombe wieder aktiviert haben. Der Countdown zählte weiter herunter.

»Scheiße! Scheiße! Scheiße!«

Er begriff sofort, dass er es vermasselt hatte. Jomas Körper musste Druck auf einen versteckt platzierten Schalter ausgeübt haben. Die Vorrichtung befand sich wahrscheinlich im Sitz. Die Zündvorrichtung wurde durch das Gewicht des Insassen kontrolliert. Kolt war wütend auf sich selbst wegen seines nachlässigen Vorgehens. Jetzt konnte er nur noch probieren, die Autobombe innerhalb der verbleibenden Zeit so weit wie möglich von den Tanks wegzuschaffen.

Er drehte den Zündschlüssel. Nichts. Der Motor sprang nicht an. Der Geruch von Kühlflüssigkeit mischte sich mit dem beißenden Gestank von frischem Blut.

Kolt schaltete das Getriebe in den Leerlauf, stieg aus dem Durango, drehte sich um und legte die rechte Hand ans Lenkrad. Mit der Linken stützte er sich am Türrahmen ab. Und dann schob er. Und schob. Dass in den Vorderreifen keine Luft mehr war, machte es nicht leichter. Auch Jomas

Blut, das eine Lache bildete, erwies sich als Problem. Kolts Schuhe fanden keinen ausreichenden Halt.

Ganz langsam rollte das Fahrzeug auf den platten Reifen vorwärts. Alle paar Zentimeter streikten Kolts Bein- und Rückenmuskeln. Der Wagen hatte sich höchstens einen halben Meter bewegt. Er spähte auf die grüne LED-Anzeige. Die letzten Sekunden liefen ab. *Fünf, vier, drei …*

Kolt wusste, dass er erledigt war. Schweiß tropfte ihm von der Stirn. Aber er blieb überraschend ruhig. Es nützte jetzt sowieso nichts mehr, die Flucht anzutreten. In zwei Sekunden explodierte die Bombe. Autotrümmer und Körperteile flogen dann in den Himmel und verteilten sich kilometerweit in alle Richtungen. Viel schlimmer als seinen eigenen Abtritt von der Bühne fand er die Zerstörung der Tanks mit dem aufbereiteten Wasser und den schleichenden Tod unschuldiger Menschen infolge der Kernschmelze.

Zwei, eins. Kolts Griff um das Lenkrad wurde fester. Er schob in einem letzten verzweifelten Versuch, die Räder in Schwung zu bringen. Selbst ein halber Meter machte möglicherweise den Unterschied. Er wusste, dass er trotzdem viel zu nah an den Tanks war. Völlig aussichtslos. Ihm gingen die Alternativen aus. Die Bombe würde detonieren, Dutzende Menschen vor Ort sofort töten und Hunderttausende weitere in einem schleichenden Prozess.

Kolt schloss die Augen. Er dachte an TJ, seinen besten Freund und Teamkollegen. Vor sechs Monaten war dieser ums Leben gekommen. Sie hatten in der Nähe der Andrews Air Force Base gegen Amriki gekämpft, während sich der Präsident mit Marine One im Anflug befand. Vor seinem inneren Auge blitzte kurz Cindys Gesicht auf. Er verspürte eine tiefe Leere. Es war ihm nicht gelungen, sie zu retten. Bestimmt lebte sie nicht mehr. Innerhalb eines kurzen Augenblicks nahm Kolt Abschied. Joma fuhr jetzt zur Hölle, und er fragte sich, ob ihm dasselbe Schicksal drohte.

Null.

Er verkrampfte und wartete die nächste Sekunde ab, fest davon überzeugt, dass der Knall sich nur um ein, zwei Momente verspätete. Sicher nur ein Kabelbruch oder ein anderes unsichtbares Problem, das sich im nächsten Augenblick von selbst löste. Insgeheim verspürte er Dankbarkeit für die kurze Gnadenfrist. Er dachte an den Himmel und an Jesus. An die vielen Teamkollegen, die im Einsatz ums Leben gekommen waren.

Aber es geschah nichts. Es gab keine gewaltige Explosion. Und er hatte keine Erklärung dafür.

Fünf Sekunden verstrichen, dann zehn … Kolt schlug die Augen auf.

Was zum …?

Ein Blindgänger. Das musste es sein. Oder man hatte ihn überlistet. Nicht nur ihn, sondern sämtliche bewaffneten Sicherheitsbeamten des Kraftwerks. Die Bombe im Dodge Durango war nicht echt, sondern eine Attrappe. Sie hatten ein Fahrzeug benutzt, das so ähnlich aussah wie das echte, um die Aufmerksamkeit von der eigentlichen Bombe abzulenken.

Kolt tastete nach Joma, der unverändert an die Lenksäule gekettet war. Eine geradezu grotesk geringe Chance, aber er sah keine andere Möglichkeit, Cindy zu finden.

Er zog Jomas glatt rasiertes Gesicht zu sich heran.

»Augen auf!«, befahl er.

Keine Reaktion. Joma atmete kaum noch. Er hatte viel Blut verloren.

Kolt schüttelte ihn heftig. »Wach verdammt noch mal auf, du Dreckschwein!«, schrie er. »Wo zum Teufel ist sie? Wo ist die echte Bombe?«

Ein schwaches Grinsen schlich sich auf Jomas kreidebleiches Gesicht. Seine Lider öffneten sich einen Spaltbreit. Er hustete. Aus den Mundwinkeln sickerte Blut – er kämpfte mit dem Tod. Sirenen von Rettungswagen heulten auf, so laut, dass man sie in einem Umkreis von einem Dutzend Kilometern hörte.

»Was ist daran so lustig?«, fragte Kolt. Im Sirenenlärm musste er angestrengt lauschen, um Jomas Stimme zu verstehen.

»Bruder Timothy, du bist hier«, brachte Joma mühsam heraus. »Ich wusste, dass du mich nicht im Stich lässt.«

»Joma, wo ist die Bombe?«

»Wir haben sie ausgetrickst. Nadal hat die echte Bombe bei deiner Frau gelassen. Wenn Allah es will, wird sie sich für uns alle opfern.«

Kolt verstand nur jedes zweite Wort, aber er hatte genug gehört, um die Fassung zu verlieren. Er schlug Joma mit dem Handrücken ins knochige Gesicht. Mit der Linken schüttelte er ihn grob. Einen seltsamen Moment lang war er sich nicht sicher, was ihm wichtiger war – Cindy zu finden oder die Bombe.

»Wo ist die echte Bombe?«

»Es ist vorbei«, flüsterte Joma. »Allah hat seine Entscheidung gefällt.«

»Allah entscheidet hier überhaupt nichts, du Arschloch!«, schrie Kolt, während Joma seinen letzten Atemzug tat. Er ließ los. Der andere sackte schlaff zu Boden, wobei die Hälfte seines Körpers weiterhin in der Fahrertür hängen blieb.

Kolt erstarrte. Seine Gedanken rasten. *Denk nach, Kolt. Denk nach.* Ihm war klar, dass man ihn reingelegt hatte. Bisher hatte er nur die Bombenattrappe gefunden. Die echte befand sich da draußen. Irgendwo. Vielleicht ging sie schon in wenigen Sekunden hoch. Er musste sie finden.

Das ist es! Ein zweiter schwarzer Dodge Durango. Das muss es sein. Wahrscheinlich hatte Joma nicht gewusst, bei welcher der beiden Bomben es sich um die echte und bei welcher um die Attrappe handelte. Deshalb hatte er den Angriff auf das Kernkraftwerk mit voller Entschlossenheit und Hingabe an Allah durchgeführt.

Kolt sprintete in Richtung Hauptgebäude, schnellte von Schatten zu Schatten. Die Reservegeneratoren sprangen an und die Notbeleuchtung wurde eingeschaltet. Zögernd erhellten die Scheinwerfer an den 18 Meter hohen Masten die Dunkelheit.

Er rannte mit unverminderter Geschwindigkeit über den Gehweg nach links, auf die asphaltierte Fahrbahn zu. Dabei kam er an blinkenden LED-Schildern mit motivierenden Schriftzügen vorbei: ›Unser Ziel lautet Unfallfreiheit‹ oder ›Sicherheitsbewusstes Arbeiten ist Trumpf‹. Ein blinkender roter Countdown verriet, dass sich in diesem Kraftwerk seit sechs Jahren keine Arbeitsunfälle mit Ausfalltagen ereignet hatten.

Kolt erreichte die gläserne Doppeltür, trat vor den Kartenleser und mühte sich mit dem Ausweis ab, den er um den Hals trug. *Komm schon, komm schon.*

»Nicht schießen! Nicht schießen!«, rief er, damit die Sicherheitsleute im Gebäude ihn nicht ins Visier nahmen.

Er zog den Magnetausweis von links nach rechts durch den Schlitz. Eine gefühlte Ewigkeit verging, bis das Klicken ertönte, mit dem das Drehkreuz entriegelt wurde. Kolt schob die Stahlstäbe ungeduldig vor sich her und bewegte sich mit trippelnden Schritten vorwärts, bis er endlich hindurch war.

Er hastete durch den Portalmonitor, der Neuankömmlinge auf radioaktive Strahlung überprüfte, und knallte in vollem Lauf gegen die Panikstange der getönten Glastür. Sekunden später fand er sich draußen am Rand des Parkplatzes in der Nähe einer langen Reihe von Betonklötzen wieder, die als Sicherheitsbarrieren dienten.

Er drehte den Kopf und blickte sich hastig in alle Richtungen um.

Eine größere Gruppe von Menschen hatte sich hier versammelt. Sie redeten aufgeregt durcheinander. Kolt nahm an, dass es der übliche Sammelpunkt für die Angestellten bei einem Störfall war. Eine Stelle, an der man sich einen Überblick verschaffte, die Leute durchzählte und feststellte, wer fehlte. Mindestens 40 oder 50 Mitarbeiter standen bereits hier.

Als Kolt sich der Menge näherte, fielen ihm einige Männer in ungewöhnlichen gelbbraunen Uniformen auf. Er hörte, wie sie die Leute aufforderten, sich hinzusetzen und ruhig zu verhalten.

Sie muss in der Nähe sein. Kolt wurde rasch klar, dass an dieser Stelle bei einem Alarm die meiste Aktivität und das größte Gedränge auf dem ganzen Gelände entstanden. Außerdem musste jeder Mitarbeiter oder Besucher beim Betreten oder Verlassen des Kraftwerks hier vorbei. Wo sonst sollte ein Terrorist eine Autobombe platzieren? Dieser Punkt war perfekt. Kolt sprang auf die Motorhaube eines Ford F-150 und suchte den Parkplatz nach dem anderen schwarzen Durango ab. Er fing links an und ließ den Blick zügig nach rechts schweifen, hoffte, den fraglichen Wagen schnell zu finden.

Kaum sechs Meter entfernt stand ein schwarzer Dodge Durango im Leerlauf auf einem Behindertenparkplatz. Das Standlicht war eingeschaltet, die Rückfenster dunkel getönt. Durch die Windschutzscheibe gelang es ihm nicht, jemanden im Wageninneren ausfindig zu machen.

Noch auffälliger kam ihm die oberhalb des Reifenprofils angebrachte Radklemme vor. Der Kotflügel verdeckte mehrere Zentimeter des Profils. Kolt überprüfte den Abstand des vorderen Kotflügels zum Reifen. Doppelt so groß wie normal.

Das war es. Das musste es sein.

Das hohe Gewicht der Bombe auf der Rückbank des Durango sorgte dafür, dass das Fahrzeug sich am vorderen Ende hob, während es an der Hinterachse ungewöhnlich tief hinuntergedrückt wurde. Er konnte sein Glück kaum fassen.

Kolt sprintete auf das Fahrzeug zu, ohne an mögliche Gefahren zu denken. Falls es die echte Bombe war, drohten sie alle umzukommen.

Vor dem linken Heckfenster blieb er stehen. Ein merkwürdiges Pfeifgeräusch ertönte, sporadisch, ungleichmäßig.

Es schien hinter dem Fahrzeug hervorzukommen, möglicherweise auch aus dem Wageninneren. Er hob die Hände, um seine Augen vor dem Flutlicht abzuschirmen, und spähte durch die getönte Scheibe auf den Rücksitz.

Dort bemerkte er die gleichen drei Holzkisten, die gleichen Kabel, die gleiche kleine Box mit grüner LED-Anzeige. Und auch hier lief ein Countdown.

Kolt machte sich an der hinteren Tür zu schaffen. Natürlich abgeschlossen. Er drehte sich mit dem Rücken zum Auto, hob den rechten Ellbogen und stieß ihn gegen das Fenster. Das Sicherheitsglas bekam Sprünge, blieb aber an der Polymerfolie hängen. Kolt versetzte der Scheibe einen weiteren Ellbogenstoß, dann noch einen. Im dritten Anlauf krachte das Fenster nach innen.

Als er hineingriff und die Tür entriegelte, schlug ihm durch die Fensteröffnung der unverwechselbare Geruch von Tod entgegen, vermischt mit dem Gestank ungewaschener Körper. Er hielt die Luft an, lehnte sich über den Rücksitz, griff über die Holzkisten hinweg nach dem Timer und drehte ihn zu sich.

2:47, 2:46, 2:45 …

»Scheiße, Scheiße, Scheiße!«

Cindy lag hinter dem Fahrersitz. Sie war mit silbernen Handschellen gefesselt. Der grüne Rock, den sie bei ihrem mehr als einen Monat zurückliegenden Treffen im Café getragen hatte, war hoch über die Schenkel gerutscht. An mehreren Stellen klafften Löcher in der Strumpfhose. Am Rock und der weißen Bluse klebte Blut. Sie war barfuß und das linke Bein hing über der Lehne des Fahrersitzes.

»Hawk!«, schrie Kolt.

Keine Reaktion.

Er griff nach seiner früheren Teamkollegin und schüttelte sie. Cindy ließ sich kaum bewegen. Kolt sah näher hin. Sie war an den Fahrzeugboden gefesselt. Ketten verliefen unter den beiden Vordersitzen hindurch. Die Chromstahlketten, um ihren Oberkörper gelegt und an mehreren Punkten unter den Sitzen verankert, wurden von ihrem zerknitterten Rock, der fleckigen Bluse und einer Menge Blut verdeckt.

»Racer. Bitte geh. Du kannst es nicht mehr verhindern. Sie wird hochgehen«, sagte sie mit schwacher Stimme.

Kolt schaute Cindy in die Augen. »Ich lass dich nicht im Stich, Hawk.«

Er legte die Finger an den Hals, fühlte an der Schlagader ihren Puls. Äußerst schwach.

»Sprich weiter, Hawk, sprich weiter«, bat er und spähte zu den Vordersitzen in der Hoffnung, eine halb gefüllte Wasserflasche oder etwas anderes zu finden, das er der vollkommen dehydrierten Hawk einflößen konnte. Im Getränkehalter auf der Beifahrerseite steckte eine Dose Pepsi. Er beugte sich hinüber, um danach zu greifen.

Dabei erhaschte er einen kurzen Blick auf den Fahrer. Dieser lag bewegungslos da, zur Beifahrerseite hinübergebeugt. Kolt sah näher hin. Die Hälfte des rechten Ohrs fehlte. Ein dünner Schuhabsatz steckte im Hinterkopf des Mannes, direkt neben dem Hirnstamm. Er hielt eine silberschwarze Ruger SR9 in der rechten Hand. Der Lauf war nach hinten gerichtet. Sein Daumen steckte merkwürdigerweise noch im Abzugsbügel des Druckpunktabzugs.

In diesem Moment bemerkte Kolt den Schießpulvergeruch. Er wandte sich Hawk zu, um ihr etwas Pepsi auf die Lippen zu träufeln, und bemerkte die Prellung an der Stirn. Ihr linkes Auge war zugeschwollen. Kolt wischte das Blut ab, das seitlich am Gesicht hinunterlief. Die Haare waren feucht und verklebt. Sie drohte in einen Schockzustand zu verfallen.

Es gab entschieden zu viel Blut in diesem Auto. Das konnte unmöglich alles von der Kopfwunde stammen. *Schau, wo das Blut herkommt.*

Kolt riss Cindys Bluse mit einem Ruck auf. Die Knöpfe flogen davon. Das linke Körbchen ihres BHs war voller Blut.

Es lief am Bauch entlang, setzte sich in den Hebungen und Senkungen ihrer gut ausdefinierten Bauchmuskeln fest.

Knapp oberhalb des Busens stieß er auf das Einschussloch. Eine klassische saugende Brustwunde. Mit jedem Herzschlag wurde Luft eingesaugt und ausgestoßen. Kolt wusste, dass sie Glück gehabt hatte – sie lebte nur deshalb noch, weil die Kugel die rechte Brust und nicht ihr Herz getroffen hatte. Im verzweifelten Versuch, das Loch zu schließen, presste er die rechte Handfläche auf die Wunde. Ihre Haut war kalt, ihr Blut jedoch warm. Er spürte, wie die Luft im Rhythmus ihres schwachen Herzschlags aus dem Körper entwich,.

Kolt untersuchte Cindy weiter. Sein Blick richtete sich auf den rechten Oberschenkel. Noch mehr Blut. Viel Blut. Er ballte die linke Hand zur Faust und drückte mit den Knöcheln nach unten auf die Eintrittswunde.

Den Druck halten. Die Blutung stoppen, sonst ist sie erledigt.

An Kolts Faust vorbei spritzte arterielles Blut nach oben, in seinen Mund und an den Hals.

Er spuckte es über den Fahrersitz.

Sein Blick streifte erneut den Timer.

2:28, 2:27, 2:26 …

»Schaff die Bombe vom Kernkraftwerk weg, Kolt!«, bat Cindy flüsternd im Todeskampf.

»Ist schon okay. Sie ist zu weit von den Wassertanks weg, um eine Kernschmelze auszulösen«, beruhigte er sie.

»Ich weiß nicht, Kolt … Bist du sicher?«

Er wollte sie auffordern, verdammt noch mal die Klappe zu halten. Aufzuhören, so viele unnütze Fragen zu stellen. Aber dann blinzelte Hawk nicht länger. Ihre Augen blieben geöffnet. Ihr Mund ebenfalls. Das hässliche Gesicht des Todes. Kolt kannte es nur allzu gut.

»Halt durch, Hawk!«, schrie er. »Verflucht noch mal, halt durch!«

Er wollte eine Herzdruckmassage machen, sich das Hemd

ausziehen, in dünne Streifen reißen und diese in ihre Brustwunde stopfen, um die Blutung zu stoppen. Er wusste, dass er ihr helfen konnte, wenn es ihm nur gelang, sie aus dem Fahrzeug zu holen und flach hinzulegen. Das hätte ihm den notwendigen Platz verschafft, um die Blutung aufzuhalten und die Wunden zu versorgen. Aber die Ketten hinderten ihn daran. Und sie gaben keinen Zentimeter nach. Als Cindy Birds Geiselnehmer das Zahlenkombinationsschloss an der Ringschraube am Boden befestigt hatten, hatten sie das mit der Absicht getan, sie im Wagen festzuhalten. Und es funktionierte.

In diesem Moment ertönte eine Lautsprecherdurchsage. Die Angestellten wurden aufgefordert, konkrete Orte aufzusuchen, die im Anschluss genannt wurden. Kolt blickte sich suchend um und wollte um Hilfe rufen. Aber dann zögerte er. Die Mitarbeiter des Kraftwerks, einige örtliche Polizisten und das rot-blaue Blinklicht eines Rettungswagens, das sich an den anderen Fahrzeugen auf dem Parkplatz spiegelte – allesamt im Radius von 15 Metern. Viel zu nah. Viel zu viele. Mehr als eben bei seinem Eintreffen. Mindestens 100 weitere waren hinzugekommen, überschlug er.

»Mach die Augen auf, Hawk«, bettelte Kolt und kämpfte dagegen an, die Beherrschung zu verlieren. »Bleib bei mir, Hawk!«

Ihm war klar, dass er und Hawk nicht die einzigen Opfer der gewaltigen Explosion sein würden. Im Irak hatte er die Bombenkrater und Blutbäder zu Gesicht bekommen, die von den Autobomben der Al-Qaida angerichtet wurden.

Dann teilte Cindy Bird ihm mit ihrem vielleicht letzten Atemzug etwas mit, das möglicherweise 200.000 unschuldigen Amerikanern das Leben rettete.

»Kolt … Druckluftflaschen … kleine.« Sie schloss die Augen und verlor das Bewusstsein.

28

Kolt dachte fieberhaft nach. Was Hawk gesagt hatte, deutete darauf hin, dass die Terroristen einen Tauchgang unternommen hatten. *Warum?* In der Kanalisation stand das Wasser nicht so hoch, dass man Sauerstoffflaschen oder Tauchgeräte benötigte. Also, warum schleppten sie entsprechendes Equipment mit sich herum? Übertriebene Vorsicht? Diesen Gedanken verwarf er sofort. Sie waren schließlich nicht darauf aus, den Angriff zu überleben. Er überlegte weiter. Hawk hatte erwähnt, dass die Wasserzuleitung und die Brennelementbecken in einem Kraftwerk nicht miteinander verbunden waren.

Nein, um das im Binnenland liegende Kraftwerk Yellow Creek vom Parkplatz aus zur Kernschmelze zu bringen, brauchte ein Terrorist keine Tauchgeräte. Bei einigen anderen Kraftwerken oder Teilen der kritischen Infrastruktur in den Vereinigten Staaten unter Umständen schon. Bei Wasserkraftwerken mit Sicherheit – selbst bei einigen Chemieanlagen in der Nähe größerer Flüsse. Aber hier in Yellow Creek?

Kolt rief sich die Unterhaltung mit Cindy auf der Außenterrasse des Cafés in Erinnerung – an die Serviette mit den hingekritzelten Skizzen. Sie hatte ihm einen Crashkurs über den Betrieb von Druckwasserreaktoren gegeben. Ging es etwa darum? Cindy hatte erwähnt, dass es in sämtlichen Kraftwerken große Becken gab, in denen die abgebrannten nuklearen Brennstoffe gelagert wurden. Brennstoffe, die im Hauptreaktor zum Einsatz gekommen und nicht länger zur effizienten Stromerzeugung geeignet waren. Sie hatte erwähnt, dass die Brennstäbe über Jahre in diesem großen Pool blieben, um abzukühlen.

Denk nach, Kolt! Du musst eine Entscheidung treffen!

Es war die schwierigste Entscheidung seines ganzen Lebens. Und ihm blieb weniger als eine Minute. Das reichte einfach nicht.

Hawk oder die Terrorzelle? Soll ich eine Delta-Teamkollegin retten oder Zehntausende unschuldige Amerikaner, die gerade schlafend in ihren Betten liegen, ohne zu wissen, dass Al-Qaida gerade einen weiteren Angriff auf die USA durchführt?

»Verdammt noch mal, Racer!«, schimpfte Kolt. »Denk nach, du Idiot. Und beeil dich gefälligst!«

Da fiel sein Blick auf die umgekippte Pepsi-Dose, deren restlicher Inhalt sich im Fußraum verteilte.

Das ist es. Der Ausweg, nach dem ich suche!

Die Dose lieferte noch nicht die gesamte Lösung, aber immerhin einen vielversprechenden ersten Schritt. Wenn er den Druck auf Hawks arterieller Blutung nicht aufrechterhielt, würde sie sterben. Aber er musste etwas tun, sonst tötete die Bombe weitaus mehr Menschen als nur sie beide.

Kolts Augen blieben an der Fallschirmleine mit der Pfeife hängen, die Hawk mit der rechten Hand umklammerte. Er nahm sie ihr ab, wickelte sie um ihren rechten Oberschenkel und schob sie so hoch wie möglich in den rot verschmierten Schritt, um den Druckpunkt genau zwischen Blutung und Herz zu verlagern.

Hawk zuckte nicht einmal. *Sie lebt noch, aber sie bekommt jetzt definitiv einen Schock!*

Als er die Leine so hoch wie möglich um ihren Schenkel gewickelt hatte, machte Kolt einen Überhandknoten. Er zog ihn so fest, wie er konnte, indem er ein Ende der Leine mit den Zähnen festhielt, um die Spannung zu halten, um gleichzeitig mit dem anderen Ende den Knoten zu knüpfen.

Er verschwendete keine Zeit damit, festzustellen, ob es funktionierte oder nicht. Mit der Linken nahm er die Pepsi-Dose und stellte sie auf den Stoffsitz. Er wischte sich die glitschigen, mit Cindys Blut beschmierten Hände am Sitz ab, bevor er weitermachte. Nachdem er sein Taschenmesser herausgerissen und es mit dem Daumen aufgeklappt hatte, stieß er es in die Dose. Jetzt war er gezwungen, beide Hände zu benutzen. Er schnitt ein ungleichmäßiges, aus einem Rechteck und einem Dreieck bestehendes Stück aus der Seite der Dose und rüttelte daran, um es herauszulösen. Als er das kleine Fragment in der Hand hielt, klappte er zwei Ecken um, dann noch eine, bis nur noch ein Streifen Aluminium mit einem spitzen Ende übrig blieb, etwa sechs Millimeter breit.

Kolt kniete sich hin und fand das Kombinationsschloss unter dem Fahrersitz. Mit dem Schloss in der Linken zwängte er das Aluminiumstück in den engen Spalt an der Stelle, wo der gebogene Stahlbügel im Edelstahlgehäuse des Schlosses steckte. Er drückte den Dietrich leicht nach unten und zog am Bügel. Aber er hatte kein Glück. Seine Finger waren immer noch rutschig von Hawks Blut, was es erschwerte, mit dem improvisierten Dietrich zu hantieren. Die Bewegungen mussten leicht, aber druckvoll sein.

Er suchte eine trockene Stelle am Hosenbein und wischte sich die Hände noch einmal sorgfältig ab. Dann wandte er sich dem Schloss zu und probierte es erneut.

Diesmal funktionierte es. Der Bügel ließ sich aus dem Gehäuse ziehen. Hastig fädelte er die Kette durch die Ringschrauben am Boden, löste sie von Hawks gefesselten Handgelenken und hatte sie endlich aus dieser Todesfalle befreit. Sein Blick blieb am Timer der Bombe hängen.

00:56, 00:55, 00:54 …

Kolt bekam Hawk sicher unter den Achselhöhlen zu greifen und schleifte sie vom Sitz auf den Parkplatz. Er wandte sich um, hielt Ausschau nach rötlich-blauem Scheinwerferlicht und trug sie, wie ein Bräutigam seine Braut über die Schwelle trägt, in Richtung Rettungswagen.

Nachdem er sich zwischen einigen parkenden Autos hindurchmanövriert hatte, hielt Kolt auf die zwei erstbesten Sanitäter zu.

»Einen Arzt! Einen Arzt!«

Die beiden wandten sich um und sahen Kolt mit Cindy auf den Armen. Hastig eilten sie ihm zu Hilfe. Er legte die Verletzte vorsichtig auf dem harten Asphalt ab.

»Ihr Zustand ist kritisch«, erklärte Kolt mit ruhiger Stimme. »Saugende Brustwunde, rechte Seite. Arterielle Blutung, rechtes Bein.«

Die Sanitäter riefen einen Dritten herbei und beauftragten ihn, Sauerstoff und eine Trage aus dem Krankenwagen zu besorgen.

Kolt kniete sich neben Hawk und legte die Hand auf die Brust, um den Austritt der Luft aus der Wunde zu kontrollieren. Er wusste, dass er nicht lange bleiben konnte, aber es gelang ihm einfach nicht, sie im Stich zu lassen. Ein ganz intimer Moment, der ihn in eine Art Starre verfallen ließ. Kurzzeitig sah er TJ vor sich, wie dieser auf dem Parkplatz hinter dem langen Anhänger unweit der Andrews Air Force Base lag. Der Gedanke an den langjährigen Kumpel, der in seinen Armen gestorben war, ließ ihn erschauern.

»Sir, wir kümmern uns jetzt um sie«, sprach der Sanitäter ihn an. »Sind Sie auch verletzt, Sir?«

»Nein, nein, mir geht's gut. Tun Sie, was Sie können«, bat Kolt. »Sie ist ein Delta-Operator … eine echte Heldin«, fügte er mit versagender Stimme hinzu.

Die Sanitäter starrten ihn an, als habe er ein Loch im Schädel.

Er richtete seine Aufmerksamkeit zurück auf den schwarzen Durango, der bedrohlich nahe stand, nur vier oder fünf Wagenlängen entfernt. Kolt sprang auf die Beine und sprintete hinüber, wobei er mechanisch den anderen Autos auswich.

Er öffnete die Fahrertür und zog die Leiche des Terroristen heraus. Die Ruger fiel dem Mann aus der Hand und hüpfte über den Asphalt. Kolt hob die Pistole auf und schob sie sich auf Höhe des Blinddarms hinter den Gürtel, bückte sich und klopfte auf der Suche nach dem Autoschlüssel die beiden vorderen Hosentaschen des Terroristen ab. Er sprang auf den Fahrersitz und betastete hektisch das Zündschloss in der Hoffnung, dass der Schlüssel noch steckte. Das tat er.

Der Durango ließ sich leicht wenden – ein kurzer Augenblick der Erleichterung. Kolt legte den Rückwärtsgang ein und schielte durchs Rückfenster, um sich zu versichern, dass der Weg frei war. Beim Tritt auf das Gaspedal checkte er den LED-Timer:

00:32, 00:31, 00:30 …

Er raste los, die linke Hand am Lenkrad, den Kopf weiterhin nach hinten gedreht, um sich durch die Heckscheibe zu orientieren. Die Reifen quietschten. Spätestens jetzt bekam jeder in der Nähe mit, dass etwas nicht stimmte.

Kolt hielt auf den langen schmalen Zulaufkanal zu, der frisches Wasser ins Kraftwerk führte, das den Brennstoff kühlte und Dampf für die Turbinengeneratoren produzierte.

Er wich ein paar Autos aus und musste zweimal hart auf die Bremse treten, bis er nach etwa 250 Metern den rückwärtigen Teil des Parkplatzes erreicht hatte. Eine lange Reihe von Betonklötzen, etwa 1,20 Meter hoch und 1,50 Meter breit, geriet in Sicht. Er lenkte den Durango bis auf etwa 20 Meter an sie heran.

Nachdem er den Schalthebel der Automatik in Parkstellung gebracht hatte, sprang er aus dem Wagen, ohne sich ein einziges Mal umzuschauen, und hastete der Deckung der Betonblöcke entgegen. Er wusste, dass er sich trotzdem innerhalb der Todeszone der bevorstehenden Explosion aufhielt. Mit Sicherheit nahmen seine Trommelfelle durch den Überdruck schweren Schaden. Aber falls er diese Mission überlebte, konnte er sich ein Hörgerät besorgen. Viel wichtiger war es, sich vor den durch die Luft wirbelnden Splitterteilen des Durango zu schützen.

Kolt erreichte die Klötze in vollem Sprint. Ohne langsamer zu werden, sprang er hinauf, machte zwei Schritte und landete mit einem Überschlag auf der anderen Seite. Er prallte auf den Rücken, den sterngefüllten Nachthimmel vor Augen. Vielleicht sauste gleich ein fliegender Motorblock auf ihn zu.

Wird schon nicht wehtun. Wird schon nicht wehtun. Verdammte Sch…

Die Druckwelle drückte Kolt zunächst herunter und hob ihn dann vom Boden. Seine Brusthöhle vibrierte so stark, dass er das Gefühl bekam, ihm brächen sämtliche Rippen. Er zog das Hemd hoch, um sich damit den Mund zuzuhalten, aber das reichte nicht, die dichte Wolke aus Rauch und fliegenden Trümmern abzuwehren. Verzweifelt drehte er sich auf den Bauch und versuchte, die Lunge freizuhusten.

Kolt blinzelte und schüttelte irritiert den Kopf. Er hatte ein Pfeifen in den Ohren. Jeder Nerv seines Körpers bettelte um Aufmerksamkeit. Es dauerte noch eine Minute, bis er sich in der Lage fühlte, aufzustehen. Er blickte an sich hinab und nahm eine Bestandsaufnahme vor, von der Brust bis zu den Stiefeln. Mit der Hand strich er sich über den rasierten Schädel und registrierte die Dreckschicht, die sich dort abgelagert hatte. Immerhin kein Blut. Er tastete den Brustkorb ab, stieß dabei gegen die halbautomatische Pistole, die er dem toten Fahrer abgenommen hatte, und bückte sich, um bei den Beinen weiterzumachen. Immer noch kein Blut. Er tastete nach der Brieftasche – alles noch da.

Donnerwetter. Anscheinend ist mir nichts passiert!

Es war ein gewaltiger Knall gewesen, der ein Inferno aus zerfetztem Metall geschaffen hatte. Aber da er so dicht an der Bombe überlebt hatte, war er ziemlich sicher, dass es auch alle anderen geschafft hatten. Nur die heulenden Alarmsirenen hatte selbst die Detonation nicht zum Schweigen bringen können.

Die vom Band abgespulte Durchsage rief ihm in Erinnerung, dass sein Job noch nicht erledigt war.

»ALARMSTUFE ROT, ALARMSTUFE ROT. UNBEFUGTES EINDRINGEN. SCHUSSWAFFENGEBRAUCH AUTORISIERT.«

Der Kampf dauerte noch an. Kolt wusste es – und die Terroristen natürlich auch. Zunächst hatte er die Bombenattrappe in Jomas Durango aufgespürt, dann die echte Autobombe, die er nun in ausreichender Entfernung von den zentralen Anlagen des Kraftwerks zur Explosion gebracht hatte. Aber möglicherweise tummelten sich weitere Terroristen auf dem Gelände. Zwei waren tot, aber es gab bestimmt noch mehr. Er ging davon aus, dass sie etwas Komplexeres geplant hatten als lediglich die Zündung einer Autobombe und den Einsatz einer Attrappe als Ablenkungsmanöver.

Da erinnerte er sich an das Loch im Fahrzeugboden des Durango, direkt hinter dem Rücksitz, auf dem Hawk gesessen hatte.

»Scheiße! Die unterirdischen Tunnel.«

Kolt hetzte mit vollem Speed zum ursprünglichen Abstellplatz des zweiten Durango zurück. Jedenfalls versuchte er es. Seine ersten Schritte erinnerten eher an einen Betrunkenen, der aus einer Bar torkelte. Er lief langsamer und konzentrierte sich darauf, einen Fuß vor den anderen zu setzen. Die Druckwelle hatte ihm bestimmt eins der Trommelfelle zerfetzt und damit den Gleichgewichtssinn versaut. Im Rennen flehte er inständig, dass der Plan der Terroristen sich auf die Autos beschränkte und der Anschlag damit bereits verhindert war. Wehe, sie hatten es geschafft, in die Schutzzone des Yellow-Creek-Kraftwerks einzudringen, oder – noch schlimmer – in den sicherheitskritischen Sektor mit dem Brennstoff.

Kolt wurde schneller und überwand sein Handicap mit purer Willenskraft. *Viel besser!* Rasch überbrückte er die verbleibende Distanz, wobei er mehrere Streifenwagen in der Nähe des Hauptgebäudes wahrnahm. Ihre Blaulichter drehten sich und überzogen den Parkplatz und die umliegenden Fahrzeuge mit einem geisterhaften Schimmer.

Diese Anlage ist das reinste Fort Knox. Um hier reinzukommen, braucht man ein Bataillon von Marines.

Etwas weiter vorn lag der tote Terrorist in derselben verdrehten Haltung, in der er ihn zurückgelassen hatte. Er verlangsamte den Schritt, verschaffte sich einen kurzen Überblick und schätzte die Lage ein.

Der Kopf der Leiche war auf eine Weise verrenkt, die auf ein gebrochenes Genick hindeutete. Mit dem Gesicht nach unten hing er in einer Blutlache. Die Waffe, der Damenschuh, dessen etwa siebeneinhalb Zentimeter langer Absatz sich bis zum Anschlag in den unteren Schädelbereich gebohrt hatte, lag nur ein, zwei Meter neben ihm.

Kolt bückte sich, um ihn aufzuheben. Dabei fiel ihm auf, dass der Gullydeckel aus Gusseisen etwas verschoben war. Er ließ den Schuh fallen, sprang zum Deckel und riss mit beiden Händen daran. Er war schwer, aber mit etwas Mühe konnte Kolt ihn zur Seite schieben und den vertikalen Schacht freilegen.

Er kniete sich hin und beugte sich über das Loch. Jenseits der rostigen Leitersprossen an der Seite des Schachts erwartete ihn absolute Finsternis. Er zog die Ruger SR9, stellte sicher, dass eine Patrone in der Kammer war, und angelte nach dem Handy am Gürtel. Mit dem Daumen wischte er über den Bildschirm und aktivierte die Taschenlampenfunktion, legte sich auf den Bauch, schielte in den offenen Schacht und zielte mit Pistole und Licht hinein. Es ging tief runter – mindestens vier, fünf Meter weit.

Kolt bekam ein mulmiges Gefühl in der Magengegend. War der Anschlag noch nicht überstanden? Er musste sich Gewissheit verschaffen, streckte beide Beine in den Schacht und ertastete mit den Füßen die Metallstreben am Rand. Nachdem er das Telefon weggesteckt hatte, stieg er einhändig hinunter und hielt dabei die Pistole schussbereit. Unten angekommen aktivierte er wieder die Displaybeleuchtung. Das Kanalrohr war definitiv groß genug, dass ein Mensch hindurchkriechen konnte. Das Wasser stand nur etwa 15 Zentimeter hoch und ließ genug Freiraum.

Als Kolt sich bückte, um besser sehen zu können, stieß sein Knie gegen etwas Hartes. Er zuckte vor Schmerz zusammen und richtete die Lampe darauf.

Eine Brechstange!

Ihm drehte sich der Magen um. Er wusste sofort, was hier vor sich ging. Der Anschlagsplan umfasste mehr als nur zwei Autobomben. Mit etwas derart Simplem gaben die Terroristen sich diesmal nicht zufrieden. Das Cherokee-Kraftwerk war wahrscheinlich nur ein Testlauf gewesen. Sie hatten ausprobieren wollen, wie die USA reagierten – welche Sicherheitsvorkehrungen griffen, was sich nach dem Anschlag änderte, wie die lokalen Polizeibehörden reagierten und ob der Präsident den Notstand ausrief. Beim Cherokee-Anschlag hatte es sich um eine vergleichsweise primitive Form von Terror gehandelt.

Hier in Yellow Creek ging es um deutlich mehr: Das erklärte Ziel war eine radiologische Sabotage und damit die wahllose Tötung Tausender Menschen, die nicht mal ahnten, dass der zweite nukleare Anschlag von Al-Qaida ihre Heimatstadt zu treffen drohte. Wahrscheinlich waren mittlerweile alle Bewohner im Umkreis von mehreren Meilen aus dem Schlaf hochgeschreckt. Die nervtötend heulenden Sirenen ignorierte niemand so leicht. Danach würden sie Fernseher und Radio einschalten, um sich zu informieren, in den Häusern bleiben und gemäß dem Rat der Experten alle Fenster, Türen und andere Öffnungen verschließen, durch die Luft von draußen eindringen konnte. Falls Kolt den Anschlag nicht verhinderte, bekamen die Leute bald ein gewaltiges Problem.

In diesem Moment fiel ihm Hawks Bemerkung mit den Sauerstoffflaschen wieder ein.

Das ist es! Das Becken! Diese Mistkerle haben es auf das Becken mit den Brennelementen abgesehen!

Er steckte die Pistole und das Handy weg, kletterte hastig die Leiter hinauf und kroch aus dem Schacht.

Wieder auf den Beinen wollte er direkt den geschützten Sektor durch das Hauptgebäude betreten. Sein Zugangsausweis verschaffte ihm jedoch nur Zutritt zur Peripherie des Kraftwerkblocks, nicht zur radiologischen Kontrollzone. Dort müsste er sich etwas einfallen lassen, um durch die magnetisch verriegelten Hochsicherheitstüren zu gelangen. Instinktiv tastete Kolt an der Brust nach dem Fotoausweis. Nichts.

Er suchte den Bereich um seine Füße ab, danach den Weg, auf dem er hergekommen war. Nichts zu sehen. Er hastete zum Schacht zurück und schaute in das Loch. Zu dunkel, um zu erkennen, ob er den Ausweis dort unten verloren hatte oder nicht.

Du verschwendest deine Zeit, Kolt!

Er musste eine Entscheidung treffen. Wieso sollte er überhaupt schon wieder den verdammten Helden spielen und in den Kraftwerkblock vordringen? Herrgott, das Yellow-Creek-Kraftwerk verfügte doch über ein solides Schutzkonzept und ausreichende Verteidigungsmaßnahmen, um jede Art von Angriff aufzuhalten. Eine Menge Gewehre kontrollierte den Außenbereich, durch schusssichere Einfriedungen in erhöhter Position bestens geschützt. Außerdem warteten im Inneren der Anlage weitere bewaffnete Wächter auf jeden Feind, der es wagte, einzudringen und kritische Bereiche ins Visier zu nehmen.

Die haben einen Riesenhaufen Waffen auf dem Gelände!

Kolt streckte sich und atmete tief durch. Warum überließ er das Problem nicht einfach dem Wachpersonal? Seine Mission war erledigt, jetzt konnten die Cops übernehmen. Es war bereits eine Horde Polizisten eingetroffen. Yellow Creek befand sich in guten Händen. Niemand war ums Leben gekommen.

Verdammte Scheiße, Kolt, geh endlich rüber zum Krankenwagen und schau nach, wie es Hawk geht.

Er blickte in Richtung der flackernden Lichter des Krankenwagens, zu dem er Hawk getragen hatte, um sie in die Obhut der Sanitäter zu übergeben. Diese waren genauso tapfer wie die bewaffneten Securitys im Gebäude. Jeder trug seinen Teil bei. Echte Teamarbeit.

Die Lautsprecherdurchsage hallte erneut über das Gelände: »ALARMSTUFE ROT, ALARMSTUFE ROT. UNBEFUGTES EINDRINGEN. SCHUSSWAFFENGEBRAUCH AUTORISIERT.« Die einzige Unterbrechung im penetranten und lauten Heulen der Alarmsirenen. Hawks letzte Worte kamen ihm in den Sinn: »Druckluftflaschen … kleine.« Genau das hatte sie ihm im Durango zugeflüstert. Definitiv.

Verfluchter Mist! Diese Drecksäcke werden von unten kommen und sich hinter den Sicherheitskräften aus der Deckung schleichen. Was, wenn sie die Terroristen erst bemerken, wenn diese schon beim Brennelementbecken sind?

Verdammt!

Seine Entscheidung stand fest.

Das Glück hilft dem Tüchtigen!

29

Kolt rannte zur Lücke im Zaun, die Joma beim Durchrasen mit der falschen Autobombe gerissen hatte. Er sprintete an den Polizisten und der versammelten Menge von Angestellten vorbei, bog hinter einem gelbbraunen, zweistöckigen Wellblechgebäude nach links ab und hielt auf die Öffnung zu. Der Zaun hatte unter dem Gewicht des Wagens nachgegeben. Wenn sein Angriff auch sonst misslungen war, hatte Joma es doch immerhin geschafft, eine Bresche in die Schutzzone zu schlagen.

Kolt wollte erst die Ruger ziehen, überlegte es sich jedoch anders. Das führte höchstens dazu, dass ihn einer der Sicherheitsmänner in den Wachtürmen mit Schüssen durchlöcherte.

Ich will doch keinen von den Wachleuten erschießen. Denk nach!

Instinktiv griff er in die hintere Hosentasche und klappte das schwarze Ledermäppchen auf. Die glänzende goldene Dienstmarke wies ihn als Bundesbeamten des Energieministeriums aus. Eine denkbar oberflächliche Tarnung, die allein dem Zweck diente, seine wahre Identität zu schützen, während er sich im Yellow-Creek-Kraftwerk aufhielt.

Mehr als fadenscheinig, ja, aber niemand außer Kolt kannte die Wahrheit.

Er hob die Marke hoch in die Luft und rannte in vollem Sprint los. Er erreichte den ersten Zaun und hob die Beine im Laufen an, um nicht über den Stacheldraht und die Einbruchmeldedrähte zu stolpern, die sich in den Maschen des Zauns verfangen hatten. Niemand reagierte.

Kolt lief weiter zum zweiten, inneren Zaun und streckte die Marke weiter in die Höhe, sodass alle sie sehen konnten. Links von sich registrierte er im Augenwinkel den immer noch rauchenden Durango. Alle vier Reifen schienen platt zu sein. Jomas Leiche musste in der Nähe liegen, aber er verzichtete darauf, sich davon zu überzeugen.

Wie vorhin, als er vom Kraftwerkblock zum Durango gespurtet war, mischte sich das charakteristische Geräusch abgefeuerter Überschallpatronen unter das Heulen der Sirenen. Die Kugeln peitschten über seinen Kopf hinweg. Andere trafen den Asphalt vor den Füßen. Kolt senkte den Arm, da die Marke sich als wirkungslos erwies, und steigerte das Tempo, indem er die Arme im Rhythmus seiner Beine schwenkte. Bei jedem Schritt rechnete er damit, von Kugeln durchbohrt zu werden.

Er knallte wuchtig gegen die gläserne Drehtür, die in das

vierstöckige Verwaltungsgebäude führte, und prallte von der Scheibe ab. Langsam drehte sich die Tür. Sobald er den Innenbereich erreicht hatte, warf Kolt sich auf den frisch gewischten Boden und kroch hastig hinter das Ledersofa im Wartebereich für Besucher. Mit dem Rücken zur Sitzgelegenheit richtete er sich auf und gierte förmlich nach Luft. Es verblüffte ihn, dass er es tatsächlich geschafft hatte, die gesamte Distanz ohne eine einzige Fleischwunde hinter sich zu bringen.

Nach etwa 20 Sekunden rollte er sich auf die Knie und stand auf. Zunächst blieb er stehen, um sich zu orientieren, damit er nicht in die falsche Richtung lief.

Kolt zog die Ruger aus dem Hosenbund – er wünschte sich, dem toten Terroristen noch ein oder zwei zusätzliche Magazine abgenommen zu haben – und entschied sich für den Gang, der zum Turbinengebäude führte.

Als er durch die nicht abgeschlossene Brandschutztür trat, entdeckte er ein Schild mit dem Hinweis, dass ab diesem Punkt Gehörschutz angelegt werden musste. Die Turbinen heulten, das Kraftwerk war offenbar noch nicht geräumt. Zwar empfand er das Geräusch als störend, aber immerhin überdeckte es seine lauten Schritte, während er durch die Turbinenhalle zum Brennstoffgebäude hastete.

Mit schussbereiter Pistole rannte Kolt etwa 60 Meter weiter und kam auf Armlänge an den zwei riesigen hellgrünen Turbinen vorbei. Endlich, die hellblaue Tür! Dahinter wartete laut Briefing der kürzeste Weg.

Kurz davor blieb er stehen und überlegte, ob er vorsichtig oder möglichst schnell hindurchgehen sollte. Vermutlich wartete ein bewaffneter Wachmann auf der anderen Seite. Je mehr er sich den entscheidenden Anlagen zur Sicherheitsabschaltung näherte, desto eher musste er damit rechnen, Probleme mit der Security zu bekommen. Diejenigen, die ihn draußen beobachtet hatten, taten zweifellos ihr Bestes, um alle im Gebäude zu alarmieren.

Er riss die Brandschutztür auf und sprintete der ersten Deckung entgegen, die er sah: eine Betonsäule, nur zwei bis drei Meter entfernt. Nicht gerade eine Schönheit, aber kugelsicher.

Die erste Salve Kaliber-223-Kugeln schlug im selben Moment in die Säule ein, als Kolt dahinterrutschte. Betonbrocken platzten ab, eine Staubwolke vernebelte die Luft.

Scheiße! Das war knapp.

»Nicht schießen! Nicht schießen!«, rief Kolt aus seinem Versteck.

Der Beamte hörte nicht auf ihn. Stattdessen feuerte er die restlichen Kugeln aus dem 30-Schuss-Magazin ab. Jedes Geschoss riss weitere Betonklumpen aus der Säule. Kolt wandte sich ab und schirmte seine Augen mit dem linken Unterarm ab. Er wollte die nächste Feuerpause abwarten, wenn der Wachmann nachlud. Doch dann erwischte ein Querschläger den fleischigen Teil seiner linken Schulter und verpasste ihm einen glatten Durchschuss, der verflucht wehtat. So viel zum Thema Feuerpause.

»Mann. Hör mit der Ballerei auf!«, fluchte Kolt. »Ich bin getroffen!«

»Wie lautet das Passwort?«, rief der Beamte zurück. Seine Stimme wurde vom Luftfilter seiner Gasmaske gedämpft.

Passwort? Was zum Teufel …?

In der Regel handelte es sich um gängige Begriffe, die man sich leicht merken konnte, damit einen in hektischen Situationen wie dieser das Gedächtnis nicht im Stich ließ. Meistens benutzte man Farben, die Namen von Bundesstaaten oder Automodelle. Unglücklicherweise wurden solche Passwörter alle zwölf Stunden gewechselt, was bedeutete, dass Kolt keine andere Wahl hatte, als blind zu raten.

»Chevrolet!«, rief er. »Chevrolet!« Er hoffte, dass er entweder einen Glückstreffer landete oder der Wachmann davon ausging, der Kerl hinter der Säule habe das aktuelle Passwort einfach vergessen. Jeden mit Überzeugung gerufenen Begriff, selbst einen falschen, kaufte ihm der Bursche mit etwas Glück ab.

»Falsch, Freundchen!«, kam die gedämpfte Antwort, bevor weitere sechs Kugeln in Kolts Nähe einschlugen. »Lass die Waffe fallen und komm raus!«

Kolt zog die Pistole aus dem Hosenbund und ließ sie über die Freifläche vor dem Versteck schlittern. Er hoffte, dass er den Wachmann beruhigen könnte, indem er sich unbewaffnet aus der Deckung wagte. Schwungvoll zog er seine Marke aus der Tasche, hob die Hände, kam hinter der Betonsäule hervor und näherte sich dem anderen, streckte ihm das Abzeichen entgegen und hielt sich die verletzte linke Schulter.

»Officer, ich bin Bundesbeamter«, rief er im Näherkommen. »Wie wär's, wenn Sie mit dem Gewehr woandershin zielen?«

Die Waffe zitterte und die Mündung beschrieb große Achten in der Luft. Der stämmige Officer hatte offenbar Schwierigkeiten, sie wegen des hohen Gewichts gerade zu halten. Der Beamte zog sich die schwarze Schutzmaske vom Gesicht und schob sie höher in die Stirn, wodurch sein Gesicht komplett sichtbar wurde. Er hatte eindeutig eine Scheißangst und atmete stoßweise. Kolt wusste, dass er diese Faktoren beachten musste, wenn er nicht im nächsten Moment Blei schlucken wollte.

»Auf den Boden, Kumpel. Gesicht nach unten!«, befahl der Wachmann. »Hinlegen!«

Sofort senkte Kolt die Hände und kam der Aufforderung nach. Er legte die offene Mappe mit der Marke neben sich, in der Hoffnung, dass der Beamte den Köder schluckte.

Der Officer kam hinter seiner v-förmigen Verteidigungsposition hervor und bewegte sich vorsichtig auf Kolt zu. Dieser lag jetzt auf dem Bauch und wandte ihm das Gesicht zu. Als Erstes registrierte er die relativ neuen, gelb-braunen Rocky-Kampfstiefel, dann die nicht in die Stiefel gesteckten grauen Hosenbeine, schließlich die schwarze Einsatzweste und den Zugangsausweis, der an einem gelben Band hing. Der Mann hängte sich das Gewehr auf den Rücken und mühte sich einen Moment lang ab, die Handschellen aus der schwarzen Tasche am Polizeigürtel zu bekommen.

Kolt bemerkte, wie dem Beamten das Gewehr von der Schulter rutschte. Es hing noch am Gurt und bewegte sich auf den Brustbereich zu, als der Mann sich bückte, um nach Kolts Handgelenken zu greifen.

Genau in dem Moment, als der Officer ihn berührte, leitete Kolt den Angriff ein. Er rollte sich abrupt herum, brachte die Gewehrmündung unter seinen Körper und zwang den Wachmann zum Näherkommen, weil er vom Gurt gezogen wurde. Nach einer halben Sekunde hingen sie sich Brust an Brust, Auge in Auge gegenüber. Eine missliche Lage, wenn man es mit Kolt Raynor zu tun hatte.

Der Officer wehrte sich und wollte nach oben ausweichen. Kolt gab das Gewehr ohne Vorwarnung frei, packte den anderen gleichzeitig fest am Knöchel und hielt ihn mit der freien Hand am Ärmel fest. Der Wachmann setzte die Aufwärtsbewegung fort, als Kolt seinen rechten Fußknöchel vom grauen Boden hochriss, was den Gegner mit voller Wucht auf den Rücken prallen ließ.

Während Kolt ihn weiter am Ärmel festhielt und so den Ellbogen kontrollierte, stützte er sich auf dem schmutzigen Boden ab und hob das Becken gerade weit genug an, um das linke Bein um den erhobenen linken Arm des Officers schwingen zu können. Er ließ sein Bein auf die Brust des Wachmanns fallen, verlagerte die Hand am Unterarm des anderen einige Zentimeter nach oben und bekam mit der Rechten das Handgelenk zu greifen. Er verdrehte es im Uhrzeigersinn. Der Daumen des Beamten war nunmehr auf Kolts Stiefel gerichtet und das Ellbogengelenk gestreckt.

Nun lehnte er sich nach hinten, drückte das Bein weiterhin auf Brust und Bauch des Gegenübers und führte den

Armhebel zu Ende, indem er den kontrollierten Arm an die Brust zog. Der Officer schrie auf, als ein heftiger Schmerz durch seinen Körper pulsierte. Er schien zu befürchten, dass Kolt ihm den Arm brechen wollte. Doch dieser hielt einfach den Druck aufrecht, ließ ihn schreien und schnappte sich die Handschellen, die in der Nähe lagen.

Mit einer Hand öffnete er einen der Bügel und legte den Ring um das von ihm fixierte Handgelenk, drückte die Enden zusammen und ließ sie einrasten. Anschließend schleifte er den Gefangenen wie eine Jagdtrophäe zwei Meter weit zu einem silbernen Leitungsrohr, das etwa den Durchmesser einer kleinen Getränkedose aufwies.

Der Sicherheitsbeamte keuchte laut und war eindeutig nicht besonders scharf darauf, weiter gegen Kolt zu kämpfen.

»Bring mich nicht um, Mann!«, flehte er.

»Keine Angst, Bruder. Ich bin hier, um zu helfen«, antwortete Kolt. Geschickt löste er den vorderen Riemenbügel des schwarzen Gewehrs, riss die Zugangsmarke für den inneren Sicherheitsbereich vom Halsband und schob die beiden lebensnotwendigen Gegenstände von dem Beamten weg, der hilflos auf dem Rücken lag.

Kolt betrachtete für einen Augenblick das Foto auf der Ausweiskarte, bevor er sie sich in die vordere Hosentasche steckte, warf das Magazin aus, prüfte, wie viele Patronen noch übrig waren – rund die Hälfte –, und schob es sich in die linke Gesäßtasche. Bei dieser Bewegung verspürte er ein Stechen in der Schulter. Er huschte zur zerschossenen Betonsäule, um seinen Ausweis und die Ruger zu holen, und kehrte zum gefesselten Wachmann zurück.

»Officer Polamalu? Spreche ich das richtig aus?«, fragte er. »Hören Sie, ich kann Sie noch nicht freilassen, aber ich tausche diese Pistole gegen Ihre vollen Magazine.«

»Ich dachte, Sie sind einer von denen«, ächzte der Beamte und reichte Kolt das einzige volle 30-Schuss-Magazin, das er noch nicht verbraucht hatte.

»Macht nichts. Zielen ist beschissen schwer, wenn's ernst wird, was? Auf die Entfernung hätten Sie eigentlich mitten ins Schwarze treffen müssen.«

»Tut mir leid«, sagte Officer Polamalu mit erschrockenem Gesichtsausdruck.

»Hören Sie, Mann, haben Sie jemanden gesehen? Einen von den Angreifern?«

»Nein, nein, Sie waren der Erste, den ich …«

»Der Kontrollraum. Wie komm ich da hin?«, unterbrach Kolt den Officer, um ihm zu verdeutlichen, dass er es eilig hatte.

»Da lang«, antwortete der Wachmann und zeigte auf einen langen Korridor in Kolts Rücken.

»Und wo kommen Sie gerade her? Wo ist das Becken?«

»Ich bin durch die orange-blaue Tür dort drüben gekommen. Man hat mir die Anweisung gegeben, vom Becken hierherzukommen.« Der Officer deutete nach rechts. »Sind höchstens fünf Minuten, nicht mehr.«

Scheiße, ich muss mich entscheiden – Kontrollraum oder Brennelementbecken. Ich verplempere kostbare Sekunden.

»Haben Sie in das Becken geschaut?«, fragte Kolt. Er hoffte, Officer Polamalu könne ihn mit Informationen aus erster Hand versorgen und entscheidende Hinweise liefern.

»Nein, das tun wir nie!«, antwortete der andere, den die Frage zu irritieren schien.

Kolt legte die Pistole einen Meter von Officer Polamalu entfernt auf den Boden, wandte sich ab und lief durch das Nebengebäude. Nach einer Reihe von Abzweigungen, durch die er fast die Orientierung verloren hätte, stieß er auf eine in hellem Orange lackierte Tür mit hellblauem Längsstreifen. Daran hing ein in Magenta und Gelb gehaltenes Schild und setzte das Personal darüber in Kenntnis, das sich dahinter ein ›Bereich mit erhöhter Strahlung‹ befand, der nur mit einem Dosiswarngerät betreten werden durfte. Wenn Kolt den Hinweis ignorierte, riskierte er, sich einer erhöhten

Strahlendosis auszusetzen. Allerdings hatte er bereits weitaus mehr riskiert, indem er hastig durch offene Türen gestürmt war und nur nachlässig nach Feinden Ausschau gehalten hatte. In dieser Situation kam es auf Schnelligkeit an, weil er viel Blut verlor und dadurch eine Spur hinterließ. Er musste das Strahlenrisiko entweder eingehen oder seine Entscheidung revidieren und stattdessen zum Kontrollraum aufbrechen.

Er konnte lediglich Mutmaßungen darüber anstellen, wo sich die Terroristen aktuell befanden. Möglicherweise standen sie in diesem Moment umgeben von toten Angestellten vor dem Hauptpanel und bestückten die Konsole mit Sprengladungen. Die einzigen belastbaren Informationen stammten von Hawk. Er hatte die Angreifer nicht mit eigenen Augen gesehen, sie dagegen schon.

War sie im Delirium gewesen? Sie hatte eine Menge Blut verloren, war nach über einem Monat der Gefangenschaft dehydriert gewesen und kurz davor, einen Schock zu bekommen. Es war noch nicht zu spät, um umzudrehen und sich auf den Weg zum Kontrollraum zu machen. Am besten mit Officer Polamalu im Schlepptau. Als Team standen ihre Chancen deutlich besser. Aber sein Bauchgefühl hielt ihn davon ab, die Strategie zu ändern.

Kleine Flaschen. Luftdruckflaschen. Vertrau den Infos aus erster Hand.

Kolt zog Officer Polamalus Ausweiskarte durch den Schlitz des Kartenlesers und wartete, dass die rote Anzeige auf grün umsprang. Eine viel zu lange Sekunde später ertönte ein Klicken und signalisierte das Öffnen des Magnetschlosses. Kolt zog die schwere Tür zu sich heran, erreichte mit drei Schritten das Drehkreuz vor dem radiologischen Kontrollbereich und sprang mit einem Satz darüber. Die Strahlenmonitore schlugen Alarm, aber er setzte unbeirrt den Weg zur blauen Doppeltür mit der Aufschrift ›BRENNSTOFFHANDHABUNG. ERHÖHTE STRAHLUNG‹ fort.

Er zog die Karte durch einen weiteren Schlitz und betrat die untere Ebene. Dank jahrelangem Training konnte er schnell und effizient feststellen, dass sich keine Feinde in der Nähe aufhielten. *So weit, so gut.* Er hob das Gewehr, um oberhalb nach Zielen zu suchen.

Kommt schon, kommt schon, wo seid ihr?

Kolt befand sich jetzt anderthalb Meter hinter der Doppeltür und direkt vor einer massiven, drei Stockwerke hohen Betonmauer. Er nahm eine Bewegung wahr, ganz oben hinter dem hellgelben Geländer. Vorsichtig hob er das Gewehr, setzte den Kolben an die rechte Wange und zielte mit dem roten Punkt des Trijicon-Visiers. Nachdem er die Waffe in den Feuermodus geschaltet hatte, nahm er mit dem Finger den Vorzugsweg des Abzugs weg.

Zu spät.

Verdammt!

Er senkte das Gewehr, drehte sich schnell nach rechts und sprintete zur Fahrstuhlanlage. Lichtpunkte tanzten vor seinen Augen. Er kickte sich die Doc Martens aus schwarzem Leder von den Füßen und drückte den Knopf zum Öffnen. Die silbernen Türen fuhren zur Seite und ein Signalton erklang. Kolt stellte seine Stiefel in die Kabine, sorgsam nebeneinander mit der Spitze zum Ausgang, legte seine Ausweise davor, betätigte den Taster für die Beckenebene und sprang wieder hinaus.

Stattdessen rannte er zum Treppenhaus. Er wusste, dass ihm die Zeit davonlief. Nicht nur ihm, sondern allen Beteiligten.

Kolt warf alles über Bord, was er gelernt hatte. Mit bewährten Kampftaktiken kam man in einer solchen Situation nicht weit. Es wurde Zeit für einen verdammten Sturmangriff. Er schoss alle Vorsichtsmaßnahmen in den Wind und hechtete die Treppen hinauf, immer drei Stufen auf einmal. Er verspürte eine enorme Trockenheit in der Kehle und der linke Arm fühlte sich zunehmend taub an. Der

Blutverlust drohte ihn kampfunfähig zu machen, wenn er sich nicht beeilte.

Keuchend erreichte Kolt den Ausgang des Treppenhauses, schnappte nach Luft, drückte die Panikstange und öffnete die Tür gerade weit genug, um hindurchtreten zu können. Als Erstes registrierte er einen merkwürdigen Geruch, eine Art Mischung aus Chlor und Motoröl. Dieser kam aus Richtung des riesigen Wasserbeckens, das zur Kühlung der verbrauchten Brennstäbe diente. Kolt würgte nicht, stand aber kurz davor. Zu seiner Linken ragte eine etwa 1,50 Meter hohe, schussfeste Barrikade aus Stahl mit halb aufgeschobener Schießscharte empor. Rechts das gelbe Geländer, das er schon von unten gesehen hatte.

Auf der anderen Seite stand ein bewaffneter Wachmann mit dem Rücken zu Kolt vor der offenen Fahrstuhltür. Gelbbraune Stiefel und Kleidung entsprachen der von Officer Polamalu. Er war ebenfalls mit einem Gewehr bewaffnet. Das stellte Kolt vor ein Problem. In normaler Zivilkleidung hätte Kolt ihn für einen der Terroristen gehalten und kurzerhand abgeknallt, nachdem der seinen Köder mit den Stiefeln geschluckt hatte. Aber er trug die Uniform der Sicherheitsbeamten des Yellow-Creek-Kraftwerks, und das ließ Kolt zögern. Er wollte keinen Amerikaner töten. Zumal *er* den Wachleuten beweisen musste, dass er kein Terrorist war – nicht umgekehrt. Ein ganz entscheidender Unterschied.

»Hey, ich bin Bundesagent. Nicht schießen!«, brüllte Kolt. Im gleichen Moment bemerkte er zahlreiche Schuhe, Ausrüstungsgegenstände und eine braune Tasche mit geschlossenem Reißverschluss am Beckenrand. Rings um die Gegenstände hatte sich eine große Pfütze gebildet.

Scheiße! Bin ich zu spät? Die sind wohl schon im Becken.

Der Wächter drehte sich um und schwenkte eine Waffe, die wie eine AK-47 aussah.

Terrorist!

»Allahu akbar!«

Dieser Ausruf ließ keine Zweifel. Da er keine Zeit zum Zielen hatte, feuerte Kolt blind in Richtung des Terroristen, um ihn seinerseits vom Schießen abzuhalten, während er in die Deckung der Barrikade hechtete. Die Konstruktion war an den Übergängen und den vernieteten Teilen leicht verrostet – wahrscheinlich das Überbleibsel eines längst aufgegebenen Verteidigungskonzepts, das man dankenswerterweise nicht demontiert hatte.

Kolt griff nach oben und schloss die Schießscharte ein paar Zentimeter weiter, während um ihn herum 7,62-Millimeter-Kugeln einschlugen. Jeder Treffer brachte das Metall zum Klingen, was das von der Explosion herrührende Pfeifen in seinen Ohren noch verschlimmerte. Mehrere Geschosse überwanden die Öffnung und bohrten sich in die mit einer dünnen Metallschicht ausgekleidete Treppenhaustür in seinem Rücken. Kolt duckte sich und schloss die Schießscharte komplett. Ein Querschläger von einer AK-47 konnte tödliche Folgen haben.

Er beugte sich nach rechts und schob die Mündung seines Gewehrs ein kleines Stück hinter der Barriere hervor. Dummerweise musste er aus Mangel an Nachschub mit seiner Munition haushalten.

Kolt spähte um die Ecke und gab drei schnelle Schüsse ab. Er kam gerade lange genug hinter der Deckung hervor, um zu sehen, dass der Terrorist seinerseits hinter einer schussfesten Barrikade kauerte. Sie feuerten beide noch einige Male, jeweils kurze Salven, aber keiner von ihnen traf den anderen.

Du musst dir was einfallen lassen, Kolt. Plan A funktioniert nicht.

Er setzte das Katz-und-Maus-Spiel fort, bis sein Magazin leer war. Dann warf er es aus, nahm das halb volle Zusatzmagazin und prüfte, wie viele Patronen ihm noch blieben – lediglich zwölf. Er rammte es in den Schacht. Nachdem er die Verriegelung geschlossen und die erste Kugel in die

Kammer geladen hatte, überlegte er sich in aller Eile das weitere Vorgehen. Er war verletzt, Terroristen schwammen im Wasserbecken und ihm lief die Zeit davon. Beim Einatmen nahm er den bitteren Geruch von Sägemehl, Nitroglyzerin und Grafit wahr, der schwer in der Luft hing.

Der Terrorist gab zwei weitere Schüsse ab, dann eine Fünf-Schuss-Salve, die Kolt davon überzeugte, dass sein Gegner deutlich mehr Munition haben musste als er. Jetzt wurde es ernst. Sein Helfer im Becken zündete bestimmt gleich den Sprengsatz. Wahrscheinlich hatte er längst mit seinem Leben abgeschlossen. Diese Leute wollten gar nicht zurück nach Hause, sondern sehnten sich nach der nächsten Existenzebene und dem vermeintlichen Paradies.

Ein Märtyrer in Badehose.

Kolt blinzelte und schüttelte den Kopf. Er musste handeln, anstatt düstere Gedanken zu wälzen. Er korrigierte die Beinhaltung und konzentrierte sich. Eine Lampe über der Treppenhaustür war von einem Schuss zerstört worden. Durch die fehlende Beleuchtung lag der Bereich im Dunkeln und die Schatten reichten weiter über das Deck hinaus.

Kolt lugte links am gelben Geländer vorbei und entdeckte drei weitere Lampen an der Wand. Er wandte sich nach rechts und blickte um die Ecke, wo drei andere Leuchtkörper an der Wand hinter dem Becken montiert waren.

Sechs Lampen, zwölf Patronen. Nun hatte Kolt seinen Plan B – vorausgesetzt, es gelang ihm, die Treffpunktlage von Officer Palomalus Gewehr durch einen oder zwei Probeschüsse zu ermitteln. Er konzentrierte sich zunächst auf den Bereich zu seiner Linken, hob die Waffe und legte den roten Zielpunkt mittig auf die erste Lampe, probierte es mit einer Abweichung von etwa 20 Zentimetern nach oben und drückte ab.

30

Brennelementbecken, Yellow Creek

Treffer!

Er zielte auf das nächste Licht.

Wieder getroffen!

Der Terrorist rief etwas, das Kolt nicht verstand, und feuerte eine weitere Drei-Schuss-Salve ab. Kolt duckte sich und visierte das am weitesten entfernte Licht an, rechts von der Fahrstuhltür. Er hielt 15, vielleicht 17 Zentimeter höher und schoss.

Daneben! Er hatte zu hoch getroffen.

Scheiße! Atmen, Kolt. Atmen!

Zwölf Zentimeter höher. Er achtete darauf, hinter der Barriere zu bleiben, damit der Terrorist seinen Plan nicht zum Scheitern bringen konnte, und stützte das Gewehr an der Seite der Stahlbarrikade ab. Dann feuerte er.

Treffer! Die linke Seite lag nun vollständig im Dunkeln.

Schnell drehte Kolt sich um und nahm die Lampen an der gegenüberliegenden Seite des Beckens ins Visier.

Da er die Höhenunterschiede nun kannte, gelang es ihm, alle drei auf Anhieb zu zerstören. Es war jetzt deutlich dunkler. Die einzigen beiden Lichtquellen, die noch blieben, waren kurz hinter der stählernen Verteidigungsstellung des Terroristen. Kolt drückte den Magazinknopf und riss das Magazin aus der Waffe. Da es zu dunkel war, um hineinzuschauen, zählte er die verbliebenen Patronen versuchsweise mit dem Zeigefinger. Keine Chance. Eilig leerte er das Magazin und konzentrierte sich, damit keine herunterfiel. Eins, zwei. Nur noch zwei Patronen im Magazin, eine in der

Kammer. Drei Schüsse. Drei Schüsse, mit denen er entweder die beiden Lampen zerschießen oder versuchen konnte, den Terroristen zu töten.

Sicher im Schatten verborgen stellte Kolt fest, dass die restlichen Lampen den Terroristen von hinten anstrahlten. Wenn er Geduld hatte, wagte dieser sich aus der Deckung. Dann könnte er ihn mit einem einzigen Kopfschuss erledigen. Aber ihn zu töten, hielt den Taucher nicht auf. Ihn zu töten verhinderte nicht, dass die Wand des Brennelementbeckens aufgesprengt wurde.

Durch das entstehende Loch drohte der Inhalt – mehr als eine Million Liter Kühlflüssigkeit – schneller abzufließen, als die Spritzleitungen ihn ersetzen konnten. Sobald genug Wasser abgeflossen war, dass die oberen Enden der Brennstäbe freilagen, führte der Verlust an Kühlung zwangsläufig zur Überhitzung und zum Schmelzen des Brennstoffs. Dies zog einen sogenannten Zirkalloy-Brand nach sich, wie er inzwischen recherchiert hatte, und führte unweigerlich zur Freisetzung einer gewaltigen Menge Strahlung in die Atmosphäre.

Nachdem das Feuer die Aluminium-Brennelemente geschmolzen hätte, die Brennstäbe mit Millionen von Urandioxid-Brennstoffpellets enthielten, ließ es sich nicht mehr bändigen. Dann fraßen sich die Flammen durch die nicht luftdichten Türen, breiteten sich in den umliegenden Gängen aus und suchten den Weg des geringsten Widerstands. Im Freien bescherten sie innerhalb kürzester Zeit Zehntausenden von Bürgern im Umkreis des Kraftwerks den Tod. Und jeder – Mann, Frau oder Kind –, den die Hitzewelle nicht sofort erwischte, erlag früher oder später der tödlichen Dosis unsichtbarer Strahlung.

Keine Zeit mehr. Ich muss den Typen im Becken aufhalten.

Kolt schlug sich den Gedanken aus dem Kopf, den Gegner mit der Waffe zu erledigen. Bis dieser den Schutz der Barrikade verließ, konnte es noch dauern. Stattdessen entschloss er sich dazu, den anderen blind zu machen. Wenn er alle Glühbirnen traf, wurde es stockfinster. Das verschaffte ihm ausreichend Deckung, um ins Becken zu springen. Der Terrorist bekam davon nichts mit. Natürlich – dass er hörte, wie Kolt ins Wasser klatschte, ließ sich nicht vermeiden. Aber blind ins Wasser zu schießen konnte er sich nicht erlauben, weil er dabei riskierte, seinen Komplizen zu treffen.

Er zielte auf das Licht rechts oberhalb der Stahlbarrikade, hinter der der Terrorist hockte, schnaufte einmal kräftig durch und drückte ab.

Scheiße! Fehlzündung! Nicht ausgerechnet jetzt.

Sein Muskelgedächtnis gewann die Oberhand. Er schlug auf den Boden des Magazins und zog mit zwei Fingern am Ladehebel. Er spürte eher, als dass er es sah, wie der Auswerfer die Hülse der fehlgezündeten Patrone aus der Kammer stieß. Sie blitzte kurz auf, als sie durch die Luft sauste und nach der Landung über den Boden kullerte.

Der Terrorist schrie ihm weitere unverständliche Drohungen zu und feuerte mindestens zehn Kugeln in Kolts Richtung.

»Ganz ruhig, Sonnenschein. Geht gleich los«, murmelte Kolt. Er ließ den Durchladehebel los und klopfte auf die Schließhilfe an der rechten Seite des Gewehrs. Zufrieden legte er wieder auf sein helles, etwa zehn Zentimeter großes Ziel an.

Zwei Patronen für zwei Lampen.

Kolt zielte, überlegte ein paar Sekunden, ob er die Höhe richtig kalkuliert hatte, und drückte ab.

Treffer!

Jetzt hing es von der letzten 5,56-Millimeter-Kugel ab, ob es ihm gelang, mehr als 200.000 Menschenleben zu retten. Er richtete das Gewehr auf die verbliebene Lichtquelle rechts über dem Gegner.

Bevor Kolt abdrücken konnte, schlugen AK-47-Geschosse in die Stahlbarriere und die Wand hinter ihm ein. Er ging in Deckung. Es folgten eine kurze Feuerpause und dann die nächste Salve. Der Terrorist schien seinen Plan B zu durchschauen.

Er suchte festen Halt und zielte langsam um den Rand des Stahls, wobei er mehrmals abbrach, um zu blinzeln und seine Atmung zu kontrollieren. Dies war der Schuss seines Lebens, und es gab keinen Schützen, der unter diesen Umständen eiskalt geblieben wäre. Vielleicht die Scharfschützen des SEAL Team 6 auf der *USS Bainbridge*, 240 Meilen vor der somalischen Küste. Aber nein, nicht mal die hätten tief in den Eingeweiden eines Atomkraftwerks in Mississippi ihre Coolness bewahrt.

Kolt fühlte, wie sein Herz hämmerte. Er machte sich gar nicht erst die Mühe, über einen Plan C zu sinnieren. Nein – wenn es dazu kam, war er ohne Munition sowieso erledigt.

Er riss das Gewehr hoch, wie er es gefühlt schon eine Million Mal getan hatte, ließ sein Muskelgedächtnis die Arbeit übernehmen, richtete den roten Punkt zuversichtlich auf das Ziel und zog den Abzug durch.

Treffer!

Triumphierend nahm er das Gewehr von der Schulter und legte es vorsichtig auf den Boden. Auf allen vieren kroch er um die Ecke der Stahlbarriere herum. Während er zum Beckenrand hastete, kam ihm plötzlich ein Gedanke: Was, wenn der Terrorist ein Nachtsichtgerät hatte?

Bisschen spät, um drüber nachzudenken, schimpfte er mit sich selbst und tauchte nach dem Luftanhalten mit dem Kopf voran ins Wasser.

Die Temperatur betrug 43 Grad Celsius. Die Hitze am Gesicht und den freiliegenden Händen versetzte Kolt einen kleinen Schock. Sobald er vollständig eingetaucht war, spürte er sie am ganzen Körper. Als Konsequenz fiel es ihm schwer, die Luft weiter anzuhalten. Immerhin machten ihm der Lärm und der Gestank hier nicht länger zu schaffen. Dafür stellte er zu seiner Überraschung fest, dass das Wasser beleuchtet war. Unterwasserscheinwerfer erhellten die Oberseite der mit Zirkalloy verkleideten Brennelemente in etwa sieben Metern Tiefe auf dem Grund des Beckens.

Nachdem die Luftblasen vom Eintauchen das sauerstoffarme Wasser um Kolt herum verlassen hatten, begann er, mit schnellen Brustschwimmzügen abzutauchen. Er rechnete damit, dass der Terrorist von oben blind in das Becken feuerte. Am meisten überraschte ihn die klare Sicht, fast wie in einem Wettkampf-Schwimmbecken. Drei Kugeln drangen in steilem Winkel in das Wasser ein und erzeugten versprengte Luftbläschen, die sich rasch auflösten. Sie rasten knapp links an seinem Kopf vorbei und brachten ihn dazu, die Körperhaltung zu verändern. Er tauchte näher an die lackierte Betonwand heran. Kolt wusste, dass der Schütze ein enormes Risiko einging, da er mit etwas Pech versehentlich seinen Al-Qaida-Bruder eliminierte.

Nach drei weiteren, kräftigen Schwimmzügen entdeckte er einen dunklen Umriss unter sich, bei dem es sich um einen anderen Menschen zu handeln schien. Bei der Annäherung stellte er fest, dass die Schießerei auf dem Deck so tief unter der Wasseroberfläche offenbar nicht zu hören gewesen war. Entweder das, oder der Terrorist hatte es kurzerhand ignoriert und beschlossen, sich rein auf die Aufgabe zu konzentrieren, deren Erfüllung Allah von ihm erwartete.

Während Kolt tiefer hinabtauchte, bereitete ihm die hohe Strahlendosis, der er sich unweigerlich aussetzte, deutlich mehr Sorgen als die hohe Wassertemperatur. Das knallrote Blut aus der verletzten Schulter färbte zwar das umliegende Wasser, schützte ihn aber unter Garantie nicht ausreichend vor der tödlichen Beta- und Gammastrahlung, die an beiden Seiten der Umhüllung austrat. Wasser und Blut besaßen zwar eine abschirmende Wirkung, aber je länger er unter Wasser blieb, desto mehr Radioaktivität nahm sein Körper auf. Je näher er den mit Edelstahl verkleideten Brennelementen kam, desto mehr stieg das Risiko, dass er sich eine tödliche Dosis einfing. Mit jedem weiteren halben Meter Annäherung erhöhte sich die Strahlung um den Faktor zehn. Wenn er sie berührte, war es der sichere Tod.

Ist es das wert? Ich bin ein toter Mann, egal ob ich dieses Arschloch aufhalte oder nicht.

Drei Schwimmzüge später stieß er auf den Terroristen. Dieser trug eine gelbe Tauchflasche auf dem Rücken und einen Gürtel mit Hartbleiblöcken um die Hüfte. Der schwarze Schlauch des Atemreglers verlief vom Tank über die rechte Schulter. Der Terrorist machte sich keine Sorgen über die Strahlung, da er davon ausging, dass seine Seele bald im Paradies landete. Und bis dahin hatte er zumindest genug Sauerstoff.

Kolt war nicht ganz sicher, aber er bemerkte etwas in den Händen des Mannes, das an einen Sender erinnerte. Der Kerl schien ihn noch nicht bemerkt zu haben. Als Kolt näher herantauchte, bekam er mit, dass der Fremde mit der rechten Hand Knöpfe drückte. Ein rotes Licht an einer dunklen, eckigen Box blinkte dreimal. Die Box war mit einem Rohr verbunden, wenige Meter vom Terroristen entfernt. Kolt hielt sich für einen sehr guten Schwimmer. Die Hitze in Verbindung mit dem Adrenalin verleitete ihn jedoch ungewollt dazu, die restliche Luft in der Lunge auszuatmen. Nun verstand er, wie jemand einen Schwimmbad-Blackout bekam. Akuter Sauerstoffmangel im Gehirn sorgte für eine rasche Ohnmacht.

Ich hasse dieses Scheißwasser!

Ein zweites Licht, diesmal ein grünes, blinkte auf und leuchtete dann kontinuierlich an einer dunklen Oberfläche.

Entscheid dich, Kolt!

Nach einem weiteren kraftlosen Schwimmzug stellte Kolt fest, dass das besagte Objekt in durchsichtige Luftpolsterfolie eingeschlagen war. Gleich rechts von sich, höchstens zwei Meter entfernt, registrierte er ein zweites grünes Leuchten.

Noch ein solches Paket, auf gleiche Weise verpackt, aber etwas kleiner als das in der Nähe des Terroristen, hing an einer Art Schaltventil von der Größe eines Basketballs.

Jetzt begriff Kolt, was dieser Mistkerl vorhatte. Eine Sprengladung am Edelstahlgehäuse der Brennelemente und eine zweite, geringer dosierte zur Zerstörung des Umschaltventils. Die Terroristen hatten ihre Hausaufgaben gemacht. Der Schaden würde irreparabel sein.

Wenn ich diesem Arschloch nicht bald die Luftzufuhr kappe, geh ich hier unten drauf.

Kolt schwamm hinter den Terroristen, packte ihn an beiden Schultern und schlang die Beine fest um seine Taille. Der andere reagierte panisch. Er ließ den Sender fallen und schlug wie verrückt um sich. Ineinander verkeilt rollten sie sich herum. Kolts natürlicher Auftrieb genügte nicht, um das Gewicht des Bleigürtels auszugleichen, den der Terrorist um die Hüfte trug.

Kolt schwamm jetzt mit dem Kopf nach unten. Blasen stiegen zur Oberfläche, vorbei an den nackten Füßen des Terroristen. Er riss dem Bombenleger das Mundstück aus dem Mund. Dabei fiel ihm das lockige schwarze Haar seines Gegenübers auf. Als er den Kopf drehte, erkannte Kolt ihn sofort anhand der hohen Stirnpartie.

Scheiße, das ist ja Nadal!

Er war der Bewusstlosigkeit bereits gefährlich nah. Kolt griff nach dem Mundstück und inhalierte eine großzügige Ladung Sauerstoff. Noch nie im Leben hatte er das Atmen so genossen. Mit erneuerter Kraft schloss er die Beine fester um Nadals Oberkörper. Sie gerieten wieder ins Rotieren, diesmal in entgegengesetzter Richtung. Er fühlte sich wie Tarzan, der mit einem riesigen Alligator kämpfte.

Der Kontrahent griff mit der rechten Hand nach hinten, bekam den Schlauch des Atemreglers zu fassen und zog ihn aus Kolts Mund. Kolt bemerkte die verstümmelte Hand, der zwei Finger fehlten, und wusste jetzt ohne jeden Zweifel, dass er Nadal den Rumänen vor sich hatte. Er griff mit beiden Händen hinauf und machte einen straffen Knoten in den Schlauch, dann einen doppelten Spierenstich, mit dem man sonst Leinen sicherte.

Plötzlich huschte ihm ein Gedanke durch den Kopf: *Jetzt weiß ich, warum die SEALs so was trainieren.* Kolt packte das schwarze Knäuel und drehte es kräftig im Uhrzeigersinn, wodurch er die Luftzufuhr zum Mundstück kappte. Dasselbe hatte ein Kumpel von den SEALs einmal bei einem Tauchgang vor der Küste von Newport News gemacht. Damals hatte Kolt es überhaupt nicht lustig gefunden. Ebenso wenig wie Nadal in diesem Moment.

Der Rumäne bewegte den Kopf ruckartig nach rechts, riss die Augen weit auf vor Angst und mühte sich ab, Kolts Umklammerung zu entkommen, um nicht als Versager zu sterben. Aber Kolt erhielt den Druck aufrecht und gab nicht nach, tat alles, damit Nadal sich zwischen seinen Beinen nicht umdrehen konnte. Mit der Rechten wickelte er den schwarzen Luftschlauch zweimal um Nadals dürren Hals, beugte sich nach hinten und zog den Schlauch so kräftig zusammen, wie er konnte.

Während Nadal zappelnd versuchte, sich zu befreien, erhöhte Kolt den Druck. Der Mann kämpfte länger und härter, als Kolt es bei jemandem erwartet hätte, dem man den Sauerstoff kappte. Auch er selbst brauchte Luft, aber er konzentrierte sich darauf, Nadal zwischen sich und den Brennelementen zu halten, um die Strahlungsdosis zu reduzieren, die er mit Sicherheit aufnahm. Wasser und menschliche Körper waren die besten Schilde gegen tödliche Radioaktivität, die er momentan bekam. Aber egal, ob Kolt eine tödliche Dosis aufnahm oder nicht – in spätestens zehn Sekunden, maximal 15, endete der Kampf durch die Ohnmacht des Gegners. Oder seine eigene.

Er spürte eine Veränderung des Drucks. Rechts über ihm geriet das Wasser plötzlich in Bewegung. Etwas Großes war in das Becken gestürzt. Ein menschlicher Körper. Vielleicht der eines Sicherheitsbeamten, oder aber der Terrorist, mit dem Kolt sich zuvor einen Schusswechsel geliefert hatte, mischte sich ein. Über dem sinkenden Mann zeichneten sich kleine weiße Lichter ab und zuckten an der Oberfläche entlang. Der Körper sank tiefer. Jetzt sah Kolt, dass es sich um den Terroristen handelte. Er rührte sich nicht mehr. Blut trat am Rücken und am linken Bein aus.

Nadal erschlaffte endlich in seiner Umklammerung, nur eine Sekunde, bevor Kolts Sichtfeld an den Rändern erst grau und dann zunehmend schwarz wurde. *Ich werd's nicht packen,* wurde ihm klar. Jegliche Kraft verließ seine Arme und Beine. Der Griff um Nadal lockerte sich. Die Taucherausrüstung ließ diesen noch einige Meter tiefer sinken. Da Kolt nichts am Körper trug, was den Auftrieb verhindert hätte, stieg er zur Oberfläche hoch, konnte aber nicht mal mehr den Kopf heben. Das Beckenwasser nahm immer schneller den Platz der restlichen Luft in seiner Lunge ein.

Er ertrank.

Bevor er das Bewusstsein verlor, brachte ihn ein letzter Gedanke zum Grinsen.

Ich hätte Schwimmflügel tragen sollen …

31

Mr. Black ist gerade mit Donuts eingetroffen.

Kolt las den kurzen Text, der am oberen Bildschirmrand des iPad eingeblendet wurde. Verdammt kleine Schrift. Mr. Black hatte Hawk Donuts mitgebracht? Normalerweise hätte er das für eine codierte Nachricht gehalten. Aber da er und Hawk wenige Zimmer voneinander getrennt in einem Krankenhaus untergebracht waren, ergab es auch ohne versteckte

Bedeutung einen Sinn. Mit zusammengekniffenen Augen tippte er auf dem Touchpad eine Antwort.

Du Glückspilz. Mr. White muss anscheinend nie was essen oder schlafen.

Mr. White war Kolts Aufpasser.

Glaubst du, dass ER heute wirklich kommt?, textete Hawk zurück.

Das will ich hoffen für IHN. Beim Schreiben tauchte Kolts Zunge zwischen den Lippen auf. Wenn nicht, roll ich meinen Arsch zur Schwesternstation und geb mir die Schmerzmittel selbst.

Es lag jetzt etwa eine Woche zurück, dass Kolt und Hawk die Welt gerettet hatten. *Okay, das ist vielleicht ein bisschen übertrieben,* musste er eingestehen. Aber es war definitiv eine spektakuläre Leistung im Yellow-Creek-Kraftwerk gewesen. Sie hatten Zehntausende von Leben gerettet und den gefährlichsten Angriff auf US-amerikanischem Boden seit 9/11 vereitelt. Jetzt waren sie beide bettlägerig, mussten ihre Wunden heilen lassen und auf eine baldige Entlassung hoffen. Aber insgeheim ahnten sie, dass sie bei dieser Entscheidung nicht mitreden durften.

Wenigstens hatten Mr. Black und Mr. White sie mit Tablets versorgt. Besonders praktisch, da Cindy Bird von ihrem behandelnden Arzt die strikte Anweisung bekommen hatte, am Beatmungsgerät zu bleiben und nicht zu sprechen, bevor ihre Lunge etwas besser verheilt war.

Kolt blickte auf, als zwei Krankenschwestern an seinem Zimmer vorbeiliefen. Sie ignorierten ihn völlig, schauten nicht mal kurz in seine Richtung. Wenig überraschend. Die Ärzte und Krankenschwestern der Klinikabteilung Nummer sechs, des Hochsicherheitsabschnitts des Zentrums für Wundbehandlung und Hyperbare Medizin im Duke Raleigh Hospital, hatten keine Ahnung, wen sie da behandelten. Ein Ehepaar, Autoentführung, Schussverletzungen – mehr wussten sie nicht. Es reichte als Tarnung. So etwas kam in der südlichen Region von Raleigh häufiger vor.

Ungewöhnlicher war das Aufsehen, das andere um Kolt und Hawk veranstalteten – nicht das medizinische Personal, das lediglich professionell seinen Job erledigte, sondern alle, die keine Angestellten des Krankenhauses waren. Mr. Black und Mr. White beispielsweise. Zwei groß gewachsene, wortkarge und zielstrebige Herren, die Knöpfe im Ohr und Anzüge von der Stange trugen. Ihre eiskalten Blicke wirkten wie vor dem Spiegel eingeübt.

Opfer von Autoentführungen wurden nicht von Sicherheitsleuten bewacht, und ganz sicher wurden sie nicht vom Präsidenten der USA besucht, wenn aktuell gar keine Wahlen anstanden.

Kolt verzog das Gesicht. Er versuchte, das Epizentrum der schlimmsten Schmerzen zu lokalisieren, gab aber bald auf. Sein ganzer Körper tat weh und die nächste Dosis Schmerzmittel war längst überfällig.

Bin dabei, schrieb Hawk. Ich hoffe, die Donuts sind mit Morphiumfüllung.

Mr. White betrat Kolts Zimmer und durchsuchte es ausgiebig. Er nickte nicht, sagte nicht mal Hallo – im Grunde verhielt er sich, als sei Kolt gar nicht anwesend. Dieser beobachtete ihn und hielt Ausschau nach wiederkehrenden Mustern. Mr. White war gut. Er ging nie zweimal auf dieselbe Weise vor. Manchmal sah er erst nach oben, dann nach unten. Ein anderes Mal suchte er von links nach rechts, dann von rechts nach links und so weiter. Kolt bewunderte Menschen, die ein solches Konzentrationsvermögen besaßen, und dankte Gott, dass er nicht dazugehörte. Solche Fähigkeiten waren für Scharfschützen und Wirtschaftsprüfer reserviert – und für Mr. White.

»Ich glaub, ich hab gesehen, wie die Schwester 'nen Klumpen Hasch in die Sockenschublade geschmuggelt hat«, sagte Kolt und deutete auf die Stelle.

»Die obere Schublade?«, hakte Mr. White nach, ohne den Scherz als solchen wahrzunehmen.

»Nein, die mittlere.« Kolt ließ die Hand sinken. Es machte deutlich mehr Spaß, Mr. White auf die Schippe zu nehmen, wenn man seine Schmerzmittel geschluckt hatte.

»Ich werde mir alle gründlich vornehmen«, versprach Mr. White und setzte seine Ankündigung sofort in die Tat um.

Sie hielten sich inzwischen seit einer Woche im Duke-Krankenhaus auf. Ein Helikopter des Luftrettungsdienstes von Luka, Mississippi, hatte das verletzte Paar auf dem Dach abgesetzt – angebliche Opfer einer zufälligen Gewalttat. Gleichzeitig waren Mr. White und Mr. Black wie aus dem Nichts aufgetaucht und seitdem hielt sich immer mindestens einer von ihnen vor Ort auf. Sie waren keine schlechten Kerle, ganz im Gegenteil. Kolt fand sie völlig in Ordnung. Außerdem verstand und respektierte er, dass sie den Auftrag bekommen hatten, die nationale Sicherheit der Vereinigten Staaten zu schützen.

Mr. Black und Mr. White hatten einen Job zu erledigen, und sie nahmen ihn ebenso ernst wie Kolt und Hawk ihre Einsätze. Die Mission von ›Oreo‹, wie Hawk die beiden getauft hatte, bestand darin, Sorge zu tragen, dass niemand Kolt oder Hawk bewusstseinsverändernde Drogen injizierte, etwa halluzinogene Narkotika wie Pethidin oder Fentanyl, durch die sie zu leichtsinnig und gesprächig wurden. Es klang zwar wie in einem billigen Spionageroman aus den 60ern, trotzdem leitete man die nötigen Vorsichtsmaßnahmen ein. Kolt und Hawk wussten, dass man ein Geheimnis am besten bewahrte, wenn man in der Öffentlichkeit nicht darüber sprach und auch nicht daran dachte. Aber auch Delta-Operators konnten Fehler machen, wenn sie unter Drogen standen. Also mussten Kolt und Hawk im Interesse ihrer Nation leiden, weil ein Besuch des Präsidenten bevorstand.

Schalt mal Kanal 13 ein, schrieb Hawk. Dein Freund ist im Fernsehen.

Moment!!!!! Kolt hatte versehentlich zu lange auf die Ausrufezeichentaste gedrückt.

»Alles sauber«, verkündete Mr. White und schloss die letzte Schublade.

»Fabelhaft«, lobte Kolt.

Mr. White wandte sich ab und verließ den Raum.

Kolt griff nach der schwarzen Fernbedienung auf dem mit Rollen versehenen Beistelltisch. Er richtete sie auf den Fernseher in der Ecke des mit reichlich Blumen vollgestellten Zimmers, schaltete ihn ein und wartete, bis das Bild erschien, bevor er auf Fox News schaltete. Dort moderierte die attraktive Sprecherin einen vorproduzierten Einspieler an.

»Heute Morgen hat das Weiße Haus bekannt gegeben, dass der Präsident der Vereinigten Staaten Botschafter William T. Mason die Freiheitsmedaille verliehen hat. Bei privaten Feierlichkeiten im Roosevelt Room bezeichnete er den früheren Navy-Admiral gestern Nachmittag als ›Retter der Nation‹.«

Kolt griff an die Seite des Betts, fand den Knopf zur Höhenverstellung und fuhr das Kopfteil etwas nach oben, um besser sehen zu können. Der Präsident trat vor Bill Mason, nahm von einem Helfer die Medaille an einem blauweißen Band entgegen und hängte sie dem Botschafter vorsichtig um den Hals. Dieser bekam das Grinsen gar nicht mehr aus dem Gesicht.

Die Nachrichtensprecherin fuhr fort: »Aus vertraulichen Quellen, zu denen auch ein hoher Regierungsbeamter zählt, der bat, nicht namentlich erwähnt zu werden, hat Fox News erfahren, dass Botschafter Mason als ›bester Freund aller Geiseln‹ gilt.« Sie lächelte breit in die Kamera. »Also, liebe Zuschauer, wenn der kleine Timmy in den Brunnen gefallen ist, rufen Sie künftig nicht Lassie. Wenden Sie sich stattdessen an den amerikanischen Helden und Patrioten Botschafter Mason. Dank seines couragierten Einsatzes konnte in der letzten Woche ein Anschlag von Al-Qaida auf ein Atomkraftwerk verhindert werden, und dafür sind wir ihm alle zu Dank verpflichtet.«

Kolt starrte noch für einige Sekunden auf den Bildschirm, bevor er sich wieder dem Skype-Chat zuwandte.

Bau Scheiße, und du wirst befördert!, tippte er. Ist doch alles fair und ausgewogen, oder was meinst du?

Neidisch?, konterte Hawk.

Bevor er antworten konnte, dass sie ihn am Arsch lecken konnte, betrat Mr. White erneut das Zimmer und führte eine Durchsuchung durch. Auch das Badezimmer nahm er sich vor und verschwand wenige Minuten später, ohne ein Wort zu sagen.

Ich glaub, Mr. White hat zu viel Klebstoff geschnüffelt, lästerte Kolt. Als er vom iPad aufblickte, trat Delta-Kommandant Jeremy Webber ein. Einen Augenblick später folgte der Präsident der Vereinigten Staaten, begleitet von einem Secret-Service-Agenten. Webber und der Präsident strahlten um die Wette. Beide trugen fast identische, dunkelblaue Nadelstreifen-Blazer, Krawatten in Lachsrosa und beeindruckend weiße Oberhemden. Sie erinnerten an Mitarbeiter in einem Red-Lobster-Restaurant kurz vor dem Anstimmen des Geburtstagsständchens für einen nichts ahnenden Gast.

Kolt rutschte in eine angemessenere Haltung, um angesichts des hohen Besuchs einen professionellen Eindruck zu hinterlassen.

Webber forderte den Präsidenten mit einer Geste auf, an die rechte Seite von Kolts Bett zu treten. Mr. Black rollte im selben Moment ein zweites Bett in den Raum. Er hatte damit gerechnet, dass sie Hawk herbrachten. Das Ganze wirkte perfekt koordiniert, obwohl sie es unmöglich vorher geprobt haben konnten.

Ein zweiter Secret-Service-Agent kam mit einem flachen

Tablett in der Hand herein, ausgelegt mit hellgrünem Filz. Darauf mussten die Medaillen liegen. Webber nahm die erste in die Hand und reichte sie dem Präsidenten.

Dieser trat neben Hawks Bett, lächelte und beugte sich hinunter, um ihr das Purple Heart an das hellblaue Krankenhemd zu heften. Er drehte sich zu Webber um, nahm die zweite Medaille entgegen und richtete sich erneut an Hawk.

»Staff Sergeant Cindy Bird, kraft meiner Autorität und im Namen einer überaus dankbaren Nation überreiche ich Ihnen hiermit das Distinguished Service Cross für außerordentliche Tapferkeit in Kriegszeiten gegen einen bekannten Feind der Vereinigten Staaten.«

Er bückte sich und steckte das königsblau und rot eingefasste Distinguished Service Cross neben das Purple Heart.

»Das amerikanische Volk ist sehr stolz auf Sie, Staff Sergeant Bird.« Der Präsident drückte ihr die Hand. Kolt sah, wie Hawk zum Zeichen ihrer Dankbarkeit nickte.

Jetzt wandte sich der Präsident Kolt zu und trat ein paar Schritte näher an die linke Seite seines Betts.

»Major Raynor, ich kann nicht behaupten, dass ich überrascht gewesen bin, als ich hörte, dass Sie sich einmal mehr im Brennpunkt des Geschehens aufgehalten haben.«

»Hallo, Mr. President. Schön, Sie wiederzusehen«, grüßte Kolt.

Mit einem belustigten Kopfnicken trat das Staatsoberhaupt vor und streckte ihm die Hand hin. Kolt schüttelte sie, während der Präsident seine Rechte mit beiden Händen festhielt.

»Meinen Glückwunsch, Major, meinen Glückwunsch!«

»Ich hab eigentlich gar nichts getan, Sir. Sergeant Bird verdient die Lorbeeren.«

Für einen Augenblick schaute der Präsident Colonel Webber an, dann wieder Kolt.

»Ich dachte mir schon, dass Sie so etwas sagen, Major.

Diesmal keine Medaillen. Ich kann mich noch gut an Ihre Worte beim letzten Mal erinnern.«

Kolt dachte an die Begegnung zurück. Eine private Zeremonie im Westflügel des Weißen Hauses. Der Präsident hatte Major Kolt Raynor nach der Tötung des amerikanischen Terroristen Daoud Al-Amriki seinen dritten Silver Star für besondere Tapferkeit gegenüber dem Feind verliehen. Kolt hatte versucht, die Auszeichnung abzulehnen. Er war sogar so weit gegangen, vor dem Eintreffen des Präsidenten gegenüber dem Vizepräsidenten die Bemerkung zu machen, dass Medaillen nur den Männern und Frauen der Streitkräfte verliehen werden sollten, die für ihre Tapferkeit mit dem Leben bezahlt hatten.

»Medaillen für die Toten«, sagte der Präsident. »So hatten Sie sich doch ausgedrückt?«

Kolt lächelte, zum Teil, weil der Präsident sich tatsächlich daran erinnerte, aber hauptsächlich, weil er seine Galauniform bereits akribisch für das offizielle Foto vorbereitet hatte, das er für eine Beförderung zum Lieutenant Colonel benötigte. Das Letzte, was er gebrauchen konnte, war, sich mit einem weiteren bronzenen Eichenlaub am rot-weißblauen Silver-Star-Band abplagen zu müssen.

»Was kann ich stattdessen für Sie tun, Major Raynor?«, fragte der Präsident.

»Mir fällt ehrlich gesagt nichts ein, Sir.«

In diesem Moment trat der Secret-Service-Agent vor und flüsterte dem Präsidenten etwas ins Ohr. Offenbar teilte er ihm mit, dass sie bald aufbrechen müssten, um den wie üblich eng gesteckten Zeitplan einhalten zu können.

Da kam Kolt in den Sinn, dass es tatsächlich etwas gab, worum er den Präsidenten bitten wollte. *Ist das die richtige Zeit und der richtige Ort?* Aber bevor er sich die Frage selbst beantwortet hatte, setzte er bereits zum Sprechen an.

Scheiß drauf! Ich kann's ja hinterher auf die Medikamente schieben.

»Sir, da wäre doch etwas. Sind Sie unter Umständen bereit, mir das vorgeschriebene Weiterbildungsjahr zu erlassen? Es gilt eigentlich als Voraussetzung für eine Beförderung.«

Webber warf Kolt einen strengen Blick zu. Kolt scheiterte grandios am Versuch, angemessen verlegen zu wirken. Hilfesuchend drehte Webber sich zu Mr. Black und Mr. White, die neben der Tür standen, und bedachte sie mit einem finsteren Blick. Wahrscheinlich schwang darin die stumme Frage mit, ob sie die Verabreichung halluzinogener Drogen tatsächlich ausreichend überwacht hatten.

»Ich wäre gerne ein Squadron Commander der Delta Force, Sir«, schob Kolt hinterher.

»In Ordnung!«, rief der Präsident und schielte unauffällig auf den teuren Chronometer am Handgelenk. »Meine Mitarbeiter werden sich sofort darum kümmern.«

Bevor Kolt antworten konnte, dass er das sehr zu schätzen wisse, hob Hawk ihr iPad. Der Secret-Service-Mann ging zu ihr und nahm es entgegen. Dann leitete er die eingetippte Nachricht an den Präsidenten und Colonel Webber weiter.

»Mr. President, wie es aussieht, möchte Staff Sergeant Bird gern zum Operator der Delta Force ernannt werden.« Er reichte ihr das Tablet zurück.

Sogar Kolt war erschrocken über Hawks Direktheit und gleichzeitig beeindruckt von ihrem Mumm. Es war ihr offenbar ernst damit. Vielleicht hing ihr Mut mit den Medikamenten zusammen oder damit, dass sie die Frage nicht mündlich stellen musste. Aber sicher begriff sie, dass nicht mal der Präsident der Vereinigten Staaten ihr diesen Wunsch erfüllen konnte.

Kolt registrierte, dass der Präsident mit gewissem Erstaunen auf diese Bitte reagierte. Vermutlich war ihm gar nicht bewusst, dass es in der Unit bisher keine weiblichen Operators gab. Jeder bei den Streitkräften wusste, dass er sich dafür einsetzte, dass Frauen die U.S. Army Ranger School besuchten und sie als Infanteristen und Panzerfahrer Dienst an der Waffe leisten zu lassen.

»Ich muss schon sagen, Ihr Patriotismus ist beispiellos«, meinte der Präsident. »Colonel Webber, ist das möglich? Können wir Staff Sergeant Bird diesen Wunsch erfüllen?«

Kolt bemerkte, dass Webber nervös wurde und nach einer passenden Antwort suchte. Webber und andere hochrangige Anführer der Spezialkräfte steckten noch mitten in einem auf zwei Jahre angelegten Feldversuch des Pentagons zu diesem Thema. Noch zeichnete sich keine Tendenz ab, wie am Ende entschieden wurde. *Wie zum Teufel soll er darauf antworten?*

Er sah, dass Hawk eine weitere Nachricht tippte, diesmal deutlich kürzer. *Geh nicht zu weit, Hawk!*

»Mr. President, die Ausgestaltung des diesbezüglichen Auswahlverfahrens der Delta Force ist noch im Fluss«, setzte Webber zu einer Erwiderung an. »Staff Sergeant Bird hat zweifellos bewiesen, dass sie dabei Berücksichtigung verdient.« Es bereitete Webber sichtlich Mühe, diese Worte auszusprechen.

»Ausgezeichnet!«, rief der Präsident und überging die Unverbindlichkeit von Webbers Antwort kurzerhand. »Ich lasse mich von meinen Mitarbeitern darüber auf dem Laufenden halten.«

Bingo! Jetzt will ich mal sehen, wie du dich aus der Sache rauswindest, Webber!

Webber schluckte und bedachte Kolt mit einem vernichtenden Blick. Offenbar glaubte er, Raynor habe Cindy dazu angestiftet. Der Delta-Kommandant bedeutete dem Präsidenten, mit ihm das Zimmer zu verlassen. Dieser lächelte ein letztes Mal in Kolts und Hawks Richtung und wandte sich zum Gehen. Der Secret-Service-Agent verabschiedete sich mit einem Nicken von Kolt und einem kurzen Winken von Hawk, bevor er sich an die Fersen seines Vorgesetzten heftete.

Mr. White entriegelte die Rollen unter Hawks Krankenbett und trat an die Kopfseite. Mr. Black postierte sich am Fußende. Gemeinsam schoben sie Hawk durch die Tür zurück in ihr temporäres Zuhause am Ende des Flurs.

Kolt schielte auf sein iPad. Der Bildschirmschoner war angesprungen, weil er das Gerät seit Eintreten des Besuchs nicht mehr benutzt hatte. Mit zwei Fingern wischte er über den Touchscreen, um das Tablet zu entsperren. Er staunte immer noch über das, was gerade passiert war. *Hat der Präsident das wirklich alles gesagt?*

Im Skype-Fenster wartete eine Nachricht von Hawk auf ihn. Er tippte es an.

Hab ich von dir gelernt. Immer voll auf Angriff!

www.daltonfury.com

DALTON FURY war ein ehemaliger Kommandant der Delta Force, der in über 90 geheimen Missionen eingesetzt wurde. Nach den Terroranschlägen des 11. September 2001 erhielt er den Auftrag, mit seinem Team den meistgesuchten Mann der Welt zu finden und zu töten – die Einzelheiten schildert er in seinem ungewöhnlichen Tatsachen-Bestseller *Kill Bin Laden*. Seine Erfahrungen in der Delta Force nutzte Dalton Fury, um die explosiven Thriller mit Kolt ›Racer‹ Raynor so realitätsnah wie möglich zu schreiben. Der Autor erlag Ende 2016 einer Krebserkrankung.

DIE KOLT-RAYNOR-SERIE

Infos, Leseproben & eBooks: www.Festa-Verlag.de

Zuletzt erschienen in der Reihe FESTA ACTION:

William R. Forstchen: *Tag des Zorns*
Dalton Fury: *Black Site – Das Geheimlager*
Ben Coes: *The Last Refuge – Welt am Abgrund*
Marc Cameron: *National Security – Eindringlinge*
Mark Greaney: *The Gray Man – Unter Killern*
Richard Jay Parker: *SCARE ME!*
Brad Taylor: *Mann in Wut*
Scott McEwen mit Thomas Koloniar: *Sniper Elite – Ein One Way Trip*
Stephen Hunter: *Einsame Jäger*
Graham Masterton: *Bleiche Knochen*
James P. Sumner: *True Conviction – Der Auftragskiller*
Robert Bidinotto: *Hunter – Ich bin das Recht*
Vince Flynn: *American Assassin – Wie alles begann*
Brad Taylor: *All Necessary Force – Todeszone USA*
Brad Thor: *Die Löwen von Luzern*
Tom Young: *Der Sturm des Mullahs*
Dalton Fury: *Orden für die Toten*
Vince Flynn: *Kill Shot – In die Enge getrieben*
Simon Gervais: *The Thin Black Line – Wir werden töten*
Scott McEwen mit Thomas Koloniar: *Sniper Elite – Vernichtet Amerika*
Matthew FitzSimmons: *The Short Drop – Ein bitterer Tod*
Brad Taylor: *Von Feinden umzingelt*
Tom Young: *Stummer Feind*
Stephen Hunter: *Der 47. Samurai*
Dalton Fury: *Auf zum Angriff*
Matthew Betley: *Overwatch – Jagd auf Logan West*
Marc Cameron: *Akt des Terrors*
Brad Thor: *Der Pfad des Mörders*
Ben Coes: *Auge um Auge*
Vince Flynn: *Pursuit of Honor – Codex der Ehre*